Peter Øvig Knudsen

Der innere Kreis

Peter Øvig Knudsen

DER INNERE KREIS

DIE BLEKINGEGADE-BANDE

Eine Kriminalgeschichte

Aus dem Dänischen von
Ulrich Sonnenberg

Osburg Verlag

Die Originalausgabe erschien unter dem Titel
»*Blekingegadebanden*. Samlet udvidet udgave«
Gyldendal, Kopenhagen 2008

Die dänische Originalausgabe wurde von Christian Kirk Muff für
die deutsche Fassung gekürzt und bearbeitet.

www.osburgverlag.de
Lektorat: Ulrich Steinmetzger, Halle
Herstellung: Prill Partners producing, Berlin
Umschlaggestaltung: Toreros, Lüneburg
Satz: Dörlemann Satz, Lemförde
Druck und Bindung: GGP Media GmbH, Pößneck
Printed in Germany
ISBN 978-3-940731-37-1

Inhaltsverzeichnis

Dies ist ein dokumentarischer Bericht. Der Text basiert keineswegs auf der Fantasie des Autors, sondern ausschließlich auf einer Vielzahl von schriftlichen und mündlichen Quellen.

Zu den schriftlichen Quellen gehören die Bücher und Hunderte von Zeitungsartikeln, die zu dem Fall bereits veröffentlicht wurden. Vor allem aber handelt es sich um die Ermittlungsakten der Kriminalpolizei, die ich Anfang 2005 mit Genehmigung des Kopenhagener Polizeidirektors einsehen durfte. Das Material umfasst sämtliche Polizeiberichte über Verhöre und Hausdurchsuchungen, Gerichtsdokumente und einen Teil der Observationsprotokolle, die Politiets Efterretningstjeneste, der Geheimdienst der Polizei, PET, erarbeitet hat, nachdem die Hauptakteure beschattet und ihre Telefone abgehört wurden.

Die mündlichen Quellen stammen von Zeitzeugen, die den Fall verfolgt haben: von Anfang der sechziger Jahre bis 1991, als das Urteil über sieben Mitglieder der sogenannten Blekingegade-Bande gesprochen wurde. Es handelt sich um Mitarbeiter der Kriminalpolizei, des Geheimdienstes und des Rechtswesens, Akteure im Milieu um die Gruppe sowie Familienmitglieder, Kollegen und andere, die die Hauptpersonen des Buches und den Verlauf der Ereignisse kennen.

Ich habe versucht, mit den sieben Verurteilten Kontakt aufzunehmen, und ihnen angeboten, zu meinen Recherchen beizutra-

gen. Die meisten lehnten eine Mitarbeit ab, in einigen Fällen kam es allerdings zu Treffen und Gesprächen.

Außerdem habe ich mich an eine große Zahl von Menschen aus dem Kreis um die Kerngruppe der Bande gewandt. Der größte Teil dieser Personen – insbesondere die Frauen – haben es ebenfalls abgelehnt, über ihr früheres politisches Engagement zu sprechen. In einigen Fällen kam es sogar zu heftigen Reaktionen: Eine Frau zeigte mich an, als ich schriftlich mit ihr Kontakt aufnehmen wollte. Dennoch hat eine Reihe von Personen eingewilligt und mir ihre Erinnerungen mitgeteilt, wenngleich auch häufig unter dem Mantel der Anonymität.

In vielen Fällen sind die Aussagen der Quellen mangelhaft oder widersprüchlich gewesen. Bei wesentlichen Dingen habe ich mich deswegen entschieden, diese Mängel und Widersprüche offenzulegen – um damit die Entscheidung über gewisse Zweifelsfragen dem Leser zu überlassen. Nichtsdestotrotz übernehme ich natürlich die volle Verantwortung für das zahlreiche Material, das zur Entstehung der Geschichte beigetragen hat, die auf den folgenden Seiten erzählt wird.

Der Unfall
(1989)

An einem Frühjahrsmorgen des Jahres 1989 wird um Viertel nach sieben die Polizei von Hørsholm nördlich von Kopenhagen alarmiert: Auf dem Kongevej habe es südlich von Birkerød einen Autounfall gegeben. Der Fahrer sei schwer verletzt und ein Krankenwagen wäre bereits auf dem Weg zur Unfallstelle, heißt es in der Meldung der Einsatzzentrale.

Die beiden Polizeibeamten des Streifenwagens 9-25 schalten das Blaulicht ein und bestätigen, dass sie den Einsatz übernehmen. Mit hoher Geschwindigkeit fahren sie auf dem Kongevej zum Unfallort. Unterwegs begegnen sie dem Krankenwagen, der den verunglückten Fahrer in entgegengesetzter Richtung ins Krankenhaus von Hørsholm bringt.

Kurz darauf sind die Beamten am Ort des Geschehens. Das verunglückte Fahrzeug liegt mit dem Heck im Straßengraben, offensichtlich wurde es nach einem heftigen Aufprall in den Graben geschleudert.

Der weiße Toyota Corolla ist übel zugerichtet. Der Mittelteil des Motors und die Frontpartie wurden durch die Kollision mit dem Strommast in die Kabine gedrückt. Die Kühlerhaube ragt in die Luft, Armaturenbrett und Frontscheibe sind zersplittert. Rund um den Strommast liegen Glassplitter, Lampen, Teile der Stoßstange und weitere Metallstücke verstreut.

Auf dem Kongevej haben ein paar Autos auf dem Seitenstreifen gehalten. Der Fahrer eines Wagens, ein Diplomingenieur aus Frederiksværk, erzählt den Polizeibeamten, dass er direkt hinter dem Unfallwagen fuhr. Zusammen mit einem Kollegen war er auf dem Weg zur Arbeit.

Er schätzt die Geschwindigkeit vor dem Unfall auf siebzig bis achtzig Stundenkilometer. Als die Straße eine Rechtskurve machte, fuhr der Wagen vor ihm weiterhin geradeaus – über die beiden entgegengesetzten Fahrbahnen und den Fahrradweg hinweg – und prallte frontal auf den Strommast.

Der Diplomingenieur hat weder die Bremslichter aufleuchten sehen, noch hatte es den Anschein, als wäre der Wagen langsamer geworden, bevor er auf den Strommast traf. Das Auto wurde nach links geschleudert und blieb schließlich mit dem Heck im Straßengraben und der Frontpartie auf der Böschung stehen.

Zusammen mit seinem Kollegen lief er sofort zu dem verunglückten Wagen. Der Fahrer, ein dunkelhaariger, hagerer Mann, saß mit dem Kopf im Nacken hinter dem Lenkrad, offensichtlich ohne Bewusstsein. Sein Gesicht war blutverschmiert.

Der Kollege war sofort zu ein paar Häusern in der Nähe gerannt, um einen Krankenwagen zu rufen, während der Diplomingenieur den Sicherheitsgurt des Verletzten löste. Der atmete noch.

Ein Augapfel des Mannes war herausgerissen und hing nur noch an ein paar Fasern über der Wange. Der Verletzte stöhnte und versuchte, die Arme zu heben, als wolle er sich das Auge reiben. Der Diplomingenieur musste beide Hände festhalten, um ihn daran zu hindern.

Er wollte den Verletzten aus dem Auto holen, allerdings war in der Zwischenzeit ein anderer Autofahrer dazugekommen

Carsten Nielsens Unfallwagen am Kongevej

und hatte ihm erklärt, dass es besser wäre, den Mann sitzen zu lassen, bis ein Krankenwagen käme.

Bei dem anderen Fahrer handelte es sich um einen Feuerwehrmann aus Hillerød, der zur Feuerwache von Gentofte wollte. Er teilte der Polizei mit, dass er hinter dem Wagen des Diplomingenieurs gefahren sei und dessen Bericht bestätigen könne: Das weiße Fahrzeug hätte plötzlich auf den entgegengesetzten Straßengraben zugehalten und wäre gegen den Strommast geprallt.

Im ersten Moment war der Feuerwehrmann überzeugt, dass der Fahrer den Zusammenstoß unmöglich überlebt haben konnte. Als er den Mann jedoch anfasste, um ihn aufzurichten, hatte der sich röchelnd gewehrt. Allerdings war es dem Feuerwehrmann aufgrund der schweren Gesichtsverletzungen des Fahrers nicht möglich gewesen, Erste Hilfe zu leisten.

Nachdem der Krankenwagen eingetroffen war, sagten die Zeugen, dass es sich bei dem Verunglückten vermutlich um einen Deutschen handle, da auf dem Rücksitz des Wagens deutsche Nummernschilder lagen. Doch der Fahrer erlangte zeitweise das Bewusstsein und murmelte, er sei Däne. Mehr hatte er nicht gesagt, bevor die Ambulanz ihn abtransportierte.

Die beiden Streifenpolizisten stellen sofort fest, dass die Straße an der Unglücksstelle trocken und der Asphalt in ordentlichem Zustand und ohne Schlaglöcher ist. »Zum Unfallzeitpunkt herrschte Tageslicht, Sicht und Übersichtsverhältnisse waren gut«, schreiben sie noch am selben Tag in ihren Bericht. Auch können sie auf den ersten Blick nicht erkennen, dass mit dem Wagen irgendetwas nicht in Ordnung ist. Es sieht aus, als handle es sich um einen neuen Leihwagen in gutem Zustand.

Nachdem sie den Abschleppdienst geordert haben, um den Unfallwagen zur Untersuchung ins nahe gelegene Kvistgård bringen zu lassen, sehen sich die Beamten den Corolla genauer an, in dem Kleidung, Rucksäcke, Taschen und Plastiktüten in wüster Unordnung durcheinander liegen. Sollte sich irgendetwas von besonderem Wert finden, muss es polizeilich sichergestellt werden, bevor der Abschleppdienst das Fahrzeug holt.

Einer der Beamten untersucht die Rückbank des Wagens. Sie ist übersät mit Kleidung, Socken und Unterhosen. Aus einer Plastiktüte mit Lebensmitteln riecht es verdorben, der Polizist wirft sie in den Straßengraben. Der andere Beamte öffnet die Beifahrertür. Auf einer Mappe mit Straßenkarten liegt ein Zettel. Als er ihn sich näher ansieht, fällt ihm auf, dass auf dem Zettel eine Reihe von Autonummern in fahriger Schrift notiert ist. Er wundert sich.

Der Beamte steckt eine Hand in einen Fjällräven-Rucksack, der vor dem Beifahrersitz auf dem Boden steht. Zwischen Socken und Zahnpasta findet er eine Flasche Haarfärbemittel, ein Schminkset und eine Schachtel mit einer roten Lockenperücke. Allmählich beschleicht ihn das Gefühl, dass es sich bei dem Fahrer des Wagens nicht um einen gewöhnlichen Bürger handelt.

Die beiden Beamten untersuchen die deutschen Nummernschilder. Auf der Rückseite ist doppelseitiges Klebeband angebracht, als sollten sie auf andere Nummernschilder geklebt werden. Inzwischen sind die beiden Polizisten davon überzeugt, dass die Angelegenheit einigermaßen verdächtig ist. Sie entschließen sich, sämtliche Gegenstände aus dem Unfallauto in den Streifenwagen umzuladen, um sie auf dem Revier zu untersuchen.

Auf dem rechten Vordersitz liegen mehrere Socken, ein grüner Rucksack, eine Landkarte von Dänemark und eine Brille. Im Handschuhfach findet der Beamte eine weitere Perücke.

Der zweite Polizist leert den Kofferraum. Ein paar schwarze Nylontaschen enthalten lediglich ein Paar Handschuhe und einen Spaten, alles ist mit feuchter Erde verschmutzt. Auch die Radkappen des Wagens sehen aus, als hätten sie gerade eine Fahrt über einen matschigen Waldweg hinter sich.

Die Beamten räumen die Rückbank leer: Plastiktüten mit Kleidung, Pullover und weitere Socken, ein Schlafsackbeutel und eine Jacke mit drei Schlüsseln. Ein Notizbuch mit einem rotbraunen Umschlag enthält eine Reihe von handgeschriebenen Aufzeichnungen, die eigenartig aussehen.

Auf dem Boden hinter dem Fahrersitz liegt ein Überweisungsformular, das durch den Unfall mit Blut bespritzt ist. Es handelt sich um die vierteljährliche Telefonrechnung an eine

Im Innern des Unfallwagens

Computerfirma im Kopenhagener Stadtteil Amager. Die Adresse lautet: Blekingegade 2, 1. Stock rechts.

Als das Unfallopfer vom Kongevej im Krankenhaus Hørsholm eintrifft, stellen die Ärzte sofort fest, dass der Mann sich in akuter Lebensgefahr befindet. Die Lungen sind perforiert, es besteht ein hohes Risiko, dass sie aussetzen könnten.

Auch die Kopf- und Gesichtsverletzungen des Patienten sind ernst. Der Unterkiefer ist teilweise zertrümmert, die Nase gebrochen, beide Augen sind schwer verletzt. Das rechte, aus der Augenhöhle gerissene Auge hängt nur noch an einer Vene.

Die Ärzte haben Mühe, den Patienten zu identifizieren. Er führt persönliche Papiere und andere Ausweise mit sich, die auf nicht weniger als drei Identitäten verweisen: Um den Hals trägt er eine militärische Erkennungsmarke auf den Namen Jan Weimann. In seiner Kleidung finden sie einen Ausweis auf den Namen Carsten Nielsen, wohnhaft in der Brohusgade im Kopenhagener Stadtteil Nørrebro, sowie den Führerschein eines Mannes, der aus einem Dorf südlich von Århus stammt. Aufgrund der schweren Gesichtsverletzungen des Patienten lässt sich sein Aussehen nicht mit den Fotos auf den Ausweispapieren vergleichen.

Kurz nach Einlieferung des Verunglückten sieht ein Assistenzarzt die Papiere durch. Sein Blick bleibt an dem Namen Carsten Nielsen hängen. Wenige Monate zuvor hatte er über eine Anzeigenzeitung einem Mann, der seiner Erinnerung nach den gleichen Namen trug, ein Auto verkauft, einen weißen Opel Kadett.

Der Arzt ruft zu Hause an, um den Namen auf dem Kaufvertrag überprüfen zu lassen. Sowohl der Name als auch die Adresse auf dem Vertrag stimmen mit den Informationen auf dem Ausweis überein. Es ist derselbe Carsten Nielsen.

Bei dem Autokäufer hatte es sich um einen großen schlanken Mann im Alter von dreißig bis fünfunddreißig Jahren gehandelt, der mit jütländischem Akzent sprach, erklärt der Arzt noch am selben Tag der Polizei. Er trug Jeans, bequeme Schuhe und einen Fjällräven-Rucksack. Der Arzt hatte ihn für einen Studenten gehalten, doch der Käufer erzählte von sich aus, dass er als Berater einer Exportfirma arbeite und für eine bevorstehende Reise in die Niederlande ein neues Auto benötige.

Dieser Carsten Nielsen hatte das Auto sehr gründlich untersucht. Wie es schien, hatte er sich zuvor bereits andere Fahrzeuge angesehen. Relativ rasch einigte man sich auf einen Preis von knapp achtzigtausend Kronen. Ein Teil des Geldes wurde bar bezahlt, am folgenden Tag hatten sich der Arzt und der Käufer in einem Kreditbüro getroffen, bei dem Carsten Nielsen sich den Rest des Geldes lieh. Seither hatte der Arzt keinerlei Kontakt zu dem Autokäufer gehabt.

Anderthalb Stunden nachdem der Patient in der Notaufnahme eingeliefert wurde, beschließen die Ärzte, ihn zur fachärztlichen Behandlung ins Rigshospital nach Kopenhagen zu überführen. Die örtliche Polizei wird gebeten, einige Streifenwagen als Eskorte zu schicken. Einer trifft kurz darauf direkt vom Unfallort am Kongevej ein. Im Kofferraum liegt der komplette Inhalt des verunglückten Autos.

Kurz nach neun verlässt ein Krankenwagen mit dem Unfallopfer das Krankenhaus in Hørsholm und fährt mit einer Polizeieskorte nach Kopenhagen.

Als die beiden Polizisten nach Hørsholm zurückkehren, bringen sie den Inhalt des Unfallwagens in ein Büro des Polizeireviers. Einige Kollegen helfen ihnen bei der Untersuchung des mysteriösen Fundes. Schon bald stellt sich heraus, dass der erste Eindruck der Beamten richtig war: Es handelt sich bei dem Mann nicht um einen gewöhnlichen Autofahrer.

Aus dem grünen Rucksack, der auf dem Vordersitz des Wagens lag, holt einer der Beamten einen verdächtigen Gegenstand nach dem anderen heraus: eine Pick-Pistole zum Öffnen von Schlosszylindern, ein Lederetui mit Dietrichen, ein Walkie-Talkie und ein geheimnisvolles Stück Eisen, das mit Klebeband umwickelt und an einem Ende mit einem Magneten versehen ist. Im Rucksack liegen ein weiterer Pass und ein Führerschein, der auf eine vierte Identität verweist: Frode Nielsen.

Der entscheidende Fund allerdings ist auf sechs weiße Briefumschläge verteilt. Einer enthält siebzigtausend Deutsche Mark, ein anderer fünfundzwanzigtausend Schweizer Franken. Alles in allem findet man Fremdwährung im Wert von über einer halben Million dänischer Kronen.

Einer der Beamten ruft sofort die Kollegen der örtlichen Kriminalpolizei an. Im ersten Moment scheint der Leiter der Kripo das alles nicht für einen sonderlich eiligen Fall zu halten, zumindest aber verspricht er, zwei Mann aufs Revier zu schicken.

Die Polizeibeamten zeigen ihren Kripokollegen die Umschläge mit dem Geld, die Perücken und den Zettel mit den hingekritzelten Autonummern. Die Männer von der Kripo gehen die Namen sämtlicher Ausweispapiere durch und überprüfen im Kriminalregister Carsten Nielsen. Irgendwelcher Vorstrafen wegen ist er bisher nicht registriert.

Einem der Streifenpolizisten fällt ein, dass der Arzt im Krankenhaus von Hørsholm erklärt hat, der Verunglückte hätte eine Erkennungsmarke mit einem anderen Namen um den Hals getragen. Ein Kriminalassistent ruft im Kopenhagener Rigshospital an, eine Krankenschwester erklärt ihm, der Patient würde gerade zur Operation vorbereitet. Er bittet sie nachzuprüfen, ob bei dem Patienten ein Namensschild gefunden wurde. Kurz darauf teilt sie ihm mit, der Patient trage tatsächlich eine Erkennungsmarke mit dem Namen Jan Weimann und einer Personenkennziffer.

Der Kriminalassistent informiert die Krankenschwester, dass die Polizei so schnell wie möglich für eine Bewachung des Patienten sorgen werde. Bis dahin müssten die Namen und Adressen sämtlicher Personen notiert werden, die sich im Krankenhaus nach ihm erkundigen.

Dann gibt er den Namen Jan Weimann in den Computer ein. Es stellt sich heraus, dass der Mann in Untersuchungshaft sitzt. Die Kriminalpolizei von Kopenhagen wirft ihm eine Reihe schwerer Raubüberfälle vor.

Es ist der 2. Mai 1989, fünf Minuten vor elf. Der Kriminalassistent greift zum Telefonhörer, um im Politigården, dem Kopenhagener Polizeihauptquartier, anzurufen.

Als wenige Minuten später die Meldung über den geheimnisvollen Autounfall bei Birkerød im Raubdezernat, der Abteilung C des Polizeihauptquartiers, eintrifft, ist dies die beste Nachricht, die die Kriminalbeamten seit sechs Monaten bekommen haben.

Seit dem Raubüberfall auf ein Postamt in der Købmagergade in Kopenhagen im November 1988, bei dem ein junger Polizeibeamter ermordet wurde, hat die Kripo versucht, Beweise zu finden, dass dieser Coup wie auch eine Reihe anderer schwerer Raubüberfälle von einer linksradikalen Gruppe durchgeführt wurde, die von den Kollegen des PET Appel-Gruppe getauft wurde. Doch obwohl zahlreiche Kriminalbeamte unter der Leitung der erfahrenen Ermittler Jørn Moos und Niels Bach Christensen ein halbes Jahr intensiv an diesem Fall gearbeitet haben, gibt es bisher keinerlei konkrete Ergebnisse.

Am Morgen des folgenden Tages soll Jørn Moos vor Gericht erscheinen und noch einmal die Verhaftungen von vier Männern rechtfertigen, die im Zusammenhang mit dem Raubüberfall auf das Postamt verdächtigt werden. Allerdings gibt es noch keine neuen Beweise, die die Polizei dem Landgericht präsentieren kann.

Der Kriminalassistent aus Hørsholm berichtet am Telefon, dass der Fahrer des Unfallwagens große Mengen an Fremdwährung und andere ausgesprochen verdächtige Gegenstände mit sich führte. Doch die entscheidende Information für die

Ermittlungsleitung ist, dass der Fahrer des Wagens eine Erkennungsmarke mit dem Namen Jan Weimann um den Hals trägt.

Jan Weimann, der zusammen mit drei anderen Verdächtigen in Untersuchungshaft sitzt, gilt als einer der Hauptverdächtigen der sogenannten Appel-Gruppe.

Zwei Kripoassistenten werden sofort zum Polizeirevier nach Hørsholm geschickt, um die Gegenstände aus dem Unfallwagen abzuholen. Eine zweite Gruppe wird ins Rigshospital beordert, um das Unfallopfer zu bewachen. Wieder andere werden zur Kfz-Sachverständigenstelle nach Kvistgård geschickt, um das verunglückte Fahrzeug sicherzustellen, bevor allzu viele Spuren verwischt sind.

Die Ermittler stehen möglicherweise vor dem großen Durchbruch in diesem Fall.

Zwanzig Minuten später werden die beiden Kriminalassistenten auf der Intensivstation des Rigshospitals von einem Oberarzt empfangen, der ihnen erklärt, der noch immer unidentifizierte Patient komme gleich auf den Operationstisch. Nach Einschätzung des Oberarztes schwebt der Patient weiterhin in Lebensgefahr, abgesehen von seinen gravierenden Gesichtsverletzungen. Vermutlich wird es sich nicht umgehen lassen, dass er auf beiden Augen das Sehvermögen einbüßt.

Die Beamten bitten, den Patienten sehen zu dürfen, und erklären den bewusstlosen Mann um halb zwölf für verhaftet. Nach Fotografien ist der Mann wegen seiner Verletzungen nicht zu identifizieren, doch der Arzt zeigt den Beamten eine lange Narbe auf der Vorderseite des linken Oberschenkels, die sein Hausarzt oder ein Familienmitglied möglicherweise wiedererkennen könnte. Zehn Minuten nach zwölf wird der Mann in den OP gefahren.

Die Kripobeamten sehen die zahlreichen Legitimationspapiere mit den drei unterschiedlichen Namen durch, die der Mann bei sich trug. Mit Hilfe der Krankenversicherungsnachweise und Führerscheine beginnen sie, Kontakt zu Ärzten und Angehörigen aufzunehmen, die vielleicht bei der Identifikation helfen können.

In der Zwischenzeit durchsuchen die Kollegen im Politigården die Gegenstände, die sie vom Polizeirevier in Hørsholm erhalten haben.

Eine genaue Überprüfung des Geldes in den sechs Umschlägen ergibt, dass einige der Fremdwährungen aus dem Überfall in der Købmagergade im November 1988 stammen könnten, bei dem die Täter über dreizehn Millionen Kronen erbeuteten und ein Kollege mit Wildschweinschrot aus einem abgesägten Jagdgewehr erschossen wurde. Der Mord geschah, als fünf Männer flüchteten, nachdem sie einen Geldtransporter im Hof hinter dem alten Kopenhagener Hauptpostkontor ausgeraubt hatten. In dem Transporter befanden sich unter anderem siebzigtausend Deutsche Mark in Tausendmarkscheinen, exakt der Betrag und die Geldscheingröße, die in einem der weißen Briefumschläge in dem verunglückten Auto gefunden wurden.

Die drei Schlüssel, die sich in der Jacke auf dem Rücksitz des Wagens befanden, werden mit einem Schlüsselsatz verglichen, auf den die Polizei bei den Verhaftungen eines weiteren Mitglieds der Appel-Gruppe gestoßen war – ein Abloy-, ein Zeiss-Ikon- und ein Ruko-Schlüssel. Die drei Schlüssel aus der Jackentasche sehen aus, als würden sie exakt zu den Schlüsseln des Inhaftierten passen. Die Polizei glaubt, dass die Schlüssel zu einer illegalen Wohnung gehören, über die die Gruppe an einem unbekannten Ort in Kopenhagen verfügt.

Bei den Kripobeamten und der Einsatzleitung steigt die Pulsfrequenz.

In den folgenden Stunden werden sämtliche verfügbaren Kräfte der Kopenhagener Kriminalpolizei darauf angesetzt, den zahlreichen Spuren nachzugehen, die sich aus den Namen und Adressen ergeben, die bei der Durchsuchung von Kleidung, Taschen und Rucksäcken aus dem Unfallwagen gefunden wurden. Der Spaten und die von Erde verschmutzten Taschen im Kofferraum des Autos sind eindeutige Hinweise, dass der Fahrer irgendwo Geld oder anderes Beweismaterial vergraben haben muss. Die Polizei ist nicht zuletzt daran interessiert, die Waffe zu finden, mit der der tödliche Schuss auf ihren Kollegen Jesper Egtved Hansen in der Købmagergade abgegeben wurde.

Beamte werden zu Autovermietungen und Ferienzentren geschickt, die aus den Quittungen und Broschüren im Wagen zu ermitteln sind. Ein Kriminalassistent ruft die Polizei in Deutschland an und erfährt, dass die deutschen Nummernschilder vor vier Jahren in Fulda von einem Opel Rekord gestohlen wurden. Die erste Inspektion des Unfallfahrzeugs ergibt, dass der Wagen offensichtlich keine technischen Defekte hatte – Lenkung, Bremsen und andere Bestandteile funktionierten allem Anschein nach einwandfrei.

Weitere Beamte überprüfen die Autonummern, die der Verunglückte notiert hat. Durch den Kontakt zu diesen Autobesitzern verschafft sich die Polizei einen Überblick, wo der Unfallfahrer sich in den Tagen und Wochen vor dem Unglück aufgehalten hat. Möglicherweise lassen sich dadurch die Orte einkreisen, an denen Geld und Beweise vergraben wurden.

Alle anderen Beamten bekommen den Auftrag, Adressen und Telefonnummern der diversen Quittungen und Notizen zu überprüfen und danach die jeweiligen Personen aufzusuchen, um ihre Beziehung zum Unfallopfer zu klären. Auf einem der Zettel stehen die Initialen SB und eine Telefonnummer, die einer Frau mit Wohnsitz in der Innenstadt von Århus gehört.

Gegen Abend erscheinen dort vier bewaffnete Kripobeamte. Die Tür wird von einem Mann geöffnet, der sich als Frontmann der zu dieser Zeit beliebtesten dänischen Rockband, TV 2, herausstellt.

Der Sänger Steffen Brandt erzählt den Beamten, dass er wenige Tage zuvor einen langen, geheimnisvollen Brief mit einem Fluchtplan bekam, den ihm ein ehemaliger Bekannter namens Carsten Nielsen geschickt hätte.

Das Unfallopfer liegt am Nachmittag und Abend des 2. Mai 1989 auf dem Operationstisch des Rigshospitals. Gleichzeitig versuchen die Kripobeamten, seine Identität aufzuklären.

Ein Anruf bei dem auf seinem Krankenversicherungsnachweis aufgeführten Hausarzt führt zu keinem greifbaren Ergebnis. Erfolgreich ist dagegen ein Telefonat mit einer der Personen, deren Führerschein der Verunglückte bei sich trug. Es handelt sich um Carsten Nielsens Bruder. Er kann bestätigen, dass sein Bruder eine lange Narbe an der Vorderseite seines linken Oberschenkels hat.

»Nach diesen Informationen kann der Verunglückte als identifiziert und identisch mit Carsten Nielsen angesehen werden«, schreibt einer der Kriminalbeamten in seinem Bericht. Laut Krankenversicherungsnachweis wurde Carsten Nielsen 1953 in Århus geboren.

Die Ermittler des Raubdezernats bemühen sofort das Archiv, um Informationen über Carsten Nielsen zu finden. Es zeigt sich, dass weder die Polizei noch der Geheimdienst vor dem Überfall in der Købmagergade im November 1988 irgendetwas über einen Carsten Nielsen aus Århus in ihren Akten vermerkt haben. Nach dem Coup hatte der Nachrichtendienst PET allerdings die zentralen Figuren der Appel-Gruppe erneut abgehört und observiert – und tatsächlich war der Name Carsten Nielsen knapp anderthalb Monate nach dem Überfall einmal gefallen.

Nachdem die Mitschnitte von Jan Weimanns Telefon vom Sonntag, dem 11. Dezember 1988, von einem Mitarbeiter des Geheimdienstes abgehört wurden, fertigt er eine Sondernotiz an: Ein unbekannter Mann namens Carsten hat Jan Weimann angerufen, um ein Treffen zu vereinbaren, zu dem auch die anderen Mitglieder der Appel-Gruppe erscheinen sollten.

Das Band wurde noch am selben Tag abgeschrieben: »Ich rufe an, um dich – oder euch – zum Abendessen am nächsten Sonnabend einzuladen«, sagt dieser Carsten auf der Aufnahme vom 11. Dezember. »Wenn ihr wollt.«

»Am kommenden Sonnabend?«, fragt Jan.

»Ja. Ich habe eine Reihe alter Bekannter eingeladen. Es wäre einfach schön, wenn ihr dabei wärt.«

»Klar, ich werde es dem Familienrat vorlegen.«

Carsten bittet Jan, auch seinen Bruder Bo einzuladen, den er selbst nicht erreicht hätte. Jan verspricht, es am nächsten Tag zu erledigen, wenn sie sich bei der Arbeit träfen. Carsten teilt noch mit, dass er unter anderem Torkil, Lisa, Niels, Kirsten und ihren kurdischen Freund eingeladen hätte. Er betont, dass es sich nur um ein Abendessen handeln würde, nichts Besonderes.

»Ich habe kein großes Fest geplant.«

»Nein, nein.«

»Es ist ja auch nicht genug Platz in dieser winzigen Wohnung.« Beide lachen.

»Okay, mach's gut.«

»Grüß schön.«

Einige Tage nach diesem Telefongespräch wandte sich der Leiter der Abteilung Fünf des PET, der Terrorabteilung des Geheimdienstes, an die Abteilung Vier, die Observationsabteilung, um eine Vorwarnung zu geben, dass die Appel-Gruppe sich am 17. Dezember, dem kommenden Samstagabend, an einem unbekannten Ort treffen wird. Man wisse noch nicht, wer Carsten ist, aber er soll so schnell wie möglich identifiziert werden. Der Bericht schließt: »Von dem, was wir bis Sonnabend herausfinden, wird abhängen, was wir einsetzen können, aber natürlich sollte Technik installiert sein, Fotos des Treffpunkts usw.«

Zwei Tage später, am Freitag, dem 16. Dezember, war Carsten identifiziert, sein Nachname ist Nielsen und die Meldeadresse Brohusgade in Nørrebro. Am 17. Dezember stand um siebzehn Uhr ein geschlossener Lieferwagen des PET bereit, um die Personen auf Video aufzunehmen, die zu Carsten Nielsens Abendessen erscheinen. Offensichtlich war es nicht mehr gelungen, eine Abhörvorrichtung in der Wohnung zu installieren.

In den nächsten beiden Stunden filmte der Geheimdienst die Gäste. Bereits um halb zehn verließen Torkil Lauesen und seine Frau Lisa mit ihrer Tochter das Haus, ein Observationsteam folgte ihnen bis zu ihrer Wohnung in der Nähe. Gegen elf fuhren Jan Weimann und seine Frau. Die letzten Gäste verließen Carsten Nielsens Wohnung gegen eins, winkten noch einmal zum dritten Stock hinauf und wurden von den Geheimdienstleuten zur Nørrebrogade und weiter bis zur Kneipe ›Det Gyldne Krus‹ am Kapelvej verfolgt. Erst um zwei Uhr nachts beendeten die PET-Mitarbeiter den Einsatz.

Seit diesem Abend wird Carsten Nielsen als Person von gewissem Interesse in den Ermittlungsakten der Polizei geführt. Da sich jedoch keine weiteren belastenden Informationen über den Mann fanden und das Treffen der Appel-Gruppe mehr nach einer familiären Veranstaltung aussah, behielten weder die Polizei noch der Geheimdienst ihn in den nächsten Monaten im Auge. Carsten Nielsens Telefon wurde nie abgehört.

Vier Monate später, vor einer weiteren kritischen Verhandlung im Stadtgericht Mitte April 1989, hatte Jørn Moos seine Kollegen im Politigården jedoch ersucht, nach Carsten Nielsen zu fahnden. Dabei handelte es sich allerdings eher um ein taktisches Manöver. Natürlich hatte die Polizei einige Tage nach der Verhaftung der Mitglieder der Appel-Gruppe auch eine Hausdurchsuchung bei Carsten Nielsen durchgeführt, da sein Name in Torkil Lauesens Unterlagen gefunden worden war, doch verwertbare Resultate hatten sich nicht ergeben.

Nun brauchen Polizei und Anklagebehörden stichhaltige Argumente, um den Richter davon zu überzeugen, dass die Verdächtigen weiterhin in Haft bleiben müssen – und ein Mittäter auf freiem Fuß ist ein gewichtiges Argument. Carsten Nielsen ist also genau der richtige Mann.

Abgesehen von dieser formellen Fahndung deutet in den Ermittlungsakten nichts darauf hin, dass der PET oder die Kripo Carsten Nielsen verdächtigten, zum inneren Zirkel der Appel-Gruppe zu gehören. Zumindest hat weder der PET noch die Polizei irgendwelche ernsthaften Schritte unternommen, ihn zu überwachen. Bis zu dem Autounfall auf dem Kongevej am 2. Mai 1989.

Und doch hatte Carsten Nielsen das Gefühl, verfolgt zu werden, seit seine Genossen am 13. April von der Polizei verhaftet wurden.

Am Vormittag des 13. April 1989 wartete Carsten Nielsen vergeblich auf seinen festen Badmintonpartner in der Svanemøllehalle am Rand von Østerbro. Es war ein Donnerstag und sie hatten den Platz ab elf Uhr reserviert. Torkil Lauesen hätte längst auftauchen müssen.

Vierzehn Tage zuvor hatte Carsten Nielsen mit Hilfe seines Genossen Niels Jørgensen aus der Kommunistischen Arbeitsgruppe KA seine Wohnung in der Brohusgade geräumt und war in ein gelbes Holzhaus gezogen, das er von einem anderen Mitglied der maoistischen Organisation in der Kleingartenkolonie Mozart am Südhafen gemietet hatte. Durch Carsten Nielsens Auszug konnte Niels Jørgensen die Wohnung übernehmen und Nachbar seiner neuen Freundin Gitte werden.

Als Carsten Nielsen die Badmintonhalle verließ, beschloss er, nicht in das Gartenhaus zurückzukehren. Er hatte das Gefühl, dass irgendetwas nicht in Ordnung ist. Als er Karsten Møller Hansen anrief – ein weiteres Mitglied der Kommunistischen Arbeitsgruppe, das ebenfalls in der Kleingartenkolonie am Südhafen wohnte –, wurde seine Vermutung bestätigt. Karsten Møller Hansen hatte »Gäste« von der Ordnungsmacht. Die beiden Männer verabredeten, sich später zu treffen.

Parallel zur Festnahme von Torkil Lauesen und vier anderen Mitgliedern der Kommunistischen Arbeitsgruppe an diesem Vormittag wurde auch Karsten Møller Hansen von der Polizei aufgesucht. Er stimmte einer Durchsuchung des Gartenhauses zu und wurde anschließend zur Vernehmung aufs Polizeihauptquartier mitgenommen, allerdings ohne dass man ihn eines Verbrechens bezichtigte. Als Karsten Møller Hansen am Nachmittag den Politigården verließ und nach Hause fuhr, traf er sich mit Carsten Nielsen und berichtete ihm von den Verhaftungen Torkils und der vier anderen Genossen. Die beiden Männer gingen zusammen in eine Gaststätte, um die Situation zu besprechen.

Carsten Nielsen spürte, wie ihm der Boden unter den Füßen heiß wurde: Vermutlich stand sein Namen bei einigen der Verhafteten in den Notizbüchern, und möglicherweise würde die Polizei auch bald nach ihm fahnden. In dieser Situation gab es vermutlich niemanden mehr, der die zahlreichen Unterlagen, Waffen und anderen Gerätschaften beiseiteschaffen konnte, die von der Gruppe in einer illegalen Wohnung in der Blekingegade versteckt wurden.

Karsten Møller Hansen und Carsten Nielsen waren sich einig, dass Carsten eine Rückkehr in das Gartenhaus nicht riskieren konnte, sondern sofort untertauchen musste. Sie verabredeten, dass Karsten Møller Hansen noch am gleichen Tag Nielsens Auto zum Hauptbahnhof fahren sollte, wo Carsten es übernehmen würde. Bevor sie sich trennten, vereinbarten sie ein Treffen zwei Tage später im Balkonrestaurant des Hauptbahnhofs, Sonnabend um zwölf Uhr.

Nachdem er sein Auto am Hauptbahnhof abgeholt hatte, parkte Carsten Nielsen am Israels Plads und nahm den Bus in den Kopenhagener Stadtteil Amager. Unterwegs achtete er auf Verfolger und lief im Viertel um die Blekingegade auf und ab, um ganz sicherzugehen, dass er nicht beschattet wurde.

Carsten Nielsen begann, die Wohnung in der Blekingegade aufzuräumen. Zunächst versuchte er, sich einen Überblick über die mit Plänen, Notizen, Karten und Berichten gefüllten Regale und Mappen zu verschaffen. In der Wohnung lagen nicht nur die Pläne für den Købmagergade-Überfall, sondern auch für andere Verbrechen – Raubüberfälle und Entführungen –, die in den vergangenen Jahren von der Gruppe vorbereitet worden waren. In einem geheimen Raum hinter einem Regal waren darüber hinaus große Mengen an Waffen, Sprengstoff und Munition versteckt. Nielsen wollte den Inhalt der verschiedenen Kisten nach brennbarem und nicht brennbarem Inhalt sortieren.

Auf einer Platte Steinwolle versuchte er, einen Haufen Fotos zu verbrennen, die niemand sehen durfte. Es kam zu stark qualmender, giftiger Rauchentwicklung. Er konnte das Material nicht in der Wohnung verbrennen, ohne die Nachbarn zu alarmieren. Stattdessen musste er alles nach draußen schaffen, ohne Aufsehen zu erregen. Carsten Nielsen holte eine Rolle schwarzer Abfallsäcke und warf Mappen und Unterlagen hinein.

Allerdings war keineswegs absehbar, wie all diese Unterlagen zu entsorgen wären, ganz abgesehen von den Waffen. Es konnte mehrere Tage dauern. Vorsichtig verließ er das Haus, um einzukaufen, damit er sich eine Weile in der Wohnung aufhalten konnte.

In dieser Nacht schlief Carsten Nielsen auf einer Matratze in der Wohnung. Am nächsten Morgen setzte er die Aufräumarbeiten fort. Mit einem in Spiritus getauchten Lappen versuchte er, sämtliche Fingerabdrücke abzuwischen. Er packte die wichtigsten Papiere, darunter die Pläne für den Købmagergade-Überfall, in ein paar Sporttaschen, um sie später zu verbrennen. »To be burned« schrieb er auf einen Zettel, den er auf die Taschen legte.

Er schraubte das Regal vor dem geheimen Raum ab, in dem sich Waffen, Maschinenpistolen, Raketen, Sprengstoff und kistenweise Munition befanden. Von anderen Gruppenmitgliedern, die die Wohnung aus Angst, sie den Agenten des PET zu verraten, nicht mehr betraten, wusste er, dass es wichtig war, die Waffen zu entsorgen. Nur wusste er nicht, wie er die Waffen aus der Wohnung schaffen sollte.

In der Abteilung C der Polizei herrschte in diesen Tagen eine einigermaßen gedrückte Stimmung – bis am 2. Mai um elf Uhr die Nachricht von dem Verkehrsunfall bei Birkerød eintrifft.

Knapp drei Wochen zuvor, am 13. April, hatten mehrere Einheiten der Kriminalpolizei auf Initiative des Einsatzleiters Jørn Moos eine Reihe von Hausdurchsuchungen durchgeführt und fünf Personen verhaftet, die verdächtig waren, hinter zahlreichen Raubüberfällen in den achtziger Jahren zu stehen, bei denen eine Rekordsumme erbeutet wurde. Eine Frau namens Kirsten, die festgenommen worden war, musste schnell wieder auf freien Fuß gesetzt werden, während es der Polizei und den Anklagebehörden bisher unter Schwierigkeiten gelungen war, die vier Männer in Gewahrsam zu behalten: Niels Jørgensen, Peter Døllner, Torkil Lauesen und Jan Weimann.

Der Verdacht der Kriminalpolizei basierte auf einem Tipp des Geheimdienstes PET, der sich nach dem Mord an dem jungen Polizeibeamten während des Købmagergade-Überfalls an die Kripo gewandt hatte.

Beim PET hatte die Führung bereits seit zehn Jahren den Verdacht, dass junge Linke aus der sogenannten Appel-Gruppe für eine Reihe von unaufgeklärten Raubüberfällen verantwortlich waren, um Geld für die palästinensische Kampforganisation PFLP, die Volksfront zur Befreiung Palästinas, zu beschaffen. Über Jahre hatte der dänische Geheimdienst Telefone abgehört und die Mitglieder der Gruppe überwacht. Allerdings ohne verwertbare Resultate.

Die PET-Leute haben die Gruppe nach ihrem ehemaligen Führer benannt, dem Maoisten Gotfred Appel. Der Name blieb, obwohl die Mitglieder sich schon vor vielen Jahren von Appel getrennt haben. Die Presse taufte die Gruppierung nach ihrer Verhaftung im April ›Liberation-Gruppe‹, weil die Verdächtigen zusammen mit anderen Personen aus der linken Szene das Café Liberation an Islands Brygge betrieben. Selbst nennt die Gruppe sich KA, Kommunistische Arbeitsgruppe, während die palästinensische Volksfront PFLP seit den frühen siebziger Jahren Appels Nachnamen als Decknamen verwendet. Die palästinensischen Partner nennen die Gruppenmitglieder ›tuffah‹, arabisch für ›Äpfel‹.

Die ›Äpfel‹ werden unter anderem verdächtigt, folgende Verbrechen begangen zu haben: die brutale Entführung eines Bankdirektors, seiner Ehefrau und ihrer achtjährigen Enkeltochter im Sommer 1980, einen bewaffneten Raubüberfall auf Geldboten am Bahnhof Vesterport in Kopenhagen im April 1982, einen ähnlichen Überfall im Vorort Lyngby im März 1983, den sogenannten ›Rollstuhlüberfall‹ in Herlev im Dezember 1985, einen Raubüberfall auf das Kopenhagener Kaufhaus Daells Varehus zur Weihnachtszeit 1986 und schließlich den Raubüberfall in der Købmagergade im November 1988.

Seit dem Købmagergade-Coup ist eine Sondereinheit aus Kripo- und Geheimdienstbeamten unter der Leitung von Jørn Moos der sogenannten Appel-Spur nachgegangen. Aufgrund ihrer intensiven Ermittlungen sind Moos und die übrigen Mitglieder der Einheit überzeugt davon, dass die Appel-Gruppe für die Raubüberfälle verantwortlich ist. Handfeste Beweise ließen sich jedoch nicht beschaffen.

Nachdem ein Zeuge des Überfalls in Lyngby erklärte, dass er den verdächtigen Niels Jørgensen als Täter wiederzuerkennen glaubte, konnte Jørn Moos die Polizeiführung jedoch davon überzeugen, das Risiko einzugehen und fünf mutmaßliche Mitglieder der Gruppe festzunehmen. Die Anklage lautete auf Raubüberfall und Unterstützung einer terroristischen Vereinigung. Doch die Festnahmen und Hausdurchsuchungen am 13. April 1989 hatten zu keinen greifbaren Ergebnissen geführt und Polizei und Anklagebehörden mussten bereits mehrfach sehr hartnäckig argumentieren, um die Beschuldigten in Untersuchungshaft behalten zu können.

Zuletzt hatte ein Richter am Kopenhagener Stadtgericht am 27. April die Untersuchungshaft verlängert. Doch die Verteidiger von zwei der Beschuldigten haben beim Østre Landret, der nächsthöheren Instanz, Beschwerde eingelegt und gefordert, ihre Klienten mangels Beweisen freizulassen. Außerdem haben die Verteidiger um eine mündliche Verhandlung vor dem Landgericht ersucht, und das bedeutet, dass die Anwälte den Richtern persönlich gegenüberstehen und versuchen werden, die ziemlich dünne Beweislage der Polizei zu erschüttern. Die Verhandlung ist auf den 3. Mai festgesetzt.

Bis zur Verhandlung brauchen Polizei und Staatsanwaltschaft dringend einen Durchbruch bei den Ermittlungen. Die wichtigste Spur sind drei identische Schlüsselsätze, die bei der Verhaftung von drei Gruppenmitgliedern gefunden wurden. Die Polizei ist überzeugt, dass die Schlüssel zu einer illegalen Wohnung irgendwo in Kopenhagen gehören. Doch trotz eines gewaltigen Fahndungsaufwands, bei dem die Schlüssel in vier- bis fünftausend Wohnungen im Kopenhagener Stadtgebiet ausprobiert wurden, konnte die Polizei bisher nichts finden.

Jørn Moos muss neue Beweise beschaffen, wenn er sicher sein will, dass die Beschuldigten nicht auf freien Fuß gesetzt werden. Und am Vormittag des 2. Mai 1989 sind es weniger als vierundzwanzig Stunden bis zur Verhandlung vor dem Østre Landsret. Dementsprechend gedrückt war die Stimmung im Polizeihauptquartier, bis der Anruf, in dem von einem Verkehrsunfall auf dem Kongevej bei Birkerød die Rede ist, neue Hoffnung gibt.

Am Abend des 19. April 1989 führte Carsten Nielsens Flucht nach Århus. Er fuhr in ein Dorf außerhalb der Stadt, in dem sein Bruder, seine Frau und ihr Sohn ein Reihenhaus bewohnten.

Für die Familie war es nichts Ungewöhnliches, dass Carsten zu Besuch kam. Carsten Nielsens Sohn wohnt bei seiner Mutter in Mitteljütland, darum verbrachte er häufig ein Wochenende bei der Familie des Bruders, wenn er seinen Sohn besuchen wollte. An diesem Mittwochabend war der Bruder nicht zu Hause, als Carsten erschien und fragte, ob er übernachten dürfe.

Die Schwägerin wunderte sich, dass er sein Kommen nicht wie üblich angekündigt hatte. Später wird sie gegenüber der Polizei aussagen, Carsten hätte ungewöhnlich erregt und nervös gewirkt. Er hatte eine Zeitung dabei und zeigte seiner Schwägerin auf der Titelseite den Artikel über einen Raubüberfall in Kopenhagen. Carsten erklärte, er würde sich große Sorgen machen, weil einige seiner Freunde ein paar Tage zuvor verhaftet worden waren. Es überraschte ihn, dass die Schwägerin noch überhaupt nichts von der Geschichte gehört hatte.

Im Laufe des Abends kam der Bruder von einer Fortbildung nach Hause. Auch er wunderte sich über Carstens unangekündigten Besuch und bemerkte ebenfalls, dass Carsten Nielsen nervlich am Ende war. Auch seinem Bruder zeigte Carsten den Zeitungsartikel und erzählte von den verhafteten Genossen, die er aus einem politischen Studienkreis kannte. Er behauptete, die ganze Geschichte sei mit gefälschten Beweisen konstruiert worden, dahinter stehe die israelische Lobby in Dänemark.

Carsten Nielsen hatte offensichtlich Angst, dass ihm selbst etwas zustoßen könnte. Doch der Bruder war mit Grippe und Fieber heimgekehrt, und obwohl er spürte, dass Carsten gern mit ihm gesprochen hätte, sah er sich dazu nicht in der Lage. Dem Gast wurde wie gewöhnlich eine Matratze auf den Boden gelegt.

Am folgenden Tag lieh Carsten Nielsen sich zweitausendfünfhundert Kronen von seinem Bruder und nahm den Zug in die jütländische Stadt, in der seine geschiedene Frau mit ihrem gemeinsamen elfjährigen Sohn lebt.

Carsten Nielsen war seit zehn Jahre geschieden. Den Sohn sah er ein-, zweimal im Monat an Wochenenden. Nach seiner Verhaftung hatte Carsten Nielsen in einem Interview erklärt, seine Unabhängigkeit als Vater wäre eine der Voraussetzungen, dass er sich auf die kriminellen Handlungen eingelassen hat und riskierte, im Gefängnis zu landen.

Vater und Sohn kehrten am Donnerstagnachmittag in das Reihenhaus des Bruders zurück, bereiteten das Abendessen zu und sahen sich gemeinsam einen Western an.

Am Freitagvormittag nahm Carsten Nielsen den Sohn mit zu seinen Eltern, wo sie bis zum nächsten Tag blieben und am Samstag den Geburtstag des Jungen feierten. Am Sonntag, dem 23. April, holte die Mutter den Sohn mittags ab. Den Rest des Tages verbrachte Carsten Nielsen im Haus seines Bruders.

Abends diskutierten sie erneut über den Raubüberfall, und Carsten erklärte, er sei überzeugt, dass seine Freunde in ein von Polizei und Geheimdienst eingefädeltes Komplott geraten seien. Er hatte große Angst, möglicherweise selbst verhaftet zu werden.

Der Schwägerin erschien die ganze Geschichte ziemlich aus der Luft gegriffen. Sie mochte nicht glauben, dass derartige Verschwörungen in Dänemark möglich sind.

Aber Carsten blieb bei seiner Geschichte. Nur hatte die Familie oft genug über Politik diskutiert, ohne einer Meinung zu sein, und der Bruder und seine Frau waren ohnehin der Ansicht, Carstens Ansichten seien zu extrem.

Carsten Nielsen hatte Pläne für seine weitere Flucht geschmiedet, während er seinen Sohn betreute. Für ihn war entscheidend, dass er den Verfolgern entkommen konnte, die er auf den Fersen zu haben glaubte. Er brauchte lange, um den Plan aufzuschreiben. Dann schickte er ihn einem Mann, den er seit seiner Kindheit kannte, mit dem er aber seit beinahe zehn Jahren keinen Kontakt mehr hatte. ›Steffen Brandt‹ schrieb er auf den Briefumschlag.

Die Kriminalbeamten bitten den Sänger der Rockband TV 2, sie zum Polizeirevier in Århus zu begleiten, wo der erfahrene Ermittler Christian Medom ihn gern befragen würde. Ein Jahr zuvor war Medom von seinem Arbeitsplatz im jütländischen Hauptquartier des PET in den Kopenhagener Politigården versetzt worden. Da er bereits 1980 bei einem Verkehrsunfall ermittelt hat, der Holger Jensen, eine der führenden Figuren der maoistischen Organisation von Gotfred Appel, das Leben kostete, hat die PET-Führung ihn beauftragt, sich der Ermittlungsgruppe im Appel-Fall anzuschließen.

Steffen Brandt erklärt bei seiner Vernehmung, dass er Carsten Nielsen um 1980 begegnet ist. Nielsen war damals mit einem Mädchen befreundet, das in der Wohngemeinschaft des Sängers wohnte. Tatsächlich hatten sie zu dieser Zeit eine gemeinsame Fahrradtour unternommen, an die Carsten Nielsen Brandt in seinem Brief mit dem Fluchtplan erinnerte. Doch in den letzten neun Jahren hat er Carsten Nielsen weder getroffen noch irgendetwas von ihm gehört, darum war er einigermaßen überrascht, plötzlich diesen Brief zu bekommen.

Im ersten Moment hatte Steffen Brandt gedacht, der Brief käme von einer Person, die Hilfe brauchte. Bei genauerer Lektüre hatte er jedoch beschlossen, den Brief nicht ernst zu nehmen, da es sich bei dem Absender offenbar um einen Verrückten handelte. Als bekannter Rockstar bekäme er häufig derartige Briefe und Bitten von ziemlich verstörten Menschen, erklärt er dem Ermittler Christian Medom.

Auch Steffen Brandts Ehefrau hatte den Brief gelesen und war der Meinung gewesen, dass es sich um einen Verwirrten handeln müsse, deswegen hatten sie nichts unternommen.

Christian Medom liest die sechs Seiten und bittet, den Brief behalten zu dürfen. Steffen Brandt darf gehen.

»Hallo Steffen, alter Wölfling«, beginnt Carsten Nielsens Brief, »nach einem längeren Aufenthalt in den Pyrenäen bin ich wieder in Dänemark und hätte Lust, dich wiederzusehen. Erinnerst du dich an unsere Fahrradtour 1980 zusammen mit Lisbeth und Mette? Das waren noch Zeiten. Nie vergesse ich deinen verschmitzten Humor und, aber nein, jetzt mal halblang. Du hast es erraten, ich bin's, Carsten Nielsen. Lieber Steffen, dies ist ein Notruf an dich und nur an dich. Die Einleitung musste sein, damit du eventuelle Fragen mit der Erklärung abtun kannst: Reisebeschreibungen eines alten Genossen, falls einer deiner Angehörigen Fragen stellt.«

Nach der Aufforderung, den Brief zu verbrennen, wenn er sich alle Details eingeprägt hätte, erklärt Carsten Nielsen den Grund seines Schreibens: »Ich bin in diesen aktuellen Fall verwickelt, diese alten unaufgeklärten Raubüberfälle und ›Terrorunterstützung‹. Ein paar von meinen guten Freunden sitzen nun schon seit anderthalb Wochen in Isolationshaft im Polizeihauptquartier von Kopenhagen, vorgeworfen werden ihnen Raubüberfälle und staatsfeindliche Tätigkeit. Ich habe neun Jahre mit ihnen in politischen Organisationen gearbeitet, die das Ziel haben, Volksbewegungen in der Dritten Welt zu unterstützen.

Ich glaube nicht, dass meine Freunde dafür verantwortlich sind, aber ich sehe, dass ihnen eine lange Gefängnisstrafe droht, wenn genügend Beweise produziert werden. Auch ich stehe im Rampenlicht und habe vergeblich versucht, eine Polizeieinheit abzuschütteln, als ich untertauchen wollte. Ich bin nur auf freiem Fuß, weil den Bullen die Beweise fehlen, sie hoffen, dass ich sie ihnen beschaffen oder sie zu größeren Fischen bringen kann. Ich bin sicher, ich bin nur frei, solange ich sie nicht merken lasse, dass ich weiß, dass sie mir auf der Spur sind.

Ich habe einige Freunde hier in Århus, wo ich mich im Augenblick unauffällig aufhalten kann, sie sind auch bereit, mir zu helfen, aber sie sind keine wirkliche Hilfe, weil sie auf meinen Adresslisten zu Hause in der Kleingartenkolonie Mozart stehen. Mein Gartenhaus wurde letzte Woche durchsucht.

Du bist einer meiner alten Freunde, dessen Telefon und Adresse ich nicht aufgeschrieben habe.«

Wenn Steffen Brandt zur Hilfe bereit wäre, solle er um neun Uhr morgens ein Zeichen an seiner Haustür oder dem Wohnzimmerfenster anbringen. Das Zeichen hätte gelb zu sein, eventuell ein ›Atomkraft, nein danke‹-Aufkleber. In den kommenden Tagen wollte Carsten Nielsen jeden Morgen zwischen neun und halb zehn an Brandts Haus vorbeikommen. Wenn er das Zeichen sieht, würde er sich im Nacken kratzen, um zu signalisieren, dass er die Nachricht erhalten hatte.

Dann beschreibt Carsten Nielsen die Details seines Fluchtplans, des ›runplans‹, wie er ihn nennt: Die Flucht sollte in einem kleinen Wald im Viertel ihrer Kindheit in Højberg beginnen. Hier ging der gleichaltrige Steffen Brandt in dieselbe Schule wie Carsten Nielsen. Sie waren zusammen bei den Pfadfindern – ›Wölflinge‹ –, und auch als Erwachsene wohnten sie um 1980 beide in diesem Stadtteil von Århus. Carsten Nielsen kann durchaus davon ausgehen, dass Brandt sich im Viertel auskennt.

An dem entscheidenden Abend wollte Carsten Nielsen um halb zehn aus dem Wagen seines Bruders springen, bei ›Grumstolen‹, einem alten Hof, der jahrelang als Pfadfinderhütte gedient hatte. Hier sollte der erste Fluchtwagen warten.

Carsten Nielsen erklärt, der Fahrer des Fluchtwagens müsse Geduld haben und dürfe nicht vor zehn Uhr wegfahren. »Stellt eure Uhren nach den Nachrichten.« Sobald er in den Kofferraum gestiegen wäre, sollte der Wagen langsam davonfahren, ungefähr vierzig Stundenkilometer, um nicht die Aufmerksamkeit der »Zivilbullen« zu wecken.

Der Brief teilt die exakte Fluchtroute bis Stavtrup westlich von Århus mit. Wenn der Fahrer unterwegs eine Straßensperre sähe, hätte er in eine Seitenstraße abzubiegen, um Carsten Nielsen herauszulassen, damit er bis Stavtrup laufen könne.

Wenn alles gut ging, sollte der Fluchtwagen bis zum Ende des Bispevej in Stavtrup fahren. Steffen Brandt wird gebeten, dort an einem aufgelassenen Bahnhofsgebäude zu warten.

»Du wartest in der Dunkelheit und paffst eine Kippe. Lass dich von niemandem sehen, du bist ein bekanntes Gesicht. Du kannst auch bei halb offenem Fenster warten, so dass du auf meinen Bibabalula-Schrei reagieren kannst, wenn ich dich nicht gleich bei der Ankunft sehe. Möglicherweise komme ich zu Fuß, wenn das erste run-car auf eine Straßensperre gestoßen ist.«

Steffen Brandt sollte sich von halb zehn bis um elf Uhr am Bahnhofsgebäude bereithalten.

In seinem Brief nennt Carsten Nielsen zwei Namen, die Steffen Brandt bitten könnte, den ersten Fluchtwagen zu fahren. Einer ist der Sohn eines afrikanischen Flüchtlingspaars, Bekannte von Carsten Nielsen, der andere ein alter Schulkamerad aus Højberg. Brandt wird eingeschärft, dass er die beiden nicht anrufen, sondern besuchen soll. Unter einem Vorwand hätte er dann nach einem diskreten Ort zu suchen, um sie in die Fluchtpläne einzuweihen.

»Tank auf!«, lautet der letzte Rat, bevor Carsten Nielsen den Brief beendet. »Schon jetzt danke und auf Wiedersehen. Carsten

(Mach dir evt. Notizen und verbrenn ihn schnell.)«

Nachdem er den Brief an Steffen Brandt geschickt hatte, fuhr Carsten Nielsen am Montagnachmittag des 24. April mit seinem Bruder zu ihrer Schwester, um eine Tür einzusetzen. Der Bruder hatte bereits am Wochenende im Haus der Schwester gearbeitet, Carsten sollte ihm helfen. Keiner von beiden erzählte der Schwester von Carstens Situation, nach dem Abendessen fuhren sie wieder heim.

Am nächsten Tag brachte Carsten seinen Bruder gegen acht Uhr zur Arbeit und lieh sich sein Auto. Vermutlich fuhr er direkt ins Zentrum von Århus, um zu überprüfen, ob sich an Steffen Brandts Tür ein gelbes Zeichen befand.

Im Laufe des Tages holte Carsten seinen Bruder an dessen Arbeitsplatz ab. Ähnlich verlief der Mittwoch, dann fuhren sie nach der Arbeitszeit noch einmal zu ihrer Schwester, um die Arbeiten an der Tür zu beenden. Auf diesen Fahrten bemerkte der Bruder, dass Carsten sich die Nummern sämtlicher Fahrzeuge notierte, die ihnen folgten. Er hatte bereits über fünfzig Nummern aufgeschrieben.

Carsten Nielsen erläuterte ihm seine Theorie: Wenn eine der Nummern sich wiederholte, wäre das der Beweis, dass er beschattet würde. Der Bruder wandte ein, es dürfte der Polizei nicht schwerfallen, ihn zu finden, wenn sie Interesse daran hätten, schließlich würde er bei ihnen wohnen. Aber Carsten war der festen Überzeugung, dass es sich um israelische Mossad-Agenten handelte, die ihn beschatteten, um zusätzliches Material für ihr Komplott zu sammeln.

Als der Bruder später von der Polizei vernommen wird, erklärt er, dass ihm Carstens Gerede über Agenten und Verschwörungstheorien allmählich zu viel wurde. Er forderte Carsten auf, sich zu beruhigen, und versuchte, ihn in die Realität zurückzuholen.

Am Mittwochabend hat Carsten Nielsen es offenbar aufgegeben, Hilfe von Steffen Brandt zu erwarten, er wollte den Nachtzug nach Kopenhagen nehmen. Gegen halb zehn brachte der Bruder ihn zum Hauptbahnhof von Århus, sein Gepäck bestand aus einigen Plastiktüten mit Kleidung.

Der Bruder war erleichtert, als er wieder abfuhr. Carstens Angstzustände hatten den Besuch anstrengend werden lassen, er und seine Frau waren inzwischen ziemlich erschöpft.

Am Sonntag, dem 30. April, kurz vor achtzehn Uhr lieh ein Mann einen weißen Toyota Corolla bei einer Autovermietung an der Vesterport Station in Kopenhagen. Der Mann bezahlte bar und wies sich mit seinem Führerschein aus. Später stellte sich heraus, dass der seinem Bruder gehörte. Der Mann erklärte, er wäre gerade auf dem Flughafen Kastrup gelandet, seiner Meinung nach sei es aber viel zu teuer, ein Auto am Flughafen zu mieten.

Sämtliche Kunden der Autovermietung werden mit einer automatischen Kamera gefilmt. Auf dem Bild, das der Polizei zwei Tage später ausgehändigt wird, lehnt ein müder Carsten Nielsen in zerknittertem Hemd über der Theke der Autovermietung.

Vermutlich ist dies das Letzte, was Zeugen über Carsten Nielsen wissen, bis er etwa sechsunddreißig Stunden später in dem weißen Corolla auf dem Kongevej bei Birkerød in südlicher Richtung unterwegs ist.

Carsten Nielsen selbst hat berichtet, dass er im Laufe des Montags in die Wohnung in der Blekingegade zurückgekehrt ist, um Beweise zu beseitigen. Er konzentrierte sich auf das ›Werkzeug‹ – so sein Begriff – für den Raubüberfall in der Købmagergade. Unter den Gegenständen, die er in zwei schweren Nylontaschen aus der Wohnung trug, sind eine blaue Laterne, ein paar Knüppel und das abgesägte Jagdgewehr, mit dem ein halbes Jahr zuvor ein junger Polizeibeamter erschossen worden war.

Irgendwann hat Carsten Nielsen oder sonst jemand auch die Kartei aufgeräumt, in der die Gruppe ihre ordentlich in Hängeregistraturen sortierten Pläne von früheren oder künftigen Raubüberfällen katalogisierte. Nach der Aufräumaktion sind nur fünfzehn bis zwanzig leere Hängemappen übrig geblieben.

Carsten Nielsen war bei Weitem nicht fertig mit dem Aufräumen, als er irgendwann am Montagabend oder in der Nacht mit zwei schweren Taschen die Wohnung verließ. In zwei weitere Taschen hatte er bereits sämtliche Notizen zum Købmagergade-Überfall gepackt – die Polizei wird sie später ›das Drehbuch‹ nennen –, aber es gelang ihm nicht mehr, sie zu beseitigen.

Dies gilt auch für Notizen über eine Reihe geplanter Waffenraube in schwedischen Polizeirevieren und nicht zuletzt für die Pläne, den Sohn eines schwedischen Milliardärs zu entführen, der gezwungen werden sollte, fünfundzwanzig Millionen Dollar für die Freilassung seines Sohnes zu zahlen.

Von der Blekingegade aus fuhr Carsten Nielsen mit seiner illegalen Fracht im Kofferraum des Corollas auf die Autobahn in Richtung Norden. Mitgenommen hatte er einen Zahlschein für die vierteljährliche Telefonrechnung der Wohnung, die er am nächsten Morgen bezahlen wollte. Er plante, im Laufe der Nacht ein Boot zu finden und auf einen der Seen südlich von Farum zu rudern, um das ›Werkzeug‹ im Wasser zu versenken.

Vor Farum bog er zu den Seen ab. Dort war es allerdings zu dicht besiedelt und er fürchtete Zeugen seiner geplanten Aktion. Carsten Nielsen setzte sich wieder ins Auto und fuhr weiter in Richtung Norden.

Von da an behauptet er, er könne sich nicht mehr daran erinnern, was in jener Nacht passierte. Er erinnerte sich lediglich, dass er kein Boot finden konnte und schließlich den Plan aufgab, die Taschen im See zu versenken.

Stattdessen habe er den Inhalt der Taschen irgendwo in Nordseeland im Wald vergraben, einschließlich der Mordwaffe aus der Købmagergade.

Am 2. Mai 1989, einem Dienstag, war kurz nach sieben ein Arzt auf dem Weg zu seiner Arbeitsstelle. Aus Værløse in Nordseeland fuhr er auf dem Ballerupvej in südliche Richtung, als er zwischen Søndersø und Hareskov plötzlich ein weißes Auto bemerkte, das den Mittelstreifen überfuhr und auf seiner Fahrbahn direkt auf ihn zukam.

Die Front des entgegenkommenden Wagens füllte mehr und mehr sein Gesichtsfeld und erst im letzten Moment gelang es ihm, das Lenkrad herumzureißen, sein eigenes Auto auf den Fahrradweg zu lenken und einem frontalen Zusammenstoß zu entgehen.

Schockiert sah der Arzt im Rückspiegel, wie das andere Fahrzeug seinen Kurs fortsetzte. Das weiße Auto schlingerte ein wenig, als es in nördlicher Richtung verschwand.

Viertel nach sieben nahm die Polizei die Meldung entgegen, dass ein Wagen auf dem Kongevej südlich von Birkerød auf einen Strommast geprallt war.

Der Ruko-Schlüssel gleitet in das Schloss und dreht sich ohne Widerstand. Der Kriminalbeamte stößt die Haustür auf und geht mit seinen beiden Kollegen die Treppe zum ersten Stock hinauf. Es ist ein altes Treppenhaus mit grau meliertem Linoleum auf der Treppe, einem abgenutzten dunkelbraunen Treppengeländer und weißen Kastentüren mit Messinggriffen.

Es ist der 2. Mai 1989, nachmittags Viertel nach drei. Kurz zuvor sind die drei Beamten zu der Adresse geschickt worden, die an diesem Morgen auf einer Überweisung in Carsten Nielsens verunglücktem Auto gefunden wurde. Die Zahlkarte ist auf die Computerfirma PC-85, Blekingegade 2, 1. Stock rechts, ausgestellt. Ein Blick in den Polizeicomputer hat ergeben, dass beim Einwohnermeldeamt niemand unter dieser Adresse gemeldet ist.

Die Blekingegade ist eine kleine Seitenstraße der Amagerbrogade im Kopenhagener Stadtteil Amager, an der Ecke steht ein fahrbarer Würstchenstand. Im Parterre von Nummer 2 gibt es ein Radiogeschäft.

Die Kripobeamten haben Kopien der Schlüssel, die im Vormonat nicht nur bei drei Verdächtigen der Appel-Gruppe gefunden wurden, sondern nun auch in der Jackentasche in Carsten Nielsens Mietwagen. Wie die übrigen Polizeieinheiten auch, die an diesem Nachmittag zu einer Reihe Kopenhagener Adressen geschickt werden, deren Anschriften sich auf Notizzetteln und Quittungen in dem Unfallwagen fanden, sind sich die drei Beamten bewusst, dass sie hinter einer verschlossenen Tür möglicherweise die illegale Wohnung finden, nach der große Teile der Kopenhagener Polizei wochenlang gesucht haben.

Sie wurden gewarnt, dass sich in der Wohnung eventuell bewaffnete und möglicherweise verzweifelte Personen befinden könnten. Im Treppenaufgang nimmt der Kriminalbeamte seine Dienstwaffe aus dem Holster und steckt sie in die Tasche, um sie gegebenenfalls schneller zur Hand zu haben.

Die weiße Tür rechts im ersten Stock sieht aus wie alle anderen, auf dem kleinen Schild steht derselbe Name wie auf der Zahlkarte: PC-85. Durch die sechs kleinen, mattierten Scheiben der Tür lässt sich nichts erkennen. Der Beamte klopft, niemand reagiert. Er steckt einen anderen der drei Schlüssel ins

Schloss. Der Schlüssel dreht sich, die Tür lässt sich öffnen. Aus der Wohnung ist Musik zu hören, leiser Pop, wie aus einem Radio. Der Beamte ruft etwas durch die Tür in die Wohnung. Niemand antwortet. Er steckt den Kopf hinein und ruft noch einmal. Mit dem gleichen Resultat.

»Als wir die Tür in der Blekingegade öffneten, hatte ich sofort das Gefühl, dass wir diesmal in der richtigen Wohnung sind«, erinnert sich der Beamte. »In einer derartigen Situation werden die Haare auf den Armen plötzlich zehn Zentimeter lang.«

Die Kripobeamten kommen in einen langen, dunklen Flur. Die Rückseite der Eingangstür ist mit einer Stahlplatte gesichert. Sie folgen der Musik und betreten eine Küche. Vor dem Fenster ist die Gardine zugezogen. Auf dem Elektroherd stehen eine Pfanne und ein rotgestreifter Topf, neben der Spüle einige schmutzige Teller und Thermoskannen. Eine orangefarbene Schreibtischlampe ist an den Esstisch geschraubt, auf dem eine lila gemusterten Wachstuchdecke liegt. Um den Tisch sind drei verschiedene Stühle verteilt.

In einer Ecke der Küche steht eine alte Hobelbank mit Schraubzwinge, darauf Werkzeug und Rollen aus Stahldraht. Hinter der Hobelbank lehnt ein Paar Ski, an der Wand darüber hängt die Mona Lisa, lächelnd.

Von der Küche aus gehen die Beamten ins Wohnzimmer. Auch dort sind die weißen Gardinen vor dem Fenster eines Erkers zugezogen. In dem Erker steht ein niedriger Sessel neben einem weißen Sofatisch mit roten Beinen, sonst befinden sich in dem Raum lediglich ein alter Kleiderschrank und ein Regal an einer der Wände. Die Musik kommt aus einem B&O-Radio und ein paar Lautsprechern auf dem obersten Regalbrett. Eine grüne und eine orangefarbene Schreibtischlampe sind an das

Regal geschraubt, das mit Ausnahme der Stereoanlage halb leer ist – auf den Regalbrettern stehen lediglich eine Schreibmaschine, einige Bücher, Briefordner und Zeitschriftenhalter aus Pappe.

Eine Schiebetür führt in einen weiteren Raum mit schmutzig weißen Paneelen entlang der Wände. Zwei große Reispapierlampen hängen über einem Holztisch, umgeben von roten Stühlen mit hohen Lehnen. Auf einem sonst leeren Leiterregal liegt ein großes Surfbrett. Ein paar Schaumgummimatratzen und Schlafsäcke weisen darauf hin, dass jemand hin und wieder in der Wohnung übernachtet hat.

Wie angeordnet, bewegen sich die Beamten vorsichtig, ohne etwas zu berühren, um keine Spuren oder Fingerabdrücke zu verwischen.

Am anderen Ende des Flurs entdeckt einer der Beamten, dass eine Tür in die Nachbarwohnung im ersten Stock links führt. Die beiden Wohnungen müssen irgendwann einmal zusammengelegt worden sein. Die Wohnungstür der Nachbarwohnung ist von innen mit einem soliden Stück Holz verriegelt, das quer über der Tür und der Wand sitzt.

Die ehemalige Küche der zweiten Wohnung ist als Dunkelkammer eingerichtet. Dann betreten die Beamten ein großes Zimmer, das von einer Tischtennisplatte auf Rädern dominiert wird, auf der Umzugskartons, Taschen und Tüten liegen. In einer Ecke steht eine gelbe Sackkarre, in einer anderen lehnen mehrere Schaufeln und Spaten.

Einem Kripobeamten fällt eine Pappkiste auf, die direkt vor der Tür zum Tischtennisraum auf dem Boden steht. Der Paketaufkleber kommt ihm bekannt vor. Der Karton war für eine Firma in der Vestergade in Kopenhagen bestimmt, der Aufkleber ist datiert auf den Tag vor dem Raubüberfall, adressiert an das Postamt in der Købmagergade. Der Beamte kennt die Informationen des Paketaufklebers durch seine Ermittlungen in dem Fall: Die Sendung hatte ein Laminiergerät enthalten, mit dem falsche Ausweise eingeschweißt werden können. Der Apparat gehört zu den gestohlenen Gegenständen in der Købmagergade.

Wenn der Kripobeamte noch den geringsten Zweifel gehabt haben sollte, dass er sich im Versteck der Købmagergade-Täter befindet, so sind diese Zweifel jetzt verflogen: Er ruft im Polizeihauptquartier an und teilt mit, dass die illegale Wohnung gefunden wurde.

Zunächst wollen ihm die Kollegen nicht glauben.

»Und ob das stimmt! Seht zu, dass ihr euren Arsch bewegt …«

Als die Nachricht von der Entdeckung der illegalen Wohnung ankommt, treffen die Ermittlungsleiter Jørn Moos und Niels Bach Christensen eine rasche Entscheidung.

Zunächst wollen sie zu diesem Zeitpunkt noch nicht publik werden lassen, dass in der Blekingegade eine größere Polizeiaktion begonnen hat. Sie bitten den Leiter der Antiterroreinheit, das ganze Gebiet so absolut unauffällig wie möglich abzuriegeln, falls einer der Mitverschworenen der Gruppe auftauchen sollte, um in die Wohnung zu gelangen. Gleichzeitig untersagen sie die Benutzung des Polizeifunks bei der Durchführung der Aktion, denn sie wissen, dass die Gruppe bereits in der Lage gewesen ist, den Polizeifunk abzuhören.

Außerdem entscheiden die beiden Ermittlungsleiter, dass keine weiteren Beamten die Wohnung zu betreten haben. Die Erfahrung anderer großer Fälle hat gezeigt, dass zu viele Personen an einem Tatort sehr schnell Spuren und Beweise verwischen. Jørn Moos macht sich auf den Weg in die Blekingegade, nur begleitet vom Leiter der Antiterroreinheit.

Als Moos eintrifft, stellt er zufrieden fest, dass es keinerlei sichtbaren Anzeichen von Polizeiaktivität in der Umgebung gibt. Zusammen mit den drei zivil gekleideten Kollegen betritt der Einsatzleiter die Wohnung. An der Tür untersuchen sie sorgfältig, ob die Nutzer der Wohnung sich auf irgendeine Weise – mit einem Streichholz oder einem Stück Papier – abgesichert haben, um festzustellen, ob in ihrer Abwesenheit jemand in der Wohnung gewesen ist. Sie finden keinerlei Spuren.

Durch die Küche und das Wohnzimmer begeben sie sich in den hintersten Raum mit den roten Stühlen um den Holztisch. Auf dem Tisch liegen eine karierte Kappe, eine Schachtel Streichhölzer und eine Kerze. An der Wand hängt eine weiße Tafel, ein sogenanntes Whiteboard. Niemand zweifelt am Zweck dieses Arrangements: »der Planungsraum« oder »der Briefingraum« wird das Zimmer in den Berichten der Polizei heißen.

Die benutzten Teller in der Küche, die auf dem Boden liegenden Matratzen, die Dunkelkammer und das Werkzeug weisen darauf hin, dass die Wohnung nicht zum Wohnen genutzt wurde, sondern nach Ansicht des Leiters der Antiterroreinheit ausschließlich zum Übernachten und Planen von Aktionen.

Der erste Kriminalbeamte, der vor Ort gewesen ist, informiert Moos, dass der Karton für das Laminiergerät im Tischtennisraum aus dem Købmagergade-Überfall stammt. Ein anderer Pappkarton im Zimmer hat einmal ein Browning-Gewehr enthalten. Moos schaut sich das Stück Steinwolle an, das neben einer großen Plastikwanne auf dem Boden liegt. Die Steinwolle ist von Asche geschwärzt, auf ihr liegen ein Schraubenzieher und ein Feuerzeug. Alles riecht nach Spiritus. Offensichtlich hat in dem Zimmer irgendjemand etwas verbrannt.

Aus dem Tischtennisraum führt eine Tür zur Hintertreppe, zu dieser Tür passt der dritte Schlüssel, der bei den Verdächtigen gefunden wurde. Die überdachte Treppe führt hinunter zum Radiogeschäft im Parterre.

Die Polizisten können nicht sofort damit beginnen, den Inhalt der zahlreichen Kartons zu untersuchen. Zunächst diskutiert Jørn Moos mit dem Leiter der Antiterroreinheit das weitere Vorgehen. Rasch werden sie sich einig. Es gibt nur zwei Möglichkeiten: entweder sofort mit der Hausdurchsuchung beginnen oder alles unberührt lassen und die Wohnung überwachen, um abzuwarten, ob weitere Gruppenmitglieder erscheinen.

Die zweite Möglichkeit wäre vorzuziehen, wenn die Ermittler ausreichend Zeit hätten. Aber es ist unmöglich abzusehen, ob es Tage oder Wochen dauern wird, bis jemand in der illegalen Wohnung auftaucht – und bereits am folgenden Tag müssen Kriminalpolizei und Anklagebehörden die Richter am Landgericht davon überzeugen, dass die Festgenommenen in Untersuchungshaft zu bleiben haben.

Moos ist sich darüber im Klaren, dass er keine neuen Beweise hat, die er bei der Verhandlung vorlegen könnte, und das ist sein entscheidendes Argument: Die Wohnung wird sofort durchsucht. Es gilt, keine Zeit zu verlieren.

Die Technische Abteilung der Polizei und die Fingerabdruckspezialisten vom CFI, dem Zentralbüro für Identifikation, werden angefordert. Gleichzeitig erscheint die Hundestaffel der Polizei mit Spürhunden, um die Wohnung nach möglicherweise verstecktem Sprengstoff abzusuchen.

Erst nachdem die Hunde ergebnislos die Räume durchsucht haben, nehmen die Experten ihre Arbeit auf. Ein Fotograf macht Bilder von der gesamten Wohnung und die Kripoleute beginnen mit der Suche nach Waffen, Funkgeräten und der technischen Ausrüstung für die Raubüberfälle.

Im Tischtennisraum werden die Beamten fündig. Vier Umzugskartons sind voll mit elektronischem Gerät: eine große Auswahl von professionellen tragbaren Funkgeräten, Mikrofonen, Antennen, Kabeln, Kopfhörern, Walkie-Talkies, Kristallen und Funkarmaturen. Bei drei Funkgeräten handelt es sich um Apparate der Marke Storno, die auch von der Polizei benutzt werden. In eine Plastikschachtel mit einem Fahrradflickset ist ein Sender eingebaut, der ganz unauffällig zum Abhören einer Wohnung eingesetzt werden kann.

Ein weiterer Umzugskarton ist voller Verkleidungsutensilien: Masken, Haarfärbemittel, Perücken und Gummihandschuhe. Ganz oben liegt ein altes Buch mit Schminkanleitungen. Andere Taschen und Kisten enthalten Landkarten, Overalls, Motorradhelme, Polizeiabzeichen, Sturmhauben, Schlüsselkopiefräser, Pick-Pistolen, Wagenheber, Lenkradschlösser, eine Heimdruckerei, Schreibmaschinen, gefälschte Führerscheine und Pässe und eine große Sammlung Autoschlüssel und -schlösser, in Tüten sortiert nach Automarken.

Am aufsehenerregendsten allerdings ist der Fund zweier Sporttaschen, die neben einem weißen Regal auf dem Boden stehen. Auf einer der Taschen, einer blauen Nylontasche, liegt ein Zettel, auf dem jemand mit schwarzem Filzschrift ›to be burned‹ notiert hat. Die Tasche ist voller Papiere, handgeschriebener Notizen und Zettel. Die schwarze Nylontasche daneben enthält ähnliche Unterlagen, nur dass die Papiere hier in zwei Müllsäcke gestopft wurden.

Einer der Kriminalbeamten zieht vorsichtig ein paar karierte Zettel aus der schwarzen Tasche und liest die sorgfältige

Handschrift. Bei einer Notiz handelt es sich offensichtlich um einen vorformulierten Text: »Guten Morgen. Wir sind von der Kriminalpolizei. Vor ca. 20 Minuten gab es in der Skindergade einen gewaltsamen Überfall auf eine Frau. Ein Zeuge hat erklärt, dass die Täter die Løvstræde hinunterliefen und möglicherweise in einem Hof verschwanden. Wir würden gern wissen, ob Sie etwas gesehen haben – und uns ein bisschen umsehen.«

Der Beamte, der an den Ermittlungen des Købmagergade-Überfalls beteiligt war, kennt diese Sätze. Sie stammen von einem der Posträuber, der im November des Vorjahres als Kriminalbeamter verkleidet die Torwache täuschte, um sich Zugang zum Hof des Postamtes in der Løvstræde zwischen Købmagergade und Gråbrødretorv zu verschaffen. Kurz darauf fuhr der Geldtransport mit seiner Millionenladung in den Hof.

Ein Zettel nach dem anderen wird aus den Sporttaschen gezogen. Die handgeschriebenen Notizen dokumentieren die detaillierte Planung des Coups – von den Überwachungen vor dem Überfall und der Beschaffung der notwendigen Fahrzeuge bis zum genauen Zeitplan der Aktion und den vorformulierten Äußerungen der Mitwirkenden.

Als den Kriminalbeamten in den folgenden Minuten klar wird, was sie in den Händen halten, ist dies der Höhepunkt ihrer sechsmonatigen intensiven Ermittlungsarbeit, die mit einer Unzahl von Überstunden verbunden war: die Beweise, dass Carsten Nielsen und die verhafteten Mitglieder der Appel-Gruppe den Überfall in der Købmagergade geplant und den jungen Polizeibeamten erschossen haben.

Der Rest des Tages vergeht wie im Rausch mit der Wohnungsdurchsuchung. Die Unterlagen in der Sporttasche sollten sich nicht als das letzte Geschenk an die Ermittler erweisen.

Die Beamten, die zuerst die Wohnung betreten haben, machen ihre Vorgesetzten darauf aufmerksam, dass die Innenaufteilung der Wohnung nicht zu ihrem äußeren Grundriss zu passen scheint. Die Polizisten sehen sich die Wohnungen mehrmals vom Treppenabsatz aus an, und tatsächlich hat es den Anschein, als würde der linke Teil der Wohnung mehr Raum einnehmen, als sich durch die Größe des Tischtenniszimmers erklären lässt. Möglicherweise gibt es einen weiteren Raum, der bisher nicht gefunden wurde.

Die Aufmerksamkeit richtet sich auf ein weißes laminiertes Regal, das den größten Teil der Wand des Tischtenniszimmers bedeckt. Das Regal ist weitgehend leer, aber an der Wand verschraubt. Jørn Moos und der Leiter der Antiterroreinheit überlegen, wie man hinter das Regal kommen kann, ohne Beweismaterial zu zerstören.

Eine Schraube wird gelöst. Vorsichtig ziehen die Beamten einen Teil des Regals von der Wand ab. Dahinter findet sich eine weitere Tür.

Der Leiter der Antiterroreinheit betritt als Erster den geheimen Raum. Allerdings untersucht er zunächst, ob das Zimmer möglicherweise mit irgendetwas präpariert ist, das beim Zutritt ungebetener Gäste explodieren könnte. Er sucht nach eventuellen Leitungen, Werkzeugspuren und anderen Anzeichen einer Falle, entdeckt aber nichts.

An einem Garderobenständer auf der rechten Seite hängen eine Polizeiuniform, ein paar rote Postjacken und eine Motorradkombi der Polizei. Ansonsten ist alles in Pappkartons und Holzkisten verschiedener Größe verstaut.

Ein rascher Blick auf die Kisten genügt dem Leiter der Antiterroreinheit, um zu wissen, was sie voraussichtlich enthalten: Einige Holzkisten erkennt er als Originalverpackungen von militärischen Waffen und Munition. Mehrere Kisten sind randvoll mit Handgranaten und Sprengstoff.

»Wir hatten Aladins Höhle gefunden«, so Jørn Moos heute.

Sofort nimmt er Kontakt zur waffentechnischen Abteilung der Polizei und den Bombenexperten der Kaserne in Farum auf. Moos bittet die Militärs, mit ihrem Kommen zu warten, bis es dunkel geworden ist. Der Ermittlungsleiter legt noch immer Wert auf eine gewisse Diskretion bei dem bis dahin größten illegalen Waffenfund in Dänemark.

Auch der Geheimdienst der Polizei wird informiert.

In der Zwischenzeit ist der zweite Ermittlungsleiter, Niels Bach Christensen, mit weiteren Kripobeamten seiner Einheit in der Wohnung eingetroffen. Niels Bach Christensen hat das EDV-System für die umfassenden Ermittlungen im Zusammenhang mit dem Købmagergade-Überfall entwickelt und übernimmt nun als Organisator die Verantwortung für die Untersuchung der Wohnung. Zuerst wirft er den größten Teil der Polizeibeamten hinaus.

Im Laufe des Abends organisiert Niels Bach die systematische Registrierung sämtlicher Gegenstände in der Wohnung,- und seine Methode wurde seither zum Vorbild für ähnlich große Untersuchungen: Jeder Raum in der Wohnung bekommt eine Hauptnummer sowie neunhundertneunundneunzig Asservatennummern. Das Tischtenniszimmer wird als Raum Nummer 1 registriert, sämtliche Gegenstände, die sich in diesem Raum befinden, bekommen eine Nummer von 1 bis 999. Asservat Nr. 1 wird die blaue Nylontasche, gefüllt mit den Unterlagen zur Planung des Købmagergade-Überfalls, Asservat Nr. 2 die schwarze Sporttasche.

Der Aufenthaltsraum ist Raum Nr. 2 mit den Nummern 1000 bis 1999, der Geheimraum Raum Nr. 3 und so weiter. Niels Bachs Beamte haben aus dem Raubdezernat einige Hermes-Schreibmaschinen mitgebracht, da es die einzigen Maschinen sind, auf denen die notwendige Anzahl von Durchschlägen der Asservaten-Listen geschrieben werden kann.

Nachdem die Fingerabdruckexperten ihre Arbeit vorläufig beendet haben, können die Kripobeamten mit einer ersten Auflistung beginnen. Alles muss erfasst werden, von den Shampooflaschen bis zu den Walkie-Talkies. In den nächsten Stunden hallt die Wohnung von den Geräuschen der alten Schreibmaschinen wider.

Einigen Beamten wird die besondere Aufgabe übertragen, die zahlreichen losen Blätter und Zettel der beiden Sporttaschen zu registrieren. Als sie ihre Arbeit beendet haben, führt die Liste von Asservat Nr. 1, der blauen Sporttasche, siebenhundertvierundsechzig Blätter Papier auf, während sich in Asservat Nr. 2, der schwarzen Tasche, einhunderteinundachtzig verschiedene Blätter befinden.

Die Originale werden später fotokopiert und zur technischen Untersuchung geschickt. Die Kopien werden in einem Ringordner abgelegt, der als ›Drehbuch‹ des Købmagergade-Coups bekannt werden wird.

Eine Gruppe von Kriminalbeamten erhält den Auftrag, die Bewohner des Hauses zu befragen. Sehr schnell stellt sich heraus, dass niemand etwas Verdächtiges im ersten Stock bemerkt hat. Die Wohnungen wurden seit Langem als Gewerberäume genutzt. Einige Bewohner haben hin und wieder jüngere Männer und auch ein paar Frauen die Wohnung betreten sehen, aber sie gingen davon aus, dass diese Leute etwas mit ›PC-85‹ zu tun hatten, wie es auf der Tür steht – eine Firma oder ein Klub, der sich offenbar mit Computern und EDV beschäftigt.

Niemand hat bemerkt, dass irgendetwas Besonderes die Treppen hinaufgetragen worden wäre, nie hat es irgendwelchen Lärm oder andere Probleme gegeben. Einer der Bewohner hat eine Zeit lang als Hausmeister des Gebäudes gearbeitet, die Wohnung aber nie betreten.

Vor knapp anderthalb Jahren hatte es im zweiten Stock rechts einen Wasserschaden gegeben, der den Besuch eines Klempners in der Wohnung darunter erforderlich machte. Weil man im ersten Stock niemanden erreichte, hatte die Frau des Hausmeisters einen Zettel durch den Briefschlitz geworfen. Ein paar Tage später hatte sich eines Vormittags ein ordentlich aussehender, groß gewachsener Mann bei ihr gemeldet. Der Mann hatte es abgelehnt, die Schlüssel zur Wohnung zu hinterlegen, aber er hatte ihr eine Telefonnummer hinterlassen, die sie anrufen sollte, wenn der Klempner eingelassen werden musste. Den Zettel mit der Telefonnummer hatte sie längst weggeworfen.

Die Beamten suchen auch die Nachbarn in der Blekingegade 1 auf der gegenüberliegenden Seite der Straße auf, die auf die Fenster der Wohnung sehen können. Niemand hat etwas Verdächtiges bemerkt, abgesehen davon, dass nur selten Licht im ersten Stock der Hausnummer 2 brannte und man so gut wie nie einen Menschen in der Wohnung gesehen hat. Einer der Nachbarn meint sich jedoch zu erinnern, dass erst kürzlich die ganze Nacht das Licht in der Wohnung eingeschaltet gewesen wäre. Ein anderer hat einige sehr teure Autos vor dem Haus gesehen, darunter einen schwarzen Ferrari.

Kurt, der Würstchenmann an der Ecke Blekingegade/Amagerbrogade, ist beschäftigt und erinnert sich an nichts Besonderes. Später wird er allerdings aussagen, dass er in den vergangenen Jahren mehrfach einige Männer beobachtet hat, die irgendwelche Dinge das Treppenhaus hinauftrugen, wenn er seinen Würstchenstand zwischen ein und zwei Uhr nachts schloss. Die Männer kamen häufig mit Lieferwagen einer Autovermietung und schleppten große Kisten in das Treppenhaus neben dem Radiogeschäft.

Die Wohnung wird die ganze Nacht von der Polizei untersucht. Die Spezialisten vom CFI finden verwertbare Fingerabdrücke. Um zwei Uhr nachts werden einige CFI-Männer zum Rigshospital beordert, um die Fingerabdrücke des verunglückten Carsten Nielsen zu nehmen.

Ein besonderer Fund wird im Geheimraum gemacht. Unter den großen Mengen an Munition liegt auch eine Schachtel mit insgesamt achtundfünfzig transparenten Jagdpatronen der Marke Rottweil Express, hergestellt von Dynamit Nobel in Westdeutschland. Jede Patrone enthält zwölf Postenschrote des Typs ›Sinoxid SPSG‹, sogenanntes Wildschwein- oder Bockschrot mit einem Durchmesser von 7,5 Millimetern. Die Beamten wissen, dass mit Schrot dieses Typs und dieser Größe vor genau einem halben Jahr ihr junger Kollege während des Überfalls in der Købmagergade erschossen wurde.

Zwei Patronen werden sofort zur Untersuchung in die Technische Abteilung im Politigården geschickt. Die Experten vergleichen den Inhalt der Patrone mit dem Schrot, das aus dem Gehirn des toten Beamten entfernt wurde. Ihrer Analyse nach handelt es sich bei dem Schrot aus der Blekingegade um den gleichen Typ und das gleiche Fabrikat wie bei den tödlichen Geschossen. Eine Grundstoffanalyse des Bleis wird später eine »exakte Übereinstimmung« nachweisen. Im Laufe der Nacht bringen die Sprengstoffexperten die erheblichen Mengen an

Sprengstoff, Munition und Waffen aus dem Geheimraum in besonderen Militärfahrzeugen in die Farumer Kaserne, in der das gesamte Material unter entsprechenden Sicherheitsvorkehrungen gründlich untersucht werden soll.

Allerdings müssen die Ermittlungsleiter feststellen, dass irgendjemand die Wohnung zwischenzeitlich ein wenig aufgeräumt haben muss, bevor die Polizei zugriff. Eine Reihe leerer Hängeregistraturen weist darauf hin, das bestimmte Unterlagen verschwunden sind. Nur die Stichworte auf den Mappenreitern lassen vermuten, welche Informationen der Polizei verloren gegangen sind.

Die Reiter verraten, dass sich in den Mappen unter anderem Unterlagen – vielleicht über Personen, vielleicht zu neuen Plänen – zu folgenden Themen befunden haben müssen: ›Westeuropa‹, ›Naher Osten‹, ›Frankreich‹, ›Ostländer‹, ›BRD‹, ›Norwegen‹, ›DK‹, ›Schweden‹ und ›Neue Ideen Dänemark‹. Der verschwundene Inhalt andere Mappen ist mit ›Aufbewahren‹, ›Post‹, ›Dokumentencheck‹, ›Auto‹, ›Telefon‹ und ›Personen‹ beschriftet.

Noch heute, viele Jahre nach dem Aufspüren der Wohnung in der Blekingegade 2, ärgert es die beteiligten Ermittler, dass sie nicht wissen, welche Informationen und Pläne die Mappen enthielten. Der Leiter der Antiterrorgruppe vermutet, dass »wir möglicherweise Zellen in halb Europa hätten auffliegen lassen können, wenn wir den Inhalt der Mappen gekannt hätten.«

Am Tag nach dem Fund der Wohnung in der Blekingegade ist die Verhandlung im Østre Landsret angesetzt. Bis zum Vortag haben Polizeiführung und Anklagebehörden befürchtet, das Landgericht würde den Anträgen der Verteidiger folgen und die vier Inhaftierten auf freien Fuß setzen.

Doch als am 3. Mai die Sonne aufgeht, ist die Polizei sich sicher, dass kein Richter Mitglieder der Gruppe freilassen wird, die von diesem Morgen an nur noch die Blekingegade-Bande genannt werden wird.

In der Kaserne in Farum haben die Militärexperten im Laufe der Nacht vorsichtig die zahlreichen Kisten mit Waffen und Munition geöffnet. Der Fund übersteigt selbst die wildesten Fantasien, die Kripo und Geheimdienst im Vorfeld gehabt hatten.

Schusswaffen gibt es in überwältigender Auswahl: Pistolen verschiedener Fabrikate, Beretta, FN, CZ, Walther; Gewehre und Büchsen, einen US-Karabiner, ein Jagdgewehr, eine automatische Beretta sowie einige Pumpguns, Maschinenpistolen der Marken Husqvarna, Hovea und Schmeisser.

Die Munitionsmenge für die zahlreichen Schusswaffen ist ebenfalls enorm: Ein Karton enthält eintausendachthundert Patronen, ein anderer eintausendvierhundert 9-mm-Patronen, ein dritter zweihundert Büchsenpatronen und achthundertvierzig Stück Pistolenmunition. Darüber hinaus wurden Magazine, Schulterhalfter und Munitionstaschen für kleine und große Waffen sichergestellt.

In anderen Kisten lagern Sprengstoff, Sprengschnur und Hunderte von Zündern. In einem Karton finden sich vierzehn Kilo Sprengstoff, in einem anderen fünfzehn Päckchen mit insgesamt einundzwanzig Kilogramm. In vier gleichartigen Kisten ist der Sprengstoff in Stangen verpackt – allerdings fehlt ein Teil der Stangen.

Selbst über verschiedene Arten von Minen verfügte die Gruppe. Ein Pappkarton enthält fünf Splitterminen, ein anderer fünfundzwanzig Personenminen, in zwei Kisten finden die Militärs jeweils fünfundzwanzig Alarmminen. Dazu kommen

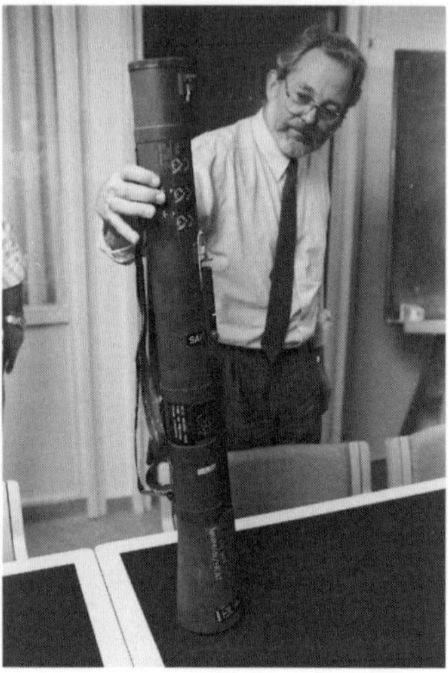

Der Ermittlungsleiter Jørn Moos präsentiert im Mai 1989 eine in der Wohnung in der Blekingegade gefundene Panzerabwehrrakete.

vier Behälter mit je zwölf Handgranaten, ganz abgesehen von der übrigen Ausrüstung: ein langer Dolch, englische Fallschirmmesser, mehrere Handschellen, Äxte, Schalldämpfer, schusssichere Westen, ein Glas Zyankali, Leuchtpatronen und Rauchgranaten.

Bei den schwersten Waffen aus dem Geheimraum handelt es sich um sechsundzwanzig Panzerabwehrraketen, verpackt in den originalen Holzkisten. Die Raketen, die in Fabriken der schwedischen Armee produziert wurden, sind knapp einen Meter lang und werden von der Schulter abgefeuert. In einem Abstand von zweihundertfünfzig Meter können sie bis zu vierunddreißig Zentimeter dicken Panzerstahl durchschlagen.

Erst eine Woche später wird der letzte Fund gemacht. Torkil Lauesens Verteidiger nimmt am 10. Mai kurz nach der Mittagszeit Kontakt zu Jørn Moos auf, um ihm mitzuteilen, die

Polizei solle sich das Surfbrett näher ansehen, das auf dem Regal im sogenannten Briefingraum gefunden wurde. Lauesen habe gestanden, das Brett enthalte einen äußerst gefährlichen Inhalt aus Raketen und müsse vorsichtig behandelt werden.

Das Surfbrett befindet sich mit den übrigen, scheinbar ungefährlichen Gegenständen im Asservatenkeller unter dem Polizeihauptquartier. Weder die Kriminalbeamten noch ein hinzugezogener Sprengstoffexperte aus der Farumer Kaserne können erkennen, dass das Surfbrett auseinandergenommen oder in irgendeiner Weise aufgeschnitten wurde. Sie können sich nur schwer vorstellen, wie die Raketen in das Brett gekommen sein sollen. Die Experten beschließen, das Brett vor Ort zu durchleuchten, weil es zu gefährlich wäre, es aufzusägen.

Die Röntgenaufnahmen zeigen, dass das Surfbrett tatsächlich mindestens eine Panzerabwehrrakete enthält, die denen entspricht, die bereits in der Wohnung gefunden wurden.

Noch am gleichen Nachmittag wird das Brett in einem Militärfahrzeug zur genaueren Untersuchung nach Farum transportiert. Am Abend fährt Jørn Moos in die Kaserne, um bei der Öffnung des Brettes dabei zu sein. In dem Plastikbrett finden die Experten zwei weitere Panzerabwehrraketen. Außerdem sind in dem Brett zwanzig elektrische Zünder und eine Gebrauchsanweisung für die Raketen auf Englisch und Schwedisch versteckt. Später stellt sich heraus, dass die englische Gebrauchsanweisung auf einer IBM-Schreibmaschine geschrieben wurde, die man ebenfalls in der Wohnung gefunden hatte – die Gruppe wollte den potenziellen Abnehmern der Raketen die Bedienungsanleitung freundlicherweise gleich mitliefern.

Die Raketen waren in einem Hohlraum untergebracht, den man aus dem Plastikschaum im Innern des Surfbretts gekratzt hatte. Danach hatte man das Holz mit einem Kunststoffkleber wieder verleimt und die Oberfläche abgeschliffen, so dass die Verklebung unmöglich zu erkennen war. Die einzige Möglichkeit, den Inhalt des Bretts bei einer Kontrolle zu entdecken, wäre eine Durchleuchtung gewesen, so die Bombenexperten.

Der Leiter der Sprenggruppe der Kaserne erklärt Moos, dass die Nachfrage nach Panzerraketen dieses Typs bei Terroristen und Guerillagruppen weltweit groß ist, es handle sich um »echte Mangelware«.

Die Kriminalpolizei bemüht sich herauszufinden, woher die Waffen aus dem Geheimraum stammen. Es stellt sich heraus, dass ein Teil der Maschinenpistolen samt der dazugehörigen Munition aus einem ungeklärten Einbruch vor mehr als sechzehn Jahren stammt. Damals waren unbekannte Täter in ein Depot des dänischen Heimatschutzes eingebrochen, das in einem Wasserturm bei Jægersborg untergebracht war.

Die allermeisten Waffen stammen allerdings aus einem Einbruch in ein militärisches Waffenlager in der Nähe der schwedischen Stadt Flen Anfang der achtziger Jahre.

Damals hatten die jungen Mitglieder der sogenannten Kommunistischen Arbeitsgruppe KA den Verlust ihres aktivsten Genossen zu verschmerzen gehabt: Nur zwei Jahre nachdem sich 1978 der Kommunistischen Arbeitskreis aufgelöst hatte und die Mitglieder jegliche Verbindung zu ihrem langjährigen politischen Anführer Gotfred Appel kappten, wurde Holger Jensen, der ideologische Führer der KA, im September 1980 bei einem Lastwagenunfall tödlich verletzt.

Die übrigen Gruppenmitglieder beschlossen, dass in jedem Fall die Unterstützungsarbeit für die palästinensische Volksfront PFLP, intern die ›Front‹ genannt, fortgesetzt werden müsse. Nach dem Tod von Holger Jensen reorganisierte sich die Kommunistische Arbeitsgruppe. Von den Genossen der ›Front‹ erhielten sie die Nachricht, die Beschaffung von Waffen und Geld zum Kampf gegen die israelische Besatzungsmacht hätte nach wie vor Priorität.

Anfang 1982 war die Gruppe wieder bereit, in Aktion zu treten.

Appel und Holger
(1969–1970)

Im September 1970 führte die palästinensische Kampforganisation PFLP ihre bis dahin aufsehenerregendste Terroraktion durch: Drei Linienflugzeuge – eine amerikanische, eine britische und eine Schweizer Maschine – wurden in der Luft gekapert und zur Landung auf dem aufgelassenen britischen Luftwaffenstützpunkt Dawson's Field in der jordanischen Wüste gezwungen.

Insgesamt über vierhundert Flugpassagiere wurden als Geiseln genommen, mit denen gefangene Mitglieder der palästinensischen Volksfront aus europäischen und israelischen Gefängnissen befreit werden sollten. Ziel der dreifachen Flugzeugentführung war es aber vor allem, die Aufmerksamkeit auf die palästinensische Sache und die Forderung nach Rückkehr in ihr Vaterland zu lenken, aus dem das israelische Militär die Palästinenser zwanzig Jahre zuvor vertrieben hatte.

Die Aktion übertraf sämtliche Erwartungen: Journalisten, Fotografen und Fernsehteams aus der ganzen Welt strömten nach Jordanien. Das Interesse der gesamten Weltöffentlichkeit richtete sich auf den Wüstenflughafen, den die PFLP in ›Flugplatz der Revolution‹ umbenannt hatte.

Gruppen von Guerillasoldaten hatten sich mit Bazookas und Maschinengewehren in den Sand gegraben, während Einheiten des jordanischen Militärs in ihren gepanzerten Fahrzeugen in der Ferne patrouillierten. Die Stimmung zwischen den palästinensischen und den jordanischen Soldaten war angespannt. Die PFLP hatte die drei Flugzeuge nach der Landung mit Plastiksprengstoff bestückt und drohte, Flugzeuge und Passagiere in die Luft zu sprengen, wenn irgendjemand einen Angriff versuchen würde.

Auf der anderen Seite des Atlantiks bereitete der amerikanische Präsident Nixon die Entsendung seiner Luftwaffe gegen die Terroristen vor.

In dieser Szenerie tauchte in den Tagen um den 11. September 1970 ein dänisches Pärchen auf. Bei dem hageren Mann mit dem hochgebürsteten, gekräuselten Haar handelte es sich um Gotfred Appel, den siebenundvierzigjährigen Führer einer kleinen kommunistischen Organisation in Dänemark. Begleitet wurde er von seiner Lebensgefährtin, der zehn Jahre jüngeren Ulla Hauton.

In den vorhergegangenen Tagen hatte Gotfred Appel in Amman mit der Führung der PFLP über die Zusammenarbeit zwischen der Volksfront und seiner eigenen Organisation, dem Kommunistischen Arbeitskreis KAK, verhandelt. Es war nicht das erste Treffen der beiden marxistischen Organisationen. In den Jahren davor hatte Appel bereits zwei Delegationen mit jungen Leuten nach Amman geschickt, um Kontakte zur PFLP zu knüpfen.

Gotfred Appel entwickelte schnell große Sympathien für die Volksfront. Mit ihrer marxistisch-leninistischen Grundhaltung entsprach die Führung der PFLP nicht allein seiner politischen Linie, sie repräsentierte darüber hinaus geradezu vorbildlich die militanten Freiheitsbewegungen der Dritten Welt, die nach Appels Überzeugung zu den entscheidenden Auslösern der Weltrevolution gehören würden.

Darüber hinaus war Appel beeindruckt vom Willen und der Bereitschaft der PFLP, den Worten Taten folgen zu lassen: In den vergangenen Jahren hatten die Guerillasoldaten den Kampf um die Befreiung ihrer palästinensischen Heimat mit einer Reihe von Flugzeugentführungen begonnen und mit dieser Aktionsform eine neue Epoche in der internationalen Politik eingeleitet – das Zeitalter des Terrors.

Nachdem er sich die Berichte seiner jungen Emissäre aus Amman angehört hatte, entschloss sich Appel, die Verhandlungen mit der Führung der Volksfront selbst zu übernehmen. Darum war er mit Ulla Hauton Anfang September 1970 in die jordanische Hauptstadt geflogen.

Soweit es sich beurteilen lässt, verliefen die Verhandlungen der beiden Dänen mit der Führung der PFLP zur Zufriedenheit der Palästinenser, jedenfalls erwiesen sie den Dänen die Gunst, sie zu der ungefähr vierzig Kilometer von Amman entfernten Luftbasis Dawson's Field zu transportieren.

Gotfred Appel hat von seinem Besuch bei den gekaperten Flugzeugen in der Wüste berichtet. Zwanzig Jahre später erzählte er die Geschichte unter anderem einigen dänischen Kriminalbeamten.

Allerdings hat Appel nie über Details gesprochen, weder über den Inhalt seiner Verhandlungen mit der PFLP noch über den Aufenthalt auf dem besetzten Flughafen. Dem Bericht der Kriminalbeamten ist jedoch zu entnehmen, dass er und Ulla Hauton während des Besuchs die Gelegenheit hatten, sich mit einigen Geiseln zu unterhalten.

»Es war ein eigenartiges, interessantes Erlebnis«, erklärte Gotfred Appel. Vor allem ein Umstand hatte ihn beeindruckt: »Die Passagiere ertrugen die Situation mit einer merkwürdigen Ruhe.«

Gotfred Appel, 1967

Als zwei Kripobeamte fast zwanzig Jahre danach den Mann aufsuchen, der damals im bestem Einvernehmen mit der obersten Führungsebene der PFLP agierte, begegnen sie einer scheinbar verwirrten Person.

Die Beamten wissen aus den Ermittlungen des Geheimdienstes, dass Gotfred Appel in den sechziger und siebziger Jahren der charismatische und eigenwillige Anführer der marxistischen Organisation KAK gewesen ist und dass zu den zentralen Mitgliedern dieser Organisation die Personen zählten, die die Polizei gerade verhaftet hat und denen die größte Raubüberfall-Serie in der Geschichte Dänemarks vorgeworfen wird.

Im Frühjahr 1989 wohnt der sechsundsechzigjährige Rentner Gotfred Appel in einer kleinen Wohnung in der dänischen Kleinstadt Nakskov. Die Beamten bemerken die Unordnung in der Wohnung, die Gotfred Appel damit erklärt, vor zwei

Wochen Ulla Hauton, seine langjährige Lebensgefährtin, nach einer langen Krebserkrankung verloren zu haben. Es würde ihm deshalb schwerfallen, sich zu konzentrieren. Die Kriminalbeamten schreiben in ihren Bericht, dass die Wohnung dementsprechend aussah und »seit dem Tod der Lebensgefährtin offenbar nicht mehr gereinigt wurde«.

Doch auch andere Gefühle beeinflussen Gotfred Appels Stimmung und bereiten ihm eine gewisse Befriedigung. Nachdem er viele Jahre ein ruhiges und unauffälliges Leben geführt hatte, weckte die Verhaftung seiner ehemaligen Anhänger ein neues Interesse an seiner Person. Er habe nur wenig Zeit, mit der Polizei zu sprechen, erklärt Gotfred Appel, denn eine Reihe von Zeitungen und Fernsehanstalten hätte Kontakt zu ihm aufgenommen, um ihn zu interviewen, teilte er den Beamten mit »einer schlecht verhohlenen Freude« mit.

Während des Polizeibesuchs klingelt mehrfach das Telefon und jedes Mal muss Appel die Journalisten bitten, später anzurufen, weil er, wie er es ausdrückt, im Augenblick »offiziellen Besuch« hätte. Die Beamten haben den Eindruck, als würde er »sich in all dem Aufsehen, das der Fall um seine Person geweckt hat, geradezu sonnen«.

Andererseits findet es Appel laut Vernehmungsprotokoll seltsam, dass die Leute am Zeitungskiosk und an der Tankstelle, die er regelmäßig anfährt, den Fall nicht kommentieren, darüber scheint er geradezu enttäuscht zu sein. Allerdings müsse er am kommenden Tag in die Bibliothek, bestimmt würde ihn dort jemand danach fragen.

Die beiden Kriminalbeamten sind mehr als gewillt, dem älteren Herrn seinen Wunsch zu erfüllen, befragt zu werden. Einer der Beamten ist dem Raubdezernat der Kopenhagener Polizei unterstellt, der andere arbeitet für den Geheimdienst, der den Kreis um Gotfred Appel seit vielen Jahren beobachtet hat.

Der PET-Mitarbeiter ist vor allem an Appels Organisation interessiert, dem Kommunistischen Arbeitskreis, und es zeigt sich, dass Gotfred Appel über ein ausgezeichnetes Gedächtnis verfügt. Er berichtet, wie er die Organisation 1963 gründete, nachdem man ihn aus der dänischen kommunistischen Partei DKP ausgeschlossen hatte. Er kann sich auch noch daran erinnern, wie er vier Jahre später Holger Jensen begegnete, dem Gymnasiasten, der in den folgenden Jahren seine rechte Hand werden sollte. Kurz darauf lernte Appel auch zwei von Holgers Kameraden kennen: Jan Weimann und Peter Døllner.

Appel kann sich auch entsinnen, wie er 1969 ein paar dieser jungen Leute nach Beirut in den Libanon schickte, um Kontakt mit der Volksfront PFLP aufzunehmen, und wie er ein Jahr später zusammen mit Ulla Hauton selbst in den Nahen Osten reiste, um diesen Kontakt zu vertiefen.

Gotfred Appel erzählt gern und sehr bereitwillig über seine Organisation und ihre internationalen Kontakte. Aber schon diese erste Vernehmung nutzt er zur Beteuerung seiner eigenen Unschuld in Bezug auf die Raubüberfälle, die man den ehemaligen Mitgliedern seiner Gruppe vorwirft. Allerdings hält er es durchaus für möglich, dass einige von ihnen die Überfälle ausgeführt haben könnten. Bei ihrem politischen Hintergrund könne er sich durchaus vorstellen, weshalb sie diese Verbrechen verübt hätten, erklärt Appel den Beamten. So tatkräftige junge Männer waren möglicherweise nicht zufrieden damit, nur Spenden- oder Altkleidersammlungen zu organisieren, um eine Organisation wie die PFLP zu unterstützen, offenbar hatte man sich für andere Methoden entschieden.

Ulla Hauton,
Ende der sechziger Jahre

Er selbst könne so etwas allerdings auf keinen Fall billigen, betont er. Sobald Waffen benutzt würden, wolle er damit nichts zu tun haben.

Offensichtlich gelingt es Appel, die beiden Beamten von seiner Unschuld zu überzeugen – und auch die Ermittlungsleitung der Kriminalpolizei und des PET. Jedenfalls wurde Gotfred Appel weder damals noch später angeklagt oder gar verurteilt.

Als die Kripobeamten vier Stunden später die Wohnung in Nakskov verlassen, weist einer darauf hin, dass sie wegen weiterer Fragen vermutlich noch einmal Kontakt zu Appel aufnehmen müssten.

Sie sollten herzlich gerne anrufen, erklärt Gotfred Appel, aber aufgrund der vielen Telefonate könnte es schwierig werden, ihn zu erreichen. Er rät den Beamten, die telefonische Voranmeldung zu nutzen.

Anfang 1965 verschärften die USA den Krieg in Vietnam, als mit der Operation ›Rolling Thunder‹ zum ersten Mal umfassende Bombardierungen Nordvietnams vorgenommen und gleichzeitig reguläre Kampftruppen zu Lande eingesetzt wurden. Die Eskalation ließ sich nicht aufhalten und wenige Jahre später kämpfte über eine halbe Million amerikanischer Soldaten in Vietnam.

Die amerikanische Kriegsführung in dem fernen asiatischen Land und nicht zuletzt der Bombeneinsatz mit chemischen Kampfstoffen und Napalm führte in der zweiten Hälfte der sechziger Jahre weltweit zu anhaltenden Protesten. Zum ersten Mal in der Weltgeschichte wurde ein Krieg durchgängig von Pressefotografen und Fernsehberichterstattern begleitet und nur die wenigsten Zuschauer blieben unbeeindruckt, wenn sie die Fotos halb nackter Kinder sahen, die verzweifelt schreiend fliehen, nachdem sie mit amerikanischem Napalm in Kontakt gekommen sind.

Die Eskalation des Vietnamkrieges führte zu einer Radikalisierung der politischen Kampfformen in den linken Bewegungen der USA, Japans und Westeuropas. In Dänemark war die politische Szene in der ersten Hälfte der sechziger Jahre geprägt von friedlichen Demonstrationen und Protestmärschen gegen die Atomrüstung, die dominierenden Bewegungen ›Kampagne gegen Atomwaffen‹ und ›Nie wieder Krieg‹ waren pazifistisch orientiert.

Mit der Verschärfung des Vietnamkrieges kam es jedoch bald zu den gewalttätigsten Zusammenstößen zwischen Polizei und jungen Demonstranten im Nachkriegs-Dänemark.

Während Angehörige der älteren Generation den zunehmenden materiellen Wohlstand genossen, zeigte die amerikanische Kriegsführung für viele Jugendliche die Kehrseite der kapitalistischen Wohlfahrtsgesellschaft. Viele Menschen, die sich Ende der Sechziger und in den siebziger Jahren Parteien und Organisationen der Linken anschlossen, bezeichneten den Vietnamkrieg als den wichtigsten Auslöser ihrer politischen Sozialisation. Die meisten machten ihre ersten Erfahrungen als Demonstranten während der Protestaktionen gegen den Krieg.

Gotfred Appel war im Sommer 1963 wegen ›Fraktionsbildung‹ und ›Illoyalität‹ aus der DKP ausgeschlossen worden – er selbst nannte es »eine Säuberung«. Zusammen mit anderen Kommunisten, die Sympathien für die militanten revolutionären Standpunkte der chinesischen Maoisten hatten, gründete Gotfred Appel den Kommunistischen Arbeitskreis, abgekürzt KAK, der sehr früh Proteste gegen den Krieg in Vietnam organisierte. Bereits 1965 rief der KAK zur ersten Demonstration gegen die Kriegsführung der USA auf, und noch im gleichen Jahr initiierte Appel die erste Spendensammlung für das kommunistische Nordvietnam. Das Geld sollte für den Wiederaufbau eines Leprahospitals verwendet werden, das durch amerikanische Bomben zerstört worden war. Die Initiative wurde unter anderem von zahlreichen bekannten dänischen Künstlern unterstützt.

In den Publikationen des KAK erklärte Appel, warum die Organisation »die Unterstützung Vietnams zur Hauptsache unserer Arbeit« gemacht hatte. »Das Volk von Vietnam kämpft auch für uns«, lautete eine seiner Parolen. Appel bezog sich dabei auf die chinesische Theorie, die Weltrevolution würde ihren Herd in den armen Ländern der Dritten Welt finden. Der Sieg der unterdrückten Völker, so Appel, wäre die Voraussetzung, um den Kapitalismus so zu schwächen, dass der Sozialismus in der westlichen Welt, in den »Hochburgen des Kapitalismus«, eingeführt werden könnte.

Und an der Spitze des internationalen Kapitalismus standen die USA, die nach dem Zweiten Weltkrieg »die gesammelten Träume Hitlers, Mussolinis und des japanischen Kaisers über die Weltherrschaft adaptiert« hätten. Der Brennpunkt des Kampfes um die Weltherrschaft sei Vietnam, so Appel, und die Unterstützung des vietnamesischen Volkes und seines bewaffneten Kampfes darum das wichtigste Schlachtfeld, auch für Sozialisten in Dänemark.

Ausgehend von diesem Standpunkt entwickelte Gotfred Appel in diesen Jahren eine eigenwillige Theorie, die den KAK von den übrigen Organisationen der Linken separierte.

Appels Theorie, die später als ›Schmarotzerstaatentheorie‹ bezeichnet wurde, ging von dem Grundgedanken aus, die Arbeiterklasse in Dänemark und den übrigen reichen kapitalistischen Ländern hätte sich zu einer ›Arbeiteraristokratie‹ entwickelt. Die dänische Arbeiterklasse hätte laut Appel einen zu hohen materiellen Lebensstandard erreicht und man müsse davon ausgehen, dass der Kapitalismus die gesamte Arbeiterklasse korrumpiert hatte. Denn der hohe Lebensstandard in Dänemark ließe sich nur durch die imperialistische Ausbeutung der armen Dritte-Welt-Länder erreichen, deren Rohstoffe und billige Arbeitskräfte ausgesaugt würden. Die dänischen Arbeiter waren mit anderen Worten in Wahrheit Schmarotzer der unterdrückten Völker und hatten deswegen kein immanentes Interesse an einer Weltrevolution, die ihnen diese materiellen Privilegien nehmen würde.

Als Konsequenz aus dieser Theorie hörte der Kommunistische Arbeitskreis Mitte der sechziger Jahre nach und nach auf, die breite Arbeiterschaft zu agitieren. Damit trennte sich der KAK von der Linie der meisten linksorientierten Parteien und Gruppierungen, die in den sechziger Jahren entstanden.

Appel und sein Kommunistischer Arbeitskreis wollten sich mit den revolutionären Befreiungsbewegungen im Kampf gegen den internationalen Kapitalismus verbünden, darum galt es, alle Kräfte auf die Unterstützung des vietnamesischen Freiheitskampfes zu konzentrieren.

1966 wurde der Widerstand gegen den Vietnamkrieg in Dänemark stärker. Er formierte sich unter anderem in einer Reihe von ›teach-ins‹ nach amerikanischem Vorbild. Gleichzeitig gründeten sich zahlreiche Vietnamkomitees, die den Widerstand organisieren sollten. Auch hier war der KAK federführend und gründete eines der ersten derartigen Komitees in Dänemark.

Gotfred Appel und seine spätere ›rechte Hand‹ Holger Jensen begegneten sich zum ersten Mal, als Appel im Herbst 1967 Flugblätter des Kommunistischen Arbeitskreises verteilte. Die Begegnung fand vor der altehrwürdigen Hochburg des dänischen Kapitalismus statt, vor dem ehemaligen Börsengebäude Kopenhagens aus dem 16. Jahrhundert.

Gotfred Appel hat beschrieben, wie der neunzehnjährige Gymnasiast aus Gladsaxe auf ihn zukam und sich erkundigte, worum es eigentlich gehe. Als er Appels Erklärung gehört hatte, war er sofort bereit, beim Verteilen der Flugblätter zu helfen. Einen Augenblick später stand Holger Jensen mit einem Stapel in der Hand neben Gotfred Appel.

Der Altersunterschied zwischen den beiden betrug exakt ein Vierteljahrhundert, aber Holger Jensen hielt den Kontakt zu Gotfred Appel aufrecht. In der folgenden Zeit organisierte er mit einer Gruppe von Genossen, von denen die meisten wie er aufs Gymnasium in Gladsaxe gingen, Vorträge und Diskussionen von Gotfred Appel und seiner Lebensgefährtin Ulla Hauton.

Jan Weimann, ein enger Freund und Klassenkamerad von Holger in der Grundschule und im Gymnasium, hat später erzählt, dass Holger Jensen eher bürgerliche politische Ansichten vertrat – wie sein Vater, ein Möbeltischler. Die beiden Freunde gerieten während der Schulzeit häufig aneinander, denn auch Jan stand politisch auf der Seite seiner Eltern – nur gehörten sie zu den Kommunisten.

Jan Weimanns Vater versorgte die Familie mit vier Kindern als Feuerwehrmann, sowohl er wie auch die Mutter waren seit der Zeit der deutschen Besetzung Mitglieder der DKP. Bücher, politische Diskussionen und Begegnungen mit kommunistischen Genossen prägten Jans Elternhaus, das sich mit Unterstützung des Großvaters von einer Zweizimmerwohnung in ein Einfamilienhaus in Gladsaxe gewandelt hatte. Bei Olympiaden oder Weltmeisterschaften hielt die ganze Familie zu den Mannschaften der Sowjetunion.

Jan Weimann erinnert sich, dass im Haus seiner Eltern seit seiner frühesten Kindheit Treffen und Vorträge der DKP-Ortsgruppe stattfanden. Auf einem dieser Treffen war Jahre zuvor auch ein Mann namens Gotfred Appel mit einem Diavortrag über eine Reise ins maoistische China aufgetreten.

Mit Svend, einem anderen Klassenkameraden, spielte Jan leidenschaftlich gern Schach. Der theoretisch fundiertere Svend wird Jan und Holger später die schwierigeren Inhalte der kommunistischen Idee vermitteln.

Als Schüler fuhren Jan und Holger gemeinsam in die Ferien nach Bornholm, das erste Mal mit dem Fahrrad, im Jahr darauf mit neu gekauften Mopeds. Mitte der Sechziger gingen die beiden Kameraden mit Svend in die gleiche Klasse des mathematisch-physikalischen Zweigs des Gladsaxe Gymnasiums. Holger Jensen wohnte mit seinen Eltern und zwei jüngeren

Geschwistern in einer kleinen Wohnung am Tinghøjpark, direkt gegenüber vom Gymnasium.

Jan Weimann hat seinen Freund Holger später als impulsive und temperamentvolle Natur beschrieben, die keine Ungerechtigkeit ertragen konnte, ohne sich einzumischen. Wenn Holger sah, dass jemand verprügelt wurde, griff er augenblicklich ein, ohne über die Konsequenzen nachzudenken. Einige alte Schulkameraden erzählen die Anekdote, dass Holger einmal an einem brennenden Haus vorbeikam, bevor die Feuerwehr eingetroffen war. Entschlossen rettete er einen alten Mann aus dem Haus und ging danach pfeifend weiter, ohne einen Dank oder ein Lob abzuwarten.

Wie für viele Gleichaltrige war es der amerikanische Krieg in Vietnam, der zu einem Wandel seiner politischen Ansichten führte. Holger Jensen empfand es als »Sauerei«, dass eine so große Militärmacht mit allen Mitteln Krieg gegen ein kleines armes Land führte, und in den Diskussionen mit Jan und Svend musste er nach und nach einräumen, dass das kapitalistische System der eigentliche Grund für den gewaltsamen Einsatz der USA war. Ebenso empörten ihn Fernsehreportagen, in denen amerikanische Polizisten mit langen Schlagstöcken schwarze Demonstranten angriffen, die für Demokratie und Gleichheit auf die Straße gingen.

Wenn das kapitalistische System derartiges Unrecht verteidigte, wie es die USA auf der ganzen Welt praktizierten, musste man notwendigerweise Kommunist werden, lautete seine Schlussfolgerung. Wie Jan Weimann entschloss sich Holger Jensen, der DKP beizutreten. Zusammen arrangierten sie auf dem Gymnasium kommunistische Studienkreise, und in den folgenden Jahren entwickelte er sich beinahe zu einem glühenderen Linken als Jan.

Der achtzehnjährige Holger Jensen (in der Bildmitte mit Mütze) nach dem Abitur am Gladsaxe Gymnasium 1968. Links schwenkt sein Klassenkamerad Svend die Mao-Bibel, ganz links Holger Jensens Jugendfreund Jan Weimann (mit Studentenkappe).

Mit seiner Energie und seinem Enthusiasmus wurde Holger Jensen zu einer zentralen Figur auf dem bürgerlich geprägten Gymnasium, dessen Schülerrat die Konservative Jugend dominierte. Dank Holger Jensens Engagement gelang es dem linken Flügel allerdings, dass Jan Weimann zum Vorsitzenden des Schülerrats gewählt wurde.

Holger war älter als seine Klassenkameraden und in vielerlei Hinsicht auch reifer. Nach der Schule arbeitete er bei der Post, bereits in der Mittelstufe machte er den Führerschein und kaufte sich ein Motorrad und die dazugehörige Lederjacke.

Seine Schulkameraden erinnern sich eher an einen energischen Aktivisten als an einen kommunistischen Parteisoldaten, und schon gar nicht an einen großen Theoretiker. Aber er beeindruckte die meisten.

»Er hatte eine Art charismatischer Macht, von der man sich leicht einfangen ließ, und politisch trat er einfach sicherer – auch selbstsicherer – auf als wir anderen«, berichtet einer seiner Genossen aus der kommunistischen Jugendgruppe des Gymnasiums.

»Holger beließ es nicht beim Reden«, erinnert sich ein anderer Schulkamerad, den Holger überzeugte, in den Jugendverband der DKP einzutreten. »Wenn wir anderen einwandten ›das kann man nicht machen‹, fragte Holger jedes Mal: ›Warum denn nicht?‹«

Mehrere seiner Genossen erinnern sich an eine Episode, als Holger und eine Gruppe Gymnasiasten ins Kino gingen, um sich den 1966 gedrehten Spielfilm des italienischen Regisseurs Gillo Pontecorvo ›Schlacht um Algier‹ anzusehen, der einen intensiven und brutalen Eindruck vom algerischen Freiheitskampf gegen die französischen Kolonialherren vermittelt. Der Film zeigt einige Szenen, in denen französische Soldaten Informationen erpressen, indem sie Freiheitskämpfer mit elektrischen Stößen foltern.

Während der Folterszenen stand Holger im Kinosaal auf und brüllte mit Stentorstimme: »Und so machen sie es heute mit den Vietnamesen!« Ein Ehepaar einige Reihen vor ihnen verließ den Saal.

Zusammen mit seinem Freund Jan Weimann und einigen anderen Mitschülern aus dem kommunistischen Jugendverband fuhr Holger nach Kopenhagen, um an den ersten Demonstrationen gegen den Vietnamkrieg teilzunehmen. Gemeinsam mit den Genossen vom Gymnasium gründete er ein Vietnamkomitee, klebte Plakate und schrieb antiimperialistische Parolen an die Schulmauer und andere Orte in der Umgebung. Das Aktivitätsniveau war inzwischen ziemlich hoch: Holger, Jan und einige andere verbrachten ihre gesamte Freizeit mit politischer Arbeit.

Einer seiner Genossen erinnert sich, wie er und Holger eines Nachts Parolen an eine Mauer an der Kopenhagener Uferpromenade Langelinie schrieben, als ein Wächter auftauchte. Er wollte verschwinden, doch Holger blieb stehen, als der Wächter sich barsch erkundigte, was sie da trieben. »Wir schreiben ›USA raus aus Vietnam‹ an die Mauer«, erklärte Holger ruhig. »Bist du nicht auch dieser Ansicht?«

Während Holger Jensen seinen Eltern sein Tun verheimlichte, war dies bei Jan Weimann nicht notwendig. Nachdem er eines Nachts Slogans gegen den Vietnamkrieg auf S-Bahnzüge geschrieben hatte, entdeckte seine Mutter weiße Farbflecke auf seiner Lederjacke. Sie stellte jedoch keine Fragen, sondern half dem Sohn, die Flecke auszuwaschen. Am nächsten Morgen wurde die Aktion im Radio erwähnt, als die Familie frühstückte, ohne dass die Mutter eine Miene verzog.

Auf Dauer reichte es Holger Jensen allerdings nicht, nur zu demonstrieren und Parolen zu schreiben. Er sprach von der Notwendigkeit, sich aktiver an den Kämpfen zu beteiligen. Holger überzeugte einige auf dem Gymnasium, dass man nicht – wie es üblich war – den Kriegsdienst verweigern, sondern den Wehrdienst ableisten sollte, um den Umgang mit Schusswaffen zu lernen.

Holger Jensen trat der ›Vereinigung der Vietnamfreiwilligen‹ bei, deren Mitglieder erklärten, dass sie bereit wären, in Vietnam an der Seite der Kommunisten zu kämpfen. Der Vorsitzende der Vereinigung, der Psychologiestudent Finn Ejnar

Madsen, wurde ein guter Freund von Holger. Zusammen sorgten sie dafür, dass das Kleben von Plakaten in Kopenhagen effektiver organisiert wurde. Zu den Vietnam-Demonstrationen brachte Holger Listen mit, in die sich Interessierte eintragen konnten, die sich am vietnamesischen Kampf beteiligen wollten.

Holger Jensen gründete eine Art Ortsverband der ›Vereinigung der Vietnamfreiwilligen‹ in Gladsaxe und reiste zur Kontaktaufnahme in die vietnamesischen Botschaft nach Prag. Er kehrte allerdings mit der Nachricht zurück, dass die Vietnamesen es vorzogen, wenn die jungen Dänen den Kampf in ihrem Heimatland fortsetzten.

Amerikanische Initiativen riefen für den 27. April 1968 weltweit zu Demonstrationen gegen den Krieg in Vietnam auf. In Kopenhagen einigten sich die Organisatoren auf die Parole ›Den amerikanischen Imperialismus bekämpfen!‹.

In den Wochen vor der Demonstration schlugen die Wellen bei den Jugendlichen in der dänischen Hauptstadt auch aus anderen Gründen hoch. Nach dem Vorbild internationaler Universitäten erhoben die Studenten der Kopenhagener Universität die Forderung nach mehr Demokratie und der Abschaffung der Professorenmacht. Die Proteste wurden eingeleitet mit der Besetzung des Psychologischen Instituts, die Protestbereitschaft war groß.

Mit fünfundzwanzigtausend Teilnehmern wurde die zentrale Vietnam-Demonstration, die vom Parlamentsgebäude Schloss Christiansborg ausging, die bis dahin größte dänische Protestveranstaltung der Nachkriegszeit. Unter den Demonstranten befanden sich auch Holger Jensen und andere junge Anhänger Gotfred Appels.

Bis die Menge die amerikanische Botschaft an der Dag Hammarskjölds Allé in Østerbro erreichte, verlief die Demonstration friedlich. Allerdings hatte während einer Zwischenkundgebung ein Redner die Demonstranten aufgefordert, die Botschaft zu belagern und zu stürmen. Obwohl ein Mitglied der Demonstrationsleitung diese Forderung sofort zurückgewiesen hatte, wurde sie von der Polizei ernst genommen.

Wenige Minuten nachdem der letzte Redner vor der Botschaft das Podium verlassen hatte, und ohne dass es irgendwelche Anzeichen für eine Eskalation gab, begann die Polizei, die Demonstration mit einer bis dahin unbekannten Brutalität aufzulösen. Mehrere Hundertschaften Polizei trieben Keile in die Menge und setzten Schlagstöcke ein.

Zum ersten Mal seit der Zeit der deutschen Besetzung kam es in Dänemark zu heftigen Kämpfen zwischen der Polizei und jugendlichen Demonstranten. Zahlreiche Protestierende wurden verletzt, rund fünfzig Personen nahm man fest. Ein Polizist erklärte später, die Einsatzleitung hätte den Beamten keinerlei Hindernisse in den Weg gelegt, den jugendlichen Unruhestiftern eine ordentliche Tracht Prügel zu verabreichen, wenn sich die Gelegenheit dafür geboten hätte.

Die für die Organisation verantwortlichen Vietnamkomitees stellten anschließend anhand von Fotografien fest, dass sich eine größere Gruppe Zivilbeamter unter die Demonstranten gemischt hatte, die mit originalgetreuen Vietnam-Emblemen ausgestattet waren. Bereits einige Jahre zuvor war publik geworden, dass der Geheimdienst der Polizei Tausende linksgerichteter Dänen registriert hatte, ausschließlich aufgrund ihrer politischen Aktivitäten.

Deswegen war es durchaus begründet, wenn Gotfred Appel als Anführer des Kommunistischen Arbeitskreises davon überzeugt war, Polizei und Geheimdienst würden sich nun auch für die Aktivitäten seiner kleinen Organisation interessieren.

Die jungen und eifrigen neuen Mitglieder, die sich, motiviert durch die zunehmenden Vietnamproteste, bei Appel meldeten, wurden in den KUF, den Kommunistischen Jugendverband, eingegliedert, der sich Ende März 1968 gegründet hatte. In den folgenden Jahren sollte der KUF zum Nukleus der Gruppe werden, die später als Blekingegade-Bande bekannt wurde.

Die Mitglieder des KUF wurden von Gotfred Appel in den Aktionsbedingungen einer revolutionären Organisation geschult. Inspiriert vom Widerstandskampf während der Besetzung und der Zellenstruktur illegaler kommunistischer Parteien in anderen Regionen der Welt, schärfte Appel den jungen Mitgliedern Vorsicht gegenüber dem bürgerlichen Staat, seinem Geheimdienst und seiner Polizei ein. Die Mitglieder des KAK und des KUF verpflichtete er zur strikten Einhaltung bestimmter Sicherheitsmaßnahmen. Telefongespräche zum Beispiel konnten abgehört werden, deswegen war es nicht gestattet, die Arbeit der Organisation am Telefon zu diskutieren oder Namen von Mitgliedern zu nennen.

Als die Gruppe größer wurde, legte Appel Wert darauf, dass die Aktiven nur die Mitglieder ihrer Zelle kannten. Außer einem engen Kreis von Vertrauten wussten beispielsweise nur die wenigsten, wo Gotfred Appel wohnte. Das Prinzip hieß ›need to know‹ – niemand musste mehr wissen, als unbedingt nötig war.

Allerdings hatte die revolutionäre Vorsicht noch eine andere, eher psychologische Bedeutung. Der konspirative Geist, den eine Reihe von ehemaligen Mitgliedern der KAK und der

KUF später beschrieben, erhöhte den Ansporn und die Spannung, an politischen Aktionen der Gruppe teilzunehmen. Wenn der Geheimdienst es für nötig befand, die Organisation zu überwachen, musste ihr Einsatz doch von gewisser Relevanz sein. Einige Jugendliche, die die Widerstandskämpfer der Besatzungszeit bewunderten, fühlten sich durch die Sicherheitsmaßnahmen an das illegale Leben ihrer Helden erinnert.

Ein Nebeneffekt war zudem, dass die Geheimhaltung es dem damals vierundvierzigjährigen Gotfred Appel ermöglichte, die volle Kontrolle über die Organisation zu behalten, die nur er allein überblickte. Offensichtlich hatte Appel, häufig unterstützt von seiner Lebensgefährtin Ulla Hauton, ein Händchen dafür, neuen Mitgliedern das Gefühl zu geben, besonders wichtig zu sein, beispielsweise wenn er sie in aller Vertraulichkeit wissen ließ, dass sie fortan zum inneren Kreis der Organisation gehörten.

Umgekehrt konnte eine plötzliche Kälte – und im extremsten Fall sogar der Ausschluss – denjenigen treffen, der nicht seiner Linie folgte. Doch in der Regel waren Repressalien nicht notwendig: Die Mitglieder hinterfragten selten die Gedanken ihres Chefideologen.

Mit Holger Jensen an der Spitze kam es im Frühjahr 1969 zu einer ersten gemeinsamen Aktion der KUF-Mitglieder. Anlass war die dänische Premiere des Films ›The Green Berets‹ mit John Wayne – eine Hymne auf die Sondereinheiten des amerikanischen Heers und ihren Einsatz im Vietnamkrieg.

Weltweit wurde der Film in vielen Städten von gewaltsamen Protesten begleitet, und auch die dänische Vietnambewegung sah in dem Film eine unverschleierte Propaganda für die amerikanische Kriegführung. John Wayne, der nicht nur Regie führte, sondern auch die Rolle des Obersten Kirby spielte, war

Auseinandersetzungen zwischen linken Demonstranten und den »Wilden Engeln« während der Demonstration vor dem Saga-Kino im Mai 1969

nicht nur für seine rechten Ansichten, sondern auch als glühender Verteidiger des Kriegs in Vietnam bekannt.

Neue Enthüllungen amerikanischer Kriegsverbrechen hatten der Vietnambewegung kurz zuvor weiteren Auftrieb verschafft. Am bekanntesten wurde 1968 das Massaker von My Lai, bei dem amerikanische Soldaten Hunderte unbewaffneter vietnamesischer Bauern, überwiegend Frauen, Kinder und alte Menschen, ermordet hatten. Gleichzeitig hatte das Vorgehen der Polizei bei den Vietnamdemonstrationen einen Teil der Jugendlichen militanter und kampfbereiter werden lassen.

Am 5. Mai 1969 sollte die Premiere des Films im Saga-Kino an der Vesterbrogade in Kopenhagen stattfinden. Bereits mehrere Wochen vorher planten die Vietnambewegung und andere linke Organisationen Aktionen dagegen. Gotfred Appel und seine jungen Aktivisten sahen die Möglichkeit für eine direkte Attacke gegen den Feldzug des amerikanischen Imperialismus, eine Aktion gegen »John Waynes armseligen Propagandafilm für den infamsten imperialistischen Aggressionskrieg unserer Zeit«, wie Appel es formulierte.

Am Wochenende vor der Premiere fanden sich KUF-Aktivisten nachts auf der Vesterbrogade ein, wo die Filmplakate an der Fassade des Kinos hingen. Sie wurden mit Parolen wie »Es lebe die FNL« und »Tod den USA« übermalt, bei einem Einbruch in die Büroräume des Filmverleihs wurde Werbematerial zerstört, dem Betreiber des Kinos warf man nachts einen Pflasterstein ins Fenster seines Privathauses.

Zu diesem Zeitpunkt hatte Gotfred Appel Holger Jensen und Gert Rasmussen zu ›Aktionsleitern‹ der KUF ernannt – oder wie Gert Rasmussen es ausdrückte: »Wir waren Gotfreds Streetfighter.«

Die zwei Aktionsleiter hatten beide vergeblich versucht, als Guerillasoldaten auf der kommunistischen Seite im Vietnamkrieg zu kämpfen, und stattdessen ein legales Schießtraining in Dänemark absolviert. Zu ihren Aufgaben gehörte auch die körperliche Ertüchtigung der jungen KUF-Mitglieder. Sie trainierten Laufen und Schwimmen, außerdem unterrichtete ein Judotrainer sie im Nahkampf.

Gemeinsam mit Appel organisierten Holger und Gert die Aktion gegen den John-Wayne-Film. Ein Teil der Vorbereitungen fand zu Hause bei Jan Weimann in Gladsaxe statt, dessen Eltern nichts dagegen einzuwenden hatten, dass eine größere Gruppe junger Leute ihr Haus und ihren Garten in Beschlag nahm. Jan leitete die Produktion von Stinkbomben, während im Keller auf einem Matrizendrucker Flugblätter hergestellt wurden. Der zwölfjährige Bruder Bo sah den Aktivitäten bewundernd zu.

Es ging nicht nur darum, gegen den Film zu demonstrieren, es galt, die Vorführung zu unterbinden, koste es, was es wolle. Außer dem Kauf von ein paar langen Lederjacken für Holger und Gert umfassten die Vorbereitungen auch den Erwerb eines größeren Postens Dachlatten, die während der Aktion zwei Funktionen zu erfüllen haben sollten: Zum einen konnten an den Latten Schilder mit antiimperialistischen Parolen angebracht werden, zum anderen eigneten sie sich vorzüglich als Schlagwaffen gegen Polizisten.

»Wir waren uns einig, dass sie eine Lehre bekommen sollten. Es geschah mit meiner vollen Zustimmung«, erzählte Gotfred Appel viele Jahre später. »Ich kann mich noch genau erinnern, wie Ulla und ich in einem Lieferwagen eine Ladung Dachlatten zu unseren Leuten fuhren, die vor dem Saga standen, mit der Aufforderung, sie zu benutzen.«

Die Aktionsleitung brachte außerdem ein paar Säcke mit handtellergroßen Steinen mit, die man am Strand gesammelt hatte. Außerdem sollten Schraubenmuttern als Wurfgeschosse eingesetzt werden.

Einige Aktivisten kauften sich am Abend der Premiere Eintrittskarten und versuchten, die Vorstellung zu verhindern, indem sie selbst hergestelltes Tränengas und Kondome mit übelriechender Buttersäure in den Kinosaal warfen. Aber die Belüftungsanlage funktionierte so effektiv, dass der Gestank eine Vorführung des Films nicht verhinderte.

Die entscheidenden Kämpfe um den Film fanden stattdessen vor dem Kino statt, wo Hunderte Demonstranten mit Flugblättern und Schildern erschienen waren und die Parolen

Holger Jensen
(mit Lederjacke und erhobener Schlagwaffe in der Bildmitte) greift 1968 während einer Vietnam-Demonstration einen Polizisten an.

der Vietnambewegung skandierten: »Es lebe die FNL« und ›Ho-Ho-Ho-Chi Minh«.

Die Polizei sperrte Teile der Vesterbrogade ab. Im Laufe des Abends kam es zu Handgemengen, nicht nur zwischen Demonstranten und Polizei, sondern auch mit lederjackenbekleideten Rockern, den ›Wilden Engeln‹. Die waren erschienen, um den langhaarigen Hippies und Studenten eine Lehre zu erteilen.

Dass die Premiere ausgerechnet am 5. Mai stattfand, dem Jahrestag der dänischen Befreiung 1945, wurde auf den Flugblättern der Demonstranten als besonderer Skandal verurteilt, weil der Film ›all das repräsentiert, wogegen die Widerstandsbewegungen der europäischen Länder kämpften: Gewalt und Terror gegen eine wehrlose Zivilbevölkerung‹. Die Situation wurde zusätzlich dadurch verschärft, dass Mitglieder der ›Wilden Engel‹ und andere Gegendemonstranten, die sich bei den Auseinandersetzungen auf die Seite der Polizei schlugen, nationalsozialistische Symbole trugen.

Zahlreiche Demonstranten erklärten später, die Polizei habe passiv zugesehen, als die ›Wilden Engel‹ sich langhaarige oder besonders auffällig gekleidete Demonstranten heraussuchten und verprügelten. Einige behaupteten sogar, die Polizei hätte die Rocker nachgerade als Handlanger oder Sturmtruppe benutzt.

Sechsmal mussten Krankenwagen in den mehrere Stunden dauernden Auseinandersetzungen Verletzte abtransportieren. Bereits an diesem ersten Abend wurden zahlreiche Demonstranten verhaftet. Zu ihnen gehörte Gert Rasmussen. Bei seiner Festnahme trug er eine knapp zwei Meter lange Dachlatte, mit der er um sich schlug, um die ›Wilden Engel‹ auf Abstand zu halten. Zwei Zeugen sagten gegenüber der Polizei aus, sie hätten gesehen, wie der Festgenommene Steine auf die Kinofassade geworfen hatte.

Der Direktor des Saga-Kinos weigerte sich, den Film abzusetzen. Am Nachmittag des folgenden Tages erschienen noch mehr Demonstranten auf der Vesterbrogade, doch auch die ›Wilden Engel‹ und die Polizei waren wieder zur Stelle. Als die Auseinandersetzungen ihren Höhepunkt erreichten, hielten sich mehrere tausend Menschen in dem Viertel auf. Sowohl an diesem wie an den kommenden beiden Abenden tobten die Kämpfe auf der Vesterbrogade und dehnten sich bis auf den Rathausplatz aus.

Am vierten Abend gewannen die Vietnamdemonstranten allmählich die Oberhand. Doch als der vom Kommunistischen Jugendverband geleitete Teil der Demonstration sich am späten Abend über den Rathausplatz entfernte, wurde er von einer Gruppe Rocker angegriffen. Unter den Demonstranten brach Panik aus, sie versuchten zu fliehen. Gert Rasmussen, der inzwischen wieder auf freiem Fuß war, und Holger Jensen beschlossen jedoch, standzuhalten und sich gegen die ›Wilden Engel‹ zu verteidigen. Nach einer heftigen Prügelei waren die ›Engel‹ geschlagen. Gert Rasmussen hatte einen der Rocker mit einer Dachlatte derart verprügelt, dass er befürchtete, ihn umgebracht zu haben.

Erst am fünften Demonstrationstag nahm der Direktor des Saga den Film aus dem Programm, angeblich nicht aufgrund der Auseinandersetzungen, sondern weil mehrere seiner Angestellten bedroht worden waren.

»Bei dem Film handelte es sich um reine Kriegspropaganda und ich hatte überhaupt kein Problem damit, seine Vorführung zu verhindern«, erinnert sich der ehemalige KUF-Aktivist Xander Truelsen. »Aber für uns ging es durchaus auch darum, durch die Demonstrationen die militante Atmosphäre zu verschärfen. Gotfred und Ulla waren zu alt, um selbst an den Kämpfen teilzunehmen, für sie agierten wir Jungen als eine Art Stoßtrupp mit dem Ziel, die Konfrontation mit der Staatsmacht voranzutreiben. Gleichzeitig sollten wir ihre ›Antennen‹ sein, wie sie es ausdrückten. In den Tagen, an denen die Kämpfe stattfanden, wurden wir jeden Tag einzeln zu ihnen in den Svanevej beordert, um Bericht zu erstatten. Sie legten dann zusammen mit uns die Taktik für den nächsten Tag fest.«

Für Gotfred Appel hatten die Zusammenstöße vor dem Saga-Kino vor allem experimentellen Charakter. Ihn interessierte, wie weit die jungen Teilnehmer gehen würden und ob es unter den übrigen Demonstranten potenzielle Anwärter für seine Organisation gab.

Die Kämpfe vor dem Saga-Kino lieferten nicht nur den Anlass für eine öffentliche Debatte, sondern sorgten auch für intensive Diskussionen in Gotfred Appels Wohnung am Svanevej. Einige der aktivsten Mitglieder, darunter Holger Jensen und Gert Rasmussen, hatten die aufgeheizte Situation so begriffen, dass der Ausbruch der Revolution kurz bevorstand – Gotfred Appel musste seine jungen Frontkämpfer eines Besseren belehren.

Bereits einen Monat später, in der Juninummer seines Blattes *Kommunistisk Orientering* (›Kommunistische Orientierung‹), diskutierte Appel in einem langen Artikel mit der Überschrift »Apropos Saga-Demonstrationen«, ob die Auseinandersetzungen das dänische Volk näher an eine revolutionäre Situation herangeführt hätten. »Dienen Demonstrationen dieser Art auf kurze oder lange Sicht der Erziehung der Arbeiterklasse und dem Aufbau revolutionärer Stärke?«, fragt Appel auf der Titelseite der Zeitung.

Das Problem sei, so Appel unter ausführlicher Verwendung von Lenin- und Mao-Zitaten, dass die Arbeiterklasse von bürgerlichen und reformistischen Gedankengängen infiziert ist und darum die Notwendigkeit nicht einsieht, gegen die imperialistische Propaganda vorzugehen. Deswegen hätten die Saga-Kämpfe keine mobilisierende Wirkung auf die Massen gehabt, sondern höchstens auf ein paar »einzelne Köpfe«. Appel betonte, es wäre gefährlich naiv, sich einzubilden, dass »die tägliche Kleingruppenaktivität imstande sei, die revolutionäre Situation zu beschleunigen«.

Andererseits müsse man sich an die Spitze derartiger Aktionen stellen und sie unterstützen, weil sie auf längere Sicht das Bewusstsein von Einzelpersonen stärken oder »die subjektiven Kräfte einer künftigen Revolution«.

Noch wäre es zu früh zu sagen, so seine Schlussfolgerung, ob die Saga-Demonstrationen ernsthaft der revolutionären Sache gedient hätten. »Wir müssen zusätzliche Erfahrungen durch weitere Aktionen und Demonstrationen sammeln – in allen Formen!«

Gleichzeitig nahm der Kommunistische Jugendverband in seinem eigenen Blatt selbstkritisch Abstand von der übertriebenen Revolutionsbegeisterung während der Saga-Demonstrationen. Einige der Genossen hätten die Situation falsch eingeschätzt, »nach ihrer Aussage könnte man versucht sein zu glauben, dass wir eine Revolution erlebt haben und nicht eine verschwindend kleine Minorität, die versuchte, die imperialistische Propaganda zu bekämpfen«.

Appel hätte das nicht präziser formulieren können. Auch die Demonstrationen gegen das Weltbanktreffen anderthalb Jahre später im Herbst 1970 waren einerseits ein Erfolg – seine Truppe war bedingungslos bereit, sich zu prügeln –, andererseits zeigten die Demonstrationen auch, wie weit Dänemark letztlich von einer Revolution entfernt war. Die Arbeiterklasse war nicht zu aktivieren, und als Appel erkannte, welche Möglichkeiten sich andererseits für seine Gruppe durch eine Zusammenarbeit mit der palästinensischen Befreiungsfront PFLP boten, hatte er offenbar genügend Erfahrungen gesammelt. In den folgenden Monaten zog er seine Leute nach und nach von den Demonstrationen ab und ließ sie in der Öffentlichkeit nicht mehr in Erscheinung treten. Gotfred Appel leitete die Phase der »privaten Praxis« ein, wie er es seither nannte.

Die neue Gruppe
(1981–1982)

Am Vormittag des 2. April 1982 gegen zehn Uhr bereiten sich zwei Mitarbeiter des Postamts der Vester Farimagsgade in Kopenhagen darauf vor, die eingezahlten Beträge des Vortages auf die Bank zu bringen. Das Postamt gegenüber der Vesterport Station öffnet um halb elf, bis dahin müssen Bargeld und Schecks in der Filiale der Privatbanken eingeliefert sein, die wenige hundert Meter entfernt um die Ecke liegt.

Zwei Postbeamte haben jeden Tag das Geld zu transportieren, sie wechseln sich bei der Aufgabe ab. Die Beamten haben die Instruktion, in möglichst neutraler Kleidung zu gehen, damit es nicht so auffällt, dass sie im Auftrag der Post unterwegs sind. An diesem Tag übernehmen den Transport die Postbeamtin Jeanette und der Postbote Dan, der ein paar Tage in der Woche auf dem Postamt aushilft.

Wie gewöhnlich zieht Jeanette sich im Hinterzimmer des Postamts ihren Mantel an, bevor sie an der Kasse das Geld abholt, dreizehn Kassetten in einem weißen Leinenbeutel. Der Beutel ist schwerer als gewöhnlich, vermutlich liegt es am Monatsanfang. Jeanette bittet Dan, der am Schalter wartet, den Beutel zu tragen.

Viertel nach zehn verlassen sie das Postamt und gehen wie gewöhnlich die Farimagsgade hinunter. Es ist ein klarer, sonniger Tag. Dan trägt den Beutel mit den Geldkassetten mit beiden Händen vor seiner Brust. Jeanette weiß nicht, wie viel Geld sie transportieren, allerdings hat sie bereits einige Male daran gedacht, dass es für Gangster ziemlich leicht sein dürfte, an das Geld zu kommen.

Die beiden Geldboten unterhalten sich, als sie am Imperial Kino in die Straße Ved Vesterport biegen, Hausnummer 6 ist die Filiale der Privatbanken. Als sie an einer Einfahrt vorbeigehen und das erste Fenster der Bank erreichen, sieht Jeanette, wie ein Mann hinter Dan eine Art Keule hebt und ihm damit hart auf den Kopf schlägt. Im selben Moment spürt sie selbst einen Schlag auf den Hinterkopf und fällt vornüber.

Dan ist nach dem Schlag einige Schritte vorwärts gestolpert, ihm wird schwarz vor Augen, aber er bleibt stehen. Instinktiv umklammert er den Leinenbeutel mit dem Geld, jemand zerrt ihm den Beutel jedoch aus den Händen und rennt davon.

Jeanette sieht zwei Männer an der Bank vorbeilaufen und um die Ecke in die Nyropsgade biegen. Kurz bevor sie verschwinden, dreht sich der vordere der beiden um und brüllt dem anderen so etwas wie »lauf!« zu.

Der Polizei beschreibt sie die Männer später als groß und schlank, sie trugen Jeans, dunkle Jacken, Sportschuhe und Handschuhe. Beide hatten sich schwarzblaue Mützen mit Schlitzen für die Augen vor die Gesichter gezogen, sogenannte Sturmhauben.

Das Postamt erklärt, dass sich in den Geldkassetten siebenhundertachtundsechzigtausend Kronen Bargeld und knapp zweiundsiebzig Millionen Kronen in Schecks befanden.

Zeugen haben gesehen, wie die beiden Täter durch die Nyropsgade liefen und in einer Einfahrt am Hintereingang des Hotel Sheraton verschwanden. Mehreren Zeugen fiel auf, dass die Räuber einen trainierten Eindruck machten und ungewöhnlich schnell liefen. Durch einen Hof am Hotel gelangten sie auf der anderen Seite des Gebäudes in die Vester Søgade, hier sprangen sie in ein wartendes Auto, einen blauen Honda Civic.

Von ihrer Wohnung in der Vester Søgade aus hat eine Zeugin gesehen, dass in dem Auto ein Fahrer wartete. Der Fahrer des Wagens trug eine dunkle Sonnenbrille und hatte lockiges Haar, das einer Perücke ähnelte. Der Wagen fuhr mit hohem Tempo in Richtung Gammel Kongevej.

In der Einfahrt des Hotels Sheraton findet die Polizei einen selbst gefertigten Schlagstock, der als Tatwaffe identifiziert wird. Der Schlagstock besteht aus einem vierzig Zentimeter langen dicken Signalkabel, dessen Enden mit grünem Stoff umwickelt sind. Die polizeilichen Ermittlungen ergeben, dass das Kabel von der Firma Siemens in Westdeutschland produziert und von der Bundesbahn verwendet wird.

Wenige Stunden nach dem Überfall wird das Fluchtauto an einer Straße in Frederiksberg gefunden, wo die Täter vermutlich den Wagen gewechselt haben. Es stellt sich heraus, dass der Honda um Mitternacht von einem Parkplatz in Skodsborg nördlich von Kopenhagen gestohlen worden war. Der Besitzer ist sich ganz sicher, dass er seinen Wagen abgeschlossen hat, weil es auf dem Parkplatz bereits mehrere Autodiebstähle gegeben hat. Allerdings weist der gefundene Wagen keinerlei Anzeichen eines Einbruchs auf.

Die Täter haben die Fußmatten des Fahrzeugs mitgenommen, dafür aber eine deutsche Militärkappe aus Wolle hinterlassen, mit Ohrenklappen und Kinnverschluss. Im Aschenbecher des Autos liegen mehrere Zigarettenkippen und die Klappe einer Packung Marlboro mit deutscher Aufschrift.

Das Kopenhagener Raubdezernat beginnt mit umfassenden Ermittlungen, unter anderem werden Vernehmungen im Umkreis des Tatorts und in Skodsborg durchgeführt. Ein Zeuge wendet sich an die Polizei und berichtet von ein paar verdächtigen Männern, die er am Tag vor dem Raubüberfall in einem VW-Bulli vor dem Postamt hatte halten sehen. Dem Zeugen war der Kleinbus aufgefallen, weil vom Dach eine Antenne aufragte.

Das Stück Kabel, das als Schlagstock eingesetzt wurde, und die deutschen Spuren im Fluchtwagen legen die Vermutung nahe, dass die Kripo es mit deutschen Tätern zu tun hat. In den vergangenen Jahren hatten deutsche Kriminelle mehrere Banküberfälle in Kopenhagen und anderen Orten Dänemarks verübt, in einem Fall war ein dänischen Bankangestellter durch einen Schuss verletzt worden. Andererseits konnten ausgesprochen professionelle dänische Kriminelle in der Presse von ihren deutschen Kollegen gelesen und bewusst falsche Spuren gelegt haben, um die Polizei abzulenken.

Anderthalb Monate nach dem Raubüberfall finden ein paar Jungen beim Angeln im Pedersborg Sø nördlich von Kopenhagen einen grauen Stoffbeutel. Der Beutel enthält die aufgebrochenen Geldkassetten des Postraubs sowie einen grünen Schraubenzieher. Auch diese Gegenstände werden einer gründlichen kriminaltechnischen Untersuchung unterzogen. Über die örtliche Presse sucht die Polizei nach Zeugen, die möglicherweise gesehen haben, wer den Beutel ins Wasser geworfen hat.

All diese Ermittlungsschritte führen jedoch zu keinem Ergebnis.

Andererseits verschwenden die Beamten des Raubdezernats nicht viel Zeit auf einen Hinweis, den sie zwei Wochen nach dem Überfall von der landesweit agierenden mobilen Einsatzgruppe der Kriminalpolizei erhalten.

Am Montag, dem 19. April 1982, teilt ein Kriminalassistent der mobilen Einsatzgruppe einem Kollegen im Raubdezernat mit, dass er und einige andere Fahnder gegen eine kleine Gruppierung linksextremer Dänen ermittelt hätten, die vom Geheimdienst PET die Appel-Gruppe genannt wird.

Im Verlauf dieser Ermittlungen verstärkte sich der Verdacht, dass die Mitglieder der Gruppe im Sommer 1980 – vor dem tödlichen Unfall ihres Anführers Holger Jensen – einen Bankdirektor, seine Ehefrau und ihr Enkelkind entführt hatten, um den Direktor zu zwingen, in der Forstædernes Bank in Glostrup den Safe zu öffnen.

Die Ermittler der mobilen Einsatzgruppe arbeiteten damals eng mit dem Geheimdienst PET zusammen, deswegen wusste der Kriminalassistent vom auffallend illegalen Verhalten der Gruppe und den engen Kontakten zur palästinensischen Kampforganisation PFLP. Letzten Endes war es jedoch nicht möglich gewesen, den mysteriösen Fall zu klären und wirklich stichhaltiges Beweismaterial vorzulegen. Darüber hinaus hatte die Führung des PET kein Interesse daran, die Überwachungsmethoden des Geheimdienstes in einem öffentlichen Gerichtsverfahren auszubreiten.

Eine Reihe von Indizien des Postraubs am Vesterport hatte bei den Ermittlern der mobilen Einsatzgruppe den Verdacht aufkeimen lassen, Holger Jensens ehemalige Genossen könnten wieder aktiv geworden sein. Dafür sprachen die professionelle Durchführung der Aktion, die Observation aus einem VW-Bulli am Vortag sowie der hohe Betrag der Beute. In zahlreichen Details stimmte der Postraub mit dem Entführungsfall in Glostrup überein. Hinzu kommt, dass es sich bei dem gestohlenen Fluchtauto um exakt den gleichen Typ handelt, den ein Gruppenmitglied fährt, einen Honda Civic.

Der Kripoassistent nennt seinem Kollegen im Raubdezernat die Namen von vier Mitgliedern der Gruppe, die vom mobilen Einsatzkommando und dem PET verdächtigt werden: Niels Jørgensen, Torkil Lauesen, Peter Døllner und Jan Weimann.

Er ergänzt die Namen um die Personennummern, die Adressen und die Personenbeschreibungen der vier Verdächtigen. Sowohl Alter wie auch Größe und Körperbau passen auf die von einer Reihe von Zeugen beschriebenen Täter.

Im Raubdezernat geht der Hinweis der mobilen Einsatzgruppe in einen Bericht ein, der noch am selben Tag auf dem Schreibtisch des Abteilungsleiters landet. Weitere Informationen über die vier Verdächtigen lassen sich allerdings nur über den Geheimdienst beschaffen.

Dort wird die Zusammenarbeit der Gruppenmitglieder mit der Terrororganisation PFLP bestätigt und dass der PET den Verdacht hegt, die Kooperation könnte auch kriminelle Aktivitäten in Dänemark umfassen. Konkrete Beweise, dass die Gruppe hinter dem Überfall am Vesterport steht, kann allerdings auch der Geheimdienst nicht liefern.

Immerhin wird die Kripo darüber informiert, dass die Terrorabteilung des Dienstes die Gruppe bereits observiert. Sogar die Telefone einiger Gruppenmitglieder würden momentan abgehört.

Nach dieser Information des Geheimdienstes entscheidet die Leitung des Raubdezernats, dass es momentan nicht möglich ist, weitere Ermittlungen gegen die vier potenziell Verdächtigen einzuleiten.

Die Akte vom Überfall auf die beiden Postangestellten am Vesterport wird einige Monate später auf den Stapel der unaufgeklärten Fälle gelegt. Niemand wird festgenommen oder eines Verbrechens beschuldigt.

Der plötzliche Tod von Holger Jensen Mitte September 1980 war für die Appel-Gruppe ein schwerer Schock. Die Nachricht von dem Verkehrsunfall, bei dem er in der Nähe von Århus von einem Lastwagen überrollt wurde, nahmen auch seine ehemaligen Kampfgenossen aus dem Kommunistischen Arbeitskreis mit Misstrauen und Schmerz zur Kenntnis.

Am schlimmsten traf der Verlust Niels Jørgensen, der Holger Jensen zutiefst bewunderte, seit er zehn Jahre zuvor als sechzehnjähriger Gymnasiast zu dem Kreis um Gotfred Appel gestoßen war. Viele Jahre hatte er sich so an Holger geklammert, dass Appel ihm den Spitznamen ›Lille-Holger‹ gab. Seit Holger Jensen und Niels Jørgensen im Herbst 1979 in den Untergrund gegangen waren, waren sie so gut wie unzertrennlich gewesen.

»Holger und Niels waren immer zusammen, ihr Verhältnis war zuletzt geradezu brüderlich«, erzählt ein ehemaliges Mitglied der Kommunistischen Arbeitsgruppe, der Nachfolgeorganisation von Gotfred Appels Kommunistischem Arbeitskreis KAK. »Niels war nach Holgers Tod am Boden zerstört, aber er zeigte es nicht. Ich denke, er ist gar nicht in der Lage, Trauer zu zeigen. Allerdings trank er eine Zeit lang ziemlich viel. Gegenüber dem Rest der KA reagierte er geradezu verbissen. ›Wir sollten uns jetzt alle hundertprozentig in der politischen Arbeit engagieren.‹ Beim ersten Treffen nach Holgers Tod hielt er eine Rede, die sich anhörte, als wollte er sich selbst wieder Mut machen. Er hätte keine Lust mehr auf Waldspaziergänge, ab jetzt wollte er nur noch für die Weltrevolution arbeiten.«

Auch die übrigen Mitglieder des inneren Kreises der Kommunistischen Arbeitsgruppe waren betroffen: Jan Weimann, der mit Holger eng befreundet gewesen war, seit sie als Kinder in Gladsaxe in die gleiche Klasse gingen, Peter Døllner, der Holger ebenfalls seit Ende der sechziger Jahre gut kannte, und Torkil Lauesen, der ihn in den Siebzigern als Vorbild erlebt hatte und seither bei den illegalen Aktivitäten der Gruppe eng mit ihm zusammenarbeitete.

Wie Niels Jørgensen waren sie alle der Überzeugung, die politische Arbeit müsse fortgesetzt werden, auch die kriminellen Operationen für die Volksfront zur Befreiung Palästinas. Aber sie stimmten auch darin überein, dass die Arbeitsaufgaben neu zu verteilen wären: Niemand wollte Holgers Nachfolger werden und die Leitung der Gruppe übernehmen.

Nach Holger Jensens Tod gab es in der Gruppe keine Leitfigur mehr, sie funktionierte fortan mit eine Art kollektiver Leitung, in der jeder seine Aufgaben und Arbeitsgebiete hatte. Einmal im Monat trafen sich die Mitglieder der Kommunistischen Arbeitsgruppe von Freitagabend bis Sonntag in einem Ferienhaus irgendwo auf Seeland. Bei den Treffen wurde diskutiert, was jeder Einzelne seit dem letzten Mal unternommen hatte.

»Im Jahr vor Holgers Tod war der innere Zirkel eigentlich nur noch mit seinen Verpflichtungen gegenüber der PFLP beschäftigt«, berichtet ein ehemaliges KA-Mitglied, »dann wurde intern offener diskutiert. In der Kommunistischen Arbeitsgruppe waren alle dafür, die illegale Unterstützungsarbeit für die PFLP fortzusetzen. Obwohl konkrete Operationen auf den Treffen nicht besprochen wurden, wussten alle, dass sie stattfanden. Auf den Wochenendtreffen diskutierten wir unser Verhältnis zur ›Front‹, und häufig war Niels oder einer der anderen gerade im Nahen Osten gewesen und konnte die letzten Neuigkeiten erzählen.«

Auf den Treffen wurde allerdings auch besprochen, wer sich an illegalen Aktionen beteiligen sollte: Einige Mitglieder meldeten ihre Bereitschaft an, bestimmte Aufgaben zu übernehmen – die Entscheidung, ob sie dabei sein durften, traf der innere Führungskreis. Andere Mitglieder erklärten, selbst nicht an aktiven Operationen teilnehmen zu wollen, obwohl sie grundsätzlich mit der Unterstützungsarbeit einverstanden waren. Stattdessen übernahm ein Teil der Gruppe die legalen politischen Aktivitäten wie den Kontakt zu Befreiungsbewegungen in Afrika, Spenden- und Altkleidersammlungen der Organisation ›Tøj til Afrika‹ (›Kleider für Afrika‹) und Buchveröffentlichungen.

Nach Holger Jensens Tod wurde die Planung illegaler Aktionen ein eher kollektives Anliegen des inneren Zirkels. Es galt, so viel Geld wie möglich auf die einfachste und sicherste Weise zu beschaffen. Jeder durfte sich mit Vorschlägen und Ideen beteiligen, und nach einer gemeinsamen Diskussion legte man sich auf einige bestimmte Projekte fest, deren praktische Umsetzung und Realisation näher geprüft wurden. Das Prinzip bestand darin, eine Vielzahl von Ideen zu prüfen, um nach und nach herauszufiltern, welche Projekte sich tatsächlich für konkrete Planungen eigneten.

»Bei der Vorbereitung einer kriminellen Aktion hatten alle Beteiligten ein Vetorecht«, so ein ehemaliges Gruppenmitglied. »Sämtliche denkbaren Szenarien konnten vorgeschlagen werden, auch die prinzipiell inakzeptablen. Wir legten uns nicht auf einen Plan fest, bevor nicht alle Szenarien analysiert und durchgespielt waren. Die Methode lief auf eine bestimmte Art von militärischem Denken hinaus: Die Diskussion über einen Plan ist zunächst nicht unter moralischen Aspekten zu führen, sondern es geht nur darum, ein Ziel mit dem geringstmöglichen Risiko zu erreichen. Erst in der zweiten Runde bezog man moralische und andere Implikationen mit ein.«

Beim Geheimdienst der Polizei ging man zu dieser Zeit davon aus, dass Jan Weimann nach dem Tod seines Freundes aus Kindheitstagen die Leitung der Gruppe übernommen hatte. Tatsächlich jedoch hatten die vier Kernmitglieder die Aufgabengebiete unter sich aufgeteilt. Und es wurde kein grundsätzlicher Beschluss gefasst, ohne dass sich die vier Mitglieder der Kerngruppe nicht einig waren. In einem Interview hat Niels Jørgensen später erklärt, dass es keinen Sinn hätte, Menschen zu befehlen, gegen ihren Willen Handlungen auszuführen, bei denen sie das Risiko einer mehrjährigen Gefängnisstrafe eingehen.

Der als Schreiner ausgebildete Peter Døllner agierte vor allem als Praktiker der Gruppe. Seit den siebziger Jahren hatte er bei ›Tøj til Afrika‹ Altkleidersammlungen organisiert und weitere konkrete Aufgaben übernommen. Andererseits galt er bei neuen Operationen nicht als großer Ideenlieferant oder Analytiker. Er ergriff in den Diskussionen häufig erst das Wort, wenn der Plan sich bereits in einer konkreten Phase befand – welchen Autotyp sollte man für eine Aktion wählen oder wie viele Leute würden für eine bestimmte Aufgabe gebraucht.

Peter Døllner hatte lange von Arbeitslosengeld gelebt. 1982 erhielt er das Angebot, als Fahrer des Kopenhagener Zollamts in der Strandgade zu beginnen.

Torkil Lauesen wird von anderen Mitgliedern als unermüdliches Arbeitstier beschrieben, das jederzeit bereit war, eine praktische Arbeit zu übernehmen. Er hatte keine besonderen Fähigkeiten, sondern war ein Generalist, der sich mit kühlem Phlegma nicht viele Gedanken darüber machte, ob er die eine oder die andere Aufgabe lösen sollte. Wenn es galt, ein Auto zu stehlen, erklärte er: »Wenn sonst keiner Lust hat, erledige ich das.«

Gleichzeitig galt Torkil Lauesen allerdings als der politische Theoretiker der Gruppe. Wenn er auch nicht zu den aktivsten Ideenlieferanten gehörte, wenn es um neue Unternehmungen ging, so war er doch ständig auf der Suche nach wirtschaftstheoretischen und soziologischen Büchern, die neue Theorien über die Verarmung der Dritten Welt entwickelten. »Während ich vielleicht ein Buch über politische Ökonomie im Monat las, verschlang Torkil beinahe eins am Tag …«, so ein ehemaliges KA-Mitglied.

Torkil Lauesen war jederzeit bereit, weniger theoretisch fundierten KA-Mitgliedern einen Vortrag zu halten. Er berief bereitwillig Treffen ein, leitete Diskussionen und hielt Referate. Torkil wird als leicht distanziert charakterisiert, der gut mit Menschen umgehen konnte, aber offensichtlich kein großes Bedürfnis nach Nähe anderer hatte.

1980 kündigte er seinen Job als Laborant, lebte in den folgenden Jahren von Arbeitslosengeld und konzentrierte sich vollkommen auf die politische Arbeit. Auch seine Frau Lisa hatte eine wichtige Funktion im KA übernommen, bei ›Tøj til Afrika‹ war sie für die Buchführung zuständig.

Wie Torkil Lauesen versuchte auch Niels Jørgensen, mit so wenig Lohnarbeit wie möglich auszukommen. In der ersten Hälfte der achtziger Jahre hatte er nur im Winter 1982 einige wenige Monate als Hilfskraft in der Bibliothek von Nørrebro gearbeitet. Im Übrigen lebte auch er vom Arbeitslosengeld. Ein ehemaliges Mitglied der Kommunistischen Arbeitsgruppe erklärt, Niels hätte damals das Leben »eines Vollzeitpolitikers auf Kosten der öffentlichen Hand« einem traditionellen Arbeitsleben vorgezogen.

Niels Jørgensen übernahm die Rolle des Ideengebers, der jederzeit offen für neue Gedanken und abseitige Vorschläge war, auch wenn es um illegale Aktionen ging. Gleichzeitig hielt er den Kontakt zur PFLP.

Als EDV-Experte und Schachspieler war Jan Weimann der Analytiker, der mit seiner ausgeprägt systematischen Veranlagung die Ideen kategorisierte und den Überblick behielt, welchen Ertrag ein Einsatz der Gruppe bringen konnte. Nachdem er in den siebziger Jahren in einer EDV-Firma gearbeitet hatte, wechselte er 1980 in die zentrale Datenverarbeitung der Sparkasse und trat 1982 eine Stellung als Mitarbeiter einer Firma an, die EDV-Systeme für die meisten größeren öffentlichen Einrichtungen in Dänemark entwickelte.

In kriminellen Zusammenhängen arbeitete Jan Weimann häufig mit sogenannten ›what if-Szenarien‹: Man greift eine eventuelle Handlungsvariante heraus, spielt die Situation durch und analysiert die Konsequenzen. Dann analysiert man auch die nächste Handlungsoption und vergleicht die Resultate.

»Jan hatte sehr großen Einfluss, wenn es darum ging, sich bei einer Operation für ein Szenario zu entscheiden«, berichtet ein Gruppenmitglied. »Wir hatten größten Respekt vor seinen analytischen Fähigkeiten. Aus seiner Familie habe ich gehört, dass er sich schon in seiner Kindheit abschottete, um einfach nur irgendwelche sinnreichen Spiele und Systeme mit Kronkorken zu entwickeln. Er konnte ganz für sich allein arbeiten und sehr introvertiert sein. Aber gleichzeitig hatte er große operative Erfahrung, darum haben wir anderen immer genau zugehört, wenn er Einwände gegen eine Aktion hatte. Seine Meinung zählte, wenn es zwischen verschiedenen Vorgehensweisen zu entscheiden galt.«

Eine der ersten und wichtigsten Aufgaben des inneren Kreises der Kommunistischen Arbeitsgruppe nach dem Tod von Holger Jensen bestand darin, die Gruppe gegen eine Enttarnung durch Polizei oder Geheimdienst abzusichern.

In den Wochen und Monaten nach dem September 1980 verdichteten sich bei einigen leitenden Mitgliedern der KA die Hinweise, bestimmte Personen würden ein neues Interesse an ihrer Arbeit entwickeln. Sie hatten inzwischen genügend Erfahrung, um festzustellen, ob sie beschattet wurden oder nicht. Im Herbst und Winter 1980 hatten sie Gründe, sich observiert zu fühlen. Sie glaubten, dass es sich entweder um den dänischen Geheimdienst oder um Agenten des israelischen Mossad handelte.

Tatsächlich wurde Niels Jørgensen bereits kurz nach dem Tod von Holger Jensen vom PET überwacht, seine Wohnung hatte der Geheimdienst in aller Heimlichkeit durchsucht. Auch die Telefone seiner Freundin Gitte, mehrerer anderer Gruppenmitglieder und des Büros der Kommunistischen Arbeitsgruppe wurden vom PET abgehört und überwacht. Eine illegale Wohnung in der Rantzausgade 31 in Nørrebro löste die Gruppe auf, weil vermutet wurde, der PET wüsste davon. Stattdessen wurden andere Verstecke eingerichtet.

Das Gefühl der Verfolgung und Überwachung kulminierte gegen Ende des Winters. Am 19. März 1981 wurde Peter Døllner von der Polizei auf einem Postamt am H. C. Ørstedvej festgenommen, als er mit einem falschen Führerschein auf den Namen ›Aksel Mortensen‹ einen eingeschriebenen Brief abholen wollte. Der Brief enthielt das Geld für einen Lieferwagen, den die Gruppe durch einen jütländischen Autoverkäufer hatte verkaufen lassen.

Die Festnahme führte zu großer Unruhe und Besorgnis in der Gruppe. Kein Gruppenmitglied wusste, was die Polizei oder der Geheimdienst tatsächlich über ihre illegalen Aktivitäten wussten.

Nach der Festnahme von Peter Døllner wurde in aller Diskretion versucht, ein Treffen mit der Kontaktperson in der Führung der PFLP, Marwan El-Fahoum, zu arrangieren. Die Absprache lief unter anderem über eine Postfachadresse an der Vesterbrogade in Kopenhagen.

Knapp sechs Jahre früher, im Sommer 1975, hatte der französische Geheimdienst die Aufmerksamkeit der dänischen PET-Kollegen auf ein Postfach an der Vesterbrogade gelenkt, nachdem man diese Adresse bei der Leiche eines Führers der palästinensischen Volksfront gefunden hatte, der durch den Terroristen Carlos bei einem Feuergefecht mit französischen Geheimdienstagenten in Paris tödlich verletzt worden war. Damals hatten die Ermittlungen des PET ergeben, dass das Postfach von einer in Dänemark existierenden Palästinensergruppe zur Kommunikation mit der PFLP genutzt wurde.

Ohne von diesen polizeilichen Erkenntnissen zu wissen, mietete die Kommunistische Arbeitsgruppe unter der gleichen Adresse im September 1980 ein Postfach für einen ähnlichen Zweck an. Wegen der verschärften Überwachung durch den

PET mussten neue Wege der Kommunikation mit der ›Front‹ gefunden werden.

»Nach Holgers Tod mussten wir ein ›cover-up‹ vornehmen«, so ein Mitglied der Gruppe. »Wir spürten, dass die Überwachung intensiviert wurde, und wir wussten, dass bestimmte falsche Identitäten und Deckadressen aufzufliegen drohten. Das musste alles wasserdicht gemacht werden, wir mussten neue Adressen und neue Identitäten beschaffen und es war notwendig, eine neue Form des Kontakts zur PFLP aufzubauen.

Um eine illegale Infrastruktur zu schaffen, die es ermöglicht, geheime Operationen auszuführen, muss man ein Sicherheitssystem aufbauen, um jederzeit Autos, Wohnungen, Führerscheine usw. zur Verfügung zu haben. Das Problem ist nur, dass man sich manchmal zu erkennen geben muss, zum Beispiel wenn man eine Wohnung mieten will. Der erste Schritt ist, sich eine falsche Identität zu verschaffen, um eine billige Wohnung zu mieten – diese Identität ist dann an die Adresse gebunden. Identität und Adresse kann man später benutzen, um ein Auto zu mieten oder andere Dinge zu beschaffen, die für die Durchführung der Operation notwendig sind.

Aber man ist gezwungen, einen gewissen physischen Kontakt zu der Adresse aufrechtzuerhalten, weil zum Beispiel Briefe vom Vermieter kommen können, und bei diesem physischen Kontakt gibt man sich jedes Mal eine Blöße. Deswegen muss die Infrastruktur so aufgebaut werden, dass die eigentliche Struktur nicht zu durchschauen ist, dass man den Weg zu uns nicht finden kann. Das heißt, selbst wenn man sich bei A zu erkennen geben muss und irgendjemand dadurch vielleicht zu B findet, muss B wiederum absolut wasserdicht sein. Und nach Holgers Tod bestand die Aufgabe darin, eine komplett neue und sichere Infrastruktur aufzubauen, um neue Operationen ausführen zu können.«

Ende September 1980 unterschrieb ein KA-Mitglied den Mietvertrag für das Postfach Nr. 190 in dem privaten Postfachzentrum BBC (Brev Box Center) an der Vesterbrogade 208 und bezahlte die Miete für drei Monate im Voraus. Die Miete umfasste auch ›Telefonservice‹, d.h. der Mieter konnte die Firma anrufen und sich erkundigen, ob Post gekommen war. Der Vertrag wurde auf den falschen Namen ›Per Mortensen‹ ausgestellt.

Einige Monate später, Anfang Februar 1981, wurde die Postfachadresse Marwan El-Fahoum mitgeteilt. Die Mitteilung sollte Fahoum durch das in Dänemark lebende PFLP-Mitglied Sati überbracht werden, der allerdings bereits bei früheren Gelegenheiten gezeigt hatte, dass er kaum so sicherheitsbewusst war wie die dänischen ›Äpfel‹. Sati rief Fahoum ganz einfach im Hauptquartier der Volksfront in Beirut an und berichtete, dass man über das Postfach 190 an der Vesterbrogade in Kopenhagen Kontakt zu den ›Äpfeln‹ aufnehmen könne.

In dem Telefongespräch betont Fahoum, dass weder Sati noch ein anderer PFLP-Kontakt namens Talal in Dänemark mit den ›Früchten‹ reden dürfe – ›the fruits‹, heißt es in dem englischsprachigen Abhörbericht. Allerdings war es bereits zu spät. Denn weder Sati noch Fahoum ahnten, dass der PET Satis Telefon abhörte. Zu diesem Zeitpunkt arbeitete im Hauptquartier des dänischen Geheimdienstes ein besonderer Mitarbeiter, den der israelische Nachrichtendienst Mossad abgestellt hatte. Er versorgte den dänischen Dienst mit Analysen über die palästinensischen Verhältnisse und fungierte bei Telefongesprächen als Übersetzer vom Arabischen ins Englische. Gleichzeitig übermittelte der Mossad-Agent natürlich sämtliche relevanten Informationen an seinen Arbeitgeber in Israel.

Der Abhörbericht des Telefonats zwischen Sati und Fahoum gelangte auch an die Terrorabteilung des PET, die Abteilung T, die so von dem geheimen Postfach erfuhr. Die PET-Leute sorgten sofort dafür, dass der Dienst vor allen anderen informiert wurde, wenn Post für das Postfach 190 eintraf.

Bereits einen Monat später hatte die Abteilung T Erfolg. Am 26. März 1981, eine Woche nach Peter Døllners Festnahme, traf Marwan El-Fahoum am Flughafen Kastrup in Kopenhagen ein. Zwei Tage später lag ein Telegramm an einen ›John Smith‹ im Postfach Nr. 190.

Offensichtlich hatte man einige Umstände des Treffens zwischen Marwan El-Fahoum und den Mitgliedern der Kommunistischen Arbeitsgruppe bereits vorab abgesprochen, zumindest musste Fahoum in seinem Telegramm nur schreiben: »I hope to see you in Sweden Thursday March 31th.« Marwan El-Fahoum hatte 1976 eine schwedische Ärztin geheiratet, die mit ihren beiden gemeinsamen Söhnen in Lund in Südschweden lebte.

Ungefähr seit 1980, so die späteren Recherchen des PET, fanden die Treffen zwischen Fahoum und den ›Äpfeln‹ nicht mehr auf dänischem Boden statt. Um den Kontakt zu verschleiern, wurden die Treffen in ein ›Drittland‹ verlegt, wie das bei den Geheimdiensten heißt. Solange man allerdings nicht den exakten Treffpunkt kannte, war es dem dänischen Geheimdienst nicht möglich, die Treffen zu überwachen.

Zwei Monate später, am 26. Mai, traf ein weiteres Telegramm von Marwan El-Fahoum in dem Postfach ein. Das in Wien aufgegebene Telegramm bestätigte ein Treffen zu einem

Zeitpunkt und an einem Ort, die die KA offensichtlich bereits vorgeschlagen hatte. In dem Telegramm hieß es lediglich: »Agree to meet in same suggested place and time«.

Die wichtige Aufgabe der primären Kontaktperson zur PFLP war Niels Jørgensen zugefallen. Zum einen hatte er keine feste Arbeit und konnte darum ohne große Probleme die notwendigen Reisen in den Nahen Osten und andere ›Drittländer‹ unternehmen. Zum anderen hatte er in den vorangegangenen Jahren Holger Jensens Aktivitäten eng begleitet und bereits Aufgaben für die ›Front‹ erledigt. Und er kannte die Kontaktperson der Gruppe, Marwan El-Fahoum.

Niels Jørgensen hat berichtet, dass er bereits vor Holger Jensens Tod, im Frühjahr 1980, von der PFLP den Auftrag bekam, eine Funkausrüstung für die Palästinenserorganisation zu beschaffen. Im Libanon wollte die PFLP die Funkfrequenzen der Israelis anpeilen, um deren Kommunikation abzuhören.

Nach seinem Wehrdienst, während dem er unter anderem eine Ausbildung in der Zielberechnung für Granatwerfer erhalten hatte, verfügte Niels Jørgensen über gewisse Kenntnisse von militärischem Material. Er kaufte diverse gebrauchte Funkausrüstungen und probierte sie aus, unter anderem indem er den dänischen Polizeifunk abhörte, bis er sich für das am ehesten geeignete Modell entschied. Die Funkanlage transportierte Niels Jørgensen in seinem Fluggepäck nach Damaskus in Syrien, wo er es seiner Kontaktperson übergab, einer PFLP-Aktivistin.

Niels Jørgensen wurde von ihr gebeten, der PFLP weiteres technisches Material zu beschaffen, unter anderem Fotoausrüstungen und Videoüberwachungsanlagen. Laut eigener Aussage kaufte er die Geräte dort, wo sie am billigsten waren, meist in Deutschland, und transportierte sie im Flugzeug persönlich über Athen nach Damaskus.

Bereits Mitte der siebziger Jahre hatte sich Niels Jørgensen in einem PFLP-Ausbildungslager im Libanon aufgehalten. In den Achtzigern reiste er dann regelmäßig nach Damaskus und in den Libanon. In einem Interview berichtete er von seinen Aufenthalten in Trainingscamps in den libanesischen Bergen, wo er sich mit einer Reihe von PFLP-Leuten anfreundete.

Ein typisches Lager, so Niels Jørgensen, bestand aus circa zehn Zelten in einem Tal, in dem rund fünfzig junge Männer und Frauen zwischen fünfzehn und fünfundzwanzig Jahren im Umgang mit Schusswaffen geschult wurden und das Verlegen von Landminen und die Anlage von Schützengräben trainierten. Die jungen Soldaten sollten an Angriffen gegen Israel teilnehmen oder ihre Kenntnisse anderen Jugendlichen in den von Israel besetzten Gebieten weitergeben, beispielsweise in der Westbank.

Wenn Niels Jørgensen in ein Lager kam, wurde er wie alle anderen Teilnehmer in Kakiuniform und Militärstiefel gekleidet und mit einer Kalaschnikow ausgerüstet. Das israelische Militär konnte die Lager mit seinen Flugzeugen erreichen, darum galt es, eine Reihe von Sicherheitsmaßnahmen einzuhalten, damit die Lager aus der Luft nicht entdeckt wurden. Zum Beispiel war es streng verboten, eine glitzernde Coladose einfach fortzuwerfen. Nachts hatten die Lagerteilnehmer abwechselnd Wache zu halten. Einmal wurde Niels Jørgensen in einem Lager untergebracht, in dem man trauerte, weil am Vortag israelische Soldaten in Helikoptern angegriffen und vier Palästinenser getötet hatten.

Jørgensen traf viele Palästinenser, die in den Flüchtlingslagern rekrutiert worden waren, darüber hinaus aber auch Tunesier, Marokkaner und Südamerikaner, die in den Libanon kamen, um am militärischen Training der palästinensischen Befreiungsfront teilzunehmen. Der Tag begann häufig mit einem zehn Kilometer langen Lauf in die Berge, abends versammelte man sich in der Regel zum Essen am Lagerfeuer. Bei festlichen Anlässen wurden bisweilen Lämmer gebraten, die man bei den Schafhirten der Gegend gekauft hatte.

Niels Jørgensen schätzte die Atmosphäre der Trainingslager sehr. Stimmung und Kameradschaft waren gut, die Diskussionen lebhaft. Alle verband ein Gefühl der Zusammengehörigkeit und die Überzeugung, für eine gemeinsame Sache zu kämpfen.

1981 beschlossen Niels Jørgensen und die drei anderen Mitglieder des inneren Führungskreises, dass auch die übrigen Mitglieder der Kommunistischen Arbeitsgruppe die Atmosphäre bei den Genossen der ›Front‹ erleben sollten. Die vier Anführer hatten die Erfahrung gemacht, dass eine persönliche Begegnung mit den Palästinensern einen sehr motivierenden Effekt für das Engagement haben konnte, deswegen wurden alle Mitglieder der KA aufgefordert, an einer revolutionären Bildungsreise in den Libanon teilzunehmen. So gut wie alle folgten der Aufforderung.

Einer der Mitreisenden war das neue Mitglied Karsten Møller Hansen. Er stammte von der Insel Fünen und war wie die meisten anderen der Gruppe als Sohn eines Möbelhändlers in einer durchschnittlichen dänischen Familie aufgewachsen. Bereits auf dem Gymnasium hatte ein Onkel sein Interesse für Politik geweckt, und nach dem Abitur entschied sich Karsten Møller Hansen Mitte der siebziger Jahre, Schweißer auf einer Schiffswerft in Odense zu werden. Nachdem er mit den Mitbewohnern seiner linken Wohngemeinschaft nach Århus gezogen war, kam er mit der örtlichen Gruppe von ›Tøj til Afrika‹ in Kontakt und begegnete Niels Jørgensen und anderen Mitgliedern des damaligen Kommunistischen Arbeitskreises KAK.

Nach knapp einem Jahr auf der alternativen Tvind-Schule zog der vierundzwanzigjährige Karsten Møller Hansen 1978 nach Kopenhagen und engagierte sich weiterhin bei ›Tøj til Afrika‹ für afrikanische Befreiungsbewegungen. Anfang 1980 wurde er als ungelernter Krankenpfleger in einem Altenheim angestellt. Noch im gleichen Jahr trat er der Kommunistischen Arbeitsgruppe bei. Schon bald erhielten Karsten Møller Hansen und weitere neue Mitglieder eine gründliche Schulung über den wichtigsten Partner der Gruppe, die PFLP. Einige der Kernmitglieder referierten einen ganzen Tag über Geschichte und Aktivitäten der Befreiungsfront für das palästinensische Volk.

Im Sommer 1981 reiste Karsten Møller Hansen mit den anderen Gruppenmitgliedern über Damaskus nach Beirut. Während die vier Mitglieder des inneren Kreises den größten Teil der Zeit in Beirut verbrachten, wo sie mit Marwan El-Fahoum und anderen operativen Führern der PFLP an ›practical discussions‹ teilnahmen – der gängige Deckname für Beratungen über kriminelle Aktionen –, reisten die übrigen KA-Mitglieder im Libanon herum, um Lager und Dörfer zu besuchen, in denen die ›Front‹ aktiv war und verschiedene Projekte betrieb.

»Ich hatte das Gefühl, dass wir während der Reise unter ständiger Beobachtung standen«, berichtet einer der Teilnehmer heute. »Ich glaube, dass Jan, Niels, Peter und Torkil mit der Reise sehen wollten, ob von uns anderen jemand so von der Situation gepackt wurde, dass wir den Mut entwickelten, uns aktiv für die illegale Unterstützungsarbeit der ›Front‹ zu engagieren. Sie hatten entsprechende Reisen hinter sich und wussten, welche Wirkung das haben konnte. Nun sollten wir ebenfalls diese Kur erhalten.«

Auf der Reise durchliefen die Mitglieder der Kommunistischen Arbeitsgruppe das Standardprogramm für Gäste der PFLP. Sie diskutierten mit Mitgliedern der obersten Führung der Palästinenser über Politik und wurden auch einigen linken Organisationen vorgestellt, mit denen die PFLP in Beirut zusammenarbeitete. Aber vor allem reisten sie im Land umher, um palästinensische Flüchtlingslager zu besuchen, in West-Beirut unter anderem die Lager Sabra und Shatila, die inzwischen so groß wie kleine Städte waren. Außerdem wurde ihnen eine Reihe von Projekten der PFLP gezeigt: Krankenhäuser, Schulen und Frauenorganisationen.

Einige Mitglieder nahmen an einer Tour zum vorgeschobensten Posten der PFLP in der demilitarisierten Zone nahe der israelischen Grenze im Südlibanon teil, wo sie an einem Berghang in den Höhlen der Guerillasoldaten übernachteten. Während der Fahrt erlebten sie einen nächtlichen israelischen Bombenangriff. Am nächsten Morgen wurden sie von den Bewohnern der zerbombten Häuser mit warmer Milch empfangen.

Während der Reise besuchten sie im südlichen Libanon auch eine der internationalen Divisionen der ›Front‹, zu der sich ungefähr hundert Mann aus den unterschiedlichsten Ländern der Welt als freiwillige Soldaten gemeldet hatten. Die Division bestand unter anderem aus Ceylonesen, Kurden, Türken, Afrikanern, jungen Russen und einem einzelnen Ostdeutschen.

»Für viele von uns – und auf jeden Fall für mich – war das Ergebnis der Reise, dass ich die Situation der PFLP sehr viel besser verstand«, berichtet ein Teilnehmer. »In den Flüchtlingslagern bin ich Menschen in meinem Alter begegnet, ich habe mit ihnen Tee getrunken, ihre Familien und Kinder getroffen und unheimlich viel über Politik diskutiert. Aus einigen dieser Begegnungen sind persönliche Beziehungen entstanden, die ich noch lange gepflegt habe. Ich bekam ein sehr persönliches und enges Verhältnis zur ›Front‹, und wenn ich nicht schon vorher bereit gewesen wäre, mich an der illegalen Arbeit zu beteiligen, dann auf jeden Fall nach dieser Tour.«

Nach der Delegationsreise in den Libanon im Sommer 1981 begann der innere Führungszirkel der Kommunistischen Arbeitsgruppe ernsthaft an Plänen zu arbeiten, wie Geld und andere notwendige Dinge für die Genossen der ›Front‹ beschafft werden könnten. Neue Kommunikationsformen zwischen dem KA und der operativen Führung der PFLP unter Marwan El-Fahoum wurden besprochen, eine neue illegale Infrastruktur hatte man in Dänemark inzwischen aufgebaut.

Aus einem Dachzimmer am Südhafen, das noch von Holger Jensen angemietet worden war, transportierten einige Genossen das von ihm in den siebziger Jahren gesammelte ›Werkzeug‹ zu einer neuen illegalen Adresse. Es handelte sich um Materialien, die sich bei Einbrüchen oder Autodiebstählen als nützlich erwiesen hatten, um die Funkausrüstung der Gruppe sowie um Perücken, Make-up und andere Verkleidungsutensilien.

In den folgenden Jahren unterhielt die Gruppe eine Reihe illegaler Wohnungen in Kopenhagen, unter anderem in der Ravnsborggade 21C und der Falkoner Allé 73A. Eine Zeit lang verfügte sie auch über eine Zweizimmerwohnung im zweiten Stock in der Nørre Sideallé 7 im Stadtteil Nørrebro und über eine Einzimmerwohnung an der Bernhard Bangs Allé 4 in Frederiksberg. Die längste Zeit hatte die Gruppe Werkzeug, Unterlagen und anderes Material in einer Wohnung im dritten Stock des A. F. Beyers Vej untergebracht, einer Seitenstraße des Godthåbsvej an der Grenze zwischen Frederiksberg und Vanløse.

Die Gruppenmitglieder entwickelten und verfeinerten zunehmend die Techniken, die für ihr illegales Handwerk notwendig waren. Unter anderem fanden sie ihre eigene Methode, Autos zu organisieren, ohne dass Einbruchsspuren an den Fahrzeugen hinterlassen wurden.

Nachts fuhren Gruppenmitglieder zu Autowerkstätten in Kopenhagen, deren Kunden die Autoschlüssel absprachegemäß in Briefkästen oder andere Aufbewahrungsorte warfen, wenn sie ihre Fahrzeuge nach Geschäftsschluss ablieferten. Mit einem Magnet an einer langen Spiralleitung oder einer Stange konnten diese Schlüssel dann aus den Boxen gefischt werden. Die Magnete waren stark genug, um auch die Schlüssel anzuziehen, die in Briefumschlägen lagen. Manchmal wurde auch ein langes Stück Stahldraht verwendet, das an einem Ende mit Teppichklebeband umwickelt war.

Nachdem man einen Schlüssel erwischt hatte, musste der Wagen gefunden werden, zu dem er passte. Im Handschuhfach oder an anderen Stellen wurde dann nach der Identität und der Adresse des Halters gesucht, um den Wagen später im Stadtgebiet wiederzufinden.

Eine Liste von mehr als hundert Kopenhagener Autowerkstätten wurde laufend aktualisiert, nach und nach wurden sechsunddreißig davon als ›gut‹ klassifiziert. Bei diesen Werkstätten war es problemlos möglich, die abgelieferten Schlüssel mit Hilfe der Magnetmethode zu beschaffen. In einigen Fällen wurden sogar Skizzen der Werkstätten mit Hinweis auf das Schlüsseldepot angefertigt. Dies galt beispielsweise für eine Toyota-Werkstatt am Brogårdsvej in Gentofte, wo sich die Schlüssel laut Skizze »in einem kleinen Drahtkorb« hinter dem Briefschlitz befanden. In diesem Fall wurde empfohlen, eine »kurze Stange mit Magnet« zu benutzen.

Von den Autowerkstätten fuhren die Gruppenmitglieder zu einer illegalen Wohnung, wo sie mit einer Schlüsselfräse eine Kopie des Autoschlüssels herstellten. Im Laufe der Zeit hatte man unter falschen Namen mehrere hundert Rohlinge von Autoschlüsseln der gängigsten Marken gekauft, die in einem Metallregal sortiert waren, in dem jede Automarke ihr Fach hatte. Bevor die Werkstatt am nächsten Morgen die Arbeit aufnahm, lag der Originalschlüssel wieder im Schlüsseldepot der Werkstatt.

Mit Hilfe dieser diskreten Methode hatte die Gruppe ständigen Zugang zu einer Reihe von Autos im gesamten Kopenhagener Stadtgebiet. Wenn ein Fahrzeug für eine Operation benötigt wurde, konnte ein Wagen bei einer der Adressen, die man im Auto gefunden hatte, ›abgeholt‹ werden, ohne dass er aufgebrochen werden musste. Das Fahrzeug wurde nur wenige Stunden in der Nacht benutzt, auf diese Weise blieb das Risiko relativ gering, dass der Besitzer den Diebstahl bemerkte und das Auto suchen ließ, bevor es wieder abgeliefert war.

Die zugänglichen Wagen wurden in Listen mit dem Namen des Eigentümers, seiner Adresse und Telefonnummer sowie der Automarke und dem Kennzeichen erfasst. Außerdem wurde festgehalten, wo das Fahrzeug nachts normalerweise parkte.

Darüber hinaus stellte die Gruppe falsche Pässe und andere illegale Ausweispapiere her. Die Technik zum Druck falscher Identitätspapiere hatte man bereits entwickelt, als Gotfred

Appel noch die Druckerei in den Räumen des KAK am Svanevej leitete. Als die Nachfolgeorganisation Kommunistische Arbeitsgruppe sich eine eigene Offset-Maschine leistete, entschied man sich für ein Gerät des gleichen Formats, um einige der alten Materialien auch weiterhin nutzen zu können. Niels Jørgensen und Lisa Lauesen wurden angelernt, die Maschine zu bedienen.

Die Herstellung falscher Papiere diente insbesondere dazu, einer eventuellen Enttarnung während der Vorbereitungen und der Planungen der kriminellen Aktivitäten zuvorzukommen. Die Ausweise wurden eingesetzt, wenn die Gruppe eine neue illegale Wohnung in Besitz nahm, Ausrüstung kaufte oder Autos mietete. Außerdem wollte man in der Lage sein, sich jederzeit legitimieren zu können, sollte man während einer Operation unglücklicherweise in eine Polizeikontrolle geraten. Zudem wurden die falschen Pässe natürlich gebraucht, um unerkannt ins Ausland zu reisen.

Um perfekt gefälschte Ausweispapiere herstellen zu können, musste man idealerweise Zugang zur Identität real existierender Menschen haben, darum waren die Gruppenmitglieder ständig auf der Jagd nach Namen, Adressen und Personennummern. In den Papierkörben von Autovermietungen und öffentlichen Einrichtungen, zu denen Jan Weimann und einige andere Gruppenmitglieder durch ihre Arbeit Zugang hatten, ließen sich häufig weggeworfene Dokumente finden, die die gewünschten Angaben enthielten. Die Verträge der Autovermietungen zum Beispiel lieferten alle notwendigen Informationen, um gefälschte Führerscheine zu produzieren.

Als Torkil Lauesen eine Zeit lang als Laborant in der pathologischen Abteilung des Frederiksberg-Hospitals arbeitete, hatte er Zugang zu Krankenakten, unter anderem von Patientinnen, die mehrere Abtreibungen hatten vornehmen lassen. Er notierte die persönlichen Informationen aus den Krankenberichten, und in mindestens einem Fall gelang es ihm sogar, die Krankenversicherungskarte der Patientin zu beschaffen. Als Lauesen später einen Job als Postbote in Hellerup annahm, nutzte er diese Gelegenheit, um Briefe zu öffnen, die offensichtlich neue Pässe enthielten. Er fertigte Fotokopien der Pässe an, bevor er sie wieder in die Couverts steckte und an die Empfänger auslieferte.

Außerdem hatte ein neues Mitglied der KA, das hier nur unter dem Decknamen ›Anna‹ auftauchen wird, als frisch approbierte Ärztin besonderen Zugang zu vertraulichen Personeninformationen.

In den späten siebziger Jahren hatte sich Anna bei ›Tøj til Afrika‹ aktiv an den Altkleidersammlungen für Afrika beteiligt, und nachdem sie 1979 ihre Kenntnisse als Ärztin kurz vor dem Ende ihrer Ausbildung in einem Flüchtlingslager im Libanon eingesetzt hatte, engagierte sie sich für die palästinensische Sache.

Bevor sie im Oktober 1979 im Libanon eintraf, hatte Anna Kontakt zu zwei PFLP-Mitgliedern in Dänemark, Sati und Talal. Einer von ihnen hatte sie in einem vom PET abgehörten Telefonat mit dem Auslandsverantwortlichen der PFLP, Taysir Quba, als einen der ›jungen Äpfel‹ aus Dänemark angekündigt und ihn gebeten, sie gut zu behandeln. Quba hatte dem Anrufer vorgeworfen, dass er den Decknamen ›Äpfel‹ am Telefon benutzte.

Zunächst flog Anna nach Damaskus, wo sie im Hauptquartier der PFLP von einer Amerikanerin, Sally Bland, empfangen wurde, die sie aus Dänemark kannte. In einem Brief an einen Freund in Dänemark schrieb Anna, dass sie bei der Ankunft am Flughafen von Damaskus »direkt durch den Zoll und die Passkontrolle geführt wurde, ohne dass die auch nur irgendetwas gecheckt« hätten. Von Damaskus aus führte Annas Reise nach Beirut und weiter in das Flüchtlingslager Nahr al-Bared nördlich von Tripolis. Das Lager betrieb die PFLP gemeinsam mit dem Roten Halbmond.

Während des Aufenthalts wurden sie und andere skandinavische Ärzte im Waffengebrauch geschult. Laut ihrer eigenen Erklärung sollten auch die Ärzte imstande sein, sich bei einem eventuellen israelischen Angriff auf das Lager zur Wehr zu setzen. Anna hat berichtet, dass die Israelis häufig provozierten, indem sie das Lager in niedriger Höhe überflogen und Steine oder andere Dinge auf die Flüchtlinge herabregnen ließen, was jedes Mal zu großer Panik führte. Die Schießübungen waren auch auf den Lichtbildern der Reise zu sehen, die sie nach ihrer Rückkehr den Genossen von ›Tøj til Afrika‹ in Kopenhagen und Odense zeigte.

1981 beendete Anna ihre Ausbildung als Ärztin und arbeitete zunächst in einem Krankenhaus auf Seeland, dann in Kopenhagen. Laut ihrer Aussage gegenüber der Polizei hatte ihr Freund, Karsten Møller Hansen, ihr klargemacht, dass die KA falsche Identitäten für eine effektive Unterstützungsarbeit der PFLP benötigte. Die Identitäten konnten von weiblichen wie männlichen Personen stammen, die wie die Mitglieder der Gruppe zwischen dreißig und vierzig Jahre alt waren.

Um der guten Sache willen, so erklärte es Anna später der Polizei, hätte sie nicht weiter darüber nachgedacht, obwohl sie wusste, dass sie illegal handelte. Dass sie in Karsten Møller Hansen verliebt war, spielte ebenfalls eine Rolle.

Die Informationen verschaffte sie sich, indem sie Berichte und Karteiakten, zu denen sie Zugang hatte, kopierte oder abschrieb, häufig von Patienten, die sie selbst behandelte. In Notizen ergänzte sie die für die Herstellung eines falschen Passes notwendigen Fakten über Augen- und Haarfarbe, Größe und Gewicht. Es war wichtig, Personen zu finden, die vor allem mit Blick auf ihre physische Beschaffenheit zu Mitgliedern der Gruppe passten.

So war es beispielsweise Anna, die aus einem Krankenbericht die Informationen für eine falsche Identität namens ›Frode Nielsen‹ beschafft hatte, ein Name, der von den Gruppenmitgliedern mehrfach genutzt wurde. Einen auf diesen Namen ausgestellten Führerschein trug nicht nur Carsten Nielsen 1989 auf seiner Unfallfahrt bei sich, unter anderem hatte die Gruppe den Namen auch eingesetzt, als sie für eine geplante Entführung ein Ferienhaus in Norwegen mieteten, ebenso wurde der Mietvertrag für die Wohnung in der Blekingegade auf diesen Namen ausgestellt.

Der wirkliche Frode Nielsen war während eines mehrwöchigen Krankenhausaufenthalts im Frühjahr 1982 von Anna behandelt worden, darum konnte sie seine persönlichen Daten problemlos um weitere Informationen ergänzen.

Wenn in den Krankenakten oder anderen gestohlenen Dokumenten Informationen fehlten, die zur Herstellung falscher Papiere notwendig waren, löste die Gruppe inzwischen auch dieses Problem. In diesen Fällen rief ein Gruppenmitglied die betreffende Person an und gab sich als Interviewer eines Meinungsforschungsinstituts aus. Für diesen Zweck wurde ein zweiseitiger Fragebogen entwickelt, mit dem sich die relevanten Informationen in Erfahrung bringen ließen.

Nachdem der Interviewer versichert hatte, die Antworten würden ausschließlich zu ›statistischen Zwecken‹ verwendet, begann er, die Zielperson nach seiner Meinung zu verschiedenen Fernsehformaten zu fragen: »Gibt es genügend Sportsendungen im Fernsehen?«, »Meinen Sie, dass die Anzahl der Serien zu groß oder zu klein ist?«, »Sollten sämtliche Sendungen mit dänischen Untertiteln versehen werden?«

Danach wurden Fragen zum Familienstand, der Konfession, dem Geburts- und Taufort, zu Beruf, Reisegewohnheiten und dem Pass gestellt. In einem eigenen Fragenkomplex ging es darum, die Größe des Betreffenden herauszufinden, eine Information, die für den falschen Pass notwendig war. Der Interviewer fragte zum Beispiel, ob der Befragte schon einmal gestürzt sei, um sich dann unverbindlich nach seiner Größe zu erkundigen. Abgeschlossen wurden die Interviews mit einigen belanglosen Fragen zum Thema Sport.

In der Regel beantworteten die Angerufenen alle Fragen bereitwillig. Allerdings berichtete Jan Weimann einmal seinen Genossen, eine Frau hätte erklärt, dass ihr einige Fragen ›merkwürdig‹ vorkämen. Jan Weimann hatte laut eigener Aussage nur geantwortet: »Ja, zum Teil ist das schon ein ziemlicher Unfug.«

Von all diesen Aktivitäten wusste 1981 weder die Kriminalpolizei noch der PET. Beim Geheimdienst hatte man den Ermittlungsschwerpunkt vorläufig auf die Postfachadresse an der Vesterbrogade gelegt, bei der Anfang des Jahres einige geheimnisvolle Telegramme eingegangen waren.

Im Dezember 1981 registrierten die Mitarbeiter der Terrorabteilung des PET in der dänischen Zelle der Volksfront zur Befreiung Palästinas neue konspirative Aktivitäten.

Am 11. Dezember bekam die Terrorabteilung die Mitteilung, am Vortag wäre ein Telegramm für ›John Smith‹ im Postfach Nr. 190 eingetroffen. Es war in Beirut im Libanon aufgegeben worden.

»Meet my friend in Sophia on 22 Dec.«, lautete der Text, und die PET-Leute hatten keinen Zweifel, dass es sich um eine Mitteilung der Volksfront-Führung handelte, in der es um ein Treffen zwischen Marwan El-Fahoum und seiner dänischen Zelle in der bulgarischen Hauptstadt Sofia ging. »Cable us to confirm the date«, hieß es in dem Telegramm weiter.

Noch am selben Tag beantragten die Mitarbeiter der Terrorabteilung die sofortige Überwachung des Postfachzentrums durch eine Einheit des Geheimdienstes, um festzustellen, wer das Telegramm abholen würde. Um zwei Uhr nachmittags war ein Team um das Postfachzentrum postiert, das am Ende der Vesterbrogade lag, kurz vor der Kreuzung Pile Allé und Roskildevej.

Anderthalb Stunden später ist es so weit. Ein Mann betritt das Postfachzentrum, öffnet das Postfach Nr. 190, entnimmt das Telegramm und lässt die Hand noch einmal durchs Postfach gleiten, um festzustellen, ob sich noch mehr darin befindet.

Das Observationsteam beschreibt den Mann als ungefähr dreißig Jahre alt, blond, das Haar »im Nacken halblang und struppig, vorn dünn«. Er trägt eine kurze dunkle Jacke und eine graue Hose. Nach Meinung des Überwachungsteams handelt es sich um Peter Døllner.

Der Mann verlässt das Postfachzentrum mit dem Telegramm und geht die Vesterbrogade hinunter bis zur Schlegels Allé. Hier steigt er in einen silbergrauen Honda Civic, in dem sich bereits zwei Männer befinden.

Hinten sitzt ein Mann mit kurzem, glattem Haar, er trägt eine knielange, hellblaue Daunenjacke. Der Mann wird als Torkil Lauesen identifiziert. Als die PET-Mitarbeiter das Nummernschild überprüfen lassen, stellt sich heraus, dass der Wagen tatsächlich Lauesen gehört.

Hinter dem Steuer sitzt ein »pockennarbiger« Mann mit »halblangem, wirrem, dunkelblondem Haar«, der eine dunkle Jacke und Jeans trägt. Der Mann ähnelt Niels Jørgensen.

Da gleich drei Männer erschienen sind, um ein Telegramm abzuholen, vermuten die Geheimdienstleute, dass die Mitteilung erwartet wurde und der Gruppe alles andere als gleichgültig ist.

Der Wagen biegt von der Vesterbrogade auf die Frederiksberg Allé und fährt in Richtung Stadtmitte, über die Farimagsgade geht es weiter nach Nørrebro. Kurz vor dem Jagtvej biegt der Honda ab und parkt in einer Seitenstraße hinter dem Landesarchiv. Die drei Männer werden über die Ahlmannsgade bis in das alte Café Åkanden an der Ecke des Åboulevard verfolgt.

Fünf Minuten später folgt ihnen einer der Beschatter des PET. Er entdeckt die drei Männer sofort, die sich direkt am Eingang des Lokals an einen der mit geblümtem Wachstuch bedeckten Tische gesetzt haben. Der Beamte nimmt an einem Tisch am anderen Ende des küchenblauen Cafés mit den vergilbten Reproduktionen an den Wänden Platz. Er sieht, dass auf dem Tisch zahlreiche Papiere und Kalender liegen, aber er sitzt zu weit entfernt, um die Unterhaltung der drei Männer verfolgen zu können.

Wenige Minuten nachdem der PET-Agent das Lokal betreten hat, stehen die Männer auf, verlassen die Kaffeebar und werden von den übrigen Geheimdienstmitarbeitern weiter observiert.

Der Honda fährt auf die Autobahn Richtung Hillerød, biegt bei Bagsværd ab und tankt an einer Shell-Tankstelle am Stadion. Der Wagen fährt zu einem Reihenhausviertel in der

Nähe, dort stattet Peter Døllner irgendjemandem einen kurzen Besuch ab und kehrt zum Auto zurück. Kurz darauf verlieren die PET-Beschatter den Wagen auf dem Gammelmosevej. Eine Fahndung wird veranlasst.

Eine Dreiviertelstunde später wird der Honda auf einem Parkplatz im Zentrum von Nørrebro entdeckt, nicht weit von Torkil Lauesens Wohnung entfernt.

Am späteren Nachmittag verlässt Lauesen erneut seine Wohnung und setzt sich mit einer Frau in den Wagen, vermutlich seine Ehefrau Lisa. Er parkt vor einem Aldi-Supermarkt, den beide betreten, gefolgt von den Agenten des Geheimdiensts. Im Observationsbericht wird festgehalten, dass das Paar im Supermarkt nur »gewöhnliche Haushaltseinkäufe vornimmt« und dann nach Hause zurückkehrt.

Die Vorgänge des Tages, vor allem aber der Plan eines Treffens mit der PFLP, veranlassen den Geheimdienst, der Überwachung der Gruppe eine höhere Priorität zu geben. Da das vermutliche Treffen zwischen den Dänen und ihrem PFLP-Führungsoffizier Marwan El-Fahoum am 22. Dezember offenbar in der bulgarischen Hauptstadt Sofia stattfinden soll, hat der PET allerdings keine Möglichkeit, es zu überwachen.

Marwan El-Fahoum hatte gute Verbindungen zu einigen osteuropäischen Geheimdiensten, und Sofia hatte bereits mehrfach als Treffpunkt zwischen ihm und den ›Äpfeln‹ gedient, die meist durch Niels Jørgensen repräsentiert wurden. Die Stadt war Anfang der achtziger Jahre ein Knotenpunkt der Nachrichtendienste des Warschauer Paktes – eine Art »Schweiz des Ostblocks«, wie eines der Gruppenmitglieder es beschrieb. »Vor allem in einem bestimmten Hotel saßen sie alle in der Einganghalle und flüsterten sich über die Tische hinweg etwas zu, hat Niels erzählt.«

In den folgenden Monaten wird die Telefonüberwachung einiger Gruppenmitglieder durch den dänischen Geheimdienst noch aufrechterhalten, die Intensität der physischen Überwachung lässt jedoch deutlich nach. Der PET ahnt nicht, was Torkil Lauesen, Peter Døllner und andere Gruppenmitglieder einige Monate später unternehmen werden – am 2. April 1982, als professionell vorgehende Täter zwei Geldboten eines Postamts gegenüber der Vesterport Station überfallen.

Die Zelle
(1971–1976)

Wie ein Wahrzeichen aus einer anderen Zeit erhebt sich im Norden Kopenhagens an der Grenze zwischen Lyngby und Gentofte der Wasserturm mit seiner roten Kuppel über einem Knotenpunkt von Autobahnen und Zuggleisen. Vom Dach zeigt ein mit Grünspan überzogener Wetterhahn an, aus welcher Richtung der Wind weht. Heute sind Wohnungen im Wasserturm von Jægersborg untergebracht, doch wie zu Beginn der siebziger Jahre beherbergt der Turm im Erdgeschoss noch immer eine Freizeiteinrichtung für Kinder und Jugendliche.

Damals fanden zeitweilig allerdings auch weniger friedliche Aktivitäten in den Räumen des Turms statt. In der siebten Etage unterhielt der dänische Heimatschutz hinter dicken Doppeltüren ein Waffendepot: Gewehre, Pistolen, Maschinengewehre und Munition. An einer Wand hingen Stahlboxen mit kräftigen Schlössern. Nach Diebstählen in anderen Heimatschutzdepots wurden Munition und wesentliche Bestandteile der Waffen in derartigen Boxen gesichert.

Die Heimatschutzsoldaten, die 1972 in den Tagen vor Weihnachten das Waffenlager inspizierten, bemerkten nichts Ungewöhnliches. Erst als sie den Wasserturm nach einer längeren Pause zum Jahreswechsel am Abend des 10. Januar 1973 wieder betraten, fanden sie die dicken Eisentüren und die Boxen an der Wand aufgebrochen vor. Es stellte sich schnell heraus, dass die gefährlichsten Waffen des Depots verschwunden waren. Sofort wurde die Polizei hinzugezogen.

Den Untersuchungen der kriminalpolizeilichen Techniker zufolge wurde der Einbruch ausgesprochen professionell ausgeführt. Die Eisentüren hatte man mit einem kräftigen breiten Werkzeug aufgehebelt, und vermutlich hatte es einer besonders kräftigen Person bedurft, um die Stahlboxen aufzubrechen.

Unter anderem fehlten drei Husqvarna-Maschinenpistolen, vier Maschinengewehre und einige panzerbrechende Gewehre. Außerdem hatten die Diebe einen Teil der Spezialausrüstung und große Mengen an Patronen gestohlen, darüber hinaus einige Signalpistolen, die auch dazu verwendet werden konnten, Tränengas abzufeuern.

Die Polizei hatte bereits früher mit Einbrüchen in Heimatschutzdepots zu tun gehabt. In den meisten Fällen konnten sie allerdings rasch aufgeklärt werden und hatten sich als üble Dummejungenstreiche herausgestellt. Diesmal lagen die Dinge jedoch anders. Zum einen war der Einbruch professionell und mit besonderem Werkzeug ausgeführt worden, zum anderen kannten die Täter sich offensichtlich mit Waffen aus und wussten genau, was sie mitzunehmen hatten.

Aus den Stahlboxen hatten die Diebe exakt die Verschlüsse und Ausrüstungsgegenstände ausgewählt, die zu den gestohlenen Waffen passten. Ebenso kannten sie die zu den jeweiligen Waffen gehörige Munition. Darüber hinaus hatten die Täter für die Maschinengewehre Werkzeugtaschen und Asbesthandschuhe mitgenommen, die notwendig waren, um während des Feuerns das Rohr wechseln zu können. Andererseits hatten sie sich weder für die teure und leicht zu verkaufende Funkausrüstung noch für das Bargeld interessiert, das sich ebenfalls im Depot befand.

Militär und Polizei nahmen den Einbruch sehr ernst. Die gestohlenen Waffen wären ideal für terroristische Gruppen, die einen Angriff auf einen Flughafen oder eine Botschaft planten, erklärten Waffenexperten. Nach den zahlreichen Flugzeugentführungen in Europa und den Aktionen der Roten Armee Fraktion in Westdeutschland verbreitete sich die Angst allmählich auch in Dänemark. Der Angriff der palästinensischen Terrororganisation ›Schwarzer September‹ auf israelische Sportler während der Olympiade in München ein halbes Jahr zuvor hatte diese Angst zusätzlich geschürt.

»Furcht vor terroristischer Aktion nach großem Waffendiebstahl«, lautete die Überschrift auf der Titelseite einer großen Boulevardzeitung nach Bekanntwerden des Einbruchs. »Aus einer Waffenkammer des Heimatschutzes wurden Waffen und Munition gestohlen, genug, um eine kleinere Kampfgruppe auszurüsten«, fuhr der Artikel fort. »Die dänischen Sicherheitsbehörden befürchten, dass ausländische Terrororganisationen für den Diebstahl verantwortlich sind, man ist in Sorge, dass die Waffen sich bereits in den Händen politischer Extremisten befinden, die möglicherweise eine Aktion auf dänischem Territorium planen.« Die Zeitungen wussten auch zu berichten, die Polizei hätte das Verteidigungsministerium informiert und die Geheimdienste von Militär und Polizei würden von Anfang an an den Untersuchungen beteiligt.

Die Kriminalpolizei von Gentofte setzte sämtliche verfügbaren Kräfte an die Ermittlungen. Während der Befragung der Nachbarn des Wasserturms stieß einer der Beamten auf eine mögliche Zeugin der Tat: Eine Frau hatte an dem Abend bevor der Einbruch entdeckt wurde, gegen acht Uhr ihren Hund ausgeführt. Als sie den schmalen Fußweg zwischen der Eisenbahnlinie und dem Drahtzaun rund um den Wasserturm entlangging, hatte sie durch ein Loch in der Hecke einen Lieferwagen gesehen, der mit ausgeschalteten Scheinwerfern auf dem Gelände parkte, versteckt hinter einem Gebüsch.

Die Frau hatte in der Nähe des Wagens einige Männer bemerkt. Ihr war es ungewöhnlich vorgekommen, deshalb hatte sie versucht, durch die Hecke zu schauen. Aber in der Dunkelheit hatte sie nicht richtig erkennen können, was am Wasserturm vorging. Allerdings meinte sie sich zu erinnern, dass es sich bei dem Lieferwagen um einen Volkswagen gehandelt hatte, einen sogenannten ›Bulli‹. Die Frau hatte ihren Spaziergang fortgesetzt, ohne weitere Einzelheiten gesehen zu haben.

Die Kriminalpolizei ging systematisch vor. Weil die Experten der Polizei am Tatort einige Fingerabdrücke gefunden hatten, beschlossen die Ermittler, die Fingerabdrücke sämtlicher Personen zu nehmen, die in den Monaten vor dem Einbruch legalen Zugang zu dem Waffendepot gehabt hatten. Über einhundert Männer und Frauen des Heimatschutzes mussten bei der Polizei erscheinen, wurden vernommen und mussten ihre Fingerabdrücke hinterlassen.

Doch trotz der umfassenden Ermittlungsarbeiten blieb der Raub im Wasserturm von Jægersborg ungeklärt. Keine einzige Waffe tauchte in den folgenden Jahren in irgendeinem der Polizei bekannten Zusammenhang auf.

Erst sechzehn Jahre später ließ sich vermuten, wer die Täter gewesen sein könnten. Als die Polizei im Mai 1989 das umfangreiche Waffenlager in der Blekingegade-Wohnung auf Amager entdeckte, stand sehr schnell fest, dass einige Waffen aus dem Einbruch in den Wasserturm stammten. Unter anderem wurden in der Wohnung die drei gestohlenen Maschinenpistolen und eine dazugehörige Kiste Munition aus dem Wasserturm gefunden.

Wegen Waffendiebstahls wurde allerdings niemand verhaftet – nach dänischem Recht war die Tat längst verjährt, alle Unterlagen über die Ermittlungen Anfang der siebziger Jahre hatte die Polizei vernichtet. Allerdings wurde eine Reihe von Personen aufgrund des Waffenfundes der Hehlerei und des ungesetzlichen Waffenbesitzes angeklagt.

Zu den Beschuldigten gehörten Jan Weimann, Torkil Lauesen, Peter Døllner und Niels Jørgensen, die alle Ende der sechziger Jahre mit ihren politischen Aktivitäten und illegalen Aktionen in Gotfred Appels Kommunistischem Arbeitskreis begonnen hatten.

Gotfred Appels Plan vom Herbst 1970, die Mitglieder seines Kommunistischen Arbeitskreises KAK und des dazugehörigen Jugendverbands KUF allmählich aus den aktuellen politischen Auseinandersetzungen herauszuziehen, gelang: Nach außen wurde es in den kommenden Jahren still um die kleine Gruppe. Und nach innen bekam Gotfred Appel die notwendige Ruhe, um die Organisation nach seinen Vorstellungen auszurichten.

Werden die Gründe für die Umbildung der Gruppe gesucht, kann man sich je nach Temperament für Gotfred Appels eigene Interpretation entscheiden, die jungen Wilden der KUF hätten eine Zeit lang gezwungen werden sollen, die marxistischen Klassiker zu studieren. Diese Erklärung passt ausgezeichnet mit dem Bild zusammen, das Appel auch später von sich zu zeichnen versuchte: der vernünftige ältere Führer, der versuchte, die jungen Gemüter ein wenig zu mäßigen.

Oder man entscheidet sich, den Berichten anderer Zeitzeugen Glauben zu schenken, wonach Gotfred Appel in dieser Zeit eine illegale Zelle mit kriminellem Potenzial und engen Verbindungen zur Führung der palästinensischen Kampforganisation PFLP aufbaute.

Tatsächlich erregte viele Jahre lang niemand aus dem Umfeld von Gotfred Appel öffentliches Aufsehen, niemand wurde wegen gewalttätigen Auftretens bei Demonstrationen verhaftet oder der Herstellung von Benzinbomben für Brandattentate beschuldigt. Nach und nach stellte die Gruppe sogar die öffentliche Propaganda ein. Bei den übrigen Organisationen des linken Flügels geriet fast in Vergessenheit, dass es Ende der sechziger Jahre mal eine ausgesprochen aktive und militante Gruppierung gegeben hatte, die sich Kommunistischer Arbeitskreis nannte.

Offensichtlich verloren sogar die Beamten im Geheimdienst der Polizei nach 1970 irgendwann das Interesse an den anfangs so aktiven Maoisten. Dies belegen die Ereignisse fünf Jahre später, als der französische Geheimdienst sich im Sommer 1975 mit einer aufsehenerregenden Notiz über eine dänische Terrorverbindung an den PET wandte, die bei einem ermordeten PFLP-Führer gefunden worden war. Zu diesem Zeitpunkt war der dänische Geheimdienst ganz einfach nicht in der Lage herauszufinden, was die Abkürzung ›KAK‹ in den Notizen bedeuten könnte, die man bei dem Palästinenserführer in Paris gefunden hatte.

Mit anderen Worten: In der ersten Hälfte der siebziger Jahre konnten Gotfred Appel und sein Kommunistischer Arbeitskreis tun und lassen, was sie wollten, ob sie nun Bücher lasen oder eine geheime Zelle aufbauten, die als Einheit eines größeren europäischen Netzwerks unter der Leitung einer revolutionären Kampforganisation mit Hauptsitz in Beirut an militanten Aktionen teilnehmen sollte.

Gotfred Appels erste Schritte nach den Demonstrationen und Auseinandersetzungen um das Weltbank-Treffen in Kopenhagen dienten dazu, seine Organisation zu straffen, um die volle Kontrolle über die jugendlichen Aktivisten zu erlangen. Schon bald löste Appel die Jugendorganisation KUF auf, um die Mitglieder, die seiner persönlichen politischen Linie entsprachen, in die Mutterorganisation Kommunistischer Arbeitskreis zu integrieren. Sobald einige der Jugendlichen Appels und Ulla Hautons uneingeschränkte Macht über die Organisation nicht akzeptierten, ließ die Führung sie still und leise aus dem Kreis ausschließen.

Das Ziel, so formulierte es Appel in einer internen Schrift, war »der Aufbau einer disziplinierten Organisation in politisch-ideologischer Einheit«. Appel erklärte dezidiert: »Disziplin bedeutet, Führungsdirektiven sind unbedingt auszuführen. Eine derartige Disziplin ist notwendig, das wissen wir alle durch unsere Lektüre der Werke Lenins.«

Der KAK-Führer hat auch später nicht verheimlicht, wie wenig er von demokratischen Verhältnissen in seiner Zelle hielt: »Wer als Mitglieder in den KAK aufgenommen wurde, wusste, dass es sich nicht um eine gewöhnliche politische Organisation handelte. Den Mitgliedern war klar: Sie hatten keinerlei Einfluss auf die Führung«, erklärte er in einem Interview. »Es konnte überhaupt keine Diskussion darüber geben, dass die Führung alles entschied. Und die Führung des KAK waren zuallererst Ulla und ich.«

Holger Jensen, der bis dahin Aktionsleiter des Kommunistischen Arbeitskreises gewesen war, hatte nun keinen formalen Posten mehr in der Organisation, aber er behielt seine zentrale Position als Appels Stellvertreter, Rekrutierungsoffizier und Einpeitscher der jungen Mitglieder. Das Ergebnis war eine zunehmend verschlankte, eingeschworene und verschwiegene Gruppierung junger Menschen mit einer sehr hohen politischen Motivation.

Trotz ihres zunehmenden Rückzugs aus der Öffentlichkeit blieb die Organisation nach den Weltbank-Demonstrationen und wegen ihres militanten Rufs auch weiterhin attraktiv für junge Linke, die den vielen Worten Taten folgen lassen wollten. Bei Holger Jensen und dem Kommunistischen Arbeitskreis trafen sie auf den unbedingten Willen, konkrete Aktionen zu organisieren, statt nur Sitzungen abzuhalten und Bücher zu lesen.

Der sechzehnjährige Gymnasiast Niels Jørgensen hatte sich bereits während der Unruhen anlässlich der Weltbank-Tagung 1970 um eine Aufnahme in den KAK bemüht. Auch in den folgenden Jahren hielt er sich an Holger Jensen und seinen Freundeskreis aus Gladsaxe.

Niels Jørgensen kam aus einer gutbürgerlichen Familie, die im Kopenhagener Vorort Valby wohnte. Der Vater war Chefbuchhalter, die Mutter Hausfrau, und bis er als Zehnjähriger eine kleine Schwester bekam, wurde das Einzelkind Niels laut eigener Aussage von seiner Mutter und seiner kinderlosen Tante verwöhnt. In der Schule hatte er zunächst Probleme, in Dänisch musste er sogar den Förderunterricht besuchen. Doch seine Leistungen verbesserten sich und er begann, die sozialkritischen Romane von Hans Scherfig und den Roman ›Pelle der Eroberer‹ von Martin Andersen Nexø zu verschlingen.

Die Eltern entschlossen sich, Niels aufs Gymnasium gehen zu lassen, doch der Sohn interessierte sich mehr für Politik als für den Unterricht und die Hausaufgaben. Wie Holger Jensen und seine Schulkameraden aus Gladsaxe hatte Niels schon sehr früh den Film ›Die Schlacht um Algier‹ gesehen und daraufhin viel über den algerischen Freiheitskampf gelesen. Sein Protest gegen die Unterdrückung der armen Länder der Dritten Welt war entfacht. Wie viele andere Jugendliche auch empörte ihn in den folgenden Jahren das amerikanische Vorgehen in Vietnam, und er trat in ein örtliches Vietnamkomitee ein.

Im Alter von vierzehn, fünfzehn Jahren bekam Niels Kontakt zu anarchistischen Kreisen, die Haschisch nach Dänemark schmuggelten, aber auch zu Mitgliedern einer neuen maoistischen Jugendorganisation, der Kommunistischen Jugend Marxisten-Leninisten, abgekürzt KUml. Nach einigen Überlegungen und Diskussionen entschloss sich Niels, der KUml beizutreten.

Während der Schulzeit verbrachte Niels viele Nächte damit, Parolen auf Mauern zu schreiben und Plakate zu kleben, unter anderem für die Vietnamkomitees. Wenn seine Eltern glaubten, er sei morgens ins Gymnasium in Vesterbro gegangen, schlief er in einem der Hotels des Stadtteils, in dem ein Genosse aus der Vietnambewegung als Portier arbeitete. Auf Dauer ließen sich die nächtlichen Aktivitäten allerdings nicht verheimlichen: Niels' Mutter musste ihren Sohn mehrfach aus Polizeirevieren abholen, nachdem man ihn wegen gesetzwidriger Handlungen festgenommen hatte.

Eines Nachts im November 1970 – zwei Monate nachdem er zusammen mit Holger Jensen gegen die Weltbank-Tagung demonstriert hatte – wurden Niels und ein sieben Jahre älterer Genosse wegen Vandalismus von der Polizei angehalten. Die beiden jungen Männer waren erwischt worden, als sie gegen Mitternacht mit großen schwarzen Buchstaben ›Es lebe die PFLP‹ auf die Gebäude des amerikanischen Autobauers General Motors in der Scandiagade am Südhafen schrieben.

Wieder wurde Niels Jørgensens Mutter gebeten, ihren Sohn auf dem Revier abzuholen. Sie erklärte den Polizisten, ihr Sohn hätte sich einer Organisation namens KUF angeschlossen, außerdem wäre er bereits früher in einer anderen marxistischen Gruppe namens KUml Mitglied gewesen.

Die Mutter hatte den erwachsenen Mitgliedern dieser Gruppe vorgeworfen, sie würden Kinder einsetzen, um Plakate zu kleben und andere Rechtswidrigkeiten zu begehen, allerdings ohne Resultat. Sie berichtete den Polizisten auch, Niels hätte gegen den erklärten Willen der Eltern den Besuch des Gymnasiums abgebrochen und würde nun als Bote in einem Werbebüro arbeiten.

Nach dieser Episode brach Niels Jørgensen den Kontakt zu seinen Eltern ab. Als die von einem Wochenendausflug nach Hause kamen, hatte der Sohn seine Sachen gepackt und nur einen Zettel mit seiner neuen Adresse hinterlassen. Mit Geld, das er sich von seiner Tante geliehen hatte, kaufte Niels ein kleines Häuschen in der Kleingartenkolonie Frederikshøj im Südhafenviertel. Dort zog er zusammen mit einem Genossen und seiner neuen Freundin Mona ein, die ebenfalls Mitglied in Appels Gruppe wurde.

Niels Jørgensen war überzeugt von der Wahrheit der Theorien Gotfred Appels, doch sein Idol blieb Holger Jensen, der gern in einer Lederjacke auftrat. Zu dieser Zeit erläuterte Niels seinen Freunden bereitwillig die marxistische Theorie, und bisweilen geschah das offenbar in einem ziemlich belehrenden und selbstsicheren Ton – zumindest hatten einige seiner Bekannten dieses Gefühl. Manchmal führte er sich derart oberlehrerhaft auf, dass einer seiner damaligen Freunde den Eindruck hatte, Niels hätte sich den ›Heiligen der letzten Tage‹ angeschlossen.

In einem Interview hat Niels Jørgensen erklärt, es sei damals sehr hart gewesen, mit dem politisch erfahrenen Gotfred Appel zu diskutieren: »Es war fürchterlich, er konnte dich vollkommen niedermachen.« Umgekehrt erwiesen sich diese Diskussionen allerdings auch als ein ausgezeichnetes Training, seine Standpunkte zu verteidigen – wenn auch zuweilen auf »eine ziemlich brutale Art und Weise«.

Gleichzeitig ordneten er und die anderen Jugendlichen sich in einer eigentlich antiautoritär orientierten Zeit bereitwillig Appels Doktrinen unter. Im Gegensatz zu anderen Gruppen des linken Spektrums führte Appels Organisationsform dazu, dass im KAK nichts zerredet wurde. Es ging um konkrete Aktionen. Man sah die Resultate des eigenen Einsatzes und erhielt das Angebot eines klaren politischen Standpunkts mit internationalen Perspektiven. Umgekehrt musste man jedoch bereit sein, »die eine oder andere Kröte zu schlucken«, so ein ehemaliges Mitglied. Gotfred Appels Ziel war es, die jungen Genossen in die Lage zu versetzen zu handeln, und es gelang ihm – »vielleicht zu gut«, wie es Niels Jørgensen ausdrückte.

Im Umfeld des Kommunistischen Arbeitskreises lernte Niels Jørgensen auch einige Internatsschüler der Stenhus Kostskole kennen. Einer von ihnen hieß Torkil Frandsen, der später den Mädchennamen seiner Mutter – Lauesen – annahm.

Torkil Lauesen stammte aus einer Seemannsfamilie und wuchs im Städtchen Korsør auf Seeland auf, wo sein Vater als Steuermann auf der Korsør-Nyborg-Fähre fuhr. Seine Mutter arbeitete als ambulante Krankenpflegerin. Zu Hause wurde selten über Politik diskutiert, aber Torkil las viel und interessierte sich vor allem für Geschichte und Raumfahrt. Laut eigener Aussage hatte er bereits als Zehnjähriger 1962 den Ernst der

Kuba-Krise und die steigende Angst vor einem Atomkrieg bewusst erlebt. Er war ein begeisterter Zuschauer einer Fernsehsendung des Zivilschutzes – ›Wenn der Krieg kommt‹ –, in der gezeigt wurde, wie man für eine Kriegssituation Schutzräume anlegte und Konserven einlagerte.

Mitte der sechziger Jahre hatte das Einzelkind Torkil in seinem Zimmer Plakate von Elvis Presley aufgehängt. Er spielte Gitarre und rauchte heimlich Zigaretten. Gleichzeitig investierte er sein Taschengeld in eine sechzehnbändige Weltgeschichte, die er nach und nach in der örtlichen Buchhandlung kaufte.

Da es in Korsør kein Gymnasium gab, besuchte er die Stenhus Kostskole, ein Internat in der Nähe von Holbæk. Aus den übrigen Schülern ragte er insbesondere bei Theateraufführungen heraus. Seine Fähigkeiten als Schauspieler werden als außerordentlich beschrieben: Torkil konnte sich in die Rollen einleben, er schien tatsächlich eine andere Person zu werden.

Im Internat von Stenhus freundete sich Torkil mit dem ein Jahr älteren Kim Caning an, eine Freundschaft, die sein Leben entscheidend beeinflussen sollte. Kim war nördlich von Kopenhagen aufgewachsen und in dem Kinder- und Jugendklub ein- und ausgegangen, der in dem Wasserturm von Jægersborg untergebracht war. Er hatte das Internat von Herlufsholm besucht, war dort aber nach kurzer Zeit rausgeflogen, weil er als rebellischer und engagierter Maoist sehr schnell in Konflikt mit dem Direktor geriet. Danach ging er auf das Internat von Stenhus.

Da ihn China und die Gedanken des Vorsitzenden Mao schon seit Beginn seiner politischen Sozialisation fasziniert hatten, nahm er über die chinesische Botschaft und die dänischchinesische Freundschaftsgesellschaft Kontakt zu maoistischen Kreisen in Kopenhagen auf.

In wesentlichen politischen Ansichten stimmten Kim und Torkil allerdings nicht überein. Während Kim die maoistische Idee einer bewaffneten Revolution vertrat, hatte Torkil eine eher pazifistische Einstellung – unter anderem als Folge seiner Angst vor einem drohenden neuen Krieg. Torkil schloss sich der Bewegung ›Nie wieder Krieg‹ an und wurde zum Gegner des Vietnamkrieges. Seinen Widerstand begründete er allerdings nicht wie die Maoisten mit dem Imperialismus der USA, sondern mit seinem grundsätzlichen Widerwillen gegen jede Art von Krieg.

Je mehr Torkil Lauesen jedoch über die Kriegsverbrechen der USA las, unter anderem in den Berichten über die Anhörungen des Russell-Tribunals, desto mehr näherte er sich in seiner politischen Haltung Kim an. Auch Torkil Lauesen hat die Fernsehbilder von napalmverbrannten vietnamesischen Kindern später als einen sehr prägenden Einfluss auf seine politische Entwicklung bezeichnet.

Gemeinsam arrangierten die beiden Freunde im Internat die Vorführung von Vietnamfilmen und Diskussionen über den Krieg. Je mehr Bilder und Fernsehreportagen über die Kriegshölle gezeigt wurden, umso mehr schlug die Stimmung auf der Schule in eine Antikriegshaltung um – wie bei einem Großteil der dänischen Bevölkerung. Allerdings hatten sich einige ältere Schüler des Internats in einer Gruppe zusammengeschlossen, die Kim und Torkil als »die Nazigarde« bezeichneten. Irgendwann wurde Kim von ihnen überfallen und ins Pissoir der Schule gesperrt.

Torkil Lauesen ließ sich von Kim Caning davon überzeugen, dass es notwendig werden könnte, sich selbst und sein Land mit der Waffe in der Hand zu verteidigen. Er trat aus der Bewegung ›Nie wieder Krieg‹ aus. Stattdessen brachte Kim ihn mit den maoistischen Aktivisten zusammen, die er in Kopenhagen kennengelernt hatte. Bei einigen von ihnen handelte es sich um Mitglieder von Gotfred Appels Kommunistischem Jugendverband KUF. Vor allem ein Mitglied beeindruckte Torkil aufgrund seiner eindeutigen politischen Haltung – und seines großen Motorrads.

Torkil Lauesens neues Idol hieß Holger Jensen. Im Gegensatz zu den Hippies, die Torkil im Internat erlebt hatte, trug der kurz geschnittenes Haar, eine ordentliche Gabardinehose und eine Lederjacke. Entscheidend aber war, dass er es nicht dabei beließ, Haschisch zu rauchen oder die Musik von Pink Floyd zu hören: Holger schien seine politischen Ansichten in die Praxis umzusetzen. Torkil hatte großen Respekt vor der offensichtlichen Übereinstimmung von Gedanken und Handlungen bei Holger. Das war der Weg, den er selbst gehen wollte.

Torkil Lauesen hat Holger Jensens Charisma und seine Fähigkeit, andere für seine Sache zu begeistern, später folgendermaßen beschrieben: »Als Anführer verfügte Holger über die gute Eigenschaft, andere Leute nicht nur herumzukommandieren, sondern er war jederzeit bereit, selbst in der vordersten Reihe zu marschieren.«

Mit einem biologisch-mathematischen Abitur in der Tasche zog Torkil 1971 nach Kopenhagen, um Medizin zu studieren und sich im Umfeld des Kommunistischen Arbeitskreises zu engagieren. Er träumte davon, als Arzt anderen Menschen auf der Welt helfen zu können, musste jedoch sehr bald feststellen, dass weder die Studentenproteste noch überhaupt irgendein politisches Bewusstsein bis in die medizinische Fakultät gedrungen waren. Nach langen Diskussionen mit Kim, der sein Geld bei der Post verdiente, entschied sich Torkil nach einem Jahr, das Medizinstudium aufzugeben, um politisch aktiv zu werden. Einige Zeit arbeitete er in der Buchdruckerei des linken Verlags Futura und absolvierte nebenher eine Ausbildung als Laborant im Krankenhaus von Glostrup.

Nicht nur Torkil Lauesen wurde von Tim Caning für den Kommunistischen Arbeitskreis gewonnen. Kim hatte bereits im Internat hartnäckig daran gearbeitet, Sympathisanten für die Gruppe zu werben, und in einigen Fällen war es ihm durchaus gelungen.

Einer dieser Interessierten hieß Lars Villemoes, er hatte mit Kim Caning 1970 an den Demonstrationen gegen das Weltbank-Treffen teilgenommen. Bei dieser Gelegenheit hatte Kim eher beiläufig erzählte, einer der führenden Köpfe des KAK hätte ein großes Lager von Brandbomben hergestellt, die bei Demonstrationen eingesetzt werden sollten.

Als Lars Villemoes Holger Jensen begegnete, war er von ihm gleichermaßen angezogen wie abgestoßen. Holger erschien ihm als eigenartige Mischung: auf der einen Seite ein freundlich lächelnder, energischer Optimist und andererseits ein gut trainierter Kampfsoldat, der unter anderem die Terroraktionen der irischen Untergrundarmee IRA als vorbildlich lobte.

Von einigen ehemaligen Genossen, die sich in der ersten Hälfte der siebziger Jahre im Umfeld des KAK aufhielten, wird Holger Jensen als eine ungeheuer vielschichtige Person beschrieben. Die meisten charakterisieren ihn als charismatisch, ein einzelner Zeitzeuge spricht allerdings auch von »hypnotisierend«. Alle berichten von einem jungenhaften Energiebündel, das stets lächelte, Charme hatte und jederzeit bereit war, mit anzufassen und zu helfen.

»Als ich ihm erzählte, dass ich zu Hause ausziehe, stellte Holger mir sofort seinen Bulli zur Verfügung und half beim Umzug«, erinnert sich ein ehemaliges KAK-Mitglied.

»Holger empfing uns Neue immer mit einem breiten Lächeln. In seiner Gesellschaft hatte man ein Gefühl von Geborgenheit«, so ein anderer.

Gleichzeitig besaß Holger Jensen aber auch Tatendrang, physische Präsenz und Energie. Es genügte ihm längst nicht mehr, sich in Demonstrationen und Prügeleien mit der Polizei oder den ›Wilden Engeln‹ auszuleben. Er suchte andere Ausdrucksformen.

1971 leistete der dreiundzwanzigjährige Holger Jensen seinen Wehrdienst in der Zivilschutzkaserne von Næstved ab. Damals ignorierte er Gotfred Appels Anordnung, nicht mit den Behörden in Konflikt zu geraten.

Aufgrund seiner Ausstrahlung und seiner körperlichen Verfassung wurde Holger Jensen von den Offizieren der Kaserne als der perfekte Offiziersanwärter angesehen. Holger allerdings wollte unter keinen Umständen mehrere Jahre beim Militär zubringen. Wie er den Genossen vom KAK berichtete, begann er, den Halbverrückten zu spielen. Eines Morgens verließ er die Kaserne mit der Bemerkung: »Jetzt fahre ich zur Hölle.«

Als er erst am nächsten Nachmittag wieder in der Kaserne auftauchte, kam es zu einem bemerkenswerten Auftritt in einem Klassenzimmer, in dem ein Offizier die Wehrpflichtigen in Erster Hilfe bei Katastrophen unterrichtete. Ohne anzuklopfen, stürmte Holger in den Raum und bewegte sich auf den Lehrer zu, wobei er laut Aussage des Offiziers gegen das

Mobiliar trat, das ihm im Weg stand. Holger setzte sich direkt vor dem Offizier auf einen Stuhl.

»Er begann daraufhin, auf meinen Penis zu starren, gleichzeitig fing er an, laut und schrill zu lachen«, schrieb der Offizier in seinem Bericht über den Vorfall. »Ich fragte ihn, ob er krank sei, aber statt einer Antwort fuhr er in seinem Benehmen fort.«

»Sie müssen verrückt sein, sich derartig aufzuführen«, wandte der Offizier ein.

»Na, sehen Sie sich doch mal selbst an«, erwiderte Holger.

»Ich möchte hinterher mit Ihnen reden«, reagierte der Offizier.

»Tja, könnte ganz gemütlich werden, wenn wir nur etwas hätten, worüber wir uns unterhalten könnten.«

Der Offizier befahl ihm, den Raum zu verlassen. Kurz darauf verließ Holger Jensen tatsächlich das Klassenzimmer, allerdings noch immer mit einem breiten Grinsen und der Bemerkung, das Ganze sei total schwachsinnig und geistesgestört.

Nach dem Unterricht suchte der Offizier Holger in der Mannschaftsunterkunft auf. Holger wühlte in seinem Spind. Zunächst überhörte er den Befehl des Offiziers, ihm zu folgen, dann begann er langsam und widerwillig, seine Stiefel anzuziehen. Der Befehlshabende forderte ihn auf, sich zu beeilen.

»Jetzt müssen Sie aber verdammt gut aufpassen!«, fuhr Holger Jensen den Offizier an und stieß ihn gegen die offene Spindtür. Der Offizier erwiderte den Stoß und machte, wie er in seinem Bericht festhielt, »den Wehrpflichtigen mit drastischen Formulierungen darauf aufmerksam, NIEMALS Hand an mich zu legen«.

Holger Jensen erwiderte, natürlich würde der Offizier recht bekommen, da es sich bei ihm ja um einen privilegierten Clown handelt.

Vor Gericht in Næstved leugnete Holger Jensen, im Klassenzimmer gegen Stühle getreten zu haben. Er legte darüber hinaus Wert auf die Feststellung, der Offizier sei es gewesen, der als Erster gebrüllt und aufgebracht nach ihm geschlagen habe, erst danach hätte Holger ihn an die Spindtür gestoßen. Einige andere Wehrpflichtige sagten zu seinen Gunsten aus. Einer erklärte, der Lehrer hätte im Klassenzimmer hinter einem geschlossenen Katheder gesessen, so dass es gar nicht möglich war, ihm in den Schritt zu schauen.

Der Richter verurteilte Holger Jensen für sein Vergehen zu zehn Tagen Haft.

Nachdem er einige Zeit als Hilfsarbeiter gejobbt hatte, wurde Jensen 1972 als Krankenwagenfahrer und Feuerwehrmann der Feuerwache von Gentofte am Bernstorffvej eingestellt. Obwohl die Kollegen sich zunächst ein wenig mokierten, weil er der einzige Abiturient unter ihnen war, fand Holger Jensen sich in dem Männermilieu der Wache sehr schnell zurecht.

Wenn seine engsten Kollegen sich heute an Holgers acht Jahre auf der Feuerwache erinnern, sind sie sich in der Beurteilung ihres ehemaligen Kollegen einig: Er war ein ungewöhnlich guter Kumpel, mutig, pflichtbewusst und verantwortungsvoll, ein Mann, auf den man sich während eines Einsatzes unbedingt verlassen konnte. »Der geborene Feuerwehrmann«, fasst einer der alten Kollegen zusammen.

Respekt verschafften ihm auch seine Fähigkeiten als Fahrer. Fahrtechnisch war er weit besser als die meisten anderen auf der Wache, während der Einsätze fuhr er »am Limit«. Holger Jensen konnte Kurven mit Höchstgeschwindigkeit nehmen, ohne dass irgendetwas passierte.

Gleichzeitig war er offensichtlich ein ausgesprochen belebendes Element auf der Wache. Er versprühte Charme und

Humor, hatte stets glänzende Laune und konnte wunderbare Geschichten erzählen. Wie die übrigen Männer betrieb er viel Sport, mit den Kollegen spielte er Handball und Badminton. Einmal kam er mit einem Einrad zur Arbeit – eine Sensation auf der Feuerwehrstation. Einer der Kollegen trainierte mit ihm für den traditionellen Lauf durch den Kopenhagener Eremitagepark, einen anderen nahm Holger Jensen zum Fallschirmspringen mit.

Eine Zeit lang gingen Holger und einige Männer jeden Tag nach Dienstschluss nackt im Øresund schwimmen, und sie behielten diese Gewohnheit bis zum Winter bei, als die Temperaturen sich bereits dem Gefrierpunkt näherten. Hinterher wärmte man sich bei einem Gammel Dansk in Holgers VW-Bulli oder einer der Kneipen in Skovshoved auf.

Zudem gewann Holger Jensen den Respekt seiner Kollegen, weil er es oft genug wagte, einen Schritt weiter zu gehen als sie. Einer bezeichnete ihn ausdrücklich als jemanden, der seine Grenzen auslotete. Gern trat er auch mit Karatetricks auf. Einige der Männer haben gesehen, wie er mit einem Handkantenschlag einen Ziegelstein zerschlug. Im Hof hinter der Feuerwache führte er hin und wieder akrobatische Nummern auf seinem Motorrad vor. Bei seiner Paradenummer stand er freihändig auf dem Sattel und fuhr eine Runde im Kreis, ohne den Lenker anzufassen. Einmal fuhr er sogar auf dem Sattel stehend aus dem Hof auf den Bernstorffvej.

Die Arbeitszeiten als Feuerwehrmann kamen Holger Jensen ungemein entgegen: Vierundzwanzig Stunden am Tag hatte er Dienst, dann zwei volle Tage frei. Und weil er gern die Möglichkeit zum Tausch der Wachen nutzte und auch bereit war, einige Tage hintereinander zu arbeiten, hatte er manchmal mehrere Wochen am Stück Urlaub.

Erst viele Jahre später haben die Kollegen sich Gedanken darüber gemacht, ob Holger Jensen in dieser Zeit seine Reisen in den Nahen Osten unternahm oder seinen anderen, noch geheimeren Aktivitäten nachging. Damals behauptete er, seine Ferien mit wochenlangen Wandertouren in Schweden und Norwegen zu verbringen.

»Immer wieder hat er versprochen, mir Fotos von den Touren zu zeigen«, erzählt ein Kollege, der den Fotoklub der Feuerwache organisierte, »aber ich habe sie nie zu sehen bekommen. Ich erinnere mich, dass ich mich schon ein bisschen gewundert habe. Aber niemand von uns hatte auch nur den geringsten Verdacht, er könnte irgendetwas Obskures treiben. Im Gegenteil.«

Den Kollegen war durchaus klar, dass Holgers politische Ansichten weitaus linksorientierter waren als ihre, aber er versuchte niemanden zu bekehren, und man musste ihn schon gehörig provozieren, bis er anfing zu diskutieren. Andererseits fiel den anderen Feuerwehrmännern auf, wie er jedes Mal sämtliche alten Zeitungen zusammensuchte und sie durchblätterte, wenn er von einem längeren Urlaub zurückgekehrt war. Einmal hatte er sogar den Versuch unternommen, die Feuerwehrleute davon zu überzeugen, auf der Wache auch die linksliberale Tageszeitung *Information* zu abonnieren, allerdings vergeblich.

Über Holger Jensens Privatleben war nicht viel bekannt. Keiner kann sich erinnern, ihn je zu Hause besucht zu haben. Ein einziger Freund, an den sich die Kollegen erinnern können, war ein junger Bursche namens Niels, der hin und wieder auf die Wache kam, um das Auto zu holen oder zu bringen, das er sich mit Holger teilte. Auch wenn es um das andere Geschlecht ging, verhielt sich Holger bemerkenswert unauffällig.

»Er war nicht so platt und ordinär wie wir anderen, wenn wir über Frauen redeten«, drückt es einer der ehemaligen Arbeitskollegen aus. »Ich glaube, in ihm steckte so etwas wie ein Gentleman. Jedenfalls konnte er mit Frauen umgehen, darum haben wir ihn beneidet. Er hatte die freie Wahl. Aber er gab nie damit an.«

Holger gelang es häufig, sich mit den Krankenschwestern oder Krankenpflegerinnen zu verabreden, mit denen er dienstlich unter anderem im Kreiskrankenhaus von Gentofte zu tun hatte. Die Männer, die mit ihm im Krankenwagen fuhren, bemerkten das durchaus. Ebenso kam er an bei den Mädchen, wenn die Feuerwehrleute zur Weihnachtsfeier der Krankenschwestern eingeladen wurden, um das Geschlechterverhältnis auszugleichen.

Holger Jensen beeindruckte offenbar auch die Bedienung eines Metzgerladens in der Gentoftegade, in dem die Feuerwehrmänner häufig einkauften. Jedenfalls hatten die Kollegen das Gefühl, das Mädchen würde häufiger auf der Wache übernachten, wenn Holger Dienst hatte.

Einer der Feuerwehrmänner zeigt ein Foto vom traditionellen Besuch der Partnerfeuerwache in Schweden. Ein junger, blonder Holger Jensen in rotem Hemd und hellblau gestreifter Krawatte lächelt mit weißen Zähnen breit in die Kamera. Neben ihm sitzt eine Blondine – »eines seiner Mädchen, die er auf die Fahrt mitgenommen hatte«.

Allerdings hielt Holger nichts von festen Beziehungen, erzählen die Männer. Er zog sich sofort zurück, wenn eine der Frauen begann, von Ehe und Kindern zu reden.

Während Holger Jensen feste Beziehungen zu Frauen ablehnte, sorgte er andererseits für stabile Verhältnisse und Sicherheit in den finanziellen Verhältnissen seiner politischen Leitfigur. Seit die chinesische Botschaft in Kopenhagen Gotfred Appels Vertrag als Übersetzer und Redakteur von Informations- und Propagandaschriften gekündigt hatte, fuhr er Taxi, um seinen Lebensunterhalt zu sichern. Ulla Hauton arbeitete als Journalistin.

1972 forderten Holger Jensen und die anderen Mitglieder des inneren Führungszirkels Gotfred Appel auf, seine Zeit nicht länger als Taxifahrer zu vergeuden. Stattdessen wollten sie dafür sorgen, dass ihn die gewöhnlichen Mitglieder des KAK finanziell alimentierten, damit er sich ganz seiner ideologischen Führerschaft widmen konnte.

In den kommenden Jahren spendeten viele Mitglieder des Kommunistischen Arbeitskreises einen Teil ihrer Einkommen für Gotfred Appel an die Organisation. Während Studenten mit ein paar hundert Kronen im Monat davonkamen, mussten Mitglieder, die einer geregelten Arbeit nachgingen, tausend Kronen und mehr abgeben. Viele bezogen regelmäßigen Lohn als ungelernte Arbeiter in den großen Werften und Brauereien, und manch einer zahlte bis zu einem Drittel seines Nettolohns als Mitgliedsbeitrag.

Holger Jensen übernahm eine neue Funktion: Als eine Art Geldeintreiber suchte er die Mitglieder auf, von denen er meinte, sie zahlten zu wenig oder zu selten. Er überredete sie, mehr Geld beizusteuern, und manch einem fiel es schwer, nein zu sagen.

Gleichzeitig versuchte die Führung des Kommunistischen Arbeitskreises zu diesem Zeitpunkt, den inneren Zusammenhalt der Organisation zu stärken. Gotfred Appel und Holger Jensen erklärten mehr oder weniger direkt, man sähe es nicht gern, wenn Mitglieder allzu viel Umgang mit Personen außerhalb der Gruppe hätten. Aus ideologischer Sicht wäre es weitaus sicherer, die sozialen Bedürfnisse innerhalb der Gruppe zu erfüllen und ausschließlich Mitglieder des KAK als Freunde oder Geliebte zu wählen.

Wie bei Peter Døllner, der eine von Holger Jensens Schwestern geheiratet hatte, kam es zu Partnerschaften, die ausschließlich aus diesem engen Milieu heraus entstanden. Einige Genossen gründeten Wohngemeinschaften, andere ließen sich in enger Nachbarschaft in den Kleingartenkolonien im Kopenhagener Südhafenviertel nieder. Der Kreis schloss sich mehr und mehr.

Theoretisch erklärte Gotfred Appel diese Abgeschlossenheit mit der Schmarotzerstaatentheorie: Die Zeit sei noch immer nicht reif, um zu versuchen, das Bewusstsein der bestochenen dänischen Arbeiterklasse zu verändern. Darum wäre die Organisation bis auf Weiteres auf die von Appel etwas kryptisch definierte »private Praxis« angewiesen.

Gotfred Appel hat nie schriftlich konkretisiert, worauf diese Praxis tatsächlich hinauslaufen sollte, sondern lediglich erklärt, dass er damit eine Art zu leben meinte, »die niemand anderen als nur die eigenen Mitglieder der Organisation und einige wenige Sympathisanten umfasst, die praktisch keinerlei Verbindungen zum Geschehen in der Gesellschaft haben, von der die Organisation umgeben ist.«

Es ist vermutlich nicht aus der Luft gegriffen, wenn man den Begriff der privaten Praxis als eine Tarnbezeichnung für Aktivitäten versteht, die sich kaum innerhalb des strafgesetzlich legitimierten Rahmens bewegten.

Dementsprechend akzeptierten die Mitglieder des KAK, dass nicht zu viele Fragen gestellt oder gar kritische Einwände gegen Appels politische Strategie vorgebracht werden durften.

Zumal mehrfach Sympathisanten aus dem Milieu gedrängt oder Mitglieder ausgeschlossen wurden, nur weil sie Appels politische Linie nicht mehr voll unterstützten. So wurde beispielsweise Mitte der siebziger Jahre einer ausgeschlossen, der zu Niels Jørgensens alten Schulkameraden gehörte und seinerzeit zusammen mit ihm der Gruppe beigetreten war.

Nach einigen Jahren der Mitgliedschaft hatte eine Diskussion mit Organisationsfremden über die Schmarotzerstaatentheorie den Schulkameraden unsicher werden lassen, ob Appels Theorie eine wirklich marxistisch fundierte Grundlage hatte. Er bat um ein Treffen mit Gotfred Appel, um über seine Zweifel zu reden.

Auf dem Treffen erklärte Appel, er hätte die ständigen Zweifel eines jungen Mitglieds an seinen Theorien satt: »Wenn es so weit mit dir gekommen ist, dass du mit Leuten von draußen diskutierst, dann kann ich dir leider nicht mehr helfen.«

Einen Tag später bekam das kritische Mitglied Besuch von Holger Jensen, der ihm mitteilte, man habe ihn mit augenblicklicher Wirkung aus der Organisation ausgeschlossen. »Wir können dir nicht länger vertrauen«, erklärte Holger.

Der Ausgeschlossene verlor jeglichen Kontakt zu den Genossen des KAK, auch zu seinem Jugendfreund Niels Jørgensen. Für jemanden, der seinen bisherigen Umgangs- und Freundeskreis vollkommen aufgegeben und sich entschieden hatte, den größten Teil seines Lebens der Gruppe zu widmen, war das keine einfache Situation.

Auch Kim Caning, der um 1970 Torkil Lauesen und einigen anderen aus der Stenhus Kostskole den Weg in die Organisation geebnet hatte, erlebte diese Form der Ausgrenzung. Als er 1980 Selbstmord beging, hinterließ er eine Reihe von Briefen und Texten, die ein bezeichnendes Licht auf die Atmosphäre um den Führungsstil des KAK in den siebziger Jahren werfen.

Im Gegensatz zu Torkil Lauesen wurde Kim Caning in den fünf Jahren, in denen er sich im Umfeld der Gruppe aufhielt, nie als Vollmitglied aufgenommen. Kim spürte, dass er lediglich geduldet war, obwohl er besonders fleißig die Werke der Klassiker studierte und einen gewaltigen freiwilligen Arbeitseinsatz im Verlag Futura und bei der Organisation ›Tøj til Afrika‹ leistete.

Mehrere Jahre bemühte er sich vergeblich, Gotfred Appels Gunst zu gewinnen. Kim Canings Mutter wird der Polizei später erklären, sein Vater wäre bereits in Kims Kindheit an den Rollstuhl gefesselt gewesen. Die Mutter vermutete, Kim habe als Zwölf-, Dreizehnjähriger eine Vaterfigur vermisst und gesucht.

Auch Kim Caning hatte viele Ideen und Fragen, die er gern mit Gotfred Appel diskutieren wollte, doch Appel gab ihm immer wieder zu verstehen, er hätte keine Zeit, sich mit ihm zu befassen.

»Man musste schon total verrückt sein, wenn man diese Erklärung ernst nahm. Er hatte einfach keine Lust, sich mein Geschwätz anzuhören, und rechnete wohl damit, dass ich meine Flausen von allein vergessen würde«, schrieb Kim in seinen Aufzeichnungen über die Zurückweisungen.

Auch andere damalige Mitglieder hielten Kim Caning für zu kritisch und unangepasst, nicht zuletzt Appels Lebensgefährtin Ulla Hauton. Gotfred Appel und sie waren sich nicht sicher, ob Kim jederzeit bereit wäre, ihre Befehle auszuführen.

Kim formulierte einen schriftlichen Stoßseufzer an Holger Jensen, in dem er um mehr Diskussion und Offenheit bat, doch offensichtlich wurde dieser Brief nie abgeschickt. Unter anderem schrieb er: »In den letzten fünf Jahren habe ich jedes Wort des KAK wie ein Schwamm in mich aufgesogen, aber da ihr gelinde gesagt nicht sonderlich mitteilsam seid, was andere Dinge betriff als die sehr generellen Umrisse eures Weltbildes – ja, und selbst die nur bis vor Kurzem, seither ist es offenbar zu gefährlich geworden, überhaupt noch etwas zu sagen –, habt ihr mir die Verantwortung übertragen, selbst die Schlussfolgerungen aus der Haltung des KAK und meinen eigenen Meinungen zu ziehen.«

Nachdem er versucht hatte, mit Genossen aus der Gruppe über seine Ideen und Fragen zu diskutieren, spürte Kim, wie die Führung auf Distanz zu ihm ging. Oder wie er es später beschrieb: »Aus dem Führerbunker des KAK in Vanløse kamen Wellen von kleinen negativen Bemerkungen, Kopfschütteln, Naserümpfen usw. über ein unglückliches Element. Schon bald stimmte die gesamte Leibgarde ein, und nach und nach spürte der Ketzer, wie die Temperatur um ihn herum in den Keller ging. Es funktionierte dann so, dass einer der treuen Wachhunde – in diesem Fall Holger, mein Kontaktmann über sechs Jahre – zusammen mit dem Orakel persönlich erschien und den Sünder von seinen ›persönlichen‹ kleinen Fehlern und seiner insgesamt unglücklichen Existenz ›überzeugte‹.«

An einem Tag im Herbst 1974 wurde der zwanzigjährige Kim Caning in seiner Wohnung von Gotfred Appel und Holger Jensen aufgesucht. Sie erklärten ihm, dass die Leitung ihn für zu geschwätzig und zu diskussionsbereit halte, überhaupt für zu »eigenwillig«, um Teil der Gruppe zu sein. Es bestünde das Risiko, erklärten die beiden Führer, dass er die Genossen, mit denen er zusammenarbeitete, auf falsche Gedanken und Themen bringen könnte, die außerhalb der Interessen des KAK lägen.

Gotfred Appel wiederholte mehrfach, dass ihm die Situation sehr leidtäte und er »die letzten Nächte beinahe nicht geschlafen hätte«. Aber als unvermeidliche Schlussfolgerung hätte sich Kim für mindestens ein halbes Jahr von der Organisation fernzuhalten. Nach dieser Bewährungszeit würde man eventuell noch einmal über die Sache reden.

»Ich versuchte, ihnen meine Sicht zu erklären, sah aber schon bald ein, dass es zwecklos war«, notierte Kim über den Besuch. »Ganz ehrlich: Die Wirkung war geradezu lähmend. Ich war kurz davor, zu heulen. Man muss sich das mal vorstellen, mein gesamter Bekanntenkreis, jeder Einzelne, war plötzlich weg – denn in meinem pubertären Fanatismus hatte ich mit allen ›Unpolitischen‹ und allen ›Feinden‹ selbstverständlich längst gebrochen.«

Im Nachhinein erkannte Kim, wie die Methode darauf hinauslief, ihn zu isolieren und ihm das Gefühl zu geben, nicht die Situation, sondern er selbst sei verrückt. Er stellte fest, dass auch andere mit der Erklärung ausgegrenzt worden waren, ihre Persönlichkeit wäre zu eigenwillig, um in einer effektiven kommunistischen Organisation zu funktionieren.

»In diesem sektiererischen, äußerst linken Umfeld der Selbstisolation konnte Gotfred durch seine intern nahezu irrational begründete Autorität Menschen aus der Gesamtheit ausschließen und sie einfrieren«, notierte Kim Caning in seinen Papieren. »Ich empfehle jedem guten Kommunisten, sich auf sämtliche Formen dieses sexuell-religiösen Fanatismus zu überprüfen und diese Formen mit Stumpf und Stiel auszurotten.«

Nur sehr wenige Personen wussten wirklich, welche Pläne die Führung des Kommunistischen Arbeitskreises in der ersten Hälfte der siebziger Jahre tatsächlich hatte. Die Sympathisanten erfuhren so gut wie nichts über die Vorhaben der Leitung, dasselbe galt für den größten Teil der KAK-Mitglieder, die nicht zum engeren Zirkel um Gotfred Appel gehörten. Und heute sind die vier damaligen Führungsmitglieder – Gotfred Appel, Ulla Hauton, Holger Jensen und Jørgen Poulsen – tot und können nichts mehr darüber sagen.

Appel hatte mit den Jahren eine Organisation geschaffen, die in mehreren Schichten aufgebaut war und deren Kern aus ihm und Ulla Hauton bestand. Die nächste Schicht bildete der innere Kreis unter Holger Jensens Leitung – intern wurde er nur der ›Karateklub‹ genannt, weil sämtliche männlichen Mitglieder intensiv Karate betrieben. Zu den Mitgliedern des inneren Kreises gehörten Mitte der Siebziger außer Holger Jensen Jan Weimann, Torkil Lauesen und Niels Jørgensen.

Eine weitere Schicht setzte sich aus den gewöhnlichen Mitgliedern des Kommunistischen Arbeitskreises zusammen, deren Anzahl nie zwanzig bis dreißig Personen überstieg. Dazu kam eine entsprechende Zahl von Sympathisanten, deren Auftreten und politische Ansichten unter anderem von Holger Jensen genau kontrolliert wurden. Zudem gab es am Rand noch die Altkleideraktivisten von ›Tøj til Afrika‹, die ebenfalls kontrolliert und in konspirativer Verhaltensweise geschult wurden, bevor sie eventuell in engeren Kontakt zum KAK treten durften.

Während diese Szene sich vom Rest der linken Bewegungen in Dänemark zunehmend isolierte, hatten Appel und die Gruppe in der ersten Hälfte der siebziger Jahre ein großes internationales Kontaktnetz geknüpft. Die Bewegung ›Tøj til Afrika‹ hatte enge Beziehungen zu revolutionären Befreiungsbewegungen in Afrika, während die ›Front‹, die palästinensische PFLP, der wichtigste Partner des Kommunistischen Arbeitskreises im Nahen Osten blieb.

Dieser Kontakt wurde in den ersten Jahren ausschließlich von Gotfred Appel, Ulla Hauton und Holger Jensen wahrgenommen. Laut Appels Erklärungen gegenüber der Polizei kamen die Repräsentanten der PFLP-Führung jedes Jahr nach Dänemark, um sich mit dem Trio zu treffen. Die Besucher, die meist über Paris nach Dänemark einreisten, vertraten die Auslandsabteilung der PFLP unter Taysir Quba. Schon 1969 waren Appels erste Gesandte mit Quba in Beirut zusammengetroffen. Damals hatte Quba überlegt, sie an militärischen Aktionen, Flugzeugentführungen und Waffenschmuggel zu beteiligen.

Im Sommer 1971 hatte Gotfred Appel in Beirut noch persönlich mit dem militärischen Führer der ›Front‹, Wadi Haddad, verhandelt, in den folgenden Jahren übernahm Holger Jensen die Reisen ins Hauptquartier der PFLP. Außer einigen wenigen Vertrauten weiß bis heute niemand, mit wem Jensen in Beirut tatsächlich Kontakt hatte und welche Absprachen er traf. Die primären Aktivitäten der ›Äpfel‹ Mitte der siebziger Jahre deuten jedoch darauf hin, dass die PFLP-Führung in jedem Fall den Wunsch nach konkreter finanzieller Unterstützung äußerte. Einige ehemalige KAK-Mitglieder sind darüber hinaus der Überzeugung, dass Jensen in dieser Zeit ein besonders anspruchsvolles Training in den Lagern der PLFP durchlief.

Doch wie auch immer die konkrete Zusammenarbeit zwischen den ›Äpfeln‹ und der ›Front‹ in den Siebziger ausgesehen haben mag, es ließ sich nicht vermeiden, dass die Dänen Teil des versteckten, aber immer intensiveren und hasserfüllteren Kriegs zwischen der palästinensischen Befreiungsfront und dem israelischen Geheimdienst wurden. Unter anderem erlebten die Mitglieder des Kommunistischen Arbeitskreises mehrfach, wie führende PFLP-Männer, mit denen sie verhandelt und zusammengearbeitet hatten, Opfer israelischer Attentate wurden.

Im Juli 1972 wurden beispielsweise der Schriftsteller Ghassan Kanafani, Redakteur des PFLP-Blattes ›Al-Hadaf‹, und seine einundzwanzigjährige Nichte in einem Parkkeller unter Kanafanis Haus in Beirut von einer israelischen Autobombe getötet. Drei Jahre zuvor hatten die ersten Abgesandten Appels Kanafani in Amman getroffen, und mehrere Mitglieder der Gruppe hielten noch viele Jahre nach dem Attentat den Kontakt zu seiner dänischen Witwe aufrecht.

Zwei Wochen später traf es Bassam Abu-Sharif, den stellvertretenden Redakteur von ›Al-Hadaf‹, der die Ziele der PFLP vor allem international bekannt machte. 1969 hielt Abu-Sharif Vorlesungen an einer Reihe amerikanischer Universitäten, nach den Flugzeugentführungen, der Dawson's-Field-Aktion und dem PFLP-Aufstand in Jordanien im September 1970 besuchte er britische Universitäten und im Frühjahr 1972 unternahm er eine Goodwill-Reise durch die skandinavischen Länder.

Im April 1972 besuchte Bassam Abu-Sharif Dänemark, wo er unter anderem mit Gotfred Appel zusammentraf. Offiziell sollte Abu-Sharif gemeinsam mit einem vietnamesischen Guerillaführer eine Rede bei einer großen Vietnamdemonstration vor der amerikanischen Botschaft in Kopenhagen halten. Einer seiner dänischen Leibwächter erinnert sich, dass Abu-Sharif in der Innentasche seiner Jacke einen Metallgegenstand mit sich führte, der auf den ersten Blick wie ein Pfeifenstopfer aussah, sich aber mit einem raschen Griff in eine Schusswaffe mit einem einzigen Schuss verwandeln ließ.

Drei Monate später, eines Morgens Ende Juli 1972, explodierte ein Buchpaket, das Bassam Abu-Sharif in seinem Beiruter Büro in der Redaktion von ›Al-Hadaf‹ öffnen wollte. Wie durch ein Wunder überlebte Abu-Sharif, sein Körper war jedoch mit Metallsplittern übersät. Ein Großteil seines Gesichts musste mit Hilfe plastischer Chirurgie ersetzt werden.

Auch in Dänemark erhielt 1972 ein Palästinenser, zu dem der Kommunistische Arbeitskreis Kontakt hatte, eine Briefbombe. Sie wurde ihm in seine Wohnung am Tinghøjpark geschickt, Holger Jensens Kindheitsviertel in Gladsaxe. Das Attentat beeindruckte die Mitglieder des KAK sehr, die keinerlei Zweifel hatten, dass es sich bei den Absendern um Vertreter des israelischen Geheimdienstes Mossad handelte.

Diese Ereignisse führten allerdings nicht dazu, die Verbindungen des KAK zur PFLP einzuschränken. Im Gegenteil: In den kommenden Jahren wurde der Kontakt zur ›Front‹ intensiviert. Allein im ersten Halbjahr 1974 besuchte Holger Jensen mehrfach das jordanische Hauptquartier der palästinensischen Volksfront in Beirut, um Vereinbarungen über die weitere Zusammenarbeit zu treffen.

Die konkreten Abspracheergebnisse sind nicht bekannt. Doch einige Monate später fand der französische Geheimdienst im Sommer 1975 die Abkürzung ›KAK‹ sowie eine dänische Kontaktadresse in einem Notizbuch, das dem ermordeten Leiter der militärischen Operationen der PFLP in Europa gehörte.

Im Juli 1975 lud Holger Jensen sieben männliche Genossen des Kommunistischen Arbeitskreises zu einer Reise in den Libanon ein. Zu den Teilnehmern gehörte unter anderem ›Lille-Holger‹ Niels Jørgensen.

Einer der Reiseteilnehmer vermutet heute, das Ziel wäre zweifellos gewesen, festzustellen, wie viele von ihnen bereit waren, den Schritt in den militanten, bewaffneten Kampf zu wagen: »Die Schafe sollten von den Böcken getrennt werden.«

Bereits vor der Reise schärfte Holger Jensen den Genossen bestimmte Sicherheitsmaßnahmen ein: Im Flughafen sollten sie nicht als Gruppe auftreten, sondern sich höchstens zu zweit sehen lassen. Auch im Flugzeug hatten sie sich zu verteilen. Holger war überzeugt davon, der militärische oder polizeiliche Geheimdienst werde sie überwachen.

Auch bei ihrer Ankunft in Beirut traten die Gruppenmitglieder als Individualreisende auf. Vom Flughafen wurden sie von Genossen der PFLP einzeln zu einer Wohnung irgendwo in der Stadt gebracht.

Seit Anfang der siebziger Jahre hatten sich die Spannungen zwischen Muslimen und den stark rechtsorientierten christlichen Falangisten im Libanon zunehmend verschärft, und bei diesem Konflikt ging es durchaus auch um die palästinensische Sache, denn seit dem Sechstagekrieg 1967 waren über eine Viertelmillion Palästinenser in den Libanon geflohen. Bei einem Teil von ihnen handelte es sich um bewaffnete Guerillasoldaten, die den Libanon als Basis für ihre Angriffe gegen Israel nutzten. Im Libanon agierten die palästinensischen Fedajin inzwischen zunehmend autonom – unter anderem hatte die PFLP ein eigenes Rechtssystem aufgebaut und verfügte im Flüchtlingslager Badawi sogar über ein Gefängnis.

Die Spannungen zwischen Muslimen und Christen verschärften sich zu Beginn des Jahres 1975 von Woche zu Woche, bis im April der offene Bürgerkrieg ausbrach, als eine Gruppe Falangisten einen Bus mit PFLP-Mitgliedern und anderen

Palästinensern in der Nähe von Beirut angriff und beinahe dreißig Menschen tötete.

In diesem Hexenkessel kam drei Monate später die dänische Delegation an.

Nach einigen Tagen in Beirut und dem Besuch eines palästinensischen Flüchtlingslagers wurde die Gruppe nach Norden in die Berge gebracht – in ein Ausbildungslager der PFLP nahe der Grenze zu Syrien. Wie die Palästinenser erhielten die KAK-Mitglieder im Trainingscamp arabische Kriegsnamen. Das feste tägliche Programm begann mit einem Lauftraining vor dem Frühstück, danach standen Schulungen über Politik und Strategie der PFLP auf der Tagesordnung.

Unter der Leitung ihrer palästinensischen Genossen nahmen die Dänen an militärischen Übungen teil, die Schießen mit verschiedenen Waffentypen, den Einsatz von Handgranaten und die Entwaffnung eines Feindes umfassten. Eine Kalaschnikow musste mit verbundenen Augen auseinandergenommen und wieder zusammengesetzt werden. Die dänische Delegation wurde auch im Eindringen in Häuser und in Entführungen geschult.

»Ich glaube, es gab einige in unserer Gruppe, die davon ausgingen, dass wir trainiert wurden, um für die PFLP ›wilde‹ Aktionen in Dänemark auszuführen«, erzählt einer der Reiseteilnehmer. »Vielleicht ging es darum, einen Banker zu entführen oder jemanden umzubringen. Zumindest bin ich sicher, dass hinterher einige von uns bereit waren, es bis zum Ende durchzuziehen.«

Besondere Prüfungen für die jungen Dänen waren die Nachtwachen, bei denen man auf eventuelle israelische Überraschungsangriffe auf das Lager vorbereitet sein musste. Ungewöhnliche Geräusche und Bewegungen in der dunklen Landschaft konnten zu einer erheblichen nervlichen Belastung führen – so feuerte einer der Dänen eines Nachts aus reiner Panik ein ganzes Magazin seiner Maschinenpistole leer.

Während des gesamten Aufenthalts war Holger Jensen nicht nur der Leiter der Gruppe, sondern auch die wichtigste Kontaktperson der Palästinenser. Und Holger war sich seiner Verantwortung bewusst. Während einige andere, darunter auch Niels Jørgensen, sich durchaus den einen oder anderen Scherz erlaubten, blieb Holger während ihres gesamten Aufenthalts sehr ernst.

Die dänische KAK-Delegation verließ den Libanon nach zwei Wochen, in denen der Bürgerkrieg eskalierte. Auf dem Weg aus den Bergen zurück nach Beirut sahen die Teilnehmer, wie die Stadt bereits deutlich von den Kämpfen und Bombardements gezeichnet war. Nur mit knapper Not gelangte die Gruppe zum Flughafen und konnte das Land verlassen.

Später erfuhren die Reiseteilnehmer, dass das Trainingscamp, in dem sie sich aufgehalten hatten, durch einen Bombenangriff der Israelis zerstört worden war.

Keiner der vermutlich vom Kommunistischen Arbeitskreis ausgeführten Raubüberfälle wurden bis heute wirklich aufgeklärt. Ehemalige Mitglieder der Gruppe haben erklärt, die erste kriminelle Aktion hätte im Dezember 1975 stattgefunden.

Zu diesem Zeitpunkt sah weder die Polizei noch der Geheimdienst oder die Öffentlichkeit den Überfall im Zusammenhang mit irgendeiner politischen Aktion und schon gar nicht mit der inzwischen nahezu vergessenen maoistischen Gruppe KAK und ihrem Büro am Svanevej, der weniger als zweihundert Meter vom ersten Tatort entfernt lag. Diese Verbindungen wurde erst dreizehn Jahre später hergestellt, als im

Fall des weitaus brutaleren Raubüberfalls auf das Postamt an der Købmagergade gefahndet wurde.

Während der Ermittlungen gegen die sogenannte Appel-Gruppe fielen dem Leiter des Sondereinsatzkommandos, Jørn Moos, eine Reihe von Übereinstimmungen zwischen den Überfällen in den achtziger Jahren und zwei großen, ungeklärten Raubdelikten aus den Jahren 1975 und 1976 auf. Bei den in den achtziger Jahren verübten Raubüberfällen hatte die Polizei seit Langem den Verdacht, die Appel-Gruppe käme als Täter infrage.

Die auffälligsten Übereinstimmungen in der Vorgehensweise der Täter betrafen den Einsatz von geschlossenen VW-Lieferwagen, gefälschten Legitimationspapieren und gestohlenen Nummernschildern, doch auch die ungewöhnlich umfangreichen und minutiösen Vorbereitungen und die ausgesprochen effektive Durchführung der Verbrechen wiesen frappierende Ähnlichkeiten auf.

Aufgrund der gesetzlichen Verjährung bei Raub, die laut dänischem Strafgesetz nur zehn Jahre beträgt, hatte die Kripo 1989 allerdings kein Interesse mehr, sich mit ungeklärten Fällen aus den siebziger Jahren zu befassen, geschweige denn, jemanden aus der Appel-Gruppe deshalb zu belangen. In den Akten des Blekingegade-Falls finden sich deswegen keine Unterlagen zum Raubüberfall auf zwei Geldboten im Dezember 1975.

Allerdings wurden damals sämtliche Details des Falls ausführlich in der dänischen Presse präsentiert.

Am 9. Dezember 1975 fahren zwei Angestellte der ›Specialarbejdernes Arbejtsløshedsforsikring‹, der gewerkschaftlichen Arbeitslosenkasse, nach dem Mittagessen von ihren Büroräumen am Nordre Fasanvej im Nordwesten Kopenhagens zu der in der Nähe gelegenen Filiale der Privatbanken am Ørnevej, um eine halbe Million Kronen abzuholen. Die Summe soll die Auszahlung des Arbeitslosengeldes in den nächsten Tagen abdecken.

Seit mehr als einem Jahr transportieren die beiden Männer mehrmals in der Woche entsprechend große Geldbeträge für die Ungelernten und Arbeitslosen des Viertels – eine Bevölkerungsschicht, die mit Ausnahme des KAK für alle anderen linken Organisationen die Kerngruppe der ausgebeuteten und unterdrückten Arbeiterklasse repräsentiert.

Das Geld erhalten die beiden Boten stets bar ausgezahlt, an diesem Dezembertag sind es 100 000 Kronen in Zehnkronenscheinen und 400 000 Kronen in Hundertkronenscheinen. Die Geldbündel werden in der Bank in zwei braune Ledermappen gepackt.

Die beiden Geldboten – bei einem von ihnen handelt es sich um einen ehemaligen dänischen Meister im Boxen – parken ihren Lieferwagen in dem schmalen Hof am Nordre Fasanvej 228, direkt vor dem Hintereingang der Büroräume, die von der Gewerkschaftskasse genutzt werden.

Als die beiden Gewerkschafter mit den Geldmappen in der Hand aus dem Wagen steigen, laufen zwei Männer auf sie zu, die sich im Hof hinter den Mülltonnen versteckt hatten. Noch bevor der ehemalige Boxchampion reagieren kann, wird er von einem Tränengas-Schuss geblendet, der ihn aus kurzer Distanz ins Gesicht trifft. Dem anderen Geldboten gelingt es, die Hände vor die Augen zu schlagen, bevor der Schuss der Gaspistole ihn erreicht.

Er kann ein wenig von den beiden Tätern erkennen, die er hinterher als jung, groß und athletisch beschreibt. Beide tragen Militär-Gasmasken. Die beiden Gewerkschaftsmitarbeiter lassen die Mappen mit der halben Million Kronen fallen, als sie vom Tränengas getroffen werden. Ohne ein Wort zu verlieren, greifen die Räuber nach dem Geld und springen über eine niedrige Mauer hinten im Hof. Von dort gelangen sie in das Bahngebiet unterhalb der S-Bahnstation Nørrebro und verschwinden, ohne eine Spur zu hinterlassen.

Alle verfügbaren Polizeikräfte werden an den Tatort geschickt, große Teile des Viertels abgesperrt und sämtliche S-Bahnen auf der Strecke angehalten und durchsucht, allerdings ergebnislos. Der ehemalige Boxer muss ins Krankenhaus gebracht werden, um die Tränengasvergiftung behandeln zu lassen.

Es handelte sich um den schwersten Raubüberfall in Dänemark seit vier Jahren, und dem entsprechende Aufmerksamkeit wurde dem Fall in den Medien gewidmet. Am Morgen des 10. Dezember 1975 dominierte der Überfall die Schlagzeilen der landesweiten Presse. Die Kriminalpolizei erklärte gegenüber den Zeitungen, die schnelle und effektive Durchführung des Überfalls weise auf eine gründliche Planung und einen sehr hohen Grad von Professionalität hin.

Im Milieu um den Kommunistischen Arbeitskreis führte der Raubüberfall bereits damals zu gewissen Gerüchten und Gerede – nicht weil die Tat so nah am Büro der Gruppe stattgefunden hatte, sondern weil der Kreis in der folgenden Zeit über größere Geldmengen als üblich verfügte.

»Ich erinnere mich, dass ich noch dachte: Wer weiß, ob nicht Jan und Holger dahinterstecken? Aber ich wusste ja nichts«, so ein ehemaliges Mitglied.

Die Gerüchte kamen erneut auf, als ein Jahr später ein ähnlicher Coup stattfand. Doch erst heute bestätigen Quellen der

Kerngruppe des KAK, dass auch dieser Überfall von den führenden Mitgliedern des Kommunistischen Arbeitskreises ausgeführt wurde.

Am 2. September 1976 verlassen zwei weibliche Angestellte nach Dienstschluss den Hinterausgang des Postamtes in der Lyrskovgade nahe dem Enghave Plads im Kopenhagener Stadtteil Vesterbro. Unter den Armen tragen sie Geldkassetten mit insgesamt 550 000 Kronen, die sie in eine Bankbox werfen wollen. Der Betrag ist an diesem Tag besonders hoch, weil viele Kunden zum Monatsanfang ihre Rechnungen bezahlt haben.

Die Frauen aktivieren gerade die Einbruchssicherung des Postamts, als zwei Männer aus dem Heckraum eines VW-Bullis in den Hof springen. Beide tragen Taucheranzüge mit schwarzen Kopfhauben und haben Gasmasken vor dem Gesicht.

Wortlos feuern die Männer ihre Gaspistolen auf die beiden Frauen ab und reißen ihnen die Geldkassetten aus den Händen. Dann klettern sie auf einen Schuppen und springen über eine Mauer in einen Hinterhof der Nachbarstraße, der Trøjborggade. Der Ehemann einer der Postbeamtinnen, der in seinem Auto auf die beiden Frauen gewartet hat, verfolgt die Täter über die Mauer, wird aber von einem Gaspistolenschuss ins Gesicht gestoppt.

Zeugen im Hof der Trøjborggade sehen, wie die Gangster im Laderaum eines geschlossenen blauen Hanomag-Lieferwagens verschwinden, in dem ein Fahrer sitzt, der ebenfalls eine schwarze Mütze trägt. Als die beiden Männer auf den Wagen springen, tritt der Fahrer abrupt aufs Gas. Einer der beiden Täter verliert das Gleichgewicht und lässt etwas auf die Erde fallen. Der Hanomag muss halten, bis der Mann den Gegenstand wieder eingesammelt hat, dabei vergisst er allerdings eine Damenhandtasche, die einer der beiden Postbeamtinnen gehört. Dann fährt der Lieferwagen in hohem Tempo auf den Vester Fælledvej und verschwindet in Richtung Vesterbrogade.

Die beiden Postbeamtinnen stehen nach dem Überfall dermaßen unter Schock, dass die Polizei sie zunächst nicht vernehmen kann. Später liefern sie sehr vage Personenbeschreibungen der beiden Männer. Sie seien jung, groß und schlank.

Sofort wird eine umfassende Fahndung nach dem Hanomag-Lieferwagen eingeleitet, den die Polizei am späten Abend an einer Straße in Frederiksberg findet. Ein junger Mann mit halblangem Haar und blondem Bart, so das Ergebnis der Ermittlungen, hat den Wagen einige Tage zuvor bei einer kleinen Autovermietung gemietet. Der Mann, der ausdrücklich auf einem geschlossenen Lieferwagen bestanden hatte, hatte sich mit einem Führerschein auf den Namen ›Allan Olsen‹ legitimiert und als Adresse die Meinungsgade in Nørrebro angegeben. Es stellt sich heraus, dass ein ›Allan Olsen‹ nicht existiert und es sich bei dem Führerschein um eine Fälschung handelt.

In dem grünen VW-Bulli, in dem sich die Täter vor dem Überfall versteckt hielten, findet die Kriminalpolizei einen Campingtisch und zwei Gartenstühle. Die Scheibe zwischen der Fahrerkabine und dem Laderaum des Wagens ist bis auf einen schmalen Schlitz mit Tape verklebt. Durch den Schlitz konnten die Täter verfolgen, wann die Postbeamtinnen mit den Geldkassetten das Postamt verließen.

Ein Zeuge, der im gleichen Gebäude wohnt, hatte am Tag vor dem Überfall den VW-Bulli am Spätnachmittag im Hof gesehen. Die Polizei geht deshalb davon aus, dass die Täter die Schließung des Postamts bereits am Vortag observiert haben.

Der Bulli war zwei Monate vorher in Frederiksberg gestohlen und mit neuen Nummernschildern versehen worden. Die

Nummernschilder hatte man Mitte April – fast fünf Monate vor dem Überfall – von einem Lastwagen abgeschraubt, der in einer offenen Garage in Nykøbing auf Seeland parkte.

Der bis dahin größte Postraub in Dänemark füllte die Spalten der Zeitungen. Die Ermittler der Kriminalpolizei erklärten, sie hätten keinen Zweifel, dass es sich um die gleichen Täter handelte wie bei dem Überfall auf die Arbeitslosenversicherung ein Jahr zuvor.

Die Vorbereitungen mussten sich über mehrere Monate hingezogen haben, dies stand aufgrund des gestohlenen Wagens und der Nummernschilder für die Polizei mit Sicherheit fest. Die gründliche Planung und die Präzision der Ausführung bewiesen, dass man es mit äußerst professionell vorgehenden Verbrechern zu tun hatte.

Doch trotz hartnäckiger Ermittlungen, die sich über Monate und Jahre hinzogen, blieb auch dieser Raubüberfall ungeklärt.

Niemand aus dem Umfeld des Kommunistischen Arbeitskreises hat je mit der Polizei geredet, weder über illegale Aktionen noch über die zahlreichen Gerüchte innerhalb der Gruppe. Aber bei vielen Genossen keimte der Verdacht, Mitglieder des ›Karateklubs‹ könnten für die Überfälle verantwortlich sein.

Die militante Art, mit der die Aktionen durchgeführt wurden, entsprach dem Stil der harten Burschen aus dem inneren Zirkel, die sich neben Karate vor allem für Waffen, militärische Strukturen und Kriegsfilme begeisterten. Eigil, ein ehemaliges Mitglied des KAK, erzählte der Polizei später lediglich, bei Holger Jensen hätte es sich um einen regelrechten Waffenfetischisten gehandelt, der jederzeit bereit war, mit ihm über Maschinenpistolen und Waffentypen zu diskutieren.

Dass Holger und einige andere in der Gruppe über Schusswaffen verfügten, wollten die Gerüchte auch wissen. Angeblich hatte jemand sogar eine Pistole gesehen, die Holger Jensen in seiner Wohnung in einem Hohlraum unter dem Küchenfußboden versteckt hielt. Die Neoprenanzüge, die bei dem Postraub zum Einsatz kamen, erinnerten den einen oder anderen an Holgers Interesse am Tauchen.

Bei einigen gewöhnlichen Mitgliedern des Kommunistischen Arbeitskreises kam der Verdacht auf, mit dem konsequent konspirativen Verhalten und der ganzen Geheimniskrämerei des inneren Zirkels sollten kriminelle Aktivitäten vertuscht werden, die bei einer künftigen Revolution sicher nicht opportun gewesen wären. Schließlich – und das nährte diese Verdachtsmomente zusätzlich – waren den Mitgliedern Aufgaben übertragen worden, die durchaus mit den Vorbereitungen des Überfalls oder ähnlicher Aktionen in Zusammenhang stehen konnten.

So hatte sich eine Reihe von Gruppenmitgliedern an einem besonderen Einsatz zu beteiligen, den sogenannten ›Nummernschildabenden‹. An diesen Abenden galt es, die Nummernschilder beliebiger Autos zu stehlen, sowohl in Kopenhagen als auch in anderen Orten auf Seeland. Den Beteiligten wurde nicht mitgeteilt, wozu die Nummernschilder verwendet werden sollten, aber sie machten sich durchaus ihre Gedanken.

Gruppenmitglieder, denen größeres Vertrauen geschenkt wurde, durften an Autodiebstählen teilnehmen: Die Wagen wurden mit den falschen Nummernschildern versehen und an verschiedenen Stellen im Einzugsgebiet der Hauptstadt in gemieteten Garagen untergestellt. So verfügte die Gruppe jederzeit über Fahrzeuge, die nicht mit dem KAK in Verbindung gebracht werden konnten. Ein damaliges Mitglied erzählt, Holger Jensen hätte extrem schnell in ein Auto einbrechen und es starten können. Er ging davon aus, dass Holger diese Fertigkeiten während eines Trainingsaufenthalts bei der PFLP gelernt hatte.

Grundsätzlich wurden den Mitgliedern des Kommunistischen Arbeitskreises unterschiedliche Aufgaben zugeteilt, die ihren jeweiligen persönlichen Qualifikationen entsprachen. Einige mussten ins Ausland reisen, zum Beispiel nach Hamburg, um anspruchsvolle elektronische Funk- und Abhörausrüstungen zu kaufen. Andere, darunter ein Ingenieurstudent, hatten die Ausrüstungsgegenstände dann so umzubauen und zu verbessern, dass sie zum Abhören von Funkkommunikation und Telefongesprächen eingesetzt werden konnten.

Ein Teil dieser Geräte wurde vermutlich in umgebautem Zustand an die PFLP und andere revolutionäre Organisationen im Ausland weitergegeben. Zum Teil setzte die Gruppe die Anlagen allerdings auch selbst ein, vor allem, wenn sie im Vorfeld der Aktionen den polizeiinternen Funkverkehr abhören wollte.

Auch in der Kerngruppe um Holger Jensen fanden sich Personen mit besonderen Qualifikationen. So arbeitete Torkil Lauesen in der zweiten Hälfte der siebziger Jahre als Laborant im Rigshospital, wo er unter anderem Einsicht in das Berichtssystem des Krankenhauses bekam.

Jan Weimann hatte eine Ausbildung als Datenprogrammierer und EDV-Experte. 1974 wurde er bei Kommunedata eingestellt, einer Firma im Besitz der öffentlichen Hand, die einen beträchtlichen Teil des EDV-Systems der öffentlichen Behörden entwickelte und einrichtete. Als Programmierer und Systemdesigner erfuhr Weimann sehr viel über die Datensysteme des dänischen Verwaltungsapparats, ein Wissen, das sich als ausgesprochen nützlich erweisen sollte.

Mitte der siebziger Jahre entwickelte die Kerngruppe ständig neue Ideen zur illegalen Geldbeschaffung. Als der mit Abstand Kreativste erwies sich dabei Holger Jensen. Die bei Weitem meisten Ideen wurden allerdings aufgrund von praktischen Problemen und der Gefahr einer vorzeitigen Entdeckung bereits in frühen Planungsphasen wieder verworfen, die realistischeren Vorschläge wurden jedoch gründlich durchdacht und geprüft.

Bereits zu Gotfred Appels Zeiten hatte die Gruppe eine klar definierte Vorgehensweise bei den Überfällen. Taktisch sollte so erschreckend und gewaltsam wie möglich aufgetreten werden, damit die Opfer jeglichen Widerstand sofort aufgaben und weitere Gewaltanwendung überflüssig wurde. Gotfred Appel hat angeblich nie von der Planung oder Durchführung krimineller Aktionen des Kommunistischen Arbeitskreises unter seiner Führung gewusst, andererseits hat er jedoch betont, er würde sich nicht prinzipiell von Kriminalität im Dienste der revolutionären Sache distanzieren.

»Ich kann nicht sagen, dass ich Raubüberfälle ausschließen will. Aber es gibt eine wesentliche Voraussetzung: Die Überfälle müssen ausgeführt werden, ohne dass jemand getötet wird – und man muss sicher sein, nicht gefasst zu werden«, erklärte er viele Jahre später in einem Interview. Am nächsten kam Appel den illegalen Aktionen Ende der siebziger Jahre in einem grundsätzlichen Text, in dem er mehrfach den Begriff der ›privaten Praxis‹ für die eher zwielichtigen Aktivitäten der Gruppe verwendet.

Appel schrieb von »der notwendigen Disziplin« und der »Entwicklung technischer Fähigkeiten bei den Mitgliedern des KAK«, allerdings konkretisierte er an keiner Stelle, wozu diese Fähigkeiten eingesetzt werden sollten. Man kann nicht mit Sicherheit behaupten, er ginge auf die finanzielle Unterstützung der PFLP oder anderer ausländischer Organisationen ein, wenn er eher kryptisch über »den umstritteneren Teil der privaten Praxis« schrieb, der »erst durch äußere Einflüsse ein anderes und aktuelleres Ziel bekommt«.

Appel resümierte darüber hinaus, der Führung des KAK wäre in diesen Jahren klar geworden, welche Mitglieder die unterschiedlichen »technischen Aufgaben« am besten lösen konnten. Häufig bräuchten Menschen »Tage, um ein rein technisches Problem zu lösen, das von der richtigen Person in wenigen Stunden bewältigt wird. Wir könnten auch Beispiele von scheinbar ›unmöglichen‹ technischen Aufgaben heranziehen, die schließlich von der richtigen Person mit Erfindungsreichtum und Schläue gelöst wurden.«

In jedem Fall verfügte die Organisation nach den jeweiligen Überfällen über weit mehr Geldmittel, als Spenden- und Altkleidersammlungen durch ›Tøj til Afrika‹ einbringen konnten, fiel einigen Mitgliedern der Gruppe auf. Auch Genossen, die nicht zum inneren Kreis gehörten, bekamen nun den Auftrag, kleinere Kronenbeträge in ausländische Valuta zu wechseln. Allerdings hatten alle Beteiligten den Eindruck, es wäre besser, nicht nachzufragen, woher das Geld stammte und wofür es gebraucht würde.

Darüber hinaus reisten KAK-Mitglieder als Touristen ins Ausland, um bestimmten Kontaktpersonen Geldbeträge zu überbringen. Ein ehemaliges Mitglied erzählt, wie es einmal mit einer größeren Geldmenge für die PFLP mit dem Auto nach Rom geschickt wurde. Als die Übergabe auf dem Petersplatz stattfand, bemerkte der Mann ein paar ausgesprochen mafiaähnliche Typen als Bewacher der PFLP-Abgesandten, die er als einigermaßen unangenehm empfand. Er vermutete in ihnen Mitglieder der Terrororganisation Rote Brigaden.

Dieses Mitglied musste zwei Pistolen nach Dänemark zurückbringen, die in einer Plastiktüte verstaut waren. Als ein deutscher Zollbeamter auf der Rückreise darum bat, den Koffer kontrollieren zu dürfen, griff der KAK-Mann reflexartig nach der Tüte, die oben im Koffer lag, und hielt sie in den Händen, während der Zöllner den Rest des Gepäcks durchsuchte. Nach der Rückkehr wurden die Pistolen eingeölt und für künftige Zwecke in einem Moorgebiet am Rand von Kopenhagen vergraben.

Eine der Pistolen tauchte viele Jahre später in der Wohnung in der Blekingegade auf. Es stellte sich heraus, dass sie 1975 während einer Demonstration in Rom einem Polizisten gestohlen worden war.

In der zweiten Hälfte der siebziger Jahre machten immer mehr Gerüchte im Umfeld des Kommunistischen Arbeitskreises die Runde. Einige Mitglieder hatten etwas von Plänen gehört, Waffen aus dänischen und schwedischen Depots zu stehlen und sie anschließend in den Nahen Osten zu schmuggeln. Ein Gerücht wollte wissen, man habe die Gruppe aufgefordert, Mittel für den Ankauf eines Küstenmotorschiffs zu beschaffen, das die PFLP als Waffentransporter einsetzen wollte.

Damals kursierte auch das Gerücht, Holger Jensen hätte Mitte der siebziger Jahre für Gotfred Appel und Ulla Hauton ein größeres Haus in Herlev gekauft. Fünfzehn Jahre später wurde das Gerücht durch die Ermittlungen der Polizei bestätigt.

Ein halbes Jahr nach dem Überfall auf die Geldboten der Arbeitslosenkasse am Nordre Fasanvej wechselte im Juli 1976 ein Haus am Klokkedybet 34 in Herlev den Eigentümer. Als Übernahmetermin wurde der 15. August vereinbart. Bei dem Käufer handelte es sich laut Kaufvertrag um einen Jens Holger Jensen, der als Adresse Gotfred Appels bisherige Wohnung am Søndervigvej in Vanløse angab. Der Kaufpreis betrug 415 000 Kronen.

Gotfred Appel und Ulla Hauton bezogen das zweistöckige Haus aus Eternit und Fachwerk, während Holger sich unter spartanischen Verhältnissen in einer separaten Hütte hinter dem Gebäude einquartierte, die von einigen Gruppenmitgliedern ›das Hühnerhaus‹ genannt wurde. Die Hütte war laut Kaufvertrag immerhin mit einer eigenen Toilette ausgestattet.

Mit dem Kauf des Hauses zog das Hauptquartier des KAK von Vanløse nach Herlev. Gleichzeitig setzten Gotfred Appel und Holger Jensen in aller Heimlichkeit einen Wechsel in der Führung der Organisation durch. Sogar das Mitglied der Leitungsebene, das seinen Posten zu räumen hatte, wusste nicht, durch wen es ersetzt wurde.

Bis 1976 hatte Jørgen Poulsen zusammen mit Holger Jensen, Gotfred Appel und Ulla Hauton den Kommunistischen Arbeitskreis geleitet. Die Leitungstreffen fanden in Gotfred Appels Wohnung in Vanløse statt. Hier wurde unter anderem über die Aufnahme neuer Mitglieder in den KAK und in die Sympathisantengruppen diskutiert. In den ersten Jahren verließen Jørgen Poulsen und Holger Jensen Appels Wohnung normalerweise gemeinsam, wenn die Sitzungen beendet waren. Aber irgendwann Mitte der Siebziger bemerkte Jørgen, dass Holger noch bei Gotfred und Ulla blieb, wenn er selbst aufbrach. Aufgrund der konspirativen Gesamtatmosphäre wagte Jørgen Poulsen nicht, nach dem Grund fragen, doch er ging davon aus, dass die Gespräche ohne ihn fortgesetzt wurden.

Von ehemaligen Genossen wird Jørgen Poulsen als »der Weiche« in der Leitungsgruppe beschrieben. Er war eher theoretisch orientiert und hatte auch nicht Holger Jensens direkten Willen zu militanten Aktionen. Ob die übrigen drei Führer zu der Ansicht gelangten, Jørgen Poulsen eigne sich nicht zur Leitung der Aktionen, die der innere Kreis in diesen Jahren durchführte, lässt sich heute nicht mehr sagen. Sicher ist aber, dass er im Laufe des Jahres 1976 in aller Stille aus der Leitungsgruppe entfernt wurde.

Erst zwei Jahre später, während einer Reihe von Aufständen und Rebellionen innerhalb der Organisation, erfuhr Jørgen Poulsen, dass sein Platz von Holger Jensens altem Freund Jan Weimann übernommen worden war.

Gotfred Appel erlebte die Zeit in dem neuen Haus in Herlev als die für ihn ertragreichste und befriedigendste Periode als Führer des Kommunistischen Arbeitskreises. In einem Text über die Entwicklung der Gruppe bezeichnete er die Jahre 1976–1977 als »die beiden unbestritten besten Jahre im Leben der Organisation«, auch was die sogenannte ›private Praxis‹ betraf.

In einer Wohnung irgendwo im Großraum von Kopenhagen sitzt ein ehemaliges Mitglied des KAK und erzählt von der anderen Seite in Holger Jensens Leben – von der ›privaten Praxis‹ der Organisation, die damals an Intensität zunahm.

Er berichtet, wie er an den Vorbereitungen des Postraubs im Frühherbst 1976 in der Lyrskovgade teilnahm. Seine Funktion hatte unter anderem darin bestanden, einige gestohlene Autos für den Überfall in Stellung zu bringen. Er erzählt auch, wie sich die Gruppe nach der gelungenen Aktion traf, um die gute Ausbeute zu feiern. Bei diesen Festen erlaubte man sich allerdings weder Champagner noch andere extravagante Ausschweifungen – das Adrenalin, das der Körper noch immer ausschüttete, musste genügen.

Der anonyme Informant zögert, als er gefragt wird, ob die Mitglieder des Kommunistischen Arbeitskreises noch andere Verbrechen verübten als die beiden Raubüberfälle 1975 und 1976. Nach einer Pause kommt die Antwort: »Damals bekamen die Dänen ihre Steuerrückzahlungen ja noch alle gleichzeitig per Postgiroanweisungen, die dann beim Postamt abgehoben werden mussten. Und im Svanevej hatte Gotfred Appel eine professionelle Offsetdruckerei, mit der sich gefälschte Postanweisungen in richtig guter Qualität drucken ließen …«

Der bis dahin größte Postbetrug in der Geschichte Dänemarks fand am 8. November 1976 statt – zwei Monate nach dem Postraub in der Lyrskovgade. An einem einzigen Tag gelang es einer Gruppe von Betrügern, mit Hilfe von falschen Postgiroanweisungen auf verschiedenen Kopenhagener Postämtern fast anderthalb Millionen Kronen abzuheben: eine Rekordbeute.

Der Betrug wurde nie aufgeklärt und weder die Polizei noch der Geheimdienst hegte je den Verdacht, dieses Verbrechen hätte die Kerngruppe des Kommunistischen Arbeitskreises, die spätere Blekingegade-Bande, ausgeführt.

Heute ist auch dieses Verbrechen juristisch verjährt und die Akten der damaligen Ermittlungen sind vernichtet. Doch mit Hilfe von Zeitungsberichten und den Erinnerungen der damaligen Ermittlungsleiter im Betrugsdezernat der Polizei lässt sich der Handlungsablauf rekonstruieren.

Im Laufe des Vormittags des 8. November 1976, einem Montag, besucht eine kleine Gruppe von Betrügern mehrfach über fünfzig Postämter im Großraum von Kopenhagen. Problemlos wird ihnen auf die vorgelegten Postgiroanweisungen ihre Steuerrückzahlung ausgehändigt. Jede Anweisung weist einen

Betrag in einer relativ bescheidenen Größenordnung zwischen vier- und zehntausend Kronen auf.

Die Betrüger legitimieren sich mit ihren Führerscheinen, und nicht ein einziger Postbeamter in den Postämtern schöpft auch nur den geringsten Verdacht. Schließlich erscheinen Zehntausende anderer Dänen am gleichen Tag mit ähnlichen Postanweisungen auf den Postämtern, um sich die im zurückliegenden Jahr zu viel gezahlten Steuern auszahlen zu lassen. Der Betrug wird erst eine Woche später entdeckt, nachdem die Betrüger am Montagabend ihre Millionenbeute gefeiert haben.

Am Dienstag, dem 16. November 1976, verweigerte die zentrale EDV-Anlage des Postgirobüros die Bearbeitung einer erheblichen Anzahl von Postgiroanweisungen, die an diesem Tag eingegeben wurden. Die EDV-Anlage wies aus, dass sämtliche Anweisungen an dieselben drei Personen ausgestellt wurden. Am Nachmittag wandte sich die Leitung des Postgirobüros an die Betrugsabteilung der Kopenhagener Kriminalpolizei.

Vom Postgirobüro verbreitete sich die Nachricht über den gewaltigen Betrug in Schockwellen zum Finanzamt und der Leitung der zentralen Lohnsteuerabteilung. Nachdem Staat und Kommunen 1970 ein neues Lohnsteuersystem eingeführt hatten, wurden Anfang der siebziger Jahre spezielle Postgiroanweisungen entwickelt, um die Steuerrückzahlungen vornehmen zu können. Federführend für die Entwicklung war in enger Zusammenarbeit mit der Post und der staatlichen EDV-Firma Datacentralen das Direktorat der Lohnsteuerabteilung gewesen. Noch heute erinnern sich die damaligen Mitarbeiter des Direktorats, wie entsetzt sie diese Nachricht aufnahmen, da es offensichtlich gelungen war, das Sicherheitssystem zu unterlaufen.

Bei der Entwicklung der Postgiroanweisungen hatte man die modernste EDV-Technologie eingesetzt und eine Reihe von Sicherheitscodes eingebaut. So war jede Anweisung mit einer Codezeile und einer besonderen EDV-Kontrollziffer versehen. Auch Druck und Verteilung der Postanweisungen hatte man sorgfältig kontrolliert. Niemand hatte das Vorstellungsvermögen gehabt, diese Kontrollmechanismen könnten umgangen werden.

Eine Überprüfung der zweihundert Postgiroanweisungen, deren Bearbeitung die EDV-Anlage verweigerte, ergab, dass auf den Anweisungen drei verschiedene Beträge standen, jeweils ein Drittel der Beträge lautete auf 4935, 8857 und 9581 Kronen. Insgesamt summierte sich der Betrag auf 1,4 Millionen Kronen.

Jedem Grundformular der gefälschten Giroanweisungen ließ sich eine Identität zuordnen – es handelte sich um zwei Männer- und einen Frauennamen. Die Betrüger hatten sich mit Führerscheinen ausgewiesen, ergab sich aus den Vermerken der Postämter, aber sowohl die Führerscheinnummern als auch die Namen und Adressen der Inhaber stellten sich rasch als erfunden heraus. Die Fälschungen der Postanweisungen waren mit einer Präzision ausgeführt, die von der Polizei der Presse gegenüber als »unheimlich professionell« bezeichnet wurde. Die Formulare waren mit der gleichen Offset-Technik hergestellt, die auch die posteigene Druckerei benutzte, man hatte sie zudem auf dem gleichen Papier gedruckt. Selbst wenn ein Postbeamter die Formulare sehr genau geprüft hätte, wäre er kaum imstande gewesen, die Fälschungen zu erkennen.

Die falschen Personenangaben, auf die die Postanweisungen ausgestellt waren, enthielten erfundene, aber korrekt nach den

Regeln der Einwohnermeldebehörde aufgebaute Personennummern. Die Giroanweisungen waren darüber hinaus mit einer EDV-Kontrollziffer versehen, deren Codes den echten entsprachen. In die Ermittlungen der Kriminalpolizei mussten folglich auch Angestellte des Finanzamtes und der Post als Verdächtige einbezogen werden. In jedem Fall, so die Einschätzung der Polizei, musste sich unter den Tätern mindestens ein Computerexperte mit erheblichen Kenntnissen über die von den Behörden genutzten EDV-Systeme befinden.

Die Polizei wusste nicht, dass der KAK zu diesem Zeitpunkt nicht nur über eine professionelle Offsetdruckerei verfügte, sondern auch über den notwendigen EDV-Experten: In der kommunalen EDV-Firma Kommunedata arbeitete ein Systemdesigner mit dem Namen Jan Weimann.

Aufgrund der professionellen Durchführung des Betrugsfalles befürchtete die Polizei Wiederholungstaten. »Es besteht absolut die Möglichkeit eines noch größeren Betrugs«, äußerte der Leiter des Betrugsdezernats der Kripo gegenüber der Presse.

Die Kriminalbeamten führten in den kommenden Monaten besonders umfangreiche Ermittlungen durch, bei denen unter anderem Postkunden vernommen wurden, die mit den Tätern bei den annähernd einhundert Auszahlungen in der Schlange gestanden haben mussten. Drei Betrüger, zwei Männer und eine Frau, hatten die gesamte Operation unmöglich allein durchführen können, ergab eine Übersicht über die Wege der Täter zwischen den verschiedenen Postämtern. Mindestens sechs Personen – und darunter mindestens zwei Frauen – mussten beteiligt gewesen sein.

Mehrere Zeugenaussagen deuteten darauf hin, dass die Täter in Gruppen von mindestens zwei Personen operiert hatten:

Einer stand mit der Giroanweisung in der Schlange und einer agierte als Fahrer. Vermutlich waren also insgesamt mindestens zwölf Personen notwendig gewesen, um die Aktion so professionell auszuführen.

Aufgrund der außergewöhnlich hohen Beute und des Wiederholungsrisikos setzte die Leitung der Kripo sämtliche Ressourcen zur Aufklärung ein. Ein paar Monate später erklärte der Chef des Betrugsdezernats seinen Ermittlern, er wäre sogar bereit, sich vor dem Abteilungsbüro im Schnee zu wälzen, wenn seine Leute den Fall klären würden.

Irgendwann diskutierten die Ermittler auch darüber, ob eine politische Gruppierung hinter der Operation stehen könnte. Der Verdacht war aufgekommen, weil gewöhnliche Kriminelle den Erfahrungen der Polizei nach kaum eine so große Zahl von Akteuren organisieren konnten – und nicht zuletzt, weil alle Mitwirkenden hinterher dichthielten.

In den einschlägigen Milieus, aus denen die Kripo normalerweise von so ertragreichen Verbrechen hörte, zirkulierten keinerlei Gerüchte. Daraus schlussfolgerten die Beamten, die Täter in anderen Kreisen suchen zu müssen, möglicherweise in linksgerichteten Gruppierungen, die imstande waren, eine große Zahl bereitwilliger und höchst motivierter Akteure zu mobilisieren.

Die Theorie von einer politischen Verbrecherorganisation wurde allerdings nicht weiterverfolgt. Der Geheimdienst der Polizei, dessen Aufgabe es ist, potenziell staatsfeindliche politische Gruppierungen zu überwachen, wurde zu keinem Zeitpunkt kontaktiert. Heute sind die damals ermittelnden Beamten der Ansicht, die Führung der Kriminalpolizei wäre davon ausgegangen, dass der PET ohnehin kein Interesse gehabt hätte, kriminalpolizeiliche Ermittlungen zu unterstützen. Ehemalige Mitarbeiter des PET und der Kopenhagener Kripo berichten von einem ausgesprochen gespannten Verhältnis zwischen den beiden polizeilichen Instanzen in jenen Jahren.

Die Geheimdienstleute hegten ein traditionell tief sitzendes Misstrauen gegen die Kriminalbeamten, die sie für zu indiskret hielten, vor allem gegenüber der Presse. Der Kripo Informationen weiterzugeben war ihrer Ansicht nach gleichbedeutend mit einer Veröffentlichung dieser Informationen.

Umgekehrt hielten die Kripobeamten die Geheimdienstagenten für ebenso arrogant wie inkompetent in der klassischen Aufklärungs- und Ermittlungsarbeit und machten sich gern über deren Geheimniskrämerei lustig. Die gegenseitigen Abneigungen waren so gravierend, dass es dem PET viele Jahre schwerfiel, geeignete Kriminalassistenten für den Dienst zu rekrutieren. Man musste sich mit eher unerfahrenen Streifenpolizisten begnügen.

Eine Zusammenarbeit zwischen den beiden Polizeiinstanzen hätte allerdings gerade in jenen Jahren sinnvoll sein können, denn damals wurde der Geheimdienst der Polizei durch die Überwachung einiger Palästinenser, die der PFLP nahestanden, zum ersten Mal auf eine Gruppe linksgerichteter Dänen aufmerksam, die sich auffallend konspirativ benahm. Die zentrale Person der Gruppe, so die Ergebnisse des PET, hieß Holger Jensen.

Im Oktober 1977, beinahe ein Jahr nach dem Postbetrug, wandte sich die Kripo über die Zeitungen erneut an die Öffentlichkeit, um Personen zu finden, die möglicherweise als Zeugen zur Aufklärung des Falls beitragen konnten. »Alle Hinweise wurden genau untersucht und geprüft«, erläuterte der Leiter des Betrugsdezernats das Vorgehen, »aber es fehlen neue

Erkenntnisse. Obwohl es sicherlich weitere Personen gibt, die zur Aufklärung beitragen können.«

Trotz mehrjähriger Ermittlungen gelang es der Kripo nicht, den Postbetrug aufzuklären, nie hat es irgendwelche konkreten Verdächtigen gegeben.

Die Täter schienen wie vom Erdboden verschluckt zu sein.

Waffen und Raubüberfälle (1982–1984)

Am Sonntag, dem 6. Juni 1982, überschritten in den Morgenstunden israelische Militäreinheiten die Grenze zum Nachbarland Libanon und leiteten damit eine breit angelegte Invasion ein, die sogenannte Operation ›Frieden in Galiläa‹. Über siebzigtausend Soldaten und Tausende von Militärfahrzeugen waren mit Unterstützung der israelischen Luftwaffe an der Operation beteiligt, bei der in einem Kneifzangenmanöver Truppen zur libanesischen Mittelmeerküste im Westen, zur syrischen Grenze im Osten und in die Berge in der Mitte des Landes geschickt wurden.

Das offizielle Ziel der Invasion bestand darin, eine vierzig Kilometer breite Sicherheitszone im Südlibanon zu errichten, um palästinensische Raketen- und Guerillaangriffe nach Galiläa im Norden Israels zu verhindern. Tatsächlich lief die Invasion aber auf eine Vertreibung der PLO, der PFLP und anderer palästinensischer Kampforganisationen von jordanischem Boden hinaus.

Die israelischen Truppen ließen sich von den Tausenden schlecht ausgerüsteten palästinensischen Guerillasoldaten im Grenzgebiet nicht stoppen. Bereits am ersten Tag der Invasion erreichten die israelischen Kräfte den Litani-Fluss fast dreißig Kilometer nördlich der Grenze. In den folgenden Tagen kam es zu heftigen Gefechten bei einigen der großen palästinensischen Flüchtlingslager, doch das israelische Heer setzte Artillerie und Luftangriffe gegen die Lager ein und war den palästinensischen Truppen auch sonst technisch und zahlenmäßig weit überlegen.

Noch am Tag der Invasion verabschiedete der UN-Sicherheitsrat eine Resolution, in der Israel aufgefordert wurde, sich augenblicklich aus dem Libanon zurückzuziehen. Premierminister Menachim Begin und sein Verteidigungsminister Ariel Sharon ließen sich davon nicht beeindrucken: Die israelischen Kräfte rückten weiter vor und näherten sich bereits am zweiten Tag der Hauptstadt Beirut.

Auf dem Weg dorthin verbündeten sich die israelischen Truppen mit Kräften der christlichen Falangisten. Die Falangistenpartei im Libanon hatte die gleichen faschistischen Wurzeln wie die spanische Falange in den dreißiger Jahren unter Franco. Eine ihrer wichtigsten Bestrebungen war es, sämtliche palästinensischen Flüchtlinge aus dem Libanon zu vertreiben. Israelis und Falangisten vereinte somit ein gemeinsames Ziel: die Vertreibung der palästinensischen Guerilla.

Eine Woche nach Beginn der Invasion hatten die israelischen Truppen die Hauptstadt umzingelt und begannen mit einer Belagerung Beiruts, um die PLO und andere palästinensische Organisationen zur Flucht zu zwingen. Zunächst weigerten sich Yassir Arafats Fatah und Georges Habashs PFLP, sich zu ergeben. Sie nahmen von ihren Stützpunkten in Westbeirut den Kampf mit den Belagerern auf. Georges Habash sprach in Anlehnung an das Vorgehen der nationalsozialistischen Wehrmacht im Zweiten Weltkrieg von einem »zweiten Stalingrad«.

In den folgenden Wochen flogen die Israelis massive Luftangriffe gegen das muslimische Westbeirut und die palästinensischen Zufluchtsorte, gleichzeitig sperrten sie Wasser und Strom für Hunderttausende von Einwohnern. Heckenschützen stellten sicher, dass die Versorgungsleitungen nicht wieder geöffnet werden konnten. Die palästinensischen Kräfte wurden langsam ausgehungert.

Der amerikanische Nahost-Gesandte Philip Habib verhandelte ununterbrochen mit den Krieg führenden Parteien, um eine friedliche Evakuierung der PLO-Führung und ihrer Truppen zu erreichen. Mitte August, nach zweimonatiger Belagerung, akzeptierte Yassir Arafat die Niederlage. Seine Männer hatten kaum eine Chance, mit dem Leben davonzukommen. Er unterschrieb das sogenannte Habib-Abkommen über die Evakuierung der palästinensischen Truppen. Darin wurde festgehalten, dass die Israelis Westbeirut nicht einnehmen durften.

Am 21. August 1982 begann die Evakuierung der Führung und der Guerillasoldaten von Fatah und PFLP. Unter dem Schutz westlicher Truppen wurden die Palästinenser in den nächsten Tagen auf wartende Flottenverbände geleitet und unter anderem nach Tunis und Algier gebracht. Damit hatten die Niederlage und die Demütigungen der Palästinenser allerdings noch kein Ende. Eine weitere Begebenheit sollte Monate später für weit größere Aufmerksamkeit in der Weltöffentlichkeit sorgen als die Invasion und die Belagerung von Beirut.

Während der Evakuierung der Palästinenser war der israelfreundliche Falangistenführer Gemayel zum neuen Präsidenten des Libanon gewählt worden. Wenige Wochen später, am 14. September, wurde er im falangistischen Hauptquartier in Ostbeirut von einer Bombe getötet. Das Attentat nutzten die Israelis als Begründung dafür, trotz des Habib-Abkommens Westbeirut einzunehmen. Im Laufe weniger Stunden verlegte

Verteidigungsminister Sharon seine Truppen über eine Luftbrücke auf den Flughafen von Beirut. Einen Tag später war Westbeirut besetzt.

Das israelische Heer verlor keine Zeit und begann im Westteil der Stadt, vor allem aber in den palästinensischen Flüchtlingslagern, mit der sofortigen Terrorbekämpfung, so die offizielle Begründung der Einsätze. »Ich will, dass nicht ein einziger Terrorist übrig bleibt«, erklärte Ariel Sharon.

Zu den wichtigsten Zielen gehörten die beiden palästinensischen Flüchtlingslager Sabra und Shatila in Westbeirut. Allerdings übernahmen die ›Aufräumaktionen‹ in den beiden Lagern nicht die Israelis selbst. Sharon überließ diese Aufgabe den falangistischen Milizen, die nach dem Mord an ihrem Führer Rache forderten.

Am 17. September 1982 drangen falangistische Truppen in die beiden Lager ein und ermordeten Hunderte von unbewaffneten Palästinensern, darunter viele Frauen, Kinder und alte Männer. Die Falangisten schossen auf alles, was sich bewegte, schlugen die Türen der primitiven Häuser ein und töteten ganze Familien.

Eine dänische Krankenschwester, die für eine christliche Hilfsorganisation in einem der Krankenhäuser Westbeiruts arbeitete, hat beschrieben, wie im Laufe des Tages verletzte Palästinenser in das Krankenhaus flohen. Ein elfjähriger Junge mit Schusswunden an Armen und Beinen berichtete, wie man vor seinen Augen seine Familie ermordet hatte. Ihm war es gelungen zu entkommen, obwohl Männer der Miliz ihm hinterherschossen. Der Junge war der einzige Überlebende seiner Familie.

Die Ereignisse wurden der Weltöffentlichkeit bereits am 18. September 1982 bekannt, als die ersten Fernsehbilder die

Übergriffe belegten. Der Journalist Jørgen Flindt Pedersen beschrieb, wie sogar erfahrene Auslandskorrespondenten zusammenbrachen, als sie das Ausmaß der Massaker begriffen.

Die Angaben über die Zahl der Getöteten schwankten zwischen einigen hundert und mehreren tausend Palästinensern, und nicht nur außerhalb Israels lösten die Massaker Bestürzung aus. Nachdem sich Hunderttausende auf den Straßen von Tel Aviv zur bis dahin größten Antikriegsdemonstration in Israel versammelt hatten, musste Premierminister Begin widerwillig eine Untersuchungskommission einsetzen, die unter dem Vorsitz des Präsidenten des Obersten Gerichtshofes eine eventuelle Mitverantwortung Israels an den Übergriffen überprüfen sollte.

Die israelische Untersuchungskommission gab die Hauptschuld zwar nicht ihren Landsleuten, stellte jedoch die indirekte Mitverantwortung des Militärs für die Massaker fest, weil man sie nicht verhindert hatte. Einige militärische Führer verloren ihre Posten und Verteidigungsminister Sharon wurde zum Rücktritt gezwungen. Allerdings erhielt er sehr bald schon ein anderes Ministeramt.

Eines der wichtigsten israelischen Ziele war indes erreicht: Die palästinensischen Organisationen und ihre Guerillasoldaten waren aus dem Nachbarland und dessen Hauptstadt vertrieben.

Die Nachrichten über die Vertreibung der palästinensischen Truppen und über die Massaker von Sabra und Shatila hatten in den folgenden Monaten eine entscheidende Bedeutung für die Motivation der Kommunistischen Arbeitsgruppe KA, wie sich der ehemalige Kommunistische Arbeitskreis inzwischen nannte.

Die meisten Mitglieder der Kommunistischen Arbeitsgruppe hatten zu diesem Zeitpunkt Beirut schon einmal besucht und einige der PFLP-Leute kennengelernt, die vertrieben oder getötet worden waren. Die Ärztin Anna und Niller, ein Mitglied des KA aus Odense, hatten in den Flüchtlingslagern gearbeitet. Niels Jørgensen, Torkil Lauesen und Jan Weimann hatten sich mehrfach im Hauptquartier der Volksfront in Beirut und in den Lagern aufgehalten. Sie hatten persönliche Verbindungen geknüpft und waren einigen Menschen als Genossen verbunden, die man während des Sommers belagert, gedemütigt und schließlich vertrieben hatte.

»Ich bin von den Palästinensern immer sehr herzlich empfangen worden«, erzählte Jan Weimann in einem Interview. »Ich habe bei ihnen zu Hause gesessen, Tee mit ihnen getrunken und ihre Begeisterung erlebt, wenn sich jemand für ihre Sache interessierte. Sie hatten großen Respekt vor uns, weil wir seinerzeit die erste europäische Organisation waren, die sie unterstützte. Zusammen mit ihnen fühlte man sich als Teil einer internationalen Gemeinschaft mit den gleichen Zielen. Und nun hatten die Menschen diese Riesensauerei durchzustehen. Es waren für mich harte Zeiten, die mich geprägt haben – jeden Tag und jede Stunde.«

Auch die übrigen Mitglieder des KA, die sich noch im Sommer 1981 im Libanon aufgehalten hatten, erhielten die Nachricht, einige der Menschen, die sie auf ihrer Reise kennengelernt hatten, wären während der Invasion getötet worden. Der vorgeschobene Posten der ›Front‹ an einem Berghang nahe der israelischen Grenze, den eine Gruppe der Dänen besucht hatte, war vernichtet, alle Kämpfer waren tot. Darunter befand sich auch der Offizier, der die Gruppe in einer Berghöhle mit Hühnchen und Mezze bewirtet hatte – »die unvergesslichste Mahlzeit meines Lebens«, so ein Mitglied der Gruppe.

»Im Lager Shatila hatte ich eine PFLP-Frau getroffen, die im Lager ein Unterrichtsprogramm für die Kinder organisierte«, erinnert sich ein anderer Reiseteilnehmer. »Die Frau war hochschwanger, als ich sie und ihren Mann kennenlernte, das Paar hatte bereits einen kleinen Sohn. Nach unserem Besuch hielt ich den Kontakt zu der Frau aufrecht, doch nach der Invasion habe ich lange nichts von ihr gehört. Sie, ihr Mann und ihre beiden Kinder wurden während des Massakers von Shatila abgeschlachtet, erfuhr ich später. Die meisten aus der Gruppe hatten derartige Erlebnisse und es berührte uns alle sehr. Für mich persönlich bedeutete es, hinterher keinerlei moralische Skrupel mehr zu haben, egal welche kriminellen Aktionen wir in Dänemark durchzogen. Die Massaker im Libanon erinnerten an den Holocaust der Nazis und waren für mich ein Wendepunkt. Ich empfand dem Staat Israel gegenüber dezidierten Hass, und ich war unbedingt für eine Radikalisierung der Gruppe in der folgenden Zeit.

Ich erinnere mich an ein Gespräch mit einem der Genossen ein Jahr später auf der Fähre nach Norwegen, als wir dort eine Aktion vorbereiten wollten. Wir hatten einen Riesenkater – den hatten wir häufig – und unterhielten uns über unser Engagement. Ich sagte, ich hätte nach den Massakern im Libanon das Problem, dass meine bisherigen ethischen Grenzen durchlässig würden. Ich wäre bereit, Grenzen zu überschreiten, von denen ich bisher geglaubt hatte, sie nicht übertreten zu können. Und er antwortete, er hätte dasselbe Gefühl.«

Als Niels Jørgensen und die anderen Genossen des inneren Zirkels den Kontakt zur PFLP wieder aufnehmen konnten, hatten sich Georges Habash und der Rest der Führungsebene in Syriens Hauptstadt Damaskus niedergelassen. Sie planten, dort den neuen Hauptsitz der Organisation aufzubauen.

Für die Volksfront war die Invasion eine organisatorische Katastrophe. Alles musste von Grund auf neu strukturiert werden. Bei der Vertreibung aus Beirut hatte die PFLP den größten Teil ihrer Waffen verloren, unter anderem weil die Israelis ein ziemlich großes Waffenlager bombardiert hatten, das die Organisation insgeheim unter dem Sportstadion der Stadt angelegt hatte. Ihre militärische Macht war zerschlagen und ihre humanitäre Arbeit – Krankenhäuser, Kliniken und Schulen – in Schutt und Asche gelegt.

Bei Treffen mit PFLP-Kontaktpersonen wurde den Mitgliedern der Kommunistischen Arbeitsgruppe rasch klar, dass sich die ›Front‹ in einer sehr schwierigen Situation befand. Zum einen litt sie unter akuter Geldnot, zum anderen fehlte es an jeder Form von Waffen, Sprengstoff, Minen, Raketen und Munition, um den Kampf fortzusetzen.

Der Plan der PFLP-Führung lief darauf hinaus, die Invasion im Libanon durch bewaffnete Aufstände in den palästinensischen Gebieten um Israel zu beantworten, vor allem in der Westbank, wo die Volksfront fest verankert war. Außerdem wurden direkte Aktionen in Israel geplant. Gleichzeitig sollte die Infrastruktur im Libanon wieder aufgebaut werden.

Die Abgesandten der Volksfront baten die ›Äpfel‹ in Dänemark um Hilfe. Vor allem interessierte die PFLP, ob die Dänen Panzerabwehrraketen, Handfeuerwaffen und Plastiksprengstoff beschaffen konnten.

»Im Grunde haben sie uns gesagt, wir benötigen so viele und so große Waffen wie möglich. Die Waffen sollten möglichst direkt nach Israel geschmuggelt werden, um im Guerillakrieg von ihnen eingesetzt zu werden«, so ein Gruppenmitglied. »Sie baten um Raketen, die von einem einzigen Mann zu bedienen waren, um leichte Handfeuerwaffen, Maschinenpistolen und automatische Waffen aller Art.

Bei der Invasion hatten sie erlebt, wie die Israelis Gas einsetzten, als sie eine PFLP-Festung einnahmen, die in den Höhlen eines Berghangs lag. Die Israelis benutzten Nervengas, das nach den internationalen Konventionen verboten war. Mindestens sechzig PFLP-Kämpfer sind in den Höhlen gestorben. Deswegen standen Schutzausrüstungen gegen Gasangriffe ziemlich weit oben auf ihrem Wunschzettel. Doch derartige Ausrüstungen sind ziemlich teuer.

Noch wichtiger waren ihnen allerdings Stinger-Raketen, die von einem Mann am Boden abgeschossen werden können und imstande sind, auch ziemlich große Ziele zu zerstören. Die israelischen F14- und F16-Jets kann man nicht einfach mit einer Bazooka abschießen. Dafür braucht man Hitze suchende Raketen, extrem teure und sehr schwer zu beschaffende Waffen. Aber die ›Front‹ stand in Verhandlungen, um sie gegen ›cool cash‹ von den Sowjets zu kaufen.

Für uns war es ausgesprochen motivierend, so konkret in ihre Probleme und Wünsche einbezogen zu werden. Wir haben auch andere Freiheitsbewegungen auf der Welt finanziell unterstützt, aber wir wurden nie so gut informiert wie bei der PFLP. Wir wussten genau, welche Waffen sie brauchten und wie sie eingesetzt werden sollten. Wir verstanden, dass sie Medikamente und Operationsgerät beschaffen wollten, um ihre Kliniken wieder aufzubauen, und dass sie Bargeld benötigten, um den Märtyrerfamilien, die während der Kämpfe einen Familienvater verloren hatten, eine Rente zu zahlen.

Die Führung der Volksfront hatte uns immer sehr gut über ihre politische Strategie auf dem Laufenden gehalten. Aber nach dem Sommer 1982 bekamen wir auch Informationen über konkrete Ereignisse, die uns viel bedeuteten: ›Da wurde jetzt eine Klinik eröffnet‹, ›dort sind Bomben gefallen‹, ›da und da wurden fünfzehn Männer bei einer Übung ermordet‹. Diese Nachrichten lieferten unserer Motivation ständig neue Nahrung.«

Im Frühherbst 1982 begannen im inneren Kreis der Kommunistischen Arbeitsgruppe die konkreten Planungen für neue Aktionen. Einerseits ging es darum, den bestmöglichen operativen Modus zu finden, um die Beschaffungskriminalität fortzusetzen. Einige Gruppenmitglieder hatten hierbei wegen der Aktionen der vergangenen Jahre bereits Erfahrung. Andererseits musste ein Weg gefunden werden, Handfeuerwaffen, Sprengstoff und Raketen zu organisieren.

Aus Sicherheitsgründen entschied die Gruppe sich dagegen, die Waffen in Dänemark zu stehlen. Die Diebstähle sollten auf keinen Fall dem PET oder dem Mossad einen Hinweis liefern, dass eine Zelle mit engen Verbindungen zur PFLP in Dänemark operierte.

Stattdessen konzentrierte die Gruppe ihr Interesse auf die Nachbarländer. Westdeutschland wurde rasch als Operationsgebiet verworfen, weil der KA die Bevölkerung nach den vielen Jahren des RAF-Terrors insgesamt zu misstrauisch erschien. Beschlossen wurde stattdessen, Einbrüche in militärische Waffendepots in Schweden und Norwegen vorzubereiten.

Am Morgen des 9. November 1982 entdeckte ein Zug schwedischer Soldaten während einer Übung in einem Waldgebiet in der Nähe der Kleinstadt Flen, südwestlich von Stockholm, den Einbruch in ein Waffenlager der Armee. Ein schmaler Kiesweg führte von der Landstraße nach Katrineholm zu einem mit

Kies belegten Platz vor dem Militärlager Nr. 4306 des schwedischen Heeres, das in einem der großen Wälder in Södermanland hinter Bäumen verborgen lag. Die nächsten Nachbarn wohnten mehr als einen halben Kilometer entfernt. Niemand hatte bemerkt, was sich hier in den vergangenen Tagen und Nächten abgespielt hatte.

Die Soldaten alarmierten sofort die örtliche Polizei, unmittelbar danach wurde auch die Kriminalpolizei von Katrineholm hinzugezogen. Als die Experten der Technischen Abteilung gegen Mittag eintrafen, mussten sie allerdings feststellen, dass mindestens zwanzig Personen und diverse Einsatzfahrzeuge eine genaue Untersuchung des Tatorts erschwerten, viele Spuren waren inzwischen verwischt.

Mehrere Türen des Militärdepots waren mit schwerem Werkzeug aufgebrochen worden. An den Außenseiten wurden die Türen durch Eisenplatten geschützt, doch die Täter hatten einen Schneidbrenner benutzt, um die Platten abzumontieren, bevor sie die Türrahmen ansägten und die Türen aufbrachen. Nach Einschätzung der Experten waren die Schneidbrennerarbeiten von Personen ausgeführt worden, die sehr routiniert vorgegangen waren. Allerdings hatten die Täter die konkreten Schließmechanismen der Türen nicht gekannt. Es konnte sich also nicht um Verbrecher handeln, die irgendwann einmal Zugang zu dem Lager gehabt hatten.

Die Einbrecher hatten offensichtlich nach bestimmten Waffentypen und Munition gesucht, diesen Schluss ließ der Zustand des Depots zu. Eine Reihe von Kisten und Schachteln war geöffnet und unberührt hinterlassen worden. Die Täter hatten sich Zeit genommen, um den Inhalt der verschiedenen Kisten gründlich zu untersuchen. Die ausgewählten Waffen hatte man vermutlich in wartende Fahrzeuge auf dem Platz transportiert, dann hatten die Diebe die Türen verschlossen und die Vorhängeschlösser und Stahlplatten wieder angebracht, damit auf den ersten Blick kein Einbruch zu erkennen war. Ganz offensichtlich hatten die Tat ausgezeichnet vorbereitete, professionelle Verbrecher durchgeführt, die genau wussten, wonach sie zu suchen hatten.

Die Ausbeute dürfte recht zufriedenstellend gewesen sein. Ein Vergleich der Depotbestände mit der Lagerliste ergab, dass unter anderem vierunddreißig Panzerabwehrraketen, einhundertzwanzig Handgranaten, eine größere Anzahl Tretminen, zehn Kisten Plastiksprengstoff, einige Kisten mit Zündschnur, Sprengkapseln und elektronischen Zündern sowie sechs Kisten Munition mit insgesamt mehreren tausend Patronen fehlten.

Die Art der Waffen entsprach exakt den Wünschen, die die PFLP gegenüber den dänischen ›Äpfeln‹ geäußert hatte. Doch trotz der Ermittlungen der schwedischen Kriminalpolizei ist der Einbruch in das Militärdepot von Flen bis heute offiziell ungeklärt. Niemand wurde je wegen dieses Verbrechens angeklagt oder verurteilt. Andererseits tauchte der größte Teil der Waffen in den folgenden sieben Jahren in Dänemark und verschiedenen anderen europäischen Ländern auf.

Am Morgen des 3. September 1986 bekam ein Kriminalkommissar des französischen Geheimdienstes DST den Tipp eines Informanten, der bis dahin immer glaubwürdige Informationen geliefert hatte. Der Mann hatte Kontakte zur palästinensischen Kampforganisation PFLP.

An einer Stelle im Wald von Fontainebleau, die Plaine de Baudelut genannt wurde, war angeblich ein Lager voller Waffen und explosiver Stoffe vergraben. Der Informant erklärte sich bereit, die Geheimdienstbeamten in den Wald zu führen und ihnen die Stelle zu zeigen.

Mit dem Informanten als Guide brachen die DST-Agenten sofort auf. Er lotste sie an der Autobahn in Richtung Lyon auf eine kleine Haltebucht und führte sie durch den Wald bis zur Allée des Genèvriers. Nach einigen Metern zeigte er auf einen Baum mit ausgesprochen charakteristischen Formen. In der Nähe dieses Baumes, erklärte er, wäre das Waffenlager vergraben.

Als die Geheimdienstleute die Erde untersuchten, fanden sie ein paar Meter von dem Baum entfernt eine Stelle, an der das Erdreich ungewöhnlich locker erschien. In der Erde war ein schwarzer Müllsack vergraben, der zwei aluminiumfarbene Metallkoffer enthielt. Die DST-Agenten entschieden, zur Sicherheit einen Experten des Minenräumdienstes hinzuzuziehen, bevor sie mit ihren Untersuchungen fortfuhren. Um 11:15 Uhr vormittags erschienen zwei Techniker im Wald.

Der erste Metallkoffer enthielt vier weiße Plastikdosen, wie sie auch zur Aufbewahrung von Nahrungsmitteln verwendet werden. Die roten Deckel waren mit Bügeln verschlossen und mit einer weißen Masse abgedichtet. Jede Dose enthielt vierzig Stäbe Plastiksprengstoff. Die Stangen waren mit besonderen Entfeuchtungskristallen vermischt.

Im anderen Koffer lagen vier weitere Dosen mit Plastiksprengstoff, aber auch eine Dose mit zehn Handgranaten, die man mit gelbem Band umwickelte hatte. Daneben fand man eine mit der Hand gezeichnete Skizze und eine maschinengeschriebene Gebrauchsanweisung auf Englisch. Schließlich enthielt der Koffer noch eine kleinere Plastikdose mit verschiedenen Kabeltypen, Zeitzündern und Zündschnur. Die Waffen wurden ins Zentrallabor des Pariser Polizeihauptquartiers gebracht. Es handelte sich bei den Handgranaten und dem Sprengstoff um schwedische Fabrikate.

Laut Bericht des französischen Geheimdienstes hatte die Volksfront zur Befreiung Palästinas das Depot angelegt. Doch 1986 konnte nicht geklärt werden, wie die Waffen in den Wald gekommen waren.

»Der Wald von Fontainebleau blieb nicht der einzige Ort, an dem wir Waffenlager einrichteten«, erzählt ein Mitglied der Blekingegade-Bande heute. »Von diesen Lagern aus sollten Freunde der PFLP die Waffen weitertransportierten, aber ich weiß wirklich nicht, ob sie je in Israel angekommen sind. In Zeiten, in denen es mir schlecht ging und ich nachts wach gelegen und über die ganze Sache nachgedacht habe, kam mir durchaus der Gedanke, dass diese Freunde die Waffen für ihre eigenen operativen Zwecke verwendet haben könnten – und vielleicht sogar für Zwecke, die uns nicht unbedingt sympathisch wären.«

Als die dänische Polizei und der Geheimdienst PET im Mai 1989, knapp drei Jahre nach dem Fund im Wald von Fontainebleau, das umfangreiche Waffenlager in der Blekingegade entdecken, bestätigen die anschließenden Untersuchungen die Herkunft eines Teils der Waffen aus dem Einbruch in das schwedische Militärdepot im November 1982. Unter anderem handelt es sich um Panzerabwehrraketen, Handgranaten, Minen und Sprengstoff.

In der Wohnung in der Blekingegade findet die Polizei in einem Aktenordner außerdem eine Karte des Waldes von Fontainebleau mit dem Hinweis ›Überführung‹. Zusammen mit einer maschinengeschriebenen Wegerklärung und einer gezeichneten Skizze führt die Karte exakt zu der Stelle, an der die französische Polizei 1986 das Sprengstofflager fand.

An dem Aktenordner kann die Polizei Fingerabdrücke sicherstellen, die von zwei der Beschuldigten stammen, Niels Jørgensen und Torkil Lauesen. Die Handschrift auf der Skizze stammt von Torkil Lauesen, da sind sich die Schriftexperten sicher. Außerdem entsprechen die Typen der Olivetti-Schreibmaschine in der Wohnung der Gebrauchsanleitung, die bei den Handgranaten lagen.

In der Wohnung werden entsprechend detaillierte Unterlagen mit Straßenkarten, Fotos und Wegbeschreibungen zu zwei weiteren Zielorten in Österreich und in der Schweiz gefunden. Dort sucht die örtliche Polizei allerdings vergebens nach vergrabenen Waffendepots. Entweder wurden diese Verstecke nie benutzt oder man hat die Waffen bereits abgeholt.

Auch wenn man die Anzahl der Waffen, die 1986 im Wald von Fontainebleau gefunden wurden, zu den Waffen der Blekingegade-Wohnung addiert, fehlt noch immer ein Großteil der Beute aus dem schwedischen Waffenlager bei Flen. Sechs Raketen, zweiundsiebzig Handgranaten und vierzig Kilo Plastiksprengstoff wurden nie gefunden.

Laut einer Theorie der deutschen Polizei wurde der Sprengstoff aus Flen im Sommer 1988 bei einem missglückten Angriff auf die NATO-Basis Rota in Spanien verwendet. Die Täter hatten geplant, den auf einem Moped angebrachten Plastiksprengstoff vor einer Diskothek zu zünden, die normalerweise von NATO-Soldaten besucht wurde. Allerdings verhinderte eine technische Panne die Detonation.

Der Attentatsversuch wurde aufgeklärt, als das deutsche Paar Horst Ludwig Meyer und Andrea Klump, die enge Verbindungen zur Rote Armee Fraktion, der sogenannten Baader-Meinhof-Bande, unterhielten, 1999 in Wien in eine Polizeikontrolle geriet. Wien gehörte zu den europäischen Hauptstädten, die der PFLP für Waffendepots besonders gut geeignet erschienen. Horst Ludwig Meyer versuchte zu fliehen und wurde während eines anschließenden Feuergefechts bei der Verhaftung erschossen. Andrea Klump jedoch gab zu, sich gemeinsam mit einer palästinensischen Organisation an den Vorbereitungen des Attentats von Rota beteiligt zu haben.

Die Ermittlungen der deutschen Polizei beim spanischen Sprengstoffattentat führten zu dem Waffenraub in Schweden, ohne dass der Zusammenhang allerdings schlüssig nachgewiesen werden konnte. Sollte der Sprengstoff des Rota-Attentats tatsächlich aus dem Flen-Depot stammen, hätte die Blekingegade-Bande mit oder ohne eigenes Wissen Waffen an die Rote Armee Fraktion geliefert.

Die Ermittlungen sind noch nicht abgeschlossen und umfassen, soweit es sich beurteilen lässt, auch Informationen über die Zusammenarbeit der PFLP mit westeuropäischen Zellen und Terrorgruppen, die in den Archiven des Staatssicherheitsdienstes der ehemaligen DDR gesammelt sind. Eine Bitte um Einsicht in diese Unterlagen wurde von den deutschen Behörden ohne Begründung abgelehnt.

Ein weiterer spektakulärer Raubüberfall auf einen Geldtransport erregt in den frühen achtziger Jahren das Aufsehen der dänischen Öffentlichkeit.

Für die beiden betroffenen Bankangestellten ist es ein Tag wie jeder andere – abgesehen davon, dass sich mehr als gewöhnlich in den Geldbeuteln auf dem Rücksitz ihres Wagens befindet. Tatsächlich hat sich nichts Bemerkenswertes ereignet, als sie gegen zwei Uhr vor der Filiale der Danske Bank in Fortunbyen im Kopenhagener Vorort Lyngby halten, der letzten Station des Tages.

Als einer der Bankbeamten mit einem Geldbeutel in der Hand aus dem Geldtransporter steigt, hört er, wie jemand von hinten auf ihn zuläuft. Noch bevor er sich umdrehen kann, spürt er einen heftigen Schlag auf den Hinterkopf.

Die beiden Bankangestellten arbeiten seit vielen Jahren für die Danske Bank. Die vergangenen zehn Jahre haben sie – abgesehen von Urlaub oder Krankheiten – den Geldtransport jeden Tag gemeinsam gefahren. Längst gibt es eine gewisse Routine, und die Nachmittagstour, die zu sechzehn Bankfilialen im Norden Kopenhagens führt, wird von Montag bis Freitag auf derselben Strecke und zu festgelegten Uhrzeiten absolviert.

An diesem Dienstag, dem 2. März 1983, essen die beiden Geldboten wie gewöhnlich nach der Vormittagstour gegen elf im Hauptsitz der Bank am Holmens Kanal in Kopenhagen zu Mittag. Danach wird ihnen eine Mappe mit den Wertpapieren, Aktien und Obligationen ausgehändigt, die an diesem Nachmittag in die Filialen zu bringen sind. Dann erhalten sie im Einsatzbüro ein Verzeichnis der Geldbeträge, die bei den einzelnen Filialen ausgeliefert beziehungsweise abgeholt werden müssen. An diesem Tag ist viel Geld abzuholen, es ist Monatsanfang.

Schließlich wird den Boten an der Zentralkasse knapp eine Million Kronen ausgehändigt, verpackt in durchsichtige, plombierte Plastikbeutel. Diese werden, in einem Sack verpackt, auf dem Rücksitz des Transportfahrzeugs verstaut, einem rot-weißen Opel Kadett Kombi, dessen Seiten mit Namenszug und Logo der Bank versehen sind. Das Dach trägt in großen Ziffern die Nummer des Wagens – 08 –, damit er auch aus der Luft identifizierbar ist.

Die beiden Geldboten wechseln sich beim Fahren ab, und als sie wie an jedem anderen Tag um Viertel vor zwölf aufbrechen, sitzt der ältere der beiden am Steuer, ein sechzigjähriger Mann. Sein zweiundfünfzigjähriger Kollege hat an diesem Tag die Wertpapiere und das Geld zu überbringen. Keiner der beiden Männer ist bewaffnet, sie haben die ausdrückliche Anweisung, bei einem Überfall keinerlei Widerstand zu leisten. Im Wagen ist allerdings ein Alarmknopf installiert, der direkt mit dem Hauptsitz der Bank verbunden ist.

Bei der ersten Station handelt es sich um eine Filiale am Strandvej in Hellerup. Als sein Partner aussteigt und die Tür hinter sich schließt, teilt der Fahrer der Alarmzentrale der Bank über Funk ihre Ankunft mit: »Bei Eins angekommen.« Die Meldung von Wagen 08 wird auf einem Tonband aufgezeichnet. Als der zweite Mann zurückkehrt, erklärt er über Funk: »Fahren nach Zwei.«

Von Hellerup führt die Tour in nördlicher Richtung zu den Filialen in Gentofte, Ordrup, Charlottenlund und Taarbæk, von hier aus die Küste entlang nach Vedbæk und wieder landeinwärts nach Nærum, Holte und Virum. Der Himmel ist leicht bedeckt, aber trocken, die Temperaturen liegen ein paar Grad über dem Gefrierpunkt. Alles verläuft wie gewohnt: Die sechzehn Filialen werden angefahren, die Ankunftszeiten variieren allenfalls zwischen zehn Minuten und einer Viertelstunde. Bis 14:30 Uhr muss der Transport wieder in Kopenhagen sein, nur bis dahin sind Geldeinzahlungen bei der Nationalbank möglich.

Die drei letzten Stationen der Nachmittagstour liegen in Lyngby. Bei der Ankunft an der vorletzten Filiale am dortigen Bahnhof stellen die beiden Bankangestellten fest, dass sie den maximalen Betrag, den sie im Wagen transportieren dürfen, überschritten haben – acht Millionen Kronen. Von einem Telefon in der Bankfiliale rufen sie darum den Fahrdienstleiter an, der ihnen sofort die Erlaubnis erteilt, die acht Millionen mit einigen weiteren hunderttausend Kronen zu überschreiten.

Vom Bahnhof in Lyngby fährt der Geldtransport auf dem Klampenborgvej zum letzten Haltepunkt des Tages. Die acht Millionen Kronen sind in sieben Leinensäcken verpackt. Die Fortunby-Filiale der Danske Bank liegt am Ende des Lyngbygårdsvej, nicht weit entfernt von der Autobahn nach Helsingør. Die Filiale steht vor einem Betonhochhaus, eingeklemmt in einer kleinen Ladenarkade zwischen einem Spar-Supermarkt und einer Kneipe.

Der Fahrer wendet auf dem Parkplatz vor der Bank und meldet der Zentrale die Ankunft. Sein Kollege greift in einem der Säcke auf dem Rücksitz nach dem Plastikbeutel mit den fünfzigtausend Kronen, die von der Filiale bestellt sind, und packt ihn in einen Stoffbeutel mit dem Banksignet. Bevor er aus dem Auto steigt, stellt er das Türschloss so ein, dass der Wagen verschlossen ist, sobald er die Tür zuschlägt. Aber noch bevor er das tun kann, hört er Schritte hinter sich und bekommt einen Schlag auf den Hinterkopf.

Reflexartig hebt der Geldbote seine freie Hand, um sich zu schützen. Den nächsten Schlag kann er zum Teil abwehren. Gleichzeitig wird er von hinten gepackt. Er kann sich losreißen und rennt über den Bürgersteig auf die Bank zu. Als er einen lauten Ruf hört, dreht er sich um. Ein paar Meter von ihm entfernt steht ein großer Mann, dessen Gesicht mit einer Anorakkapuze bedeckt ist, und zielt mit einer Pistole auf ihn, die er mit beiden Händen hält. Der Mann ist bereit zu schießen, nimmt der Bankangestellte an und wirft sich zu Boden.

Der Fahrer des Geldtransports hört einen Schrei, als sein Kollege aussteigt. Er sieht, wie er sich an den Hinterkopf fasst. Als der Fahrer einen fremden Arm bei seinem Kollegen sieht, ist ihm sofort klar, dass sie überfallen werden. Er löst den Sicherheitsgurt und will die Fahrertür öffnen, als sie bereits von außen aufgerissen wird. Der Fahrer blickt in ein Gesicht, in dem nur die Augen zu sehen sind. Dann spürt er einen heftigen Schlag auf die Stirn und bricht über dem Steuer zusammen.

Trotz seines benommenen Zustands gelingt es dem Fahrer, den Alarmknopf neben der Funksprechanlage zu drücken, gleichzeitig wird damit das Mikrofon eingeschaltet. Kurz darauf wird er aus dem Auto gezerrt und zu Boden gestoßen. Eine Person drückt sein Gesicht auf die Betonplatten des Parkplatzes und schlägt ihm mehrfach auf den Hinterkopf. Aus einem Riss an der Stirn läuft ihm das Blut in die Augen, er hat Schwierigkeiten, etwas zu erkennen.

Plötzlich lässt ihn die Person los, und ohne dass der Geldbote sehen kann, was passiert, hört er, wie eine Autotür zufällt und ein Wagen sich in Bewegung setzt. Vom Fußweg aus verfolgt sein Partner, wie die beiden Täter in den Wagen springen, im Rückwärtsgang vom Parkplatz fahren und in hohem Tempo auf dem Lyngbygårdsvej verschwinden.

Durch die Beute von 8,3 Millionen Kronen Bargeld, das in den Geldbeuteln auf dem Rücksitz des Geldtransporters lag, wurde der Überfall zum bisher größten Bankraub in der dänischen Geschichte.

Als die Polizei am Tatort eintraf, musste sie feststellen, dass die Täter keinerlei Spuren hinterlassen hatten. Lediglich eine kleine Pfütze aus Blut auf dem Parkplatz belegte den Überfall. Nach einer kurzen Vernehmung fuhr man den sechzigjährigen Fahrer ins Kreiskrankenhaus nach Gentofte, wo seine vier Zentimeter lange Stirnwunde genäht wurde.

Er würde wohl kaum in der Lage sein, die beiden Täter zu identifizieren, erklärte sein Kollege der Polizei, schließlich hatte er ihre Gesichter nicht erkennen können. Auch hatte er nicht bemerkt, ob irgendjemand den Geldtransport in den vergangenen Tagen verfolgt oder in irgendeiner Weise beobachtet hatte. Nach einer ersten Vernehmung wurde auch er von ein paar Polizeibeamten zur Untersuchung in die Notaufnahme gebracht.

Eine Frau, die nach einem Einkauf im Supermarkt auf dem Weg zu ihrem Auto gewesen war, berichtete, zwei Männer gesehen zu haben, die hinter einigen parkenden Wagen auf der anderen Straßenseite hervorgekommen seien. Geduckt hatten sie die Straße überquert, als der Geldtransport eintraf. Die Männer, deren Gesichter von eng zugezogenen Anorakkapuzen verdeckt wurden, hatten die beiden Bankangestellten direkt an den Wagentüren überfallen und ihnen »viele Schläge« mit etwas versetzt, das wie ein langer schwarzer Knüppel ausgesehen hätte.

Eine wichtige Spur war die Tonbandaufnahme in der Alarmzentrale der Danske Bank. Von dem Moment an, als der Fahrer auf den Alarmknopf gedrückt hatte, waren sämtliche Geräusche im Auto auf Band aufgezeichnet worden – von den ersten Minuten des Überfalls bis die Täter das Bankfahrzeug wieder verließen. Leider wurden die wenigen Sätze, die die Täter während der Fahrt wechselten, fast vollständig vom Motorlärm übertönt, aber sowohl die Kripobeamten wie die später hinzugezogenen Sprachexperten waren sich einigermaßen sicher, dass die beiden Personen dänisch miteinander sprachen.

Die Kriminalpolizei in Lyngby setzte sofort alle verfügbaren Beamten ein, um weitere Spuren zu finden. Der ziemlich auffällig rot-weiß lackierte Geldtransporter erleichterte es der

Polizei, Zeugen zu finden. Die Fluchtroute der Täter stand sehr bald fest. Von Lyngbygårdsvej waren sie zur Technischen Hochschule abgebogen, um dort einen der Wege im Hochschulgelände zu nehmen.

Einige Studenten und zwei Arbeiter der Stadtverwaltung, die die Straßenbegrenzung beschnitten, hatten den Wagen bemerkt. Die Arbeiter fanden einen Geldtransporter ausgesprochen merkwürdig, der in hohem Tempo auf einem Fußgänger- und Fahrradweg fuhr, der für den Autoverkehr gesperrt war, und einer hatte sofort seine Schaufel gehoben, um den Wagen aufzuhalten.

Einen Moment hielt der Geldtransporter tatsächlich. Die Türen wurden geöffnet, als wollten die Männer aus dem Auto steigen. Aber unmittelbar danach wurden die Türen wieder zugeworfen, dann schob sich der blau-weiße Kombi an dem Lastwagen der Arbeiter vorbei, der ein Stück weiter entfernt auf dem Weg hielt. Die beiden Arbeiter verfolgten, wie das Bankfahrzeug in einen Tunnel fuhr, der unter der Helsingør-Autobahn hindurch zu weiteren Schul- und Seminargebäuden auf der anderen Seite der Autobahn führt.

Im Tunnel verloren sie den Wagen aus dem Blick, aber kurz darauf sahen sie drei Männer mit ein paar Beuteln auf der anderen Seite der Autobahn auf eine Bushaltestelle zulaufen. Die Beutel wurden in einen silbergrauen Personenwagen geworfen, der sofort mit hoher Geschwindigkeit in nördlicher Richtung auf die Autobahn fuhr. Da ihnen der gesamte Vorgang ausgesprochen verdächtig vorkam, hielten die Arbeiter auf dem Lyngbygårdsvej einen Taxifahrer an und überzeugten ihn, ihre Beobachtungen über Funk zu melden.

Mehrere andere Zeugen hatten ebenfalls Personen gesehen, die sich in dem Tunnel unter der Autobahn befanden und aussahen, als würden sie auf irgendetwas warten. Einige Zeugen beschrieben übereinstimmend eine Frau Mitte dreißig.

Im Tunnel wurden die Täter außerdem von zwei weiteren wichtigen Zeugen beobachtet: zwei Lehramtsstudenten, die mit ihren Fahrrädern unter der Autobahn durchfahren wollten, um in Lyngby einzukaufen. Kurz bevor das Paar in den Tunnel bog, bemerkte die einundzwanzigjährige Frau zu ihrer Überraschung ein Auto, das ihr mit ziemlich hoher Geschwindigkeit entgegenkam. Einen Moment befürchtete sie, gerammt zu werden, doch es gelang ihr, dem Wagen auszuweichen. Als das Auto an ihr vorbeigefahren war, drehte sie sich um, um ihren Freund zu warnen. Der Wagen hielt direkt hinter dem Tunnel, und die Frau sah ein paar Männer aus dem Fahrzeug steigen, einem Geldtransporter der Danske Bank.

Als ihr fünf Jahre älterer Freund an dem Kombi vorbeifuhr, bemerkte er, wie ein groß gewachsener Mann sehr gewandt auf der Beifahrerseite heraussprang, noch bevor der Wagen ganz zum Stehen gekommen war. Der Mann trug eine hellblaue Mütze und hielt eine große, glänzende automatische Pistole in der Hand.

Über das Dach des Wagens traf den Lehramtsstudenten der harte Blick des Mannes, der ihn aufzufordern schien: ›Sieh zu, dass du hier wegkommst.‹ Gleichzeitig zielte der Mann mit der Pistole auf ihn. Im Tunnel blieb der Student trotzdem noch einmal stehen und drehte sich zu der merkwürdigen Szenerie um. Ein zweiter Mann, der eine Kapuze um sein Gesicht gezogen hatte, hievte gerade einen Sack vom Rücksitz des Wagens.

Am 6. April 1983, einen Monat nach dem Überfall am Lyngbygårdsvej, erhielt die Kripo in Lyngby einen ungewöhnlichen Anruf, es war der bisher erste und einzige brauchbare Hinweis in diesem Fall. Die Mitteilung wurde mit größter Diskretion behandelt. Im Bericht ist nicht einmal vermerkt ist, um wen es sich bei dem Anrufer handelte. Es heißt lediglich: »Eine Person, die mir bekannt ist, wandte sich heute um 10:35 Uhr telefonisch an das Revier …«

Tatsächlich kam der Tipp von einem Mitarbeiter des PET. Von ihren Kollegen des französischen Geheimdienstes hatte der dänische Nachrichtendienst am 30. März Informationen erhalten, die man der Kriminalpolizei von Lyngby nicht vorenthalten konnte. Die Entscheidung für die Weitergabe dieser Informationen hatte eine Woche gedauert.

Am 26. März waren im Pariser Flughafen Charles de Gaulle zwei Araber verhaftet worden. Der französische Zoll hatte sie festgenommen, als sie sechs Millionen Kronen in dänischen Geldscheinen nach Damaskus in Syrien bringen wollten. Die Araber hatten laut den Angaben des dänischen Geheimdienstes die Aussage über die Herkunft des Geldes verweigert.

Am folgenden Tag konnte Interpol die Kriminalpolizei von Lyngby über die Identität der beiden Araber informieren: Es handelte sich um den dreiunddreißig Jahre alten Mohamed Toman und den gleichaltrigen Munder Mahmood. Den französischen Informationen nach reiste Mahmood mit einem Diplomatenpass, den die sozialistische Republik Südjemen ausgestellt hatte, als Wohnsitz Tomans wurde Berlin angegeben.

Während Toman behauptete, nichts von den Geldbündeln zu wissen, erklärte sein Reisegefährte, das Geld sei in Frankreich gesammelt worden und sollte zur Unterstützung der Flüchtlinge in Damaskus verwendet werden. Er fügte hinzu, er nehme zum ersten Mal an einer derartigen Aktion teil. Keiner der beiden Festgenommenen war zu weiteren Aussagen bereit. Mahmood verwies auf seinen Status als südjeminitischer Diplomat.

Die beiden Männer wurden beschuldigt, die französischen Valutaregeln übertreten zu haben, das Geld wurde beschlagnahmt. Die Geldbündel enthielten insgesamt sechs Millionen dänische Kronen in Fünfhundert- und Tausendkronenscheinen. Dass die beiden Araber vier Tage zuvor nach einer Zwischenlandung in Frankfurt aus Damaskus eingetroffen waren, ließ sich anhand der Flugtickets belegen. Die vier Tage in Paris hatten sie in einem Doppelzimmer im Hotel Hilton International verbracht. Vorher hatten sie sich unter anderem in der Sowjetunion, in Schweden und in Dänemark aufgehalten, wie aus den zahlreichen Stempeln in Mahmoods Diplomatenpass hervorging.

Der dänische Geheimdienst vermutete einen Zusammenhang zwischen den beiden in Paris festgenommenen Arabern und der PFLP und darüber hinaus eine Verbindung zu Palästinensern, die sich in Dänemark niedergelassen hatten. Dies führte zu einer dänischen Gruppe, von der der PET meinte, sie arbeite für die palästinensische Kampforganisation.

Nachdem der PET von den französischen Kollegen die Informationen über die beiden Verhafteten und ihre Kontakte zur PFLP erhalten hatte, war es dem Geheimdienst relativ leichtgefallen, die entsprechenden Verbindungen nach Dänemark zu rekonstruieren.

Zwei Männer mit den Namen Mahmood und Toman waren im Jahr zuvor, am Vormittag des 19. November 1982, mit dem Flugzeug aus Stockholm in Kopenhagen eingetroffen. Der PET hatte damals die Passagierlisten der Fluggesellschaft SAS von genau dieser Maschine erbeten, weil die Abteilung Terrorismus bereits seit zwei Tagen wusste, dass ein paar wichtige Palästinenser mit der Maschine aus Stockholm eintreffen würden.

Zwei Tage zuvor, am 17. November 1982, hatte die Telefonüberwachung des in Dänemark lebenden PFLP-Mitglieds Sati ergeben, die Palästinenser würden am 19. November um 10:30 Uhr ab Stockholm fliegen. Wie aus dem Telefonat zwischen Sati und einem Palästinenser in Stockholm hervorging, handelte es sich bei einem der Passagiere um »Ghazi aus Amerika«.

Am Tag nach ihrer Ankunft hatten die beiden Palästinenser an einem Treffen mit einer Gruppe in Dänemark lebender Landsleute teilgenommen, darunter Sati. Am 21. November flogen sie von Kopenhagen weiter nach Paris.

Seit Mitte der siebziger Jahre hatte die Abteilung Terrorismus des PET Sati für den Anführer einer dänischen Zelle der PFLP gehalten, die unter anderem für den Kontakt zwischen der Führung der palästinensischen Volksfront und einer Gruppe von Dänen sorgte, die mit der palästinensischen Sache sympathisierte. Nach intensiven Observationen und Telefonüberwachungen bei Sati und anderen Palästinensern aus seinem Kreis kannte der PET seit den späten siebziger Jahren die Namen einiger Mitglieder der dänischen Appel-Gruppe. Der Geheimdienst hielt die Gruppe für eine Zelle, die operative Aufgaben für die PFLP übernahm.

Nach dem Raubüberfall in Lyngby beschloss man im dänischen Geheimdienst, diese Informationen nun auch der örtlichen Kriminalpolizei zur Verfügung zu stellen, weil sich eine mögliche Verbindung zwischen dem Raubüberfall im Lyngbygårdsvej und den beschlagnahmten Millionen in Paris kaum von der Hand weisen ließ. Sehr wahrscheinlich hatte die Appel-Gruppe den Überfall ausgeführt. Das erbeutete Geld wurde dann auf die ein oder andere Weise Toman und Mahmood übergeben, möglicherweise während ihres Aufenthalts im Hotel Hilton in Paris.

Vermutlich wären diese Informationen ohnehin irgendwann an die Öffentlichkeit gelangt. Für die Führung des PET mag das eine Rolle gespielt haben. Hätte man die Informationen nicht an die Kripo weitergegeben, wäre der PET zur Verantwortung gezogen worden. Diese Überlegungen dürften schwerer gewogen haben als die notorische Abneigung des Geheimdienstes, Informationen mit der allzu pressefreundlichen Kriminalpolizei zu teilen. Jedenfalls ließ der PET der Polizeiführung in Lyngby seine Erkenntnisse durch ein diskretes Telefonat zukommen.

Der Geheimdienst war sogar in der Lage, die Personen aus der Appel-Gruppe zu identifizieren, die man als Verantwortliche des Raubüberfalls verdächtigte. Es handelte sich um Jan Weimann, Torkil Lauesen, Peter Døllner und Niels Jørgensen.

Als der PET diesen wichtigen Tipp in aller Diskretion an die Führung der Polizei von Lyngby weitergab, knüpfte der Geheimdienst daran gleichzeitig eine Reihe von Bedingungen: Der PET forderte den Polizeimeister und den Leiter der Kriminalpolizei auf, die Informationen vertraulich zu behandeln und nicht an die übrigen Beamten weiterzugeben.

Der Kriminalkommissar von Lyngby verlangte allerdings, die Kripobeamten informieren zu dürfen, die den Fall bearbeiteten. Andernfalls verstünde er nicht, warum er diese Informationen überhaupt bekommen hätte. Er nahm sofort Kontakt zu Johannes Pedersen auf, einem der Kriminalassistenten, der die Ermittlungen in dem Raubüberfall de facto leitete. Johannes Pedersen befand sich zu diesem Zeitpunkt in Schweden, wo er zusammen mit der schwedischen Polizei schwedische Verbrecher verfolgte, die man ebenfalls als Tatverdächtige im Blick hatte. Johannes Pedersen informierte daraufhin einen weiteren Kollegen, Karsten Høj Petersen, der zusammen mit einem schwedischen Kollegen einer Spur in Den Haag nachging.

In einem ersten Schritt bat die dänische Kripo ihre französischen Kollegen, die in Paris konfiszierten Geldscheine auf Fingerabdrücke untersuchen zu lassen. Allerdings erklärten die Franzosen zunächst, dies sei rein technisch unmöglich. Die Dänen erwiderten, in Dänemark würde eine erprobte Methode angewendet, bei der die Scheine mit einer besonderen Flüssigkeit bespritzt werden, die eine Verbindung mit Handschweiß eingeht. Unter Wärmeeinfluss wurden bei einer bestimmten Temperatur dann eventuelle Fingerabdrücke sichtbar.

Die dänische Polizei bot an, einen Experten mit der notwendigen Ausrüstung nach Paris zu entsenden, doch kurz vor der Abreise wurde das Arrangement von französischer Seite abgesagt. Die Franzosen hatten ein Universitätsinstitut gefunden, in dem die Untersuchungen durchgeführt werden konnten, und bestanden darauf, die Analysen selbst vorzunehmen. Dafür war jedoch das offizielle Ersuchen eines dänischen Gerichts erforderlich.

Die Polizei von Lyngby musste einen internationalen Gerichtsbeschluss erwirken. In dem Antrag, die Geldscheine zu überprüfen, betonte der Richter, sämtliche Kosten der Analyse wären durch den dänischen Staat gedeckt und dänische Spezialisten würden sich zur Unterstützung bereithalten. Außerdem würde die Dänische Nationalbank selbstverständlich sämtliche Geldscheine erstatten, die bei der Untersuchung eventuell zerstört wurden. Der Richter wiederholte auch das dänische Angebot, den gesamten Betrag durch druckfrische dänische Geldscheine zu ersetzen.

Die Zeit verging. Johannes Pedersen und Karsten Høy Petersen hatten inzwischen die Ermittlungsmöglichkeiten ausgeschöpft, die ihnen durch die Beschränkungen des PET und die internationalen Hürden zur Verfügung standen. Der bis dahin größte Raubüberfall in der Geschichte Dänemarks war noch immer nicht aufgeklärt. Tatsächlich hatte die Polizei die schwedische Spur zugunsten der dänisch-palästinensischen aufgegeben. Die beiden Kriminalassistenten hatten keinerlei Zweifel, dass die Schuldigen im Umfeld der vier linksgerichteten Dänen aus der Appel-Gruppe zu finden waren. Doch vorläufig konnten sie nicht viel mehr tun, als auf Nachrichten aus Frankreich zu warten.

Am 6. Oktober 1983 nahmen die beiden Palästinenser Ghazi Massoud – so der richtige Name von Munder Mahmood – und Mohamed Toman ihr Urteil vor dem Bezirksgericht von Bobigny in Paris entgegen. Wie aus der schriftlichen Urteilsbegründung hervorgeht, waren beide Beschuldigten unter Anwesenheit ihres Verteidigers verhört worden. Toman hielt daran fest, sich als Tourist in Paris aufgehalten und nichts von den sechs Millionen Kronen gewusst zu haben. Allerdings hätte Massoud ihm an dem Morgen, an dem sie zurück nach Damaskus fliegen sollten, erzählt, dass er etwas Geld außer Landes transportieren sollte.

Ghazi Massoud erklärte, er wisse kaum etwas über das Geld. Am Abend vor der Abreise hätte er den Betrag von einer Person erhalten, die ihm mitteilte, das Geld hätte eine Organisation gesammelt, die sich ›Nationalkomitee zur Vertretung der aus dem Libanon Ausgewiesenen‹ nannte. Allerdings war es der französischen Polizei nicht gelungen, irgendeinen anderen außer Massoud zu finden, der je von dieser Organisation gehört hatte.

Massoud teilte sogar den Namen der Person mit, die ihm angeblich das Geld übergeben hatte. Ein englisch sprechender

Europäer namens Smith. Der Name entsprach der erfundenen Person John Smith, an die Marwan El-Fahoum in den vergangenen Jahren mehrfach Telegramme geschickt hatte, jedes Mal an die geheime Postfachadresse der ›Äpfel‹ an der Vesterbrogade in Kopenhagen.

Ghazi Massoud zufolge hatte sich dieser Smith am Vorabend ihrer Abreise nach Damaskus gegen zehn Uhr abends im Restaurant des Hotels Hilton an ihn gewandt. Smith hatte ihn zu einer Fahrt eingeladen und ihm unterwegs einen Umschlag mit dem vielen dänischen Geld gegeben. Massoud wusste angeblich nicht, woher das Geld stammte, und er hatte es auch nicht gezählt, als er es am nächsten Morgen mit zum Flughafen nahm.

Der andere Palästinenser, Toman, wurde der Verletzung des Valutagesetzes und des Geldschmuggels für schuldig befunden und zu einem Jahr Gefängnis verurteilt. Das Gericht stellte die gleiche Schuld bei Massoud fest, darüber hinaus wurde er aber beschuldigt, mit dem Namen Munder Mahmoud eine falsche Identität benutzt zu haben. Sein Urteil lautete auf zwei Jahre Gefängnis. Gleichzeitig wurden die sechs Millionen konfisziert und die beiden Palästinenser zu einer Geldstrafe in der gleichen Höhe verurteilt. Als die Verurteilten und der Staatsanwalt sofort Berufung einlegten, wurden beide Anträge nicht abgewiesen.

In den ersten Februartagen 1984 – unmittelbar nachdem die Polizei von Lyngby dem Justizministerium ein neues Rechtsersuchen geschickt hatte, um das gestohlene Geld aus Frankreich zurückzuerhalten – klingelte bei der Polizeileitung in Lyngby mehrfach das Telefon.

Zu diesem Zeitpunkt hatten die beiden Palästinenser Frankreich längst verlassen. Bereits am 9. Dezember 1983 hatten die französischen Behörden mit Massoud, Toman und ihren beiden Verteidigern eine Vereinbarung ausgehandelt. Nachdem sich die Franzosen in einem Agreement mit dem dänischen Justizministerium gegen Probleme von der dänischen Seite abgesichert hatten, konnten die beiden Volksfront-Mitglieder das Land verlassen. Hauptsache, die sechs Millionen Kronen blieben in Frankreich. Drei Tage später verließen Massoud und Toman das französische Territorium als freie Männer.

Wenige Monate später hat die französische Nationalbank die sechs Millionen auf den internationalen Geldmarkt gebracht, ohne dass es den Franzosen gelungen wäre, einen einzigen Fingerabdruck auf den Scheinen zu finden. Gleichzeitig wurden die Lyngbyer Kripobeamten Johannes Pedersen und Karsten Høj Petersen telefonisch vom Justizministerium aufgefordert, die Akte des Falls zu schließen.

Der Kampf der Geschlechter (1977–1978)

Auch für die Polizei und den Geheimdienst in Frankreich war ein dreifacher Mord kein unbedingt alltägliches Ereignis. Und als noch außergewöhnlicher erwies sich die Tat, nachdem man die drei Toten in einer Wohnung in der Rue Toullier in Paris identifiziert hatte: Zwei von ihnen arbeiteten für den französischen Geheimdienst, bei dem dritten Toten handelte es sich um den Leiter der innereuropäischen Operationen der Volksfront zur Befreiung Palästinas. Es geschah im Jahr 1975.

Der Mörder, der offensichtlich sofort außer Landes geflohen war, wurde von Zeugen als Ilich Ramírez Sánchez identifiziert, auch ›Carlos‹ oder nach Frederick Forsyths Roman ›Der Schakal‹ genannt.

Im Notizbuch des ermordeten PFLP-Führers Michel Moukharbal fand der französische Geheimdienst Informationen, die nach Kopenhagen führten: Eine Postfachadresse an der Vesterbrogade, ein dänischer Frauenname und eine Serie geheimnisvoller Notizen deuteten darauf hin, dass die palästinensische Volksfront dabei war, eine operative Zelle in Dänemark aufzubauen. Die Franzosen ließen diese Informationen umgehend ihren dänischen Kollegen zukommen.

Der Hinweis des französischen Geheimdienstes im Sommer 1975 erfolgte zu einem Zeitpunkt, als ganz Westeuropa einige Jahre lang mit einer Terrorwelle überzogen wurde, die sich nicht zuletzt auch gegen israelische Ziele richtete. Die Ereignisse hatten zu einer sehr viel engeren Zusammenarbeit der westlichen Geheimdienste als bisher geführt. Gleichzeitig begannen Polizeikräfte in mehreren Ländern besondere Antiterroreinheiten auszubilden, so auch in Dänemark.

Um ihre Zusammenarbeit besser zu koordinieren, hatten die Geheimdienste einer Reihe europäischer Länder bereits Anfang der siebziger Jahre den sogenannten Bern-Klub gegründet, in dem auch Dänemark Mitglied war. Auf regelmäßigen Treffen der Geheimdienstchefs wurden Informationen und Erfahrungen in der Spionage- und Terrorbekämpfung ausgetauscht.

Während die Existenz des Bern-Klubs inzwischen vom dänischen Justizminister bestätigt wurde, hat ein anderes Informationsnetzwerk mit dem Codenamen ›Kilowatt‹ offiziell nie existiert. Auf israelische Initiative war dieses Netzwerk nach dem Terrorangriff auf das israelische Team während der Olympiade in München eingerichtet worden. Mehrere Jahre lang hatte sich der israelische Geheimdienst Mossad bemüht, sämtliche Aktivitäten der palästinensischen Organisationen genau zu verfolgen. Der Mossad glaubte zu wissen, dass die PFLP inzwischen mit militanten marxistischen Gruppen in mehreren europäischen Ländern zusammenarbeitete, vor allem mit der Roten Armee Fraktion in Deutschland und den Roten Brigaden in Italien.

Die Mitglieder des Bern-Klubs hatten Interesse an den Informationen des Mossad, vor allem an Hinweisen auf Terroraktivitäten und verdächtige Personen mit palästinensischem Hintergrund in ihren eigenen Ländern. Allerdings sollte dieser Informationsaustausch möglichst ohne die Einhaltung allzu vieler Formalitäten und Regeln vonstattengehen. Dänemark nahm auch aktiv am Kilowatt-Netzwerk teil, das einen lebhaften Austausch von Informationen und regelmäßige Treffen der Dienste in ganz Europa umfasste. Die Existenz von ›Kilowatt‹ wurde als ›streng vertraulich‹ klassifiziert und ist deshalb nie an die Öffentlichkeit gelangt.

Die Informationen des Mossad über militante Palästinenser und ihre Aktivitäten erwiesen sich für die europäischen Kollegen als besonders wertvoll. Zum Beispiel bekam der italienische Geheimdienst von den Israelis einen Hinweis, der im Herbst 1973 zur Verhaftung von fünf Palästinensern führte, die in einer Wohnung in Rom zwei sowjetische SAM-7-Raketen versteckt hatten. Sie planten, die Raketen am nahe gelegenen Flughafen Fiumicino auf ein Flugzeug der El Al abzufeuern. 1975 machten die Israelis ihre deutschen Kollegen auf operative Kontakte einiger namentlich bekannter Deutscher zur palästinensischen Befreiungsfront aufmerksam, worauf der deutsche Geheimdienst mit Observationen und Telefonüberwachung begann.

Auch die dänischen Behörden nahmen die Informationen des Netzwerkes sehr ernst. 1975 wurde unter Führung des Außenministeriums ein ›besonderer Krisenstab‹ eingerichtet, der im Fall eines Terrorangriffs auf ein dänisches Ziel zusammentreten sollte. Der Krisenstab, zu dem auch der Leiter des PET gehörte, wurde in der Kommunikationszentrale des Ministeriums im Dachgeschoss des Parlamentsgebäudes Schloss Christiansborg untergebracht.

Den Hintergrund bildeten unter anderem die Flugzeugentführungen der PFLP, die palästinensischen Angriffe während der Münchner Olympiade und schließlich die Besetzung der französischen Botschaft in Den Haag durch die japanische Rote Armee. Das Außenministerium und der PET schickten

Repräsentanten in die Niederlande, um sich von den Behörden über ihre Erfahrungen informieren zu lassen.

Die dänischen Behörden, so geht aus einer Arbeitsnotiz des Krisenstabes hervor, waren zu diesem Zeitpunkt bereits über die Zusammenarbeit der palästinensischen Volksfront mit Terrorgruppen auf der ganzen Welt informiert. Die PFLP kooperierte beispielsweise seit 1970 mit der Roten Armee Japans, nachdem Palästinenserführer das kommunistische Nordkorea besucht hatten. Die Zusammenarbeit, so heißt es in der Notiz weiter, umfasste Trainingsaufenthalte von Japanern in den Lagern der PFLP und gemeinsame Aktionen wie das Massaker im israelischen Flughafen Lod im Mai 1972.

In der ersten Hälfte des Jahres 1975 hatte eine Kette von Ereignissen die Terrorgefahr für die dänischen Behörden noch akuter werden lassen: Im März wurden bei einem jungen Japaner Zeichnungen und Fotografien von potenziellen Anschlagszielen in Kopenhagen gefunden, unter anderen von mehreren Botschaften. Wie sich herausstellte, handelte es sich bei dem Japaner um ein Mitglied der Roten Armee, das im Jahr davor an der Botschaftsbesetzung in Den Haag teilgenommen hatte. Und im Mai erhielt die schwedische Botschaft in Kopenhagen die Bombendrohung einer deutschen Terrorgruppe.

Der dreifache Mord in Paris im Juni 1975 erregte daher die Aufmerksamkeit der Geheimdienste in ganz Europa, vor allem weil die Notizen, die sich bei dem ermordeten Michel Moukharbal und anderen fanden, die Hinweise auf eine operative Zusammenarbeit zwischen der PFLP und europäischen Terrorgruppen bestätigten.

Das Interesse der Geheimdienste galt natürlich auch dem Täter. Im Sommer 1975 war sein Name noch weitgehend unbekannt, doch nach den Morden in Paris wurde er einer der meistgesuchten Männer der Welt. Noch im gleichen Jahr rief England den Bern-Klub zu einem Briefing über Carlos zusammen. Auch einige dänische Geheimdienstleute nahmen an dem Treffen in London teil, darunter auch der Leiter der Terrorsektion des PET.

Wenige Monate später führte Carlos als Anführer zusammen mit deutschen Terroristen eine der spektakulärsten Terroraktionen der siebziger Jahre durch – die Entführung der Ölminister der OPEC-Länder auf ihrem Gipfeltreffen in Wien Weihnachten 1975.

In den folgenden Jahren erlangte Carlos eine geradezu mythische Berühmtheit als Mann hinter einer beträchtlichen Zahl von aufsehenerregenden Terrorakten. Das lag auch an seiner bemerkenswerten Fähigkeit, sich nicht fassen zu lassen, obwohl er als Topterrorist weltweit von der Polizei und den Geheimdiensten vieler Länder gejagt wurde.

Zu den Aktionen, in die Carlos und sein Genosse Moukharbal verwickelt waren, gehören unter anderem die Sprengung einer israelischen Ausstellung in Frankfurt, die Geiselnahme in der französischen Botschaft 1974 und mehrere Sabotageanschläge gegen israelische Einrichtungen in Paris. Die meisten dieser Aktionen wurden in Zusammenarbeit mit anderen Gruppen ausgeführt – den deutschen Revolutionären Zellen, der französischen Action directe oder der japanischen Roten Armee.

Zwei Jahre traten Carlos und Moukharbal gemeinsam auf: als Playboys im Londoner und Pariser Nachtleben und als Hintermänner terroristischer Anschläge in beiden Städten. Doch die Gemeinsamkeit fand im Sommer 1975 ein jähes Ende.

Am Abend des 27. Juni tauchte Michel Moukharbal in einer von Carlos' illegalen Wohnungen in der Rue Toullier im Pariser Universitätsviertel auf, begleitet von drei Mitarbeitern des französischen Geheimdienstes DST. Die Wohnung wurde offiziell von einer der vielen Frauenbekanntschaften Carlos' bewohnt, einer jungen Anthropologiestudentin aus Venezuela.

In der offiziellen französischen Version der Ereignisse war Moukharbal zunächst von den libanesischen Behörden festgenommen worden. Nach seiner Freilassung wurde er dann von der französischen Polizei observiert und später verhaftet. Man hatte ihn gezwungen, die Polizei zu einem seiner vermutlichen Partner in Paris zu führen. In einer anderen Version der Geschichte hatte der israelische Geheimdienst Mossad Moukharbal als Doppelagenten angeheuert, und erst durch einen Hinweis des Mossad war ihm der französische Geheimdienst auf die Spur gekommen. In jedem Fall waren sich die Franzosen offensichtlich nicht darüber im Klaren, wer Carlos war und wie gefährlich er werden konnte, als sie ihn zusammen mit Moukharbal aufsuchten.

Während Moukharbal mit einem der Geheimdienstbeamten im Auto wartete, klingelte der Leiter der Aktion – ein Polizeiinspektor der neu geschaffenen Antiterrorabteilung des Geheimdienstes – an der Tür der illegalen Wohnung. Drin feierte Carlos ein Abschiedsfest für seine Freundin, die nach Venezuela zurückkehren wollte. Als der Polizeiinspektor und sein Mitarbeiter eintrafen, war die Freundin bereits aufgebrochen. Carlos hatte mit einigen gemeinsamen Freunden weitergefeiert, es wurde getrunken, Gitarre gespielt und gesungen. Als es klingelte, hielt Carlos sich im Badezimmer auf, wo er intimen Kontakt mit einer der Frauen der Runde hatte.

Carlos wurde ins Wohnzimmer gerufen und lud den Polizeiinspektor zu einem Whisky ein, während er ganz allgemein seine Unschuld beteuerte. Irgendwann verließ Carlos das Zimmer, um auf die Toilette zu gehen. Als er zurückkehrte, hatte er sich unter der Jacke eine Pistole in den Hosenbund gesteckt. Nachdem der Polizeiinspektor sich eine Viertelstunde mit Carlos unterhalten hatte, erklärte er, auf der Straße warte ein Mann, den Carlos treffen sollte. Er rief Moukharbal und den Polizeikollegen herauf in die Wohnung.

Als Michel Moukharbal in der Tür erschien, glaubte Carlos, er sei aufgeflogen. Sofort eröffnete er das Feuer auf Moukharbal und die drei Geheimdienstagenten. Alle vier wurden getroffen. Moukharbal und zwei Polizisten starben auf der Stelle, während der Inspektor einen Schuss in den Hals überlebte.

Bevor die Polizei eintraf, war Carlos geflohen. In Aden erklärte er kurz darauf dem Volksfront-Führer Wadi Haddad, dass Moukharbal ein Verräter war, der sich vom Feind hatte bestechen lassen.

Anfang Juli erreichte ein Bericht über den dreifachen Mord in Paris den dänischen Geheimdienst in Kopenhagen. Der für den PET interessanteste Fund war Moukharbals Notizbuch mit Aufzeichnungen, die auch auf dänische Kontakte hinwiesen, die in das europäische Terrornetzwerk unter der Leitung der PFLP involviert waren.

Die Verbindung nach Dänemark hätte über einen gewissen Arif M. zu erfolgen, hieß es. Der wäre über eine Dänin zu erreichen. Als Adresse wurde eine Postfachnummer beim ›Brev Box Center BBC‹ in der Kopenhagener Vesterbrogade 208 angegeben. Briefe an diese Adresse, so war in den Notizen weiter vermerkt, sollten jedes Mal mit dem Satz eingeleitet werden: »Ich habe einen Brief für dich von Kassem aus Beirut«. Das Ende der Briefe hatte die Nachricht zu enthalten, ein namentlich bekannter Palästinenser »richte seiner Frau, die bei dir ist, Grüße aus«.

Die Notizen über die dänische Verbindung enthielten noch weitere geheimnisvolle Mitteilungen, die vermutlich verschlüsselt festgehalten worden waren: »Die Ware muss eingelöst werden. Aref Hamra ist angekommen.« Einige andere Sätze in den Notizen hätten den dänischen Geheimdienst allerdings aufmerksam werden lassen müssen: »KAK KOUF mit verschiedenen Mitgliedern« und »Zufuhr der rumänischen Ware (KAK KOUF)«.

Doch beim PET kam offenbar niemand auf den Gedanken, die Abkürzungen KAK und KOUF könnten etwas mit Gotfred Appels zwei maoistischen Organisationen zu tun haben, dem Kommunistischen Arbeitskreis KAK und dem Kommunistischen Jugendverband KUF. Eine Französisch sprechende Person wie der gebildete Moukharbal schrieb den Begriff KUF natürlich mit OU, der französischen Form des U-Lauts.

Obwohl bei den Demonstrationen gegen das Weltbanktreffen fünf Jahre zuvor Mitglieder des KAK und der KUF verhaftet worden waren, denen man sehr ernste Vergehen vorwarf, hatte sich Gotfred Appels Taktik bewährt, in der Öffentlichkeit sämtliche Aktivitäten einzustellen und nur nach den strengen Sicherheitsregeln der Illegalität zu agieren. Jedenfalls wurden seine Gruppierungen im Zusammenhang mit den Pariser Ereignissen im Hauptquartier des PET vollkommen übersehen.

Eine mögliche Erklärung, warum der Geheimdienst die Verbindung zwischen den PFLP-Kontaktpersonen in Dänemark und dem Kommunistischen Arbeitskreis nicht erkannte, liefert ein ehemaliger Mitarbeiter des PET: Der Hinweis der Franzosen wurde innerhalb des PET von der Abteilung Terrorismus bearbeitet, die primär verdächtige Ausländer beobachtete, während eventuelle Erkenntnisse über linksradikale dänische Organisationen von einer anderen Abteilung gesammelt wurden. Der Tipp der französischen Geheimdienstkollegen könnte also wegen der Kompetenzabgrenzungen innerhalb der einzelnen Abteilungen des PET schlicht untergegangen sein. Jedenfalls schöpfte beim Geheimdienst niemand Verdacht, der Vorfall in Paris könnte eine Verbindung mit dem Kommunistischen Arbeitskreis haben.

Darüber hinaus hatte die Antiterroreinheit des PET Sprachschwierigkeiten, wenn es um die Palästinenser ging. Das Problem wurde Mitte der Siebziger durch ein besonderes Agreement gelöst: Die Abteilung wurde um einen Arabisch sprechenden Mitarbeiter erweitert, den der Mossad in aller Vertraulichkeit zur Verfügung gestellt hatte.

Offiziell durften und dürfen ausländische Geheimdienstagenten nicht auf dänischem Boden operieren, und für eine dänische Regierung ist es darum wichtig, jederzeit erklären zu können, die Souveränität des Landes sei niemals mit Wissen der dänischen Behörden verletzt worden. Doch der PET und das Justizministerium fanden eine Lösung für dieses heikle Souveränitätsproblem, indem sie mit dem Mossad vereinbarten, der israelische Agent würde von den Dänen geführt und bekäme vom PET einen Gehaltszuschuss.

Der entsandte Mossad-Agent, der jeweils nach einem halben oder ganzen Jahr ausgewechselt wurde, hatte ein eigenes Büro im PET-Hauptquartier am Hørhusvej, berichten ehemalige Geheimdienst-Mitarbeiter. Ursprünglich sollte er nur als Übersetzer fungieren, wenn Telefone und Wohnungen von Palästinensern in Dänemark abgehört wurden. Gleichzeitig arbeitete der Agent aber auch als Analytiker, der mit seinem Mossad-Hintergrund Informationen ergänzen und sie für die dänischen Kollegen in korrekte Zusammenhänge bringen konnte. Zudem, so ein ehemaliger PET-Leiter, konnten die

Mossad-Agenten »geheimdienstliche Erfahrungen und Techniken« beisteuern, die den Dänen bis dahin unbekannt waren.

Für den dänischen Geheimdienst war es unbedingt von Vorteil, einen Arabischkundigen zur Verfügung zu haben, der gleichzeitig über geheimdienstliche Erfahrung verfügte. Und für den Mossad hatte dieses Arrangement den Vorzug, dass ihr Agent Kopien von Abhörprotokollen und anderen interessanten Berichten über die in Dänemark wohnenden Palästinenser ins Mossad-Hauptquartier nach Israel weiterleitete.

Die immer engere Zusammenarbeit zwischen dem PET und dem Mossad wurde von den Leitern der Dienste auf Sitzungen in Tel Aviv und Kopenhagen besprochen, während die tägliche Arbeit über die Abteilung des Mossad in Paris koordiniert wurde. Natürlich hatte sich der Leiter des PET für diese Kooperation das Einverständnis des amtierenden Justizministers geben lassen. Außerdem wurde das Ministerium laufend über die gemeinsamen Aktionen informiert.

Die PET-Führung betonte auf den Treffen mit der Mossad-Leitung immer wieder, dass israelische Agenten unter keinen Umständen selbstständig auf dänischem Boden operieren dürften. Waren sensible gemeinsame Operationen gewünscht – Operationen also, die zu politischer Unruhe führen konnten –, mussten sie unter dänischer Leitung durchgeführt werden. Den Israelis wurde in diesem Zusammenhang auch deutlich erklärt, keinesfalls auf eigene Faust dänische Staatsbürger als Agenten anzuheuern.

Gleichzeitig erzählte Holger Jensen allerdings seinen Genossen im Kommunistischen Arbeitskreis, er habe von seinen palästinensischen Kontaktleuten in Dänemark gehört, dass Mossad-Agenten einige Palästinenser verhaftet und in eine private Wohnung in Kopenhagen gebracht hätten. Der Mossad hatte sie angeblich über ihre Aktivitäten und Beziehungen zur PFLP verhören wollen.

Die damalige Führung des PET bestreitet derartige Mossad-Aktionen in Dänemark. Einer der Leiter räumt allerdings ein, es könne »die Möglichkeit nicht verworfen werden, dass so etwas ohne unser Wissen geschehen ist«.

Das ehemalige KAK-Mitglied Niels Jørgensen hat sogar behauptet, der Mossad hätte von Ende der sechziger bis in die siebziger Jahre hinein eine seiner europäischen Zentralen in Dänemark unterhalten. »Es kam zu einer intensiven Überwachung und zu Schikanen der palästinensischen Exilgesellschaft durch den Mossad«, äußerte Jørgensen in einem Zeitungsbeitrag, den er viele Jahre später in seiner Gefängniszelle schrieb. »Palästinensern, die in der Widerstandsbewegung politisch aktiv waren, lauerte der Mossad auf und drohte mit Repressalien gegen deren Familien in Israel, auf der Westbank oder in Gaza, wenn sie nicht bereit waren zu kooperieren. Außerdem hatten wir die Information, dass die Spitzel, die Israel in palästinensischen Exilgemeinden in den europäischen Ländern eingeschleust hatte, Telefonnummern des Mossad in Dänemark anrufen sollten. Man hatte den Eindruck, der Mossad konnte, von den Behörden ungehindert, gegen die palästinensische Exilgemeinde in Dänemark spionieren.«

Nachdem sie von ihren französischen Kollegen im Juli 1975 die Informationen erhalten hatten, veranlassten die ›Araber‹ in der Abteilung Terror des PET erste Schritte, um die dänischen Kontakte zu Carlos und der PFLP zu überprüfen. Der Geheimdienst erwirkte einen Gerichtsbeschluss, um die Telefone von zwei Personen abzuhören, die in Moukharbals Notizbuch erwähnt wurden: der Palästinenser Arif M. und eine dänische Frau, die in der Nansensgade in Kopenhagen wohnte.

Auch die in Moukharbals Notizen erwähnte Postfachadresse wurde überprüft. Am 7. Juli 1975 fand ein Gespräch mit dem Inhaber des Postfachbetreibers BBC statt. Er gab an, das Postfach Nr. 24 seit Februar 1974 an eine in der Nansensgade wohnende Dänin vermietet zu haben. Es kämen wöchentlich Briefe, meist aus dem Nahen Osten, allerdings holte die Frau die Post nicht selbst ab. Das erledigte ein arabisch aussehender Mann, der gewöhnlich einmal in der Woche erschien.

Der Inhaber der Postfachzentrale öffnete den PET-Beamten bereitwillig Postfach Nr. 24. Es enthielt zwei Briefe aus Bagdad im Irak und aus Beirut im Libanon. Der Inhaber wäre auch ohne Weiteres einverstanden gewesen, dem Geheimdienst die Briefe sofort auszuhändigen, doch die PET-Agenten mussten auf einen Gerichtsbeschluss warten, den sie allerdings bereits am Nachmittag vom Stadtgericht bekamen. Die Briefe wurden ins PET-Hauptquartier gebracht, vom Mossad-Übersetzer geöffnet, gelesen und hinterher wieder sorgfältig verschlossen ins Postfach zurückgelegt.

Zu der Dänin aus der Nansensgade nahm der PET keinen Kontakt auf, vermutlich weil der Geheimdienst ihr und den übrigen Briefempfängern keinen Hinweis auf die Kenntnis ihrer Adressen liefern wollte. Allerdings beschattete der PET die Frau und ließ sie fotografieren. Der Inhaber der Postfachvermietung erkannte sie jedoch nicht wieder, als man ihm die Fotos vorlegte.

Von den dänischen Behörden gelangten keinerlei Informationen über eine eventuelle dänische Verbindung zu einem europäischen Terrornetzwerk an die Öffentlichkeit. Als die Nachricht von Carlos' dreifachem Mord in Paris die Kopenhagener Zeitungen erreichte, leugneten die Behörden jede Verbindung des Falles mit Dänemark.

Aus dem Mitte Juli erschienenen Artikel der Tageszeitung *Berlingske Tidende* geht zum Beispiel hervor, dass in Carlos' illegaler Wohnung eine große Zahl von Namen und Adressen in ganz Europa gefunden wurde, doch »die dänischen Sicherheitsbehörden erklären, es gäbe keinerlei Kontakt nach Dänemark«.

Eine Woche nach dem Besuch des Geheimdienstes in der Postfachzentrale BBC teilte ein Mitarbeiter der Zentrale mit, die beiden Briefe wären im Laufe des Wochenendes abgeholt worden. Gleichzeitig berichtete er, im Postfach Nr. 24 läge eine Paket-Benachrichtigung. Ein PET-Beamter fuhr sofort ins zuständige Postamt, wo man ihm eine Pappröhre aushändigte.

Ein weiterer Gerichtsbeschluss wurde erwirkt, diesmal nicht nur, um das Päckchen zu öffnen, sondern auch, um in den kommenden Monaten sämtliche Post aus dem Postfach Nr. 24 kontrollieren zu dürfen. Das Päckchen enthielt eine Auswahl von Plakaten, die der PET fotografierte, bevor die Pappröhre am nächsten Vormittag sorgfältig verschlossen wieder auf die Post gebracht wurde.

Gleichzeitig erwartete ein PET-Beamter das Abholen des Päckchens. Er hatte Funkkontakt zu einigen Observationsfahrzeugen des Dienstes, die auf der Vesterbrogade bereitstanden, um dem Abholer zu folgen. Gegen Mittag nahm ein arabisch aussehender Mann das Päckchen aus dem Postfach. Er wurde verfolgt und fotografiert. Der Mann fuhr mit der Buslinie 6 in Richtung Rathausplatz, stieg kurz vor dem Hauptbahnhof aus und ging zu Fuß zu einem Haus am Halmtorvet. Kurz darauf verließ er es ohne das Päckchen. Dann fuhr er mit dem Bus in Richtung Amager und ging dort zu einer Wohnung in der Holmbladsgade.

In seinem Bericht dieses Tages erwähnt einer der Beschatter, der arabisch Aussehende hätte sich offensichtlich gegen eine

Verfolgung absichern wollen. Man müsse daher von »einer Vorgehensweise ausgehen, die er normalerweise anwendet, wenn er sich ›sensiblen‹ Lokalitäten nähert«.

Als der Araber die Wohnung in der Holmbladsgade verließ, wurde er bis zum Rathausplatz verfolgt, wo ihn der PET fotografierte, als er auf einer Bank einem anderen arabisch aussehenden Mann ein Stück Papier übergab. Die beiden Männer sahen sich mehrfach suchend um.

Der PET konnte den Araber noch am selben Tag identifizieren. Der Mann, dessen Foto in den Anlagen des PET-Berichts ihn mit der Papprőhre unterm Arm auf der Vesterbrogade zeigte, war ›von Angesicht bekannt‹. Talal, ein sechsunddreißig Jahre alter Palästinenser, hatte vier Jahre zuvor einen dänischen Fremdenpass bekommen. Er war mit einer Dänin verheiratet und arbeitete auf der Schiffswerft B & W. In der Terrorsektion des PET wusste man, dass er »Mitglied der PFLP in Dänemark ist, in der er bisher äußerst aktiv war«.

Einige Tage später lagen dem PET insgesamt vierunddreißig Fotos von in Kopenhagen lebenden Palästinensern vor, die im Verdacht standen, mit der PFLP in Verbindung zu stehen. Der Inhaber der Postfachzentrale konnte einen von ihnen als den Mann identifizieren, der am häufigsten die Post abholte. Ahmed, ein neunundzwanzigjähriger Palästinenser aus dem Libanon, wohnte in demselben Haus wie die Dänin, auf deren Namen das Postfach angemietet war.

In den folgenden Monaten beobachtete der PET das Postfach Nr. 24 auf der Vesterbrogade weiter. Sobald Briefe eintrafen, informierte der Inhaber den Geheimdienst, der die Briefe sofort untersuchte und in einigen Fällen auch die Postfächer überwachte, um zu wissen, wer die Post abholte. Arif – der Mann, der in Moukharbals Notizbuch stand – tat das offensichtlich am häufigsten, so viel stand Anfang September fest. Inzwischen meinte der PET, durch das Abhören seines Telefons auch beweisen zu können, dass er der Leiter einer PFLP-Zelle in Dänemark war.

Noch ein Name tauchte als Empfänger der Briefe aus dem Postfach auf: Sati B., dessen Telefon der Geheimdienst im November 1975 abzuhören begann. Vierzehn Jahre später, im April 1989, wurde Sati B. von der Polizei verhaftet. Ihm wurde vorgeworfen, die Kontaktperson der Blekingegade-Bande zur PFLP gewesen zu sein.

Die Palästinensergruppe, die Zugang zu dem Postfach hatte – Talal, Ahmed, Arif und Sati –, verband außer ihren Kontakten zur palästinensischen Volksfront noch ein weiteres Engagement: Alle waren aktiv in der Palestinian Workers' Union, einer palästinensischen Organisation mit Hauptsitz in Damaskus.

Während der Observation der Palästinenser begann der PET sich auch für ihre Verbindungen zu in der Solidaritätsarbeit aktiven Dänen zu interessieren. Vor allem beobachtete man dänische Staatsbürger, die in irgendeiner Form zu Palästinensern Kontakt hielten, die Verbindungen zur PFLP hatten.

So observierten die Agenten des Geheimdienstes eines Tages einen großen blonden Dänen, der eines der überwachten PFLP-Mitglieder zum Kopenhagener Hauptbahnhof begleitete. Als die Beschatter hinterher versuchten, dem Dänen zu folgen, hatten die Agenten große Mühe, ihn im Blick zu behalten. Der blonde Däne hatte ein ausgesprochenes Talent, urplötzlich zu verschwinden. Dadurch verschärfte sich natürlich das Interesse an seiner Person. Wie sich herausstellte, hieß der Mann Holger Jensen, war Feuerwehrmann und wohnte in Herlev. Irgendwann wusste der PET auch von den Treffen zwischen Holger Jensen und führenden Kadern aus der Auslandsabteilung der Volksfront, die von den observierten Palästinensern arrangiert wurden.

Das entscheidende Ereignis fand im September 1977 statt. Mitte des Monats besuchte ein PFLP-Führer Dänemark. Der Palästinenser Nubar Hovsepian, der sich den Decknamen ›Joe‹ gegeben hatte, war in Amerika geboren und hatte dort auch studiert. Viele Jahre später wird Gotfred Appel der Polizei erzählen, dass dieser ›Joe‹ eine der wichtigsten Kontaktpersonen des Kommunistischen Arbeitskreises zur PFLP gewesen ist.

Nubar Hovsepian wurde während seines gesamten Aufenthalts in Kopenhagen vom Geheimdienst observiert. In der Nacht zum 15. September 1977 übernachtete er bei Ahmed. Seine Telefonate mit anderen Palästinensern des Kreises wurden vom PET mitgeschnitten. So teilte Sati am nächsten Morgen mit, er hätte Kontakt zu den ›Äpfeln‹ aufgenommen und ein Treffen »am vereinbarten Ort« vorbereitet. Zu diesem Zeitpunkt kannten die Geheimdienstbeamten bereits den Begriff ›Äpfel‹, mit dem Holger Jensen und eine Gruppe junger Dänen aus seinem engeren Umfeld bezeichnet wurden.

Sati erklärte, er werde den ›Äpfeln‹ von Hovsepians Aufenthalt in der Stadt berichten. Außerdem wolle er versuchen, ein Treffen zwischen Hovsepian und den ›Äpfeln‹ zu organisieren. Ein möglicher Treffpunkt, so Sati, könnte Ahmeds Wohnung sein. Wäre dies nicht möglich, wollte Sati sich um einen alternativen Treffpunkt kümmern und noch einmal anrufen.

Eine Stunde später teilte Talal telefonisch mit, Ahmed und Hovsepian sollten sofort in die Räume der Palestinian Workers' Union in die Farvergade im Zentrum von Kopenhagen kommen, dort erwarteten sie die Dänen.

Der PET war zu diesem Zeitpunkt allerdings nicht in der Lage festzustellen, was auf diesem Treffen besprochen wurde.

Nichts lieferte dem Geheimdienst wirklich handfestes Material, dass Dänen in kriminelle Aktivitäten oder militärische Operationen der PFLP verwickelt waren. Und noch hatte der PET auch nicht herausgefunden, dass diese Dänen alle in Gotfred Appels Kommunistischem Arbeitskreis organisiert waren.

Dafür erhielt der Dienst im Herbst 1977 Informationen, die das Interesse an den Aktivitäten und Kontakten der PFLP in Dänemark weiter steigerten. Ein dänischer Diplomat schickte im November ein verschlüsseltes Telegramm an das Außenministerium, in dem er mitteilte, er hätte während eines »privaten und vertraulichen Mittagessens« mit Repräsentanten der palästinensischen Dachorganisation PLO einen Tipp bekommen. Die PLO-Vertreter hatten an diesem Vormittag einen Brief der PFLP erhalten, nur kam der nicht wie gewöhnlich aus dem Hauptquartier in Beirut, sondern mit dänischen Briefmarken und Poststempeln versehen aus Kopenhagen. Das Außenministerium gab die Nachricht sofort an den PET weiter.

Doch trotz verschärfter Überwachung gelang es auch in den Wintermonaten 1977/78 nicht, die Verbindung der Dänen zur palästinensischen Volksfront zu klären beziehungsweise die übrigen Aktivitäten der Gruppe zu durchleuchten. Zum Teil mag dies an den hohen Vorsichtsmaßnahmen gelegen haben, die von den Mitgliedern des Kommunistischen Arbeitskreises strikt eingehalten wurden. Es könnte allerdings auch an der ernsten und lähmenden Krise gelegen haben, in die der KAK in diesem Winter geriet und die mit einer chaotischen Aufsplitterung der Organisation endete.

Zur Revolte im Herbst 1977 kam es, als die Frauen der Gruppe mit den ihnen zugedachten Rollen nicht mehr einverstanden waren. In all den Jahren des Kommunistischen Arbeitskreises hatten sie keinerlei zentrale Funktionen gehabt. Sicherlich nahm Ulla Hauton als Lebensgefährtin Gotfred Appels eine besondere Position ein und vermutlich hatte sie großen Einfluss auf ihn, obwohl sie bei den Treffen nur selten das Wort ergriff.

Doch abgesehen von Ulla Hauton gelangte kein weibliches Wesen in die Nähe des KAK-Führers. Eigentlich waren sämtliche Frauen der Organisation entweder Freundinnen der männlichen Mitglieder oder hart arbeitende Aktivistinnen bei ›Tøj til Afrika‹.

Nach und nach breitete sich eine immer größer werdende Unzufriedenheit unter den weiblichen Mitgliedern aus. Sie fragten sich, warum die Rolle der Frauen in einer kommunistischen Organisation, die vorgab, eine freie und gleiche Gesellschaft schaffen zu wollen, so gering geschätzt wurde.

Diese Unzufriedenheit wurde verstärkt durch eine zunehmende Geheimniskrämerei als Folge der illegalen Aktivitäten Mitte der siebziger Jahre. 1977 wurde es schwieriger denn je, klare Informationen über die Pläne der die Organisation dominierenden Männer zu bekommen.

Ulla Hauton wurde zum Sammelpunkt des Unmuts. Auf dem Frauenfestival im Kopenhagener Fælledpark im Sommer 1977 und bei gemeinsamen Besuchen im Schwimmbad diskutierte Ulla Hauton mit den anderen Frauen über die männliche Dominanz und den Chauvinismus in der Gruppe. Einige Frauen erklärten, sie fühlten sich bei den Treffen überhört und von den Männern nicht ernst genommen, wenn über Politik diskutiert wurde.

Auf einer Zusammenkunft des Kommunistischen Arbeitskreises im Oktober wurde die Unzufriedenheit offen zum Ausdruck gebracht. Jan Weimann, das neue Führungsmitglied, wurde zum Auslöser des Aufruhrs.

Auf dem Treffen sollte er einen Einführungsvortrag halten, zwischendurch konnten Fragen gestellt werden. Eine Frau namens Gerda hatte allerdings den Eindruck, Jan Weimann würde ihre Fragen geflissentlich überhören, während er bereitwillig den männlichen Mitgliedern der Gruppe antwortete.

Nach der Sitzung diskutierten Ulla Hauton und einige Frauen über dieses Verhalten. Vor allem Ulla war der Ansicht, es wäre an der Zeit, den männlichen Chauvinismus bloßzustellen. Zu Hause in Herlev besprach sie das Thema mit Gotfred Appel. Besonders Holger Jensen, so Ulla Hauton, würde sie seit einigen Jahren missachten und ihre Meinung bei Diskussionen nicht wirklich ernst nehmen.

Bei den Leitungstreffen führte Gotfred Appel das Wort und gab die Linie vor. Oft genug hatte Ulla sich bei den internen Diskussionen nicht durchsetzen können. Ein Mitglied des inneren Kreises formulierte das folgendermaßen: »Ulla hatte keine sonderlich guten Argumente, ihre Diskussionsbeiträge hatten hin und wieder den Charakter von schwierig zu interpretierenden Ausbrüchen. Man kann schon sagen, oft genug war sie einfach nur ›sauer‹.«

Ulla Hauton ergriff die Initiative und hielt Anfang November mit fünf, sechs weiblichen Mitgliedern des Kommunistischen Arbeitskreises eine Zusammenkunft ab, an der Gotfred Appel erstaunlicherweise auch teilnahm. Dort beschlossen die Frauen, eine Kampagne gegen den männlichen Chauvinismus in der Gruppe zu organisieren. Als Diskussionsbeitrag verfassten sie ein sogenanntes ›Aufstandspapier‹.

»Was zum Teufel geht hier vor?«, fragten die Frauen in ihrem Aufruf. »Wir müssen das Unzumutbare leisten: Wir hatten nicht nur Politik zu machen, sondern mussten unbewusst auch noch gegen den männlichen Chauvinismus kämpfen. Wir lassen uns das nicht mehr länger gefallen. Wir widersetzen uns!!! Wir greifen bewusst einen tief verwurzelten, ekelhaften, stinkenden Chauvinismus an!!! Wir vollziehen hiermit eine politische Handlung von revolutionärer Bedeutung. Die quantitative Häufung ist in eine neue Qualität umgeschlagen. Wir wollen in Ruhe arbeiten – Schweine!!!«

Da sie eine Allianz mit Gotfred Appel eingegangen waren, erreichten Ulla Hauton und die übrigen Frauen, dass die Männer es kaum ablehnen konnten, an den zahlreichen Treffen teilzunehmen, die in den nächsten Monaten einberufen wurden – den sogenannten ›Beichtsitzungen‹. Möglicherweise hat sich Ulla Hautons Frustration durchaus auch gegen ihren Ehemann gerichtet.

»Im Grunde war die Kampagne ein versteckter Aufstand gegen Gotfred, der ja der größte Chauvinist von allen war«, erzählt eines der damaligen Mitglieder. »Allerdings wurde Gotfred nie zu einer dieser Beichtsitzungen einbestellt: Ulla und die anderen Frauen wagten es nicht, direkt gegen Gotfred zu opponieren, stattdessen suchten sie sich die jungen Männer in der Organisation aus.«

Jeder Mann wurde einzeln zu den Beichtsitzungen einbestellt, um sein chauvinistisches Verhalten zu bekennen und Besserung zu geloben. Das Vorbild lieferte die maoistische Forderung nach Kritik und Selbstkritik. Den Männern wurde beispielsweise befohlen, sich den Frauenfilm ›Nimm es wie ein Mann, Frau‹ anzusehen und sich hinterher gegenüber der Frauengruppe zu erklären.

In vielen Fällen wurden Männer mehrere Tage hintereinander jeden Abend zu diesen Sitzungen einbestellt, die häufig bis tief in die Nacht dauerten. Zu den Ersten, die im November 1977 zu einer Beichtsitzung aufgefordert wurden, gehörte Jan

Weimann. Ulla Hauton leitete die Untersuchung, die Stimmung war aufgeheizt.

Die Frauen brachten Geschichten vor, die zum Teil Jahre zurücklagen, und die Kritik war unerbittlich, egal, ob sich Jan an die Begebenheit erinnern konnte oder nicht. Insgesamt musste sich Jan Weimann, der als einer der unverbesserlichsten Chauvinisten angesehen wurde, auf beinahe zwanzig Beichtsitzungen der Kritik der Frauen stellen.

Die trafen sich zudem mit den Freundinnen und Ehefrauen der Männer, denn es ging nicht nur um deren Verhalten bei der politischen Arbeit. Jan Weimanns Frau, die nicht Mitglied des KAK war, berichtete zum Beispiel von den unzähligen Malen, an denen ihr Mann zu spät von politischen Zusammenkünften nach Hause gekommen war, um ihr noch zu helfen. Auf der folgenden Sitzung wurde Jan Weimann mit der Kritik der Ehefrau konfrontiert.

Den Treffen fernzubleiben wurde nicht akzeptiert. Einige Männer versuchten, die Beichtsitzungen zu umgehen, indem sie von zu Hause auszogen oder sich eine Weile nicht sehen ließen, aber sie wurden aufgespürt und einer besonders eingehenden Behandlung unterzogen. Auf einer internen Notiz wurde damals festgehalten, Ulla Hauton und die anderen Frauen würden bei Jan Weimann und fünf weiteren besonders hartnäckigen Chauvinisten die ›harte Tour‹ fahren.

Doch nach und nach machten die Frauen die Erfahrung, dass rationale Argumente bei Weitem nicht denselben Effekt hatten wie emotionaler Druck. Daher entwickelten sie eine Technik, die zunächst einmal das Ziel hatte, den Mann psychisch zu brechen. Sie konfrontierten den betreffenden Mann hart und aggressiv mit ihren Vorwürfen, manchmal drei, vier Tage hintereinander. In vielen Fällen brachen die Männer bei der Aufzählung ihrer Verfehlungen zusammen, und mindestens einer von ihnen erlitt einen regelrechten psychischen Zusammenbruch.

Wenn ein Mann auf diese Weise ›weich gekocht‹ war, musste er all seine chauvinistischen Verfehlungen bekennen. Erst dann konnte der Wiederaufbauprozess beginnen. In der Folgezeit wurden die Männer, die ihre Schuld abbüßten, »an die Leine gelegt«, wie die Frauen es nannten. Jedem wurden eine oder mehrere weibliche Mitglieder zugeteilt, die seine Fortschritte zwischen den Beichtsitzungen zu kontrollieren hatten. In einigen Fällen wurden die Männer auch mit einer oder mehreren Frauen auf Reisen geschickt, damit sein Verhalten gegenüber dem weiblichen Geschlecht vierundzwanzig Stunden am Tag beobachtet werden konnte.

Wenn ein Mann die Tests zur Zufriedenheit bestand, hatte er die Chance, für ›sauber‹ und rehabilitiert erklärt zu werden. Aber damit war er noch immer ein Teil des Prozesses. Als Geläuterter hatte er nun die Aufgabe, an den Beichtsitzungen anderer Männer teilzunehmen, um sie von ihrer Schuld zu überzeugen. Und für einen Mann konnte es sehr hart sein, sich an der Kritik von engen Freunden und Genossen zu beteiligen.

Holger Jensen wurde als ein sehr ernster Fall angesehen. Auf mehreren Beichtsitzungen unter der Leitung von Ulla Hauton und Gotfred Appel wurde er einer besonderen Behandlung unterzogen, allerdings gibt es keinerlei Berichte darüber. Offenbar gelang es Gotfred Appel in den ersten Monaten der Kampagne noch, in gewissem Maß seine Hand über seinen ideologischen Ziehsohn zu halten.

Auch Niels Jørgensen gehörte nach Ansicht der Frauen zu den übelsten Chauvinisten und wurde der ›harten Tour‹ unterzogen. Eine bestimmte Episode an einem Fotokopierer wurde besonders hervorgehoben: Als Jørgensen zusammen mit einem weiblichen Mitglied einen Bericht kopieren sollte, gewann die Frau den Eindruck, Frauen wären seiner Ansicht nach nicht in der Lage, einen technischen Apparat zu bedienen.

Doch Niels Jørgensen war besonders verstockt. Die Frauen meinten, er würde ihre Kritik nicht wirklich ernst nehmen. Schließlich wurde er mit Appels Einverständnis ›auf Eis‹ gelegt, das heißt, er wurde von den Aktivitäten des KAK und dem Umgang mit anderen Mitgliedern ausgeschlossen. »Wir können uns wirklich nicht entwürdigen lassen und mit solchem Dreck verkehren«, hieß es vonseiten der Frauen in derartigen Situationen.

Weil die meisten Mitglieder keine weiteren Freunde oder auch nur einen Umgangskreis außerhalb des Kommunistischen Arbeitskreises hatten, war es ein geradezu katastrophales Erlebnis, aus der Gemeinschaft ausgeschlossen zu werden. Fast ein halbes Jahr war Niels Jørgensen von der Organisation isoliert, für die er seit seiner Jugend alles getan hatte. Einer seiner damaligen Genossen beschrieb den sonst sehr selbstsicheren Niels Jørgensen als »total fertig«.

Torkil Lauesen war bei Weitem kein so hartnäckiges Exemplar. Er entschied sich von Anfang an für die Taktik, Besserung für seine verdorbene Seele zu geloben. Nach vier, fünf Beichtsitzungen glaubten die Frauen ihm. »Man soll ja auch nicht mit Kanonen auf Spatzen schießen«, erklärte ihm Ulla Hauton nach der letzten Sitzung.

Einer der Männer, der angeblich nur die ›weiche Tour‹ erlebte, ein gewisser Poul, hat später in einem offenen Brief an ›Ulfred‹ – die Kurzform einiger Mitglieder für Ulla und Gotfred – die Methoden der Geschlechterkampagne als »reinen

Wahnsinn« bezeichnet. Der elf Seiten lange Brief wurde allerdings nie abgeschickt, sondern zirkulierte nur als Kopie in der Gruppe.

Poul verglich die Kampagne mit den Methoden, die von den kommunistischen Parteien in der Sowjetunion und im Ostblock während der großen Säuberungen Stalins angewandt worden waren, um Parteimitglieder zu Geständnissen über ungeheure Verbrechen gegen den Staat zu zwingen. Selbst stolze Kommunisten, die während des Krieges der Folter der Gestapo standgehalten hatten, brachen zusammen, gerade weil sie so großes Vertrauen in die Partei gehabt hatten.

Mindestens einer der Männer riskierte bewusst den Ausschluss aus der Organisation, so grotesk kamen ihm die Séancen vor. Nachdem er bei einer Beichtsitzung im Mittelpunkt gestanden hatte, weigerte sich das Gruppenmitglied Einar, an einem weiteren Treffen teilzunehmen. Am folgenden Tag kam Holger Jensen als Abgesandter des Hauptquartiers in Herlev in Einars Wohnzimmer und teilte ihm mir, er wäre mit sofortiger Wirkung aus dem Kommunistischen Arbeitskreis ausgeschlossen. Wie in anderen Fällen wurde es den übrigen Mitgliedern verboten, weiterhin mit Einar zu sprechen, und selbst ehemalige Freunde gingen danach deutlich auf Distanz.

Trotz der Geschlechterkampagne gelang es Holger Jensen im Herbst und Winter 1977, seine Position als Vertreter der Führung zu bewahren. Das hatte weniger mit dem Einverständnis von Ulla Hauton zu tun, sondern lag ausschließlich an der engen Beziehung zwischen Gotfred Appel und Holger.

Dieses Arrangement hatte jedoch auch Nachteile für Holger Jensen. Laut einer Quelle aus der Gruppe untersagte Gotfred Appel irgendwann gegen Ende des Jahres Holger Jensen und

Jan Weimann jeglichen Kontakt zur palästinensischen Volksfront.

Holger und Jan bildeten mit Gotfred Appel und Ulla Hauton die Führung des KAK, und die wichtigste Funktion der beiden jungen Männer bestand darin, die Verbindung zur Volksfront zu halten. Nach einem Besuch in Bagdad Anfang des Jahres waren die Beziehungen zwischen Holger Jensen und Kadern der PFLP sehr eng, außerdem hatte Holger, so die Quelle, während dieser Zeit an einigen Operationen der PFLP außerhalb Dänemarks teilgenommen. Dieser Einsatz wurde nun angeblich von Gotfred Appel gestoppt.

»Zu dieser Zeit hatten Gotfred und Ulla noch immer die Autorität, solch einen Vorschlag durchzusetzen«, behauptet die Quelle. »Holger und Jan wurde schlichtweg befohlen, in Dänemark zu bleiben und sich auf die interne Geschlechterdebatte zu konzentrieren. Holger wohnte ja mit Gotfred und Ulla in Herlev, sie konnten also überprüfen, ob er sich an die Weisung hielt.«

Für Holger Jensen muss es eine ausgesprochen frustrierende Erfahrung gewesen sein, seine Aktivitäten gerade in dem Moment einzustellen, als die ›private Praxis‹ in Dänemark sich als ungemein einträglich erwiesen hatte und er an internationalen Operationen der PFLP beteiligt wurde. Dennoch kam die Zusammenarbeit mit der Volksfront Ende 1977 und im folgenden Jahr offensichtlich zum Erliegen. Zumindest deutet vieles darauf hin.

Nach den gewalttätigen Ereignissen des ›Deutschen Herbsts‹ wurde auch im Kommunistischen Arbeitskreis über die Haltung zu den Terroraktionen der Rote Armee Fraktion in Westdeutschland diskutiert. Im Gegensatz zu den RAF-Mitgliedern, die mit ihren Aktionen der Bevölkerung klarmachen wollten, dass es sich bei dem deutschen Staat um eine faschistische Institution handle, setzten Appel und der KAK keine großen Hoffnungen auf das Bewusstsein der westeuropäischen Arbeiterklasse. Aber nicht zuletzt die Zusammenarbeit des PFLP-Führers Haddad mit der RAF zwang Appel, über die Aktivitäten seiner eigenen Gruppe nachzudenken.

In einem langen Text mit dem Titel »Terror«, den Gotfred Appel 1978 veröffentlichte, diskutierte er vor dem Hintergrund der aktuellen terroristischen Ereignisse in Westdeutschland und Italien, ob diese Aktionsform »der Sache des Sozialismus dient«.

In seiner Einleitung hielt er fest, Terror sei nicht per se moralisch verwerflich und es müsse Revolutionären in einem zugespitzten politischen Machtkampf »selbstverständlich« gestattet sein, »herausragende Einzelpersonen unter den Machthabern zu erschießen«, Geiseln zu nehmen und andere Formen von Gewalt anzuwenden.

Terror könne also nicht generell als Kampfform abgelehnt werden, aber zu bestimmten Zeiten sei er ungeeignet, fuhr Appel fort, da er die Revolutionäre von ihrem eher politischen Einsatz ablenken könne. »Marxisten verwerfen den Terror nicht, sie beurteilen ihn konkret und ordnen ihn historisch ein«, schloss er. Ob eine entsprechend konkrete Einschätzung damals zu Zustimmung oder Ablehnung von Flugzeugentführungen und ähnlichen Methoden führte, geht aus dem Text nicht hervor.

Auch später hat Gotfred Appel bei mehreren Gelegenheiten betont, Terrorismus könne nur im historischen Zusammenhang beurteilt werden. Er verwendete dabei unter anderem Ereignisse während der Zeit der deutschen Besatzung als Beispiel: »Die Liquidierungen von Spitzeln während des Krieges waren ein berechtigter Teil des Freiheitskampfes, in der Zeit danach wären sie aber niemals zu rechtfertigen gewesen.«

In der Zeit des Geschlechterkampfes bekamen die männlichen Mitglieder des Kommunistischen Arbeitskreises mindestens einmal die Gelegenheit, ihre Fähigkeiten als revolutionäre Schützen zu trainieren. Gotfred Appel arrangierte nächtliche Übungen in einem Waldgebiet bei Kopenhagen, vermutlich um den aufgestauten Tatendrang seiner jungen Männer zumindest ein wenig zufriedenzustellen.

In der Silvesternacht 1977/78 bemerkten zwei Polizeibeamte eine Stunde vor Mitternacht aus ihrem Streifenwagen ein Auto, einen Austin Allegro, der auf dem Skovlystvej im Waldgebiet Lille Hareskov parkte. Als die Beamten sich den Wagen näher ansahen, fiel ihnen hinter dem Fahrersitz eine Plastiktüte mit einer Schachtel Patronen auf, die mit der Aufschrift ›Technisches Korps der Armee‹ gekennzeichnet war. Die Polizisten ließen über Funk das Nummernschild überprüfen und erhielten die Information, das Fahrzeug gehöre dem Verlagsleiter Gotfred Appel, wohnhaft Klokkedybet 34 in Herlev.

Kurz darauf kam ein Mann aus dem Wald und erkundigte sich, ob irgendetwas nicht in Ordnung sei. Die Beamten fragten nach der Patronenschachtel, und der Mann gab zu, der Besitzer des Wagens zu sein, behauptete aber zunächst, keine Ahnung zu haben, wie die Patronen in den Wagen gekommen seien. Da die Polizisten nicht wussten, ob der Mann bewaffnet war, unterzogen sie ihn einer Leibesvisitation. Gotfred Appel trug jedoch keine Waffe bei sich.

Bei der Durchsuchung von Appels Austin fanden die Beamten einundzwanzig scharfe Patronen in der Schachtel. Im Kofferraum des Wagens lag eine Plastiktüte mit einem Funkgerät der Marke Midland. Appel musste zugeben, dass der Apparat auf die Frequenz des Polizeifunks eingestellt war. Als die Polizisten das Gerät einschalteten, war klar und deutlich der Polizeifunk zu hören.

Gotfred Appel behauptete, das Funkgerät in Schweden gekauft zu haben, die Patronen hätte ihm vor vielen Jahren ein Freund geschenkt. Die Beamten erklärten ihm, sie müssten Patronen und Funkgerät beschlagnahmen und ihn wegen Verletzung des Waffengesetzes und ungesetzlichem Funkempfang anzeigen. Der Vorfall endete einige Monate später mit einem Bußgeld von eintausend Kronen.

Erst viele Jahre später räumte Appel der Polizei gegenüber ein, damals zusammen mit einigen seiner jungen Genossen des KAK im Lille Hareskov eine Schießübung unternommen zu haben. Im Schutz der Silvesterknallerei dachten sie, relativ risikofrei mit einigen Waffen, über die die Gruppe verfügte, trainieren zu können.

Einige Wochen später, im Februar 1978, kam es zum gewaltsamen Höhepunkt des Geschlechterkampfs. Drei Monate nach Beginn des Frauenaufstands würde es noch immer einige Männer geben, die weder in hinreichendem Maß ihre Schuld erkannten noch auf überzeugende Weise versprachen, sich zu bessern, teilte Ulla Hauton Gotfred Appel mit. Selbst nach einigen harten Beichtsitzungen zeigten sie keine zufriedenstellenden Anzeichen von Reue.

Als einzige Möglichkeit blieb der Ausschluss der Betreffenden, so Ullas Forderung. Dies betraf vor allem Niels Jørgensen und denjenigen, gegen den sich Ulla Hautons Zorn vor allem richtete: Holger Jensen.

Sie erklärte Gotfred Appel, in all den Jahren, in denen das Paar eng mit ihm zusammengearbeitet hatte, sei sie traurig und wütend über die chauvinistische Art gewesen, mit der Holger sie behandelte. Sie hätte es schon früher sagen müssen, aber Gotfred hatte Holger schließlich jahrelang verteidigt und versucht, andere Erklärungen für sein Benehmen zu finden. Jetzt habe sie jedenfalls genug. Holger müsse augenblicklich ausgeschlossen werden.

Gotfred Appel mahnte erneut zur Besonnenheit. Er mochte es nicht glauben, dass sich sein Stellvertreter nicht bessern wollte. Seit inzwischen beinahe zehn Jahren war er sein engster Vertrauter.

Auf einer abendlichen Zusammenkunft in Herlev diskutierten die Frauen, was sie unternehmen sollten. Ein weiteres Mitglied, Søren, der in einer Wohngemeinschaft am Godthåbsvej wohnte, hatte sich ebenfalls als kritikresistent erwiesen. Auf einer der Beichtsitzungen hatten einige Frauen ihn sogar sagen hören, er würde »den Gedanken nicht los, Frauen könnten nicht logisch denken, und wenn sie es endlich tun, dann nicht sonderlich gewagt«. Auch hatte er »leer und verständnislos geglotzt«, als man ihm das Foto eines indischen Elternpaares mit einem gut genährten Jungen und seiner ausgehungerten Zwillingsschwester vorlegte.

Obwohl Søren im Augenblick ›auf Eis‹ gelegt war, schien ihn das nicht sonderlich zu berühren. Die Berichte aus der Wohngemeinschaft am Godthåbsvej klangen empörend: Angeblich lief Søren fröhlich pfeifend durch die Wohnung, offensichtlich vollkommen unbeeindruckt von der Verurteilung durch die Frauen.

In Herlev wuchs die Wut der Frauengruppe. »Seine infamen Schweinereien gegenüber Frauen – weil sie Frauen sind –

dröhnen noch immer so in unseren Ohren, dass wir nicht schlafen können«, schrieb eine Frau über Søren. »Was zum Teufel macht man mit einem so abgestumpften Pavian!«

Eine der Frauen kam mit dem erlösenden Vorschlag: Die gesamte Gruppe sollte in den Godthåbsvej fahren und Søren eine Abreibung verabreichen.

Der Vorschlag wurde umgehend realisiert: Die Frauen brachen zu der Wohngemeinschaft auf, in der Søren wohnte, und bestraften den »abgestumpften Pavian«. Es liegt kein exakter Bericht über das Ausmaß der Prügel vor, doch zumindest blutete Søren nach dem Überfall, erzählt ein ehemaliger Bewohner der Wohngemeinschaft.

Gotfred und Ulla verteidigten den Überfall auf Søren später in einem Text, in dem sie ihre Erfahrungen jener Jahre zusammenfassten. Sie hielten unter anderem fest, es sei »eine Tatsache gewesen, dass sämtliche Frauen, die an der Strafexpedition teilgenommen hatten, am Tag danach erklärten, sie hätten in dieser Nacht so gut geschlafen wie lange nicht«.

War es der Frauengruppe in bestimmten schweren Fällen bisher nicht gelungen, den gewünschten psychischen Zusammenbruch allein durch verbale Anwürfe herbeizuführen, zeitigte die gewaltsame Methode nun weitaus effektivere und schnellere Resultate als die stundenlangen Beichtsitzungen. Die Methode wurde daher auch bei weiteren unbelehrbaren Fällen angewandt.

In den folgenden Wochen geriet der Geschlechterkampf ernsthaft »außer Kontrolle« – ein Ausdruck, den Appel und Hauton in ihrem Text benutzten. Nach dem Überfall auf Søren wurde es nun auch akzeptiert, die Männer während der Beichtsitzungen zu schlagen, um ihnen ihren Chauvinismus auszuprügeln. »Die Ohrfeigen knallten nur so während der Sitzungen«, berichtet eines der Opfer. Einige Männer wurden von ihren eigenen Frauen oder Freundinnen geschlagen.

Und es kam zu einer weiteren Verschärfung der Situation: Auch den Männern, die sich auf der Seite der Frauen an den Sitzungen zu beteiligen hatten, wurde befohlen, besonders unverbesserliche Genossen zu verprügeln.

Wenn die Männer sich weigerten zuzuschlagen, hieße das nur, sie seien noch nicht ›sauber‹ und wirklich solidarisch mit den Frauen und müssten selbst noch einmal in die Mangel genommen werden. Einige Männer zogen es darum vor, an den Abstrafungen ihrer Geschlechtsgenossen teilzunehmen. Einem von ihnen fällt es heute schwer, zu erklären, was ihm während dieser Ereignisse durch den Kopf ging.

»Man hatte paradoxerweise nicht das Gefühl, einen entscheidend neuen Schritt zu tun, wenn man seine eigene Freunde verprügelte. Es handelte sich um eine allmähliche, gleitende Entwicklung, und wir waren dermaßen gewohnt zu tun, was man uns sagte, dass wir auch diesmal die Befehle nicht ernsthaft hinterfragten. Wir wussten, dass eine Weigerung den augenblicklichen Ausschluss aus der Gruppe zur Folge gehabt hätte.«

»In dieser Periode uferte die Gewalt aus«, geben Appel und Hauton in ihrem Erfahrungsbericht zu. Aber aus ihrer Sicht war diese Gewalt »zuallererst ein Resultat des Widerstands, den vor allem Holger Jensen leistete und der die Frauen unterdrückte. Es ist sinnlos, die Gewaltanwendung in dieser Phase zu verdammen oder zu entschuldigen. Tatsächlich hätte die Kampagne beendet werden müssen, bevor es so weit kam.«

Gotfred Appel übernahm in dem Papier die Verantwortung dafür, dass Holger und weitere hartnäckige Chauvinisten nicht bereits im Februar 1978 aus der Organisation geworfen wurden, wie es Ulla gefordert hatte. Es kam zu heftigen Diskussionen und persönlichen Anwürfen zwischen den beiden.

In dem anschwellenden Wahnsinn bröckelte jedoch auch der Zusammenhalt unter den weiblichen Mitgliedern. Schließlich bestand nur noch Ulla Hauton auf der harten Linie. Die anderen Frauen tuschelten, ob Ulla sie vielleicht manipuliert hatte, um so weit zu gehen. Verfolgte sie möglicherweise in Wahrheit ganz andere Ziele mit der Kampagne? Einige Frauen trafen sich sogar wieder mit den Männern, die bis dahin als die übelsten Chauvinisten angesehen wurden.

Auch im Kreis der Männer um Holger Jensen sprach man unter der Hand davon, die Kampagne sei vollkommen aus dem Ruder gelaufen. In dieser Runde ärgerte man sich vor allem über die monatelange politische Inaktivität der Gruppe. Auf lange Sicht riskierte man die gesamte Zusammenarbeit mit der PFLP.

Holger Jensen war noch immer Gotfred Appels Stellvertreter, und im April 1978 wurde er auch zu Gotfreds Vertrautem in seinem Verhältnis zu Ulla und dem Frauenaufstand. Gotfred Appel erzählte seinem ideologischen Ziehsohn – den er noch immer als seinen Freund betrachtete – von den Problemen mit seiner Lebensgefährtin und ihrem gespaltenen Verhältnis zu Holger Jensen. Der erkannte darin die Chance, Appels störenden Anhang loszuwerden. Gotfred Appel begriff es zu spät.

In diesem unruhigen Frühjahr 1978 isolierten sich Gotfred Appel und Ulla Hauton allmählich von den aufständischen Frauen und dem inneren Zirkel um Holger Jensen. Zum ersten Mal begannen die Mitglieder des Kommunistischen Arbeitskreises, den Führungsanspruch des Paares zu kritisieren. Am 4. Mai, dem Jahrestag der Befreiung Dänemarks, brach im

KAK die Rebellion aus. Auf einer Vollversammlung, die am Abend in der Wohngemeinschaft am Godthåbsvej abgehalten wurde, kam der Unmut offen zur Sprache. Die Abwesenheit des Paares nutzten immer mehr Mitglieder, um ihre Kritik an der Geschlechterkampagne und dem Führungsstil zu äußern. Viele hörten zum ersten Mal, wie ihre Genossen über die Ereignisse der vergangenen Monate sprachen.

Poul, einer der Teilnehmer des Treffens, schrieb später: »Der Einzelne hatte nur wenige Teilchen des Puzzlespiels, doch erst als wir sie nach langer Zeit endlich zusammenlegten, entdeckten wir, dass die Teile, die jeder Einzelne hatte, genau mit den Teilchen der anderen zusammenpassten. Am Abend des 4. Mai machten wir aus den Teilen ein Bild, kein vollständiges, weil einige Teile fehlten und immer noch fehlen, aber wir sahen, was es darstellte: Ein KAK, der Amok lief und dabei war, sich in religiösem Wahnsinn selbst zu zerfleischen!«

Am Ende dieses chaotischen Abends wurde die bisherige Leitung mit Gotfred Appel und Ulla Hauton an der Spitze von der Mitgliederversammlung abgesetzt.

Bereits am kommenden Tag trafen sich die meisten Mitglieder erneut in der Wohngemeinschaft, um die Diskussion über die Zukunft des Kommunistischen Arbeitskreises fortzusetzen. Die Atmosphäre blieb chaotisch, war aber auch freier als seit vielen Jahren, weil immer offener geredet wurde. Viele Mitglieder waren der Ansicht, Ulla Hauton habe den Frauenaufstand willkürlich entfacht, sie wurde als die eigentliche Ursache für den sich ausbreitenden Wahnsinn in der Organisation angesehen. Deswegen musste sie ausgeschlossen werden.

Am 7. Mai riefen die Mitglieder erneut eine Vollversammlung ein, diesmal wurden auch Gotfred Appel und Ulla Hauton aufgefordert teilzunehmen. Der wichtigste Punkt der Tagesordnung sollte Appel zwingen, sich für eine Seite zu entscheiden – entweder für seine Freundin oder für den KAK: Die Mitglieder forderten den augenblicklichen Ausschluss von Ulla Hauton. Die war nicht erschienen. Zu diesem Zeitpunkt befand sie sich »am Rande eines selbst verschuldeten Nervenzusammenbruchs«, wie es einige Mitglieder formulierten.

Dafür nahm Gotfred Appel am ersten Teil des Treffens teil. Holger Jensen hatte den Mitgliedern bereits vorher anvertraut, auch Gotfred würde Ulla kritisch gegenüberstehen. Holger erklärte, seiner Ansicht nach würde Gotfred politisch entscheiden und den KAK wählen. Holger Jensen wird mit dem Satz zitiert, er habe »Ulla immer als ein notwendiges Übel« angesehen und sie »nur sehr selten etwas politisch Richtiges sagen hören«.

Auf dem Treffen versuchte Appel, die Versammlung von einer einvernehmlichen Lösung zu überzeugen, unter anderem machte er den Vorschlag, Ulla zeitweilig zu »beurlauben«. Zudem forderte er die Mitglieder auf, die Bewältigung dieser ernsthaften Krise der Führung zu überlassen. Die kritischen Äußerungen der Anwesenden fielen an diesem Abend, an dem der alte Führer selbst zugegen war, bedeutend moderater aus als an den Vortagen.

»Wir hatten ja alle Schiss vor Appel«, erzählt ein Teilnehmer. »Er war furchteinflößend. Niemand kam in einer Diskussion gegen ihn an. Wir warteten nur darauf, dass er wieder ging, damit wir offen diskutieren konnten.«

Obwohl an diesem Abend niemand Gotfred Appel direkt mit der Kritik der Gruppe konfrontierte, stand am Ende des Treffens der Ausschluss von Ulla Hauton zur Abstimmung. Der Antrag wurde angenommen.

Appel war der Ansicht, die Gruppe würde lediglich einen Sündenbock suchen und hätte ihn in Ulla gefunden. In einem Brief an seine ehemaligen Anhänger wütete er später vor allem gegen den verlorenen Sohn Holger Jensen und beschuldigte ihn »der Unehrlichkeit und Heuchlerei in all den vielen Jahren der Zusammenarbeit« mit Ulla und ihm.

Fünf Tage später, am 12. Mai 1978, verabschiedeten sich Gotfred Appel und Ulla Hauton von den Mitgliedern der Organisation, die Appel fünfzehn Jahre zuvor gegründet hatte.

Nach dem endgültigen Bruch mit seinem geistigen Ziehvater verließ Holger Jensen das Haus am Klokkedybet in Herlev, wo er einige Jahre zusammen mit Appel und Ulla Hauton gewohnt hatte. Er zog zunächst in die Wohnung seiner Freundin Louise in Østerbro.

Holger war als Besitzer des Hauses in Herlev eingetragen, doch aus irgendeiner Form von Respekt gegenüber seinem alten Anführer ließ er Gotfred und Ulla zunächst weiterhin darin wohnen. Allerdings erzählte er seiner Freundin, das Paar hätte die Schlösser ausgewechselt, so dass er das Haus nicht mehr betreten konnte.

Ein Jahr später verkaufte Holger Jensen das Haus an eine Familie mit Kindern, allerdings durften Gotfred Appel und Ulla Hauton laut Kaufvertrag in das ›Hühnerhaus‹ hinter dem Hauptgebäude ziehen. Die kommenden Jahre wohnte das Paar in dem Häuschen zur Miete, das Holger bisher bewohnt hatte.

Abgesehen von diesen Fakten wird der Verlauf der Ereignisse um den Bruch mit Appel in zwei vollkommen verschiedenen Versionen erzählt. Beide Versionen enthalten allerdings den Besuch eines führenden Repräsentanten der PFLP, der im Herbst 1979 zu Gotfred Appel nach Herlev kam.

Eine Version stammt von Gotfred Appel. Als er zehn Jahre später von der Polizei vernommen wurde, erinnerte er sich an das geheimnisvolle Treffen mit dem englischsprachigen Palästinenser. Mit großer Geste erklärte er den Beamten, die Informationen über dieses Treffen seien »äußerst sensibel«. Bevor er von dem Treffen berichtete, forderte er von den Polizisten eine Garantie, dass diese Informationen nie an die Presse gerieten.

In Appels Version suchte ihn der Palästinenser auf und stellte sich als Repräsentant der PFLP vor. Er sei gekommen, so hieß es, um Appel eine wichtige Information über Holger Jensen zu überbringen. Appel hielt es zunächst für eine Form von Höflichkeit, dass die PFLP einen hochrangigen Führer entsandte, um sich von Appel zu verabschieden und ihn darüber zu informieren, mit wem sie künftig in Dänemark zusammenarbeiten würden.

Der PFLP-Mann erklärte ihm allerdings, Holger Jensen sei Mitglied der palästinensischen Volksfront auf Lebenszeit geworden. Er hatte sein Leben, sein Geld und sein Vermögen der PFLP übertragen. Dies würde auch das Haus betreffen, in dem Gotfred Appel und Ulla Hauton bisher gewohnt hätten.

Von dem Treffen zwischen Appel und dem Volksfront-Führer gibt es allerdings noch eine ganz andere Version, die von einem ehemaligen Mitglied des Kommunistischen Arbeitskreises erzählt wird. Danach hatte sich Appel nicht nur geweigert, das Haus in Herlev zu verlassen, sondern war noch einen Schritt weiter gegangen: Holger Jensen, Jan Weimann und andere ehemalige Gruppenmitglieder hätten auch künftig für seinen Unterhalt aufzukommen, hatte er bei einer Zusammenkunft mit Holger Jensen verlangt. Andernfalls würde er der Polizei mitteilen, was er über die kriminellen Aktivitäten der vergangenen Jahre wusste.

»Gotfred befand sich in der Krise seines Leben. Seine Beziehung war gefährdet, seine Organisation aufgelöst, und auch finanziell war er am Ende. Fast zehn Jahre lang hatten die Mitglieder des KAK sein Leben finanziert, und Holger gehörte das Haus. In dieser verzweifelten Situation kam Gotfred plötzlich mit seiner Drohung, zur Polizei zu gehen, wenn wir ihn nicht weiterhin finanzierten.

Für Holger und uns andere war das natürlich eine besonders unangenehme Situation. Im Grunde handelte es sich um Erpressung. Holger entschied, den Leuten von der ›Front‹, zu denen er Verbindungen hatte, von den Drohungen zu erzählen. Die Führung der PFLP reagierte ziemlich resolut, und einer von ihnen erschien persönlich bei Gotfred in Herlev, um ihn zu warnen. Ihm wurde mitgeteilt, die Kernmitglieder der Kommunistischen Arbeitsgruppe, wie der Kreis um Holger sich jetzt nannte, wären inzwischen Mitglieder der PFLP und jede Drohung gegen sie würde als Drohung gegen die PFLP selbst aufgefasst.

Die Volksfront hatte bereits bei anderen Anlässen Mitglieder liquidiert, die sie für Spitzel hielt – genau wie die dänische Widerstandsbewegung während der Besetzung. Gotfred wusste davon und deshalb hielt er diese Warnung auch nicht für eine leere Drohung. Ich glaube nicht, dass die PFLP Gotfred erschossen hätte, aber er war zu Tode erschrocken. Und hielt hinterher seinen Mund.«

Im Herbst 1980, nachdem sie ein Jahr im Hinterhaus in Herlev zur Miete gewohnt hatten, zogen Gotfred Appel und Ulla Hauton nach Fünen, wo Hauton eine Stelle als Journalistin gefunden hatte.

Der Apfel ist heimgegangen zu Gott (1979–1980)

Nach dem Bruch mit Gotfred Appel war es für Holger Jensen und die übrigen Mitglieder des inneren Kreises der Kommunistischen Arbeitsgruppe entscheidend, die Kontakte zur PFLP wiederherzustellen und die Unterstützungsarbeit neu aufzunehmen. Mehr als ein Jahr hatten fast alle internationalen Aktivitäten wegen des Geschlechterkampfes und der internen Auseinandersetzungen lahmgelegen.

Der KA fehlte inzwischen eine richtige Kontaktperson bei der palästinensischen Volksfront. Holger hatte durchaus Verbindungen zu militärisch operierenden Kreisen gehabt, so wie die Gruppe insgesamt Kontakt zu den eher politischen Repräsentanten der PFLP hatte. Aber Holger Jensen und seine Genossen verfügten nicht über eine Kontaktperson, die den politischen Überblick und gleichzeitig praktische operative Erfahrung hatte. Um einen derartigen Kontakt wieder aufzubauen, mussten die Veränderungen bei den ›Äpfeln‹ zunächst einmal den in Kopenhagen lebenden Palästinensern erklärt werden, die bereits früher mit ihren Verbindungen zur PFLP geholfen hatten.

Am 9. Februar 1979 spitzte um Viertel nach zwölf ein Mitarbeiter des Geheimdienstes der Polizei die Ohren. Er hörte deutlich, wie ein Däne mit Sati sprach, dem Leiter der dänischen PFLP-Zelle.

Seit Mitte der siebziger Jahre hatte der PET immer wieder Satis Telefon abgehört, weil er als Führer der ›Palestinian Workers' Union‹, einer mutmaßlichen PFLP-Tarnorganisation, vom PET wie vom Mossad als zentrale Figur des militanten palästinensischen Milieus in Dänemark angesehen wurde.

Das Gespräch endete mit einer Absprache zwischen Sati und dem unbekannten, dänisch sprechenden Mann, sich eine Viertelstunde später in »der neuen Wohnung« zu treffen. Der PET-Beamte ging davon aus, dass das Treffen in einer illegalen Wohnung stattfinden sollte, die PFLP-Mitglieder im zweiten Stock der Arresøgade in Nørrebro gemietet hatten. Die Räume der ›Palestinian Workers' Union‹ in der Farvergade galten als nicht mehr sicher, seit die Palästinenser die Überwachung durch den dänischen Geheimdienst bemerkt hatten.

Seit einem halben Jahr, seit dem Sommer 1978, wusste der PET von der Wohnung in der Arresøgade. Nach einer Unterredung mit dem Mossad entschied die Geheimdienstführung, die Wohnung besonders sorgfältig zu überwachen, da die beteiligten Palästinenser direkte Kontakte zur Führung der PFLP unterhielten.

Zunächst mietete der PET eine leere Wohnung auf der gegenüberliegenden Straßenseite, berichtet ein damaliger Mitarbeiter des Dienstes. Die Fenster wurden mit dünnen Gardinen verhängt. Auf einer Plattform installierte das Observationsteam des PET einen von Topfpflanzen getarnten Fotoapparat mit Teleobjektiv. Von hier aus konnte man die Haustür und die Fenster der konspirativen Wohnung im Blick behalten.

Sämtliche Personen, die ein und aus gingen, wurden vom Geheimdienst fotografiert, und schon bald wussten die Beschatter, wer in den Wohnungen des Hauses lebte und welche

Personen an den Treffen in der Wohnung der Palästinenser teilnahmen. Außerdem wurde das Telefon angezapft. Nach einigen Wochen der Überwachung entschlossen sich PET und Mossad, sämtliche Räume der Wohnung abzuhören und entsprechende Anlagen zu installieren. Diese Operation wurde laut einem ehemaligen Chef des PET in enger Zusammenarbeit mit der operativen Leitung des Mossad in Europa geplant, der seinen Hauptsitz in Paris unterhielt.

An einem Julitag, als sich kein Palästinenser in der Wohnung aufhielt, verschafften sich der PET und eine Gruppe Mossad-Techniker Zutritt, während andere Geheimdienst-Mitarbeiter die Umgebung der Arresøgade im Auge behielten. Während dieses ersten Besuchs entschieden die israelischen Techniker, wo die Mikrofone versteckt werden sollten, und vermaßen und fotografierten das geeignete Mobiliar.

Die israelischen Techniker stellten eine hundertprozentige Kopie des ausgewählten Möbelstücks her – es handelte sich um eine Regalkonsole – und installierten darin ein Mikrofon und einen Sender. Die Operation wurde von einem führenden Mitarbeiter des PET und dem operativen Europa-Chef des Mossad überwacht, der eigens aus Paris nach Kopenhagen gekommen war. Während des Einsatzes kontrollierte der dänische Geheimdienst erneut die gesamte Umgebung, außerdem verfolgte ein Team der Observationsgruppe einen Palästinenser, der kurz zuvor die Wohnung verlassen hatte.

Der Palästinenser fuhr in die Büroräume der ›Palestinian Workers' Union‹ in der Farvergade. Kurz darauf verließ er sie wieder und ging zu seinem Auto. Die Geheimdienstleute fürchteten, er würde in die Wohnung zurückfahren und ihre Kollegen bei der Arbeit überraschen. Einer der PET-Männer traf eine rasche Entscheidung. Er zog ein Messer, ging unbemerkt auf das Auto des Palästinensers zu und zerstach einen der Reifen.

Ohne gestört zu werden, konnten die Techniker des Mossad ihre Arbeit beenden und die Abhöranlage in der Arresøgade installieren. Gespräche in der Wohnung wurden von nun an per Funk an die ›Abteilung T‹ im Hauptquartier des PET übermittelt – an die Abteilung Terrorismus.

Der Mossad-Agent, der im Hauptquartier arbeitete, bekam in den folgenden Monaten die Möglichkeit, sämtliche Gespräche abzuhören und niederzuschreiben, die in der Kopenhagener Wohnung der PFLP stattfanden. Seine Berichte wurden zweifellos auch den Hauptquartieren des Mossad in Paris und Tel Aviv zur Verfügung gestellt.

Normalerweise wurden die Bänder mit den Aufzeichnungen aus der Wohnung erst später abgehört, doch in besonderen Situationen hörte ein PET-Mitarbeiter die Gespräche auch direkt mit. Als Sati und der Däne am 9. Februar 1979 telefonisch ein Treffen in »der neuen Wohnung« vereinbarten, war dieses Treffen vom Dienst als besondere Situation eingestuft worden.

Allerdings war das Abhören kompletter Wohnungen durch die damaligen technologischen Voraussetzungen eine einigermaßen komplizierte Angelegenheit. Lief ein Radio oder fanden die Gespräche im Flüsterton beziehungsweise zu weit entfernt vom Mikrofon statt, zum Beispiel in der Küche, wurde ein vernünftiges Mithören praktisch unmöglich. Auch atmosphärische Störungen konnten das Hören erschweren.

Ein Teil der Abschrift des Gesprächs in der Arresøgade am 9. Februar, die später gemacht wurde, besteht darum aus Gedankenstrichen, die die Löcher markieren, an denen die Unterhaltung der beiden Männer aus dem einen oder anderen Grund unverständlich war.

»Das Band startet mit Lachen und unverständlichem Gerede«, heißt es auf der ersten Seite des Protokolls. »Danach eine längere Pause ohne Gespräche.«

Kurz nachdem der Däne die Wohnung betreten hatte, forderte der abhörende Beamte des Observationsteams seine Kollegen auf, die Räume auch optisch zu überwachen, um nach dem Treffen die Identität des Besuchers feststellen zu können.

Fünfundzwanzig Minuten später war ein Überwachungsfahrzeug zur Stelle, wie aus einem internen Bericht hervorgeht. Kurz vor zwei Uhr konnte der Beschatter einen circa dreißig Jahre alten Mann in grünem Parka und blauer Jeans beobachten, der das Gebäude verließ und zu einem parkenden Auto in der Refsnæsgade ging. Der Wagen fuhr den Tagensvej hinunter, danach hat der PET-Agent ihn verloren. Allerdings hatte er sich die Autonummer notiert und erfuhr über den Polizeifunk die Adresse des Fahrzeughalters: Gammel Jernbanevej in Valby. Am Türschild der Wohnung im vierten Stock des Hauses stand der Name Holger Jensen.

In der Schriftfassung des Gesprächs zwischen Holger Jensen und Sati ist nachzulesen, dass Jensen Sati in der überwachten Wohnung von der Gründung der Kommunistischen Arbeitsgruppe und ihren neuen Räumen am Vibevej erzählt hatte. Offensichtlich standen Holger Jensen und Sati auch in der Phase der Krise und Teilung des Kommunistischen Arbeitskreises miteinander in Verbindung. Auch dies geht aus dem Gespräch deutlich hervor. Doch damals hatte Holger wohl noch gemeint, es wäre zu früh, über den Konflikt innerhalb der Gruppe zu sprechen.

Holger Jensen berichtete Sati von der Unzufriedenheit der Mitglieder des KAK mit dem Führungsstil von Gotfred Appel und Ulla Hauton und von der Spaltung der Organisation. Zu seiner neuen Gruppe, der Kommunistischen Arbeitsgruppe, zählten eine Reihe von Personen, die Sati bereits kannte, unter anderem Peter Døllner, Jan Weimann und Niels Jørgensen. Natürlich wäre man noch eine kleine und durch die Spaltung geschwächte Gruppe, betonte Holger Jensen, aber es herrsche großer Optimismus, ein System aufbauen zu können, mit dem sich die Arbeit gegen den Imperialismus fortsetzen ließe.

Gegen Ende des Gesprächs gab Holger Sati seine neue Adresse und Telefonnummer. Die beiden verabredeten eine Fortsetzung ihres Dialogs für den folgenden Montag. Doch dieses Treffen fand offenbar in Räumen statt, zu denen der PET keinen Zugang hatte. Jedenfalls gibt es keinen Bericht über den Inhalt des Gesprächs.

Allerdings belegen die späteren Ereignisse, dass dieses Treffen konstruktiv gewesen sein muss. Es gelang Holger Jensen, auf diesem oder einem der folgenden Treffen mit Sati, einen neuen Kontakt zur PFLP herzustellen und – was noch wichtiger war – nach dem Bruch mit Gotfred Appel das Vertrauen in die jungen ›Äpfel‹ zurückzugewinnen. Damit eröffnete sich auch die Möglichkeit, schon bald wieder Kontakt zu einem politisch und operativ kompetenten Verbindungsoffizier aus der Führung der Volksfront zu bekommen.

Der siebenunddreißigjährige Anwalt Marwan El-Fahoum war in Nazareth geboren, musste aber bereits als Junge mit seiner Familie in den Libanon fliehen. Er studierte Jura und engagierte sich gleichzeitig im Kampf für ein freies Palästina. Zu seinen Aufgaben gehörte es unter anderem, die Zusammenarbeit mit aufständischen Gruppen im Irak aufzubauen. Dabei wurde Fahoum verhaftet und musste einige Jahre in irakischen

Marwan El-Fahoum, 1979

Gefängnissen verbringen. Seinen eigenen Berichten zufolge wurde er während des Gefängnisaufenthalts gefoltert.

1976 heiratete Marwan El-Fahoum in Schweden eine zweiunddreißig Jahre alte Ärztin, die in palästinensischen Flüchtlingslagern gearbeitet hatte. Bei der Hochzeit war sie schwanger mit ihrem ersten Kind, zwei Jahre später bekam das Paar einen weiteren Sohn. Während die Ehefrau und die Kinder im schwedischen Lund wohnten, hielt Fahoum sich meist im Nahen Osten oder irgendwo in Europa auf.

Bereits vor seinem ersten Treffen mit den dänischen ›Äpfeln‹ war Marwan El-Fahoum linksgerichteten Dänen mit Sympathien für die palästinensische Sache begegnet. Seit Ende der siebziger Jahre hatte er häufig mit dem Leiter der außenpolitischen Abteilung der PFLP, Taysir Quba, als politischer Unterhändler und Gastgeber für dänische Parteien und Organisationen des linken Flügels zusammengearbeitet.

Eine Dänin, die in Beirut mehrfach mit Marwan El-Fahoum zusammentraf, war Anne Grete Holmsgaard, ein damaliges Parlamentsmitglied der Venstresocialister (Linkssozialistische Partei). »Ich habe Marwan El-Fahoum als einen äußerst sympathischen Mann erlebt«, erinnert sie sich heute. »Er wirkte intelligent, seriös und glaubhaft. Gleichzeitig war er ein attraktiver Mann, stets im Anzug und mit unverkennbarem internationalem Flair. Er sprach außerordentlich gut Englisch und war hervorragend informiert über die Weltsituation – ein typischer Intellektueller.«

Anne Grete Holmsgaard legt großen Wert darauf, mit Fahoum lediglich professionelle Gespräche über Politik geführt zu haben. »Er wirkte vollkommen anders als diese eher militanten, uniformierten Guerillatypen, denen man bei der PFLP auch begegnete. Ich hatte zu keiner Zeit den Verdacht, dass er in militärische Operationen oder Terroraktionen verwickelt sein könnte.«

In den Berichten des dänischen Geheimdiensts wird Marwan El-Fahoum als Chef der »militärischen Abteilung der PFLP« geführt, vermutlich auf dem Hintergrund von Informationen des Mossad. Andere Quellen bezeichnen ihn als »Sicherheitschef« oder »internationalen Operationschef« der Volksfront.

Den ›Äpfeln‹ wurde Fahoum 1979 als Geheimdienstchef und Mitglied des Zentralkomitees der PFLP vorgestellt. Kurz darauf wurde er in die oberste Führungsebene der Organisation berufen, in das Politbüro.

Am 2. und 3. Mai 1979 hörte der dänische Geheimdienst mit, als Marwan El-Fahoum mit Sati und Talal in der Wohnung in der Arresøgade zusammentraf. Der PET glaubte damals, Sati hätte die Leitung der dänischen Volksfront-Zelle übernommen und Talal zu einer Art Stellvertreter ernannt.

Offensichtlich hatten Sati und Talal Fahoum – irrtümlicherweise – von der Sicherheit der Wohnung überzeugt. Anders ist es nicht zu erklären, dass der Geheimdienst- und Sicherheitschef der PFLP es überhaupt akzeptierte, wichtige Gespräche in der Wohnung in der Arresøgade zu führen.

In allen abgehörten Gesprächen betonte Fahoum sein großes Interesse an einem Treffen mit den beiden Dänen, von denen Sati und Talal ihm erzählt hatten. Gemeint waren Jan Weimann und Holger Jensen.

Fahoum erklärte, er sei bereit zu einer »sehr engen Beziehung«. Daher sollten Sati und Talal ein Treffen mit den beiden arrangieren, außerdem wollte er sie gern zu näheren Gesprächen nach Beirut einladen. Fahoum schlug Sati als Reisebegleiter vor.

Holger Jensen dürfte bester Laune gewesen sein. Nach einer deprimierend langen Phase, in der der Organisationsapparat durch interne Auseinandersetzungen, Aufsplitterung und endlose Diskussionen handlungsunfähig gewesen war, hatte die Führung der ›Front‹ begriffen, dass sie auf seine neue Gruppe setzen konnten. Die PFLP hatte sie obendrein zur Zusammenarbeit bei militärischen Operationen eingeladen.

Zu diesem Zeitpunkt, im Frühjahr 1979, drehten sich die internen Diskussionen in der Kommunistischen Arbeitsgruppe vor allem um die künftigen Aktionspläne der Gruppe. Alle waren sich einig, dass die Zusammenarbeit mit der PFLP so rasch wie möglich wieder aufgenommen werden musste. Primär ging es darum, die Palästinenser materiell so effektiv wie möglich zu unterstützen.

Konkret gab es zwei Möglichkeiten: zum einen den Diebstahl von Waffen und anderer militärischer Ausrüstung, die dann auf irgendeine Weise an die Standorte der PFLP im Nahen Osten geschmuggelt werden mussten. Am besten wäre es, das Material direkt nach Israel und in die besetzten Gebiete zu transportieren oder in den europäischen Depots der PFLP zu lagern. Zum anderen die Beschaffung von großen Bargeldsummen, die der PFLP etwas einfacher übergeben werden konnten. Allgemein war die Gruppe in dieser Frage der Ansicht, eine mögliche Enttarnung und eventuelle Gefängnisstrafen dürften nicht durch Kleinbeträge riskiert werden. Sollten Raubüberfälle als Mittel der Geldbeschaffung nötig sein, musste die Beute tatsächlich bedeutend sein.

Am Sonntag, dem 7. Oktober 1979, landete Marwan El-Fahoum am Abend in Kastrup. Er wurde am Kopenhagener Flughafen von seinen palästinensischen Genossen empfangen und in Talals Wohnung in der Nähe von Islands Brygge auf Amager untergebracht. Kurz darauf teilte Talal Sati mit, Fahoum – den er am Telefon nur bei seinem Decknamen Abu El Moor nannte – wäre angekommen. Die beiden vereinbarten, für den nächsten Vormittag ein Treffen zu arrangieren. Wenige Minuten später, kurz nach halb zehn, rief Sati Jan Weimann an.

»Können sich ein paar von euch morgen freinehmen?«

»Ja, sicher«, antwortete Jan Weimann.

»Wir haben einen Freund. Er ist heute hier«, erklärte Sati.

»Er ist jetzt hier?«

»Ja, ja.«

»Aha.«

»Was ist mit morgen, kommt ihr?«

»Bist du zu Hause? Kann ich zurückrufen?«

»Ja. Ruf mich in einer Stunde an.«

Daraufhin rief Jan Weimann umgehend Holger Jensen an, der Niels Jørgensen zu Besuch hatte. Jan erzählte Holger von dem Anruf und dem geplanten Treffen. Holger Jensen schlug sofort vor, das Treffen noch am selben Abend um elf Uhr stattfinden zu lassen. Er ging davon aus, die anderen Gruppenmitglieder rasch erreichen zu können. Jan bat ihn, fünf Minuten zu warten, er wolle sich erkundigen.

Sati schien ein Treffen noch an diesem Abend für keine gute Idee zu halten. Er bat Jan, eine Begegnung für den nächsten Vormittag vorzubereiten und zurückzurufen.

Jan Weimann und Holger Jensen vereinbarten, am kommenden Tag freizunehmen, damit das Treffen um zehn Uhr vormittags stattfinden konnte. Peter Døllner hatte, soweit Holger wusste, ohnehin nicht zu arbeiten.

Sofort rief Jan wieder bei Sati an und erkundigte sich, ob zehn Uhr in Ordnung wäre. Sati bestätigte die Uhrzeit.

»Dann hole ich ihn um halb zehn ab. Wohin soll ich kommen?«, fragte Jan Weimann.

»An den Platz, den ich genannt habe.«

Gleichzeitig telefonierte Holger Jensen mit Torkil Lauesen und Peter Døllner, um sie zu dem Treffen einzubestellen. Die Begegnung würde »am üblichen Ort« stattfinden, erklärte er. In keinem Telefonat wurde an diesem Abend Marwan El-Fahoums Name oder der konkrete Treffpunkt erwähnt.

Am nächsten Morgen rief Jan Weimann bei seinem Arbeitgeber, der Computerfirma Kommunedata, an und nahm einen freien Tag. Gegen halb neun telefonierte Holger Jensen mit den drei übrigen Gruppenmitgliedern, um sicherzugehen, dass sie aufgestanden waren und sich bereithielten. »Dies ist ein Weckruf«, leitete Holger Jensen die Telefonate ein und lud alle drei zu einem Frühstück um neun Uhr ein.

Der Grund ist nicht bekannt, aber offensichtlich gelang es dem Geheimdienst nicht, das Treffen zwischen Marwan El-Fahoum und den fünf Mitgliedern der ehemaligen Appel-Gruppe am 8. Oktober 1979 zu überwachen. Jedenfalls finden sich in den sonst sehr detaillierten Berichten des PET keine Informationen über den Treffpunkt. Auch Abhörprotokolle gibt es nicht. Möglicherweise wurden die Bänder mit den Telefonaten vom Sonntagabend erst im Laufe des Montags abgehört und abgeschrieben – nachdem das Treffen zwischen Fahoum und den ›Äpfeln‹ längst stattgefunden hatte.

Darum wissen auch nur die Beteiligten, welche Absprachen zwischen der PFLP und den Dänen getroffen wurden. Allerdings ist aufgrund von Holger Jensens Aktivitäten noch an diesem Tag zu vermuten, dass die Ergebnisse der Zusammenkunft zufriedenstellend ausgefallen sein dürften. Er begann, sein Untertauchen systematisch vorzubereiten.

Bereits im Sommer 1979 hatte Holger Jensen seine Kollegen von der Feuerwache von Gentofte auf seine Kündigung vorbereitet. Er begründete seinen Schritt mit Knieproblemen.

Einige Kollegen argumentierten, es wäre dumm, diesen Job aufzugeben: Drei Jahre vorher war Holger als pensionsberechtigter Feuerwehrbeamter fest angestellt worden. Statt zu kündigen, sollte er zunächst einmal längere Ferien beantragen.

Holger befolgte ihren Rat und trat am 1. Oktober 1979 einen einjährigen Urlaub an. Nun musste er seine illegalen Aktivitäten nicht mehr den Arbeitszeiten auf der Feuerwache anpassen, sondern konnte problemlos Aufgaben für die PFLP übernehmen. Eine Woche später, am Vormittag des 8. Oktober, hatte er sich mit Marwan El-Fahoum irgendwo in Kopenhagen getroffen.

Am Nachmittag rief Holger Jensen die Telefongesellschaft KTAS an und erkundigte sich nach den Bedingungen, sein Telefon für eine gewisse Zeit abzumelden. Er erklärte, sein Telefon für ein halbes Jahr stilllegen zu wollen.

Den Rest des Tages packte er und verabschiedete sich von seiner Familie und einigen Freunden. Holger Jensen erzählte ihnen wie auch den Kollegen auf der Feuerwache, er würde eine längere Reise in die USA unternehmen, mindestens ein halbes Jahr wollte er unterwegs sein.

Den Abend verbrachte Holger Jensen mit seinen Eltern beim Abendessen und verabredete mit ihnen für den nächsten Vormittag ein Treffen am Hauptbahnhof, damit sie ihn verabschieden konnten. Am späteren Abend rief er seine Schwester Birgit an, um ihr ebenfalls auf Wiedersehen zu sagen.

»Hast du alles bereit?«, erkundigte sich die Schwester.

»Ja, aber es gab viel zu tun. Ein paar Dinge muss ich noch morgen früh erledigen. Ich fahre Viertel vor zwölf.«

»Soll ich dich zum Flughafen bringen?«

»Nein wir nehmen den Zug. Ich kann mir nicht leisten zu fliegen. Niels kommt auch mit.«

Holger Jensen erklärt seiner Schwester, Niels Jørgensen und er würden zunächst mit dem Zug und der Fähre nach London fahren, dort müssten sie sich bestimmt auf eine gewisse Wartezeit einrichten, bevor sie weiterkamen. Die billigste Art wäre es, auf dem Londoner Flughafen auf einen freien Platz in die USA zu warten. Sie wollten am Mittwochvormittag in London sein, und wenn sie Glück hatten, könnten sie vielleicht noch am selben Tag in die USA weiterreisen.

Holger Jensen bat seine Schwester um die Adressen von einigen Bekannten, die sie in Südamerika hatte. Er wusste nicht, ob sie tatsächlich so weit in den Süden kämen, aber sie wollten in jedem Fall bis nach Mexiko.

Am nächsten Vormittag, am Dienstag gegen 11:30 Uhr, observiert ein Kriminalassistent des PET, wie Holger Jensen und seine Eltern Bahnsteig 7 des Kopenhagener Hauptbahnhofs betreten. Von dort fuhr der sogenannte ›Engländer‹ um 11:45 Uhr in Richtung Esbjerg.

Fünf Minuten später erscheint Niels Jørgensen und steigt in ein Abteil, ohne mit Holger Jensen Kontakt aufzunehmen. Kurz darauf steigt Holger in denselben Wagen, aus dem er sich durch ein offenes Fenster weiter mit den Eltern unterhält, bis der Zug abfährt. Neben ihm steht Niels.

Die Abschiedsszene wird von dem Kriminalassistenten diskret fotografiert. Noch am gleichen Tag werden die Fotos unter der Negativnummer 3687/79 im Archiv des PET registriert und abgelegt.

In Dänemark ging der Tag mit hektischen Telefonaktivitäten zwischen den zurückgebliebenen Mitgliedern der Kommunistischen Arbeitsgruppe und den Palästinensern weiter. Bereits am nächsten Tag sollte ein weiteres Treffen stattfinden.

Eine halbe Stunde nach Mitternacht hörte der PET mit, wie Talal und Sati ein längeres Telefonat führten, unter anderem über Holger Jensens Reise. In einem Protokoll des Geheimdienstes wird das Gespräch als »ziemlich kryptisch« bezeichnet. Immerhin könnten Jensens Pläne einer USA-Reise fiktiv sein, so viel meinten die Agenten verstanden zu haben.

Nach dem Gespräch rief Talal Jan Weimann an und bat ihn, trotz des späten Zeitpunkts sofort zu ihm zu kommen, um eine Angelegenheit zu diskutieren, die sich nicht am Telefon besprechen ließe. Laut Observationen des PET hielt sich Weimann die ganze Nacht und auch am folgenden Tag in Talals

Wohnung auf. Erst am Nachmittag kehrte er in seine Wohnung zurück. Er meldete sich bei seiner Arbeitsstelle krank und bat seine Frau, ihr gemeinsames Kind aus der Krippe abzuholen, weil er nicht geschlafen hätte und zu müde dafür sei.

An diesem Nachmittag registrierte das Observationsteam auch, wie Sati zusammen mit einem anderen Palästinenser zu Gotfred Appels Wohnung nach Herlev fuhr. Aufgrund ihrer Fotos gingen die PET-Leute davon aus, dass es sich bei Satis Begleiter um Marwan El-Fahoum handelte.

In einem Polizeiverhör bestätigte Gotfred Appel zehn Jahre später anhand der Fotos den Besuch von Fahoum an jenem Nachmittag. Bei dieser Gelegenheit erzählte er auch seine Version des Besuchs als »respektvolle Geste« und freundlichen Abschiedsgruß seitens der PFLP-Führung.

Der Besuch könnte allerdings auch als resoluter Einsatz des Geheimdienstchefs der PFLP interpretiert werden, die Drohungen eines Erpressers zu unterbinden, um der neuen dänischen Zelle der PFLP Ruhe zu verschaffen.

Holger Jensen tauchte erst wieder Mitte September 1980 auf. Niemand hatte in der Zwischenzeit von ihm gehört, ein Umstand, der die Polizei ziemlich beunruhigte. Doch die Umstände erlaubten es weder dem Geheimdienst noch irgendjemand anderem, Holger Jensen zu fragen, was er in den vergangenen zwölf Monaten unternommen hatte.

Allerdings gab es bei Polizei und Geheimdienst im Herbst 1980 einen Verdacht. Jensen und einige andere seiner Genossen – Dänen oder Ausländer – hätten im Sommer 1980 die Familie eines Bankdirektors aus Glostrup als Geiseln genommen, eine für dänische Verhältnisse ungewöhnlich brutal verlaufene Tat.

Es vergingen jedoch beinahe zehn Jahre, bevor in diesem Fall versucht wurde, Anklage zu erheben. Doch diese Anklage musste mangels endgültiger Beweise wieder fallengelassen werden. Tatsächlich kam der Fall nie vor Gericht.

Erst als Niels Jørgensen, Peter Døllner, Jan Weimann und Torkil Lauesen im April 1989 verhaftet wurden, legte man ihnen nicht nur Raubüberfälle zur Last, sondern auch die Geiselnahme im Sommer 1980.

Nachdem die Gruppe bereits unter dem Verdacht stand, in den Jahren von 1980 bis 1989 eine Reihe von Raubüberfällen geplant und durchgeführt zu haben, bei denen Millionenbeträge erbeutet worden waren, meinte die Kriminalpolizei, bei der Geiselnahme in Glostrup nicht nur den brutalen Professionalismus wiederzuerkennen, sondern fand auch eine Vielzahl anderer Übereinstimmungen. Dazu gehörten der Einsatz von gemieteten oder gestohlenen Lieferwagen und die Verwendung von Verkleidungen, Waffen, illegalen Wohnungen, falschen Ausweispapieren und modernen Kommunikationsmitteln.

Schlüssige Beweise konnte die Kriminalpolizei jedoch nicht präsentieren. Allerdings versuchte die Polizei seit der Verhaftung der vier Männer am 13. April 1989, eine Gegenüberstellung zu erwirken, bei der die Verdächtigen den Opfern des Verbrechens von Glostrup vorgeführt werden sollten.

Zunächst weigerten sich alle vier Verhafteten, an einer Gegenüberstellung teilzunehmen, doch nach langwierigen Verhandlungen zwischen den Verteidigern und der Polizei über die Verfahrensweise stimmten drei der Beschuldigten schließlich zu. Nur Niels Jørgensen verweigerte weiterhin die Teilnahme.

Aus psychischen Gründen möchte die inzwischen siebenundsiebzigjährige Ehefrau des Bankdirektors ebenfalls nicht bei der Gegenüberstellung dabei sein. Ende April 1989 erscheinen jedoch ihr Ehemann und ihr Enkelkind im Hauptquartier der Kopenhagener Polizei.

Die Enkeltochter, die während der Geiselnahme acht Jahre alt war, ist nun eine siebzehnjährige Gymnasiastin. Hier möchte sie nur Marie genannt werden.

Auf der Videoaufnahme der Gegenüberstellung ist zu sehen, wie der Bankdirektor und seine Enkelin getrennt vor die Männer geführt wurden, die mit einem Buchstabenschild in der Hand in Reihen aufgestellt waren. In jeder Reihe stand einer der Verdächtigen zwischen sieben zufälligen Personen. Bei ihnen handelte es sich um Polizeibeamte, die ähnliche Kleidung trugen wie die Verdächtigen.

Neun Jahre später mussten die beiden Opfer entscheiden, ob sie irgendjemanden von den Präsentierten als Täter der gewaltsamen Ereignisse in der Glostruper Villa wiedererkannten. Der pensionierte Bankdirektor konnte niemanden der Beschuldigten identifizieren, doch bei Marie verhielt es sich anders.

»Ich weiß nicht«, erklärte sie. »B ist …, nein, ich glaube nicht. Aber da ist etwas. B könnte durchaus …«

»Was kann er?«, fragte der Kriminalassistent nach, der die Gegenüberstellung leitete. »Was ist mit ihm?«

»Sein Haar ist zu dunkel, finde ich. Oder ist es vielleicht C. Ich kann überhaupt nicht …«

Die Männer in den Reihen wurden gebeten, im Kreis zu gehen. Marie zögerte. In dem Moment, als B an ihr vorbeiging, erklärte sie: »Ich glaube, es ist B.«

»Wie sicher bist du dir?«, wollte der Kriminalassistent wissen.

»Doch. Ich glaube, es ist B. Aber sein Haar ist dunkler geworden.«

Bei der Gegenüberstellung mit den übrigen Verdächtigen erkannte Marie niemanden wieder. Hinterher wurde sie in ein Büro gebracht, in dem ihr Vater auf sie wartete.

»Er könnte inzwischen durchaus etwas dunkelhaariger sein. Es war Sommer, als sie uns überfielen, da könnte das Haar etwas ausgebleicht gewesen sein«, glaubte Marie.

Von der Gegenüberstellung wurde ein Protokoll angefertigt.

»Ist es korrekt, dass du die Person B als einen der Täter des Überfalls identifiziert hast?«, fragte der Beamte noch einmal.

»Ja.«

Ein ebenfalls anwesender PET-Ermittler wollte von Marie wissen, welche Rolle B während der Tat spielte.

»Er hat mich unten im Keller festgehalten.«

Montag, 7. Juli 1980, gegen 16:30 Uhr nachmittags. Zusammen mit ihrer Großmutter bereitete die achtjährige Marie das Abendessen in der Küche der Großeltern vor. Der Großvater, der kurz zuvor aus der Bank nach Hause gekommen war, hatte sich mit einer Zeitung in den Garten zurückgezogen.

Am Tag zuvor war Marie von den Großeltern bei ihren Eltern in Rungsted abgeholt worden. Marie hatte sich auf ein paar Tage mit ihren Großeltern in deren stattlicher weißer Villa in Glostrup gefreut.

Am frühen Nachmittag hatte Marie mit ihren Barbiepuppen auf dem Rasen gespielt. Jetzt half sie der Großmutter bei der Zubereitung ihres Leibgerichts, gebratenes Schweinefleisch mit Petersiliensoße. Um fünf Uhr klingelte das Telefon. Die Großmutter ging ins Arbeitszimmer ihres Mannes und nahm den Hörer ab.

Eine Männerstimme fragte nach Maries Vater und die Großmutter erklärte, dass ihr Sohn in Rungsted wohne. Der Mann am Telefon antwortete, er wäre der Vater einer guten Freundin von Marie. Die Großmutter bat den Mann, später in Rungsted anzurufen. Damit endete das Telefonat. Marie, die der Großmutter gefolgt war, wunderte sich über den Anruf. Der Vater der Freundin rief sonst nie an, auch nicht in Rungsted.

Kurz darauf klingelte das Telefon erneut. Eine Männerstimme stellte sich als Oberarzt des Krankenhauses von Hillerød vor und bat darum, ihren Mann sprechen zu dürfen. Die Großmutter dachte, es könnte möglicherweise etwas mit dem Bandscheibenvorfall zu tun haben, den man einige Monate zuvor bei ihrem Sohn im Krankenhaus von Hillerød behandelt hatte. Sie rief ihren Mann aus dem Garten und reichte ihm den Hörer.

»Einen Augenblick«, sagte die Stimme am Telefon.

In diesem Moment bemerkte Marie ein paar fremde Männer, die über den Gartenweg auf das Haus zuliefen. Einen Moment später klingelte es an der Haustür.

Vor der Tür standen drei Männer im Alter von ungefähr Mitte dreißig. Der eine, ein gepflegter Mann mit schwarzem Schnurrbart und dunklem Teint, blauer Jacke und Krawatte, stellte sich als Polizeibeamter vor. Er hielt eine braune Aktenmappe in der Hand.

»Es geht um einen Todesfall in der Familie.«

Alle drei Männer traten rasch in den Flur, ohne auf eine Aufforderung zu warten, einer von ihnen ging direkt ins Arbeitszimmer, in dem der Bankdirektor noch immer den Telefonhörer in der Hand hielt.

»Was ist denn hier los?«, rief er, als der Fremde auf ihn zukam.

Die Großmutter wollte dem Mann ins Arbeitszimmer folgen, wurde aber von einem der anderen Männer aufgehalten, die helle Sommeranzüge trugen. Er stellte ihr ein Bein, sie stolperte und es entwickelte sich ein kleines Handgemenge im Flur. Während der Rangelei bemerkte die Großmutter, wie das Haar des Mannes nur locker auf dem Kopf saß, als würde er eine Perücke tragen.

Der Mann nahm die achtundsechzig Jahre alte Frau in den Schwitzkasten, worauf sie versuchte, ihn zu treten. Daraufhin schlug der Mann ihr mit der geballter Faust an den Kopf und stopfte ihr einen Handschuhfinger tief in den Mund. Die Großmutter biss zu. Sie war überzeugt, der Mann wolle sie ermorden.

Der Angreifer griff zu einer elastischen Binde und zog sie ihr stramm über den Kopf. Die Frau bekam kaum Luft, so fest saß die Binde. Gleichzeitig zwang der Mann ihre Arme auf den Rücken und schloss sie mit Handschellen zusammen.

Marie stand wie gelähmt und sah zu, wie die fremden Männer ihre Großmutter schlugen. Im Arbeitszimmer musste sie mit ansehen, wie ihrem Großvater ebenfalls Handschellen angelegt wurden. Es saß in seinem Stuhl am Schreibtisch. Ein Mann mit merkwürdig schwarzen Haaren drückte ihm eine Pistole in den Nacken. Der Großvater, der sonst so groß war und alles konnte, sah plötzlich sehr klein aus.

Der dritte Mann packte Marie, auch ihr wurden Handschellen angelegt. Einer der Männer schlug eine Tür gegen die Garderobenleiste und Marie dachte noch, Großvater hatte immer gesagt, man dürfe die Tür nicht gegen die Garderobe schlagen, weil sie davon kaputtgehen könnte.

Marie wurde in den Keller geschleppt, den sie hasste. Hinter sich hörte sie, wie ihre Großmutter Widerstand leistete, als sie ebenfalls hinuntergebracht werden sollte. Der Mann trug Marie in den dunklen Billardraum und fesselte sie an ein Bein des Tischs. Sie saß auf dem kalten Fußboden, die Arme mit Handschellen um das dicke Tischbein geschlossen. Dann wurde sie in der Dunkelheit allein gelassen.

Die Männer hatten die Handschellen nicht ausreichend angezogen, Marie konnte ihre Hände befreien. Sie lief aus dem Billardraum. Aus einem der anderen Kellerräume in der Nähe hörte sie die Männer und Großmutter.

Marie kannte sich in dem Keller nicht sonderlich gut aus, sie war nie allein hinuntergegangen, aber wie sie wusste, gab es irgendwo eine Hintertreppe zum Garten. Im Dunkeln fand sie die Tür und rüttelte daran. Sie war abgeschlossen.

Marie ertastete den großen alten Schlüssel und versuchte aufzuschließen. Der Schlüssel ließ sich ein wenig drehen, stieß dann aber auf einen harten Widerstand. Sie konnte nicht aufschließen, egal, wie sehr sie sich auch anstrengte.

Hinter sich spürte sie einen der Männer auf sich zukommen. Er musste sie gehört haben. Der Mann ergriff Marie und trug sie in den Heizkeller, in dem ihre Großmutter neben der Ölheizung mit Handschellen an eine Eisentür gefesselt war. Über den Mund hatte man ihr ein breites Heftpflaster geklebt.

Die Männer sahen jetzt anders aus, Marie registrierte es. Sie trugen nun unheimliche Masken aus einem gelblichen Stoff. Die Masken hatten schmale Schlitze für die Augen, darunter bedeckte ein locker hängender, dunkler Stoff den restlichen Teil der Gesichter. Marie sah auch einen der Männer, der einen Stöpsel im Ohr hatte, in ein Walkie-Talkie sprechen. Es mussten sich also weitere Männer vor dem Haus befinden. Sie verstand die Sprache nicht, in der er redete.

Marie wurde neben ihre Großmutter auf den Boden gesetzt und ebenfalls an ein Eisenrohr gefesselt. Der Mann klebte auch ihr ein großes Heftpflaster auf den Mund. Die Männer rochen unterschiedlich, aber alle rochen sie nach frisch gewaschener

Holger Jensen,
1979 auf dem Kopenhagener Hauptbahnhof von einem Geheimdienstagenten fotografiert

Kleidung und Rasierwasser. Sie konnte auch das von Tränen durchweichte Heftpflaster riechen.

Genau dieser Geruch sollte sie noch viele Jahre später an die Ereignisse im Keller erinnern.

Einer der Täter schleppte eine Matratze aus dem Schlafzimmer im ersten Stock in den Keller, auf die sich die beiden Gefangenen setzen konnten. Schließlich wurde Marie mit ihrer Großmutter im Keller allein gelassen.

Es dauerte sehr lange, bis sie sich zu bewegen wagten. Der Großmutter gelang es, sich ein Stück des Pflasters abzuziehen, so dass sie mit ihrer Enkelin sprechen konnte. Das Gesicht, die Wangen, die Nase und die Lippen der Großmutter waren geschwollen und voller blauer Flecken, Blut und Hautabschürfungen. Die Großmutter redete über das Abendessen, das sie gerade zubereitet hatten und das nun einfach so auf dem Küchentisch stand.

Die Zeit blieb stehen. Marie musste pinkeln. Die Großmutter sagte, sie solle es einfach tun. Aber Marie schämte sich, in die Hose und auf die Matratze pinkeln, auf der auch ihre Großmutter saß.

Marie versuchte, an etwas anderes als die Männer zu denken, die vielleicht noch immer mit einer Pistole auf ihren Großvater zielten. Sie dachte an ihre Eltern und fing an zu weinen. Sie dachte an ihre beiden Wellensittiche, Pottemand und Sisse. Sie sah einen Teppich mit Vogelfutter, auf den die Sonne schien.

Im Arbeitszimmer hatte man den sechsundsechzigjährigen Bankdirektor in seinen Bürostuhl gesetzt. Er hatte zusehen müssen, wie die Männer seine Frau geschlagen und zusammen mit Marie in den Keller gebracht hatten. Er beschimpfte sie.

Ein Mann mit langem Haar erklärte ihm, er hätte zu kooperieren und ihnen als Direktor Zugang zum Tresor seiner Bank zu verschaffen – der Forstædernes Bank an der Hauptstraße von Glostrup, nicht weit von der Villa entfernt.

Etwas, das sich anfühlte wie eine Pistolenmündung, wurde ihm in den Nacken gedrückt. Irgendwann, so erinnerte sich der Bankdirektor später, zeigten sie ihm auch eine Spritze, die ein betäubendes Medikament enthielt, wie er annahm.

Zwei mit einem Bleistift auf weißes Papier gezeichnete Skizzen wurden vor dem Bankdirektor auf den Schreibtisch gelegt. Eine Skizze, auf der ›Basement‹ stand, zeigte einen Plan des Kellers der Bank, die andere das Erdgeschoss. Beide Zeichnungen entsprachen exakt den tatsächlichen Verhältnissen. Der Direktor sollte den Männern zeigen, in welchem Tresor sich das Geld befand. Die Täter verlangten von ihm, den Safe zu öffnen, in dem sie dreißig Millionen Kronen vermuteten, dann würden sie ihn und seine Familie freilassen. Sie waren überrascht, als der Direktor erklärte, die tatsächliche Summe würde eher sieben Millionen betragen. Einer der Gangster sprach in sein Walkie-Talkie.

Der Direktor sollte ihnen genau erklären, wie der Zugang zum Tresor und das Alarmsystem der Bank funktionierten. Als er antwortete, die genauen Codes und Systeme nicht zu kennen, schlugen sie ihm mehrfach in den Rücken. Sie zwangen ihn, ihnen seine Schlüssel zu geben.

Mehrfach äußerten die Täter gegenüber dem Direktor, die Namen von mehreren Angestellten der Bank zu kennen. Sie hatten überprüft, ob der Hauptkassierer bereits zu Hause war, und sie wussten auch, dass der Kassierer ein Kind hatte, das er sehr liebte. Der Direktor hingegen beteuerte mehrfach, er selbst wäre gar nicht in der Lage, den Safe zu öffnen. Schließlich erklärte einer der Männer, wenn er es nicht täte, würden sie seiner Frau und seiner Enkelin im Keller den Hals durchschneiden.

Die Täter führten den Direktor in den Keller, dort zeigten sie ihm die Geiseln. Dann brachten sie ihn zu seinem Wagen, einem silbergrauen BMW, den sie vors Haus gefahren hatten.

Der Direktor musste sich auf den Rücksitz setzen und wurde zur Bank an der Hauptstraße gefahren. Hier gelang es dem Bankdirektor, die Wagentür zu öffnen und beinahe aus dem Fahrzeug zu entkommen, aber er wurde sofort wieder ins Auto zurückgerissen.

Irgendwann gaben die Täter ihr Vorhaben offenbar auf. Jedenfalls fuhren sie nach einer Weile zurück zur Villa. Dort wurde der Bankdirektor in den Billardraum im Keller geführt. Man streifte ihm eine stramme Elastikbinde vor die Augen und knebelte ihn mit einer Art Ball und einem Heftpflaster vor dem

Mund. Die Banditen legten ihn auf den Rücken und fesselten ihn an ein Bein des Billardtisches.

Drei Stunden nachdem die Männer in die Villa eingedrungen waren, verließen sie den Tatort. Kurz darauf gelang es der Großmutter, sich aus den Handschellen zu befreien. Sie lief ins Arbeitszimmer und rief die Polizei.

Marie empfand das Eintreffen der Polizei nicht als Befreiung. Nachdem sie erlebt hatte, wie falsche Beamte sich in Gewalttäter verwandelten, war sie sich nicht sicher, ob es sich bei diesen Männern tatsächlich um richtige Polizisten handelte.

Am späten Abend wurden Marie und ihre Großeltern zu einer ärztlichen Untersuchung gefahren. In einer Erklärung stellte der behandelnde Arzt später fest, er habe an allen drei Opfern des Verbrechens Wunden und Spuren gefunden, die ihre Aussagen über die Ereignisse bestätigten. In seiner Erklärung hieß es weiter, die Augen der Großmutter würden punktförmige Blutungen aufweisen, die ein akuter Sauerstoffmangel hervorgerufen hatte. Während des Überfalls hatte sie offensichtlich in Lebensgefahr geschwebt.

Das Ehepaar befand sich in einem psychischen Schockzustand, und im Fall der Frau konstatierte der behandelnde Arzt, »es sei sehr wahrscheinlich, dass sie sich als Folge des Überfalls schwere nervöse Störungen zugezogen hat«.

Ihr achtjähriges Enkelkind hingegen verhielt sich sehr ruhig und machte wenige Stunden nachdem es geknebelt und gefesselt worden war, einen überraschend »ruhigen und ausgeglichenen« Eindruck, wie der Arzt in seinem Bericht festhielt. Er wollte jedoch »eine spätere nervöse Reaktion« nicht ausschließen. Dann durfte Marie nach Hause zu ihren Eltern. Es fiel nicht leicht, den Eltern zu erklären, was ihr Kind hatte ertragen müssen.

Am nächsten Tag kamen die Großeltern zu Besuch nach Rungsted. Marie saß auf dem Rasen und spielte Karten mit ihrer Großmutter, deren Gesicht blaugelb geschwollen und voller Schürfwunden war. Die Großmutter erwähnte die Ereignisse des Vortages mit keinem Wort.

In den polizeilichen Ermittlungen wurde schnell von einer außergewöhnlich gründlichen Vorbereitung des Verbrechens ausgegangen. Die Täter kannten nicht nur vertrauliche Details der Inneneinrichtung der Bank, sie hatten sich auch gründlich über die Familienverhältnisse der Eltern und Großeltern informiert.

Der Vater von Maries Freundin hatte nicht bei den Großeltern angerufen, er war nicht einmal im Besitz der Telefonnummer des Bankdirektors und seiner Frau. Irgendjemand, der die Familie und ihren Umgangskreis sorgfältig ausgespäht haben musste, hatte sich als Vater ihrer Spielkameradin ausgegeben.

Offensichtlich hatten die Täter sichergehen wollen, dass die achtjährige Enkelin sich während der Geiselnahme im Haus befand. Wie sich herausstellte, hatte auch keiner der Ärzte aus dem Krankenhaus von Hillerød angerufen, um mit dem Bankdirektor zu sprechen.

Viele Zeugen aus der Umgebung der Glostruper Villa konnten zu den Ermittlungen der Kriminalpolizei in dem Geiselfall beitragen, der aufgrund seiner Brutalität einiges Aufsehen in den dänischen Medien erregte. Die Nachbarin des Direktorenehepaars, eine Pastorin, hatte am Tag der Tat gegen siebzehn Uhr einen geschlossenen Kleinbus an der Straße vor der Villa halten sehen. Auch andere Anwohner hatten an diesem Tag und an den vorhergehenden Tagen einen unbekannten Lieferwagen bemerkt. Sie beschrieben ihn übereinstimmend als einen VW-Bulli. Die Fenster hatte man von innen mit einer Art Gardine oder mit Papier abgedeckt. Ein anderer Zeuge beschrieb ein Fahrzeug mit Seitenfenstern und großen Rückleuchten, das er zur Tatzeit in der Nähe der Villa gesehen hatte.

Bemerkt worden war auch ein Mann, der zwischen fünf und sechs Uhr nachmittags am Ende der Straße auf einem Zaun gesessen hatte. Von dort aus ließ sich sowohl die Villa als auch der Verkehr der umliegenden Straßen beobachten. Der Mann wurde als gepflegt beschrieben: dunkler Teint, schwarzes Haar, kräftiger schwarzer Schnurrbart. Er trug einen ordentlichen hellen Anzug. Andere Zeugen hatten in der Umgebung einen ähnlichen Mann auf und ab gehen sehen, der im rechten Ohr einen Ohrhörer trug, von dem eine dünne Leitung in die Innentasche seines Jacketts führte.

Einer weiteren Zeugin war wenige Tage vor der Geiselnahme ein gut gekleideter Herr aufgefallen, der im Viertel spazieren ging und in ein Walkie-Talkie sprach. Sie hatte sich darüber gewundert.

Auch der silbergraue BMW des Direktors war am Spätnachmittag in der Nähe der Forstædernes Bank in Glostrup beobachtet worden. Ein Ehepaar, das mit Fahrrädern auf den Wagen zugefahren war, erinnerte sich, wie drei, vier Männer aus dem Auto gestiegen waren, die aussahen, als hätten sie sich geprügelt. Sie waren jedoch rasch wieder eingestiegen. Als sie an dem Wagen vorbeifuhren, war beiden aufgefallen, dass einer der Insassen – er trug einen Anzug und etwas, das wie eine Perücke aussah – eine Antenne aus einem Walkie-Talkie gezogen hatte.

Zwei Zeugen hatten einen der gut gekleideten Männer aussteigen und auf den Eingang der Bank zugehen sehen. Er hatte sich aber sehr bald wieder umgedreht und war zum BMW zurückgekehrt. Möglicherweise hatte einer der Täter vergeblich versucht, mit den Schlüsseln des Direktors in die Bank zu gelangen.

Bei einer besonders kompetenten Zeugin handelte es sich um eine Frau, die zwischen fünf und halb sechs Uhr gegenüber der Bank in einer Apotheke gestanden hatte. Während sie auf ihre Medikamente wartete, hatte sie einen dunkelhaarigen Mann beobachtet, der sich auffällig lange in der Telefonzelle vor der Apotheke aufhielt und dabei auf die Bank blickte. Der Frau war aufgefallen, dass der Mann in ein Walkie-Talkie sprach, das in der Innentasche seiner Jacke steckte. Das Walkie-Talkie war mit einer schwarzen Gummiantenne versehen und durch ein Kabel mit einem Ohrhörer verbunden.

Trotz zahlreicher Zeugenaussagen und intensiver Ermittlungen gelang es der Kripo nicht, den mindestens fünf professionellen Geiselnehmern auf die Spur zu kommen. Die Täter hatten mit künstlichen Bärten und Perücken operiert und sich über Walkie-Talkies verständigt. Mehr wusste die Polizei im Grunde nicht.

Erst drei Monate später, als ein Kriminalassistent der Mobilen Einsatzgruppe eine Verbindung zwischen der Geiselnahme und einem tödlichen Verkehrsunfall bei Århus erkannte, kam Bewegung in die Ermittlungen.

Der tödliche Verkehrsunfall geschah Mitte September 1980. Einige Tage später überflog ein Mitarbeiter des Geheimdienstes der Polizei in Kopenhagen routinemäßig die Todesanzeigen in der Tageszeitung *Politiken*. Plötzlich stutzte er bei einer der Anzeigen. Diesen Namen kannte er. Nach dem Toten wurde seit fast einem Jahr gefahndet.

Als der PET-Mitarbeiter den Todesfall überprüfte, stieß er auf einen Verkehrsunfall bei Århus als Todesursache. Sofort rief er einen Kollegen in der Geheimdienstabteilung des Polizeihauptquartiers in Århus an.

»Holger Jensen ist tot, hast du schon gehört?«, erkundigte er sich.

Noch am selben Tag hörte der arabisch-dänische Übersetzer des PET die jüngsten Telefonmitschnitte der dänischen PFLP-Zelle ab. Ein Palästinenser hatte im Lauf der Woche aus Kopenhagen in Beirut angerufen, um Marwan El-Fahoum die wichtige Mitteilung zu überbringen, Holger Jensen sei getötet oder möglicherweise sogar liquidiert worden.

»Der Apfel ist heimgegangen zu Gott.«

Vermutlich hat er die Front des Lastwagens kaum gesehen, bevor sie mit einem ohrenbetäubenden Geräusch von Metall auf Metall auf ihn traf. Am Montag, dem 15. September 1980, gegen halb zwölf Uhr mittags saß Holger Jensen auf dem Vordersitz eines VW-Bullis, der in einer Haltebucht vor dem Warenhaus Bilka in Tilst stand, nordwestlich von Århus. Vor ihm lag aufgeschlagen die aktuelle Ausgabe einer Fernsehzeitschrift. Wichtiger war allerdings die gute Aussicht auf das Warenhaus Bilka und die örtliche Filiale der Provinsbanken, die Holger Jensen von der Führerkabine des Wagens aus hatte.

Der VW-Bulli gehörte seinem Freund Niels Jørgensen, der kurz zuvor den Wagen verlassen hatte. Und Niels Jørgensen war vermutlich einer der ganz wenigen Menschen, möglicherweise sogar der Einzige, der mit Sicherheit wusste, weshalb Holger Jensen an diesem Montagvormittag mit dem VW-Bulli in der Haltebucht stand.

Wenige Minuten später starb Holger Jensen.

Am frühen Morgen hatte ein Lastwagenfahrer, der mit dreiunddreißig Jahren nur ein Jahr älter als Holger Jensen war, Skive mit einer Ladung verlassen, die er gegen halb elf in Århus ablieferte. Mit sechs Tonnen neuer Fracht fuhr er seinen großen Volvo auf den Åby Ringvej, um die Stadt zu verlassen. Von diesem Moment an erinnerte sich der Lastwagenfahrer an so gut wie nichts mehr, als er im Kreiskrankenhaus von Århus erwachte.

Als der Lastwagen vom Åby Ringvej auf den Viborgvej abbiegen wollte, fiel den Fahrern hinter dem Laster auf, wie lange es dauerte, bis der Fahrer anfuhr, als die Ampel auf Grün geschaltet hatte. Auf dem Viborgvej zeigte er eine derart halsbrecherische Fahrweise, dass die hinter ihm Fahrenden den Eindruck hatten, der Mann am Steuer des Lastwagens sei entweder total betrunken oder ganz einfach krank.

Der schwere Lastzug schlingerte mehrfach auf den Randstreifen. Sand und Dreck spritzten von den Rädern auf, an einer Anhöhe kurz vor Tilst geriet der Laster weit auf die linke Fahrbahn und erfasste beinahe ein entgegenkommendes Auto mit zwei Frauen. Mit einer Geschwindigkeit von gut achtzig Stundenkilometern fuhr er auf die Kreuzung am Warenhaus Bilka zu.

Kurz vor dem Kaufhaus sahen Zeugen, wie der Lastwagen eine weiche Linkskurve auf die entgegengesetzte Fahrbahn beschrieb und auf eine Haltebucht zusteuerte, in der ein VW-Bulli mit einem Mann hinter dem Steuer parkte. Der Lastwagenfahrer unternahm keinerlei Anstalten zu bremsen. Mit einem gewaltigen Schlag prallte der Zwanzigtonner frontal auf den VW-Bus.

Mit einem scheppernden Geräusch wurde der Kleinbus sechzig Meter nach hinten geschoben und knickte unterwegs einen Strommast ab. Als der Lastzug endlich stehen blieb, rutschte der Bulli in den Straßengraben. Der größte Teil der Vorderfront war in die Führerkabine gedrückt worden. Dem Mann im Kleinbus hatte es bei dem Zusammenstoß die Halsschlagader zerrissen. Er war auf der Stelle tot.

In den ersten Tagen sah die Polizei von Århus den Fall als einen tragischen, aber banalen Verkehrsunfall an. Sie ließ den VW-Bulli und den Lastwagen zur technischen Untersuchung abtransportieren. Der Lastwagenfahrer wurde ins Kreiskrankenhaus von Århus gebracht. Ihm war bei dem Zusammenstoß nichts passiert, doch bei der Ankunft im Krankenhaus sei er aufgrund eines zu niedrigen Blutzuckerspiegels nahezu bewusstlos gewesen, so der wachhabende Arzt. Der Fahrer litt an schwerer Zuckerkrankheit – die naheliegende Erklärung für seinen gewagten Fahrstil war ein Insulinschock.

Als die Verkehrspolizei den Fahrer verhörte, gab er an, er könne sich seit Århus nur sehr verschwommen an die Fahrt erinnern. Er meinte sich zu entsinnen, dass er noch anhalten wollte, um etwas zu essen. Warum er es nicht getan hatte, konnte er allerdings nicht erklären. Von der Fahrt auf dem Viborgvej erinnerte er sich nur an einen kurzen Moment, an dem er einem grünen Personenfahrzeug zu nahe gekommen war. An den eigentlichen Zusammenstoß hatte er keinerlei Erinnerungen.

Die Leiche des Lieferwagenfahrers hatte man inzwischen zur Identifikation ins Krankenhaus gebracht. Bei dem Getöteten handelte es sich um den Feuerwehrmann Jens Holger Jensen, beschäftigt auf der Feuerwache von Gentofte und wohnhaft am Gammel Jernbanevej in Kopenhagen.

Einige Tage später erzählte Niels Jørgensen Holger Jensens Schwester Birgit, er sei mit Holger zu der Haltebucht gefahren.

Doch als der Zusammenstoß stattfand, hätte er sich nicht im Wagen befunden und auch nichts tun können, um den Zusammenstoß zu verhindern. Hinterher wäre er zu geschockt gewesen, um sich der Polizei und dem Rettungsdienst zu erkennen zu geben.

Erst neun Jahre später – während der Ermittlungen gegen die Appel-Gruppe nach dem Raubüberfall auf das Postamt in der Købmagergade – erkannte die Polizei, dass dieser Montag, der 15. September 1980, für das Warenhaus Bilka in Tilst kein gewöhnlicher Tag gewesen war.

Damals wurde jeden Montag der gesamte Betrag abgeholt, den das große Warenhaus am Freitag und Sonnabend eingenommen hatte. Jeden Montag brachten Angestellte der Provinsbanken direkt nach Öffnung der Bank die Geldbeutel aus dem Safe von Bilka in ihre Filiale, die direkt neben dem Warenhaus lag. Hier wurde das Geld von einem Geldtransporter abgeholt und in die Zentrale der Bank nach Braband gebracht. Um die Mittagszeit kehrte der Geldtransporter mit einer Quittung und Wechselgeld für das Warenhaus zurück.

Wie die Ermittlungen ergaben, feierte Bilka im September 1980 zwei Wochen lang mit zahlreichen Sonderangeboten ein Jubiläum. Der Umsatz am vergangenen Freitag und Samstag war daher außerordentlich hoch gewesen, sowohl an diesem wie an dem folgenden Montag hatte man einen Betrag von rund fünf Millionen Kronen zu transportieren.

Unmittelbar nachdem der Lastwagen den Bulli gerammt und Holger Jensen getötet hatte, traf der Geldtransport mit zwei Bankangestellten der Provinsbanken ein. Gegen jede Vorschrift verließen die beiden Geldboten ihren Wagen auf dem Parkplatz von Bilka, um sich den Unfall genauer anzusehen.

Hinterher haben die Geldboten erklärt, ihnen sei übel geworden, als sie die Unmenge von Blut auf dem Vordersitz des Bullis gesehen hätten, und sie wären wieder zu ihrem Wagen zurückgekehrt.

Die Stimme
(2007)

In einer Wohnung irgendwo im Großraum von Kopenhagen spricht ein Mann. Er erzählt von Ereignissen, die beinahe dreißig Jahre zurückliegen, sein Leben aber entscheidend geprägt haben. Und mit ihm die Leben einer Gruppe von damals jungen, linksgerichteten Dänen.

Der Inhaber der Stimme ist heute ein fleißiger Familienvater mittleren Alters mit einem Beruf, der ihn erfüllt. Einige Monate zuvor hat er auf einer Ferienreise seiner nahezu erwachsenen Tochter zum ersten Mal ernsthaft zu erklären versucht, wie es dazu kam, dass er während ihrer Kindheit einige Jahre in einer Gefängniszelle zubringen musste.

Unter dem Versprechen der Anonymität hat dieser Mann eingewilligt, seine Version der Ereignisse um die Gründung der Kommunistischen Arbeitsgruppe, KA, in den späten siebziger Jahren zu erzählen. Er selbst war Mitglied der Gruppe, darum ist sein Bericht an einige Bedingungen und Forderungen geknüpft.

Er möchte nicht erkannt werden. Damit nicht ersichtlich wird, welche Rolle er selbst gespielt hat, will er nicht detailliert über den Verlauf der Ereignisse sprechen. Andere Gruppenmitglieder möchte er nicht belasten. Das heißt, er kann nicht konkret über die kriminellen Aktivitäten der Gruppe berichten, weil er damit belastende Tatsachen über die Handlungen anderer Gruppenmitglieder verraten würde.

Dazu kommt die subjektive Sicht, die jeder persönliche Bericht über die Vergangenheit naturgemäß hat. Oder wie er selbst es formuliert: »Ich muss betonen, dass es keine rein rationalen oder politischen Erklärungen für die Spaltung des KAK im Frühjahr 1978 und die Gründung des KA gab. Die Geschichte der Organisation ist auf komplizierte Weise mit psychologischen Faktoren und persönlichen Motiven verwoben, die nur die jeweils Betroffenen kennen, die sie möglicherweise selbst kaum verstehen. Ich kann lediglich über meine Erlebnisse und meine Interpretation der Ereignisse reden.«

Trotz dieser Einschränkungen ist es durchaus sinnvoll, der Stimme zuzuhören. In jedem Fall hat der Mann von vornherein zwei zentrale Fragen formuliert, die ihn in den Jahren nach seiner Verhaftung und Verurteilung beschäftigt haben: Wie konnte es so weit kommen? Welche ethischen Werte steuerten meine beziehungsweise unsere Handlungen?

»Wenn man die Mechanismen im Kommunistischen Arbeitskreis verstehen will, kommt man nicht darum herum, die Gruppe als eine Art von Sekte zu betrachten. Die Identität der Mitglieder bestand darin, Anhänger einer Sekte zu sein, und wie bei anderen Sekten auch wurden die Mitglieder durch Angst sozialisiert. Die Drohung, aus der Sekte ausgestoßen zu werden, die ständig in der Luft schwebte, löste bei den meisten heftige Angst aus.

Ein Grundmechanismus der Organisation war ihr hundertprozentig zentralistischer Aufbau. Kein Mitglied ergriff auch nur die geringste Initiative, ohne dass sie von oben gutgeheißen wurde. Sämtliche Direktiven hatten ›top-down‹ zu laufen. So lautete die Regel. Die Spitze bestand aus Gotfred und Ulla, während Holger und später Jan in der Hierarchie direkt unter ihnen agierten. Dass die beiden überhaupt in die Leitung aufgenommen wurden, lag an ihrer engen Zusammenarbeit mit der PFLP.

Ein anderes sektiererisches Element war die Geheimniskrämerei. Selbstverständlich muss eine Gruppe, die kriminellen Aktivitäten nachgeht, notwendigerweise ein hohes Niveau von Geheimhaltung praktizieren, aber Appel überzog damit auch vollkommen legale und absolut alltägliche Aktivitäten. Uns wurde zum Beispiel verboten, am Telefon einen Grund anzugeben, wenn man nicht zu einem politischen Treffen kommen konnte, selbst wenn der Grund noch so banal war. Ebenso war es äußerst geheim, wann Gotfred Urlaub machte, auch wenn es sich nur um eine ganz gewöhnliche Ferienreise mit Ulla handelte.

Heute kann ich nur schwer entscheiden, wie bewusst Gotfred Appel die Bedeutung der einzelnen Bausteine für die Sektenbildung gewesen ist. Ich weiß noch immer nicht, ob er die Geheimhaltung beispielsweise übertrieb, weil er tatsächlich glaubte, sie wäre in einer kommunistischen Organisation notwendig, oder ob er diese Elemente kühl und berechnend zur Schaffung seiner politischen Sekte anwandte. Ich kann nur konstatieren, dass ich diese Strukturen in den meisten anderen Sekten wiedererkenne, ob sie nun religiös oder politisch, rechts oder links sind.

Ein dritter entscheidender Mechanismus, der in einem engen Zusammenhang mit der Geheimniskrämerei gesehen werden muss, war das Tabu: ein generelles Tabu, über bestimmte Themen zu sprechen. Gotfred und Ulla bestimmten, worüber gesprochen werden durfte. Als einfaches Mitglied unterließ man es sicherheitshalber, über irgendetwas Kontroverses zu sprechen, weil man nicht wirklich die Grenzen kannte, was gesagt werden durfte. So umfassend war das Tabu. Man konnte möglicherweise über einen Film reden, den man gesehen hatte, oder über eine Kneipentour. Aber alles, was auch nur andeutungsweise in eine eigenständige politische Richtung ging, war per Definition tabu. Politische Themen wurden entweder in Form eines Referats oder einer genauen Interpretation über eine schriftliche oder mündliche Äußerung Gotfreds abgehandelt. Gestattet waren auch Texte von anderen Autoren, die Gotfred als ›etwas, durch dessen Lektüre man klüger wird‹ abgesegnet hatte.

Das Tabu wurde mit einer ungewöhnlich plumpen und manipulierenden Argumentationsform durchgesetzt. Die beiden Anführer ließen nie Raum für eine Debatte, alternative Sichtweisen oder auch nur die Möglichkeit, Fragen zu stellen. Wenn man nicht innerhalb von sehr eng gesteckten Rahmen argumentierte – Leninismus und ähnliche Dogmen, ausgelegt auf die richtige Weise –, konnte das als Zweifel ausgelegt werden. Und jede Form von Zweifel wurde augenblicklich ausgemerzt. Denn wenn man zweifelte, konnte es nur daran liegen, dass man kein guter Mensch war und nicht die große Revolution wollte.

Jeder, der es wagte, Fragen zu stellen oder sich vielleicht sogar kritisch zu verhalten, wurde dem Rest der Gruppe gegenüber als Idiot dargestellt. Gotfred hatte eine fantastische Gabe, jemanden als totalen Idioten vorzuführen, folgte man nicht seinen Auslegungen. Drückte sich zum Beispiel jemand ungeschickt aus, das heißt, legte er die Losung des Tages nicht ordentlich aus, hatte Gotfred eine bestimmte Methode: Während der Betreffende redete, schüttelte Gotfred heftig den Kopf, wobei er mit vibrierenden Lippen ein lautes, rotziges ›Uh‹ ausstieß. Dann brüllte er den Vermessenen an: ›Ich versteh überhaupt nicht, was du sagen willst! Würdest du versuchen, es noch einmal zu erklären!‹

Dann sitzt so ein erschrockener Mensch mit Anfang zwanzig da und denkt, nun hätte er sich offenbar zu weit auf unsicheres Terrain gewagt. Hat man so etwas zwei- oder höchstens dreimal hinter sich, macht man es nie wieder.

Nach dem Aufruhr im Mai 1978 glaubte Holger, er könnte Gotfred überreden, Ulla zu verlassen und in seine eigene Gruppe zu kommen. Holger arrangierte Treffen mit Gotfred, auf denen er und ein paar seiner engsten Genossen versuchten, ihn zu überzeugen, sich der neuen Organisation anzuschließen, die er aufbaute. Holger gab seine Überredungsversuche nur sehr langsam auf.

Als neue Organisation stand die Kommunistische Arbeitsgruppe im Herbst 1978 vor der Situation, dass das Vertrauen der PFLP-Führung in uns ziemlich gering war: Im vergangenen Winter hatte Appel offiziell die Zusammenarbeit mit der PFLP aufgekündigt, dann hatte es die interne Krise gegeben, und obwohl Holger einen gewissen inoffiziellen Kontakt gehalten hatte, war unsere Glaubwürdigkeit nicht besonders hoch.

So entsprachen die Kontaktpersonen, mit denen wir uns Ende 1978 trafen, nicht wirklich unseren Erwartungen an eine operative und politische Zusammenarbeit auf hohem Niveau. Eine unserer ersten und wichtigsten Aufgaben in der KA war es deshalb, das verlorene Vertrauen zurückzugewinnen und einen ordentlichen Kontakt aufzubauen. Tatsächlich bekamen wir erst wieder eine direkte Verbindung zur Führung der PFLP, als wir uns im Jahr darauf mit Marwan El-Fahoum trafen.

Man darf nicht unterschätzen, wie motivierend es sein kann, wenn man die Menschen trifft, die man unterstützt. Alle in der KA hatten persönliche Bekanntschaften mit Palästinensern und nahmen Anteil an ihren Geschichten von Flucht, Vertreibung, Übergriffen und Mord.

Die Grundeinstellung und die Motive für unsere Aktivitäten könnte man so zusammenfassen: Wenn wir die Befreiungsbewegungen nicht unterstützen und bei dieser Unterstützung so weit gehen, wie es notwendig ist, unterstützen wir automatisch ihr Gegenteil – Besetzung und Unterdrückung. Man kann sich einer Verantwortung nicht entziehen und muss handeln. Es existiert keine Insel der Seligen, auf der man sich neutral und passiv verhalten kann.

Aber jetzt will ich uns nicht besser machen, als wir waren. Wir waren kein Verein, in dem über Ethik diskutiert wurde. In unseren Diskussionen über Methoden und Techniken ging es eher um Praxis als um Ethik. Wenn wir bestimmte illegale Handlungen verwarfen, geschah dies meist aus operativen Überlegungen: Es könnte für uns gefährlich werden oder das Risiko einer Entdeckung war zu groß. Ich habe an einigen Diskussionen teilgenommen, bei denen das wichtigste Thema war, wie wir unseren eigenen Arsch retten konnten.

In der ersten Zeit der Kommunistischen Arbeitsgruppe griffen wir die Diskussion über Aktionsformen noch einmal auf. Vieles lehnten wir nicht explizit ab, aber wir formulierten sehr scharf, was wir wollten. Von Anfang an herrschte Konsens darüber, von einer Befreiungsbewegung nicht fordern zu können, sich innerhalb ihres eigenen Konfliktgebiets irgendwelchen moralischen Grenzen zu unterwerfen. Wenn es um eine palästinensische Organisation in Israel oder der näheren Umgebung ging, zogen wir keine moralischen Grenzen für ihre Aktionen.

Aber in Dänemark und auf europäischem Boden führten wir Appels Linie aus der Endphase des KAK weiter, in der er sich in einigen – im Übrigen ziemlich eigenartigen – Artikeln von der Roten Armee Fraktion in Westdeutschland distanziert hatte. Seine Schmarotzerstaatentheorie im Hinterkopf, glaubte Gotfred ja nicht an einen Beginn der Revolution in Westeuropa, deshalb hatte es auch keinen Sinn, den Bürgern des eigenen Landes das kapitalistische System vor Augen zu führen oder zu hoffen, die Arbeiterklasse ließe sich durch Aktionen aufklären. Auch im KA glaubten wir nicht, Aktionen offensiv politisch umsetzen zu können, also die Verantwortung für bestimmte Aktionen zu übernehmen und der Öffentlichkeit erklären zu können, warum man sie ausgeführt hatte. Bei unseren internen Diskussionen ging es natürlich auch darum, welche Rolle wir als eine extrem kleine Gruppe hoch oben im Norden Europas spielen konnten. Und unser entscheidendes Diskussionsergebnis war: Wir wollten die Organisationen bedingungslos unterstützen, mit denen wir bisher zusammengearbeitet hatten. Also lieferten wir der PFLP, worum sie uns bat, wenn wir uns dazu in der Lage sahen. Egal, was es war: Geld, Waffen, Informationen, Kleidung. Whatever.

Aber ich möchte noch einmal betonen, es wäre falsch, wenn dieses Gespräch den Eindruck erwecken würde, die ethischen Diskussionen hätten mehr Raum eingenommen als die rein praktischen Überlegungen, wie wir unsere Unterstützungsarbeit angingen. Entweder unterstützte man den Befreiungskampf oder die eigene Untätigkeit beschwerte die falsche Waagschale. So war unser Erklärungsmodell, und daher fanden wir es generell in Ordnung, so zu handeln, wie wir es taten.

Und genau an diesem Punkt setzt meine Selbstkritik an. Denn mit diesem Erklärungsmodell kann man im Grunde alles legitimieren. Vielleicht schraubt man noch ein bisschen an dem ethischen Rahmen herum, aber letzten Endes ist auch das meine eigene Entscheidung – tatsächlich nehme ich mir das Recht, im Namen der Sache alles tun zu dürfen. Dass wir uns selbst diesen Raum verschafft haben, ist das gravierendste Element meiner ganzen politischen Geschichte als Mitglied dieser Sekte: Den ethischen Rahmen haben wir durchaus in den Details justiert, aber grundsätzlich haben wir uns eine einzige Freikarte ausgestellt.«

Der größte Plan
(1982–1985)

Bereits in den frühen achtziger Jahren begann Marwan El-Fahoum, der Geheimdienstchef der palästinensischen Volksfront, einen besonders ambitionierten Plan mit den ›Äpfeln‹ zu diskutieren. Es ging darum, ein Mitglied einer wohlhabenden Familie in Nordeuropa zu entführen und ein Lösegeld zu fordern, das die Kasse der ›Front‹ wirklich klingeln lassen würde.

Die PFLP hatte mit einer ähnlichen Operation in Spanien gute Erfahrungen gemacht, wusste Fahoum zu berichten. Die Entführung dort hatte nicht nur zu einer erklecklichen Beute geführt, durch Drohungen war es sogar gelungen, die Aktion gegenüber der Polizei und der Öffentlichkeit geheim zu halten.

Im Laufe des Jahres 1982 leitete der innere Zirkel der Kommunistischen Arbeitsgruppe die Planungen für ihre bis dahin größte Operation ein. Opfer sollte eine Familie in Westdeutschland oder Skandinavien sein. Dänemark wurde frühzeitig ausgeklammert, weil es für dänische Entführer zu riskant gewesen wäre, im eigenen Land zu agieren. Die Gruppe musste einen Milliardär finden, der imstande war, für einen nahen Familienangehörigen ein Lösegeld in der Größenordnung von zwei- bis dreihundert Millionen Kronen zu zahlen, ohne dass außerhalb der Familie jemand eingeweiht werden musste. Es sollte eine schnelle und effektive Entführung stattfinden, wenn das Opfer allein war. Die betreffende Person würde sofort betäubt und danach im bewusstlosen Zustand in ein abgelegenes Versteck gebracht werden. Dort musste man sie oder ihn eventuell mehrere Wochen lang gefangen halten können, bis das Familienoberhaupt die Lösegeldforderung erfüllte. Die eigentliche Übergabe der Summe, die auf einem Flughafen im Nahen Osten stattfinden sollte, wollte Marwan El-Fahoum selbst organisieren.

Die ersten Schritte zur Auswahl eines Entführungsopfers wurden bereits 1982 getan. Abgesehen vom Privatvermögen war eines der Kriterien, eine Person zu finden, die ohnehin das Licht der Öffentlichkeit scheute – damit von einer diskreten Behandlung der Entführung ausgegangen werden konnte.

In Westdeutschland richtete sich der Blick auf den Multimillionär Reinhold Würth, der bereits als Neunzehnjähriger von seinem Vater den weltumspannenden Würth-Konzern übernommen hatte, in dem vor allem Werkzeug und chemische Produkte produziert wurden. Man kannte den Konzernchef in der Öffentlichkeit als großen Kunstsammler, doch davon abgesehen lebte der inzwischen siebenundvierzigjährige Reinhold Würth ein relativ zurückgezogenes Leben auf dem Jagdschloss der Familie: Schloss Hermersberg bei Niedernhall, einem kleinen Weinbauort nördlich von Stuttgart.

Peter Døllner und einige andere Mitglieder der Kommunistischen Arbeitsgruppe sammelten Informationen über Würth und fuhren mehrmals nach Süddeutschland, um das Jagdschloss und die Familie zu beobachten. Weil das Schloss relativ einsam lag, wurde es mit mehreren Videokameras bewacht. Allerdings ging Reinhold Würth häufig allein mit seinem Hund spazieren oder saß selbst am Steuer seines dunkelgrünen Mercedes 500, ohne seinen Chauffeur. Hin und wieder verreiste das Familienoberhaupt für drei, vier Tage mit seinem privaten Flugzeug.

Auch Würths Ehefrau war ab und an allein anzutreffen. Sie kaufte in einem bestimmten Kaufhaus im Nachbarort ein und ging jeden Mittwochabend um acht Uhr mit ihrem noch bei den Eltern wohnenden Sohn in den Gottesdienst der neuapostolischen Kirche im nahe gelegenen Weissbach. Peter Døllner überprüfte auch die anderen beiden Kinder des Paars und interessierte sich vor allem für die vierundzwanzigjährige Tochter, die ein Jahr zuvor ein Kind bekommen hatte.

Bemerkenswerterweise enthielten die Aufzeichnungen über die Familie Würth, die Peter Døllner den anderen Gruppenmitgliedern präsentierte, auch Informationen, die er sich nicht allein aus öffentlich zugänglichen Quellen oder der Beobachtung des Schlosses beschafft haben konnte. Aufgrund von Würths großer Kunstsammlung, zu der auch ein Picasso gehörte, war das Schloss von einem umfassenden Alarmsystem geschützt – die Informationsbeschaffung durch einen Einbruch ist also ausgesprochen unwahrscheinlich. Peter Døllner oder ein anderes Mitglied der Gruppe muss Informationen von einem Insider bekommen haben, dessen Kenntnisse der privaten Familienverhältnisse weit über das übliche Maß hinausgingen. Zumindest deutet eine Reihe von Indizien darauf hin.

Aus Døllners Notizen geht beispielsweise hervor, dass Reinhold Würth eine Schusswaffe besaß und sich in seinem Schlafzimmer ein Monitor befand, der mit den Videokameras am Schloss verbunden war. Die Aufzeichnungen enthalten auch Informationen über den Gesundheitszustand der Familie und Reinhold Würths genaue Arbeitszeiten. Darüber hinaus hatte ein Mitglied der Gruppe private Fotos der Familienmitglieder beschafft.

Unter den Fundstücken der Wohnung in der Blekingegade befand sich ein Pappkarton, auf den irgendjemand »Die Reichen« geschrieben hatte. Darin lagen mehrere blaue Ringbücher mit Fotokopien, Zeitungsartikeln und handgeschriebenen Notizen über einige der vermögendsten Familien in Westdeutschland, Norwegen und Schweden. Eines der Ringbücher enthielt Informationen über Reinhold Würth: deutsche Magazinartikel über die Würth-Gruppe, Fotos von ihm, von seiner Ehefrau und seiner ältesten Tochter sowie einen linierten Notizblock, den Peter Døllner von einer Reise zum Jagdschloss Hermersberg mitgenommen hatte.

Wie die Kriminalpolizei unschwer feststellen konnte, handelte es sich bei Reinhold Würth um einen ungemein vermögenden Mann, dessen Konzern auch eine dänische Filiale hatte: Würth Danmark mit Hauptsitz in Kolding. Um nach der Entdeckung der Wohnung in der Blekingegade mit den Ermittlungen weiterzukommen, nahm die Polizeiführung im Sommer 1989 Kontakt zu ihren Kollegen von der deutschen Kriminalpolizei auf und bat sie um Untersuchung des Falls. Die Kollegen in Westdeutschland bekamen Kopien von Døllners Notizen und den Fotos der Familie Würth.

Im Laufe des Herbstes lagen die Ergebnisse aus Deutschland vor. Reinhold Würth hatte während einer Vernehmung unmissverständlich erklärt, weder er noch ein anderes Familienmitglied sei jemals Opfer einer Entführung gewesen. Es hätte zu keiner Zeit irgendwelche Drohungen gegeben und die Familie hätte auch nie das Gefühl gehabt, observiert zu werden.

Allerdings konnte Würth sämtliche Informationen über die privaten Verhältnisse der Familie und ihre Verhaltensmuster bestätigen, die in Døllners Notizen standen. Jedoch sei einiges veraltet und sah aus, als wäre es bereits vor sieben Jahre, also etwa 1982, zusammengetragen worden.

Viel mehr wollte die deutsche Kriminalpolizei nicht weitergeben, bevor die Justizminister der beiden Länder offizielle Gespräche über den Fall geführt hatten. Darum reisten ein dänischer Kriminalbeamter und ein Mitarbeiter des PET nach Deutschland, um persönlich mit den Kollegen zu sprechen. Zu dem Gespräch erschien die deutsche Kripo mit mehreren Abteilungsleitern.

Auch die Deutschen hatten sich gewundert, wie es Peter Døllner gelungen war, sich derart private Informationen über die Würth-Familie zu beschaffen. Laut Reinhold Würth hatte es nie einen Einbruch in das Jagdschloss gegeben, auch war keiner der Angestellten dänischer Abstammung.

Als dann die deutsche Kripo Würth die Fotos der Familie zeigte, die man in der Blekingegade-Wohnung gefunden hatte, fand die Vernehmung ein jähes Ende. Reinhold Würth bestätigte gegenüber der Kriminalpolizei lediglich, dass ihm die Fotos bekannt seien. Sie würden von einem Bekannten stammen. Mehr wollte er nicht über die Bilder sagen. Er erklärte, seiner Familie keine weiteren Unannehmlichkeiten zumuten zu wollen.

Nachdem er weitere Aussagen abgelehnt hatte, bat Würth die Beamten, äußerst diskret mit den Details des Falls umzugehen, weil er immer versucht habe, sein Privatleben nicht der Öffentlichkeit preiszugeben. In dem Dorf Niedernhall würde er noch immer »der Schraubenfabrikant« genannt, obwohl er längst Chef eines Weltkonzerns mit Milliardenumsätzen war.

Das Protokoll des Gesprächs zwischen den dänischen und den deutschen Kripobeamten im Dezember 1989 ist das letzte

Dokument der Angelegenheit Würth in den Ermittlungsakten gegen die Blekingegade-Bande.

In dem Pappkarton mit der Aufschrift »Die Reichen« hatte die Kriminalpolizei im Mai 1989 außerdem einen blauen Ringordner mit der Bezeichnung »Aktueller Fall« gefunden. Er enthielt eine stattliche Sammlung handgeschriebener und mit der Maschine getippter Notizen, darüber hinaus Fotokopien und Kartenmaterial. Der Inhalt wird auf der ersten Seite beschrieben: »Recherchen über die Familie Gad Rausing – Direktor der schwedischen Firma Tetra Pak AB«.

Die Familie Rausing war viele Jahre lang unbestritten die reichste Familie Schwedens. Gemeinsam mit ihrem Vater hatten die Brüder Gad und Hans Rausing in den fünfziger Jahren die Verpackungsfirma Tetra Pak aufgebaut. Die Firmenbasis bildete das weltweit erste Patent für Pappkartons, in die Milch oder Saft abgefüllt werden konnte. Der globale Erfolg des Produkts führte zum Aufbau eines internationalen Geschäftsimperiums, das die Rausings mit dem Vermögen einer dreistelligen Milliardensumme zu einer der reichsten Familien der Welt werden ließ. Allein die Gesellschaft Tetra Pak International, so eine Notiz im Ringordner, erwirtschaftete 1982 einen Überschuss von über einer Milliarde Schwedischer Kronen.

Das Material über die Familie Rausing ist in eine Reihe von Abschnitten unterteilt: »Tetra Pak«, »Familie privat – biografisch«, »Observation«, »Ergreifung«, »Aufbewahrung« und »Ablieferung der Mittel« lauten die Stichworte. Außerdem enthält der Ordner eine durchsichtige Plastikhülle mit einem aufgeklebten Zettel: »ORIGINALBRIEFE – dürfen nicht abgeschickt werden!!!«

Die Beamten, die in dem Ordner blätterten, mussten nicht lange lesen, bis sie sahen, worum es sich handelte. Einer der

Briefe, die alle auf Englisch abgefasst sind, beginnt so: »We have kidnapped Jorn Rausing, he is safe. If you wish that he should not be killed, you must carry out our following instructions precisely.«

In dem Pappkarton fand die Polizei außerdem zehn Fuji-Bänder mit über vierzig Stunden Videoaufzeichnungen von der Familie Rausing sowie handschriftliche Observationsberichte.

Eines der Videobänder wurde am 12. September 1984 zwischen 6:51 und 18:36 Uhr bei einer Villa in der schwedischen Universitätsstadt Lund aufgenommen. Die Gruppenmitglieder waren laut Angaben des beigelegten Observationsberichts der Ansicht, morgens »Frau Rausing mit Baby« und tagsüber den ältesten der beiden Brüder, den zweiundsechzigjährigen Gad Rausing, beobachtet zu haben: »Gad mit Hund« und später »Gad im Volvo«.

Nach einer gewissen Beobachtungszeit war der Gruppe allerdings klargeworden, dass Gad Rausing die Villa gar nicht selbst bewohnte, obwohl sie ihm gehörte. Im Haus lebte ein Ehepaar aus seinem Freundeskreis, der Mann sah Gad Rausing zum Verwechseln ähnlich. Gad Rausing hatte bereits vor längerer Zeit Schutz vor dem schwedischen Steuersystem gesucht und lebte in London, auch sein jüngerer Bruder Hans war inzwischen nach England gezogen.

Hans Rausing, der aus der schwedischen Presse für seine Ausfälle gegen das sozialdemokratische Gesellschaftssystem bekannt war, wurde von der Gruppe ganz offensichtlich für den schwierigeren Part gehalten. Die Berichte über die beiden Brüder deuten eindeutig darauf hin. Das Interesse konzentrierte sich deshalb auf den zurückhaltenderen Gad, der darüber hinaus als studierter Archäologe einen humanistischen Hintergrund hatte.

Gad Rausings ältester Sohn wohnte in der Schweiz und kam aus diesem Grund als Entführungsopfer nicht in Frage. Doch sein jüngerer Sohn, der vierundzwanzig Jahre alte Jörn Rausing, lebte in Lund, um dort sein Studium zu beenden. Er wohnte allein in einer Wohnung an der Östre Vallgatan gegenüber dem Botanischen Garten.

Wie Bo Weimanns wirtschaftliche Analysen zeigten, hatte die Rausing-Familie Zugriff auf ein erhebliches privates Vermögen und war mit Sicherheit in der Lage, schnell und diskret einen größeren Millionenbetrag aufzubringen. Auch Gad Rausings persönliches Profil sprach für ihn als geeignetes Opfer einer Erpressung.

Irgendwann im Herbst 1984 beschloss die Gruppe darum nach einer Beratung mit Marwan El-Fahoum, Jörn Rausing das erste Opfer des großen Entführungsplans werden zu lassen. Die Aktion wurde für April oder Mai des kommenden Jahres geplant. Bis dahin konnte Fahoum den Plan für die Übergabe der Lösegeldsumme auf einem Flughafen im Nahen Osten entwickeln. Gleichzeitig wurde beschlossen, von Jörn Rausings Vater eine Summe von fünfundzwanzig Millionen Dollar zu fordern.

In vielerlei Hinsicht erwies Lund sich als vorteilhaft für die Aktion, vor allem aber lag es nicht weit von Kopenhagen entfernt. Über die Fähre nach Malmö war Lund in kurzer Zeit mit dem Auto zu erreichen. Außerdem hatte die Gruppe besondere Beziehungen zu Lund: Einerseits lebte Marwan El-Fahoums schwedische Ehefrau dort mit ihren beiden Söhnen als Ärztin, andererseits hatte ein Mitglied der Gruppe ausgerechnet 1984 eine wichtige Aufgabe in der Stadt. Als Systemdesigner der dänischen EDV-Firma Regnecentralen wurde Jan Weimann beauftragt, die Installation eines EDV-Systems zu leiten, das die Bibliotheksverwaltung von Lund bestellt hatte.

Der Leiter der Bibliotheksverwaltung erklärte bei einer späteren Vernehmung, Jan Weimann hätte sich in den Jahren 1984, 1985 mehrfach in Lund aufgehalten, um das EDV-System zu installieren. Er erinnerte sich, wie Weimann oft noch spät abends arbeitete, ein paar Mal hatte er ihn persönlich zur Tragflügelfähre in Malmö gebracht. Im Kalender des Chefs taucht Jan Weimanns Name 1984 zehnmal auf, zuerst im Januar, zuletzt im Dezember.

Aus den Ermittlungsakten der Kriminalpolizei ist nicht ersichtlich, auf welche öffentlichen Datensysteme Jan Weimann während seiner Arbeit in Lund Zugriff hatte. Aber in dem Material über die Familie Rausing fand die Polizei Informationen über Familienmitglieder aus dem Einwohnermeldeamt, dem Kirchenverzeichnis und dem Finanzamt.

Insgesamt sechs Mitglieder der Kommunistischen Arbeitsgruppe waren bereit, sich am aktiven Teil der Entführung zu beteiligen. Es handelte sich um die vier Kernmitglieder Peter Døllner, Niels Jørgensen, Jan Weimann und Torkil Lauesen – obwohl dessen Teilnahme an der eigentlichen Aktion noch ungewiss war, weil seine Frau Lisa Anfang 1985 niederkommen sollte.

Außerdem hatten Jans Bruder Bo Weimann und Karsten Møller Hansen sich bereit erklärt, an der Aktion teilzunehmen. Laut Karsten Møller Hansen wurde er im September 1984 gefragt, ob er bei einer »gefährlichen und illegalen« Operation mitmachen wollte, mit der besonders viel Geld für die PFLP beschafft werden könne. Er hatte Zweifel, weil er und seine Frau Anna in diesem Sommer ein Kind bekommen hatten, doch nach einigen Tagen Bedenkzeit sagte er zu. Erst dann erfuhr er von den Plänen der Gruppe, den Milliardärssohn Jörn Rausing zu entführen.

Mit zwei neuen Akteuren in der Gruppe mussten einige Grundsatzdiskussionen, die die vier Kernmitglieder bereits während der Vorbereitungen für die Würth-Entführung geführt hatten, noch einmal aufgegriffen werden. Es ging darum, den operativen Modus gegen eine Reihe von ethischen Gesichtspunkten abzuwägen.

»Ethische und moralische Aspekte haben während der gesamten Planung der Entführung durchaus eine Rolle gespielt, denke ich«, erzählt eines der Gruppenmitglieder, das den Entführungsplan mit ausgearbeitet hat. »Relativ spät stellten wir uns zum Beispiel die Frage, wie wir uns gegenüber Jörn Rausings Freundin verhalten würden, sollte sie während der Entführung in der Wohnung sein. Aber ich will damit wirklich nicht behaupten, dass die ganze Operation ethisch in Ordnung war. Doch die wichtigsten Beschlüsse wurden bereits sehr früh gefasst, und dabei ging es unter anderem darum, welchen physischen Belastungen wir Jörn Rausing aussetzen wollten.«

Die erste Debatte diente der Klärung, ob das Opfer, nachdem sein Vater die Lösegeldsumme von fünfundzwanzig Millionen Dollar gezahlt hatte, getötet werden sollte.

»Als wir die Erfahrungen in anderen Entführungsfällen analysierten, wurde schnell klar, dass es relativ normal war, den Entführten nach der Zahlung des Lösegelds umzubringen, zum Beispiel bei der Mafia. Allein, um die Arbeit der Polizei zu behindern. Operativ finden sich im Großen und Ganzen eigentlich keine Argumente dafür, den Gekidnappten am Leben zu lassen. Man schafft sich damit einen Haufen Probleme vom Hals. Sowohl die Entführung als auch die Planung des Verstecks werden bedeutend einfacher. Sämtliche Sicherheitsprobleme sind sehr viel leichter lösbar, wenn man keinen überlebenden Augenzeugen hat.

Nur ein einziges operatives Argument spricht gegen die Tötung des Opfers: Wenn es im gesamten Verlauf gelingt, die Aktion geheim zu halten, und die Polizei nicht mit einbezogen wird, würde ein Mord mit großer Wahrscheinlichkeit eine polizeiliche Fahndung auslösen. Auf der anderen Seite gab es eine Unmenge moralischer Argumente, um Jörn Rausing am Leben zu lassen: ›Damit können wir nicht leben‹, ›da mache ich einfach nicht mit‹, ›das kommt überhaupt nicht in Frage‹ – alles Gefühle und Überlegungen, die auf den ethisch-moralischen Maßstäben jedes Einzelnen beruhen. Nach einer dieser Diskussionen entschieden wir, Mord auszuschließen. Soweit ich mich erinnere, hat am Ende niemand mehr dagegen argumentiert.

Umgekehrt kosteten die Vorbereitungen tatsächlich Blut, Schweiß und Tränen. Mann, wie viel Zeit brauchten wir allein, um zu überlegen, wie wir seine Zelle einrichten sollten, um ihm das Gefühl zu vermitteln, an einem ganz anderen Ort der Welt zu sein. Und wie sollte die Kommunikation mit ihm stattfinden, damit er den Eindruck bekam, wir kämen aus einem ganz anderen Land?

Der gesamte Kontakt mit dem Entführten wurde ziemlich kompliziert: Wir ließen Araber Bänder für ihn besprechen, damit er nicht herausfand, dass wir aus Dänemark stammten. Sämtliche Nachrichten an ihn wurden auf Englisch geschrieben. Wir wollten uns mit Sturzhelmen verkleiden. Kleidung, Süßigkeiten, Bücher, Creme – alles, was er während der Entführung brauchte, musste im Ausland eingekauft werden. Das klingt möglicherweise relativ simpel, aber es verlangte viele, viele Tage Planungsvorbereitungen. Die Konsequenzen unseres Beschlusses, ihn nicht umzubringen, waren vielfältig und unvorhersehbar.

Die nächste moralische Diskussion ging darum, ob wir ihm Körperteile abschneiden durften, zum Beispiel einen Finger, um ihn dem Vater zu schicken. Operativ ist das eine sehr gängige und effektive Vorgehensweise. Zum einen präsentiert man einen unumstößlichen Beweis, den Richtigen zu haben. Zum anderen unterstreicht man damit sehr überzeugend die Ernsthaftigkeit seiner Drohung. Ja, das klingt total krank. Aber tatsächlich dauerte diese Diskussion noch länger als die erste, weil einige in der Gruppe der Ansicht waren, diese Option sollte erwogen werden.

Schließlich entschieden wir uns gegen das Abschneiden eines Fingers, tatsächlich ausschließlich aus moralischen Gründen. Stattdessen wollten wir ein Videoband aufnehmen, das dem Vater geschickt werden konnte. Gleichzeitig wollten wir ein maximales Gefahrenszenario aufbauen, indem wir ein Tonband mit unseren Drohungen einspielten, das dem Empfänger das Blut gefrieren lassen sollte. Ein Araber sprach und der Text wurde mit einem Mikrofon aufgezeichnet, das der Aufnahme einen sehr metallischen Klang gab. Wir haben zusätzlich die Geschwindigkeit ein wenig manipuliert, um den Effekt zu erhöhen. Gleichzeitig entschieden wir uns, jegliche wechselseitige Kommunikation mit der Familie abzulehnen. Wir hatten die Instruktionen zu geben, sie hatten einfach nur zu gehorchen.«

Nachdem diese ethisch-moralischen Fragen geklärt waren, konnten die konkreten Vorbereitungen der Entführungsaktion fortgesetzt werden. Am 23. Oktober 1984 mieteten zwei Gruppenmitglieder unter falschen Namen einen schwedischen VW-Bulli und installierten die Videoausrüstung der Gruppe im Laderaum. Am nächsten Morgen standen die beiden Männer an der Östre Vallgatan vor der Nummer 59 B, einem mehrstöckigen Gebäude, in dem Jörn Rausing in der dritten Etage wohnte. Von seinem Balkon aus konnte er den Botanischen Garten überblicken.

Den ganzen Tag schnurrte die auf den Eingang des Gebäudes gerichtete Kamera. Auf den Aufnahmen lassen sich in der Spiegelung des Autofensters zwei Personen auf dem Vordersitz des Bullis erkennen. In regelmäßigen Abständen wischt einer von ihnen die beschlagene Scheibe vor der Kamera sauber. Irgendwann steigen die Personen aus und verlassen den Wagen in kurzen Lederjacken, einer trägt eine große längliche Tasche über der Schulter.

Einige Tage später gelang es Niels Jørgensen, das Opfer zu filmen. Gegen zwei Uhr nachmittags kehrte Jörn Rausing aus der Universität in seine Wohnung zurück. In einem weißen Porsche 911 Targa, wie Niels Jørgensen notierte.

Die Observation umfasste auch eine Auflistung der übrigen Bewohner des Gebäudes, deren Kommen und Gehen festgehalten wurde. Es war relativ einfach, ins Treppenhaus zu kommen, da die Haustür nie abgeschlossen wurde, außerdem gab es keine Gegensprechanlage.

In den folgenden Monaten wechselten sich die sechs Mitglieder der Gruppe ab, um in verschiedenen Mietwagen nach Lund zu fahren und Jörn Rausings Wohnung zu beobachten. Seine Verhaltensmuster sollten genau erfasst werden. Teilweise wurde von einem Baum im Botanischen Garten aus beobachtet, von dem man in Rausings Wohnung blicken konnte. Vor allem Torkil Lauesen bezog diesen Posten.

Die Ergebnisse der Überwachung ergaben, dass der junge Mann ein typisches Studentendasein führte und nie sonderlich zeitig aufstand. Als geeigneter Zeitpunkt für den Überfall bot sich also der frühe Morgen an.

Gleichzeitig wurden die Planungen für den heikelsten Teil der Entführung vorangetrieben, die Übergabe der Lösegeldsumme durch Gad Rausing an die PFLP. Einer der ersten Schritte bestand darin, Rausings private Adresse in London und seine Telefonnummer zu ermitteln, damit die Gruppe nach der Entführung durch Briefe und Anrufe mit ihm kommunizieren konnte.

Bei ihren Recherchen hatte die Gruppe einen Artikel über den »Handel in prähistorischer Zeit« gefunden, den der Archäologe Rausing erst kürzlich in der schwedischen Zeitschrift *Populær Arkæologi* veröffentlicht hatte. Nachdem ein Versuch, die Adresse des Autors über den Redakteur der Zeitschrift zu beschaffen, gescheitert war, rief Bo Weimann in der Zentrale von Tetra Pak an. Bei Gad Rausings ehemaligem Privatsekretär gab er sich als der Wissenschaftler »Vandem Berghe« von der »State University of Ghent« in Belgien aus. Er erklärte, er hätte zwar Kollege Rausings alte Adresse, aber benötigte die neue Privatadresse und Telefonnummer in London.

Die Gruppe rechnete damit, den Entführten betäuben zu müssen, um ihn nach dem Überfall in eine Hütte transportieren zu können, die sie bei Blekinge in der Nähe von Karlskrona in Südschweden angemietet hatten. Deswegen baten Torkil Lauesen und Jan Weimann eine Expertin aus der Kommunistischen Arbeitsgruppe um Hilfe: Anna, die seit einem Jahr Karsten Møller Hansens Ehefrau war, hatte als Ärztin gerade ihre Ausbildung in der Anästhesieabteilung eines Kopenhagener Krankenhauses beendet.

Weimann und Lauesen trafen sich mit Anna mehrfach in einem Lager von ›Tøj til Afrika‹, um mit ihr das Problem der effektiven Betäubung von Jörn Rausing zu diskutieren. Gegenüber der Polizei bestreitet Anna allerdings bis heute, von dem tatsächlichen Zweck der Gespräche Kenntnis gehabt zu haben. Ihrer Erklärung nach hätten die beiden Genossen behauptet, sie würden die Informationen für einen humanitären Einsatz unter primitiven Verhältnissen auf den Philippinen benötigen.

Anna schrieb ihnen die am besten geeigneten Methoden auf und unterrichtete die beiden Männer im Messen des Blutdrucks und in der Wiederbelebung eines Bewusstlosen. Jan Weimann ging seine Notizen hinterher noch einmal mit Anna durch, um jedes Missverständnis zu vermeiden.

Weimanns Notizen beginnen mit Hinweisen zur Vermeidung eines Herzstillstands oder des Tods durch Ersticken an Erbrochenem. Die Notizen enthalten auch Erläuterungen, wie sich durch die Beobachtung der Pupillen und regelmäßige Pulsmessungen die Tiefe einer Betäubung prüfen lässt und eventuelle Gefahrensignale festgestellt werden können.

In Jan Weimanns Aufzeichnungen werden verschiedene Betäubungsmethoden aufgezählt: von den schnell wirkenden wie Äther, Chloroform oder Halothan über langsamer wirkende Injektionen mit Stoffen wie Phenobarbital oder Ketalar bis zu den langsamsten Methoden, bei denen große Mengen an Nerven- oder Schlaftabletten eingesetzt werden müssen.

Über die Injektionen notierte Jan Weimann, man müsse »in den Oberschenkelmuskel spritzen. Es darf auf keinen Fall Luft in der Spritze sein. Möglichst vermeiden, direkt in Blutgefäße zu spritzen (ist an der roten Farbe beim Ansaugen zu erkennen, wenn die Spritze im Oberschenkel steckt)«.

Nach den Gesprächen mit Anna fiel die Wahl auf eine Kombination von zwei Methoden: Zunächst sollte Jörn Rausing mit einem in Halothan getränkten Lappen kurzfristig bewusstlos gemacht werden. Bevor er wieder zu sich käme, sollte ihm eine Injektion mit einer Dosierung von fünfhundert Milligramm Ketalar in den Oberschenkel gesetzt werden. Eine weitere Spritze wurde vorbereitet, falls Rausing auf der Flucht Anzeichen des Erwachens zeigte. »Wenn tausend Milligramm gespritzt werden, dürfte nichts passieren, die Wirkung hält mindestens vier bis fünf Stunden an«, notierte Jan Weimann, fügte jedoch hinzu: »Nicht in der Praxis erprobt.«

Wie ein militärischer Narkoseexperte erklärte, den die Kriminalpolizei später bat, die Betäubungsmittel zu beurteilen, wird Halothan als Gas in kleinen, präzisen Konzentrationen in Krankenhäusern zur Betäubung eingesetzt. Auf einem Lappen ist die Konzentration allerdings unmöglich zu kontrollieren, die Gefahr einer akuten Lähmung des Atemsystems mit anschließendem Exitus ist relativ hoch.

Bei Ketalar handelt es sich ebenfalls um ein altes Narkosemittel, das allerdings nur in besonderen Katastrophensituationen angewandt wird, weil es eine LSD-ähnliche Wirkung hat und schwere Halluzinationen und Albträume hervorrufen kann. Ketalar ist nach Ansicht von Narkoseexperten mit einem besonders hohen Risiko verbunden, wenn ein Amateur den Stoff injiziert, noch dazu, wenn es während des Transports in einem Auto geschieht.

Von diesen Risiken wusste die Gruppe laut eigenen Aussagen nichts. In jedem Fall entschieden sie sich für die Kombination der beiden Narkosemittel und beschafften sich über einen Kontakt zu einem Krankenhaus Halothan und Ketalar. Es wurde vereinbart, im Transportfahrzeug ein Blutdruckmessgerät und eine Reanimationspumpe mitzunehmen.

Jan Weimann, der als Wehrpflichtiger gelernt hatte, sich selbst Spritzen in den Oberschenkel zu setzen, hatte die Betäubung von Jörn Rausing zu übernehmen. Er packte Ampullen, Spritzen und andere Gerätschaften in eine handliche Schultertasche, die während der Aktion leicht zu transportieren war.

Auf einem Treffen am 13. November 1984 teilte Marwan El-Fahoum Vertretern der Gruppe mit, die Aktion müsse vorgezogen werden, um die Geldübergabe auf einem Flughafen im Nahen Osten zu gewährleisten. Es wurde beschlossen, die Entführung bereits am Montag, dem 7. Januar 1985 durchzuführen.

Ursprünglich war ein Termin im Mai oder Juni geplant, eine Vorverlegung um drei Monate stellte die Planer der KA deshalb vor sehr ernste Probleme. Statt fünf Monate Vorbereitungszeit für die komplizierten Details zu haben, sollte nun alles in weniger als zwei Monaten entschieden sein.

Einige Gruppenmitglieder erzählten später, dadurch seien eventuelle ethisch-moralische Überlegungen in der Folgezeit in den Hintergrund gerückt. Um die Ausführung des Plans sicherzustellen, blieb nur Zeit für ergebnisorientierte, intensive Arbeit.

»Wir hatten keine Zeit für moralische Skrupel«, so Niels Jørgensen. Mögliche nachhaltige Konsequenzen für das Opfer als Folge des Überfalls und der Betäubung wurden ignoriert.

Jetzt drängte die Zeit, es mussten rasche Beschlüsse über den konkreten Ablauf der Entführung gefasst werden. Jörn Rausing sollte um halb acht Uhr morgens überfallen werden, bevor er zur Universität aufbrach. Jan Weimann, Peter Døllner und Niels Jørgensen wurden von der Gruppe bestimmt, den Überfall auszuführen. Alle drei hatten sich freiwillig gemeldet.

Nachdem man den Türspion der Wohnung gegenüber abgeklebt hatte, sollte Jan Weimann bei Rausing klingeln und sich als Paketbote ausgeben, während die anderen außer Sichtweite im Treppenhaus warteten. Mit Pistolen bewaffnet wollten alle drei in die Wohnung eindringen und Rausing mit selbst gefertigten Gummiknüppeln und dem Betäubungsmittel ruhigstellen, bevor er begriff, was eigentlich vor sich ging.

Außerhalb des Gebäudes sollten Karsten Møller Hansen und Bo Weimann in einem Kleinbus warten und den schwedischen Polizeifunk abhören, gleichzeitig standen sie über Funk in Kontakt mit den Gruppenmitgliedern in der Wohnung. In dieser Phase der Planung war es noch unklar, ob Torkil Lauesen an der eigentlichen Entführung teilnehmen konnte, weil der Termin der Geburt seines Kindes genau auf das vorgesehene Entführungsdatum fiel.

Um den bewusstlosen Jörn Rausing aus der Wohnung in den geschlossenen Lieferwagen zu transportieren, sollte eine besondere Holzkiste gebaut werden. In einem Wald einige Kilometer außerhalb von Lund wollte man Rausing dann in den Kofferraum eines gewöhnlichen Personenwagens umladen, der während der weiteren Flucht kein Aufsehen erregte.

Da die Gruppe es für zu riskant hielt, mit dem Entführten in Schweden zu bleiben, entschied man sich, statt des Ferienhauses in Blekinge eine abseits gelegene Hütte in Norwegen zu suchen. Es war entscheidend, Jörn Rausing auch über einen längeren Zeitraum an einem sicheren Ort gefangen zu halten, von dem aus man Lebenszeichen, Briefe und Videoaufnahmen schicken konnte, um den Druck auf seinen Vater zu erhöhen.

Die Gruppenmitglieder sollten sich als Wächter abwechseln und regelmäßig zurück nach Dänemark reisen, unter anderem um die Probleme der Geldübergabe zu lösen – ganz abgesehen davon, dass Familienleben und Arbeit nicht vernachlässigt werden durften. Immer wieder wurde in der Vorbereitungsphase diskutiert, wie die Abwesenheit jedes Einzelnen erklärt werden konnte. Für jeden Beteiligten wurden die Erklärungen gegenüber Familie, Freunden und Arbeitgebern detailliert vorbereitet.

Nachdem der Entführungsplan in groben Zügen fixiert war, erarbeiteten die sechs Teilnehmer mit den Weimann-Brüdern als Koordinatoren einen straffen Zeitplan für die noch zu erledigenden Vorbereitungsarbeiten. Der Plan enthielt Deadlines für die Beschaffung der Hütte, der Autos, der Handschellen und anderer notwendiger Dinge und hielt fest, wer verantwortlich war für die Ausarbeitung der Fluchtroute, die Kontrolle der Funkausrüstung und den Bau der Transportkiste. Außerdem wurden Termine für gemeinsame Planungsbesprechungen in der illegalen Wohnung am A. F. Beyers Vej festgelegt, Treffen mit den Freunden der PFLP und Termine für das praktische Training des Überfalls und der Betäubung des Opfers.

Bis zum 17. November hatte Bo Weimann für »vier Satz Handschellen, Spanngurte und Gummiknüppel« zu sorgen. Am 23. November mussten »Jan, Peter, Bo und Karsten Dinge aus Schweden transportieren«, der 27. November wurde als Deadline für »Ausrüstung Überfall« festgelegt, und am 29. November war ein »Training Überfall« angesetzt.

Am 2. Dezember sollte Torkil Lauesen zusammen mit Lisa und Niels Jørgensen die Route nach Norwegen abfahren, am kommenden Tag hatten die gleichen Personen ein »Mazda Auto« zu beschaffen, mit dem Rausing durch Schweden transportiert werden sollte. In den folgenden Tagen wollten Torkil Lauesen und Karsten Møller Hansen den Wagen mit »Matratze und Daunendecke« für das betäubte Opfer einrichten, außerdem hatten sie Skier, einen Dachgepäckträger, Kohlenstaub und eine Schaufel zu beschaffen. Der Kohlenstaub sollte auf eventuell vereiste Straßen gestreut werden.

Für den 10. Dezember war eine »Übung mit Waffen« angesetzt, am gleichen Tag musste Niels Jørgensen um 17:00 Uhr »Marwan anrufen«. In den Tagen vor Weihnachten ist ein »Treffen mit Freunden« festgehalten, bei dem zwei Mitglieder mit Marwan El-Fahoum in einem Drittland sprachen. Auf dem Treffen wurden die letzten Details des Plans entschieden, außerdem wollte Fahoum die Tonbänder mit den Mitteilungen an Jörn Rausings Vater übergeben, die er mit arabischem Akzent auf Englisch hatte besprechen lassen.

Der Zeitplan geht weiter mit »Repetition des Überfalls«, »Auto und Fahrrad holen«, »Auto bei Budget mieten« und »Einkauf von Unterhaltung für Jörn«. Unter dem Datum des Überfalls, dem 7. Januar 1985, findet sich lediglich ein Wort: »HAPPS!!!«

Nachdem er den Plan miterarbeitet hatte, reiste Niels Jørgensen am 19. November 1984 außer Landes, um die Überlegungen mit den Freunden der ›Front‹ zu koordinieren. Am Tag darauf traf er in Syriens Hauptstadt Damaskus mit Marwan El-Fahoum zusammen und erläuterte ihm den Entführungsplan.

Vermutlich haben Niels Jørgensen und Fahoum die Treffen auch dazu genutzt, mit den Aufnahmen zu experimentieren, die Jörn Rausings Vater am Telefon vorgespielt werden sollten. Man hatte sich bemüht, den Ton besonders bedrohlich klingen zu lassen. Die endgültigen Texte für die Bänder und Drohbriefe sollten von Fahoum auf Englisch formuliert werden, um jegliche Danismen zu vermeiden.

Niels Jørgensen und Fahoum vereinbarten ein weiteres Treffen kurz vor Weihnachten in Algerien. Außerdem wurde ein alternativer Entführungstermin Anfang März beschlossen, falls der erste Versuch am 7. Januar aus irgendwelchen Gründen misslingen sollte.

Als Niels Jørgensen einige Tage später nach Kopenhagen zurückkehrte, brachte er einen Briefumschlag mit 63000 Deutschen Mark mit, die Fahoum ihm zur Bezahlung der Reisen und für das Anmieten der Autos und der Hütte in Norwegen überlassen hatte. Den Briefumschlag mit dem Geld steckte Niels Jørgensen in der Wohnung am A. F. Beyers Vej in eine Aktenmappe. Die Gruppenmitglieder durften sich daraus selbstständig mit Geld für die notwendigen Ausgaben versorgen.

Nach der Entscheidung über die Planänderung wurde der Mietvertrag des Ferienhauses in Blekinge gekündigt. Einige Gruppenmitglieder reinigten das Haus. Jan Weimann und Karsten Møller Hansen begannen, nach einer geeigneten Hütte in Norwegen zu suchen.

Zunächst versuchten sie es über ein dänisches Maklerbüro. Weil sich kein geeignetes Objekt fand, annoncierten sie in mehreren norwegischen Zeitungen unter einer ihrer bevorzugten falschen Identitäten, Frode Nielsen. Als Adresse verwendeten sie eine der illegalen Wohnungen der Gruppe im fünften Stock der Falkoner Allé 73 A in Frederiksberg.

Über die Anzeigen kamen einige wenige Angebote. Karsten Møller Hansen und Niels Jørgensen reisten nach Norwegen, um sich die Örtlichkeiten anzusehen. Sie fanden nicht das abgelegene, in der Wildnis stehende, perfekte Haus, sondern entschieden sich für eine Hütte auf der Halbinsel Hallangstangen nördlich der Stadt Drøbak, circa vierzig Kilometer südlich von Oslo. Sie war von der Straße aus nicht zu sehen und stand in einem Hüttengebiet mit Aussicht über den Oslofjord.

Der einundachtzigjährige Rentner, dem das Haus gehörte, wird der Polizei später erzählen, wie ihn ein großer und sehr höflicher junger Däne in seiner Osloer Wohnung besucht hatte – Niels Jørgensen –, der ihm erklärte, seine Frau habe Krebs und suche Ruhe. Der Rentner konnte ihm versichern, dass in den Wintermonaten eigentlich niemand die Hütten auf Hallangstangen bewohnte.

Die Gruppe mietete die Hütte bis zum 15. März, um das Versteck auch nutzen zu können, falls die Entführung erst beim zweiten Versuch gelingen sollte. Die Miete für den gesamten Zeitraum wurde mit dem Geld der PFLP im Voraus bar bezahlt.

Die Gruppe plante, mit zwei Autos nach Norwegen zu fahren. Ein Wagen sollte die Vorhut bilden und die Straße kontrollieren, damit man nicht auf die Polizei oder andere unvorhergesehene Hindernisse traf. Der erste Wagen hielt engen Funkkontakt zu dem Mazda, in dem der betäubte Rausing im Kofferraum liegen würde. Als Bewaffnung für eventuell gefährliche Situationen waren Gummiknüppel und Pistolen vorgesehen.

Die Aufgabe, Jörn Rausing im Auto zu bewachen, wurde Jan Weimann übertragen. Während der Fahrt nach Norwegen sollte er den Entführten beobachten und ihm eine weitere Ketalar-Spritze zu geben, falls er zu früh erwachte.

Während der gesamten Operation hatte Bo Weimann den schwedischen Polizeifunk abzuhören. Die Gruppe wollte sich vergewissern, ob man die Entführung entdeckt hatte und eventuell die Polizei eingeschaltet worden war. An einem Sonntagnachmittag fuhr Bo Weimann nach Lund, um die Funkausrüstung vor Ort zu testen.

Von Ende November an trafen sich die Beteiligten mehrfach in der illegalen Wohnung am A. F. Beyers Vej oder in einem Ferienhaus in Nordseeland, um den Überfall mit einem Gruppenmitglied als Opfer zu trainieren. Jan Weimann arbeitete an seiner schwedischen Aussprache, um als Paketbote auf Rausing überzeugend zu wirken. Außerdem wurden mehrere Varianten trainiert, in die Wohnung einzudringen – denn entweder fiel Jörn Rausing auf den Paketservice herein und öffnete selbst die Tür oder es war notwendig, mit Gewalt vorzugehen. In jedem Fall sollte Jörn Rausing nach Betreten der Wohnung sofort zu Boden geworfen werden, damit Jan Weimann ihn betäuben konnte.

Auch die verschiedenen Betäubungsmethoden wurden von den Gruppenmitgliedern getestet. Jan Weimann übte an einem Stück rohem Fleisch, die Betäubungsspritze zu setzen. Karsten Møller Hansen ließ sich einen mit Halothan getränkten Lappen aufs Gesicht drücken. Zwanzig bis dreißig Sekunden später wurde er ohnmächtig. Er erwachte mit blauen Lippen und einem heftigen Druck auf der Brust. Beim nächsten Versuch wurde die Dosis Halothan verringert. Torkil Lauesen hat beschrieben, wie er Ketalar ausprobierte und den »Rest des Tages neben sich stand«, nachdem die Wirkung nachgelassen hatte.

Auch Niels Jørgensen testete die Betäubungsmittel. Allerdings hatte er an diesem Tag seiner Freundin versprochen, abends zu ihrer Geburtstagsfeier zu kommen. Als er endlich aus der Narkose erwachte, konnte er nicht auf seinen Beinen stehen, beharrte aber darauf, an der Feier teilzunehmen. Einige seiner Genossen mussten ihn mehr oder weniger dorthin tragen. Die Freundin hatte angeblich getobt, weil sie davon überzeugt war, er käme von einer Sauftour.

Einmal trafen sich alle Beteiligten des Rausing-Plans in einem Wald in Nordseeland, damit diejenigen, die bisher kein Waffentraining absolviert hatten, Schießübungen an einem Baum durchführen konnten.

Die Kiste, in der Rausing aus der Wohnung transportiert werden sollte, wurde von dem gelernten Schreiner Peter Døllner entworfen. Er vermaß den Lieferwagen, die Haustür und die Eingangstür von Rausings Wohnung, um einen problemlosen Transport sicherzustellen. Die einzelnen Teile der Kiste konnten mit kleinen Nägeln rasch zusammengesetzt und wieder auseinandergenommen werden, das Baumaterial kaufte Døllner in Schweden. Auch die Kiste wurde während der Übungen getestet.

Ein anderes Problem war die Kommunikation zwischen den Wächtern in der norwegischen Hütte und den Gruppenmitgliedern, die in Kopenhagen den Kontakt zur PFLP hielten. Zum einen musste die Gruppe sich gegen die Möglichkeit der telefonischen Überwachung und des Abhörens absichern. Es galt, in der Umgebung von Drøbak eine Telefonzelle zu finden, von der aus man zu vereinbarten Zeiten eine Telefonzelle in der Nähe der illegalen Wohnung am A. F. Beyers Vej anrufen konnte. Zum anderen wurde ein detaillierter Plan entwickelt, wie die Briefe und Videoaufzeichnungen des Gefangenen via Kopenhagen seinem Vater in London überbracht werden konnten.

Am 13. Dezember trafen sich sämtliche Gruppenmitglieder, um die Ausstattung der norwegischen Hütte zu besprechen. Bereits am kommenden Tag reiste Karsten Møller Hansen gemeinsam mit einigen Genossen nach Norwegen, um die Hütte entsprechend umzubauen.

Das Baumaterial war bereits nach Hallangstangen geschafft worden. Holz und Dämmwolle wurden in Norwegen gekauft, während die Gruppe die übrigen Materialien in Schweden beschafft hatte, um keine Spuren zu hinterlassen, die nach Dänemark führten. Sollte Jörn Rausing während seines Aufenthalts die Zelle näher untersuchen, würde er feststellen, dass die Nägel und Schrauben in Schweden produziert worden waren.

Die Gefangenenzelle sollte im Schlafzimmer der Hütte gebaut werden, das einen Grundriss von 2,5 mal 2,3 Meter aufwies. Ein weißes Doppelbett musste aus dem Zimmer transportiert werden, dann wurden die Fenster verblendet. Nach Arbeitszeichnungen, die Karsten Møller Hansen angefertigt hatte, wurde die eigentliche Zelle mitten im Zimmer aus Holz errichtet. Eine dicke Lage Dämmwolle isolierte die Zelle schalldicht, eventuelle Rufe oder Schreie konnten außerhalb der Hütte nicht gehört werden.

Die Zelle hatte keine Fenster. Der einzige Eingang bestand aus einer Klapptür, die in einen kurzen Gang mündete. Eingebaut wurden ein Kastenbett und ein kleines Regal, außerdem gab es eine Lampe, die konstant eingeschaltet bleiben sollte. Die Gruppe installierte eine tragbare Chemikalientoilette, ein Ventilator sorgte für zusätzliche Luftversorgung, und an einem Thermometer außerhalb der Zelle konnten die Wächter die Raumtemperatur ablesen.

Die gesamte Kommunikation zwischen Geisel und Wächtern sollte über Mikrofone und Lautsprecher erfolgen. Niels Jørgensen hatte es übernommen, die notwendige technische Ausrüstung zu installieren, die auch eine Videokamera umfasste, so dass die Wächter jederzeit sehen konnten, was Jörn Rausing in der Zelle tat. Die Kamera war gleichzeitig mit einem Aufnahmegerät verbunden.

Diese Vorsichtsmaßnahmen sollten sicherstellen, dass das Opfer die Entführer niemals würde beschreiben können. Eine weitere Sicherheitsmaßnahme sah vor, sämtliche Wächter der Hütte mit Motorradhelmen auszustatten, sogenannten Integralhelmen, die das gesamte Gesicht bedeckten, damit Rausing keine Gelegenheit bekam, ein Gruppenmitglied zu erkennen. An dem Weg vor der Hütte wurde ein Infrarot-Alarmsystem installiert, um die Wächter zu warnen, sollte sich ein Unwillkommener dem Versteck nähern. Nach dreitägiger Arbeit reiste die Gruppe nach Kopenhagen zurück.

Später besorgte Bo Weimann Lebensmittel für die ersten vierzehn Tage, eine Matratze und weitere notwendige Dinge. Wiederum kaufte er sämtliche Waren in Schweden, um Rausing den Eindruck zu vermitteln, sich noch immer in seinem Heimatland aufzuhalten. Torkil Lauesen, der eine Probefahrt von Lund zur Hütte unternahm, brachte einige Dinge zur Ablenkung des Entführungsopfers mit: Bücher, Spiele und einen Walkman.

Gemeinsam mit der PFLP hatte die Gruppe entschieden, Rausing notfalls bis zu einem Monat gefangen zu halten. Um ihn in dieser langen Zeit ruhig zu stellen, sollte seinem Essen ständig eine Dosis beruhigender Nervenmittel zugesetzt werden, ohne dass er davon erfuhr.

Nachdem die meisten praktischen Probleme der Entführung gelöst waren, ging es um die weitaus kompliziertere Geldübergabe. Die wesentlichen Planungen hatte man Marwan El-Fahoum und der palästinensischen Volksfront überlassen.

Sobald Jörn Rausing in seiner fensterlosen, mit Videokamera, Mikrofonen und Lautsprechern ausgestatteten Zelle erwachte, sollte er folgende mit Großbuchstaben auf Englisch verfasste Mitteilung finden: »Jörn Rausing, du bist entführt worden. Du wirst hier bleiben, bis dein Vater alle unsere Forderungen erfüllt hat. Wenn du dich anständig benimmst, wirst du anständig behandelt. Wenn du Dummheiten machst, wirst du entsprechend behandelt. Wenn du mit uns kommunizieren willst, schreib uns eine Nachricht auf Englisch.«

Im Laufe des Tages wollten die Entführer Jörn Rausing noch einen weiteren englischsprachigen Befehl geben: »Jörn. Schreib Folgendes an deinen Vater: Lieber Vater, meine Zukunft hängt von deiner Zusammenarbeit mit dem Mann ab, der dir diesen Brief überbringt. Sei so nett und befolge sämtliche Anweisungen, sonst wird es bald aus sein mit mir. Dein Sohn Jörn.«

Zu diesem Zeitpunkt würde Gad Rausing in seiner Londoner Wohnung bereits einen Telefonanruf erhalten. Karsten Møller Hansen würde ihm aus einer Telefonzelle in Hamburg den ersten Teil eines Tonbandes von Marwan El-Fahoum vorspielen: »Hör genau zu. Dies ist Good Caesar«, würde die etwas metallisch klingende, englisch sprechende Männerstimme sagen.

Danach würde die Stimme verlangen, Herrn Gad Rausing oder seine Frau zu sprechen, und fortfahren: »Wir haben Ihren Sohn Jörn Rausing aus seiner Wohnung entführt, die gegenüber dem Botanischen Garten liegt. Ich wiederhole: Wir haben Ihren Sohn Jörn Rausing aus seiner Wohnung entführt, die gegenüber dem Botanischen Garten liegt. Nähere Instruktionen werden morgen in einem postlagernden Brief auf dem Postamt im Hauptbahnhof in Hamburg hinterlassen, adressiert an Herrn und Frau Rausing.«

Die letzte Information wurde ebenfalls wiederholt, dann erklärte die Stimme: »Wenn Sie Ihren Sohn lebend wiedersehen wollen, befolgen Sie diese Instruktionen genau. Setzen Sie sich weder mit der Polizei noch mit anderen Behörden oder Freunden in Verbindung. Dies ist kein Scherz. Dies ist eine geschäftliche Vereinbarung. Good Caesar«.

Gleichzeitig würde ein identischer telefonischer Bescheid Jörn Rausings Bruder in der Schweiz erreichen.

Den Brief, der auf dem Hamburger Hauptbahnhof abgeholt werden sollte, hatte Fahoum ebenfalls auf Englisch verfasst:

Niels Jørgensen, 1979 auf dem Kopenhagener Hauptbahnhof, Foto eines Geheimdienstagenten

»Von Good Caesar: Wir sind diejenigen, die Ihren Sohn, Jörn Rausing, aus seiner Wohnung gegenüber dem Botanischen Garten entführt haben. Wenn Sie nicht wollen, dass er getötet wird, halten Sie sich exakt an die folgenden Anweisungen.«

Es folgten zehn Punkte über die Bezahlung der Lösegeldsumme. Der erste lautete: »Bezahlen Sie einen Betrag von 25 Millionen US Dollar bar.« Die Summe sollte in deutscher Mark, schweizer Franken, holländischen Gulden und amerikanischen Dollars bezahlt werden, die genauen Beträge und Scheingrößen wurden genannt, keiner der Geldscheine durfte fortlaufend nummeriert sein. Der Betrag sollte in zwei Koffer des Typs ›Capri Blue Samsonite Silhouette 2000‹ gepackt werden. In London waren diese Koffer erhältlich. Das Geld hatte spätestens zehn Tage nach Empfang des Briefes in Zürich bereitzustehen, die Transaktion durfte keinerlei Misstrauen bei Rausings Bank erwecken.

Außerdem sollte Gad Rausing in London »einen Lear-Jet oder ein ähnliches Flugzeug mit eigenem Flugkapitän und Navigator chartern, um bereit zu sein, zu jedem möglichen Ziel zu fliegen«. Nähere Anweisungen zur Abreise würde Gad Rausing per Telefon in seiner Londoner Wohnung erhalten.

Der zehnte Punkt des Briefes lautete: »Sie sollten sich eine zufriedenstellende Antwort auf Fragen von Freunden, Verwandten oder anderen Personen nach der Abwesenheit Ihres Sohnes überlegen. Dies betrifft auch seine Mentoren an der Universität.«

Der Brief endete: »Wir warnen Sie – unterrichten Sie weder die Polizei noch irgendwelche anderen Behörden oder Freunde, sonst töten wir Ihren Sohn. Denken Sie daran, Herr Rausing, wenn diese Entführung in den Medien erwähnt wird, muss Ihr Sohn die Konsequenzen tragen. Good Caesar«.

Beim nächsten Telefonat würde die Stimme Gad Rausing und seiner Frau lediglich mitteilen, dass nähere Anweisungen per Brief folgen.

Dieser Brief begann so: »Wieder Good Caesar. Wenn Sie bereit sind, unsere Anordnungen und Bedingungen strikt zu befolgen, müssen Sie uns bestätigen, unseren Brief bekommen und unseren Telefonanruf gehört zu haben.« Danach wird die Bestätigungsprozedur in mehreren Punkten beschrieben. Der erste Punkt lautete: »Geben Sie uns die Registrierungsnummer des gecharterten Flugzeugs.«

Um seinen Willen zur Zusammenarbeit zu beweisen, sollte Gad Rausing in der Rubrik ›Persönliches‹ in der *International Herald Tribune* an drei aufeinander folgenden Tagen eine Annonce schalten: »Liebe Lily, ich vermisse dich, ich treffe dich am üblichen Ort. Die Registriernummer meiner neuen Jacht ist …« Unterschrift: »Lonely Heart«.

»Achten Sie darauf, Herr Rausing«, heißt es im Brief weiter, »dass Sie in der Rubrik ›Persönliches‹ die Registriernummer des gecharterten Flugzeugs angeben, nicht die Registriernummer der neuen Jacht.«

Der Brief endete mit der üblichen Drohung, den Sohn andernfalls umzubringen.

Parallel war eine Videosequenz vorgesehen, die man seinem Vater zukommen lassen wollte. Marwan El-Fahoum hatte bereits eine Anweisung an Jörn Rausing vorbereitet, der mit einer tagesaktuellen Zeitung gefilmt werden sollte: »Jörn. Wir werden für deinen Vater ein Videoband aufnehmen. Wir werden dich augenblicklich töten, wenn er unseren Anweisungen nicht genau folgt und das Geld nicht bezahlt. Es ist deine Pflicht, deinen Vater davon zu überzeugen. Denk daran, Jörn: Dein Leben steht auf dem Spiel. Üb und lies den unten stehenden Text laut und überzeugend. Bevor die Aufnahme beginnt, bekommst du das Signal, die Zeitung hochzuheben und sie dir vor die Brust zu halten. Rede nur englisch, sonst bestrafen wir dich streng.«

Der Text, den Jörn Rausing vor der Videokamera zu lesen hatte, lautete: »Vater. Ich wurde entführt. Bisher hat man mich gut behandelt, aber ich bin sicher, meine Entführer werden nicht zögern, mich umzubringen, wenn du nicht genau ihren Anweisungen folgst und das Geld bezahlst. Vater, sei so nett und befolge die Anweisungen. Mein Leben liegt in deinen Händen.«

Sobald die geforderten Annoncen in der *International Herald Tribune* erschienen waren, wollte ein Mitglied der Gruppe von einer Telefonzelle in Schweden aus Rausing folgende Nachricht vorspielen: »Hier ist wieder Good Caesar. Hören Sie genau zu, Herr Gad Rausing. Fliegen Sie mit dem Charterflugzeug augenblicklich nach Zürich. Holen Sie sich die letzten Instruktionen über die Geldübergabe in einem Brief, der an Sie adressiert postlagernd auf dem Hauptpostamt in Zürich liegt.«

Wie immer wurden die Mitteilungen wiederholt und Drohungen hinzugefügt.

Auf dem Hauptpostamt in Zürich sollte ein Brief mit den letzten Anweisungen an Gad Rausing warten. »Begehen Sie keinen Fehler bei der Durchführung dieser Instruktionen oder wir töten Ihren Sohn«, hieß es darin einleitend. Dann wurde Gad Rausing befohlen, am nächsten Morgen in Zürich loszufliegen – mit dem Geld in den beiden capriblauen Samsonite-Koffern – und mittags um 12:00 Uhr Ortszeit auf dem Flughafen von Beirut zu landen.

»Gehen Sie im Flughafen Beirut mit den Geldkoffern zum Transitwartesaal. Exakt zwei Stunden nach der Landung brechen Sie in Beirut wieder auf und fliegen direkt nach Kuwait, dort verbringen Sie ebenfalls exakt zwei Stunden am Boden. Gehen Sie mit dem Geld in die Transithalle des Lufthafens von Kuwait und warten dort. Nach exakt zwei Stunden brechen Sie in Kuwait auf und fliegen direkt nach Dschibuti. Gehen Sie in die Transithalle des Flughafens und warten exakt acht Stunden. Tragen Sie das Geld bei sich. Sobald die acht Stunden verstrichen sind, werden Sie zurück nach Zürich fliegen.«

Irgendwann im Laufe dieser Flugreise würde Gad Rausing von einer Kontaktperson aufgesucht werden, und dies, so betont der Brief, könnte überall passieren – in einer der Transithallen, auf der Landebahn, im Flugzeug oder in Zürich. »Sie müssen die Instruktionen unseres Mannes streng befolgen, der Sie mit folgendem Code ansprechen wird: ›Good Caesar sagt, gib mir das Geschenk.‹ Er wird Ihnen einen Brief Ihres Sohnes Jörn Rausing aushändigen. Reden Sie mit niemandem außer unserem Mann, der Ihnen das Codewort und den Brief liefern wird. Er kann das Geld jederzeit von Ihnen fordern oder verlangen, dass Sie weiterfliegen. Tun Sie in jedem Fall genau, was er befiehlt.«

Der Brief enthielt auch präzise Anweisungen über Rausings Kleidung während der Flugreise. Er soll einen grauen Anzug, einen schwarzen Mantel, einen schwarzen Hut und ein beigefarbenes Halstuch tragen und gut sichtbar die französische Zeitung *Le Monde* und das amerikanische Magazin *Newsweek* in der Hand halten.

Der Brief endete mit der Mitteilung, sein Sohn würde freigelassen, sobald Gad Rausings Teil der Transaktion überstanden wäre.

Der Plan sah vor, die ständigen Bewacher des Entführten, Peter Døllner und Karsten Møller Hansen, nach Bezahlung der Lösegeldsumme durch einen Telefonanruf zu informieren. Sie sollten Jörn Rausing über die Grenze nach Schweden in ein verlassenes Ferienhaus bringen, das die Gruppe aufgebrochen hatte.

Hier wollte man Jörn Rausing betäubt in einem Schlafsack zurückgelassen.

Während Niels Jørgensen und Karsten Møller Hansen sich in Algier aufhielten, um die Vorbereitungen abzuschließen und die Drohbriefe und Bänder von der PFLP zu übernehmen, hatte Torkil Lauesens Frau per Kaiserschnitt eine Tochter zur Welt gebracht, einige Wochen vor dem erwarteten Termin.

Torkil Lauesen war nach eigener Aussage zu diesem Zeitpunkt gespalten zwischen seinen Verpflichtungen gegenüber der Gruppe und der Furcht, als Vater zu versagen. »Ich hatte das Gefühl, ich würde meine Familie im Stich lassen, aber wenn ich absprang, ließ ich doch meine Genossen im Stich«, gab er später zu Protokoll. »Daher versuchte ich, beides irgendwie zu verbinden, diese zeitliche Übereinstimmung von Geburt und Entführung war wirklich ein unglücklicher Zufall.«

Eine postnatale Infektion führte jedoch dazu, dass Mutter und Kind ins Krankenhaus mussten, und da sich der Krankenhausaufenthalt bis ins neue Jahr hinzog, hatte der frischgebackene Familienvater Zeit, seine Entscheidung noch einmal zu überdenken. Bisher hatte Torkil Lauesen damit gerechnet, ungefähr am 7. Januar Vater zu werden. Er hatte aus diesem Grund der Gruppe mitgeteilt, nur an den Planungen und Vorbereitungen teilnehmen zu können, nicht aber an der Tat selbst.

Nun hatten sich die Dinge anders entwickelt, und mit Frau und Kind im Krankenhaus beschloss Torkil Lauesen, der Weihnachten 1984 selbst an Fieber und Halsschmerzen litt, sich an der Entführung zu beteiligen.

In den folgenden Tagen ließen die fortgesetzten Beobachtungen von Jörn Rausings Wohnung in der Östra Vallgatan in Lund die gesamte Operation jedoch in einem anderen Licht erscheinen. Die Informationen über die Observationen und ihre Konsequenzen stammen ausschließlich aus den Erklärungen ehemaliger Gruppenmitglieder. Sie sind unterschiedlich und zum Teil auch widersprüchlich.

Irgendwann im Dezember, vermutlich in den Tagen vor Weihnachten, fiel Niels Jørgensen, Torkil Lauesen und Jan Weimann auf, dass Jörn Rausing offenbar eine Freundin hatte, die hin und wieder bei ihm übernachtete. Vom Botanischen Garten aus beobachteten sie mehrfach eine kleine hellblonde Frau, die zusammen mit Jörn Rausing die Wohnung betrat. Die Existenz dieser zweiten Person zwang die Gruppe, den gesamten Plan noch einmal zu überdenken. Die drei Mitglieder, die in die Wohnung eindringen sollten – Niels Jørgensen, Peter Døllner und Jan Weimann –, riskierten, nicht eine, sondern zwei Personen ruhigstellen zu müssen, sollte die Frau in der Nacht zum 7. Januar bei Rausing übernachten.

Im Laufe der Weihnachtstage wurde ein Notplan erstellt, der in Kraft treten sollte, falls die Frau sich am Morgen der Entführung in der Wohnung befand.

Ein erster Plan war darauf hinausgelaufen, die Frau zu betäuben, sie in einen Teppich zu rollen und in dem Kleinbus mitzunehmen. Als das Einrollen mit einem Mitglied der Gruppe probiert wurde, erlitt es jedoch einen heftigen klaustrophobischen Anfall. Der Plan wurde verworfen.

Da es bei zwei Entführungsopfern sehr schnell zu erheblichen Problemen kommen würde, entschied man, die Freundin in der Wohnung zurückzulassen. Sie sollte in betäubtem Zustand in stabiler Seitenlage ans Bett gefesselt werden. In der Wohnung wollte die Gruppe an verschiedenen Stellen schriftliche Warnungen hinterlassen, nicht die Polizei anzurufen, wenn sie aus der Betäubung erwacht wäre.

Einen Zettel, der zu diesem Zweck geschrieben worden sein kann, enthält auch das ›Drehbuch‹ der Entführung, das die Polizei später in der Wohnung in der Blekingegade finden wird. Auf dem in Englisch abgefassten Zettel, auf dem auch Gad Rausings Telefonnummer steht, heißt es: »Wir haben Jörn Rausing entführt, er ist in Sicherheit. Wenn du nicht willst, dass er getötet wird, musst du die folgenden Anweisungen genau ausführen: 1. Setz dich weder mit der Polizei noch mit Medien, Behörden oder Freunden in Verbindung. 2. Ruf Gad Rausing an und teile ihm mit, dass man sich mit näheren Instruktionen an ihn wenden wird. Good Caesar«.

Der größte Teil der Gruppe hat bestritten, es hätte Pläne gegeben, die gesamte Operation abzublasen, sollte sich Rausings Freundin in der Wohnung befinden. Im Gegensatz zu den anderen hat nur Peter Døllner behauptet, genau dies wäre vereinbart gewesen.

In den Tagen nach Weihnachten wurde die Überwachung von Jörn Rausings Wohnung intensiviert, um das Kommen und Gehen seiner Freundin festzuhalten. Allerdings – so belegen es spätere Vernehmungsprotokolle der Kriminalpolizei – war sie in den Weihnachtsferien nach England gereist und kehrte nicht vor dem 6. Januar zurück. Die Beobachtungen Ende Dezember und Anfang Januar hatten die Gruppe offensichtlich beruhigt. Die Frau schien Jörn Rausing nicht mehr zu besuchen.

Die Vorbereitungen auf die Entführung wurden in den ersten Januartagen 1985 jedenfalls intensiv vorangetrieben. Unter anderem beschaffte man die notwendigen Fahrzeuge. Eines der Autos, ein Ford Sierra, der die Vorhut bilden sollte, wurde unter falschem Namen gemietet und mit Spikereifen versehen. Den Lieferwagen stahl Karsten Møller Hansen in Malmö.

Bei dem Kleinbus sollte es sich laut Plan entweder um einen Toyota oder einen VW handeln, und Karsten Møller Hansen hatte sich mehrere Tage in Malmö und Helsingborg nach einem geeigneten Wagen umgesehen. Als er am 2. Januar ein Fahrzeug ausgesucht hatte, das in einer Tiefgarage stand, schlug er das Zündschloss mit einem Hammer heraus und ersetzte es durch ein neues. Dann stellte er den Wagen an einem unauffälligen Ort in der Nähe von Malmö ab.

Am Tag vor der geplanten Entführung war es Karsten Møller Hansens Aufgabe, den Lieferwagen am frühen Morgen nach Lund zu fahren und zusammen mit Bo Weimann, der den Polizeifunk abzuhören hatte, in einer Nebenstraße der Östra Vallgatan zu warten. Wenn sie über Funk das Signal der Entführer bekämen, sollten sie vor das Gebäude fahren, um die Kiste mit Jörn Rausing einzuladen.

Nachdem sie Rausing in einem nahe gelegenen Wald in den Kofferraum des Mazda umgeladen hätten, sollte Karsten Møller Hansen den Kleinbus in einem kleinen Ort südlich von Lund abstellen, wo er ein Fahrrad deponiert hatte. Von dort hätte er mit dem Rad nach Malmö fahren, die Fähre nach Kopenhagen nehmen und nach Hamburg weiterreisen sollen, um dann Gad Rausing telefonisch die erste Nachricht zu übermitteln. Laut Plan hatte er dann den ersten Brief mit den Instruktionen auf dem Postamt des Hamburger Hauptbahnhofs zu deponieren.

In den Tagen vor der Entführung wurden alle notwendigen Utensilien nach Schweden gebracht und an verschiedenen Stellen in Malmö und Lund versteckt. Dies galt unter anderem für die selbst gefertigten Gummiknüppel, die Funkausrüstung und die Schultertasche mit den Narkosemitteln, die in einem Schließfach in Malmö untergebracht wurde. Außerdem transportierte man die Bretter der Holzkiste, in die das Opfer gelegt werden sollte, zu einem Versteck in der Nähe. Die Gruppe wollte auf keinen Fall Aufmerksamkeit erregen und verdächtige Gegenstände mit sich führen, wenn sie am Morgen des Entführungstages nach Schweden einreiste.

Am 6. Januar trafen sich fünf Gruppenmitglieder in der illegalen Wohnung am A. F. Beyers Vej in Kopenhagen: Bo Weimann, Karsten Møller Hansen, Jan Weimann, Peter Døllner und Niels Jørgensen. In den vergangenen Tagen hatten sich alle ausgeruht. Sie waren einsatzbereit und wollten in der Wohnung übernachten, um am nächsten Morgen gemeinsam nach Lund zu fahren.

Jan Weimann hatte eine der schwierigsten Aufgaben der Operation übernommen. Er sollte nicht nur Jörn Rausing und möglicherweise auch seine Freundin betäuben, sobald sie in die Wohnung eingedrungen waren, sondern Rausing auch während des Transportes nach Norwegen überwachen und ihm gegebenenfalls weitere Injektionen verabreichen. Jan Weimann hat später erzählt, er wäre am 6. Januar den ganzen Tag seiner Lieblingsbeschäftigung nachgegangen und hätte in der Gegend um Frederiksværk Vögel beobachtet. Erst gegen Ende des Tages stieß er zu den anderen im A. F. Beyers Vej.

Das siebte Mitglied der Gruppe, Torkil Lauesen, hatte die Aufgabe, bereits am 6. Januar nach Lund zu fahren und die letzten Beobachtungen der Wohnung von Jörn Rausing zu übernehmen. Lauesen nahm den Mazda und fuhr über die Fähre Dragør-Limhamn nach Lund, wo er sich auf der anderen Straßenseite der Östra Vallgatan in Position brachte – »einer im Baum«, wie es im Ablaufplan der Gruppe hieß.

Weder Torkil Lauesen noch die anderen Mitglieder der Gruppe ahnten, dass Jörn Rausings Freundin an diesem Tag aus ihren Weihnachtsferien in England zurückkam. Seit Weihnachten war sie nicht mehr gesehen worden. Vermutlich ging die Gruppe inzwischen erleichtert davon aus, in der Wohnung würde sich lediglich eine Person befinden.

Im Laufe des Abends bemerkte Torkil Lauesen die kleine hellblonde Frau, die er von früheren Observationen kannte. Sie betrat Jörn Rausings Wohnung. Sofort teilte er diese unangenehme Tatsache telefonisch den wartenden Genossen in Kopenhagen mit.

Gegen 23:00 Uhr wurde das Licht in Rausings Wohnung ausgeschaltet. Da es auch weiterhin ruhig blieb, fuhr Torkil Lauesen nach einer Weile zurück nach Kopenhagen, um noch einige Stunden im A. F. Beyers Vej zu schlafen, bevor er gemeinsam mit den anderen wieder nach Lund aufbrach.

Gegen vier Uhr morgens verteilten sich die sieben Gruppenmitglieder auf den Mazda und den Ford Sierra. Alle trugen neue Kleidung, die sie in schwedischen Geschäften gekauft hatten.

Eine Gruppe nahm die Fähre Dragør-Limhamn, die andere die Fähre von Helsingør nach Helsingborg, dann ging es weiter nach Malmö. Dort holten Karsten Møller Hansen den gestohlenen Lieferwagen und Jan Weimann die Medikamente für die Narkose.

Abgesprochen hatte man, so die Erklärung der Beteiligten, sich um halb sieben in einem kleinen Waldstück einige Kilometer außerhalb von Lund zu treffen, ungefähr eine Stunde vor Beginn der Aktion.

Was genau an diesem Punkt der Geschichte passiert ist, hat die Polizei nie klären können. Es lässt sich nicht mit Sicherheit belegen, wie dieses Treffen im Wald verlaufen ist, wer anwesend war und was gesagt wurde – nicht einmal, ob das Treffen überhaupt je stattgefunden hat. In jedem Fall kam es zu keiner Entführung von Jörn Rausing.

Es ist auch nicht wirklich sicher, was in den folgenden Stunden geschah. Heute kennen nur die beteiligten sieben Männer den weiteren Verlauf der Ereignisse an diesem Morgen, und sie haben gute Gründe, bisher nicht die Wahrheit gesagt zu haben.

Ihre Erklärungen zu den Ereignissen während der späteren Polizeiverhöre und Gerichtsverhandlungen sind ganz offensichtlich erfunden.

Wie die Angeklagten allerdings später einhellig behaupten, erklärte einer aus der Gruppe während des Treffens im Wald, dass er nicht mehr an der Entführung teilnehmen wolle. Es handelte sich laut eigener Darstellung und der Aussagen mehrerer anderer um das jüngste Gruppenmitglied Bo Weimann.

Vor Gericht erläuterte Bo Weimann, je näher der Termin der Entführung gekommen sei, desto unwohler habe er sich gefühlt. Seit er im Sommer der Entführung zugestimmt hatte, sei Jörn Rausing für ihn mehr und mehr zu einer lebendigen Person geworden. Außerdem habe er sich über die Risikofaktoren durch die Betäubung des Opfers Gedanken gemacht. Er habe die anderen Gruppenmitglieder über seine Zweifel nicht informiert, sondern gehofft, sie bekämen so große Probleme mit der Entführung, dass der Plan aufgegeben würde.

Darüber hinaus habe er zunehmend die Befürchtung gehabt, die Gruppe könne auffliegen. Nervös sei er weniger wegen der eigentlichen Entführung gewesen, die vermutlich schnell und effektiv durchgeführt werden konnte, sondern wegen des langen Zeitraums bis zur Geldübergabe danach. Wenn die dänische Polizei oder der Geheimdienst Wind von der Entführung bekämen und Ermittlungen einleiteten, hätten sie vermutlich ihr Augenmerk einmal mehr auf die Gruppe gerichtet. In einer derartigen Situation wäre es aber schwierig geworden, die langen Abwesenheitszeiten der Gruppenmitglieder zu erklären, wenn sie sich als Gefangenenwächter in der norwegischen Hütte aufhielten.

Auch privat hätte Bo Weimann bis zum geplanten Tag der Entführung erhebliche Probleme gehabt, erklärte er vor Gericht. Seine Freundin habe ihn mehrfach gefragt, ob irgendetwas nicht in Ordnung sei, aber er habe lediglich erklärt, er wäre wegen der politischen Treffen so häufig unterwegs. Schließlich war seine häufige Abwesenheit zu einem Tabuthema zwischen ihnen geworden.

Während des morgendlichen Treffens im Wald sei ein Gruppenmitglied, das an der Östra Vallgatan Rausings Wohnung beobachtet hatte, laut Bo Weimann etwas später gekommen und hätte berichtet, dass Rausings Freundin sich in der Wohnung aufhielt. In diesem Moment wurde ihm alles zu viel, berichtete Bo Weimann. Er weigerte sich, an der Entführung teilzunehmen, und nannte während des Treffens den ganzen Plan »wahnsinnig«.

Ein Gruppenmitglied stimmte ihm sofort zu, andere waren eher überrascht, dass er seinen Entschluss so spät mitteilte. Laut Bo Weimanns Bericht gab es niemanden, der versuchte, ihn zur Teilnahme zu überreden. Aber man stimmte offenbar darin überein, die Operation zunächst auszusetzen und nach Kopenhagen zurückzufahren, um die Angelegenheit gründlicher zu diskutieren.

Vierzehn Tage später, am 25. Januar 1985, reiste Niels Jørgensen nach Sofia, um sich mit Marwan El-Fahoum zu treffen. Das hatten sie bereits bei einer vorhergehenden Begegnung in Algier kurz vor Weihnachten vereinbart. Als Treffpunkt diente eine Wohnung, über die Fahoum in der Stadt verfügte.

Niels Jørgensen erklärte Marwan El-Fahoum auf diesem Treffen, aufgrund von »technischen Schwierigkeiten« hätten sie die Entführung am 7. Januar abgebrochen. Jørgensen hat jedoch nie erzählt, welche konkrete Erklärung er Fahoum über die Art dieser Schwierigkeiten tatsächlich gegeben hat.

Marwan El-Fahoum war bereit, einen weiteren Versuch am 3. März zu unternehmen. In den Wochen danach würde er eine Geldübergabe arrangieren können, unter anderem indem er für die Bestechung einiger relevanter Personen in den verschiedenen Flughäfen sorgte.

Niels Jørgensen berichtete Fahoum nichts von den moralischen Überlegungen, die innerhalb der Gruppe diskutiert wurden, aber er muss irgendwann erklärt haben, man habe ein, möglicherweise sogar zwei Mitglieder verloren, die sich nicht mehr an der Aktion beteiligen wollten. Fahoum ließ sich davon nicht beirren. Er bot sogar an, eigene Leute für die Aufgabe zur Verfügung zu stellen.

Marwan El-Fahoum übte zusätzlichen Druck auf Niels Jørgensen aus, indem er auf die hohe Summe verwies, die er der Gruppe für die vorbereitenden Arbeiten zur Verfügung gestellt hatte. Da sich die Gruppe gegenüber der ›Front‹ in der Pflicht sah, blieb diese Form des Drucks nicht ohne Wirkung.

Niels Jørgensen kam mit dem Versprechen nach Kopenhagen zurück, die Entführung am 3. März 1985 durchzuführen. Marwan El-Fahoum wollte sich vom 2. März an auf Zypern aufhalten und dort die Informationen über die Operation entgegennehmen.

Im Laufe des Februars fand eine Reihe von Treffen statt, auf denen die Pläne für einen erneuten Entführungsversuch diskutiert wurden. Über diese Vorbereitungen findet die Polizei später einen von Niels Jørgensen geschriebene Notizzettel mit zwei Terminen: Am 2. März hieß es »Ca. 21:00 Check Jörn« und für den 3. März stand dort »12:00 Zypern anrufen«.

Der neue Plan umfasste fünf Beteiligte. Morgens um 7:10 Uhr hatten sich alle am Supermarkt ICA in Lund zu treffen, um 7:30 Uhr sollte an Jörn Rausings Wohnungstür geklingelt werden.

Zur gleichen Zeit nahm der PET die Gruppe wieder ins Visier.

Nach einem Raubüberfall am 4. Februar 1985 am Bagsværd Torv in Kopenhagen befahl die Leitung des Geheimdienstes die augenblickliche Überwachung der vier alten Kernmitglieder und des linken Verlags Manifest am Vibevej.

Im Laufe des Abends berichteten die PET-Observateure, Niels Jørgensen, Peter Døllner, Torkil Lauesen und Jan Weimann würden sich alle in ihren Wohnungen aufhalten, auch ihre Autos wären nicht benutzt worden. Offensichtlich führte die geheimdienstliche Überwachung auch diesmal zu keinen verwertbaren Ergebnissen.

Fünf Tage später, am 9. Februar, hielt der Dienst fest, die zentralen Mitglieder der Kommunistischen Arbeitsgruppe seien zu einer Mitgliederversammlung in einer Wohnung in der Baggesensgade in Nørrebro zusammengekommen.

Wie aus der Tagesordnung der Versammlung, die Torkil Lauesen verschickt hatte, hervorgeht, fand die KA trotz der Vorbereitungen zur Entführung des schwedischen Milliardärssohns noch Zeit für eher traditionelle politische Aktivitäten: So sollten Torkil Lauesen und Bo Weimann einen Bericht über »Das Verhältnis der Sowjetunion zu einer Reihe von Dritte-Welt-Ländern/Befreiungsbewegungen/sozialistischen Bewegungen« ausarbeiten. In anderen Tagesordnungspunkten ging es darum, zwei Artikel des griechisch-französischen Soziologen Arghiri Emmanuel – eines bevorzugten Philosophen der Gruppe – zu übersetzen und zu veröffentlichen, um Pläne für ein ›Tøj til Afrika‹-Arbeitslager in Århus im März und um den Vorschlag, eine marxistische Zeitschrift im südöstlichen Afrika zu unterstützen.

Noch während der Vorbereitungen zu dem erneuten Entführungsversuch erklärte Peter Døllner seinen Austritt aus dem KA. Er ziehe sich vollkommen aus der Zusammenarbeit zurück. Auch einige andere Mitglieder bezweifelten ernsthaft eine realistische Durchführung des Entführungsplans. Allerdings blieb das Problem, Geld für den Befreiungskampf der ›Front‹ zu beschaffen. Ein Ziel, dem die Gruppenmitglieder sich in hohem Maße verpflichtet fühlten.

Außerdem hatte die Gruppe im Zuge der Planungen die stattliche Summe von rund 220 000 Kronen oder umgerechnet rund 30 000 Euro ausgegeben, die Fahoum zur Verfügung gestellt hatte. Eine Rechnung, die später von der Kriminalpolizei über die Ausgaben der Gruppe angestellt wurde – die Hütte in Norwegen, der Kauf der Videoanlage, Flugreisen und Autos –, zeigt, dass die Kosten der Vorbereitung durchaus eine Viertelmillion Kronen betragen haben könnten.

In den Archiven der Polizei findet sich ein Dokument über das Eintreffen von Marwan El-Fahoum am 20. Februar 1985 am Kopenhagener Flughafen Kastrup. Bei dem Dokument handelt es sich um eine Einreisekarte, die er persönlich ausgefüllt hat. Seinen Geburtsort hatte er auf der Karte allerdings wahrheitswidrig mit Aden im Jemen und seinen Beruf mit »Diplomat« angegeben.

Ob Fahoum nach Dänemark kam, um Druck auf seine ›Äpfel‹ auszuüben, ist nicht bekannt. Da sich die Gruppe zu diesem Zeitpunkt jedoch nicht mehr mit ihren Führungsoffizieren innerhalb der Landesgrenzen traf, erscheinen andere Aufgaben Fahoums in Dänemark wahrscheinlicher. Möglicherweise war er aber auch lediglich auf dem Weg nach Lund, um Frau und Kinder zu besuchen. Vielleicht hat er sich in Lund sein eigenes Bild über den Stand der Entführung machen wollen.

In jedem Fall entschlossen sich die Gruppenmitglieder Ende Februar 1985, am 2. März einen Vertreter nach Zypern zu entsenden, um Fahoum zu überzeugen, dass die Durchführung der Entführung zu schwierig und zu riskant sei. Verständlicherweise hatte niemand große Lust, diese Reise anzutreten, um mit dem PFLP-Führer zu diskutieren, selbst die gewohnte Kontaktperson Niels Jørgensen nicht, doch schließlich war Jan Weimann bereit, Jørgensen zu begleiten.

Am 2. März flogen Niels Jørgensen und Jan Weimann nach Athen und kauften dort Tickets nach Zypern. Noch am gleichen Tag trafen sie mit Marwan El-Fahoum zusammen, der in Limassol im Süden Zyperns eine Wohnung hatte.

Die beiden Dänen versuchten nach eigener Aussage, Fahoum von den Schwierigkeiten zu überzeugen. Eine Entführung wäre zu riskant, wenn Rausings Freundin sich wieder in der Wohnung aufhielt. Mit der langen Fahrt nach Norwegen kam ein zusätzlicher Risikofaktor hinzu. Und schließlich wusste niemand, ob Gad Rausing überhaupt bezahlen und den Plan der Geldübergabe befolgen würde.

Keines der Argumente überzeugte Marwan El-Fahoum. Er hatte für alle Probleme Lösungen parat und schlug unter anderem vor, die Entführung von Rausing zu einem Zeitpunkt stattfinden zu lassen, an dem er garantiert allein war. Er konnte entführt werden, wenn er auf der Straße unterwegs war, zum Beispiel abends auf dem Heimweg von der Universität, in einer Tiefgarage oder ganz einfach dann, wenn er mit Sicherheit allein zu Hause war.

Ganz offensichtlich hatte Fahoum über Rausing und sein Verhalten detaillierte Kenntnisse, die weit über das hinausgingen, was die Dänen ihm erzählt hatten. Fahoum teilte ihnen mit, er hätte mit Hilfe seiner familiären Verbindungen nach Lund die Möglichkeit genutzt, eigene Recherchen anzustellen. Wie sich herausstellte, kannte er sich mit der Topografie der Stadt bestens aus.

Niels Jørgensen und Jan Weimann versuchten es mit neuen Argumenten: Es wäre ein großes Sicherheitsrisiko für alle Mitglieder der Gruppe, so lange von zu Hause fort zu sein, nicht zuletzt aufgrund der möglicherweise langen Gefangenschaft von Rausing in Norwegen. Ihre Abwesenheit von Familie und Arbeitsplatz könnte Misstrauen erregen, auch bei der dänischen Polizei und dem Geheimdienst.

Auch für dieses Problem hielt Fahoum eine Lösung bereit: Er bot an, eine Mannschaft zur Verfügung zu stellen, von der die Gruppe während der Entführung und bei der Bewachung in der Hütte unterstützt würde.

Die Diskussion wurde am nächsten Tag fortgesetzt, die beiden Dänen führten weitere praktische Probleme an, die die Durchführung des Plans behinderten. Fahoum fegte alle Einwände vom Tisch. Schließlich mussten Niels Jørgensen und Jan Weimann versprechen, einen neuen Entführungsversuch vorzubereiten.

Während der Heimreise über Athen trennten sich die beiden Genossen. Niels Jørgensen reiste weiter nach Damaskus, wo er sich nach eigener Aussage mit Führern der militärischen Abteilung der PFLP traf.

Im Laufe des März unternahm die Gruppe neue Schritte zur Durchführung des Plans. Unter anderem verlängerte Niels Jørgensen den Mietvertrag für die norwegische Hütte, die man ursprünglich nur bis Mitte März angemietet hatte, bis zum 15. Juni. Als neues Entführungsdatum wurde der 17. April ins Auge gefasst.

Doch diese Vorbereitungen wurden nur noch zum Schein getroffen. Tatsächlich hatten sämtliche Mitglieder der Gruppe zu diesem Zeitpunkt den Plan einer Entführung bereits aufgegeben.

Anfang Mai heiratete Jan Weimann seine Freundin, die mit seiner häufigen Abwesenheit im vergangenen Herbst und

Winter überhaupt nicht einverstanden gewesen war. Eine Woche später reiste Niels Jørgensen nach Ostberlin, wo die PFLP eng mit der Stasi zusammenarbeitete. Er wollte sich erneut mit Marwan El-Fahoum treffen und die Entführungspläne diskutieren.

Laut Niels Jørgensen versuchte er Fahoum zu erklären, dass die Gruppe andere Formen der illegalen Aktivität bevorzugte. Fahoum wurde böse, nicht nur, weil er in das Projekt investiert hatte, sondern vor allem wegen der fehlenden Beute von einigen hundert Millionen Kronen. Er versuchte noch einmal, Druck auf Niels Jørgensen auszuüben.

Doch zu diesem Zeitpunkt war der Entführungsplan längst zu den Akten gelegt. Im Laufe des Sommers wurde die Hütte in Norwegen geräumt und das Baumaterial auf eine Müllkippe gefahren. Die Bänder mit den Drohanrufen wurden mit Hilfe eines Magneten gelöscht.

Den Ermittlungen der Kriminalpolizei zufolge muss sich der Fall insgesamt allerdings noch komplizierter gestaltet haben, denn in dem hinterlassenen Material in der Blekingegade-Wohnung fanden sich Notizen und Hinweise auf weitere Entführungstermine im Mai und im Juli 1985.

Ein anderer Fund in der Wohnung lässt die Spur noch länger werden. Als die Polizeiexperten das Farbband einer elektrischen Schreibmaschine untersuchten, entpuppte sich der auf dem Farbband erhaltene englischsprachige Text als Notiz über Rausing. Wie sich aus dem Zusammenhang ergibt, kann er erst 1987 geschrieben worden sein. In der Notiz geht es unter anderem um die neuen Adressen der Familie Rausing in London.

Möglicherweise hatte die Gruppe diese Notizen aber auch für andere Akteure angefertigt, mit denen die PFLP zusammenarbeitete und die Fahoum beauftragt hatte, den Plan einer Entführung weiterzuverfolgen.

Auch ein Videoband mit einer Fernsehsendung über die Familie Rausing fand sich in der Wohnung. Die Sendung des schwedischen Fernsehens wurde am 1. September 1987 aufgenommen und Torkil Lauesen räumte ein, die Videoaufnahme in die Blekingegade gebracht zu haben. Er erklärte dazu lediglich, er »interessiere sich für die Familie«.

Im Juli 1989 wurde Jörn Rausing zum ersten Mal von einem dänischen und einem schwedischen Kriminalassistenten zu dem Fall vernommen. Er wohnte inzwischen in London und hatte seine Freundin aus der Universitätszeit in Lund geheiratet.

Zu diesem Zeitpunkt spekulierte die Polizei noch darüber, ob in den vergangenen Jahren eine Entführungsaktion stattgefunden hatte, die weder Polizei noch Öffentlichkeit bekannt war. Aber Jörn Rausing erklärte gleich zu Beginn der Vernehmung, weder er noch sonst jemand aus der Familie hätte je mit einer Entführung zu tun gehabt.

Andererseits konnte er bestätigen, dass die Familie in der Lage gewesen wäre, eine Lösegeldsumme von fünfundzwanzig Millionen Dollar innerhalb der festgelegten Frist zu zahlen. Es wäre auch möglich gewesen, das Geld aus privaten Mitteln der Familie auf ein Konto in der Schweiz zu transferieren, ohne die wirtschaftliche Situation des Konzerns zu beeinträchtigen oder irgendeinen der Angestellten mit einzubeziehen. Entführung und Geldübergabe wären über den engen Kreis der Familie hinaus nicht bekannt geworden.

Als die Kriminalassistenten Jörn Rausing fragten, ob er jemals ein Gefühl der Überwachung gehabt hätte, fiel ihm ein Ereignis im Mai 1985 ein, also aus der Zeit, als die Blekingegade-

Bande den Plan einer Entführung angeblich bereits verworfen hatte.

Eines Nachmittags hatte Jörn Rausings Nachbar in der Östra Vallgatan, ein guter Freund, geklingelt und ihn auf einige Personen aufmerksam gemacht, die offensichtlich vom Botanischen Garten auf der anderen Straßenseite das Gebäude beobachteten und mit Walkie-Talkies kommunizierten. Nachdem sie die verdächtigen Personen mit einem Fernglas beobachtet hatten, bot der Nachbar an, in den Park zu gehen und sich die Angelegenheit näher anzusehen. Er hatte den Verdacht, die Männer würden irgendetwas Kriminelles vorbereiten.

Der Nachbar nahm eine Kamera mit und versuchte, die Männer im Park zu fotografieren. Einer der Männer sprach ihn daraufhin an und zur Überraschung des Nachbarn auf Dänisch. Als er ein weiteres Foto machen wollte, flüchtete der Mann. Er kletterte über ein verschlossenes Tor und rannte aus dem Park.

Weil die Polizei kein Interesse an einer Untersuchung der Angelegenheit hatte, rief der Nachbar seine Freundin an und bat sie, ein bisschen in der Gegend herumzufahren und Ausschau nach Autos mit dänischen Nummernschildern zu halten. Kurz darauf bemerkte die Freundin einen in Dänemark registrierten VW-Bulli, der mit hohem Tempo das Viertel verließ.

Abgesehen von dieser merkwürdigen Episode hatte Jörn Rausing sich zu keiner Zeit überwacht gefühlt. Nach seinem Examen an der Universität war er im Herbst 1985 ohnehin mit seiner Freundin nach London gezogen. Als die Kriminalbeamten Jörn Rausing Fotos zeigten, die von der Gruppe an der Östra Vallgatan gemacht worden waren, bestätigte er, auf einigen Bildern deutlich zu erkennen zu sein.

Die Beamten kamen mehrfach auf diesen Punkt zurück. »In dem vorliegenden Material weist vieles auf eine tatsächlich stattgefundene Entführung hin«, heißt es im Vernehmungsprotokoll. Doch Jörn Rausing blieb dabei: Er sei niemals entführt worden.

In seinem Bericht schrieb der dänische Kriminalassistent hinterher, Rausing hätte zu Beginn ziemlich formell gewirkt, nach und nach hätte sich seine Verfassung jedoch verändert. Am Ende der Vernehmung, so der Beamte, schien er »beinahe schockiert, seine Hände zitterten leicht und es fiel ihm schwer, seine Beine ruhig zu halten. Bei unserem Händedruck zum Abschied war sein Handschweiß deutlich zu spüren.«

Auf dem Weg zur Købmagergade (1985–1988)

Bereits eine halbe Stunde vor dem Raubüberfall hatten mehrere Zeugen den jungen Mann im Rollstuhl bemerkt, der in der Nähe des Postamtes von einem zweiten Mann geschoben wurde. Beide waren Ende zwanzig, beide trugen Schnurrbärte und kurzes dunkles Haar.

Der Mann im Rollstuhl hat eine blaue Pudelmütze auf dem Kopf und trägt eine halblange graue Jacke, über den Beinen liegt ein grauweiß gemustertes Plaid. Bei dem Mann, der den Rollstuhl schiebt, handelt es sich um einen großen hageren Mann mit einem schmalen, markanten Gesicht. Sein Schnurrbart war auffallend buschig, fast wie bei Dschingis Khan, formulierte es später einer der Zeugen. Der Mann wäre sonnengebräunt gewesen, hätte allerdings nicht wie ein Gastarbeiter ausgesehen. Einige Augenzeugen meinten, die Haare und Bärte der Männer hätten eher unnatürlich gewirkt.

Der Rollstuhl wird direkt vor das Postamt geschoben, vorbei an Schmidts Herrenbekleidungsgeschäft und Madsens Farbenhandel an der Ecke Herlev Ringvej/Herlev Hovedgade.

Einige Minuten später kulminiert die erste Operation der Blekingegade-Bande nach dem groß angelegten Plan, den Milliardärssohn Jörn Rausing zu entführen: Am Dienstag, dem 3. Dezember 1985 erreicht kurz nach neun Uhr morgens ein Geldtransporter das nordwestlich von Kopenhagen gelegene

Postamt Herlev. Der weiße Volvo-Geländewagen wird von zwei Angestellten der Privatbanken gefahren.

Seit vielen Jahren fahren die beiden Geldboten täglich dieselbe Route, um die Geldsendungen der Postämter zu transportieren. Nachdem der Fahrer den Wagen wie gewöhnlich auf dem breiten Bürgersteig geparkt hat, steigt sein Partner aus, um das Geld und die Schecks aus dem Postamt zu holen. Während der Geldbote durch die automatische Tür in die Vorhalle und von dort die Treppe hinauf ins eigentliche Postamt geht, wartet der Fahrer am Steuer des Volvos.

Unterdessen fahren die beiden Männer mit dem Rollstuhl über die Rollstuhlrampe in die Vorhalle des Gebäudes. Sie postieren sich an einem Behindertenaufzug, von dem aus sie den gesamten Treppenbereich des Postamts überblicken können. Kurz darauf erscheint der Geldbote wieder auf der Treppe. In der rechten Hand trägt er einen grauen Postsack, der anderthalb Millionen Kronen Bargeld und achtundsechzig Millionen in Schecks enthält.

Als der Geldbote die Hälfte der Treppe zurückgelegt hat, läuft der Mann auf ihn zu, der eben noch im Rollstuhl gesessen hat und auf den Behindertenaufzug zu warten schien. Vor dem Bankboten lässt er einige Blätter Papier auf die Treppe fallen.

»He«, ruft der Geldbote, »du hast etwas verloren.«

Der Mann aus dem Rollstuhl reagiert nicht, sondern rennt an ihm vorbei, dann dreht er sich um. Den Bankangestellten trifft ein harter Schlag mit einem Knüppel auf den Hinterkopf. Der Bote taumelt ein paar Schritte die Treppe hinunter, erhält einen weiteren Schlag an den Kopf und sinkt in die Knie. Als er aufblickt, sieht er, wie der Mann, der den Rollstuhl geschoben hat, mit einem Gegenstand auf ihn zielt. Der Bote beschreibt den Gegenstand später als lang und gewehrähnlich. In diesem Moment wird ihm der Postsack aus der Hand gerissen.

Beide Täter verschwinden durch die automatische Tür aus der Vorhalle. Keiner von ihnen hat während des Überfalls auch nur ein Wort gesagt.

»Raubüberfall! Raubüberfall!«, brüllt der Geldbote.

Den Schrei hört sein Kollege im Geldtransporter. Er sieht die beiden Männer mit dem Postsack in der Hand den Bürgersteig entlanglaufen und in einem Fußgängertunnel unter dem Ringvej verschwinden. Dieser Ablauf wurde später auch von anderen Augenzeugen bestätigt.

Der Fahrer löst sofort Alarm aus. »Wir wurden überfallen«, meldet er dem Hauptsitz der Bank. »Die Täter flüchten durch den Ringvej-Tunnel.«

Doch auf der anderen Seite des Ringvej tauchen die Männer nicht auf. Weitere Zeugen sehen sie in die Parkgarage unter dem Einkaufszentrum laufen, wo ein dritter Mann – ebenfalls mit Oberlippenbart – in einem kleinen silbergrauen Toyota wartet, dessen Türen offen stehen. Kaum sind die Täter eingestiegen, fährt der Wagen mit hoher Geschwindigkeit aus der Tiefgarage auf die Herlev Bygade und verschwindet auf dem Herlevgårdsvej.

Als die Kriminalbeamten des Polizeireviers von Gladsaxe wenige Minuten später am Tatort eintreffen, müssen sie feststellen, dass die Täter außer einem Rollstuhl der Marke ›Ortopedia‹ keine weiteren Spuren hinterlassen haben. An der Rückenlehne des Rollstuhls klebt ein Schild mit der Aufschrift ›Kreiskrankenhaus Herlev‹.

Wie die technische Untersuchung ergibt, hat einer der Täter unmittelbar vor dem Überfall auf den Geldboten sogar noch die Fingerabdrücke von den Handgriffen des Rollstuhls abgewischt. Immerhin können zwei verwertbare Fingerabdrücke auf der Innenseite der Räder gefunden werden. Der Verwaltungschef des Kreiskrankenhauses erklärt, der Diebstahl eines Rollstuhls sei nicht schwierig, weil überall auf dem Krankenhausgelände Rollstühle ständen.

Die Blätter, die einer der Täter auf der Treppe fallen ließ, erweisen sich als Einzahlungsformulare aus einem Ständer des Postamts. Weder der Knüppel noch andere Waffen wurden hinterlassen. Auch der Fluchtwagen, der in der Tiefgarage auf die beiden Täter wartete, wird nie gefunden.

Die vier Überwachungskameras, die automatisch aktiviert werden, wenn das Postpersonal Alarm auslöst, sind alle im eigentlichen Schalterraum des Postamts angebracht, die Aufzeichnungen zeigen nichts von Belang.

Trotz umfassender Fahndung wird die Kriminalpolizei von Gladsaxe die Täter nie fassen.

Der Raubüberfall, so der damalige operative Leiter Per Larsen, veranlasste den PET, zu prüfen, ob die Appel-Gruppe eventuell wieder aktiv war. Wegen einiger ähnlicher Fälle hatte man sie in den vergangenen Jahren bereits im Verdacht. Doch der Geheimdienst sah keine Veranlassung, diese Überlegungen der Kripo von Gladsaxe mitzuteilen.

Einige Wochen vor dem Raubüberfall in Herlev hatte die EDV-Firma ›Computerforeningen‹ am 27. September 1985 eine gewerblich genutzte Wohnung im ersten Stock rechts des Gebäudes Blekingegade 2 auf Amager angemietet.

Die Übernahme fand drei Tage später statt, am 1. Oktober. Bei dem Vermieter handelte es sich um die Kommunale Gebäudeverwaltung der Hauptstadt in Frederiksberg. Die EDV-Firma wurde in dem Mietvertrag repräsentiert durch einen

Mann namens Frode Nielsen. In den nächsten dreieinhalb Jahren, bis zum 2. Mai 1989, interessierte sich niemand für die Existenz einer EDV-Firma ›Computerforeningen‹ oder die wahre Identität von Frode Nielsen.

Tatsächlich hatte eines der Mitglieder der Blekingegade-Bande, Bo Weimann, den Decknamen ›Frode Nielsen‹ benutzt. Die Daten hatte die Ärztin Anna von einem ihrer Patienten beschafft.

Die Wohnung in der Blekingegade wurde als Ersatz für die Räume am A. F. Beyers Vej angemietet. Nach der missglückten Entführung von Jörn Rausing wollte die Gruppe neu beginnen. Sie brauchte eine andere sichere illegale Wohnung, um Werkzeug und Waffen unterbringen zu können und sich zu treffen. Die Wohnung in der Blekingegade wurde nie als Deckadresse benutzt, wenn Autos oder andere Dinge angemietet werden mussten – für diesen Zweck hatte man andere Adressen. Die Räume in der Blekingegade sollten in jedem Fall unentdeckt bleiben und der Gruppe als absolut geheimer und sicherer Zufluchtsort dienen.

Nach und nach wurden im Herbst 1985 Waffen und Material vom A. F. Beyers Vej in die Blekingegade geschafft, auch wurde die Wohnung möbliert und mit dem Notwendigsten ausgestattet, um darin übernachten und kochen zu können. Ein Jahr später mietete die Gruppe auch die Nachbarwohnung im ersten Stock links an, um mehr Platz zu haben und eventuelle Nachbarn zu vermeiden. Beide Wohnungen wurden durch eine Tür verbunden. Hinter einem Regal versteckt richtete man den geheimen Raum für das Waffenlager ein. Im Sommer 1985 waren laut Aussagen der Gruppenmitglieder die Pläne zur Entführung von Jörn Rausing zu den Akten gelegt worden, doch bereits im August bereitete die Gruppe neue Aktionen vor.

Nachdem sie die ambitionierten Entführungspläne in Schweden aufgegeben hatten, kehrten sie zurück zu dem Modus Operandi, der sich seit rund zehn Jahren als erfolgreich bewährt hatte: schnelle und gut vorbereitete bewaffnete Raubüberfälle auf Geldtransporte im Großraum Kopenhagen. Ziel war es weiterhin, die Genossen der palästinensischen Volksfront ökonomisch zu unterstützen.

Die routinierten Akteure der Gruppe nahmen die Rückkehr zu den bekannten Operationsformen mit einer gewissen Erleichterung auf. Nachdem die Nerven während der monatelangen Vorbereitungen der Rausing-Entführung blank gelegen hatten, schien mit der Vorbereitung von Überfällen auf Geldtransporte beinahe wieder so etwas wie ein Normalzustand eingetreten zu sein.

Im Gegensatz zum Rausing-Fall, der immer wieder längere Abwesenheitszeiten von Freundinnen, Familie, Arbeit und dem täglichen Leben erfordert hatte, wirkte es geradezu befreiend, einfach nur Banken, Postämter und Geldtransporte auszuspionieren. Diese vorbereitenden Arbeiten lieferten so gut wie nie Anlass zu Misstrauen. Ein Gruppenmitglied beschrieb es so: »Man kann ganz normal zur Arbeit gehen und danach ein paar Stunden Geldtransporter ausspähen – um dann nach Hause zu fahren und mit der Ehefrau Kaffee zu trinken.«

Die Planungen einer neuen Operation wurden im August und September 1985 mit Beobachtungen zahlreicher Geldtransporte eingeleitet. Dazu gehörten unter anderem die Transporte der Privatbanken, die von ihrer damaligen Zentrale am Ørnevej im Nordwesten Kopenhagens starteten, nicht weit entfernt von den Büroräumen der Kommunistischen Arbeitsgruppe am Vibevej. Die Transporte wurden am Hauptsitz der

Bank und bei den Postämtern, die sie anfuhren, observiert, unter anderem am Jagdvej, in Brønshøj – und in Herlev.

In dieser Zeit beobachtete die Gruppe auch mehrere Filialen von Den Danske Bank und der Sparkasse Bikuben, in einigen Fällen wurden die Geldtransporte sogar in gemieteten Autos verfolgt. Neben Niels Jørgensen, Jan Weimann und Torkil Lauesen nahmen auch Bo Weimann und Karsten Møller Hansen an diesen Observationen teil.

Am weitesten ausgereift war der Plan, einen Geldtransport der Amagerbank zu überfallen. Zu den Vorbereitungen gehörten regelmäßige Beobachtungen der Transporte und versteckte Foto- und Videoaufnahmen von der Ankunft und Abfahrt der Bankfahrzeuge in der Tiefgarage einer Amagerbank-Filiale. Die Gruppe hatte bereits Skizzen der Kelleranlage der Bank angefertigt und bereitete mögliche Fluchtwege vor.

Die Beobachtungen zogen sich hin vom Herbst 1985 bis in den Sommer 1986, in dem der Überfall stattfinden sollte. Kurz vor der Operation wurden die Brüder Jan und Bo Weimann allerdings von der Polizei in einem gestohlenen Auto angehalten, das während des Überfalls eingesetzt werden sollte. Die Brüder wiesen sich aus und konnten sich herausreden. Die Streifenbeamten bemerkten nicht, dass sie ein gestohlenes Fahrzeug fuhren. Dennoch wurde das Unternehmen verschoben.

In der folgenden Zeit registrierten die Gruppenmitglieder eine Änderung der festen Routen bei den Geldtransporten der Amagerbank. Im internen Slang der Gruppe wurden alle Sicherheitsbeauftragten der Banken ›Sicherheits-Sørensen‹ genannt, nun variierte der Sicherheits-Sørensen der Amagerbank in regelmäßigen Abständen die tägliche Routine der Transporte. Bei einem Treffen in der Blekingegade-Wohnung wurde ein Überfall auf die Geldboten der Amagerbank als zu riskant verworfen.

Seit Sommer 1986 konzentrierte man sich auf andere Projekte. Am 14. Juni 1986 registrierte der arabisch sprechende Mossad-Agent im PET, dass Marwan El-Fahoum aus Damaskus einen gewissen Hassan anrief. Nachdem Sati unter ungeklärten Umständen aus der dänischen Zelle der PFLP ausgeschlossen worden war, hielt der Geheimdienst Hassan für den neuen Wortführer der Volksfront in Skandinavien. Bereits im Frühjahr 1983 hatte der PET Hassans Telefon angezapft. Man hörte ihn ohne Unterbrechung bis 1988 ab. Die ungewöhnlich lange Zeit ist vermutlich auf Drängen des Mossad zurückzuführen, der ein besonderes Interesse daran hatte, die militanten Palästinenser im Ausland zu beobachten. Vom Telefonat zwischen Fahoum und Hassan existiert allerdings nur eine handgeschriebene englische Übersetzung des Mossad-Agenten.

Fahoum, der in dem Telefonat den Decknamen Abou Sami benutzte, redete aus Angst, abgehört zu werden, zum Teil scheinbar wirres Zeug. Offensichtlich galt es, ein schnelles Treffen mit den ›Äpfeln‹ zu organisieren, deshalb machte er eine Ausnahme von der Regel, keinen telefonischen Kontakt aufzunehmen. Wie aus dem Telefonat hervorgeht, hatte Fahoum Hassan offenbar bereits bei einer früheren Gelegenheit gebeten, eine Verbindung zur »Firma« herzustellen, wie die Gruppe bei dieser Gelegenheit genannt wird.

Da es Hassan noch nicht gelungen war, schlug Fahoum vor, Talal oder Fahoums ›Cousine‹ in Dänemark damit zu beauftragen. Hassan versprach, so schnell wie möglich einen Kontakt zu vermitteln. Fahoum wollte am folgenden Mittwoch wieder anrufen.

Bei dieser ›Cousine‹, so geht aus den Abhörprotokollen des folgenden Tages hervor, handelte es sich in Wahrheit um eine Schwester des verstorbenen Holger Jensen, ein ehemaliges Mitglied der Kommunistischen Arbeitsgruppe. Als Marwan El-Fahoum eine Woche später aus Damaskus anrief, konnte Hassan ihm ihre Telefonnummer mitteilen, berichtete aber auch, die Schwester würde sich in den nächsten Monaten in Argentinien aufhalten. In diesem Telefonat nannte Hassan den arabischen Decknamen der Gruppe, ›tuffah‹, und Fahoum bestätigte, mit ihnen in Verbindung treten zu wollen.

»Ja«, sagte er, »gewöhnlich nenne ich sie alle tuffah.«

Allerdings erwähnte Fahoum niemanden namentlich am Telefon. Hassan gab ihm zunächst die Nummer eines Poul A., der früher mit dem »alten Mann« – alias Gotfred Appel – zusammengearbeitet hatte. Am Ende des Gesprächs wurde Hassan darüber informiert, dass Fahoum einige Zeit nicht in Damaskus sein würde und nicht versucht werden sollte, ihn telefonisch zu erreichen.

Am 19. Juli 1986 wurde wieder zwischen Damaskus und Kopenhagen telefoniert. Marwan El-Fahoum erklärte Hassan, er hätte sich länger als geplant im Ausland aufgehalten. Hassan konnte Fahoum die Adresse der neuen Räume der Kommunistischen Arbeitsgruppe und des Verlags Manifest in der Landskronagade in Østerbro geben. Hassan fragte, mit wem genau Fahoum Verbindung aufnehmen wollte, doch zunächst lehnte der es ab, am Telefon Namen zu nennen. Im weiteren Verlauf des Gesprächs erklärte er allerdings, mit Jan reden zu wollen. Ihm sei es wichtig, einen Kontakt aufzubauen, fügte er hinzu, keinesfalls aber dürfe die Gruppe versuchen, ihn von Dänemark aus zu erreichen. Er würde sie kontaktieren, betonte er.

Zwei Tage später zeichnete der PET ein Telefongespräch zwischen Hassan und Niels Jørgensens Exfreundin Gitte auf. Während des Gesprächs erzählte Gitte, sie hätte mit Torkil

Lauesen gesprochen, der sich gern mit Hassan treffen würde. Gitte solle ihn bitten, zu Torkil Lauesens Wohnung in Nørrebro zu kommen, entweder noch am Abend gegen elf Uhr oder am nächsten Vormittag um acht.

Drei Tage nach diesem Treffen, gegen Mittag des 24. Juli, rief Marwan El-Fahoum erneut bei Hassan an. Hassan berichtete ihm von seinem Treffen mit einem Mitglied der Gruppe. In dem Telefonat wurde diese Person mit dem Decknamen »Thompson« bezeichnet.

›Thompson‹ wollte nicht, dass seine Telefonnummer weitergegeben wurde. Aber er hatte Hassan gegenüber betont, die Gruppe wäre bereit zu »allem, was ihr wollt«.

Sie sollten umgehend einen Repräsentanten nach Damaskus schicken, erklärte Fahoum. Er gab Hassan eine Telefonnummer, unter der ›Thompson‹ am nächsten Morgen nach elf mit ihm in Verbindung treten könnte, um weitere Absprachen zu treffen. Hassan versprach, den Bescheid weiterzuleiten.

Dieses Telefonat muss vom PET abgehört worden sein. Jedenfalls forderte die Abteilung Terrorismus augenblicklich die richterliche Genehmigung an, Telefone abhören zu dürfen – nicht nur bei ›Thompson‹, alias Torkil Lauesen, sondern auch in den Räumen der Kommunistischen Arbeitsgruppe in der Landskronagade sowie bei den beiden anderen führenden ›Äpfeln‹ Niels Jørgensen und Jan Weimann. Außerdem umfasste die Abhörgenehmigung das ehemalige Mitglied der KA Poul A., dessen Name im Gespräch zwischen Fahoum und Hassan gefallen war.

Am selben Tag stand bereits um 13:25 Uhr die Leitung zum Telefon der Kommunistischen Arbeitsgruppe, und um 14:21 Uhr konnte der PET Lisa und Torkil Lauesens Telefonate aus ihrer Wohnung in Nørrebro mithören.

Um 17:05 Uhr spitzte der zuständige Mitarbeiter des Geheimdienstes vermutlich die Ohren, als er einen Anruf von Lisa Lauesen bei Gitte registrierte. Das Gespräch der beiden Frauen drehte sich jedoch in erster Linie um die korrekte Zubereitungsweise von Kichererbsen.

Ein wichtigeres Gespräch fand am frühen Abend statt, ungefähr neun Stunden nachdem Fahoum Hassan aufgefordert hatte, Torkil Lauesen um einen Anruf am kommenden Vormittag zu bitten. Um 18:52 Uhr rief Lisa ihren Mann an, der sich in den Räumen der Kommunistischen Arbeitsgruppe aufhielt. Sie erzählte vom Besuch eines Mannes, der gern mit Torkil reden wollte.

»Kann er nicht später wiederkommen?«

»Das habe ich ihm auch vorgeschlagen«, erwiderte Lisa. »Aber er möchte gern jetzt mir dir reden.«

»Na, okay«, sagte Torkil.

Lisa gab den Hörer an den Mann weiter.

»Hier ist Hassan«, stellte sich der Besucher vor. »Ich habe eine Nachricht für dich, es muss schnell gehen.«

»Ich bin in einer Sitzung, die erst in einer oder anderthalb Stunden zu Ende ist. Wie lange willst du denn mit mir reden?«

»Nur fünf Minuten«, antwortete Hassan.

»Dann komm her. Ich bin in der Landskronagade 2.«

Bereits eine Woche nachdem die ›Äpfel‹ durch Hassan von Fahoums Bitte um ein baldiges Treffen in Damaskus erfahren hatten, wurde dessen Wunsch entsprochen. Am 1. August 1986 flog Niels Jørgensen über Athen nach Damaskus, wo er in den nächsten Tagen ausführlich mit dem Führungsoffizier der ›Äpfel‹ die künftigen Pläne diskutierte.

Nach einer Woche in Damaskus kehrte Niels Jørgensen nach Kopenhagen zurück. Doch bereits drei Tage später reiste er erneut in die syrische Hauptstadt, um die Diskussionen und Planungen mit Marwan El-Fahoum fortzusetzen.

Drei Jahre später, im Mai 1989, verteilt die Leitung des PET eine Sonderausgabe des wöchentlichen internen Berichts des Dienstes. Anlass ist der Fund des großen Waffenlagers in der Blekingegade und damit die definitive Entlarvung der Appel-Gruppe, die der Geheimdienst seit mehr als zehn Jahren überwacht hat.

In der Sonderausgabe wird von den besonderen Ereignissen im Juli 1986 berichtet, als die Appel-Gruppe in der Version des PET »sich mit dem PFLP-Führer Hassan A. D. traf, der den Befehl Marwan El-Fahoums hatte, die Gruppe zu aktivieren.« Die Rückmeldung von Hassan an Fahoum lautete, die Gruppe sei »zu tun bereit, was die PFLP verlangt«.

In den folgenden Monaten wurde die Organisation intensiv vom PET überwacht, doch die Mitglieder der KA unternahmen offensichtlich nichts von nachrichtendienstlichem Interesse. »Die Gruppe tritt ausgesprochen sicherheitsbewusst auf, ihre interne Kommunikation ist sehr schwer zu überwachen«, hält die Leitung des Dienstes fest, »(100 % Telefonsicherheit, Mitteilungen über PCs, kurzfristige Vereinbarungen über Treffen, Kontrolle eventueller Observation, Einrichtung von illegalen Wohnungen und Tarnfirmen, die mit der Doppelidentität existierender Personen angemietet und gegründet wurden, Gebrauch von Motorola- und Storno-Kommunikationsgeräten usw.)«.

Obwohl Marwan El-Fahoum wenige Wochen später einen gravierenden Sicherheitsfehler beging, als er telefonischen Kontakt zu den Gruppenmitgliedern suchte, entging die Gruppe einmal mehr der Enttarnung durch die dänischen Behörden.

Nachdem Niels Jørgensen sich im August 1986 mit Marwan El-Fahoum in Damaskus getroffen hatte, begann die Kerngruppe sofort mit den Planungen für ihren nächsten Millionencoup in Kopenhagen.

Am Morgen des 22. Dezember 1986, zwei Tage vor Heiligabend, läuft um Viertel nach neun die Meldung im Raubdezernat des Kopenhagener Polizeihauptquartiers ein: Drei bewaffnete Männer hätten vor wenigen Minuten die gesamten Wochenendeinnahmen des Kaufhauses Dælls Varehus in der Nørregade im Zentrum Kopenhagens gestohlen.

Die Meldung der Funkzentrale wird vom Leiter des Raubdezernats, Kriminalassistent Niels Bach Christensen, entgegengenommen, der drei Jahre später an der Spitze der Ermittlungen gegen die Blekingegade-Bande stehen wird.

Niels Bach Christensen und sechs seiner Kollegen steigen sofort ins Auto und fahren in die Nørregade. Auf dem Weg vom Polizeihauptquartier über den H. C. Andersen Boulevard und die Nørre Voldgade achten die Kriminalbeamten darauf, ob die Täter möglicherweise diese beiden Hauptstraßen als Fluchtweg nutzen. Über Funk haben sie bereits eine vorläufige Personenbeschreibung erhalten, in der es heißt, die drei Täter hätten blaue und beigefarbene Arbeitskleidung getragen und ausgesehen wie Handwerker. Zwei von ihnen waren bemerkt worden, als sie über die Nørregade in Richtung Bahnhof Nørreport flüchteten. Die Beute hatten sie in einem Kinderwagen untergebracht.

Außerdem, so erfährt Niels Bach Christensen über Funk, hätten Streifenbeamte Spuren der Täter in einer Passage hinter dem Postamt in der Nørre Voldgade gefunden. Der Chef des Raubdezernats lässt drei seiner Beamten dorthin fahren.

In den Büros von Dælls Varehus, von den Kopenhagenern auch gern ›Dællevalle‹ genannt, trifft Niels Bach Christensen auf die Polizisten, die als Erste am Tatort gewesen sind, nachdem der Polizeifunk den Raubüberfall um 9:12 Uhr gemeldet hatte. Die Beamten haben den Tatort abgesperrt und sämtliche verfügbaren Zeugen des Überfalls in die Kaufhausbüros gebeten.

Die Streifenbeamten geben Niels Bach Christensen einen kurzen Lagebericht: Der Überfall fand in der Hauptkasse im dritten Stock des Kaufhauses statt. Mehrere Angestellte, die versucht haben, die Täter während der Flucht aufzuhalten, wurden niedergeschlagen. Drei Angestellte sind bereits auf dem Weg ins Kommunehospital.

Bei einem von ihnen handelt es sich um den Sicherheitschef des Kaufhauses, Bruno Kryger-Jørgensen, der beim Eintreffen der Beamten eine starke Blutung am Kopf und Verletzungen an der linken Hand aufwies. Bevor ihn ein Krankenwagen abtransportierte, konnte er noch eine oberflächliche Täterbeschreibung geben. Im Kommunehospital stellen die Ärzte einen leichten Schädelbruch im Nackenbereich und einen gebrochenen Zeigefinger an der linken Hand fest.

Eine Frau, die in der Hauptkasse arbeitet, hatte ebenfalls unmittelbaren Kontakt mit den Tätern. Sie erlitt einen »hysterischen Schock« und konnte nicht vernommen werden, bevor man sie ins Krankenhaus brachte.

Auf der Hintertreppe, wo der Sicherheitschef versucht hat, die Täter aufzuhalten, findet Niels Bach Christensen »einen größeren Blutfleck«, wie er in seinem Bericht festhält. Dort haben die Streifenpolizisten auch ein Pistolenmagazin mit scharfen 9-mm-Patronen gesichert, das einer der Täter während des Handgemenges mit dem Sicherheitschef verloren hat.

Im Hof hinter dem Bürogebäude des Kaufhauses finden andere Beamte im Schnee Fußabdrücke und die Reifenspuren eines Kinderwagens. Die Spuren führen durch ein Tor auf die Nørregade und biegen in Richtung des Bahnhofs Nørreport ab. Ein Stück weiter verlieren sich die Spuren im Schneematsch der Fahrbahn.

Niels Bach Christensen fordert sofort die Unterstützung der Fingerabdruckexperten und Kriminaltechniker an und lässt seine Leute die Zeugen vernehmen. Über die Lautsprecheranlage des Kaufhauses werden Kunden und Personal, die die Täter gesehen oder irgendetwas Verdächtiges bemerkt haben, gebeten, sich sofort an die Polizei zu wenden.

Der Direktor des Kaufhauses erklärt, die Einnahmen würden jeden Abend nach Geschäftsschluss in einen Safe im Büro der Hauptkasse eingeschlossen. Am nächsten Morgen packt der Hauptkassierer die Geldbeutel in Taschen der Sparkasse Bikuben. Diese Taschen werden regelmäßig zwischen neun und Viertel nach neun von einem Bankangestellten der Hauptabteilung von Bikuben an der Hauptkasse abgeholt.

An diesem Montagmorgen war die Geldsumme, die in die Bank gebracht werden sollte, außergewöhnlich hoch: Zuletzt war das Geld am Freitagmorgen abgeholt worden, darum enthielten die Geldbeutel die Einnahmen von Freitag, Sonnabend und Sonntag. In den hektischen letzten Tagen vor Weihnachten hatte das Kaufhaus auch am Sonntag geöffnet.

Die Vernehmungen der nächsten Stunden ergeben ein eindeutiges Bild vom Vorgehen der Täter: Kurz vor neun hat ein Zeuge zwei Männer in hellen Mänteln gesehen, die einen Kinderwagen vom Israels Plads auf die Nørre Voldgade schoben. Einer der Männer verlor unterwegs eine Säge, einen sogenannten Fuchsschwanz, und hob ihn hastig wieder auf. Ein paar

Minuten vor neun haben mehrere Zeugen drei Männer bemerkt, die sich an einem Kinderwagen in der Nørregade getroffen haben. Die Männer waren wie Handwerker angezogen. Einer trug einen Kunststoffeimer mit einer Fensterputzausrüstung, ein anderer eine schwarze Werkzeugtasche aus Leder, an der ein Fuchsschwanz befestigt war.

Die drei Männer gingen durch das Tor an der Nørregade 24 in den Hinterhof des Bürogebäudes von Dælls Varehus. Sie stellten den Kinderwagen direkt vors Tor und liefen über den schneebedeckten Hof zum Personaleingang. Sie mussten gewusst haben, dass sie im dritten Stock über einen langen, schmalen Büroflur, der sich durch die Hinterhäuser schlängelt, zum Büro der Hauptkasse im Gebäude Nørregade 18 gelangen konnten.

Die Täter warteten vor der abgeschlossenen Tür der Hauptkasse. Mehrere Angestellte, die an dem Büro vorbeigingen, bemerkten den Fensterputzer und die beiden Handwerker.

Hinter der verschlossenen Tür der Hauptkasse wurden dem Bankangestellten von Bikuben, der kurz zuvor die Haupttreppe hinaufgekommen war, die Einnahmen des Wochenendes übergeben, insgesamt 7,2 Millionen Kronen, davon etwas über eine Million in Schecks, der Rest in bar. Die Geldbeutel hatte die Hauptkassiererin in sechs schwarze Nylonsporttaschen mit dem Logo von Bikuben verpackt. Sie wollte dem Boten beim Tragen der Taschen zum Transportfahrzeug helfen, das direkt unter dem Büro im Hof parkte. Aus Spaß hatte sie noch vorgeschlagen, die Taschen einfach aus dem Fenster zu werfen.

Nachdem der Bankangestellte den Empfang des Geldes quittiert hatte, wurde die Tür aufgeschlossen. In diesem Moment stieß jemand von außen die Tür auf und drei Männer drängten in den Raum, bewaffnet mit Schlagstöcken und Pistolen.

Als die Hauptkassiererin schrie, wurde ihr mit einem Schlagstock in den Nacken geschlagen. Sie brach zusammen. Einer der anderen Männer presste dem Bankboten eine Pistolenmündung an den Hals.

»Dies ist ein Überfall. Es ist ernst«, zischte der Mann. Nachdem sie den Bankangestellten in einen Blumenkübel gestoßen hatten, bemächtigten sich die Täter der sechs Taschen. Dann liefen die Männer den schmalen Flur zur Hintertreppe zurück. Vor der Hauptkasse hatten sie die Ledertasche mit dem Fuchsschwanz und den Eimer mit dem Fensterabzieher stehengelassen.

Aufgeschreckt von den Schreien aus der Hauptkasse, kamen mehrere Angestellte aus ihren Büros. Unter ihnen befand sich der Betriebsleiter des Kaufhauses, der beinahe mit den Tätern zusammenstieß, als er aus seinem Zimmer trat. Einer der Männer blieb stehen und schlug ihn auf die Stirn. Er ging zu Boden.

Als die Täter die Hintertreppe am Ende des Flurs erreicht hatten, wurden sie von dem einundsechzigjährigen Sicherheitschef Bruno Kryger-Jørgensen eingeholt. Seit knapp zehn Jahren arbeitet der ehemalige Leiter der Militärpolizeischule, der als Soldat Einsätze im Kongo und auf Zypern hinter sich hatte, für das Kaufhaus.

Einige Minuten zuvor hatte er drei Handwerker den Flur zur Hauptkasse hinuntergehen sehen. Er hatte sie für die Telefonmechaniker gehalten, die an diesem Tag Arbeiten im Haus ausführen sollten. Aus dem Inspektionsbüro der Warenhausdetektive bemerkte er allerdings, wie die Männer mit schweren Taschen in den Händen den Flur zurückliefen. Dann fiel sein Blick auf eine Pistole, die einer von ihnen in der Hand hielt.

Bruno Kryger-Jørgensen rannte den Flüchtenden hinterher und bekam einen Mann zu fassen, der gerade die Hintertreppe erreicht hatte. Während des anschließenden Handgemenges schlug der Täter mit der Pistole nach ihm, dann drehte sich einer der anderen Männer um und hieb Kryger-Jørgensen mit großer Kraft den Schaft seiner Pistole an den Kopf. Der Sicherheitschef ließ den Mann los, sank auf die Knie und versuchte vergeblich, sich mit den Händen zu schützen.

Als die Männer die Treppe hinunterliefen, spürte Bruno Kryger-Jørgensen, wie im aus einer Kopfwunde Blut ins Gesicht lief. Außerdem hatten die Schläge seinen Zeigefinger aufgerissen.

»Ich dachte noch, das sind keine Anfänger«, erinnert sich später Kryger-Jørgensen, der einen steifen Zeigefinger und eine milde Form der Parkinson'schen Krankheit davongetragen hat, die nach Ansicht der Ärzte durch den Schädelbruch verursacht worden sein könnte. »Die Täter wussten, was sie taten, das war offensichtlich, sie hatten ein klares Ziel. Als ich versuchte, sie aufzuhalten, machten sie keinen verzweifelten oder panischen Eindruck. Sie zögerten keinen Moment zuzuschlagen. Ich wurde behandelt wie ein Möbelstück, das im Weg steht und beiseitegeschafft werden muss.«

Auf der Höhe des ersten Stocks stolpert einer der Täter auf der Treppe und verliert eine der Geldtaschen. Eine geistesgegenwärtige Büroassistentin, die aus ihrem Büro gekommen ist, greift sich die Tasche und schlägt die Tür zum Treppenabsatz zu. Die Täter können ihr nicht folgen. Damit sichert sie dem Kaufhaus anderthalb der gestohlenen sieben Millionen Kronen.

Im Hof hinter dem Kaufhaus werfen die Täter die Taschen mit den fünfeinhalb Millionen Kronen in den Kinderwagen und decken sie mit einer Decke ab. In dem Kinderwagen sind Mäntel versteckt, die sie über die Arbeitskleidung ziehen. Ein

Prokurist des Kaufhauses, der sich den Männern nähert, wird bedroht und muss umkehren.

In der Nørregade teilen sich die Täter. Eine Angestellte von Dælls Varehus, die sich auf dem Weg zur Arbeit befindet, sieht einen großen bärtigen Mann in einem langen Mantel mit hochgeschlagenem Kragen auf sich zukommen. Er schiebt einen braunen Kinderwagen. Als der Mann damit vom Bürgersteig über die Bordsteinkante fährt, stürzt der Wagen beinahe um. »He, pass auf das Kind auf!«, ruft die Frau dem Mann noch zu.

Auf der anderen Straßenseite hat der Mann ebenfalls Probleme mit der Bordsteinkante. Er bückt sich, zerrt einen Eisenkorb aus dem Kinderwagengestell und wirft ihn auf den Bürgersteig.

Der Mann verschwindet in einem Tor der Hausnummer 49 und läuft durch eine Passage bis zur Nørre Voldgade 56. Einige Autos müssen scharf bremsen, um den Mann mit dem Kinderwagen nicht zu überfahren, als er über die Nørre Voldgade zur Nørreport Station rennt. Er läuft auf die Rampe der Tiefgarage unter dem Israels Plads zu. In der Tiefgarage werden die Geldtaschen in ein Auto umgeladen, das mit einem vierten Mann am Steuer bereitsteht.

Hier enden die Kenntnisse der Polizei über den Fluchtweg.

Der braune Kinderwagen der Marke ›Odder‹ wird eine Stunde nach dem Überfall im zweiten Untergeschoss der Tiefgarage gefunden. Fünf Tage zuvor war er aus einem Hauseingang am Hedepark in Ballerup gestohlen worden. Ein paar Zeugen hatten an diesem Abend einen jüngeren Mann gesehen, der in hohem Tempo einen Kinderwagen durch den Park zu einem wartenden Lieferwagen schob. Dort half ihm ein anderer Mann, den Kinderwagen zu verstauen.

In dem zurückgelassenen Kinderwagen findet die Polizei einen der selbst gefertigten Schlagstöcke der Täter – den fünfunddreißig Zentimeter langen, geriffelten Rest eines roten, mit Sand gefüllten Wasserschlauchs. An beiden Enden ist der Schlauch mit Holzpfropfen verschlossen und mit schwarzem Gaffatape umwickelt.

Aus den zahlreichen Zeugenaussagen erstellt die Kriminalpolizei eine Personenbeschreibung der Täter. Der Mann, der den Bankangestellten mit der Pistole bedroht hat, war circa dreißig Jahre alt, athletisch und sonnengebräunt, mit dunklem, nahezu schwarzem Haar und Bart. Er trug eine dunkle, tropfenförmige Brille, blaue Arbeitskleidung und eine Pudelmütze. Die anderen werden als etwa gleichaltrig beschrieben, beide in kakifarbener Arbeitskleidung, der eine muskulös und breitschultrig mit leicht rötlichem, lockigem Haar, der andere schlank mit dunklem Stirnhaar und einer blauen Strickmütze.

Ein Teil der Zeugen, die die Täter aus nächster Nähe gesehen haben, muss bei der Kriminalpolizei die Alben mit den Fotos möglicher Täter durchblättern. Zu diesem Zeitpunkt hat allerdings nur der PET, nicht die Kripo, Fotografien der Mitglieder der Appel-Gruppe – keiner der Zeugen erkennt einen der Täter wieder.

Wie die technischen Untersuchungen des Pistolenmagazins ergeben, das einer der Männer während des Handgemenges mit dem Sicherheitschef fallen gelassen hat, stammt es aus einer FN-Browning-Pistole, Modell 1935, mit dreizehn Schuss im Magazin. Diese Waffe wurde während des Kriegs von den Engländern für die Widerstandskämpfer abgeworfen, erläutert einer der Techniker, und ist daher in Dänemark relativ verbreitet. Bei den Patronen handelt es sich um ein 1974 produziertes schwedisches Fabrikat. Im gesamten Land und via Interpol wird nach gestohlenen Pistolen dieser Marke gefahndet.

In den kommenden Wochen und Monaten steht Niels Bach Christensen an der Spitze einer umfassenden Ermittlung. Zahlreiche Zeugen werden vernommen und sämtliche Jetons und Billetts aus den Automaten und Mülleimern der Tiefgarage unter dem Israels Plads eingesammelt und untersucht. Die Ermittlungen konzentrieren sich auf die Gegenstände, die die Täter hinterlassen haben. Sie werden gründlichen technischen Analysen unterzogen. Außerdem werden Hersteller und eine erhebliche Anzahl Händler von Werkzeugtaschen aus Leder befragt, ebenfalls die Lieferanten von Fuchsschwänzen und den Einzelteilen des Schlagstocks.

Da aus dem traditionellen kriminellen Milieu niemand etwas über den Überfall weiß, da nicht einmal Gerüchte kursieren, überlegt Niels Bach Christensen, ob die Täter nicht in ganz anderen Kreisen zu suchen sind. Er arrangiert ein Treffen mit dem PET, um in Erfahrung zu bringen, ob der Geheimdienst sich irgendwelche Gruppen vorstellen könnte, die als Täter für einen Raubüberfall dieser Größenordnung infrage kämen.

Der PET erklärt, dem Dienst seien mehrere Gruppierungen aufgefallen, bei denen kriminelle Verstrickungen denkbar sind. Niels Bach Christensen und der PET vereinbaren die Überwachung dieser Gruppen durch den Geheimdienst.

Auch Jørn Moos, Niels Bach Christensens Kollege im Raubdezernat, wird in die Ermittlungen einbezogen. 1987 ist Moos Leiter einer Sondergruppe, genannt Cx, die sich vor allem mit der organisierten Kriminalität befasst. Moos überprüft im Zusammenhang mit dem Raubüberfall eine Reihe krimineller Gruppen, die für ihre Professionalität bekannt sind. Seine Ermittlungen bleiben jedoch ohne Resultat.

Weder Niels Bach Christensen noch Jørn Moos werden über den ernsthaften Verdacht des Geheimdiensts informiert, für den Coup in Dælls Varehus könnte die Appel-Gruppe verantwortlich sein. Sie erfahren auch nicht, dass die Abteilung Terrorismus bereits die Telefone mehrerer Gruppenmitglieder angezapft hat.

Am Tag nach dem Raubüberfall auf Dælls Varehus wurde Torkil Lauesen von seinem Vater angerufen, wie aus den Abhörprotokollen des PET hervorgeht.

»Na, warst du gestern bei Dællevalle?«, bemerkte der Vater eher beiläufig.

Torkil Lauesens Gedanken müssen sich überschlagen haben, zumal er zu diesem Zeitpunkt bereits mit dem Abhören seines Telefons rechnete. Doch wie sich im weiteren Verlauf des Telefonats herausstellte, hatte der Vater noch gar nichts von dem Überfall gehört, sondern wollte sich lediglich nach dem Stand der Weihnachtseinkäufe erkundigen.

Auf der Führungsebene des PET hielt es damals scheinbar niemand für notwendig, die Kollegen der Kopenhagener Kripo über die Telefonüberwachungen und die Verdachtsmomente gegen die Appel-Gruppe zu informieren. Den einen oder anderen Hinweis des PET hätte die Kriminalpolizei allerdings »mit Kusshand« entgegengenommen, so Jørn Moos heute.

Ein Tipp des PET hätte der Kripo auch die Möglichkeit gegeben, die zahlreichen Zeugen, die den Tätern während des Überfalls im Kaufhaus sehr nahegekommen waren, mit den Verdächtigen der Appel-Gruppe zu konfrontieren.

Doch einen derartigen Hinweis gab es nicht.

Als die Mitglieder der Blekingegade-Bande im Herbst 1987 mit den ersten Vorbereitungen für ihren bekanntesten Raubüberfall begannen, waren drei Mitglieder der Gruppe seit fünfzehn Jahren in kriminelle Handlungen verwickelt.

Jan Weimann war mit vierzig Jahren nicht nur der Älteste der Gruppe, sondern auch am längsten politisch aktiv. Parallel zu seinen kriminellen Aktivitäten hatte er beruflichen Erfolg als EDV-Experte. Seit sechs Jahren arbeitete er in der Hauptabteilung der IT-Firma Regnecentralen in Ballerup, dem wichtigsten EDV-Lieferanten des dänischen Behördenapparats.

Jan Weimann genoss die flexiblen Arbeitszeiten und die insgesamt recht lockeren Arbeitsbedingungen in seiner Firma. Seinen unmittelbaren Vorgesetzten kannte er seit Ende der siebziger Jahre, als sie gemeinsam in der Firma Komunedata gearbeitet hatten. 1982 war Jan Weimann dann ebenfalls zu Regnecentralen gewechselt. Weimann und sein Abteilungsleiter sahen sich auch privat.

Als Systemdesigner war Jan Weimann einer der Mitarbeiter mit der größten Verantwortung. Mit weitgehend selbstständigen Befugnissen arbeitete er an der Entwicklung und Installation von großen, avancierten EDV-Systemen für so wichtige Kunden wie die Landespolizei und das Außenministerium.

Seine linken Ansichten verheimlichte er nicht. Einige Kollegen erinnern sich an ein Che-Guevara-Poster in seinem Büro und sein Engagement bei Kleidersammlungen für die Dritte Welt. Aber niemand von seinen Chefs, Kollegen oder Kunden wäre vor der Verhaftung im April 1989 auf die Idee gekommen, er könne in kriminelle oder auch nur zwielichtige Handlungen verwickelt sein.

Im März 1986 bekam Jan Weimann seinen jüngeren Bruder Bo als Kollegen. Bo durchlief zunächst eine Ausbildung bei Regnecentralen in Herlev, dann holten Jan Weimann und sein Abteilungsleiter den Bruder in ihre Abteilung. Hin und wieder arbeiteten die Brüder gemeinsam an Projekten für Gewerkschaften, die Bibliotheksverwaltung oder auch die Polizei. Er hätte keinerlei Bedenken gehabt, die engen Verwandten zusammenarbeiten zu lassen, wird der Abteilungsleiter später der Kriminalpolizei berichten, im Gegenteil, er sei ausgesprochen zufrieden mit ihrer Arbeit gewesen.

Einige damalige Vorgesetzte beschreiben die Brüder als pflichtbewusste und kompetente Mitarbeiter. Ein ehemaliger Direktor von Regnecentralen charakterisiert sie sogar als »außerordentlich tüchtig. Sie waren wirklich professionell, wenn sie bei Kunden arbeiteten. Jan war eher der kühle Kopf, der sich durch nichts aus der Ruhe bringen ließ, während Bo als der Freundliche und Entgegenkommende agierte.«

Von einigen Kunden wurde Jan Weimanns Distanziertheit allerdings auch als Interesselosigkeit aufgefasst. »Er wirkte immer ziemlich indifferent und gleichgültig gegenüber Problemen, als könnte ihn überhaupt nichts reizen, weder positiv noch negativ«, erinnert sich Edith Clausen, die als Bibliotheksleiterin des Südjütländischen Universitätszentrums einige Jahre mit Jan Weimann als ihrem Ansprechpartner bei Regnecentralen zusammengearbeitet hat.

Fast alle Kollegen bei Regnecentralen beschreiben die beiden Brüder als grundverschieden. Während Jan als recht verschlossen erlebt wurde, galt der jüngere Bruder als sozial, redselig und ganz einfach nett. Einige Frauen benutzten auch die Vokabel »einfühlsam«.

»Bo war der Typ, der nach der Familie fragte«, so Sidsel, eine Kundin, die einige Jahre beinahe täglich Kontakt mit ihm hatte. »Er erzählte von seiner Frau und von ihrer Tochter, von ihrem Haus und der Gartenarbeit, die er sehr liebte. In seinem Job war er sehr ordentlich, nahezu ein Perfektionist. Er hatte stets den Überblick und immer eine richtige Antwort zur Hand.«

Bo Weimann feierte gern, aß am Freitagnachmittag mit den Kollegen Kuchen oder trank ein Bier. Jan nahm eher selten am sozialen Leben der Firma teil. Soweit sich seine ehemaligen Mitarbeiter erinnern können, kam es ein einziges Mal bei einem Fest zu einem Streit mit einem Kollegen.

Bo und Jan Weimann besprachen die einzelnen Projekte mit ihren Kunden selbstständig und lieferten alle vierzehn Tage ihre Arbeitszettel mit den notwendigen Angaben ab. Ihr Abteilungsleiter zeichnete die Nachweise ab, ohne weitere Fragen zu stellen. Allerdings war Jan Weimann häufig mit der pünktlichen Abgabe seiner Arbeitszettel im Verzug, erzählt sein Chef, zumal in seinem Büro ein ziemliches Chaos herrschte.

Privat lebte Jan Weimann ein vollkommen unauffälliges Leben. Er hatte einen Sohn aus einer früheren Ehe und bekam Anfang 1988 in zweiter Ehe eine Tochter. Seine Frau war Planungschefin einer großen Bank und hatte, soweit es sich beurteilen lässt, nichts mit dem illegalen Leben der Gruppe zu tun. Die Familie wohnte in einem Haus in Herlev, direkt am Vesterled Sø.

Jan Weimanns Ehefrau teilte seine politischen Interessen nicht. Sie werde wohl nie begreifen, so ihre eigene Aussage, was ihn bewog, Raubüberfälle durchzuführen, um den Widerstandskampf der Palästinenser zu unterstützen. Im Gegensatz zu einigen anderen Mitgliedern der Gruppe hat Jan Weimann nie daran gedacht, seiner Frau von den kriminellen Aktivitäten zu erzählen. »Wenn ich ihr etwas erzählt hätte, hätte ich sie moralisch mitverantwortlich gemacht, obwohl sie absolut unschuldig war.«

Ständig musste Jan Weimann Lügengeschichten erfinden, um sein illegales Leben zu schützen. Entweder befand er sich auf Dienstreisen in Jütland oder Schweden oder er hatte an politischen Aktivitäten der Kommunistischen Arbeitsgruppe teilzunehmen, erklärte er seiner Frau. Mit der Zeit fiel es ihm jedoch zunehmend schwer, wirklich überzeugende Gründe für seine ständige Abwesenheit zu finden. Vor allem die nächtlichen Aktivitäten ließen bei seiner Ehefrau den Verdacht der Untreue aufkommen. Spätestens in der Zeit der Schwangerschaft geriet die Ehe in eine ernsthafte Krise, weil Jan nie zu Hause war.

Weimanns Ehefrau vertraute ihre Probleme einer ebenfalls schwangeren Kollegin an. Als der Ehemann der Kollegin, der bei der Kriminalpolizei arbeitete, Jan Weimann bei einem Bankjubiläum zum ersten Mal begegnete, fand er Weimanns Art, ihm im Gespräch beinahe den Rücken zuzudrehen, ziemlich eigenartig.

In seiner sparsamen Freizeit ging Jan Weimann seinem Hobby aus der Gymnasialzeit nach und beobachtete Vögel. Außerdem spielte er auf hohem Niveau Schach, donnerstagabends nahm er regelmäßig an den Turnieren des Schachklubs ›Odysseus‹ teil. Der damalige Kassierer des Vereins hält Jan Weimann für einen herausragenden Schachspieler, der problemlos in der ersten Mannschaft des Klubs hätte spielen können. Aber Jan Weimann zog die zweite Mannschaft vor, weil er es so vermied, an Wochenenden bei Ligaspielen antreten zu müssen.

Das zweitälteste Mitglied der Kerngruppe war der sechsunddreißig Jahre alte Torkil Lauesen, der sich seit den frühen siebziger Jahren an den illegalen Aktivitäten beteiligte.

Lauesen hatte eine Ausbildung als Gewebelaborant absolviert, blieb in den achtziger Jahren aber lange Zeit arbeitslos, um sich auf seine politischen und kriminellen Unternehmungen konzentrieren zu können. Nur wenn eine Streichung des Arbeitslosengeldes drohte, war Torkil Lauesen gezwungen, zwischenzeitlich einen Job von der Arbeitsvermittlung anzunehmen. 1986 war er ein halbes Jahr an der Kopenhagener Universität beschäftigt. Dort arbeitete er am Institut für Zellbiologie und Anatomie als Laborant eines Forschungsprojekts über die Zahnentwicklung bei Reptilien. Seine Aufgabe bestand vor allem darin, Tierembryonen zu sezieren.

Zwei Jahre später war er einige Zeit als Laborant am Pathologischen Institut des Rigshospitals angestellt. Lauesen begann auf Vermittlung des Arbeitsamts am 1. März 1988 als Vollzeitkraft, doch schon nach den Sommerferien arbeitete er nur noch zwölf Stunden in der Woche. Er hatte überwiegend Routinearbeiten zu erledigen, die unter anderem im Zuschneiden von Paraffinwachs und im Zerteilen von Gewebeproben bestanden. Als er in der Abteilung kündigte, verlieh er sich selbst ›Den goldenen Klotz‹, einen goldenen Plastikblock, als Ehrenpreis für die vielen Wachsblöcke, die er zugeschnitten hatte.

Im Labor arbeitete er damals überwiegend mit Frauen zusammen, und noch immer erinnern sich einige seiner Kolleginnen an ihn als eine erfrischende Abwechslung ihres Arbeitsalltags.

»Torkil war wahnsinnig komisch, ein wirklich lustiger Kerl«, berichtet eine ehemalige Kollegin, die Textildesignerin Ulla Enghoff. »Der Job war ziemlich langweilig, also alberten wir viel herum. Er kannte eine Menge populärer Kinderlieder, die er gern zum Besten gab, außerdem bastelte er eine ›Doofkapp‹ aus Zeitungspapier, die man sich aufsetzen musste, wenn man sich blamiert hatte. Wir haben auch Gummihandschuhe aufgeblasen und uns als Hahnenkämme aufgesetzt. Nur wenn im

Radio die Nachrichten kamen, hatten wir still zu sein, denn er interessierte sich sehr für Politik.«

Torkil Lauesens Gesangstalent hat auch andere ehemalige Kolleginnen beeindruckt. Ihren Erinnerungen nach stimmte er häufig die Nationalhymne an oder sang nach dem Mittagessen ein Kinderlied, in dem für das Essen gedankt wurde. Sehr gern erzählte Torkil auch von seiner Frau und seiner kleinen Tochter.

Im Krankenhaus hatte Lauesen den Kolleginnen erklärt, er würde nebenher Wirtschaftswissenschaften studieren und an der Entwicklung einer Formel arbeiten, mit der sich der Lebensstandard verschiedener Länder vergleichen lasse. Einmal sprach er auch von einem Freund, der einige Jahre zuvor von einem außer Kontrolle geratenen Lastwagen überfahren worden war.

Und doch wunderten sich die Kolleginnen auch über Torkil Lauesen: Trotz seines bescheidenen Gehalts als Laborant berichtete er von zahlreichen Reisen, die er unternommen hatte, außerdem fuhr er ein Auto und besaß eine Fluglizenz. An seinem Arbeitsplatz im Krankenhaus hatte Lauesen eine Zahnbürste und einen Rasierapparat, und bisweilen begann er seinen Arbeitstag mit einer Rasur. Auffällig war seine Fähigkeit, auf eine erstaunliche Art und Weise sein Aussehen zu verändern. Mal trug er einen Bart, mal eine Brille. Irgendwann schaffte er sich auch Kontaktlinsen an.

Gegen jede Gewohnheit und zur Enttäuschung seiner Kolleginnen weigerte Torkil Lauesen sich, in der Abteilung eine private Telefonnummer zu hinterlassen. Auch nahm er nie teil, wenn freitagnachmittags im Büro des Laborchefs noch ein Glas getrunken wurde.

Torkil Lauesen wohnte seit Ende der siebziger Jahre mit seiner Frau Lisa in einer Wohnung im Zentrum des Kopenhagener Stadtteils Nørrebro. Im Gegensatz zu Jan Weimanns Ehefrau teilte Lisa Lauesen die politische Überzeugung ihres Mannes und engagierte sich ebenfalls für ›Tøj til Afrika‹ und die Aktivitäten der Kommunistischen Arbeitsgruppe.

»Es wäre mir schwergefallen, ein Familienleben zu führen, wenn meine Frau sich politisch nicht engagiert hätte«, erklärte Torkil Lauesen in einem Interview. »Wir waren der Ansicht, dass Politik kein Hobby ist, sondern ein wesentlicher Teil unseres Lebens.«

Wie das politische Vorbild seiner Jugend, Holger Jensen, hatte Torkil Lauesen ursprünglich nicht an Kinder gedacht. Es fiel ihm schwer, die Verantwortung für ein Kind zu übernehmen, zumal er nicht bereit war, dafür seine illegalen Aktivitäten aufzugeben. Doch Lisa Lauesen insistierte und allmählich ließ sich ihr Mann überzeugen. Ihre Tochter wurde Ende 1984 in der heißen Phase der geplanten Entführung des Milliardärssohns Jörn Rausing geboren. Einige Jahre später fasste Torkil Lauesen den endgültigen Entschluss, auf weitere Kinder zu verzichten.

Torkil Lauesens große Leidenschaft gehörte dem Fliegen. Als die Kriminalpolizei nach der Verhaftung sein Leben rekonstruierte, stellten die Ermittler fest, dass Lauesen den gesamten europäischen Luftraum abgeflogen war, seit er 1978 seine Fluglizenz bekommen hatte. Problemlos hätte er die Fliegerei für illegale Aufgaben nutzen können. Außerdem hielt Torkil Lauesen sich mit Sport fit, unter anderem spielte er ein paar Mal in der Woche Badminton mit Carsten Nielsen, einem neuen Mitglied der Kommunistischen Arbeitsgruppe aus Århus.

Darüber hinaus galt Torkil Lauesens politisches Interesse vor allem den Philippinen, zumal dort eine maoistisch orientierte Guerillabewegung die auf den Inseln stationierten amerikanischen Truppen aus dem Land werfen wollte. Die Kommunistische Arbeitsgruppe engagierte sich in einer dänisch-philippinischen Gruppe und Lauesen trat auf internationalen Unterstützertreffen als Repräsentant Skandinaviens auf, unter anderem in den Niederlanden.

Im Herbst 1986 hatte der Inder Kamal Niels Jørgensen vorgeschlagen, in einem leerstehenden Laden an Islands Brygge in Kopenhagen ein Café zu eröffnen. Der Überschuss aus dem Cafébetrieb sollte an die Befreiungsbewegungen in der Dritten Welt gehen. Die Kommunistische Arbeitsgruppe befürwortete die Idee, und im November wurde der Verein ›Liberation‹ gegründet.

Zwischen den Betreibern des Cafés und den Mitgliedern der KA gab es langjährige, enge Beziehungen und Verflechtungen. Und so wurden auf der ersten Hauptversammlung des Vereins unter anderem Jan Weimann und Kamal in den Vorstand gewählt. Die juristische Beratung des Vereins übernahm der Rechtsanwalt Thorkild Høyer.

Das gesamte Vermögen von ›Tøj til Afrika‹ wurde in das neue Unternehmen gesteckt und die Organisation anschließend aufgelöst. Außerdem unterstützten viele Mitglieder der Kommunistischen Arbeitsgruppe das Café-Projekt mit privatem Geld.

Im Laufe des Winters wurde der Laden an Islands Brygge Nr. 9/Ecke Vestmannegade zu einem Café umgebaut. Die Umbau- und Renovierungsarbeiten leitete Karsten Møller Hansen, der nach der Arbeitszeit und an den Wochenenden viel Zeit auf der Baustelle verbrachte, während Niels Jørgensen sich vor allem mit dem Einkauf von Baumaterial an dem Projekt beteiligte. Im April 1987 wurde das Café Liberation unter

Beteiligung aller Freunde und Genossen mit einem Fest eingeweiht.

Bereits anderthalb Monate zuvor hatte der PET eine Überwachung des Cafés veranlasst. Laut Einsatzbericht des Geheimdienstes war beabsichtigt, sich einen Überblick über die Zutrittsverhältnisse zu verschaffen, die Einrichtung des Cafés zu skizzieren und zu fotografieren sowie festzustellen, wer sich dort aufhielt und ob übernachtet wurde.

So beschreibt der erste Observationsbericht vom 24. Februar 1987 unter anderem detailliert, mit welchen Schlössern die Türen des Cafés versehen sind. Außerdem erschien infolge des Berichts gegen halb zehn Uhr vormittags Niels Jørgensen in Gittes gelbem Fiat, später kamen weitere Personen hinzu, die alle aus einem Überwachungsfahrzeug des PET fotografiert wurden. Auch in den folgenden Tagen beobachteten die Beschatter des Geheimdienstes jedes Detail der Einrichtungsarbeiten. Ein Bericht des Dienstes hält fest, dass das Café mit einem Bar-Tresen und elf kleinen Tischen ausgestattet wurde. Gleichzeitig installierte der PET eine Wanze im Telefon des Cafés.

Nach der Eröffnung wechselten sich circa zwanzig Vereinsmitglieder beim Betrieb des Cafés ab. »Diese Personen werden nicht bezahlt«, heißt es in einem weiteren Bericht des Geheimdienstes, »der gesamte Überschuss des Cafés geht an radikale Bewegungen in Ländern wie z.B. Nicaragua, Namibia usw.«

Die Kommunistische Arbeitsgruppe hatte zu diesem Zeitpunkt als Organisation keine sonderlich große Lebenskraft mehr. Dies geht zumindest aus der Einladung zu einer Mitgliederversammlung hervor, deren erster Tagesordnungspunkt lautete: »Wo steht die KA? Sollen wir weitermachen – als KA? Und wenn ja, mit welcher Zielsetzung? Mit welchen Aktivitäten? In welchem Rahmen?«

Nach dieser Zusammenkunft verebbten die politischen Aktivitäten der Kommunistischen Arbeitsgruppe allmählich, die Kerngruppe setzte die sogenannte ›private Praxis‹ allerdings weiterhin fort. Die gewöhnlichen KA-Mitglieder verwendeten stattdessen einen Großteil ihrer Zeit auf den Betrieb des Cafés Liberation. Rund zwanzig bis dreißig Personen kümmerten sich inzwischen darum, darunter auch alte Genossen aus den Zeiten des Kommunistischen Arbeitskreises. Zu den Gästen gehörten vor allem Studenten der nahe gelegenen Kopenhagener Universität auf Amager.

Einer der eifrigsten Aktivisten im Café war das jüngste der drei Kernmitglieder der Kommunistischen Arbeitsgruppe, Niels Jørgensen, der Anfang 1987 dreiunddreißig Jahre alt wurde.

Als Sechzehnjähriger hatte er während der Weltbank-Demonstrationen im Herbst 1970 Holger Jensen kennengelernt und seither den größten Teil seines Lebens mit politischen und illegalen Tätigkeiten verbracht. Er besaß keinerlei Ausbildung und schlug sich zwischen langen Phasen der Arbeitslosigkeit mit kurzzeitigen Stellen und Jobangeboten durch, die ihm als Langzeitarbeitslosem vermittelt wurden.

Nachdem er 1986 bei seiner Freundin Gitte ausgezogen war und in einer Wohngemeinschaft an der Nørrebrogade lebte, gab es eine feste Vereinbarung zwischen Gitte und ihm: Der gemeinsame Sohn des Paars sollte jede Woche von Mittwochnachmittag bis Freitagvormittag sowie jedes zweite Wochenende bei Niels bleiben. Mittwochs ging er häufig mit seinem Sohn in die Schwimmhalle von Frederiksberg und hinterher zum Abendessen zu seiner Mutter. Niels Jørgensens Vater war 1983 gestorben. Nach dem Besuch der Großmutter kehrten Jørgensen und sein Sohn in die Wohngemeinschaft zurück, wo der Junge auf den beiden Matratzen schlief, deren Holzrahmen der Vater selbst gebaut hatte.

Die anderen Mitglieder der Wohngemeinschaft hatten keine Kinder, erinnern sich aber an Niels Jørgensen als einen rücksichtsvollen und sehr aufmerksamen Vater. Als er im Frühjahr 1986 einzog, hatte sich Niels seinen Mitbewohnern als linksgerichteter ehemaliger Brauereiarbeiter vorgestellt, der Altkleidersammlungen für die Dritte Welt organisierte. Er beteiligte sich an den Hausarbeiten und Hausversammlungen und wurde sofort als Mitglied der Wohngemeinschaft akzeptiert.

Die Wohngemeinschaft hatte die seriösen Tageszeitungen *Information* und *Politiken* abonniert, Niels Jørgensen kaufte jedoch häufig zusätzlich das Boulevardblatt *Extra Bladet*, weil es »die einzige Zeitung ist, in der man mitbekommt, was der kleine Mann denkt und fühlt«, wie er erklärte. Im Fernsehen sah er sich gern die Krimiserie ›Miami Vice‹ mit Don Johnson an.

Ohne auf irgendeine Weise zu missionieren, war Niels Jørgensen jederzeit zu einer Diskussion über Politik bereit. Obwohl er über keinerlei Ausbildung verfügte, war er nach Ansicht der übrigen WG-Bewohner ausgesprochen gut unterrichtet und belesen. Vor allem einen seiner Mitbewohner, einen Deutschlehrer, beeindruckte er mit seinem Wissen über die Baader-Meinhof-Gruppe. So kannte Niels unter anderem sämtliche Details der Entführung von Hanns Martin Schleyer im September 1977.

Auch Michael Lund, ein anderer Mitbewohner, diskutierte häufig mit Niels Jørgensen und erfuhr nicht zuletzt durch die Gespräche mit ihm einiges über die palästinensische Frage. In politischen Diskussionen blieb Niels immer ruhig und gelassen. Michael Lund erinnert sich lediglich an eine einzige

Situation, in der Niels »Ignorantin« zischte, als eine Frau davon sprach, nach Israel in einen Kibbuz gehen zu wollen.

Die beiden Männer verband darüber hinaus ein gemeinsames Interesse an Spionageromanen und den Büchern des Journalisten Erik Nørgaard über die Kommunistische Internationale und politische Morde und Spionage in den dreißiger Jahren. Einmal, so Michael Lund, hat Niels auch von der schwedischen Familie Rausing erzählt, die mit Tetrapak enorm viel Geld verdiente.

Die Frauen der Wohngemeinschaft hingegen erinnern sich an Niels Jørgensen als einen Mann, aus dem man nur schwer klug wurde. Nicht jeder Besucher war ihm willkommen, und wenn die anderen Bewohner Gäste hatten, konnte er recht einsilbig werden.

»Er war freundlich und höflich, blieb anderen gegenüber aber ziemlich reserviert«, erzählt eine ehemalige Mitbewohnerin. »Er wirkte auf eine merkwürdige Weise anonym, wie ein Einzelgänger.«

Andererseits war Niels Jørgensen jederzeit bereit, anderen behilflich zu sein. Und wenn gefeiert wurde, zeigte er auch charmante Seiten. Bei Festen wurde er häufig von einer Schar Frauen umringt. Michael oder andere Mitbewohner begleitete er gern in die Kneipen der Umgebung. Wenn es sein musste, konnte Niels Jørgensen die ganze Nacht durchtrinken.

Doch so gesellig er in bestimmten Zusammenhängen auch sein konnte, es kam auch vor, dass er unvermittelt aufstand und eine fröhliche Runde mitten im Gespräch verließ. »Ich gehe jetzt«, erklärte er dann und schlich sich davon.

»Es sah dann aus, als würde ein Schleier über sein Gesicht fallen«, erinnert sich die Mitbewohnerin Ida Juhler. »Er zog sich völlig zurück, saß einfach nur da und starrte vor sich hin. In der

Regel verließ er dann sehr schnell die Gesellschaft. Ich habe Michael ein paar Mal gefragt, was eigentlich mit Niels los ist.«

Im Herbst 1987 wurde mit den ersten Vorbereitungen für einen neuen Plan begonnen, der ein Jahr später mit dem Überfall in der Købmagergade umgesetzt wurde.

Zunächst entstand die Idee, einen Geldtransport auf der Fahrt von einer außerhalb Kopenhagens gelegenen Bankfiliale zur Zentrale zu überfallen. Torkil Lauesen und Jan Weimann beobachteten längere Zeit mehrere Banken in Holbæk, um die Routen und Abläufe festzuhalten, wie das Geld von den örtlichen Filialen in den Kopenhagener Hauptsitz transportiert wurde.

Wie sich bald herausstellte, setzte die Post Eisenbahnwaggons für ihre Geldtransporte ein. Nach der Ankunft auf dem Kopenhagener Güterbahnhof wurden diese Waggons direkt zum in unmittelbarer Nähe liegenden Postterminal in der Bernstorffgade weitergeleitet. Torkil Lauesen hatte einige Jahre zuvor als Postbote in Hellerup gearbeitet und sich bei dieser Gelegenheit die Kopie eines Zeitplans für den Postzug nach Kopenhagen beschafft – zeitweilig wurde auch ein Zugüberfall in Betracht gezogen.

Wie die Recherchen weiterhin ergaben, wurde das Geld vom Postterminal mit Lieferwagen an verschiedene Bestimmungsorte im Einzugsgebiet der Hauptstadt gebracht. Ein Transport ging beispielsweise zum Postamt am Frederikssundsvej, ein anderer zur Zentrale der Sparkasse Bikuben, die von der Gruppe bereits im Vorfeld des Überfalls auf Dælls Varehus ausgespäht worden war.

Die Abfahrt der gepanzerten Posttransporter wurde auf Video festgehalten. Die Gruppe versuchte, Bilder vom Armaturenbrett der Wagen zu filmen, um so an Informationen über die Sicherheitsausrüstung der Transportfahrzeuge zu gelangen. Auch das Heck der Posttransporter, ihre Türen und Schlösser wurden in Nahaufnahmen festgehalten. Auf einer der Aufzeichnungen filmte Niels Jørgensen versehentlich seinen Genossen Jan Weimann im Seitenspiegel.

Die Gruppe mietete einen Mercedes-Kleinbus an, wie ihn die Post einsetzte, um den Wagen genau zu vermessen und seine Inneneinrichtung in Ruhe untersuchen zu können.

Es schien inzwischen weit vorteilhafter, statt der üblichen Banktransporte einen Geldtransport der Post zu überfallen. Sämtliche Banken änderten die Zeitpläne ihrer Transfers in unregelmäßigen Abständen, nur die Post arbeitete noch immer in unverändert starren Routineabläufen. Außerdem setzte die Post größere Transportfahrzeuge ein, die langsamer fahren mussten als die üblichen Geldtransporter – vor allem in den schmalen Straßen im Zentrum von Kopenhagen. Damit minimierte sich das Risiko eines Unfalls, wenn der Wagen bei einem Überfall gestoppt würde.

Nach und nach fokussierte sich das Interesse der Gruppe auf den Transport vom Postterminal der Bernstorffgade in den Hof hinter dem großen Postamt an der Købmagergade. Vor allem bei den frühmorgendlichen Transporten wurden erhebliche Geldsummen an das Postamt geliefert. Wie die Beobachtungen im Herbst und Winter 1987 ergaben, wären Überfälle an drei möglichen Orten denkbar: direkt im Postterminal, unterwegs in der engen Niels Hemmingsens Gade am Gråbrødretorv oder bei der Ankunft im Hof des Postamts Købmagergade.

Es waren mindestens fünf Personen nötig, um den Plan durchzuführen, so viel war zu diesem Zeitpunkt klar. In dieser

Situation teilte Karsten Møller Hansen mit, sich nicht an dem eigentlichen Überfall beteiligen zu wollen. Die Gruppe stand vor dem Problem, einen Beteiligten zu wenig zu haben.

Niels Jørgensen glaubte zu wissen, wer als Ersatz infrage käme. Als langjähriges Mitglied der Kommunistischen Arbeitsgruppe verfügte der Betreffende über die korrekte politische Überzeugung, außerdem hatte er bereits einige Male bewiesen, dass sein Engagement weit über das übliche Maß hinausging.

Niels Jørgensen bekam von der Gruppe grünes Licht, Kontakt zu einem vierunddreißig Jahre alten Schreiner aufzunehmen, der im Frühjahr 1987 von Århus nach Kopenhagen gezogen war. Er hieß Carsten Nielsen.

Carsten Nielsen erklärte Niels Jørgensen, er wäre zur Mitarbeit bereit. Er erhielt ein paar Tage Bedenkzeit, um sich zu überlegen, ob er sich diesen Schritt wirklich zutraute, ob er tatsächlich an einem großen Raubüberfall teilnehmen wollte, den die Gruppe momentan plante. Carsten Nielsen wog das Risiko einer Verhaftung ab, fand die Vorstellung von einer mehrjährigen Gefängnisstrafe aber nicht sonderlich abschreckend, sollte irgendetwas schiefgehen. Denn auf der anderen Seite stand die Aussicht, die Befreiungskämpfe mit ganz anderen Beträgen unterstützen zu können, als die Kleidersammlungen oder der Cafébetrieb einbrachten.

Carsten Nielsen wurde aufgefordert, an einem Treffen in der illegalen Wohnung der Gruppe teilzunehmen. An einem Dezembertag betrat er zum ersten Mal die Wohnung in der Blekingegade. Man führte ihn herum, zeigte ihm allerdings nicht den Geheimraum mit dem Waffenlager. Irgendjemand aus der Gruppe präsentierte ihm später die Pläne, auf dem Weg vom Kopenhagener Postterminal zum Postamt an der Købmagergade einige Millionen Kronen zu erbeuten.

Carsten Nielsen versicherte noch einmal seine Bereitschaft. Als jüngstes Mitglied der Gruppe sollte er die Rolle des Fahrers übernehmen. Er erhielt seinen eigenen Schlüssel zur Wohnung in der Blekingegade.

Zur Jahreswende 1987/88 kamen die Gruppenmitglieder noch einmal in der Wohnung zusammen, um sich auf einen gemeinsamen Kenntnisstand über die Geldtransporte der Kopenhagener Post zu bringen. Jan und Bo Weimann, Torkil Lauesen, Niels Jørgensen und – soweit es ihm schon möglich war – Carsten Nielsen berichteten über die Ergebnisse ihrer Beobachtungen. Auch Ausrüstung und Ausstattung der Postfahrzeuge, die in einigen Notizen »Gulle« (Gelbe) genannt wurden, wurden gründlich diskutiert. Zu den unbeantworteten Fragen gehörte unter anderem, ob die Fahrzeuge über eine Zentralverriegelung verfügten und ob die beiden Postbeamten, die den Wagen fuhren, über Schlüssel zum Laderaum mit den Geldsäcken verfügten.

Während des Treffens fasste Bo Weimann den Kenntnisstand in einem handgeschriebenen Protokoll mit der Überschrift »Zirkulation« zusammen. Das Blatt war unterteilt in eine rechte Spalte mit den Dingen, die es noch zu recherchieren galt, und eine linke Spalte »Facts und endgültige Entscheidungen«.

In der linken Spalte wurde festgehalten, dass der Wertpostzug morgens um 4:05 Uhr im Kopenhagener Güterbahnhof einfuhr und um 4:25 Uhr am Postterminal eintraf. Gegen fünf wurden die Geldsäcke von einem Posttransporter abgeholt, der über den Rathausplatz durch die Innenstadt zum Postamt an der Købmagergade fuhr. Hier wurde das Geld gezählt und registriert. Gegen neun Uhr transportierte dann ein Postfahrzeug einen Teil des Geldes zur Nationalbank, zur Danske Bank und zu anderen Instituten.

Rechts notierte Bo Weimann eine Reihe von offenen Fragen, die im Zuge der weiteren Vorbereitungen geklärt werden sollten: »Der beste Ort? Wie soll der Überfall stattfinden? Verkleidung. Bewaffnung. Anhalten/Bluff. Fluchtweg. Umladeort. Autos. Zeit.«

Das Postterminal als Ort des Überfalls schloss die Gruppe frühzeitig aus, weil das Umladen des Geldes in einem geschlossenen und vermutlich videoüberwachten Areal des Terminals vor sich ging, in dem sich zu viele Menschen aufhielten. Außerdem konnte dort sehr schnell Alarm ausgelöst werden. Die Lage des Terminals direkt neben dem Polizeihauptquartier war ein wesentliches zusätzliches Argument.

Auch im Postamt Købmagergade erfolgte das Umladen in einem geschlossenen Bereich, im Hof hinter dem Postamt. Um dorthin zu gelangen, musste der Geldtransport ein vergittertes Tor an der zwischen Købmagergade und Gråbrødretorv verlaufenden Løvstræde passieren. Es sei ein »klaustrophobisches« Gefühl gewesen, sich im Hof des Postamtes aufzuhalten, hat Torkil Lauesen später zu Protokoll gegeben, außerdem sprach das Risiko zu vieler Postangestellter, Alarmsysteme und Überwachungsanlagen gegen den Posthof als Tatort.

Zu kontroversen Diskussionen führte in der Blekingegade-Wohnung auch die Möglichkeit eines gewalttätigen Ausgangs des Überfalls. Gleichzeitig stieg jedoch die Motivation, einen weiteren Raubüberfall durchzuführen, weil im Dezember 1987 im Gazastreifen die Intifada begonnen hatte, der palästinensische Aufstand gegen die israelische Besatzung, der sich rasch über die Westbank ausbreitete. Gazastreifen wie Westbank waren bereits zwanzig Jahre zuvor während des Sechstagekrieges besetzt worden, doch in den Jahren vor 1987 hatte sich die Situation allmählich zugespitzt. Allein 1987 waren einhundertsechzigtausend israelische Siedler in die Westbank gezogen, sie verfügten inzwischen über mehr als sechzig Prozent des bestellbaren Bodens.

Die Palästinenser aus dem Gazastreifen und der Westbank waren mehr und mehr gezwungen, sich Arbeit in Israel zu suchen. Aufgrund der bedrückenden ökonomischen Situation organisierten die Palästinenser gegen Ende des Jahres Demonstrationen und Streiks, die vom israelischen Militär brutal niedergeschlagen wurden.

Nach wenigen Monaten übernahm die palästinensische PLO die Führung des Volksaufstandes, und auch die PFLP beteiligte sich an den zunehmend härter werdenden Auseinandersetzungen zwischen den Palästinensern und der israelischen Armee, vor allem in der Westbank.

Der Bedarf an Waffen und finanziellen Mitteln für die Aufständischen sei enorm, hörten Niels Jørgensen und die anderen Gruppenmitglieder über ihre Kontakte zur PFLP-Führung. Angesichts der Berichte über die Intifada hofften sie auf einen Durchbruch im Kampf für ein freies Palästina und wollten den Aufstand unbedingt mit den Mitteln aus einem lukrativen Überfall unterstützen.

Allerdings waren nicht alle in der Gruppe dieser Ansicht. Auf einem Treffen unmittelbar nach dem Osterfest 1988 teilte Bo Weimann mit, er habe beschlossen, den kriminellen inneren Kreis der Kommunistischen Arbeitsgruppe zu verlassen. Bo Weimann gab später an, er habe seinen Entschluss damit begründet, politisch und privat desillusioniert gewesen zu sein. Im Sommer davor hatten seine Frau und er eine Tochter bekommen, ein Ereignis, das bei ihm zum Nachdenken über sein illegales Doppelleben geführt hatte. Außerdem wollte die Familie aus ihrer Wohnung in Nørrebro auszuziehen und ein Haus in einem der Kopenhagener Vororte kaufen. Bo Weimann verspürte zunehmend den Wunsch, ein ganz gewöhnliches Familienleben zu führen, ohne den ewigen Druck der Planung neuer Verbrechen.

Ein Schlüsselerlebnis hatte er bereits im Februar 1988 gehabt, als er die ein halbes Jahr alte Tochter zu einem Treffen in der Blekingegade mitbrachte. Mit der Tochter auf dem Schoß und inmitten einer Wohnung voller Waffen und Sprengstoff hatte er das Gefühl, sich in einer absolut grotesken Situation zu befinden. Er hatte den Eindruck, er würde nicht länger über seine Entscheidungen nachdenken, sondern einfach nur noch mitlaufen und die Dinge geschehen lassen, ohne wirklich mit dem Herzen beteiligt zu sein – ein Leben, gesteuert vom Autopiloten.

Nachdem er am Ostersamstag das neue Domizil der Familie in Lyngby tapeziert hatte, entschied Bo Weimann während einer Fahrradtour, die Gruppe zu verlassen. Das teilte er einige Tage später auf einem Zusammentreffen in der Blekingegade mit.

Niemand versuchte, ihn zum Bleiben zu überreden. Laut Bo Weimann schien niemand überrascht oder wütend zu sein, einige unterstützten ihn sogar in seiner Entscheidung. Besser, eine Wahl getroffen zu haben, als einfach nur immer weiterzuquatschen, auch mit Blick auf die künftige Arbeit der Gruppe, hieß es. Es wäre weit schlimmer, wenn er sich fünf Minuten vor zwölf dazu entschlossen hätte, bemerkte einer der Genossen, möglicherweise als Anspielung auf seinen Zusammenbruch am Tag vor der geplanten Rausing-Entführung drei Jahre zuvor. Als Bo Weimann die Wohnung verließ, setzten die übrigen

Mitglieder ihr Treffen fort, um die nächsten Schritte der Gruppe festzulegen.

Bo Weimanns Austritt führte nicht dazu, dass die Pläne für den Überfall auf den Posttransporter aufgegeben worden wären. Der Schwerpunkt der Planungen richtete sich nun auf die Möglichkeit, das Postfahrzeug anzugreifen, wenn es während des Umladens im Hof stand.

Der tödliche Schuss
(1988–1989)

Am Dienstag, dem 18. Oktober 1988 kam gegen Ende des Tages der fünfte Mann aus Damaskus nach Kopenhagen. Er hatte bereits einen Schlüssel zu der Wohnung im ersten Stock der Blekingegade 2 erhalten und konnte darum allein eintreten. Erst am nächsten Tag würde er sich mit der dänischen Gruppe treffen, die er in zwei Wochen bei einem geplanten Millionenraub unterstützen sollte.

Im Kühlschrank der Wohnung fand der Mann aus Damaskus einen Willkommensgruß der Dänen, geschrieben mit rotem Kugelschreiber auf einem karierten DIN-A4-Blatt. Ein Mitglied der Gruppe hatte das Abendessen eingekauft und für etwas Taschengeld gesorgt.

»Dear Paul! Velcome«, wurde der Brief eingeleitet, der mit einer nicht ganz korrekten Mischung aus Englisch und Deutsch fortfuhr: »Here is pocetmoney. I have shoped for Ocso Buco – ›in das Kühlschrank‹. See tomoro about 14.30.« Die Nachricht war unterschrieben mit »greting Tom«.

Im Kühlschrank lagen eine Kalbshaxe und andere Zutaten für das italienische Schmorgericht Ossobuco.

So wie ›Tom‹ der Deckname von Torkil Lauesen war, steckte auch hinter dem Namen ›Paul‹ eine andere Identität. In Wahrheit war der Mann, der sich Ossobuco zum Abendessen zubereiten sollte, ein langjähriger vertrauter Mitarbeiter des PFLP-

Führers Marwan El-Fahoum. Er war vor dreiundvierzig Jahren in der Schweiz zur Welt gekommen und hieß Marc Roland Rudin.

Ein halbes Jahr später, als die Beamten der Kopenhagener Kripo am 2. Mai 1989 in die Wohnung eindringen, finden sie einen der Teller, von denen der Gast gegessen hat. Auf der Unterseite des Tellers können die Experten der Polizei einen Fingerabdruck sicherstellen, der von Marc Rudin stammt.

Die technische Untersuchung der Gegenstände in der Wohnung verrät auch, wie Marc Rudin sich die Wartezeit zwischen den kommenden Planungstreffen vertrieben hat: Seine Fingerabdrücke finden sich auf zwei dokumentarischen Büchern. Das eine, *Cops and Robbers*, ist der Bericht von drei englischen Journalisten über berühmte bewaffnete Banküberfälle in Großbritannien. Auf Seite 38 des Buches, auf der sich Rudins Fingerabdruck fand, wird von einer ernsthaften Krise in einer Gangstergruppe erzählt, als der Anführer der Bande eine Viertelstunde vor einem Überfall auf eine Bank in Wembley entdeckt, dass die Kupplung des Jaguars, den zwei seiner Handlanger als Fluchtwagen organisiert haben, defekt ist. Der Überfall wurde verschoben und die beiden Handlanger auf der Stelle gefeuert.

Bei dem anderen Buch handelt es sich um Piers Paul Reads *The Train Robbers*, ein Bericht über den großen Zugüberfall 1963 in England. ›The thundering international bestseller!‹ steht auf dem Umschlag der Taschenbuchausgabe, mit der Rudin sich die Zeit vertrieb.

Die Rückseite von Torkil Lauesens kariertem Willkommensgruß nutzte Rudin für seine eigenen Notizen. Ganz oben steht in seiner Muttersprache Deutsch »Telex senden«, gefolgt von drei Ausrufezeichen. Der Vermerk wurde durchgestrichen, vermutlich nachdem Rubin seine Telexmitteilung verschickt hatte.

Als Arbeitsaufgabe hat Rudin auch notiert: »Wägeli angucken«. Später wird sich die dänische Polizei wegen dieses Ausdrucks an ihre Schweizer Kollegen wenden und dadurch die Identität des fünften Mannes herausfinden. Es scheint, als hätte sich Rudin nicht ausschließlich in der illegalen Wohnung aufgehalten, sondern aktiv an den Vorbereitungen für den Überfall in der Købmagergade teilgenommen.

Den Rest des Blattes benutzte Rudin, um sich die Termine mit den Treffen der dänischen Gruppe zu notieren. Nachdem er am Tag nach seiner Ankunft um 14:30 Uhr Torkil Lauesen getroffen hatte, wurde für Donnerstagabend sieben Uhr eine größere Runde einberufen. Danach ging es Schlag auf Schlag: Freitagmorgen um neun sollte er erneut mit ›Tom‹ alias Torkil Lauesen zusammenkommen, ebenso am Montagmorgen; am Montagnachmittag um vier war ein Treffen mit ›George‹ vorgesehen – Carsten Nielsens Deckname.

Für Dienstag hatte man offensichtlich eine Art Übung für die gesamte Gruppe geplant: »Ganze Gang Probe« notierte Marc Rudin für den 25. Oktober. Am folgenden Tag sollte er um 15:45 Uhr mit ›John‹ zusammentreffen, am gleichen Abend gab es eine Zusammenkunft der gesamten Gruppe um 19:00 Uhr. Aus einer anderen Notiz geht hervor, dass an diesem Abend die bevorzugten Autos für den Überfall und die Planung der Fluchtwege auf der Tagesordnung standen.

Für Freitag 9:45 Uhr vermerkte Rudin: »Ganze Gang HB. Ausgang Huren«. Wie ein Übersetzer dieses Vermerks interpretierte, wollte sich die gesamte Bande an dem Ausgang des Kopenhagener Hauptbahnhofs treffen, an dem normalerweise die Huren stehen, also dem Ausgang zur Istedgade.

Marc Rudin, 1987

So geht es weiter mit Notizen über Treffen und Trainingseinheiten bis zu einer gemeinsamen Abschlussrunde am Abend vor dem geplanten Überfall. Die letzte Notiz auf Rudins Merkzettel lautet: »Mittwoch 22.00 hier«.

Der Zeitpunkt stimmt präzise mit dem Zeitplan für den eigentlichen Überfall überein, den die Kriminalpolizei ebenfalls in der Wohnung fand, dem sogenannten ›Drehbuch‹. Der Plan deckt den Zeitraum von Mittwochabend bis zum Überfall am nächsten Morgen ab und beginnt mit der Eintragung: »22.00 TREFFEN HIER«.

Für fünf Uhr morgens steht lediglich »Attack« auf dem Plan.

Als letzter Punkt ist um 8:15 Uhr vermerkt: »Ankunftsfest und dann zur Arbeit«.

Sechzehn Tage, vom 18. Oktober bis zum Tag des Raubüberfalls am 3. November 1988, arbeitete Marc Rudin mit den vier Mitgliedern der Kommunistischen Arbeitsgruppe zusammen, die sich die Decknamen ›John‹, ›Tom‹, ›Bob‹ und ›George‹ gegeben hatten. Während ›George‹ ein ganz neuer Mann in der Gruppe war, handelte es sich bei den anderen um erfahrene Verbrecher, die seit Beginn der siebziger Jahre regelmäßig für kriminelle Aktionen verantwortlich waren: Jan Weimann, Torkil Lauesen und Niels Jørgensen.

Seit die Gruppe sich im Frühjahr entschieden hatte, den Überfall auf den Geldtransport im Hof hinter dem Postamt an der Købmagergade durchzuführen, waren die Dänen mit den detaillierten Vorbereitungen und Planungen beschäftigt. Bereits während der ersten Observationen des Geldtransports hatte Torkil Lauesen die Verhältnisse in der Umgebung des Posthofs untersucht, auf dem mehrfach am Tag Wertpost umgeschlagen wurde. Im Laufe des Tages war der Hof offen, und obwohl am Tor zur Løvstræde ein Wachposten stand, konnte man passieren, ohne angehalten oder angesprochen zu werden.

Torkil Lauesen hatte sich mehrfach im Posthof aufgehalten und auf Karopapier einen Lageplan mit dem Standort des Postfahrzeugs gezeichnet, das an einer Rampe entladen wurde, die ins Innere des Postamts führte. Er hatte auch ein paar Toiletten eingezeichnet, eine »Treppe, hoch zu einer geschlossenen Tür« direkt neben der Torwache und einen »Eingang zur Kantine 2. Stock – offen und damit Zugang zu ALLEM«.

Nach Lauesens Recherchen traf ein Geldtransport gewöhnlich gegen neun Uhr vormittags am Postamt ein. Von weit größerem Interesse war jedoch eine Tour in den frühen Morgenstunden, bei der das Postfahrzeug um fünf Uhr morgens das Postamt anfuhr und die Geldsäcke aus dem Postzug lieferte. Diese Ladung enthielt nach Einschätzung der Gruppe weit mehr Geld als die späteren Lieferungen, zumal am Monatsanfang.

Allerdings war es um diese frühe Uhrzeit nicht möglich, sich im Hof aufzuhalten, ohne Aufsehen zu erregen. Darum beobachteten die Gruppenmitglieder von der Løvstræde aus, wie die Geldsäcke an der Rampe auf einen Gitterwagen umgeladen wurden.

Ein Überfall auf den Transporter im Hof hatte den eindeutigen Vorteil, dass beim Umladen der Geldsäcke die Fahrertüren und die Tür zum Laderaum offenstehen würden. Sämtliche Probleme, ins Innere des Transporters zu kommen, wären somit gelöst.

Andererseits war es nicht unproblematisch, in den Hof einzudringen. Der einzige Weg führte durch den Eingang zur Løvstræde, den ein kräftiges Gittertor schützte. Normalerweise stand das Tor offen, doch es wurde sofort geschlossen, sobald der Morgentransport um fünf Uhr auf den Hof gefahren war. Die ersten Diskussionen des neuen Plans drehten sich daher um eine mögliche Öffnung des vergitterten Tors, um in den Hof zu gelangen.

Von der Løvstræde aus ließ sich erkennen, wie der Wächter das Tor bediente. In einer kleinen Wachstube mit dem Fenster zum Tor, von der Gruppe der ›Käfig‹ genannt, hatte der Wachposten ein Schaltbrett, um das Tor zu bedienen. Torkil Lauesen zeichnete Skizzen des ›Käfigs‹ mit einer Randnotiz, dass es sich bei dem Fenster zum Tor um »gewöhnliches Glas« handelte. Eine andere Zeichnung zeigte das Schaltbrett mit den Richtungshebeln sowie einem roten und einem grünen Knopf für den Schließmechanismus.

Die Gruppe entwickelte den Plan eines Täuschungsmanövers, um bereits auf dem Posthof zu sein, wenn der Geldtransport eintraf. Unmittelbar vorher sollten vier als Polizeibeamte verkleidete Gruppenmitglieder – zwei Kripobeamte und zwei uniformierte Streifenpolizisten – der Torwache erklären, sie würden einen Täter verfolgen, der ganz in der Nähe einen Überfall verübt hätte. Deshalb müssten sie sich unbedingt auf dem Hof umsehen.

Sobald das Postfahrzeug eingetroffen wäre und das Gittertor wie gewöhnlich geschlossen wurde, begannen die Postbeamten, den Wagen zu entladen. In diesem Moment wollte man die Kontrolle auf dem Hof und im ›Käfig‹ übernehmen. Ein Mitglied der Gruppe sollte das Tor öffnen, damit der fünfte Mann von der Løvstræde aus einen Kleinbus in den Hof fahren konnte. In diesen Wagen sollte das Geld umgeladen werden.

Carsten Nielsen hatte sich zunächst am Rathausplatz zu postieren. Von dort aus stand er über Funk in Kontakt mit den vier anderen Mitgliedern, die als Beamte verkleidet vor einem polizeiähnlichen Wagen in der Skindergade warteten. Sobald der Posttransporter den Rathausplatz passierte und seine Fahrt über die Vester Voldgade fortsetzte, sollte Carsten Nielsen es den anderen über Funk mitteilen, auf einem Fahrrad zur Løvstræde fahren und den dort geparkten Kleinbus so schnell wie möglich in Position bringen. Außerdem musste Carsten Nielsen den Polizeifunk mit Hilfe eines kleinen Scanners abhören, der automatisch zwischen den relevanten Frequenzen wechselte.

Kurz vor der Ankunft des Posttransports sollte Torkil Lauesen, der einen der in Zivil gekleideten Kripobeamten zu spielen hatte, der Torwache erklären, auf dem Gråbrødretorv sei gerade eine Frau von einem Messerstecher überfallen worden. Lauesen musste den Posten in ein Gespräch verwickeln. Die angeblichen Kripobeamten würden zwei uniformierte Streifenpolizisten in den Hof schicken, um zu überprüfen, ob der Täter sich möglicherweise auf dem Hof versteckt hielt.

Sobald die Postbeamten die Geldsäcke auf den Gitterwagen gepackt hatten, traten die beiden Uniformierten in Aktion. Mit Schlagstöcken und Pistolen bewaffnet, würden sie die Übergabe des Geldes durchsetzen.

Gleichzeitig drangen Torkil Lauesen und der andere Kripobeamte in den ›Käfig‹ ein und zwangen den Wachmann, unter den Tisch zu kriechen. Das Tor wurde für den Lieferwagen geöffnet, den Carsten Nielsen fuhr. Nachdem die Postbeamten ausgeschaltet waren, hatten die beiden als Streifenpolizisten verkleideten Gruppenmitglieder den Gitterwagen von der Rampe zu kippen und die Geldsäcke in den Kleinbus zu laden.

Ein Teil der Vorbereitungen bestand darin, die nächtlichen Polizeipatrouillen im Zentrum von Kopenhagen zu recherchieren. Alles deutete auf einen Wachwechsel hin, der exakt gegen fünf Uhr stattfand. Somit bestand bei einer raschen Abwicklung der Operation um diese Uhrzeit eine gewisse Sicherheit, nicht von der Polizei gestört zu werden.

Könnte das Verladen der Geldsäcke in maximal zwei Minuten bewerkstelligt werden, hielten es die Gruppenmitglieder für so gut wie ausgeschlossen, dass ein Streifenwagen das Postamt erreichte, bevor die Aktion abgeschlossen war.

Ein digitaler Wecker wurde auf zwei Minuten eingestellt. Die Uhr sollte aktiviert werden, sobald die verkleideten Polizisten mit dem eigentlichen Überfall begannen. Wenn der Wecker klingelte, hatten alle vier Täter augenblicklich den Posthof zu verlassen, auch wenn das Umladen der Geldsäcke noch nicht beendet sein sollte.

Von der Løvstræde hatte der Kleinbus in die Købmagergade und kurz darauf in die Straße Klareboderne zu biegen. Der

Plan sah vor, über Gammel Mønt und die Adelsgade bis zum ersten Umladeplatz zu fahren, einem Hinterhof oder einer Tiefgarage.

Dort sollte der Lieferwagen nach dem Umladen der Geldsäcke in zwei Toyotas stehengelassen werden. Der weitere Fluchtweg führte über die Rigensgade durch Nyboder, an der Østerport Station vorbei und über die Østbanegade durch die nördlichen Stadtteile Gentofte und Buddinge bis aufs Land hinter Ganløse und Ølstykke. Hier wollte die Gruppe erneut die Fahrzeuge wechseln.

Nach dem Zeitplan hatte der zweite Wechsel um halb sieben stattzufinden. Eine Stunde später sollte Torkil Lauesen »zum Verbrennen« fahren, vermutlich um brennbare Ausrüstungsgegenstände wie Kleidung, Taschen und die leeren Geldsäcke zu entsorgen. Gleichzeitig hatte »das arbeitende Volk das Hab und Gut nach Hause zu fahren«, wie es im ›Drehbuch‹ heißt. Offensichtlich wollten einige Gruppenmitglieder gegen acht Uhr die Hauptverkehrszeit ausnutzen, um mit der Beute in die Blekingegade zurückzukehren.

In einigen Notizen spielt auch noch ein Ferienhaus in Nordseeland eine Rolle. In einem Szenario in der Planungsphase schrieb Carsten Nielsen zum Beispiel über die Flucht vom Tatort: »Paul nimmt den Zug nach Gilleleje und wird gegen 7:30 Uhr plus minus ½ Stunde eingesammelt«. Die Notiz kann so verstanden werden, dass ›Paul‹ alias Marc Rudin eine Aufgabe in dem nordseeländischen Küstenort Gilleleje zugedacht war.

Die Polizei hat nie ermitteln können, ob die Gruppe plante, das Geld nach dem Überfall in der Blekingegade oder möglicherweise in einem Ferienhaus zu verstecken. Bis heute ist ebenfalls nicht bekannt, wie das Geld später außer Landes geschmuggelt wurde.

Aus den in der Wohnung gefundenen Unterlagen geht jedoch hervor, dass Torkil Lauesen einen Monat nach dem Raub, am 6. Dezember 1988, große Geldmengen abzählte: »Tausender in 100 000er Bündeln« ergeben einen Gesamtbetrag von 6 900 000 Kronen, »500er in 250 000er Bündeln« 1 750 000 Kronen und »Hunderter in 10 000er Bündeln« 2 520 000 Kronen. Insgesamt ergab Lauesens Zählung an diesem Dezembertag einen Bar-Betrag von 11 450 000 Kronen, dazu kam rund eine halbe Million Kronen in verschiedenen ausländischen Währungen.

Auf einem anderen Zettel ist notiert: »9 mil gepackt und clean«. Torkil Lauesen lieferte später eine Erklärung der Notiz: Neun Millionen Kronen in Scheinen wurden in Plastiktüten verpackt, die frei von Fingerabdrücken waren. Dieses Bargeld wurde noch im Dezember 1988 außer Landes gebracht.

Eine auf den 12. Januar 1989 datierte Notiz weist den Kasseninhalt der Gruppe mit 2,2 Millionen Kronen aus. Auch dieses Geld ist verschwunden, als die Kriminalpolizei knapp vier Monate später die Wohnung in der Blekingegade findet.

In seinen Aufzeichnungen während der Vorbereitungsarbeiten hat Torkil Lauesen einige Probleme benannt, auf die sich die falschen Polizisten während der Operation im Posthof vorbereiten mussten. So überlegte er, wie reagiert werden sollte, wenn sich mehr als ein Wachmann im ›Käfig‹ aufhielt oder der Posten »sofort seinen Vorgesetzten anrufen« wollte.

Weitere Probleme konnten seiner Analyse nach entstehen, »wenn die Postleute uns umzingeln« oder es jemandem gelänge, das Gittertor plötzlich zu schließen.

Die Lösung dieser Probleme sollte der übliche operative Modus der Gruppe sein: Ein durchgängig aggressives Auftreten, bei dem die Opfer von vornherein jeglichen Widerstand aufgaben. In diesem Zusammenhang wurde auch die konkrete Bewaffnung diskutiert.

Abgesehen von den Schlagstöcken, die bereits für einen eventuellen Überfall in der Niels Hemmingsens Gade hergestellt worden waren, würden fast alle Beteiligten geladene Pistolen tragen. Einer der Uniformierten bekam eine Beretta ausgehändigt. Überlegt wurde, Carsten Nielsen als Fahrer des wartenden Lieferwagens mit einer Maschinenpistole auszurüsten, um eventuelle Verfolger abzuschrecken. Außerdem wurde beschlossen, ein Mitglied der Gruppe mit einem abgesägten Jagdgewehr des Typs ›Side-by-side‹ zu bewaffnen.

Das Jagdgewehr diente mehreren Zwecken: Zum einen hatte es während des Überfalls einen visuell abschreckenden Effekt auf die Postbeamten. Niemand würde versuchen, sich zur Wehr zu setzen. Während des Verladens der Geldsäcke sollte sich einer der Täter mit dem gezogenen Gewehr deutlich sichtbar in den Hof stellen. Die meisten Menschen, so das Kalkül der Gruppe, würden ein abgesägtes Jagdgewehr erkennen und um sein Gefahrenpotenzial wissen. Wenn dennoch jemand versuchte, Widerstand zu leisten, hätte ein Warnschuss mit einer derartigen Waffe vermutlich einen sehr großen Effekt.

Außerdem war der Einsatz des Jagdgewehrs vorgesehen, sollten ein Streifenwagen oder andere Fahrzeuge versuchen, den Fluchtwagen zu verfolgen. Niemand aus der Gruppe hatte Interesse an einer Verfolgungsjagd in den engen Gassen des Kopenhagener Zentrums. In einem derartigen Fall sah der Plan einen Stopp des Kleinbusses vor, unmittelbar nachdem er um eine Ecke gefahren war. Der Beifahrer sollte aus dem Lieferwagen springen und das Gewehr abfeuern. Waren die Verfolger noch relativ weit entfernt, konnte es der Beifahrer bei einem Warnschuss in die Luft belassen. Waren sie bereits relativ nahe, sollte das Jagdgewehr auf die Reifen abgeschossen werden.

Aus diesem Grund wurde das Gewehr mit Postenschrot eines besonders großen Kalibers geladen, sogenanntem Wildschweinschrot der Marke Rottweil Express. Bei dieser Munition, die seit 1982 in Dänemark verboten ist, stecken die erbsengroßen Schrotkugeln in durchsichtigen Patronenhülsen. Normalerweise genügt eine Salve, um ein Auto zu stoppen.

Das Gruppenmitglied, das sich mit dem Jagdgewehr bewaffnen sollte, probierte laut Torkil Lauesens Aussage die Waffe vor dem Überfall aus. Hinterher erklärte der Betreffende den anderen Beteiligten, es sei problematisch, die Streuung des Schrots zu steuern, da es sich um ein Gewehr mit abgesägtem Lauf handelte.

Der Schrot hätte seiner Einschätzung nach eine Streubreite von über einem halben Meter, wenn man auf ein Ziel in fünfzehn, zwanzig Meter Entfernung schoss. Um einen Reifen zu treffen, musste der Schuss aus einer maximalen Entfernung von fünfzehn Metern abgegeben werden.

Nachdem Bo Weimann zu Ostern aus der Organisation ausgetreten war, hatte die Gruppe zunächst nur noch vier Mitglieder. Mit den fortschreitenden Vorbereitungen wurde aber rasch klar, dass der Plan nicht ohne einen fünften Mann durchgeführt werden konnte. Im späten Frühjahr und Sommer 1988 begannen die restlichen Gruppenmitglieder zu sondieren, wie sich dieses Problem lösen ließ.

Ein Versuch, die Gruppe aufzustocken, wurde von Carsten Nielsen unternommen, der Karsten Møller Hansen, seinen alten Genossen aus der Kommunistischen Arbeitsgruppe, reaktivieren wollte. Im Frühsommer lud Carsten Nielsen seinen Namensvetter in ein Restaurant in Kongelunden ein, um ihn davon zu überzeugen, als fünfter Mann an dem geplanten Überfall teilzunehmen.

Karsten Møller Hansen hatte sich eine Zeit lang nicht aktiv an der illegalen Arbeit der Gruppe beteiligt, er hatte seine Kräfte darauf konzentriert, das Café Liberation und sein Haus in der Kleingartenkolonie umzubauen. Die drei alten Gruppenmitglieder glaubten nicht, dass Karsten Møller Hansen sich überzeugen lassen würde. Sie waren sich auch nicht sicher, ob sie ihn tatsächlich dabeihaben wollten. Noch war ihnen zu gut in Erinnerung, wie Karsten Møller Hansen sich zwei Jahre zuvor abgesetzt hatte, als Niels Jørgensen und ein drittes Gruppenmitglied während eines Autodiebstahls von einem KFZ-Meister erwischt wurden.

Doch Carsten Nielsen bestand darauf, einen Versuch zu unternehmen. Er und Karsten Møller Hansen hatten sich vor drei Jahren kennengelernt und waren sich seither immer wieder bei Treffen der Kommunistischen Arbeitsgruppe, bei Dritte-Welt-Organisationen oder im Café Liberation begegnet. Im Frühjahr 1988, als Carsten Nielsen eine Weile keine Unterkunft hatte, war er in Karsten Møller Hansens Kleingartenhaus untergekommen.

Karsten Møller Hansen und seine Frau Anna hatten sich ein Jahr zuvor getrennt. Nach der Scheidung baute Karsten sein neues Gartenhaus, und Carsten Nielsen half ihm unter anderem beim Einbau der Holzdecke. Sie waren tatsächlich sehr gute Bekannte, als Carsten Nielsen ihn ansprach.

Nach eigener Aussage lehnte Karsten Møller Hansen die Aufforderung, an dem Überfall teilzunehmen, sofort ab. Im ersten Augenblick weigerte er sich auch, im Vorfeld des Raubüberfalls bestimmte Aufgaben zu übernehmen, allerdings sagte er nach und nach zu, sich zu überlegen, ob er bei kleineren Aufgaben behilflich sein könnte.

Und so stand Karsten Møller Hansen in den kommenden Monaten einige Male Wache, wenn es darum ging, in Werkstätten die Autoschlüssel aus Briefkästen und Boxen zu fischen, unter anderem in Hellerup und bei der Toyota-Vertretung am Gammel Kongevej. Karsten Møller Hansen hat später erklärt, ihm wäre durchaus klar gewesen, dass die Schlüssel für Straftaten verwendet wurden, aber eigentlich hätte es sich doch um relativ überschaubare und ungefährliche Aktionen gehandelt.

Damit war allerdings nicht das Problem eines fünften Manns gelöst. Im Laufe des Sommers wurde darüber mit Marwan El-Fahoum auf einem Treffen außerhalb Dänemarks diskutiert.

Bis heute ist nicht klar, wie diese Treffen und Gespräche verliefen, aber die Konsequenzen sind bekannt: Marwan El-Fahoum stellte aus seinem eigenen Kreis den fünften Mann, einen Europäer. Laut einer Quelle aus der Gruppe kam dieser Mann, der persönliche Beziehungen zu Dänemark hatte, bereits im Sommer 1988 zu Besuch ins Land.

Während dieses Besuchs könnten die Gruppenmitglieder ihm einen Satz Schlüssel für die Wohnung in der Blekingegade haben zukommen lassen, so dass er am 18. Oktober selbst die Tür aufschließen konnte.

Als Marc Rudin in Dänemark eintraf, war er ein Mann mit umfassenden Erfahrungen. Er wurde 1945 in Bern geboren, zwei Jahre vor dem ältesten Mitglied der Blekingegade-Bande, Jan Weimann. Die Berichte über seine Jugend und seine politische Sozialisation erinnern auffallend an die Mitglieder der dänischen Gruppe, denen er dreiundvierzig Jahre später bei ihrem Überfall auf das Postamt an der Købmagergade helfen sollte.

Wie bei den Mitgliedern der Kommunistischen Arbeitsgruppe spielte die israelische Invasion im Libanon im Juli 1982 eine große Rolle für Marc Rudins politische Radikalisierung. Doch für ihn war dieser Krieg auch ein persönliches Erlebnis auf Leben und Tod gewesen. Während der zweieinhalbmonatigen Belagerung Beiruts kämpfte Rudin Seite an Seite mit den Soldaten der PFLP, und er selbst berichtete von einem Ereignis, an das er sich besonders gut erinnerte: Eines Nachts, als er mit einer Gruppe Palästinenser an der Frontlinie nahe der arabischen Universität kämpfte, wurde seine Gruppe an drei Seiten von israelischen Soldaten eingekesselt. Die einzige Fluchtmöglichkeit blieb ein offenes Grasfeld. Die PFLP-Soldaten liefen zu zweit über das Feld, wobei sie versuchten, sich gegenseitig Deckung zu geben. Der junge Palästinenser, mit dem Marc Rudin flüchtete, blieb an einer Hausecke liegen, als wäre er eingeschlafen. Rudin rief mehrere Male nach ihm, bevor er entdeckte, dass der Junge aus dem Bauch blutete. Von den fünfzehn Genossen der Gruppe überlebten außer Rudin nur sieben.

»Während dieses Krieges wurde Geschichte geschrieben«, erklärte Marc Rudin in einem Interview der Zeitschrift *Månedsbladet Press.* »Dort wurde der Kampf zwischen dem Imperialismus und der Dritten Welt geführt.«

Auf die Frage, ob es auch sein Krieg gewesen sei, antwortete Rudin: »Ich kann meine Identität nicht von der Sache trennen. Meine Identität macht mich stark. Das ist ein Teil des Sinns meines Lebens. Ich will mich auch weiterhin noch im Spiegel ansehen können.«

Zusammen mit Kräften der PFLP und Resten der PLO wurde Rudin im August 1982 unter dem Schutz westlicher Truppen aus Beirut evakuiert. Wie für die übrige Führungsriege der PFLP endete seine Flucht in Syriens Hauptstadt Damaskus, in der er in den folgenden Jahren lebte. Einen Monat nach der Evakuierung hörte er – ebenso wie die Mitglieder der Kommunistischen Arbeitsgruppe – von den israelisch-falangistischen Massakern in den Flüchtlingslagern Sabra und Shatila, in denen er viele Freunde hatte.

Der siebenunddreißigjährige Marc Rudin hatte bei der PFLP einen neuen Status, nachdem er am Kampf um Beirut teilgenommen hatte. In der kommenden Zeit übernahm er neben seiner Arbeit als Grafiker noch andere Aufgaben in der Organisation. In diesem Zusammenhang wurde ihm derselbe Führungsoffizier wie den Mitgliedern der KA in Dänemark zugeteilt – der Leiter des Geheimdienstes des PFLP, Marwan El-Fahoum.

Nachdem Marc Rudin im Sommer 1988 von Fahoum befohlen wurde, den ›Äpfeln‹ in Dänemark zu helfen, trafen die Mitglieder der Gruppe eine Reihe von Sicherheitsmaßnahmen, um ihn und die kleine Organisation zu schützen. In den Monaten vor dem Købmagergade-Coup benutzten alle Gruppenmitglieder Decknamen, jedenfalls wenn sie Teile des Plans schriftlich festhielten. Torkil Lauesen hat erklärt, er hätte den Decknamen ›Tom‹ getragen, Carsten Nielsen hieß ›Georg‹ oder ›George‹. Marc Rudin wählte den Namen ›Paul‹, während sich die übrigen beiden Teilnehmer ›John‹ und ›Bob‹ nannten.

Aufgrund der zahlreichen Notizen und Pläne der Blekingegade-Wohnung vermutet die Kriminalpolizei Jan Weimann hinter ›John‹ und Niels Jørgensen hinter ›Bob‹. Wie die Polizei herausfand, hatte Niels Jørgensen während der Vorbereitungen der Rausing-Entführung Marwan El-Fahoum gegenüber den Decknamen ›Bob Howard‹ verwendet. Allerdings konnte nie wirklich schlüssig dokumentiert werden, wer sich tatsächlich mit den Decknamen ›Bob‹ und ›John‹ tarnte.

In sämtlichen Unterlagen, die seit August 1988 über den Raubüberfall angefertigt wurden, sind Decknamen benutzt – bis auf ein paar vereinzelte Versehen, unter anderem in Carsten Nielsens persönlichem Kalender. Ein einziges Mal taucht auch der Deckname ›Mike‹ auf, allerdings konnte die Kriminalpolizei nie herausfinden, wer sich hinter diesem Pseudonym verbarg.

Wie gewöhnlich ging die Gruppe bei den abschließenden Vorbereitungsarbeiten sorgfältig und detailliert zu Werke. Unter den mehreren hundert Notizen, die sich in der Blekingegade-Wohnung fanden, gibt es zum Beispiel eine Zeichnung der Gitterwagen, die von der Post zum Umladen der Geldsäcke im Hof des Postamts verwendet wurden. Carsten Nielsen besorgte aus einem anderen Postamt einen identischen Gitterwagen, um den Schließmechanismus zu untersuchen und den Wagen zu vermessen. Maßstabsgetreu übertrug er den Wagen auf Millimeterpapier und berechnete das Volumen und den Punkt, an dem er kippen würde, wenn er während des Überfalls von der Rampe gestoßen wurde.

Auch die Flucht aus dem Posthof wurde sorgfältig vorbereitet, mehrfach fuhren die Beteiligten die Fluchtwege sowohl bei Tag als auch in der Dunkelheit ab. Als ersten Umladeplatz wählte man eine Tiefgarage in der Klerkegade. Dort würde das Umladen der Beute am frühen Morgen vollkommen diskret vonstattengehen können. Einziger Nachteil war eine Feuerwache in der nahe gelegenen Adelsgade.

In der Pilestræde verlief die Fluchtroute gegen die Einbahnstraße, um die Ampel an der Gothersgade zu umgehen. Die

Gruppe hielt das für sicherer, als um diese Uhrzeit bei Rot eine Ampel zu überfahren. Wie eine Probefahrt zeigte, wurden beinahe dreißig Sekunden gespart, wenn man die Ampel umging. Bei der Ausarbeitung des Fluchtwegs von der Løvstræde zur Klerkegade wurde die von Ampeln regulierte Kreuzung konsequent gemieden.

Die Einfahrt der Tiefgarage war mit einem elektrischen Schloss gesichert, das sich allerdings problemlos kurzschließen ließ, um das Tor zu öffnen. Carsten Nielsen und Torkil Lauesen trainierten im Vorfeld, wie man sich mit Hilfe eines Kabels und zweier Krokodilklemmen rasch Zutritt zur Garage verschaffen konnte.

Laut Plan hatte Carsten Nielsen den Lieferwagen mit ausgeschalteten Scheinwerfern bis zur Zufahrt der Garagenanlage zu fahren, dann sollten er und ›John‹ die beiden Autos zum Umladen der Beute holen. Währenddessen musste Torkil Lauesen das Garagenschloss kurzschließen und auf der Straße davor Wache halten. ›Bob‹ sollte den Lieferwagen in die Tiefgarage rollen lassen und mit ›Paul‹ das Geld umladen.

Eine andere Aufgabe bestand darin, die notwendigen Autos für die Operation zu beschaffen. In den Wochen vor dem Überfall besorgten sich die Gruppenmitglieder die Schlüssel ausgewählter Fahrzeuge und vergewisserten sich, dass sie in der Nacht vor dem Überfall zur Verfügung standen. Es handelte sich um einen weißen Ford Escort, der mit Blaulicht versehen den Polizeiwagen für die beiden ›Kriminalbeamten‹ bei ihrer Ankunft im Posthof spielen sollte, und einen Kleinbus der Marke Toyota Hiace. Außerdem mussten ein Toyota Camry und ein Toyota Starlet beschafft werden, die beide an der Garagenanlage in der Klerkegade bereitzustehen hatten.

In einer Notiz mit der Überschrift »Privatautos« wurden eine Reihe zugänglicher Fahrzeuge mit Informationen über den Wagentyp, die Farbe, das Kennzeichen und die Adresse des Halters registriert. In einer eigenen Spalte ist festgehalten, wo der Wagen parkte, zum Beispiel »steht auf dem Weg«, »steht in der Einfahrt des Hauses« oder »steht auf dem Parkplatz vor dem Block«. In der letzten Spalte wurden die Parkpositionen an verschiedenen Tagen im Oktober überprüft. Vor dem jeweiligen Datum steht »ok« oder »parkt gut«.

Durch eine andere Aufzeichnung lässt sich rekonstruieren, wie die vier dänischen Teilnehmer in der Nacht vor dem Überfall die Autos besorgten, die man für die verschiedenen Aufgaben ausgewählt hatte. Während Marc Rudin offensichtlich in der illegalen Wohnung blieb, sollte eine Gruppe – Carsten Nielsen und ›Bob‹ – gegen Mitternacht einen Toyota Hiace aus den nördlich von Kopenhagen gelegenen Orten Bagsværd oder Virum holen. Die andere Gruppe, Torkil Lauesen und ›John‹, hatte unter anderem zwei Ford Escort im Stadtteil Amager zu überprüfen. Jedes Auto bekam in den Notizen einen Codebuchstaben.

Exakt um zehn Minuten vor eins sollten die beiden Gruppen über Telefonhäuschen Kontakt miteinander aufnehmen, um sich codiert mitzuteilen, welche Fahrzeuge sie beschafft hatten. Lief alles nach Plan, sollte jede Gruppe die Wagen auf die jeweiligen Positionen fahren.

Sollte es nicht gelingen, eines der Autos zu besorgen, konnte stattdessen während des Telefonats der Treffpunkt genannt werden. Er war von vornherein festgelegt und geht ebenfalls aus den Notizen hervor: das Restaurant Hong Kong am Nyhavn, das die ganze Nacht geöffnet hatte. Zwei Wochen vor dem Raubüberfall trafen sich alle fünf Akteure am Donnerstag, dem 20. Oktober, abends um neunzehn Uhr in der Blekingegade-Wohnung, um den gesamten Plan noch einmal durchzugehen.

Von diesem Treffen existiert eine von Niels Jørgensen mit der Hand geschriebene Mängelliste. Sie umfasst sowohl Gegenstände, die noch zu beschaffen waren, als auch Themen, die die Gruppe noch nicht abschließend diskutiert hatte.

Carsten Nielsen – auf der Liste als »G« für ›George‹ geführt – zum Beispiel war verantwortlich für die Schlagstöcke, außerdem hatte er ein Fahrrad zu besorgen. Darüber hinaus musste der Wecker beschafft werden, der nach zwei Minuten Alarm schlagen sollte. Marc Rudin erhielt die Aufgabe, die Waffen vorzubereiten: »Submac reinigen« und »Andere Waffen reinigen«. Wie Niels Jørgensen später zu Protokoll gegeben hat, waren die Submac – eine Maschinenpistole – und die anderen Waffen eingeölt und mussten vor dem Einsatz gründlich gesäubert werden.

Zu den ungeklärten Diskussionsthemen der Liste gehörten außerdem: »Aufenthalt Skindergade«, »Umladen II« und »Bewaffnung – wer?«.

Unter den zahlreichen handgeschriebenen Notizen aus der schwarzen Nylontasche, die die Polizei in der Blekingegade fand, befinden sich drei nummerierte Blätter Karopapier. Sie bilden die Seiten 380 bis 382 des ›Drehbuchs‹, das die Kriminalpolizei aus den Aufzeichnungen und Plänen des Købmagergade-Coups zusammensetzte.

Die Schriftexperten der Polizei rechnen diese Handschrift Torkil Lauesen zu, und wie Lauesen bestätigt, handelt es sich um die Reinschrift eines Textes, mit dem er den Wachmann am Tor des Posthofs in der Løvstræde ansprechen wollte:

»Guten Morgen. Wir sind von der Kriminalpolizei. Vor ca. 20 Minuten gab es in der Skindergade einen gewaltsamen Überfall auf eine Frau. Ein Zeuge hat erklärt, dass die Täter die Løvstræde hinunterliefen und möglicherweise in einem Hof verschwanden.

Wir würden gern wissen, ob Sie etwas gesehen haben, und uns ein bisschen umsehen.«

Nach der erwarteten positiven Antwort wollte Torkil Lauesen sich als ›Kriminalbeamter‹ an einen seiner uniformierten Kollegen wenden: »Jensen, würden Sie sich bitte ein wenig umsehen.«

An den Rand dieser ersten Sequenz des Dialogs mit dem Wachmann hat Lauesen notiert, das Gespräch bis dahin würde vermutlich circa dreißig bis fünfundvierzig Sekunden dauern. Eigentlich sollte der Zugang zum Posthof zu diesem Zeitpunkt problemlos möglich sein. Bis der Posttransporter eintraf, musste Lauesen nun die Konversation aufrechterhalten, ohne dass der Wachmann Verdacht schöpfte.

Er formulierte auf den Blättern eine Reihe von Fragen, die das Gespräch »mindestens 30 Sekunden« in Gang halten würden:

– »Hatten Sie heute Nacht Dienst?«

– »Sie haben also die letzten Stunden hier in Ihrem Häuschen verbracht?«

– »Haben Sie jemanden beobachtet, der die Straße entlanglief?«

– »Und Sie sind sicher, dass Sie die ganze Zeit hier waren?«

– »Sie waren nicht mal einen Augenblick weg? Auf der Toilette oder um sich einen Kaffee zu holen?«

– »Haben Sie allein hier gesessen?«

Im Laufe dieses Gesprächs würde der Posttransport auf den Hof fahren und der Wachmann unmittelbar danach das Gittertor zur Løvstræde schließen. Die Postbeamten auf dem Hof sollten die Geldsäcke noch auf den Gitterwagen laden, bevor die angeblichen Polizeibeamten ihre wahre Identität zu erkennen geben würden.

Lauesen hatte auch die nächste Sequenz des Gesprächs bereits vorbereitet. Darin wollte er dem Wachmann eine Beschreibung der angeblichen Täter geben, um das Gespräch weitere anderthalb Minuten fortzusetzen, während der Geldtransporter entleert wurde:

– »Sagt Ihnen die Beschreibung etwas?«

– »Sie haben hier niemanden herumschleichen sehen?«

– »Gibt es jemanden, der seine Arbeit zwischen 4:15 Uhr und 4:50 Uhr angetreten hat?«

– »Wie viele?«

– »Haben sich alle ausgewiesen?«

– »Kennen Sie alle vom Aussehen?«

– »Gibt es jemanden, auf den die Beschreibung, die ich Ihnen eben gegeben habe, passen könnte?«

– »Vielleicht sind sie in einen anderen Hof gelaufen – oder weiter bis zur Købmagergade. Haben Sie in der betreffenden Zeit jemanden in der Løvstræde bemerkt?«

– »Haben Sie gegen 4:20 Uhr Rufe oder Schreie gehört?«

Sollte Torkil Lauesen zu diesem Zeitpunkt den Wachposten noch immer verhören müssen, hatte er sich am Ende seines Dialogtextes ein paar Ideen notiert, um das Gespräch noch eine Weile fortführen zu können:

– »Können Sie mir eine Liste erstellen, wer zwischen 4:15 Uhr und 4:50 Uhr zur Arbeit erschienen ist? Die Betreffenden könnten auf dem Weg hierher etwas bemerkt haben.«

– »Beschreibung des Überfalls: ernsthaft, niedergestochen mit einem Messer, bewusstlos, ins Krankenhaus gefahren.«

– »Das ist ein Problem mit all der Gewalt rund um die Strøget.«

Am Sonntag, dem 30. Oktober, vier Tage, bevor dieser Gesprächstext zum Einsatz kommen soll, trafen sich alle Beteiligten um zehn Uhr vormittags in der Blekingegade. Bereits an den Tagen davor hatte es Planungstreffen und Trainingseinheiten gegeben, wie Marc Rudins Notizen auf der Rückseite von Torkil Lauesens Ossobuco-Gruß belegen. »Ganze Gang« hatte Rudin für Freitag und Sonntagvormittag, zehn Uhr, vermerkt.

Vor dem Treffen am Sonntagmorgen überarbeitete Torkil Lauesen seinen Text für das Gespräch als Kriminalbeamter noch einmal, denn einer der wichtigsten Tagesordnungspunkte bestand darin, seinen Teil des Dialogs mit den anderen Beteiligten als Kritikern zu üben.

Zu den weiteren Tagesordnungspunkten, die Carsten Nielsen vor dem Treffen in seinem Kalender notiert hatte, gehörten »Johns Profil, falsche Nase«, »maskieren«, »aften search Methode«, »Schlüssel mit uns?«, »Kunststoffsäcke«, »eigenes Zeug im eigenen Auto« und »unverbrennbarer Abfall«. Der letzte Punkt betraf unter anderem die Schlagstöcke und das Blaulicht des falschen Polizeiwagens. Die Tagesordnungspunkte »road blocks show up« und »shoot out how« waren Ausdruck von Carsten Nielsens Sorge, die Polizei könnte rund um Kopenhagen Straßensperren errichten, so dass man sich möglicherweise den Weg freischießen musste – eine Sorge, die von den erfahreneren Mitgliedern der Gruppe nicht geteilt wurde.

Außerdem wurde nach eigener Aussage auf diesem Treffen beschlossen, Carsten Nielsen nicht mit einer Maschinenpistole auszurüsten. Er sollte als Fahrer unbewaffnet bleiben.

Für Sonntagabend, 21:00 Uhr, hatte Carsten Nielsen in seinem Kalender festgehalten: »Waldspaziergang« – ein verschlüsselter Hinweis darauf, noch einmal probeweise die Fluchtroute abzufahren, so wie er es auch am Abend vorher getan hatte.

Wie aus Carsten Nielsens Kalender hervorgeht, hatte er am folgenden Tag unter anderem Reserveschlüssel für die Autos zu fräsen, die man in der Nacht vor dem Überfall beschaffen wollte. Der Vermerk »alles sauber machen« weist darauf hin, dass vorgesehen war, sämtliche Gegenstände in der Blekingegade von Fingerabdrücken zu reinigen. An anderer Stelle hatte er sich notiert, nicht zu vergessen, sich für die Operation Handschuhe zu besorgen. Das Kalenderblatt verrät auch Name, Adresse und Personennummer der falschen Identität, mit der Carsten Nielsen für den Überfall ausgestattet wurde: Er bekam die Ausweis- und Führerscheinpapiere des Pressefotografen Holger B.

Montagabend um 18:30 Uhr wollte er sich mit Karsten Møller Hansen treffen, um die Reichweite der Storno-Funkgeräte zu erweitern, die für die Aktion vorgesehen waren. Eine Probe hatte ergeben, dass die Funkgeräte aufgrund der engen Bebauung kaum von seiner Position am Rathausplatz zu den vier falschen Polizeibeamten an der Ecke Skindergade/Niels Hemmingsens Gade reichten.

Karsten Møller Hansen, der seit drei Jahren als Elektrotechniker bei Philips arbeitete, hatte in den vergangenen Tagen versucht, den Sender mit einem Verstärker zu verbessern. Am Montagabend holte Carsten Nielsen den Genossen an seinem

Arbeitsplatz ab. Gemeinsam fuhren sie in die Nähe des Flughafens, um die umgebauten Funkgeräte auszuprobieren. Die Probe verlief allerdings negativ. Die Leistung hatte sich durch den Umbau eher verringert. Umgehend fuhren die beiden Männer in die Blekingegade, wo Karsten Møller Hansen die Verstärker wieder ausbaute.

Um das Problem der mangelnden Reichweite zu lösen, wurde der ursprüngliche Plan geändert. Statt auf dem Rathausplatz sollte Carsten Nielsen sich am Ende der Vestergade positionieren und von dort aus über Funk mitteilen, wann der Posttransporter auf der Vester Voldgade vorbeifuhr.

Am gleichen Montag, dem 31. Oktober, lieh sich Niels Jørgensen von Bo Weimann für die nächsten Tage dessen Auto, angeblich um damit für das Café Liberation einzukaufen.

Jan und Bo Weimann sollten am Dienstagvormittag auf einem Kundentreffen im Restaurant Søpavillonen an den Kopenhagener Seen das neue EDV-System RC 9000 von Regnecentralen präsentieren. Das Vorläufersystem RC 8000 hatten Jan und Bo Weimann bei der Rigspoliti installiert, für die sie noch immer im Polizeihauptquartier die notwendigen Wartungsarbeiten ausführten.

Am Abend zuvor hatte Bo Weimann das EDV-System im Restaurant aufgebaut und war hinterher mit seinen Kollegen in die Stadt gegangen. Sie landeten im Café Brønnum am Königlichen Theater. Im Laufe des Abends trank Bo Weimann zu viel, um noch nach Hause fahren zu können. Er legte die Schlüssel seines Wagens auf einen der Reifen, damit Niels Jørgensen das Auto übernehmen konnte.

Nach Ansicht der Polizei wurde der Wagen während des Raubüberfalls zwei Tage später als Transportfahrzeug verwendet.

Auch in den beiden letzten Tagen vor dem Überfall traf sich die Gruppe, um zu trainieren und die letzten Details zu planen. Aus Marc Rudins Aufzeichnungen geht zum Beispiel hervor, dass für Dienstagmorgen um neun Uhr ein Treffen vorgesehen war, weil die Gruppe am Sonntagabend die Planungen nicht hatte abschließen können: »Dienstag 9:00 – Wir waren Sonntag nicht fertig.«

Am Dienstagabend kontrollierte Carsten Nielsen die Funkausrüstung ein letztes Mal und setzte frisch aufgeladene Batterien in die Geräte. Er hinterließ einen Zettel für ›John‹, den er von seinem Posten aus anfunken sollte: »John. Die 4 Batterien sind aufgeladen. Ich setze sie um 20 Uhr am Dienstag ein. Denk dran, BEIDE Geräte mitzunehmen. Wir sehen uns Klerkegade/Rigensgade um 16 Uhr. Nimm die kleine Antenne mit, die ist besser als die dicke. George.«

Im Laufe des Mittwochs wurden letzte Details besprochen. Alle bereiteten sich auf die nächtliche Aktion vor. Der letzte Vermerk auf Rudins Notizzettel aus der Wohnung in der Blekingegade lautet: »Mittwoch 22:00 Uhr hier«.

Am Mittwoch, dem 2. November 1988 treffen sich alle fünf Beteiligten um 22:00 Uhr in der Blekingegade-Wohnung. Jan Weimann hat bei seinem Schachklub angerufen und das für diesen Abend angesetzte Turnier abgesagt. Er hätte die erste Partie spielen sollen. Weil der Klub keinen Ersatzspieler beschaffen konnte, war das Turnier von vornherein verloren.

Niels Jørgensen hatte, bevor er seine Wohngemeinschaft in der Nørrebrogade verließ, mit seiner Freundin Gitte telefoniert. Sie wartete in ihrer Wohnung vergeblich auf eine Kommilitonin, mit der sie eine Hausarbeit schreiben wollte.

Ein letztes Mal wurde der Plan gründlich durchgesprochen. Sie synchronisierten ihre Uhren und nahmen eine einfache Mahlzeit ein, dann brachen die vier Dänen gegen Mitternacht auf, um die Autos zu besorgen, die während des Überfalls eingesetzt werden sollten. Marc Rudin blieb allen Vermutungen nach in der Wohnung. Wie aus den Notizen hervorgeht, hatte er die Waffen und andere Ausrüstungsgegenstände von Fingerabdrücken zu reinigen. Ein Zettel mit der Aufschrift »Clean, don't touch« wird ihm zugeschrieben.

Carsten Nielsen und ›Bob‹ fuhren in den Vorort Virum. Dort verschafften sie sich mit einem der herausgefischten Schlüssel einen orangeroten Toyota-Hiace-Lieferwagen der Firma ›Mini-Trans‹. Name, Adresse und Telefonnummer des Fuhrunternehmers aus Virum standen auf einem Zettel, der auch vermerkte, der »orange MiniTrans Toyota Hiace« stünde gewöhnlich auf der Straße vor dem Reihenhaus des Eigentümers.

Nach dem Diebstahl fuhren sie mit dem Kleinbus auf dem Frederiksdalsvej in südliche Richtung. Kurz hinter dem Bootsverleih bei Frederiksdal leerten die beiden Männer den Laderaum. Eine Leiter, eine Sackkarre, ein paar Decken und weitere Dinge wurden am Nybrovej hinterlassen.

Von dort aus fuhren sie in die Løvstræde, wo es wie vorgesehen genügend Platz gab, um gegenüber dem Tor des Posthofs zu parken. Carsten Nielsen stellte den Lieferwagen mit der Schnauze in Richtung Købmagergade, damit er zügig in den Posthof zurücksetzen konnte.

Torkil Lauesen und ›John‹ beschafften wie geplant einen weißen, viertürigen Fort Escort 1,6 LX, Baujahr 1985, in der Telemarksgade, einem kleinen Seitenweg des Sundholmsvej, nicht weit entfernt von der Blekingegade. Der Eigentümer

Der Fluchtwagen nach dem Überfall auf das Postamt
an der Købmagergade

arbeitete auf einer Bohrplattform in der Nordsee und benutzte seinen Wagen über längere Zeiträume überhaupt nicht. Die Wagenschlüssel hatte ein Gruppenmitglied ein paar Monate vorher bei einer Autowerkstatt auf Amager beschafft. Seither hatten sie mehrfach festgestellt, dass das Auto nachts immer an der gleichen Stelle parkte. Den Escort für die falschen Polizeibeamten stellten sie in der Skindergade ab, nahe der Kreuzung Niels Hemmingsens Gade.

Zwei andere Toyotas wurden an der Tiefgarage platziert, die als erster Umladeplatz dienen sollte. In die Kofferräume wurden Kleidung zum Wechseln und die Taschen gepackt, in denen das Geld verstaut werden sollte, wenn der Kleinbus mit den Postsäcken in der Garage eintraf. Über dem Schließmechanismus des Garagentors wurde ein Deckel abgeschraubt, um das Schloss rasch kurzschließen zu können.

Gegen drei Uhr nachts kehrten alle vier Autodiebe in die Blekingegade zurück, wo sie sich bei einer Tasse Kaffee umzogen und verkleideten.

Torkil Lauesen und einer der anderen Dänen maskierten sich mit Make-up und einem falschen Oberlippenbart, Lauesen trat als ziviler Kriminalbeamter mit Slippern und einem weichen Hut auf. Marc Rudin und der vierte Teilnehmer zogen selbst geschneiderte Polizeiuniformen an und setzten sich Perücken auf. Carsten Nielsen, der vor allem als Fahrer eingesetzt wurde, schmierte sich Gel ins Haar, setzte eine Pudelmütze auf und legte sich ein Halstuch um, das er vors Gesicht ziehen konnte.

Gegen vier Uhr verließ die Gruppe die Wohnung. Marc Rudin und ›John‹ gingen zu Fuß, während Torkil Lauesen, Carsten Nielsen und ›Bob‹ in Lauesens Auto zum Treffpunkt Østerport Station fuhren. Unterwegs wurde Carsten Nielsen am Odd-Fellow-Palæet in der Bredgade abgesetzt. Dort hatte er am Nachmittag zuvor ein gestohlenes Fahrrad abgestellt. Die verkleideten Beamten zogen Regenmäntel über, um die Uniformen zu tarnen.

Von der Østerport Station aus begaben sich alle auf ihre Positionen, Carsten Nielsen mit dem Fahrrad, die anderen zu Fuß. Torkil Lauesen schritt die Fluchtroute von hinten ab und kontrollierte unterwegs die beiden parkenden Fluchtwagen in der Klerkegade.

Carsten Nielsen fuhr mit dem Rad zur Vestergade am Rathausplatz. Von dort sollte er die Ankunft des Posttransporters per Funk signalisieren.

Die anderen trafen sich am Ford Escort in der Skindergade. Torkil Lauesen setzte sich ins Auto, während die Übrigen auf der Straße auf Carsten Nielsens Signal warteten. Kurz vor fünf nahm Carsten Nielsen eine Funkprobe vor. »Hörst du mich?«, hatte er laut Plan zu sagen. »Ja, gehört«, lautete die Antwort von ›John‹.

Sobald der Posttransport an Carsten Nielsen vorbeifuhr, sollte er fünfmal durchgeben: »Jetzt kommen sie.«

Daraufhin schaltete er das Funkgerät ab und stieg aufs Fahrrad, um in die Løvstræde zu fahren. Oder wie er es in seinem eigenen Plan für fünf Uhr vermerkte: »Bibabalula und hinfahren. Attack.«

Als die Meldung von Carsten Nielsen über Funk eintrifft, setzen sich alle vier in den Ford Escort. Die beiden uniformierten Beamten ziehen die Regenmäntel aus und stopfen sie in eine Tüte, einer der anderen setzt das Blaulicht aufs Dach. Der Wagen fährt um die Ecke der Niels Hemmingsens Gade und biegt in die Løvstræde ein. Wie zuvor ein Zeitstopp gezeigt hatte, wird der Posttransporter drei bis vier Minuten, nachdem er Carsten Nielsen in der Vestergade passiert hat, auf dem Posthof eintreffen.

Vor dem Tor steigen Torkil Lauesen und der andere falsche Kripobeamte aus, während die beiden Uniformierten ein Stück weiterfahren, um den Wagen zu parken. Einer entfernt das Blaulicht und packt es zu den Regenmänteln in die Tüte.

Torkil Lauesen und die drei anderen Beamten gehen auf das Tor zu. Die beiden Streifenpolizisten sind mit Pistolen und Schlagstöcken bewaffnet, der zweite Kripobeamte versteckt das abgesägte Jagdgewehr unter einem langen Mantel. In der Tasche hat er außerdem den Wecker, der aktiviert wird, sobald der eigentliche Überfall beginnt. Von diesem Moment an haben die Täter zwei Minuten, einhundertzwanzig Sekunden, um die Geldsäcke in den Kleinbus umzuladen.

Die beiden Kripobeamten wenden sich an den Wachposten am Tor, der aufsteht und die beiden an der Tür des ›Käfigs‹ empfängt. Einer der Beamten zeigt dem Wachmann seine Polizeimarke.

»Guten Morgen. Wir sind von der Kriminalpolizei«, leitet Torkil Lauesen den vorbereiteten Dialog mit dem Wachmann ein. »Vor circa zwanzig Minuten gab es in der Skindergade einen gewaltsamen Überfall auf eine Frau.«

Der Wachposten erklärt, er habe lediglich zwei junge Männer gesehen, die ganz ruhig in Richtung Købmagergade gegangen seien, und »zwei Neger«, die in entgegengesetzter Richtung zum Gråbrødretorv unterwegs waren.

Währenddessen gehen die beiden uniformierten Polizisten durch das Tor, um nach den angeblichen Tätern auf dem Posthof zu suchen. Torkil Lauesen bemerkt den Gitterwagen für die Geldsäcke, der bereits auf der Rampe steht.

Die beiden Kriminalbeamten schließen die Tür des ›Käfigs‹ und setzen den einstudierten Dialog mit der Torwache fort.

Einen Moment später fährt der Posttransporter auf den Hof.

Um 4:50 Uhr am Morgen des 3. November 1988 teilt der Post-Geldtransport Nr. 8886 wie vorgeschrieben über Funk der Funkzentrale der Polizei mit, dass die erste Fuhre des Tages abgeladen wird.

»HS-HS-8886-kilo-fünf-bravo«, lautet die Mitteilung, die von der Funkzentrale mit »empfangen 8886« bestätigt wird. ›HS‹ steht für die Funkzentrale der Polizei, der Code ›kilo‹ bezeichnet die Fahrt zum Postamt an der Købmagergade, und mit der Zahl ›fünf‹ ist die morgendliche Fahrt um 5:00 Uhr gemeint.

Nachdem die Geldsäcke des Frühzugs aus Jütland und Fünen ausgeladen waren, hatte Wagen 8886 zehn Minuten später die sogenannte Werteabfertigung des Postterminals verlassen und fuhr wie üblich auf die Bernstorffsgade. Im Postamt an der Købmagergade musste die Ladung des Zuges registriert werden, bevor das Geld an die Banken weiterverteilt wurde.

Am Steuer des gepanzerten Mercedes-Transporters saß John Frederiksen, auf dem Beifahrersitz sein Kollege Finn Andersen. Seit vielen Jahren fuhren Finn Andersen und John Frederiksen jede zweite Woche zusammen die Geldtransporte. Von den Kollegen wurde Finn normalerweise nur ›der Schlachter‹ genannt, weil er eine Schlachterlehre absolviert hatte. Nachdem er Anfang der sechziger Jahre als UN-Soldat auf einer Friedensmission in Gaza eingesetzt war, hatte Finn Andersen begonnen, als Postbote zu arbeiten. Nach einigen Jahren als normaler Postfahrer hatte man ihn nach einer Sicherheitsüberprüfung mit dem verantwortungsvollen Job als Fahrer der Geldtransporte betraut.

Die beiden Fahrer hatten um vier Uhr morgens eine Tasse Kaffee getrunken, bevor sie sich für ihre erste Tour umzogen.

Vor dem Tivoli bremste Frederiksen an einer roten Ampel. Neben ihm hielt ein Streifenwagen. Die Postbediensteten kannten den Wagen als ›Botschaftsauto‹, weil damit jeden Morgen eine Reihe ausländischer Botschaften kontrolliert wurde. Finn grüßte die Beamten.

Als der Lieferwagen am Rathausplatz vorbeifuhr, bemerkte niemand in der Fahrerkabine den Mann mit Pudelmütze, der genau in diesem Moment fünfmal denselben Satz in das Mikrofon eines Funkgeräts sagte: »Jetzt kommen sie.«

Als der Posttransport über die Studiestræde und die Skindergade in die Løvstræde einfährt, bemerken Andersen und

Frederiksen auch den orangeroten Kleinbus nicht, der gegenüber der Einfahrt zum Posthof geparkt ist. Dafür fällt John Frederiksen ein heller Ford Escort auf, der an der Løvstræde parkt und mit dem Heck ziemlich weit auf die Straße ragt.

Ungewöhnlich wird dieser Morgen jedoch erst, als die beiden Postfahrer um 5:07 Uhr das Tor des Posthofs in der Løvstræde passieren. Nachdem John Frederiksen ihre Ankunft der Funkzentrale mitgeteilt hat, erzählt ihm der Wachmann, die Kripo sei da, weil man in der Nähe eine Frau niedergestochen habe.

Finn Andersen und John Frederiksen wundern sich über das Aussehen der beiden Kripobeamten. Sie haben in ihrem Beruf bereits mehrfach Kontakt mit der Kriminalpolizei gehabt, doch diese beiden Beamten sehen eher aus, wie einem englischen Kriminalfilm entstiegen. Der eine trägt einen großen schwarzen Schnurrbart, eine karierte Jacke und eine entsprechende Mütze, die aussieht, als hätte er sie bei Sherlock Holmes geliehen, der andere einen weichen Hut, dessen Krempe tief ins Gesicht gezogen ist. Außerdem hat er den Kragen im Nacken hochgeschlagen.

Beide Fahrer haben ein eigenartiges Gefühl, als sie den Posttransporter an die Rampe steuern.

Vorschriftsmäßig bleibt John Frederiksen im Wagen sitzen, als Finn Andersen aussteigt, um eine Klingel zu drücken, damit die Kollegen des ›Wertbüros‹ die Geldsäcke aus dem Laderaum übernehmen. Kurz darauf erscheinen zwei Kollegen, einer, um die Geldsäcke entgegenzunehmen, die Finn Andersen ihm aus dem Laderraum zuwirft, der andere, um eine erste Registrierung der Ladung durchzuführen. Die Säcke werden auf den Gitterwagen geworfen, in dem sie mit einem Aufzug in das Wertbüro im ersten Stock des Postamts gebracht werden sollen.

Von seinem Platz hinter dem Steuer beobachtet John Frederiksen, wie zwei uniformierte Polizeibeamte auf die Rampe zugehen, als sein Kollege das Entladen des Laderaums beendet. Er kann gerade noch erleichtert aufatmen, weil diese Beamten weit authentischer aussehen als ihre Kollegen von der Kripo, als er die gezogenen Schlagstöcke der Polizisten bemerkt. Einen Augenblick später sieht er im Rückspiegel einen der beiden Beamten auf den Kollegen des Postamts einschlagen, der an dem Gitterwagen mit den Geldsäcken steht.

Sofort gibt John Frederiksen über Funk eine Überfallmeldung durch. Im Hof sieht er, wie einer der falschen Kriminalbeamten ein abgesägtes Jagdgewehr unter seinem Mantel hervorzieht.

Im Laderaum des Transporters hört Finn Andersen den Postbeamten auf der Rampe brüllen: »Raubüberfall! Ich werde überfallen!« Finn Andersen denkt zunächst an einen schlechten Scherz.

»Was soll der Scheiß«, ruft er zurück, als er sich umdreht, um den Laderaum zu verlassen. Er sieht, wie ein uniformierter Polizist den Gitterwagen an den Rand der Rampe schiebt. Einen Moment später kippt der Wagen von der Rampe und stürzt auf den Asphalt.

Am Steuer des Geldtransporters hält John Frederiksen das Geräusch des stürzenden Gitterwagens für einen Schuss. Über Funk teilt er der Polizei mit, die Täter seien bewaffnet und hätten gerade einen Schuss abgegeben.

Gleichzeitig sieht Finn Andersen, wie das vergitterte Tor des Hofs aufgeht. Er läuft auf das Tor zu, um zu sehen, was dort vor sich geht, wird aber durch den Anblick eines Polizeibeamten mit erhobener Pistole gestoppt. Der vermeintliche Beamte hält die Pistole mit ausgestreckten Armen in Schulterhöhe. Er hat beide Hände am Schaft. Der Pistolenlauf zielt aus anderthalb Meter Abstand auf Finn Andersens Gesicht. Er erstarrt. Es kommt ihm vor, als würde das schwarze Loch der Pistolenmündung immer größer.

»Verschwinde«, brüllt der Uniformierte.

Ihre Blicke treffen sich für eine Sekunde. Der Polizist sieht entschlossen aus, er meint es offensichtlich ernst. Finn Andersen dreht sich um und läuft zurück zum Geldtransporter. Obwohl es eigentlich sinnlos ist, zieht er die Schlüssel aus der Tasche und schließt die Tür des leeren Laderaums ab.

»Man kann so etwas nicht wirklich verstehen, wenn man es nicht selbst erlebt hat, glaube ich«, erzählt Finn Andersen heute. »Aber in die Mündung einer Pistole zu blicken ist ein Erlebnis, das ich noch immer nicht überwunden habe. Noch immer, nach jetzt fast zwanzig Jahren, habe ich Albträume, überfallen zu werden und eine Pistole an den Kopf gesetzt zu bekommen.

Wenn ich von jemandem höre, der überfallen wurde, kommt alles wieder hoch. Noch zehn Jahre später, als ein paar Freunde erzählten, ihre Tochter hätte einen bewaffneten Banküberfall miterlebt, bin ich vollkommen zusammengebrochen. Um es ganz klar zu sagen, ich habe Rotz und Wasser geheult. Ich hatte das Gefühl, als würde ich noch einmal überfallen. Und wenn ich von dem Erlebnis erzählen soll, fange ich garantiert an zu heulen, so wie jetzt.

Die merkwürdigsten Dinge können ein Wiedererleben heraufbeschwören. Während eines Spanienurlaubs habe ich im Bett gelegen und bekam einen Zipfel dieser länglichen spanischen Kopfkissen an die Stirn. Ich war sicher, dass es sich um eine Pistole handelte. Ich lag eine ganze Weile wie paralysiert da. Ich wagte nicht, die Augen aufzumachen.

Ich begreife selbst nicht, wieso mich das so beschäftigt. Aber es geht vielleicht auch darum, dass ich einfach nur meine Arbeit getan habe, so wie ein Müllmann oder ein Arzt, und dann erlebt man so etwas Schäbiges. Es war ein Gefühl der Demütigung. Ich wurde zu einer Null degradiert. Die Zeit danach war für mich eine große Enttäuschung, wie kann jemand auf die Idee kommen, anderen Menschen so etwas anzutun. Wenn ich heute daran denke, ist es wie ein Schmerz, der nicht wehtut.«

Aus dem ›Käfig‹ des Wachmanns sieht Torkil Lauesen, wie einer seiner uniformierten Genossen den Gitterwagen mit den Geldsäcken die Rampe hinunterschiebt. Zusammen mit dem anderen angeblichen Kripobeamten muss er nun den Wachposten dazu bringen, unter den Schreibtisch zu kriechen.

»Der ist doch völlig verrückt«, schreit sein Kumpan und versetzt dem Wachmann einen Stoß. Der fällt gegen einen Radiator, dann wird er unter den Tisch gedrückt.

»Du bleibst da unten!«, wird ihm zugebrüllt. Als der Wachmann sich bewegt, schlägt ihm einer der Männer mit einem Schlagstock auf den Hinterkopf. »Ich habe gesagt, du sollst da unten bleiben!«, brüllt der Mann. Der Wachposten legt sich vor Angst flach unter den Schreibtisch.

Nach dem Überfall musste der Wachmann sich in ärztliche Behandlung begeben, ihm wurden Schlafmittel und nervenberuhigende Medikamente verschrieben. Als er nach einer Krankheitspause seine Arbeit wieder aufnahm, war er nicht mehr in der Lage, als Wachmann zu arbeiten.

Während einer Vernehmung ein Jahr später, im Herbst 1989, erklärt er der Polizei, er hätte sich wieder krankschreiben lassen, da er nach dem Überfall ernsthafte psychische Probleme bekommen hätte. Einige Monate später wird er von der Post mit einer Krankenpension entschädigt.

Als die Kriminalpolizei 1993 – im Zusammenhang mit dem Prozess gegen Marc Rudin – den ehemaligen Wachmann erneut aufsucht, finden sie einen psychisch gebrochenen, dreiundvierzig Jahre alten Frührentner vor, der behauptet, sich an nichts erinnern zu können, was mit dem Überfall zusammenhängt. Er verweist die Beamten lediglich an seinen Psychiater.

Der Psychiater bestätigt der Kripo den ausgesprochen schlechten Gesundheitszustand seines Patienten. Der Arzt beschreibt ihn als »verwirrt und sehr leicht aus dem Konzept zu bringen«. Außerdem hat er erhebliche Erinnerungsprobleme, die laut Psychiater an dem Schlag liegen, den er auf den Kopf bekam.

Nachdem der Arzt auf Wunsch der Polizei seinen Patienten noch einmal untersucht hat, erklärte der Psychiater in einem schriftlichen Bericht, der Wachmann könne in dem Prozess unter keinen Umständen als Zeuge gegen Rudin aussagen.

In seiner Erklärung erläutert der Psychiater, sein Patient leide an »schweren psychischen Folgen nach dem räuberischen Überfall«. Der Raubüberfall hatte insgesamt »katastrophale Spätfolgen« für den Mann: Er war arbeitsunfähig, seine Frau trennte sich aufgrund seines schlechten nervlichen Zustands von ihm und er begann zu trinken, bevor er sich in psychiatrische Behandlung begab.

Mit Gesprächstherapie und Medikamenten sei es gelungen, den Patienten zu stabilisieren und dem Alkohol zu entwöhnen, schrieb der Psychiater, aber die erneute Aufforderung der Polizei habe ihn »vollkommen aus dem Konzept gebracht«. Der Mann »zittert, weint, ist angstgeprägt und vollkommen entmutigt«.

Als der Wachmann unter dem Tisch liegt, öffnet Torkil Lauesen mit Hilfe des Schaltbretts das Tor, während sein Komplize auf den Hof läuft, um die Postbeamten mit dem Jagdgewehr in Schach zu halten. Vor dem Tor steht Carsten Nielsen mit dem Kleinbus. Damit es schneller geht, hat er die Beifahrertür und die Hecktür bereits geöffnet. Das Seitenfenster ist heruntergekurbelt, damit er hören kann, was sich im Posthof abspielt.

Als das Tor geöffnet ist, fährt Carsten Nielsen den orangeroten Lieferwagen rückwärts auf den Hof. Die beiden Uniformierten beginnen, die Geldsäcke zu verladen. Zwei Postboten, die in diesem Moment zur Arbeit erscheinen, werden von einem Mann angehalten, der mit einem doppelläufigen, abgesägten Jagdgewehr auf sie zielt und brüllt: »Haut ab und fahrt zur Hölle!«

Torkil Lauesen verlässt den ›Käfig‹, als noch drei, vier Säcke übrig sind, und hilft, sie in den Wagen zu werfen. Zusammen mit den beiden Uniformierten springt er hinten in den Bus und wirft die Heckklappe zu.

Der angebliche Kripobeamte mit dem Jagdgewehr steigt auf den Beifahrersitz und der Wagen setzt sich in Bewegung. Der Wecker wird bei neunundneunzig Sekunden gestoppt, als der Lieferwagen den Posthof an der Løvstræde verlässt. Der Zeitplan von maximal zwei Minuten wurde eingehalten.

Im Laderaum des Wagens sitzt Torkil Lauesen auf der linken Seite auf ein paar Geldsäcken, einer der Genossen hockt an der Wand zur Fahrerkabine, der dritte Mann sitzt Lauesen auf der rechten Seite gegenüber. Der Kleinbus beschleunigt und fährt in Richtung Købmagergade.

In der Fahrerkabine sehen Carsten Nielsen und sein Beifahrer vor dem Lieferwagen plötzlich einen Streifenwagen auftauchen. Eine Vordertür des Polizeifahrzeugs ist bereits geöffnet. Einer der Beamten will offenbar gerade aussteigen. Carsten Nielsen lenkt den Lieferwagen auf den Bürgersteig und kommt mit Müh und Not an dem Polizeiwagen vorbei.

Als Torkil Lauesen im Laderaum merkt, wie der Wagen über den Bürgersteig fährt, richtet er sich auf, um herauszuschauen. »Wir gingen von einer ein- oder zweiprozentigen Chance aus, dass die Polizei während des Überfalls auftaucht. Aber das war offenbar eine Fehleinschätzung«, erklärte er später. »Es lief alles wie geplant, bis wir in die Løvstræde einbogen. Ich habe aus dem Rückfenster geguckt, um zu sehen, was ablief.«

Durch das Rückfenster sieht er einen Streifenwagen, der quer auf der Løvstræde hält. Ein Polizeibeamter steigt mit gezogener Waffe aus dem Wagen. »Ich sah, wie der Beamte auf die Scheibe zielte. Er stand in Schussposition, so wie in den Krimis.«

Einen Moment später zersplittert die Heckscheibe vor den Augen Torkil Lauesens. Er hört keinen Schuss, sieht aber das Einschussloch in der Scheibe, wenige Zentimeter von seinem Gesicht entfernt. Er wirft sich auf den Boden des Wagens. »Ich hatte nicht das Gefühl, unter Schock zu stehen. Es lief wie nach einem Schema. Das Gehirn war abgekoppelt, ich hatte keine Angst. Das Zeitgefühl schwand.«

Torkil Lauesen erlebt nach eigener Aussage nicht bewusst, was in den folgenden Sekunden geschieht. Er erinnert sich weder an das Anhalten des Kleinbusses noch daran, dass ein Schuss abgegeben wurde.

Carsten Nielsen weiß noch, dass er den Lieferwagen scharf rechts um die Ecke zur Købmagergade gesteuert hat. Er kennt den Plan, hinter einer Ecke zu halten, um auf ein eventuelles

Verfolgerauto zu schießen. Er ist also nicht überrascht, als die Person auf dem Beifahrersitz ihm zuruft: »Stopp!«

Als der Wagen hält, sieht Carsten Nielsen seinen Beifahrer mit dem Gewehr in der Hand aus dem Wagen springen, dann gerät er aus seinem Blickfeld. Im nächsten Augenblick ist eine gewaltige Schusssalve in der Købmagergade zu hören.

Die Uhr zeigt dreizehn Minuten und vierzig Sekunden nach fünf, als der erste Alarm bei der Funkzentrale des Kopenhagener Polizeihauptquartiers einläuft. Ein Geldtransportfahrer der Post teilt mit, dass im Hof hinter dem Postamt der Købmagergade sein Wagen überfallen werde von »Männern in Polizeiuniformen«.

Zwanzig Sekunden später wird der Alarm von der Funkzentrale an sämtliche Streifenwagen Kopenhagens weitergeleitet. Zufällig befinden sich zwei Polizeifahrzeuge, das ›Botschaftsauto‹ Alpha-Süd und der Streifenwagen 0–11, nur wenige hundert Meter vom Tatort entfernt. Aus zwei Richtungen fahren die Wagen sofort zum Postamt an der Købmagergade.

Die beiden Beamten der Bereitschaftsabteilung im Wagen Alpha-Süd hatten wie üblich die Botschaften, Fluggesellschaften und andere Örtlichkeiten kontrolliert, die von der Polizei mit besonderer Aufmerksamkeit beobachtet werden. Während ein zweites Fahrzeug, Alpha-Nord, an den Botschaften in den nördlichen Stadtteilen, in Hellerup und Gentofte, patrouilliert, ist Alpha-Süd im Gebiet der Innenstadt eingesetzt.

Auf der Liste der Gebäude, die unter besonderer Beobachtung der Polizei stehen, hakt einer der Beamten im Wagen Alpha-Süd gerade die Synagoge in der Krystalgade ab. Dort ist alles ruhig. Am Ende der Krystalgade biegen sie vor dem Runden Turm in die Købmagergade ein. Der Streifenwagen befindet sich nur dreißig, vierzig Meter vom Tatort entfernt, als der Alarm durchgegeben wird.

Kurz darauf sehen die Beamten, wie sich aus der entgegengesetzten Richtung ein weiterer Streifenwagen vom Amagertorv her nähert. Vor dem Postamt scheint alles normal zu sein.

Als Alpha-Süd die Ecke zur Løvstræde erreicht, bemerken die Beamten allerdings einige Mitarbeiter der Post, die auf der Straße stehen, schreien und winken. In diesem Moment wird eine weitere Meldung über Funk durchgegeben: Während des Überfalls im Posthof sei geschossen worden, heißt es.

Der Polizeibeamte auf dem Beifahrersitz zieht seine Dienstwaffe, während der Streifenwagen in die Løvstræde rollt. In diesem Augenblick biegt ein orangeroter Lieferwagen aus dem Tor des Postamts und fährt in hohem Tempo auf den Streifenwagen zu. Im Führerhaus sehen die Beamten zwei Männer, beide haben sich dunkle Halstücher vors Gesicht gezogen. Die Person auf dem Beifahrersitz hält einen langen, schmalen Gegenstand in der Hand, möglicherweise ein Gewehr.

Der Streifenwagen bremst, einer der Polizeibeamten springt heraus und richtet seine Pistole auf die Personen im Lieferwagen. Mit einem Reifenpaar auf dem Bürgersteig klemmt sich der Kleinbus in der schmalen Straße am Polizeifahrzeug vorbei.

Der Beamte sucht Deckung hinter dem Streifenwagen, richtet die Pistole auf das Heck des Lieferwagens und drückt ab. Sein erster Schuss verfehlt das Ziel, aber der zweite trifft die Heckscheibe. Das Fenster wechselt die Farbe und wird milchigweiß, dann verschwindet der Lieferwagen um die Ecke der Købmagergade. Der Polizeibeamte hört ein scharfes Bremsen.

Als der Polizist hinter dem Wagen herläuft, registriert er einen lauten Knall, wie aus einer großen Schusswaffe. Der Beamte glaubt zunächst, dass auf ihn geschossen wird. Er wirft sich zu Boden. Unmittelbar darauf hört er, wie eine Autotür zugeworfen wird und der Lieferwagen Gas gibt. Er steht auf und läuft weiter. Der Polizeibeamte erreicht die Ecke zur Købmagergade in dem Moment, als der Lieferwagen links in Klareboderne einbiegt und außer Sicht gerät.

Als er sich umsieht, bemerkt der Beamte den zweiten Streifenwagen, der mit dem Heck zu ihm vor einem Schuhgeschäft an der Ecke Løvstræde und Købmagergade hält. Am Vorderrad des Wagens liegt ein Kollege ausgestreckt auf der Erde. Als der Beamte sich nähert, sieht er, wie Blut aus dem Kopf des Kollegen läuft und auf dem Asphalt eine kleine Pfütze bildet.

Eine Minute bevor der Alarm über Funk ausgelöst wird, steht der Streifenwagen 0–11 des 1. Reviers vor der Helligåndskirke auf der Fußgängerzone Strøget, wenige hundert Meter von der Ecke Købmagergade/Amagertorv entfernt.

Der siebenundzwanzigjährige Polizeiassistent Kent Birk, der auf dem Beifahrersitz sitzt, meldet sich sofort über Funk, bekommt aber keine Antwort. Am Steuer des Streifenwagens sitzt der zweiundzwanzig Jahre alte Polizeibeamte auf Probe Jesper Egtved Hansen, der sofort in Richtung Købmagergade fährt. Er fährt mit relativ hohem Tempo, aber ohne Sirene oder Blaulicht, weil um diese Uhrzeit kein Mensch auf der Straße ist.

Der Streifenwagen befindet sich bereits auf der Købmagergade, als eine weitere Meldung über Funk kommt. Während des Raubüberfalls im Posthof ist offenbar mit einem Gewehr geschossen worden. Jesper Egtved Hansen zieht seine Walther-

Dienstpistole und entsichert sie, während Kent Birk vergeblich versucht, Kontakt zur Funkzentrale zu bekommen.

Vor sich sehen die beiden Beamten einen Streifenwagen in die Løvstræde biegen. Jesper Egtved Hansen fährt bis zur Ecke Løvstræde/Købmagergade. Der andere Wagen bleibt in einigen Metern Entfernung an der Bordsteinkante der Løvstræde stehen. Dahinter ahnen sie ein größeres Auto.

»Da vorn ist es«, sagt Kent Birk zu seinem Kollegen.

»Wir fahren hier rüber«, erwidert Jesper Egtved Hansen und hält wenige Meter weiter vor dem Schuhgeschäft Hallgren Sko an der Ecke. Über Funk hört Kent Birk, die Funkzentrale hätte noch immer keine Mitteilung, ob sie oder der andere Streifenwagen am Tatort eingetroffen seien. Die Stimme meldet sich wieder und wieder und klingt allmählich verzweifelt.

Kent Birk versucht noch einmal, seine Meldung abzusetzen, dass sie sich vor Ort befinden. Aus den Augenwinkeln sieht er, wie Jesper Egtved Hansen aussteigt und sich mit gezogener Pistole umdreht.

In diesem Moment kommt ein orangeroter Lieferwagen mit hoher Geschwindigkeit aus der Løvstræde, biegt in die Købmagergade und bremst abrupt. Kent Birk öffnet die Tür des Streifenwagens. Der Kleinbus hält keine fünfzehn Meter von ihnen entfernt. Er steht ein wenig schräg, so dass Birk nicht erkennen kann, was an der rechten Seite des Lieferwagens passiert.

Eine gewaltige Schusssalve ertönt. Kent Birk sucht Deckung, er wirft sich auf den Boden des Streifenwagens. Eine der Kugeln pfeift an ihm vorbei. Auch Jesper Egtved hat sich offenbar zu Boden geworfen, um nicht getroffen zu werden.

Einen Augenblick später hört Kent Birk, wie ein Wagen anfährt. Als er über den Sitz durch die Heckscheibe blickt, sieht er den Lieferwagen in die erste Seitenstraße biegen. Die Insassen hat er keinen Moment erkennen können.

Weil Kent Birk nicht sicher ist, ob sich nicht noch weitere Täter in der Nähe befinden, kriecht er aus dem Streifenwagen und sucht Deckung vor der Motorhaube. Von dort aus kann er Jesper Egtved Hansen sehen, dessen Kopf neben dem linken Vorderrad liegt, die Füße in Richtung Schuhgeschäft. Kent Birk ruft ihm zu, ob er getroffen sei. Er bekommt keine Antwort.

Als er näher an seinen Kollegen herankommt, sieht er Blut aus Jesper Egtved Hansens Kopf rinnen. Noch einmal ruft er ihn an, ohne eine Antwort zu bekommen.

Kent Birk kriecht wieder auf seine Seite des Wagens und meldet über Funk: »Kollege getroffen! Wir brauchen einen Krankenwagen!«

Die Meldung wird laut Bandmitschnitt der Funkzentrale um 5:15.50 Uhr entgegengenommen – genau zwei Minuten und zehn Sekunden, nachdem der Geldtransporter im Posthof Alarm ausgelöst hat.

Zwanzig Minuten nach fünf klingelt in Fløng das Telefon bei Niels Bach Christensen, dem Leiter der Abteilung C des Raubdezernats. Circa eine halbe Stunde zuvor war er ins Bett gegangen, nachdem er mit seinen Kollegen den gelungenen Abschluss einer langwierigen Ermittlung gefeiert hatte: Anfang Oktober hatten zwei bewaffnete und maskierte Männer einen Geldtransport der Handelsbanken auf der Strøget in Kopenhagen überfallen. Wie die Ermittlungen ergeben hatten, waren die Täter, ein ehemaliger Boxchampion und ein Meister in asiatischen Kampfsportarten, nach Südamerika geflohen.

»Wir hatten einen ganzen Monat rund um die Uhr gearbeitet und waren ziemlich fertig«, erinnert sich Niels Bach Christensen. »Als die Täter identifiziert waren, veranstalteten wir traditionsgemäß ein kleines Fest.«

Am Telefon teilt die Funkzentrale Niels Bach Christensen mit, dass gerade ein bewaffneter Raubüberfall auf das Postamt an der Købmagergade stattgefunden hätte, bei dem ein Kollege angeschossen worden sei. Niels Bach Christensen weckt seine Frau und bittet sie, die wichtigsten Kollegen des abendlichen Festes anzurufen, während er unter die Dusche geht.

Auf der Autobahn nach Kopenhagen ruft er aus dem Auto seine Vorgesetzten an, um sie zu informieren. Im Laufe seines Lebens als Polizist – die letzten vier Jahre als Leiter des Raubdezernats – hat Niels Bach Christensen an Ermittlungen zu mehreren hundert Raubüberfällen teilgenommen. Es ist für ihn keine ungewohnte Situation, wenn ein Telefonanruf für mehrere Wochen sein Leben verändert. Diesmal sollten sich die Konsequenzen des Anrufs jedoch als bedeutend weitreichender erweisen: Nach eigener Aussage konnte er in den kommenden drei Jahren nicht miterleben, wie seine Kinder größer wurden.

Während Niels Bach Christensen nach Kopenhagen fährt, hat die Funkzentrale siebzehn Streifenwagen zur Fahndung nach verdächtigen Personen oder Fahrzeugen in Kopenhagen und den angrenzenden Vororten eingesetzt. Außerdem werden alle Polizeireviere im gesamten Hauptstadtgebiet aufgefordert, sämtliche verfügbaren Fahrzeuge auf die Straße zu schicken.

Wenige Minuten nach dem Schuss trifft der Krankenwagen H2 mit Blaulicht an der Ecke der Løvstræde ein. Die Sanitäter werden von Polizeibeamten zum Streifenwagen geführt, der mit offenen Türen vor dem Schuhgeschäft steht. Links vor dem Fahrzeug liegt ein uniformierter Beamter mit dem Kopf in einer Blutlache. Als die Sanitäter den verletzten Polizisten ein wenig anheben, erbricht er Blut.

Der Polizeibeamte hält noch immer seine Dienstpistole mit dem Finger am Abzug in der Hand. Einer der Sanitäter nimmt sie dem Verletzten ab, als er auf die Bahre gelegt wird. Die Sanitäter saugen das Blut aus den Atemwegen, damit der Verletzte atmen kann.

Um 5:20 Uhr trifft der Notarzt ein. Er konstatiert Blutungen aus dem rechten Auge und dem Mund. Aber der Beamte atmet und sein Puls scheint stabil. Jesper Egtved Hansen erhält einen Salzwassertropf in den linken Arm und wird in den Krankenwagen getragen, der ihn ins Rigshospital bringt.

Während der Beamte vom Notarzt behandelt wird, haben sieben Männer der Bereitschaftspolizei eine Sperrung des gesamten Gebiets zwischen Skindergade, Niels Hemmingsens Gade und Klareboderne veranlasst. Gleichzeitig sind zwei Kriminalassistenten eingetroffen, die die drei Kollegen befragen, die den Schusswechsel miterlebt haben. Während Kent Birk, der laut Polizeibericht »einen schweren Schock erlitten zu haben schien«, keinen der Täter gesehen hat, berichten die beiden Beamten des Einsatzfahrzeugs Alpha-Süd, dass einer der Täter eine große Waffe getragen hätte und die Gangster mit einem orangeroten Kleinbus geflohen seien. Der Wagen wird sofort über Funk zur Fahndung ausgeschrieben.

Einer rasche Befragung der Postangestellten nach dem Aussehen der Täter führt zu einer ersten Personenbeschreibung, die um 5:26 Uhr über Polizeifunk durchgegeben wird: Zwei der Täter hatten Polizeiuniformen an, während ein dritter als südländisch aussehender Mann beschrieben wird, vierzig bis fünfundvierzig Jahre alt, dunkler Oberlippenbart, ungefähr ein Meter achtzig groß. Er trug eine Art Kappe mit einem Schirm vorn und hinten sowie eine karierte Jacke. Der vierte Mann kann nicht näher beschrieben werden, abgesehen von einem langen Mantel.

Wie die ersten Befragungen darüber hinaus ergeben, haben die Täter zwölf Geldpakete und zehn Postsäcke gestohlen. Die erbeutete Summe in Schecks und Bargeld könnte zwischen dreißig und achtzig Millionen Kronen liegen, so eine erste Schätzung.

In den folgenden Minuten werden Lieferwagen, die in der Sankt Peders Stræde, der Nørre Voldgade und am Nørreport parken, von Streifenwagen untersucht, aber alle haben kalte Motoren. Die drei orangefarbenen Lieferwagen am Israels Plads gehören alle Gemüsehändlern, die dort ihre Marktstände betreiben. Um 5:35 Uhr teilt ein Postbote auf dem Weg zur Arbeit Beamten in einem Streifenwagen mit, er habe drei verdächtige Männer in einen weißen Ford Fiesta steigen sehen, der von der Klerkegade in die Rigensgade gebogen und mit hoher Geschwindigkeit in Richtung Østerport verschwunden sei. Sofort wird eine Fahndung nach dem Wagen veranlasst.

Später wird der Fluchtwagen, der orangerote Toyota Hiace, in der Tiefgarage in der Klerkegade gefunden. Die Heckscheibe des Busses ist zersplittert, die Scherben liegen über die gesamte Abfahrt der Tiefgarage verteilt. Die Täter haben den Wagen gleich in der ersten Box geparkt.

Auf dem rechten Vordersitz findet die Polizei einen selbst gebastelten schwarzen Schlagstock, den einer der Täter verloren haben muss. Auf der linken Seite des Laderaums zeigt eine kleine Beule im Metall, wo die Kugel, die der Polizeibeamte durch die Heckscheibe geschossen hat, abprallte, bevor sie durch die Sperrholzabtrennung in der Fahrerkabine einschlug.

Bei der technischen Untersuchung des Lieferwagens wird die Kugel im Schaumgummi des linken Vordersitzes gefunden, wenige Zentimeter vom Rücken des Fahrers entfernt.

Als Niels Bach Christensen in der Købmagergade eintrifft, liegt Jesper Egtved Hansens Walther-Pistole noch immer neben der Blutlache auf dem Boden. Niels Bach Christensen übernimmt sofort die Leitung am Tatort und veranlasst die weiteren Maßnahmen.

Alle größeren Ausfallstraßen Kopenhagens werden abgesperrt, alle Fährhäfen auf Seeland von der Polizei überwacht, im Flughafen Kastrup ›legt man Gift aus‹ – der Polizeiausdruck für eine besonders gründliche Kontrolle verdächtiger Reisender. Eine Information geht an die schwedische Polizei, denn möglicherweise würden die Täter versuchen, über den Øresund zu flüchten.

Nachdem Niels Bach Christensens eigene Mitarbeiter aus dem Raubdezernat eingetroffen sind, werden noch einmal sämtliche Zeugen vernommen und der Tatort untersucht. Einige Zeugen werden ins Polizeihauptquartier gefahren, um sich in einer Fotothek Verbrecherfotos anzusehen.

Gleichzeitig beginnen die Mitarbeiter der Kriminaltechnischen Abteilung mit ihren Untersuchungen. Eine Viertelstunde später ist auch ein Fingerabdruckexperte vor Ort und sucht die Wachstube nach eventuellen Fingerabdrücken ab. Die Polizei vermutet, dass ein weißer Ford Escort, der sehr schräg in der Løvstræde parkt, mit dem Raubüberfall in Verbindung steht. Die Vordertür auf der Fahrerseite ist unverschlossen und es gibt keinerlei Anzeichen für einen Einbruch.

Der Wagen wird vom Abschleppdienst zur näheren Untersuchung zum Politigården gebracht.

In der Løvstræde werden zwei Patronenhülsen gefunden, die von den Schüssen stammen, die der Beamte des Streifenwagens Alpha-Süd auf das Tatfahrzeug abgegeben hat. Einer der Schüsse hat das Schaufenster des Stoffgeschäfts Messen auf der gegenüberliegenden Straßenseite der Købmagergade durchschlagen. Die Kugel hat eine Glastür im Laden zerstört.

In den Fenstern des Schuhgeschäfts Hallgren werden drei große Einschusslöcher festgestellt, mehrere Kugeln haben die Hausmauer gestreift. Im Laden finden sich zwei große Schrotkugeln, die auf Schüsse aus einem Jagdgewehr hinweisen.

Die Beute des Raubüberfalls kann inzwischen relativ exakt beziffert werden: 7,5 Millionen Kronen in dänischen Geldscheinen, eine halbe Million Kronen in ausländischer Valuta, Prämienobligationen für 1,3 Millionen Kronen, eine große Ladung Wertbriefe mit unbekanntem Inhalt sowie diverse Goldschmuckstücke und Edelsteine, außerdem ein Jagdgewehr, eine Pistole und ein Laminiergerät. Der Gesamtwert der Beute wird auf etwa vierzehn Millionen Kronen veranschlagt.

Ab sechs Uhr stehen dem Leiter des Raubdezernats zusätzlich Beamte des Überfallkommandos zu Verfügung, um die Anwohner der Løvstræde und der Købmagergade zu vernehmen.

Eine Telexmeldung mit den wichtigsten Fakten und vorläufigen Personenbeschreibungen wird erarbeitet: »Die Funkzentrale der Kopenhagener Polizei teilt mit, dass heute Morgen um 5:15 Uhr ein Raubüberfall auf einen Posttransport vor dem Postamt in der Købmagergade stattgefunden hat …«

Fünf Minuten nach sechs wird die Information an Danmarks Radio und den Kopenhagener Lokalsender mit der Bitte geschickt, die Nachricht so schnell wie möglich im Radio zu verlesen. Auch die Taxizentralen und die Busgesellschaft HT bekommt die Mitteilung mit der Bitte, ihre Fahrer im Großraum Kopenhagen zu informieren.

Der operative Leiter des Geheimdienstes der Polizei PET, Kriminalinspektor Per Larsen, rasiert sich gerade in seinem Haus in Valby, als er um sieben Uhr die Nachricht im Radio hört. Laut eigener Aussage war sein erster Gedanke: »Da sind sie wieder!«

Per Larsens Verdacht galt den Kernmitgliedern der illegalen Gruppe, die in der Abteilung Terrorismus des PET im November 1988 noch immer als Appel-Gruppe bezeichnet wird. Bei den Personen handelt es sich um Jan Weimann, Torkil Lauesen und Niels Jørgensen.

Sofort ruft Larsen den Leiter der Terrorabteilung an. Die beiden Chefs beschließen, die Observationsabteilung des Dienstes aufzufordern, die drei Verdächtigen ab sofort beobachten zu lassen. Noch an diesem Morgen sollen die Telefone angezapft und die drei Appel-Miglieder auch physisch überwacht werden.

Ehemalige Angestellte in der Observationsabteilung des PET erinnern sich an die besondere Stimmung, die an diesem Morgen den Geheimdienst vibrieren ließ. Nach dem Schuss auf einen Kollegen mussten alle verfügbaren Kräfte eingesetzt werden, um die Gruppe zu entlarven, die nach Ansicht vieler Mitarbeiter dem PET jahrelang auf der Nase herumgetanzt hatte.

An diesem Morgen beginnt der PET mit seiner bis dahin umfangreichsten Überwachungsaktion. Bereits um 8:57 Uhr ist das erste Team an seinem Platz vor dem Gebäude an der Nørregade, in dem Niels Jørgensen wohnt, der mutmaßliche Kopf der Gruppe.

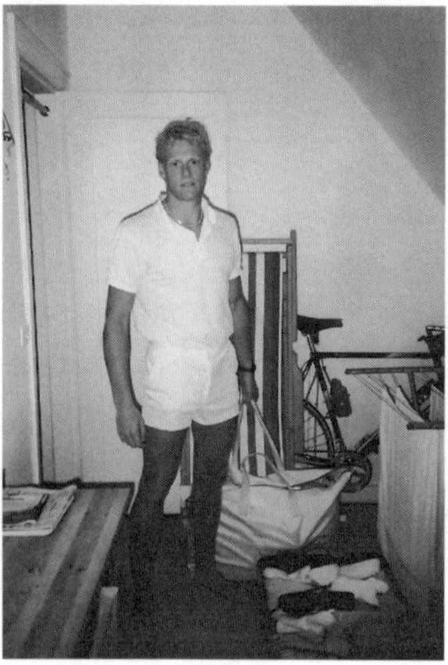

Jesper Egtved Hansen, 1988

Im Laufe des Vormittags gibt Per Larsen dem Raubdezernat im Polizeihauptquartier den Tipp, der PET verdächtige die Appel-Gruppe, hinter dem Coup in der Købmagergade zu stehen. Er informiert auch über die sofortige Observation der Kernmitglieder durch den Dienst.

Doch auch an diesem Tag hält sich die Gruppe an ihren Plan, der für 8:15 Uhr vermerkt: »Ankunftsfest und dann zur Arbeit«. Weder die Telefonüberwachung noch die Arbeit der Observationsteams ergeben irgendetwas Ungewöhnliches.

Jan Weimann erscheint wie gewohnt an seinem Arbeitsplatz bei Regnecentralen, auch Torkil Lauesen benimmt sich, als wäre nichts geschehen. Niels Jørgensen kauft Lebensmittel für das Café Liberation und fährt in Bo Weimanns Auto unter anderem zum Lebensmittelgroßhandel INCO am Flæsketorvet.

Auch die Überwachung in den folgenden Stunden und Tagen führt zu keinerlei Ergebnis. Niels Jørgensen hält sich meist in seiner Wohngemeinschaft in der Nørregade auf. Am Freitag nach dem Überfall sehen die Beamten des PET ihn nur ein einziges Mal, als er nachmittags um 15:40 Uhr die Wohnung verlässt, um zu einem Kiosk an der Nørregade zu gehen. Ein paar Minuten später kommt er mit einer Plastiktüte in der Hand wieder heraus, kehrt in die Wohnung zurück und zeigt sich an diesem Tag nicht mehr.

Als die Nachrichten am 3. November 1988 um sieben Uhr morgens die Neuigkeit über den Millionencoup in der Købmagergade verbreiten, werden die beiden Kriminalassistenten, die ins Rigshospital geschickt worden waren, zu einem Gespräch mit dem Ersten Assistenzarzt gebeten, der ihren Kollegen Jesper Egtved Hansen behandelt.

Der Arzt erklärt ihnen, er sei anderthalb Stunden zuvor in die Notaufnahme gerufen worden, als der verletzte Beamte mit dem Krankenwagen eintraf. Der Patient wies lichtstarre Pupillen und einen schnellen Puls auf und hatte ein Einschussloch am rechten Auge. Er war umgehend in die Röntgenabteilung gefahren worden, damit sein Kopf untersucht werden konnte.

Die Untersuchung zeigte ein mindestens fünf Millimeter großes Projektil, das durch das rechte Auge eingedrungen war und nun an der Rückseite der Hirnschale in der Höhe des Scheitels lokalisiert werden konnte. Auf seinem Weg hatte das Projektil die gesamte rechte Hirnhälfte des Patienten zerstört. Daraufhin hatte man den Beamten in den Respirator der Neurologischen Abteilung gelegt.

Der Assistenzarzt erklärt den beiden Kriminalassistenten, es sei ausgeschlossen, ihren Kollegen zu operieren, da die Hälfte des Gehirns zerstört sei. Der Patient hatte sofort eine große Dosis Morphium bekommen. Seit seiner Ankunft im Krankenhaus hatte er sich weder bewegt noch etwas gesagt.

Schließlich teilt der Arzt mit, Jesper Egtved Hansen werde mit hundertprozentiger Sicherheit seinen Verletzungen erliegen. Vermutlich handle es sich nur um Stunden, bis der Tod einträte, maximal ein oder zwei Tage, wenn er in dem Respirator bliebe.

Um halb acht trifft Jesper Egtved Hansens Freundin Helle im Rigshospital ein. Am Donnerstag, dem 3. November, hatte sie frei, weil sie am Tag zuvor an der Rezeption des Hotels Eremitagen die Abendschicht übernommen hatte. Bevor sie nachmittags zur Arbeit gegangen war, hatte sie einige Stunden mit Jesper verbracht. Sie hatten überlegt, was sie für einige Freunde kochen wollten, die sie für Freitagabend eingeladen hatten.

Gegen halb zehn abends hatte sie das letzte Mal mit ihrem Freund gesprochen. Wie gewöhnlich rief Jesper sie im Hotel an, um ihr eine gute Nacht zu wünschen, bevor er zur Nachtschicht im 1. Revier aufbrach. Und wie immer hatte er hinzugefügt, sie solle auf sich aufpassen, wenn sie den Zug nach Hause nahm.

Gegen sieben Uhr am nächsten Morgen hatte es an der Tür ihrer Wohnung in Birkerød geklopft. Helle dachte, es handle sich möglicherweise um ihren Nachbarn, der seine Schlüssel vergessen hatte, doch vor der Tür standen zwei Beamte in Uniform. Sie wusste sofort, dass es um Jesper ging.

Die Beamten fahren Helle ins Rigshospital. Dort wird auch sie vom Ersten Assistenzarzt informiert. Helle bittet, ihren Freund sehen zu dürfen.

Einige Stunden später notiert einer der beiden Kriminalassistenten ihre Reaktion in seinem Bericht: »Die Lebensgefährtin des Polizisten erlitt einen erheblichen Schock.«

Jesper Egtved Hansens Eltern hören an diesem Morgen keine Nachrichten. Sie erwachen gegen sieben Uhr in ihrem Haus am Margrethevej. Jesper ist in dem Reihenhaus am Rand von Slagelse aufgewachsen.

Der Vater, Henning Egtved Hansen, arbeitet als Verkaufsleiter, die Mutter Grethe als Arzthelferin. Am Tag zuvor hatte Morten, der ältere ihrer beiden Söhne, Geburtstag gehabt. Er ist mit einer Engländerin verheiratet und arbeitet in Dubai. Jesper hatte mit seinen Eltern telefoniert und erzählt, er hätte wie gewöhnlich in Dubai angerufen und seinem Bruder gratuliert. Jesper ruft beinahe jeden Tag zu Hause an. Erst vor wenigen Tagen sind er und Helle am Sonntag zum Abendessen in Slagelse gewesen.

Grethe Egtved Hansen ist gerade aufgestanden, ihr Mann liegt noch im Bett, als es um sieben an der Tür klopft. Grethe Egtved Hansen geht zu Tür, um zu öffnen.

Davor stehen zwei Polizeibeamte mit ernsten Mienen. Keiner bringt ein Wort heraus. Grethe Egtved Hansen denkt sofort an ihren jüngsten Sohn. Sie weiß, dass er in Kopenhagen Nachtdienst gehabt hat.

»Es ist Jesper! Es ist Jesper!«, ruft sie.

Die Beamten nicken.

Den Eltern wird erklärt, man habe auf Jesper geschossen, aber er sei nicht tot. Die Beamten bieten den Eltern an, sie sofort ins Rigshospital zu fahren. Grethe Egtved Hansens letzte Erinnerung an diesen Morgen ist der Anblick einer Reihe rotweißer Papierfähnchen, die ihr Nachbar auf der gegenüberliegenden Seite des Margrethevej aus Anlass seines fünfzigsten Geburtstags vor seinem Haus aufgehängt hatte.

»Ich habe noch nie erlebt, dass jemand eine derartige Gehirnläsion überlebt hat«, lautet der Befund eines Arztes, als die Eltern im Rigshospital eintreffen.

Die Eltern und die Freundin Helle bleiben in den kommenden Stunden im Krankenhaus, um neue Informationen der Ärzte abzuwarten. Ihnen wird ein Raum zugewiesen, in dem sich normalerweise die Krankenschwestern und andere Angestellte umziehen und Kaffee trinken, doch Henning Egtved Hansen kann nicht still sitzen. Ununterbrochen läuft der Vater durch die Flure des Krankenhauses und versucht, irgendetwas Neues über den Zustand seines Sohnes in Erfahrung zu bringen.

Helle erinnert sich an »einen fürchterlichen und unendlich langen Tag, einen Kampf zwischen Hoffnung und Angst«. Die meiste Zeit sitzt sie apathisch wartend da und verliert nach und nach jedes Zeitgefühl. Alle drei werden um die Mittagszeit gebeten, in der Cafeteria etwas zu essen, doch niemand hat Appetit.

Den ganzen Tag über hoffen die Eltern und Helle, Jesper würde wie durch ein Wunder überleben. Erst nach neun Stunden kommt die Nachricht, die sie befürchten.

Um halb sechs wird Jesper Egtved Hansen noch einmal untersucht, und dieses Mal kommen die Ärzte zu dem Ergebnis, es gäbe nichts mehr zu tun, als den Respirator abzustellen.

Die Angehörigen werden um ihr Einverständnis gebeten, dass Jesper als Organspender dient. Mit dieser Frage hat sich bisher niemand von ihnen befasst. Der Arzt muss ihnen erst einmal die Bedeutung dieser Entscheidung erklären.

Einer Herzspende ihres Freundes will Helle nicht zustimmen. »Sein Herz bekommt ihr nicht, es gehört mir«, erklärt sie während des Gesprächs.

Aber sie und die Eltern haben nichts einzuwenden, wenn Jespers Nieren entfernt und einem Patienten gespendet werden, der sie dringend benötigt. Deswegen entschließen sich die

Ärzte, mit dem Abschalten des Respirators zu warten, bis sie untersucht haben, ob Jesper Egtved Hansens Nieren für eine Transplantation infrage kommen.

Bevor Helle und die Eltern das Krankenhaus verlassen, nehmen sie Abschied von Jesper. Sie werden nach Slagelse gefahren, wo sie den Anruf mit der Nachricht über die Abschaltung des Respirators abwarten. Im Haus von Jespers Eltern warten bereits Helles Eltern, die aus Südjütland angereist sind.

Obwohl die Angehörigen einer Nierenspende von Jesper Egtved Hansen zugestimmt haben, verbietet das die Mordkommission der Kopenhagener Polizei. Sie will eine Obduktion des Toten vornehmen, bevor andere Ärzte die Leiche operiert und Organe entfernt haben.

Diese Entscheidung führt in den kommenden Stunden zu einer intensiven internen Debatte im Polizeihauptquartier. Während die Leitung der Mordkommission argumentiert, es handle sich um ein Tötungsdelikt, bei dem der gesamte Körper des Toten als ein wichtiges Element der Ermittlungen betrachtet werden müsse, plädieren die Ermittler des Raubdezernats dafür, humanere Gesichtspunkte in den Vordergrund zu stellen. Der Ermittlungsleiter, der im Laufe des Tages Kontakt zu den Eltern hat, findet es unangemessen, den Beschluss der Eltern, Organe als Spende freizugeben, aus formalen Gründen und ermittlungstaktischen Gesichtspunkten zu ignorieren. Er besteht darauf, von der üblichen Obduktionspraxis bei einem Mordopfer abzuweichen.

Erst gegen halb zehn Uhr abends wird die Diskussion beendet. Die Rücksicht auf die Angehörigen hat die Oberhand gewonnen. Die Kriminalpolizei teilt den Ärzten im Rigshospital mit, dass sie dem Wunsch der Familie entsprechen können.

Um 21:45 Uhr wird der tödlich Verletzte in den Operationssaal gefahren. Dort werden zunächst seine Nieren untersucht. Um 22:00 Uhr, genau vierundzwanzig Stunden nachdem sich die fünf Männer in einer Wohnung in der Blekingegade getroffen haben, wird der Respirator abgestellt. Kurz darauf erklärt der Erste Assistenzarzt Jesper Egtved Hansen für tot.

Eine Viertelstunde später informiert der Arzt die Eltern und die Freundin.

2001 schreibt Jesper Egtved Hansens Mutter einen offenen Brief an die Mitglieder der Blekingegade-Bande: »Es ist jetzt dreizehn Jahre her, seit unser Sohn Jesper auf der Købmagergade erschossen wurde, erschossen durch das rechte Auge, als er einen Raubüberfall verhindern wollte. Er war zweiundzwanzig Jahre alt, nur ein großer Junge. Und sein Vater und ich haben seither nicht gelebt, nur existiert.«

Zu diesem Zeitpunkt hat Grethe Egtved Hansen ihre Arbeit als Arzthelferin bereits aufgrund chronischer Depressionen aufgeben müssen. Jeden Abend steckt sie ein Teelicht vor der offiziellen Polizeifotografie ihres Sohnes an, die im Regal des Wohnzimmers steht, und jede Nacht schläft sie mit seinem grünen Halstuch unter dem Kopfkissen, während der gleiche Albtraum sie wieder und wieder heimsucht: Sie geht über den Friedhof, gräbt den Sarg ihres Sohnes aus und versucht vergeblich, ihn zu öffnen.

»Ich habe gehört«, fährt sie in ihrem Brief fort, »dass einer der Angehörigen der Blekingegade-Bande gesagt hat: ›Dürfen wir nicht bald endlich wieder ein normales Leben führen?‹ Aber was ist mit uns, die wir auf Lebenszeit bestraft wurden?

Jesper stand im Frühling seines Lebens. Er wollte noch viel in seinem Leben erreichen. All dies haben wir verloren, und ich habe mir mehr als einmal gewünscht, neben ihm auf dem Friedhof zu liegen. Mein Mann ist jeden Tag dort, aber ich schaffe es nicht mehr, es geht mir zu nah. Das Gesetz ist eine ›kalte‹ Angelegenheit. Sein Mörder läuft herum und führt ein normales Leben mit Frau und Kindern. Ob er wohl einige von ihnen verlieren wird?«

Der siebte Tatbestand
(1990)

Am Montag, dem 3. September 1990, um neun Uhr morgens begann im Østre Landsret, dem Landgerichtsgebäude in der Kopenhagener Bredgade, die erste Gerichtsverhandlung im bislang größten Kriminalfall Dänemarks.

Das Verfahren gegen sieben Mitglieder der sogenannten Blekingegade-Bande, von denen man die ersten anderthalb Jahre zuvor verhaftet hatte, wurde formal von der Dritten Kammer des Landgerichts durchgeführt. Aufgrund des ungewöhnlich großen Interesses an dem Fall hatte man die Verhandlung allerdings in den großen Schwurgerichtssaal der Ersten Kammer verlegt, direkt neben dem Haupteingang des Gerichtsgebäudes.

Die Ausarbeitung der Anklageschrift gegen die Blekingegade-Bande stand von Ende 1989 bis zum Sommer 1990 unter der Leitung des Staatsanwalts Hans Christian Abildtrup. Die Formulierung der Anklage fand in enger Zusammenarbeit zwischen der Staatsanwaltschaft und der Ermittlungsleitung des Polizeihauptquartiers statt. Allerdings mussten die Kriminalbeamten der Tatsache ins Auge sehen, dass Staatsanwalt Abildtrups Alkoholproblem ihm erhebliche Probleme bereitete, sämtliche Elemente dieses umfassenden und komplexen Falls zu überschauen und zu verstehen.

Während Niels Bach Christensen die weiteren Ermittlungen leitete, bekam Jørn Moos die Aufgabe, Abildtrup bei der Ausarbeitung der Anklageschrift zu assistieren. Moos verbrachte viele Arbeitstage im Büro der Staatsanwaltschaft in der Jens Kofods Gade zwischen Nyboder und dem Kastell – hauptsächlich, um Abildtrups Abstinenz sicherzustellen.

Am 8. Juni 1990, drei Monate vor Verhandlungsbeginn, wurde die zwanzig Seiten umfassende Anklageschrift gegen die sieben Hauptverdächtigen veröffentlicht. Gleichzeitig wurden die sieben Verhafteten aus der Isolation, in der sich vier von ihnen beinahe vierzehn Monate befunden hatten, in die normale Untersuchungshaft verlegt.

Kurz nach Veröffentlichung der Anklageschrift teilte der Staatsanwalt mit, er habe die Anklage gegen rund die Hälfte der insgesamt zwanzig Mitbeschuldigten fallengelassen. Abgesehen von den Hauptverdächtigen wurde die Anklage nur gegen drei Frauen mit persönlichen Beziehungen zu den Hauptbeschuldigten aufrechterhalten. Es handelte sich um Torkil Lauesens Ehefrau Lisa, Niels Jørgensens ehemalige Freundin Gitte und Karsten Møller Hansens ehemalige Ehefrau Anna. Die Frauen sollten sich vor dem Kopenhagener Stadtgericht verantworten, sobald die Verhandlungen gegen die sieben Männer vor dem Landgericht abgeschlossen waren.

Von vornherein hatten Polizei und Anklagebehörden darauf verzichtet, Anklage wegen der Verbrechen zu erheben, die von der Gruppe in den siebziger Jahren durchgeführt worden waren. Alle Taten waren nach zehn Jahren verjährt. Darüber hinaus wurden einige weitere Anschuldigungen ebenfalls nicht in die Anklageschrift aufgenommen. Die Staatsanwaltschaft hatte es aufgegeben, den Beweis führen zu wollen, dass es Mitglieder der Gruppe waren, die im April 1982 die beiden Postbeamten am Vesterport überfielen und 768 000 Kronen in Bargeld und knapp 72 Millionen Kronen in Schecks erbeuteten.

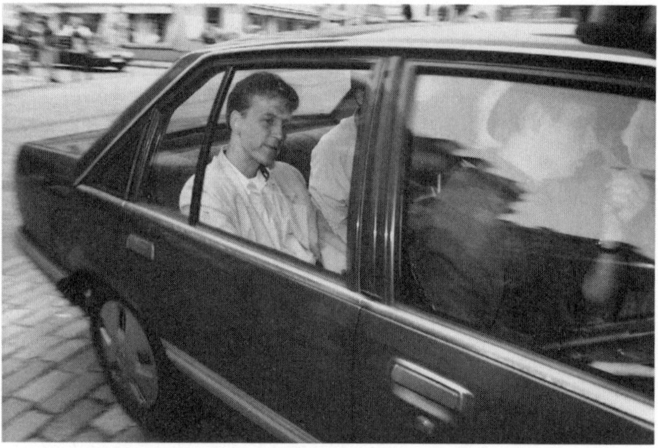

Niels Jørgensen trifft im September 1990 am Østre Landsret ein.

Der Staatsanwalt führte auch keine Anklage wegen eines der gewalttätigsten Verbrechen, für das die Gruppenmitglieder verantwortlich gemacht wurden: die Geiselnahme eines Bankdirektors, seiner Frau und ihrer achtjährigen Enkeltochter im Juli 1980. Obwohl die Enkelin bei einer Gegenüberstellung Ende April 1989 ein Mitglied der Blekingegade-Bande wiedererkannt hatte, war der Staatsanwalt der Ansicht, nach so vielen Jahren würde diese Gegenüberstellung als Beweis vor Gericht nicht standhalten.

Am aufsehenerregendsten war jedoch, dass die Anklageschrift einen Umstand vollkommen ignorierte, der mehr als alles andere das gemeinsame Interesse von Polizei und Geheimdienst geweckt hatte. Bei der Veröffentlichung suchten die Journalisten vergeblich nach dem Anklagepunkt, der von der Polizei bisher als »der siebte Tatbestand« bezeichnet wurde.

So nannte die Polizei die einzige Beschuldigung, die gegen alle Beteiligten des Falls erhoben werden konnte: eine Anklage wegen Übertretung des Paragrafen 114 des Strafgesetzbuchs, des sogenannten Terrorparagrafen.

Zwei Monate vor Veröffentlichung der Anklageschrift bekam Hans Christian Abildtrup vom Geheimdienst PET elf dicke rote Aktenordner, die eine Anklage der Mitglieder der Blekingegade-Bande aufgrund dieses Paragrafen untermauern sollten.

Von den Hunderten an Ordnern über den Fall, die sich heute im Keller tief unter dem Polizeihauptquartier befinden, enthalten die elf roten Ordner über den siebten Tatbestand noch immer das wichtigste und entscheidende Quellenmaterial.

Als mir als Autor dieses Buches Akteneinsicht in das Ermittlungsarchiv der Kopenhagener Polizei gewährt wird und ich mich mit Inspektor Per Larsen im Polizeihauptquartier treffe, holt er sofort den ersten der elf Aktenordner in sein Büro und präsentiert ihn als den besten Zugang zur größten Serie von Straftaten in der Geschichte Dänemarks.

Die elf Ringordner enthalten allerdings kaum Informationen über die zahlreichen Raubüberfälle und die anderen Verbrechen, die der Blekingegade-Bande zur Last gelegt wurden. Stattdessen beschreibt das Material die Entwicklung der Gruppe seit ihren Anfängen, von Gotfred Appels Gründung des Kommunistischen Arbeitskreises 1963 bis zu Niels Jørgensens Reise nach Ostberlin im Januar 1989 – drei Monate vor seiner Verhaftung –, um sich mit Marwan El-Fahoum zu treffen, dem Führungsoffizier der Gruppe. Roter Faden in diesem chronologischen Ablauf ist nicht die Kriminalität, sondern der Versuch, die politischen Aktivitäten der Gruppe, die Reisen in den Nahen Osten und die Verbindungen zur palästinensischen Befreiungsorganisation PFLP nachzuzeichnen.

Bis zum Tod des Polizisten im November 1988 hatten verschiedene Leiter des dänischen Geheimdienstes behauptet – und behaupten es noch immer –, sie hätten nichts von den kriminellen Aktivitäten der Gruppe gewusst. Sie verfügten angeblich über keinerlei Kenntnisse, die der Kriminalpolizei bei ihren Ermittlungen hätten nützlich sein können. Nach dem Tod von Jesper Egtved Hansen bemühte sich die PET-Führung jedoch mit großem Eifer, den Aspekt zu dokumentieren, dem zehn Jahre lang das Hauptinteresse des Geheimdienstes gegolten hatte: der vermuteten Zusammenarbeit der Gruppe mit internationalen Terrororganisationen.

Für den PET ist dieser siebte Tatbestand das entscheidende Element des Falls, und das Gerichtsverfahren ist eine Möglichkeit, den Terrorparagrafen vor einem Gericht zu erproben. Als »Stamm« bezeichnen die Geheimdienstmitarbeiter die Zusammenarbeit der Appel-Gruppe mit der PFLP, während die Überfälle und die übrigen Verbrechen lediglich die Äste des Baumes sind.

Mitte Oktober 1989 sitzen eine Gruppe von PET-Ermittlern, ein Kriminalassistent des Raubdezernats und eine Sekretärin im sogenannten ›Filmsaal‹ des PET-Hauptquartiers in Bellahøj zusammen. Das ausgewählte Team soll für die Staatsanwaltschaft Dokumentationsmaterial erarbeiten, das eine Terroranklage rechtfertigt. Die Arbeit leitet der damalige operative Chef des Geheimdienstes Per Larsen, der vier Jahre später zum Chefkriminalinspektor der Kopenhagener Polizei ernannt wird. Zwanzig Jahre später hat er noch immer eine Kopie des ersten Aktenordners über den siebten Tatbestand in seinem Büro im Politigården stehen.

Unter Per Larsens engagierter und energischer Leitung gräbt die Ermittlungsgruppe sich durch die Dokumente des umfangreichen Archivs des PET. Die Absicht ist, dem Staatsanwalt fundiertes und übersichtliches Material zu liefern, mit dem sich Hintergründe, Motive und die internationalen Verbindungen der Gruppe dokumentieren lassen. Nach dem entsprechenden Strafgesetzbuchparagrafen wird das Ermittlerteam PET-intern »Gruppe 114« genannt.

Die ersten beiden Aktenordner enthalten umfangreiche Referate über die wichtigsten Aspekte des Falls. Die Entwicklungsgeschichte der Appel-Gruppe von 1963 bis 1989 wird in einem zweihundertdreiundsechzig Seiten langen Bericht dargelegt. Darüber hinaus verfasste Per Larsen eigenhändig ein zweiundzwanzigseitiges Resümee für die Leser, die sich einen schnellen Überblick verschaffen wollen.

Außerdem werden Einzelberichte zum historischen Hintergrund der PFLP, dem Waffenarsenal der Gruppe, den Reiseaktivitäten der Mitglieder, den Landkarten und Geldverhältnissen angefertigt. Die Berichte sind sorgfältig mit Quellenangaben versehen. Die folgenden neun Aktenordner enthalten eine Dokumentation in Form von insgesamt sechshundertachtunddreißig Beilagen – die eigenen Dokumente der Gruppe, Tagesordnungen, Notizen und Telefonlisten, die sich bei den Hausdurchsuchungen der Polizei fanden, sowie eine Auswahl der wichtigsten Unterlagen aus der langjährigen Überwachung der Gruppe durch den PET: Observationsberichte, Abschriften von Telefonmitschnitten, Fotografien und Verhörprotokolle. Dazu kommt ein ausgesprochen gründlicher Apparat mit Namensregister, Verzeichnis der Beilagen und einem sieben Seiten langen Abkürzungsverzeichnis der relevanten Organisationen.

Die gigantische Arbeit der Ermittlungsgruppe als entscheidender Beitrag des PET zum bevorstehenden Gerichtsverfahren soll dem Staatsanwalt bis zum 1. April 1990 vorliegen. Am 29. März schreibt ein Mitglied des Ermittlerteams, der langjährige PET-Mitarbeiter Christian Medom, ein Vorwort zu den elf Ordnern. Darin erklärt er den Aufbau des gewaltigen Materials und betont, sämtliche Teilberichte seien in einem überschaubaren, zweiundzwanzigseitigen Resümee zusammengefasst, das »bei neun der beschuldigten Personen die Grundlage für eine Anklage bildet, gegen Paragraf 114 des Strafgesetzbuches verstoßen zu haben«.

In den letzten Wochen vor dem Ablieferungstermin arbeitet die PET-Gruppe beinahe rund um die Uhr, um fristgerecht fertig zu werden. Am Freitag, dem 30. März legt Per Larson selbst mit Hand an und hilft, die vielen kopierten Seiten mit den richtigen Trennblättern in die Aktenordner zu sortieren.

Am gleichen Nachmittag fährt ein Mitarbeiter der Gruppe 114 vom Hauptquartier des PET mit dem Resultat der mehr als fünfmonatigen intensiven Arbeit zum Büro des Staatsanwalts in der Jens Kofods Gade: elf rote Ordner in einem Pappkarton. Bei der Ankunft erwartet ihn allerdings ein einigermaßen schockierendes Erlebnis, als er in Staatsanwalt Abildtrups Büro gewiesen wird, um die Ordner persönlich abzuliefern. Das Resultat dieses gewaltigen Arbeitseinsatzes wird von Hans Christian Abildtrup durchaus nicht mit Begeisterung entgegengenommen. Er wirft lediglich einen skeptischen Blick auf die zahlreichen Aktenordner.

»Ich habe keine Lust, damit meine Zeit zu verschwenden«, lautet der einzige Kommentar des Staatsanwalts.

Als der schockierte PET-Mitarbeiter den Kollegen des Ermittlerteams von Abildtrups Bemerkung berichtet, wird er ungläubig angestarrt. Die Teammitglieder sind der festen Überzeugung, ihr Kollege wolle sie mit einem miesen Scherz zum Narren halten. Als er ihnen klarmacht, er würde keineswegs scherzen, versuchen sie ihn davon zu überzeugen, dass der Staatsanwalt sich einen Spaß erlaubt habe.

Als zwei Monate später die Anklageschrift veröffentlicht wird, erweist sich der Spaß als bitterer Ernst. Die zwanzig Seiten lange Anklageschrift enthält keinerlei Anschuldigungen wegen Terrorismus, sondern beschränkt sich auf rein kriminelle Delikte.

Warum die Staatsanwaltschaft es aufgab, die Blekingegade-Bande wegen Unterstützung des Terrorismus anzuklagen, wurde nie öffentlich begründet. Weder der Staatsanwalt Hans Christian Abildtrup noch die Leiterin des PET, Hanne Bech Hansen, wollten sich bei der Veröffentlichung der Anklageschrift gegenüber der Presse dazu äußern, warum der Terrorismusvorwurf fallengelassen wurde.

Auch der damalige Justizminister Hans Engell liefert der Öffentlichkeit keine Erklärung. Bereits 1990 oblag dem Justizminister bei Terrordelikten die endgültige Entscheidung über eine Anklageerhebung. Diese Regelung ist bis heute in Kraft.

Seit damals gibt es zahlreiche Vermutungen über die möglichen Hintergründe dieser Entscheidung. Tatsächlich sind aber nur zwei mögliche Erklärungen denkbar – eine juristische und eine politische.

Juristisch gesehen, wurde der Terrorparagraf im damaligen Strafrecht formuliert, bevor der internationale Terrorismus und seine Netzwerke zur Norm wurden. Deswegen richtete sich der Paragraf in erster Linie gegen terroristische Aktivitäten innerhalb der Landesgrenzen Dänemarks. Im Terrorparagrafen des Jahres 1990 geht es darum, ob jemand Mitglied oder Unterstützer von Gruppen ist, die »die Absicht haben, durch Machtanwendung Einfluss auf öffentliche Angelegenheiten auszuüben oder die Gesellschaftsordnung zu stören«. Erst nach den terroristischen Angriffen in den USA am 11. September 2001 wurde der Paragraf um den Tatbestand der Unterstützung des internationalen Terrorismus erweitert.

Die Juristen bei der Polizei und bei den Anklagebehörden dürften deshalb bei der Ausarbeitung der Anklageschrift diskutiert haben, ob die Bestimmungen in diesem Fall angewandt werden konnten. Die Blekingegade-Bande hat die PFLP und ihre internationalen Aktivitäten zwar unterstützt, doch es fehlen handfeste Beweise für terroristische Handlungen oder Pläne auf dänischem Staatsgebiet.

In der unberücksichtigten Anklageschrift wegen Terrorismus, an deren Formulierung die PET-Chefin Hanne Bech Hansen mitgearbeitet hatte, wurde aus diesem Grund auch betont, dass die Beschuldigten aufgrund der politischen Erklärungen der Kommunistischen Arbeitsgruppe, ihrer illegalen Aktivitäten und der Beschaffung von Waffen ein »tieferes revolutionäres Ziel« verfolgt hätten. Laut Anklage hatte die Gruppe wesentlich zur ökonomischen, logistischen und operativen Unterstützung der PFLP beigetragen, unter anderem durch die Einrichtung von Waffenlagern in Frankreich und Dänemark. Damit hätte sie internationale Terroraktivitäten unterstützt, die »egal, wo sich die konkreten Handlungen abspielen, auch die nationalen dänischen Angelegenheiten berühren, insbesondere wenn sie mit Unterstützung aus Dänemark ausgeführt werden«.

Dennoch muss der Staatsanwalt nach einer Konferenz mit seinen Vorgesetzten im Justizministerium zu der Ansicht gelangt sein, eine Anklage aufgrund des damaligen Paragrafen 114 würde nicht zu einer Verurteilung vor dem Landgericht führen. Anders ist eine juristische Begründung für das Fallenlassen der Terrorismusanklage nicht zu verstehen.

Die andere Version einer juristischen Erklärung läuft darauf hinaus, dass Hans Christian Abildtrup schlicht nicht in der Lage gewesen ist, die komplexen Verbindungslinien zwischen der Gruppe und der PFLP zu überblicken. Darum zog er es vor, es bei einer Anklageschrift zu belassen, die sich lediglich auf bekanntere Formen der Kriminalität beschränkte.

Doch ob dieser juristische Erklärungsansatz wirklich erschöpfend ist und die Aufgabe des Terrorismusvorwurfs lediglich an der damals eng gefassten nationalen Gesetzgebung gelegen haben soll, hat Staatsanwalt Hans Christian Abildtrup bei einer Gelegenheit selbst dementiert.

Während einer Pressekonferenz in Verbindung mit dem Erscheinen eines ersten Buches über den Fall der Blekingegade-Bande im Sommer 1991 gab Abildtrup den anwesenden Journalisten zu verstehen, auch »politische Rücksichten« hätten eine Rolle gespielt. Er war jedoch nicht bereit auszuführen, was er mit »politischen Rücksichten« meinte.

Weil ein Staatsanwalt keine selbstständigen politischen Entscheidungen treffen darf, kann Abildtrups Aussage nur so verstanden werden, dass er sich mit dem Justizministerium beraten hatte, um dann mit der entsprechenden politischen Rückendeckung keine Anklage wegen Terrorismus zu erheben. Offensichtlich fand ein hochrangiges Mitglied des Justizministeriums es politisch nicht opportun, in einem dänischen Gerichtssaal über Terrorismus zu verhandeln. Abildtrups Äußerung weist zumindest in diese Richtung.

Im Ministerium wurde es als »unangenehm angesehen«, jemanden wegen der Zusammenarbeit mit einer internationalen Terrororganisation zu belangen. Man wollte nicht riskieren, die Aufmerksamkeit und den Zorn von Terroristen auf sich zu lenken, so die mögliche Erklärung einer zentrale Polizeiquelle. Im Frühjahr 1990 wurde der palästinensische Terror auf europäischem Grund und Boden keineswegs als ein erledigtes Problem angesehen.

Diese Erklärungen entsprechen zumindest einer Kontinuität in den Entscheidungen des Justizministeriums seit 1983, als das Ministerium eingriff, um die Ermittlungen gegen Mitglieder der Blekingegade-Bande nach dem Überfall auf einen Geldtransport in Lyngby einzustellen, obwohl das der bis dahin größte Raubüberfall in der Geschichte Dänemarks war.

Auch heute ist es nicht endgültig möglich, die Motive für diese Entscheidung aufzuklären. Eine Durchsicht sämtlicher Dokumente des Falls im Archiv der Kopenhagener Staatsanwaltschaft wirft kein neues Licht auf die offenen Fragen: Nirgendwo haben Hans Christian Abildtrup oder seine Mitarbeiter auch nur einen einzigen Brief oder eine Notiz über ihren Umgang mit der Paragraf-114-Anklage hinterlassen. Auch in den Archivalien des Justizministeriums oder der obersten Anklagebehörde des Staates Dänemarks über den Blekingegade-Fall finden sich keinerlei Dokumente, die zur Aufklärung der Frage führen, warum die Terrorismusanklage niedergeschlagen wurde.

Die mündlichen Quellen bleiben ebenso stumm: Der damalige Staatsanwalt Hans Christian Abildtrup ist gestorben, und die übrigen beteiligten Juristen bei Amtsanwaltschaft und Staatsanwaltschaft erklären, sie könnten sich an die genauen Umstände des Falls nicht mehr erinnern.

Peter Døllner bei der Ankunft am Østre Landsret im September 1990

Auch der damalige Staatssekretär im Justizministerium Poul Lundbæk Andersen und der damalige Justizminister Hans Engell entsinnen sich nicht, je mit dieser Frage befasst gewesen zu sein.

Die Zeitungen berichten von einer hoch angespannten Stimmung, als die sieben Angeklagten während der ersten Verhandlung vor dem Landgericht am 3. September 1990 von Polizeibeamten in den Saal geführt werden. Bo Weimann ist der Erste, der gemeinsam mit einem Beamten durch die große Tür tritt. Es folgen Niels Jørgensen, Torkil Lauesen, Jan Weimann, Peter Døllner und Karsten Møller Hansen. Sie werden zu den Stuhlreihen hinter ihren Verteidigern geführt, während dem blinden Carsten Nielsen auf einen Stuhl ein Stück von ihnen entfernt geholfen wird. Neben jedem der Angeklagten nimmt ein Polizeibeamter Platz.

Mehr als ein Jahr haben sich die Gruppenmitglieder nicht gesehen. Alle sind schockiert über den Anblick des blinden Carsten Nielsen, der sich mit einer seltsam flach gedrückten Nase und tief liegenden, hängenden Augen vortastet. Seit dem Unfall hatte er unter Bewachung im Krankenhaus gelegen und war dann ins Gefängnis überführt worden. Die Journalisten auf den Zuhörerplätzen registrieren jede Bewegung der sieben Angeklagten. Die begrüßen sich, lächeln, schütteln sich die Hände oder schlagen sich freundschaftlich auf die Schulter. Nur Peter Døllner, der im Unterschied zu den übrigen Beschuldigten eine dunkle Jacke und Krawatte trägt, wirkt, als wäre er nicht länger ein Mitglied der Gruppe.

Bei der Anklageverlesung geht Staatsanwalt Hans Christian Abildtrup nicht darauf ein, warum die Gruppe nicht mehr der Unterstützung des Terrorismus beschuldigt wird. Er konzentriert sich in seiner Darstellung auf die Raubüberfälle.

Nach der Verlesung der Anklage hat der Verteidiger der Angeklagten zu den Beschuldigungen gegen seine Klienten Stellung zu nehmen. Es wird sehr still im Gerichtssaal, als Niels Jørgensens Verteidiger Jan Schultz-Lorentzen als Erster im Namen seines Klienten spricht. Der Anwalt fordert für seinen Mandanten Freispruch in allen fünfzehn Anklagepunkten. Niels Jørgensen gibt zu, einmal ein Dokument gefälscht zu haben, doch sein Verteidiger ist der Ansicht, diese Tat sei verjährt. Niels Jørgensen gibt auch zu, einen Diebstahl in einem norwegischen Militärdepot und die Entführung des Milliardärssohns Jörn Rausing geplant zu haben, in beiden Fällen glaubt der Verteidiger allerdings, dass sein Klient nicht verurteilt werden kann, weil er freiwillig davon Abstand genommen hat, diese Verbrechen auszuführen.

In allen übrigen Anklagepunkten, inklusive des Raubüberfalls in der Købmagergade mit dem Tod des Polizeibeamten, erklärt sich Niels Jørgensen für nicht schuldig.

Eine ähnliche Strategie verfolgen die meisten der übrigen Angeklagten, die im Wesentlichen in allen Punkten auf nicht schuldig plädieren oder erklären, nicht mehr haftbar gemacht werden zu können, weil die Taten verjährt sind oder freiwillig verworfen wurden.

Die Bombe platzt erst, als Carsten Nielsens Verteidiger Thorkild Høyer das Wort ergreift. Er teilt mit, sein Mandant erkläre sich mit Ausnahme von zwei Anklagepunkten für schuldig. Ein Punkt betrifft einige Dokumentenfälschungen, der andere den Raubüberfall in der Købmagergade.

Carsten Nielsen gibt zu, an dem Überfall auf das Postamt beteiligt gewesen zu sein, erklärt der Anwalt, aber er lehnt es ab, sich des Totschlags für schuldig zu bekennen. Ein Raunen geht durch den Gerichtssaal.

Torkil Lauesens Verteidiger, Niels Forsby, der mit Høyer eine gemeinsame Anwaltskanzlei betreibt, lässt die nächste Bombe platzen. Bis zum ersten Tag des Verfahrens hat Torkil Lauesen sich konsequent als unschuldig in allen Punkten bezeichnet und sich darüber hinaus strikt geweigert, gegenüber der Polizei und dem Gericht auszusagen. Nun bekennt er sich in weit mehr Fällen schuldig als jeder der übrigen Angeklagten.

Im Namen seines Mandanten erklärt Niels Forsby, Torkil Lauesen gestehe mehrere Fälle von Dokumentenfälschung, darüber hinaus Waffenhehlerei, die Verletzung des Waffengesetzes, die versuchte Entführung von Jörn Rausing sowie die Beobachtung der Amagerbank. Bei den beiden letzten Punkten ist der Anwalt allerdings ebenfalls der Meinung, dass Lauesen aufgrund der freiwilligen Aufgabe der Pläne freigesprochen werden sollte.

Außerdem gibt auch Torkil Lauesen zu, an dem Überfall in der Købmagergade beteiligt gewesen zu sein. Aber wie Carsten Nielsen verweigert er ein Schuldeingeständnis wegen Totschlags.

Um Viertel nach elf verlässt ein Mitarbeiter der Nachrichtenagentur Ritzau den Gerichtssaal, um im Landgerichtsbüro der Agentur seinen Bericht abzusetzen. Zum ersten Mal erfährt die Öffentlichkeit, wie die Bandenmitglieder sich zu den ihnen zur Last gelegten Anklagepunkten verhalten. Alle haben für nicht schuldig am Tod des Polizeibeamten plädiert, aber zwei Mitglieder haben im Gegensatz zu ihren bisherigen Einlassungen eingeräumt, am Raubüberfall beteiligt gewesen zu sein. Die Nachricht wird um 11:18 Uhr von Ritzau als Telegramm mit einer ›Glocke‹ verschickt, ein Zeichen, dass es sich um eine Nachricht von höchstem Neuigkeitswert handelt.

Für die folgenden acht Monate hat das Østre Landsret fünfundsiebzig Verhandlungstage im Verfahren gegen die Blekingegade-Bande festgelegt.

Am 2. Mai 1991, zwei Jahre nach Carsten Nielsens Aufprall auf den Strommast am Kongevej, fällt das Urteil im Blekingegade-Fall.

Ende Februar wurden die Zeugenanhörungen abgeschlossen, und nach anderthalb Monaten Pause treffen sich alle Beteiligten am 18. April im Østre Landsret, wo der Staatsanwalt mit seinem Plädoyer beginnt. In den Tagen darauf folgen die Plädoyers der Verteidiger.

Am Donnerstag, dem 25. April 1991, um 16:43 Uhr ziehen sich die Geschworenen zurück, um zur Schuldfrage Stellung zu nehmen. Zuvor haben sie eine Rechtsbelehrung durch den Vorsitzenden Richter Bent Otken erhalten.

Im Laufe des Verfahrens vom September 1990 bis zum April 1991 hat der Staatsanwalt in mehreren Punkten die Anklage gegen die Beschuldigten zurückziehen müssen, weil ihre Erklärungen vor Gericht ein klareres Bild des Verlaufs der Ereignisse ergeben haben.

Vor allem ist Abildtrup davon abgerückt, die Angeklagten wegen einer Reihe von geplanten Einbrüchen in schwedische Polizeireviere und norwegische Militärdepots verurteilen zu wollen. Außerdem hat er einige Anklagepunkte gegen Peter Døllner und Karsten Møller Hansen zurückgezogen, weil sich keine Verbindung der beiden zu den ihnen vorgeworfenen Tatbeständen herstellen ließ. Im Fall des Lyngby-Überfalls im Jahr 1983 ist Niels Jørgensen inzwischen der einzige Angeklagte, der »mit sehr großer Wahrscheinlichkeit« von einem einzelnen Zeugen wiedererkannt wurde. Darüber hinaus sind weder Bo Weimann noch Karsten Møller Hansen weiterhin wegen Totschlags angeklagt.

Außerdem empfiehlt Richter Otken in seiner Rechtsbelehrung den Geschworenen von vornherein, die Angeklagten von weiteren Tatbeständen freizusprechen, die seiner Meinung nach nicht hinreichend bewiesen sind. Man kann diese Empfehlung als einen Hinweis verstehen, dass das Gericht von seinem Recht Gebrauch machen könnte, die Entscheidung der Geschworenen zu verwerfen, sollten sie die Angeklagten in diesen Punkten dennoch für schuldig befinden. Andererseits können die Richter in den Fällen nicht eingreifen, in denen die Geschworenen die Beschuldigten freisprechen.

Der Vorsitzende Richter erklärt in seiner Rechtsbelehrung, es sei seiner Meinung nach erwiesen, dass Mitglieder der Gruppe sowohl den Rollstuhlüberfall in Herlev 1985 als auch den Weihnachts-Coup in Dælls Varehus ein Jahr später verübten. Allerdings ist nicht nachweisbar, welche Gruppenmitglieder an diesen Verbrechen teilgenommen haben. Daher, so fasst es der Richter des Landgerichts zusammen, sollten die Geschworenen die Angeklagten für beide Straftaten freisprechen.

Auch für den schwersten Anklagepunkt, das Tötungsdelikt in der Købmagergade, gibt der Vorsitzende Richter eine eindeutige Empfehlung ab. Otken hält fest, dass ein Nachweis, welches Gruppenmitglied den fatalen Schuss abgegeben hat, nicht geführt werden konnte. Er und die anderen beiden Richter hielten es für »ausgesprochen bedenklich«, der Sichtweise des Anklägers zu folgen und alle Beteiligten wegen Totschlags zu verurteilen. Der Argumentation des Staatsanwalts nach hätten die Angeklagten den Tod eines Menschen bewusst in Kauf genommen, indem sie mit einer so gefährlichen Waffe wie einem abgesägten Jagdgewehr auf ein Auto schossen. Allerdings sind die Richter nicht zuletzt aufgrund der »sich überstürzenden Entwicklung der Ereignisse in der Købmagergade« der Auffassung, es lasse sich nicht mit Sicherheit feststellen, ob alle am Überfall Beteiligten damit einverstanden waren, das Gewehr zu verwenden und somit das Risiko einzugehen, jemanden zu töten. Die Richter empfehlen den Geschworenen aus diesem Grund, sämtliche Beschuldigten von der Anklage des Totschlags freizusprechen.

In allen anderen Anklagepunkten ist nach Ansicht der Richter eine Verurteilung der Beschuldigten möglich. Der Vorsitzende Richter Otken hält es sogar für denkbar, einen besonderen Paragrafen des Strafgesetzes anzuwenden, wie es der

Staatsanwalt in seinem Plädoyer gefordert hat, und das Strafmaß um fünfzig Prozent zu erhöhen, weil einige der Verbrechen mit »besonders strafverschärfenden Umständen« verbunden seien. Als Beispiel erwähnt der Vorsitzende Richter die Durchführung der Taten unter Anwendung von Waffengewalt und nach sorgfältiger Planung.

Wenn dieser Paragraf zur Anwendung käme, würden die normalen maximalen Gefängnisstrafen von zehn Jahren für bewaffneten Raubüberfall oder zwölf Jahren für Geiselnahme und Entführung um fünfzig Prozent erhöht. Sollten einige der Angeklagten wegen beider Verbrechen verurteilt, könnte das Ergebnis eine Gefängnisstrafe von bis zu achtzehn Jahren sein.

Vom 25. April 1991 an beraten die zwölf Geschworenen tagsüber im Østre Landsret. Jeden Nachmittag um fünf Uhr werden sie von den Wachtmeistern des Landgerichts zum Østerport Hotel gefahren, in dem sie die Abende und Nächte isoliert verbringen.

Keiner der Geschworenen darf Zeitung lesen, fernsehen oder Radio hören, auch ist jedwede Form von Kontakt zu ihren Familien, Freunden oder dem Hotelpersonal untersagt. Ihr einziger Kontakt mit der Umwelt besteht in den Wachtmeistern, die sie jeden Morgen um halb neun im Hotel abholen und ins Landgericht zur Beratung fahren. Die Sitzungen finden auch am Samstag und am Sonntag statt.

Nach fünf Tagen, am Dienstag, dem 30. April, beenden die Geschworenen am Nachmittag ihre Beratungen. Um 14:07 Uhr erklärt der Vorsitzende Richter Bent Otken die Verhandlung wieder für eröffnet. Die Geschworenen werden eingelassen, um die Schuldfragen zu beantworten. Sie befinden alle sieben Angeklagten für schuldig der Dokumentenfälschung sowie mit Blick auf die gestohlenen Waffen in der Blekingegade-Wohnung der »besonders schweren Hehlerei«. Karsten Møller Hansen wird außerdem für schuldig befunden, seine damalige Ehefrau Anna angestiftet zu haben, vertrauliche Patienteninformationen zu beschaffen. Andererseits wird nur Bo Weimann verurteilt, »einen fremden Geheimdienst unterstützt« zu haben, weil er eine Datei über angebliche dänische Zionisten erarbeitet hat. Alle anderen Gruppenmitglieder werden von dieser Anklage freigesprochen.

Die Geschworenen messen der Aussage des Zeugen kein besonderes Gewicht bei, der Niels Jørgensen mit dem Raubüberfall in Lyngby in Verbindung brachte, und sprechen auch ihn frei, daran teilgenommen zu haben. Wie es der Vorsitzende Richter empfohlen hat, werden alle Angeklagten auch von dem Rollstuhlüberfall und dem Dælls-Varehus-Coup entlastet. Allerdings werden bis auf Peter Døllner und Carsten Nielsen alle für schuldig befunden, in den Jahren 1985 und 1986 einen Überfall auf die Amagerbank geplant zu haben.

Ein Teil der Angeklagten hält vermutlich den Atem an, als die Geschworenen zu der geplanten Rausing-Entführung Stellung nehmen sollen, die bis zu zwölf Jahren Gefängnis einbringen kann. Zunächst beschuldigen die Geschworenen alle sechs Teilnehmer, eine »gesetzeswidrig lange Freiheitsberaubung« vorbereitet zu haben. Andererseits stellen sie alle Beteiligten straffrei, weil sie »freiwillig davon Abstand genommen« hätten.

Dies geschieht, obwohl die Richter während der Rechtsbelehrung festgestellt haben, dass dieses Verbrechen bestraft werden könnte. Doch wenn die Geschworenen die Angeklagten für unschuldig halten, haben die Richter keine Möglichkeit mehr, diese Entscheidung zu revidieren.

Die Geschworenen bezichtigen dafür alle vier Beteiligten am Købmagergade-Überfall des »Raubes der besonders gefährlichen Art und unter besonders verschärfenden Umständen«, obwohl sich Niels Jørgensen und Jan Weimann für unschuldig erklärt haben. Bo Weimann und Karsten Møller Hansen werden außerdem für schuldig befunden, sich an den Vorbereitungen des Überfalls beteiligt zu haben, im Fall Bo Weimanns allerdings nur bis zum März 1988.

Den Empfehlungen des Vorsitzenden Richters entsprechend, werden alle Beteiligten von der Anklage des Totschlags an dem Polizeibeamten Jesper Egtved Hansen freigesprochen.

Die Geschworenen lehnen es ebenfalls ab, das Strafmaß aufgrund der strafverschärfenden Umstände um fünfzig Prozent zu erhöhen. Sie geben dafür keine Begründung an.

Am Donnerstag, dem 2. Mai 1991 tritt das Gericht ein letztes Mal zusammen. Richter und Geschworene sollen gemeinsam das Strafmaß festsetzen, nachdem die Anklage und die Verteidigung ihre Standpunkte dargelegt haben.

Der Staatsanwalt Hans Christian Abildtrup fordert zehn Jahre Gefängnis für Niels Jørgensen, Torkil Lauesen, Jan Weimann und Carsten Nielsen. Bo Weimann und Karsten Møller Hansen sollen seiner Ansicht nach »bis zu zehn Jahre« ins Gefängnis, während für Peter Døllner eine Gefängnisstrafe von zwei Jahren verlangt wird. Die Verteidiger fordern für alle Mandanten »das mildeste Urteil des Gerichts«, wie es im Gerichtsprotokoll heißt.

Nachdem er sich mit den Geschworenen beraten hat, verkündet der Vorsitzende Richter Bent Otken den Mitgliedern der Blekingegade-Bande ihre Urteile.

Peter Døllner wird mit einem Jahr Gefängnis bestraft.

Karsten Møller Hansen erhält drei Jahre Gefängnis.

Bo Weimann muss für sieben Jahre ins Gefängnis.

Carsten Nielsen für acht Jahre.

Niels Jørgensen, Torkil Lauesen und Jan Weimann werden mit jeweils zehn Jahren Gefängnis bestraft.

Alle Verurteilten bitten um Bedenkzeit, um möglicherweise Widerspruch gegen ihr Strafmaß einzulegen. Um 12:47 Uhr werden Peter Døllner und Karsten Møller Hansen auf freien Fuß gesetzt, weil sie mit ihrer Untersuchungshaft die Strafe bereits abgesessen haben.

Ein halbes Jahr später, am 8. September 1991, bestätigt das oberste Gericht die Urteile.

In der dazwischenliegenden Zeit hat der Staatsanwalt in aller Stille entschieden, die Anklagen gegen alle anderen Beteiligten des Falls niederzuschlagen. Somit wurde nie Anklage gegen die drei Frauen des Kreises erhoben, Niels Jørgensens ehemalige Freundin Gitte, Karsten Møller Hansens ehemalige Ehefrau Anna und Torkil Lauesens Ehefrau Lisa.

Im Januar 1992 stirbt der ursprüngliche Anführer der Gruppe, Gotfred Appel, an einer Krebsgeschwulst im Gehirn. Die Geschwulst hatte seinen Körper gelähmt, doch er blieb bis zuletzt in seiner kleinen Wohnung am Maribovej in Nakskov wohnen. Gotfred Appel wurde in Nakskov begraben.

Im Jahr darauf fällt am Østre Landsret das Urteil im Verfahren gegen Marc Rudin, den fünften Teilnehmer des Købmagergade-Überfalls.

Ende August 1990, wenige Tage bevor das Verfahren gegen

den Rest der Gruppe begann, bestätigt die Schweizer Polizei ihren Kopenhagener Kollegen, dass die Schrift auf mehreren deutschsprachigen Notizen in der Blekingegade-Wohnung mit höchster Wahrscheinlichkeit von einem gewissen Marc Rudin stammt, der seit zehn Jahren wegen Terrorismus gesucht wird. Als auch seine Fingerabdrücke mit den Abdrücken in der Wohnung übereinstimmen, wird nach Marc Rubin wegen der Teilnahme am Überfall auf den Posthof über Interpol gefahndet.

Ein Jahr später, am 14. Oktober 1991, wird Rudin von der türkischen Grenzpolizei festgenommen, als er mit einem falschen Pass versucht, über die türkisch-syrische Grenze in die Türkei zu gelangen. Die dänischen Behörden fordern die Auslieferung nach Dänemark, aber das kann erst nach Abschluss eines Verfahrens gegen Rudin in der Türkei geschehen. Im März 1993 reisen drei Kopenhagener Kripobeamte nach Istanbul, um Marc Rudin nach Dänemark zu überführen.

Am 27. September 1993 wird das Gerichtsverfahren am Østre Landsret gegen ihn eröffnet, wobei es täglich zu Sympathiekundgebungen aus dem autonomen Milieu kommt. Der Ankläger in diesem Verfahren ist Hans Christian Abildtrups Nachfolgerin in der Staatsanwaltschaft, Hanne Bech Hansen, die bis dahin den Geheimdienst PET geleitet hatte.

Am 20. Oktober 1993 fällt das Urteil: Der achtundvierzig Jahre alte Marc Rudin wird zu acht Jahren Gefängnis verurteilt und soll anschließend auf Dauer des Landes verwiesen werden. Dreieinhalb Jahre später, im Februar 1997, begleitet die dänische Polizei Rudin in die Schweiz, wo ihn die Behörden übernehmen.

Torkil Lauesen im September 1990

Einen Monat nach dem Urteil gegen Rudin entschließt sich der Staatsanwalt, kein Verfahren gegen Marwan El-Fahoum, den PFLP-Führungsoffizier der Blekingegade-Bande, anzustrengen.

Bereits im Dezember 1989, während die polizeilichen Ermittlungen gegen die Gruppe ihren Höhepunkt erreichten, wollte die Kripo nach Fahoum fahnden, ihn festnehmen und wegen des Entführungsversuchs an Jörn Rausing anklagen. Allerdings wusste man bei der Polizei genau, dass dieser Versuch kaum Aussicht auf Erfolg hatte, weil Fahoum zu diesem Zeitpunkt den Status eines Diplomaten im Dienst des sozialistischen Südjemen besitzt.

Im November 1990 – nach der Wiedervereinigung von Nord- und Südjemen unter Führung des nordjemenitischen Präsidenten – beschließt die Staatsanwaltschaft offiziell, Marwan El-Fahoum wegen der Rausing-Entführung anzuklagen. Am 16. November 1990 wird gegen Fahoum in Abwesenheit Haftbefehl erlassen.

Bei der Kriminalpolizei hat man nicht das Gefühl, die Anklagebehörden würden besonderes Engagement zeigen, den PFLP-Führer tatsächlich in ein dänisches Gefängnis einzuliefern. Eigentlich hätte es keines großen Einsatzes bedurft, einen Mann zu verhaften, der regelmäßig seine schwedische Frau und seine beiden Söhne in Lund besucht.

Drei Jahre später, Mitte November 1993, erklärt die ehemalige Leiterin des PET, die Staatsanwältin Hanne Bech Hansen, sie würde eine Anklage gegen Fahoum fallenlassen, unter anderem weil die Polizei ihn nicht finden konnte.

Im April 1994 werden Bo Weimann und Carsten Nielsen aus dem Gefängnis entlassen.

Eines Abends im April 1995 entdeckt Niels Jørgensens Schwester eine Kiste Sprengstoff, als sie den Garten ihres Ferienhauses in der Nähe der Asserbo Plantage in Nordseeland umgräbt. Das Haus liegt an dem Schotterweg, an dem auch Niels Jørgensens Mutter ein Ferienhaus besitzt. Wie hinzugezogene Experten des Heeres feststellen, enthält die Kiste fünfundvierzig Kilo Dynamit, das nach so vielen Jahren in der Erde instabil und daher extrem gefährlich geworden ist.

Gegenüber der Kriminalpolizei räumt Niels Jørgensen ein, er habe das Dynamit zusammen mit einem »Bekannten« – höchstwahrscheinlich Holger Jensen – während eines nächtlichen Schneesturms 1972 oder 1973 vergraben. Er hätte gedacht, das Dynamit sei längst von dem Ferienhausgrundstück entfernt worden, erklärt er der Polizei.

Im Dezember 1995 wurden Niels Jørgensen, Torkil Lauesen und Jan Weimann aus dem Gefängnis entlassen.

Niels Jørgensen starb im September 2008.

Abbildungsnachweis

picture alliance / Polfoto: Seiten 11 (Morten Larsen), 58 (Fin Frandsen), 82 (Knud Jacobsen), 405 (Gert Jensen), 438 (Ole Steen)

Polfoto: 14 (Morten Larsen)

Land & Folk: Seite 68

Scanpix: Seiten 65, 252, 447 (Tommy Verting), 458 (Mogens Flindt)

Privat: Seiten 75, 381, 428

Ernst Nielsen: Seite 85

Politiets Efterretningstjeneste: Seiten 267, 314

Trotz intensiver Bemühungen ist es nicht gelungen, alle Rechteinhaber ausfindig zu machen. Wir bitten, etwaige Ansprüche an den Verlag geltend zu machen.